忠诚与背叛

告诉你一个真实的红岩

何建明／著

天地出版社 | TIANDI PRESS

图书在版编目（CIP）数据

忠诚与背叛：告诉你一个真实的红岩 / 何建明著. —成都：天地出版社，2018.4（2021年5月重印）
（何建明作品精选集）
ISBN 978-7-5455-3211-1

Ⅰ. ①忠… Ⅱ. ①何… Ⅲ. ①纪实文学—中国—当代 Ⅳ. ①I25

中国版本图书馆CIP数据核字（2017）第241473号

（本书合作者 厉华）

忠诚与背叛：告诉你一个真实的红岩
ZHONGCHENG YU BEIPAN: GAOSU NI YIGE ZHENSHI DE HONGYAN

出品人　杨　政
著　者　何建明
责任编辑　孙晓萌　杨　政
封面设计　思想工社
电脑制作　尚上文化
责任印制　葛红梅

出版发行　天地出版社
（成都市槐树街2号　邮政编码：610014）
网　址　http://www.tiandiph.com
http://www.天地出版社.com
电子邮箱　tiandicbs@vip.163.com
经　销　新华文轩出版传媒股份有限公司

印　刷　河北鹏润印刷有限公司
版　次　2018年4月第1版
印　次　2021年5月第4次印刷
成品尺寸　160mm×230mm　1/16
印　张　28.75
字　数　397千字
定　价　68.00元
书　号　ISBN 978-7-5455-3211-1

咨询电话：（028）87734639（总编室）
购书热线：（010）67693207（市场部）

写在前面的话

97 年前，中国共产党成立，犹如一声霹雳春雷，预兆着一个沉睡的民族开始真正地觉醒。97 年来，中国共产党人浴血奋斗，缔造了新中国，建设了现代化的伟大国家。这就是今天的中国。

然而，在走过 97 年之后，我们亲爱的党面临着一个必须百倍警惕的现实：8000 多万党员，党员的纯洁性、党员的信仰感，似乎不得不引起我们高度的重视和警惕。正如革命领袖们一直教导我们的：党如果变质，首先是从党内和党的干部身上开始。

白公馆、渣滓洞监狱旧址每年有几百万的参观者，他们当中有党员、群众、军人、学生……从 20 世纪 80 年代到现在，参观人数持续不断地上升，烈士英雄事迹的可歌可泣、叛徒特务的卑鄙无耻，给参观者留下许多的思考和启示！我们问过无数的参观者：假如处在那个年代，你会作出怎样的选择？大多数人脱口而出：我可能没有勇气像烈士一样面对死亡考验，说不准……我可能也会叛变！如果要我选择当烈士，我真怀疑自己有没有那样的思想基础！

这样的回答会让人感到揪心，感到……

红岩精神熠熠生辉，它是周恩来领导的中共中央南方局在艰苦卓绝的斗争中所铸就的。“红岩”英烈们用生命书写的忠诚正是对红岩精神的践行。历史上“红岩”的故事也许不会重演，但对共产党人严峻的考验会以各种不同的方式出现，而当那种严峻的考验来临之时，我们该怎样面对用鲜血和生命换来的红色江山与政权，面对哺育我们成长的亲爱的党和伟大的人民？

是绝不玷污党的荣誉，还是贪生怕死、苟且偷生？“红岩”的历史书写了忠诚与背叛！

忠诚与背叛——每个革命者、每个共产党人都无法回避的选择，即使在和平时期，我们的内心和灵魂也时刻都在接受这样的拷问与考验。

小说《红岩》之所以经久不衰，成为宣扬中国共产党人英勇不屈的经典故事，其实就是围绕着“忠诚”与“背叛”这四个字而展开的一幕幕斗争史篇。然而，随着白公馆与渣滓洞历史档案的细节越来越多地被公布于世后，真实的“红岩”革命斗争史里所发生的关于“忠诚”与“背叛”的故事，远远超过小说《红岩》的精彩与深刻、生动与悲壮，且意义也更加深远……

目　录

第一章

血染红岩

“请转告党，我做到了党教导我的一切，在生命的最后几分钟，仍将这样……希望组织上务必经常注意整党、整风，清除非无产阶级意识！

“我们的生命，是国民党反动派在人民解放军就要来临的前夕，穷凶极恶地杀害了的！他们既然敢犯罪，他们就应当自己承担后果！哪怕他们逃到天涯海角，都不能放过这些杀人犯！当人民法庭审判他们的时候，更不能为他们的甜言蜜语或卑贱的哀恳所哄过！‘以血还血’，这是天经地义的事！我相信我的同志们一定会以同志般的忠诚来满足我——一个追求共产主义的革命者的愿望！”

“11·27”大屠杀，是中国现代史上极其黑色而悲壮的一幕，它是国民党反动派残暴本性的一次赤裸裸的表现。而在白色恐怖下的中共重庆地下党组织，为什么会受到这么大的损失和牺牲？

1949 年，北京和重庆出现了巨大的反差。同是秋日，前者早是旭日东升、霞光万丈，而后者却迷雾重重、阴气压天，到处笼罩在惊恐与血腥之中……

接受检阅的中国人民解放军步兵部队通过天安门广场

而就在这一年，一个垂死的政权——国民党反动政权——欲借西南一隅，进行最后的挣扎。另一个新生的红色政权犹如初升太阳，将温暖洒遍神州大地。

经过全面的较量，蒋介石军队彻底失去了抵抗能力，已开始向台湾逃窜，留在大陆的残余部队及特务们则在执行报复性的破坏与屠杀。

“就是统统失败了，也不能让共产党得到一点点油水！”绝望中的蒋介石红了眼，对那些心存一丝“留后路”的部下，他拍着桌子厉声斥责道，“谁对共产党多一分宽容，谁就是对自己多一分残忍！”

生死决战的“试验场”选择在西南重镇——重庆。

8月25日，国民党大特务头目毛人凤从台湾飞抵重庆。这是他这一年中第二次来重庆。3月份第一次来的时候，他是奉蒋介石之命，来给他的喽啰们打气的："六个月内第三次世界大战必定爆发，那时国军可以依靠美军反攻，完成反共复国之大任。"同时他还按照蒋介石的指令，秘密召集特务头目们布置"还乡运动"。所谓的"还乡运动"，就是派遣特务们以各种身份，"潜伏"到各个角落，一旦我人民解放军解放大西南，他们就进行各种破坏活动，以配合所谓的"反攻灭共"之计划。然而时隔不到半年，全国的形势已发生根本性的变化，蒋介石妄想让美国人插手阻止中国共产党建国大业的美梦基本破灭。6月15日，毛泽东从北京西郊的香山别墅搬进中南海丰泽园菊香书屋住下后，一面夜以继日地筹备建国大业，一面向人民解放军发出了"向大西南进军"的战斗命令，并且指示刘邓大军采取"大迂回、大包围，先断敌退路，完成包围，然后回过头来歼灭敌人"的作战方针。

毛人凤

"快动手吧，不然连机会都没有了！"蒋介石如热锅上的蚂蚁，当毛人凤将毛泽东已派周恩来夫人邓颖超到上海接孙中山遗孀宋庆龄"北上"参加建国政治协商会议的情报递给蒋介石时，蒋介石冲毛人凤歇斯底里地吼道。

"过去就是因为杀人太少，以致造成整个失败局面。"在罗家湾19号"漱庐"何龙庆公馆，毛人凤对张群、杨森、王陵基等在重庆担任防守任务的国民党军政要员转达了蒋介石的"对共党的一分宽容，就是对自己的一分残酷"的基本精神。

国民党反动派对重庆的大破坏和对共产党人及革命志士的大屠杀计划从这个月正式进入实施阶段。迷雾笼罩的山城，从此一天比一天令人窒息。

“委座批示要先杀杨虎城。”毛人凤刚刚向张群、杨森等通报整体破坏方案后，又找来国民政府西南长官公署二处处长兼保密局西南特区区长徐远举（即小说《红岩》里的“徐鹏飞”原型）这个得力的刽子手，具体部署实施大屠杀。

“关押在渣滓洞二处看守所的犯人，其中40来人已由徐（远举）先生决定先执行；其余的，一部分拟第二批执行，一部分行为较轻的，拟感化教育。请示毛先生，这样做是否适当？”徐远举的下属、二处课长雷天元毕恭毕敬地问上司。

重庆渣滓洞集中营旧址

毛人凤轻蔑地瞟了一眼雷天元，说：“我们打胜仗的时候，可以做感化教育。今天打败仗了，感化教育还有用吗？”

“您的意思是……全部杀掉？”

毛人凤连眼睛都没眨一下，扭头便登上汽车。车子启动前，他只留下一句硬邦邦的话：“这事你同徐先生商量吧！”

“真要全部……”雷天元看着毛人凤的车子远去之后，回头向徐远举做了一个“杀戮”的手势，问道。

“笨，还用说嘛！”徐远举不屑一顾地从鼻孔里哼了一声。

杀杨虎城是件大事。西安事变时，张学良和杨虎城二位将军顺应民意，靠一场兵谏，将不想抗日的蒋介石软禁，最后在中国共产党的配合下，促使蒋介石本人和国民政府不得不公开主张抗日，从而揭开了中国全面抗战的新篇章。然而“受辱”的蒋介石怀恨在心，一直在寻找机会企图除掉张、杨二位将军，只是迫于国内外的压力，不得不暂时先放手。进入1949年后，“下野”的蒋介石听说“代总统”李宗仁要释放张学良、杨虎城二位将军，顿时心生怒火，铁了心要除掉张、杨二人，尤其是杨虎城。“太坏，他中共产党的毒太深了。娘希匹，不杀不足以解我心头之恨！”蒋介石咬牙切齿地对毛人凤说。

显然，人民解放军日益逼近西南，加之“代总统”李宗仁已经放出的“释放令”令蒋介石加快了除掉杨虎城将军的行动步伐。戴笠在世时，蒋介石曾密令其暗杀杨虎城将军，后来国共有过一段“合作”，这事便被耽搁下来。随着国共斗争的形势发生根本变化，蒋介石认为杨虎城将军不会安然站在他国民党的一边，所以干脆借机将杨虎城将军彻底关了起来。此刻的杨虎城将军其实并不在重庆，而是被关在离重庆几百里远的贵阳黔灵山的一所监狱里。“要不我派人到贵州那边把杨虎城干掉得了！”徐远举曾向毛人凤请示过，但未被批准。毛人凤说：“那里不安全，一旦出了差错，我们都没法在委座那里交代。”

“那校长的意思是……？”徐远举当年曾是黄埔军校武汉分校的学员，所以他自称是蒋介石的学生。他希望毛人凤把除掉杨虎城将军这样的大事交给他办，这样可以表明自己对校长蒋介石的忠诚。

“要不，我们在把他从贵州提回来的路上干掉！”徐远举见毛人凤摇头，便出一招，道，“川黔公路两边都是荒山野岭，半道上我们把杨干掉后找个地方埋了，谁也不知道。”

杨虎城将军

毛人凤想了想，说："不行。如果半路上遇到共产党的游击队怎么办？一不保密，二不安全。还是提回重庆来吧。"又说，"我让周养浩到贵州提人，这边的事你负责。"周养浩是保密局在西南的另一个重要特务，原任贵州息烽监狱监狱长；1948年调重庆，任徐远举手下的保密局西南特区副区长。这个"笑面虎"能说会道，经常陪杨虎城将军下棋、喝酒，博得了将军的好感。毛人凤知道杨虎城将军的脾气，让周养浩去骗杨虎城将军入圈套自然会容易些。

方案定下后，周养浩就挑选了保密局西南特区特务组织里的几位骨干组成特别行动小组，准备杀害杨虎城将军。

毛人凤对此项任务格外重视，除了亲自布置整体方案外，对具体实施细节都一一检查。9月1日，周养浩带着亲信一行前往贵阳黔灵山去骗押杨虎城将军。9月2日中午，毛人凤接见了徐远举带来的几位准备参与"干掉"杨虎城将军的特务。

"要各位来，是要完成一项密裁任务。"毛人凤朝徐远举瞥了一眼，意思是绝对不能告诉执行者具体的细节，即不能让这几个组员知道他们杀的是什么人。徐远举会意地点点头。"此任务特殊，执行时不能有声响，也就是说不能用枪。"毛人凤抬了抬眼皮。

行动组长熊祥"啪"的一个立正："报告长官，我们已经做好了准备。"说着，他从身上抽出一把寒光凛凛的匕首，向毛人凤示意，"我和队员们已经商量好了，就用利刃解决问题。"

"这行吗？"毛人凤有些怀疑。

"行，绝对有把握。"熊祥回答得很肯定。

徐远举插话道：“局座放心，这几位都是我西南特区的干将。执行这样的任务已经不是一次了。”

“那好。”毛人凤站起身，用皮鞋在地上画了个圈，“密裁地点在松林坡的‘戴公祠’和下面的警卫室，汽车一到就执行。”特务们都知道这“戴公祠”就是当年戴笠居住的公馆，是歌乐山的一栋风景优美的别墅。毛人凤安排在那里杀害杨虎城将军，其目的也是为了蒙蔽将军。

“现在你们向委座宣誓……”毛人凤突然一个立正，转身面向墙上的蒋介石画像。

“保证完成任务，绝对保守秘密，如有违犯，甘愿受严厉处分！”杨进兴、熊祥等特务们举起右拳，齐声宣誓。

“去准备吧！”誓毕后，徐远举朝手下特务们示意了一声。待特务们走后，徐远举悄声问毛人凤：“杨身边一直有只小皮箱，里面有英镑、美钞和一些珠宝，怎么处理？”

“充作给弟兄们的奖金呗！”

“是。”徐远举和毛人凤一起笑了。

再说到贵阳骗接杨虎城将军的周养浩等人到达目的地后，借蒋介石要与杨虎城将军谈西北问题之由，欲接其到重庆。杨虎城将军毕竟经历多年磨难，也了解口是心非的蒋介石，所以没有马上答应，反问周养浩：“瞎扯！西北问题为何要找我杨虎城？”周养浩一再表示是“真的”，杨虎城将军想了想，说：“住几天再看看吧！”周养浩等人不敢来硬的，只好应允。

9月5日，杨虎城答应可以回重庆。周养浩立即密电毛人凤：“6日晚达渝。”

从贵阳到重庆路程并不远。杨虎城将军抱着已逝夫人的骨灰盒（谢葆真是几年前被特务害死的，自此，将军一直将其夫人的骨灰盒带在身边），携儿子杨拯中、女儿杨拯贵、秘书宋绮云和夫人徐林侠及其9岁幼子宋振中——《红岩》中的“小萝卜头”、副官阎继明、勤务兵张醒民，在特务的三辆车子押解下离开贵阳，向重庆方向行进。

杨虎城将军在离别那一刻，回眸看了一眼囚禁他多年的这座监狱，心头百般滋味。但他没有想到的是，等待他的是一场早已精心策划好的血腥屠杀……

6日晚，车队抵达重庆歌乐山的松林坡，那“戴公祠”就在山腰上。杨虎城将军毕竟是身经百战的军人，他问：“既然蒋介石接见我，为什么跑到这山上来了？”特务们立即用早已准备好的骗词回答道：“总裁说让您先在此休息两天，然后再接您到城里去谈……”并指指山上的明亮处，补充道，“不信您看，这公馆里灯火通明，是我兄弟们早就为您的到来准备的。”

杨虎城将军瞄了一眼黑暗中明耀耀的“戴公祠”，再也没有说话。将军彻底被骗了……

汽车在松林坡停车场停下，特务张鹄先跳下车为杨虎城将军打开车门，引杨虎城一行上山。按照预先的安排，杨虎城将军与儿子杨拯中被先带上山去。

黑暗中，身材魁梧的杨虎城将军走在前面，其19岁的儿子杨拯中双手捧着母亲的骨灰盒紧随其后。等父子俩出现在戴公祠的“会客室”，早已等候在此的特务们佯装笑脸地向杨虎城将军父子介绍：“这里有两间房子，随你们住哪间都行。”话音刚落，杨虎城将军的儿子抢先往里屋走去。这时，躲在门后的特务王少山迅速举起匕首，一个猛子冲到杨拯中的身后，朝他的腰部就是狠力的一捅。“爸——”受到突然袭击的杨拯中大喊一声，立即惨死在血泊之中。杨虎城将军感到情况不妙，刚回头，只见眼前几把贼亮的屠刀已经向他袭来。腰部先进刀的杨虎城将军“哎呀”一声大叫，特务杨进兴立即用一块毛巾蒙住其嘴。随后，杀手们一拥而上，朝将军身上一阵乱捅。一代英雄在毫无防备的情况下被一场预谋已久的暗杀结束了宝贵的生命……

将军的秘书宋绮云一家和将军女儿杨拯贵的车子晚到两个来小

时——其实也是特务们事先安排好的。他们一到，特务们便带他们向“戴公祠”的警卫室走去。此时已凌晨2点多，歌乐山一片漆黑。宋绮云的妻子徐林侠拉着杨将军的幼女杨拯贵在先，“小萝卜头”宋振中被父亲领着随其后一起往有灯亮的地方走去。

“这里有三间房，你们在里面休息吧。”宋绮云一行人刚到，警卫室的特务们便再次拿骗杨虎城将军的方法来骗宋绮云等人。宋绮云的妻子徐林侠往屋里走去，她想为丈夫和孩子们安顿房间，哪知躲在门后的特务们一见她出现立即举起匕首在她要命的地方猛扎几下。宋绮云见状大叫“林侠——”可没等他喊出第三个字，特务杨进兴和熊祥已经将两把匕首刺进他的胸膛和腰部……

这时，正在一旁玩耍的宋振中和杨拯贵惊呆了，小振中一边喊着“爸爸”“妈妈”，一边拼命地朝里屋冲去。“小兔崽子，让我来！”一个特务提着血淋淋的匕首一把拦住小振中，将其按在地上。随其而来的特务杨进兴上前就将挣扎之中的9岁男孩活活地刺死了。与此同时，杨虎城的幼女杨拯贵则被特务安文芳用双手卡住脖子给憋死……几个小时后，特务们将杨虎城将军等人的尸体分别埋在“戴公祠”的花坛底下和警卫室预先挖好的坑内，刽子手们怕走漏风声，几天后又在上面打上三合土，使看起来天衣无缝。

6条人命，在1949年9月6日那个漆黑的夜里，就这样被一群国民党反动派的刽子手们活活屠杀！

重庆大屠杀事件应该是从杨虎城将军等6人的被害正式开始的。因为就在9月6日这一天，毛人凤命令徐远举在飞往昆明执行“九九整肃”之前，将关押在白公馆和渣滓洞的川东地下党、《挺进报》事件和华蓥山武装起义人员中的陈然（小说《红岩》中“成岗”原型）、江竹筠（小说《红岩》中“江姐”原型之一）等42名共产党员及“民革”川康组织负责人周从化等人名单交有关特务机关承签，并报毛人凤送蒋介石批准后，准备一并“枪决”。“一定要有法医在场拍照核实。”毛人凤死盯着整个大屠杀过程的每一个细节。可见，蒋介石对重庆地下党等革命志士的屠杀行动是何等重视，同时又流露出他在蒋家王朝即将灭亡时的恐慌之情。

1949年的9月底和10月初，国共两大阵营呈现着完全不同的两种命运：前者日薄西山，气息奄奄；后者旭日东升，欣欣向荣。

9月21日下午7时，北京中南海怀仁堂张灯结彩，出席中国人民政治协商会议第一次代表大会的代表们在雄壮的《解放军进行曲》中以雷鸣般的掌声，欢迎伟大领袖毛泽东等即将成为新中国人民政府组成成员的领导们入场，热烈的掌声长达5分钟之久。场外，54响礼炮在北京城上空久久回荡……

“诸位代表先生们，我们有一个共同的感觉，这就是我们的工作将写在人类的历史上，它将表明：占人类总数四分之一的中国人从此站立起来了！”这是毛泽东的声音。

“中国人从此站立起来了！”全场代表随着毛泽东的目光不约而同地起立，代表们使劲地鼓着掌，泪水止不住地流淌下来——那是被此情此景所感染的眼泪，那是荡涤中华民族百年耻辱的眼泪，那是欢呼一个新政权诞生的眼泪！

中国人民政治协商会议会场

宋庆龄不禁感叹：“这是一个历史的跃进，一个建设的巨力，一个新中国的诞生！我们达到今天的历史地位，是由于中国共产党的领导。这是唯一拥有人民大众力量的政党。”

“让那些内外反动派在

我们面前发抖罢，让他们去说我们这也不行那也不行罢，中国人民的不屈不挠的努力必将稳步地达到自己的目的！”毛泽东的声音铿锵有力。

10月1日下午3时，重新装饰一新的天安门广场上早已是锣鼓齐鸣、彩旗招展的欢乐海洋。穿着一身新式呢制服的毛泽东走到天安门城楼中央的麦克风前，用洪亮而浓重的湖南口音向全中国、全世界庄严宣告：“中华人民共和国中央人民政府今天成立了！”

广场上万众欢呼，震天动地。接着，毛泽东按动电钮，在《义勇军进行曲》的旋律中，中华人民共和国国旗——五星红旗——徐徐升起，如初升的太阳光芒四射……

10月7日，重庆歌乐山下的白公馆看守所。

关押在楼下二室的罗广斌（《红岩》作者之一）放风时从楼上的一位难友那里得知了中国共产党领导的中华人民共和国已经在北京成立的消息，而且还知道了中华人民共和国的国旗是五星红旗，国歌正是抗战时期风靡的《义勇军进行曲》。

七天了，新中国的红色政权已经成立七天了，被囚禁在重庆国民党反动监狱里的共产党人才知道这个喜讯！是迟是早，同志们根本没有顾得上去想。第一个得到这消息的罗广斌此时激动得心都要跳出来了。原本每天只有十来分钟的放风时间，对难友们来说太短促了，但今天却觉得放风时间太长，太长。好不容易耐着性子挨完了放风时间，罗广斌三步并作两步赶回牢房中，急着把这消息告诉同狱的难友们！

“真的？已经成立啦！”当同狱的难友们听得这一喜讯后，个个兴奋得像孩子似的又拥抱、又低声欢呼：“中华人民共和国万岁！中国共产党万岁！”意犹未尽的难友们甚至在囚室里互拥着倒在地上连连打滚——在特务的监视下，大家用独特的方式来庆祝中华人民共和国的成立。然后，罗广斌和狱中的全体难友又面朝北方，肃穆低唱：“起来……把我们的血肉，筑成我们新的长城……”

夜已很深了，可难友们都为新中国的诞生而激动得不能入睡。大家围在一起，悄声交换着各自的心得，议论着国徽、国旗的形状、式样，他们是那样激动，那样自豪。坐在一旁的罗广斌眼见这般热烈的情景，忽然闪出一个念头，他动情地对大家说：“同志们，我有个建议：我们也应该做一面五星红旗，我们要扛着这面红旗冲出牢门去！”

“好主意！”难友们齐声赞同。

曾和罗广斌同关在平二室，后又与罗广斌一道脱险的毛晓初回忆彼时的情景，说：

> 当时听了罗广斌的建议后，大家都马上举双手赞成。老罗扯下他的红花被面（他被捕时带进监狱的），陈然拿出一件旧白布衬衣，拟作五星。当时大家还不知国旗上的五星是黄色的，我们以为星光是白色的，五星也就应该是白色的。另外我们也不知五星如何排列，所以大家就悄悄议论，最后一致认为应当放在旗中央，形成圆圈。囚室内没有剪刀，也无针线，因此我们完全靠一把铁片磨成的小雕刀，你一刀、我一线地接连来完成这五个星子，然后再用剩饭粘在红绸上。经过通宵奋战，一面五星红旗终于做好了。罗广斌和陈然把红旗平整整地放在囚房中间，大家围着红旗，低声欢呼，轻轻哼着国歌，又是跳，又是互相拥抱，那情景无法忘却……

小说《红岩》里的江姐带着姐妹们绣红旗，其实是没有的，而是作者罗广斌把男囚室的这次“绣”红旗“安排”到了江姐身上。

红旗做好后，大家把牢房里的楼板撬开一小块，将红旗叠起来，小心翼翼地藏进楼板里面，期待着解放的那一天，高举着红旗冲出去。

> 我们有床红色的绣花被面，
> 把花拆掉吧，这里有剪刀。

拿黄纸剪成五颗明亮的星，贴在角上，
再找根竹竿，就是帐竿也罢！
瞧呀，这是我们的旗帜！
鲜明的旗帜，猩红的旗帜，
我们用血换来的旗帜！
美丽吗？看我挥舞它吧！
别要性急，把它藏起来呀！
等解放大军来了那天，
从敌人的集中营里，我们举起大红旗，
洒着自由的眼泪，
一齐出去！

这首题为《我们也有一面五星红旗》的诗，是罗广斌在制作好红旗后，一气呵成的。

“重庆解放的第三天，我和罗广斌等脱险同志重新回到白公馆。那天罗广斌带着我撬开楼层的木板，取出了那面他们制作的五星红旗，这旗后来交给了组织。”在“11·27”大屠杀中幸免于难的郭德贤这样对我们说。

1949年10月10日，中共中央在京召开解放西南的会议，此次会议特别重要。在我党解放广东、广西之后，国民政府由广州迁往重庆，原在川陕的胡宗南集团也在向西南集结，蒋介石再度坐镇重庆，准备在重庆、成都立脚。毛泽东和中共中央高度重视这一新局势，决定加快解放西南的步子。歼灭国民党重庆城内的顽敌，自然成了党中央一系列重要决策的重中之重。三天后，二野的刘邓大军取道湘西、鄂西，直出贵州，继而挺进四川的叙府（今宜宾）、泸州，再解决重庆战事。

蒋介石对毛泽东的这着险棋没有估料到，他原以为人民解放军会通过一野部队的主力经秦岭入川。

“西南重心是四川，我二野主力必须于12月占领泸州、重庆一带……”10月19日，毛泽东电令林彪部队。

当中国人民解放军通过贵州直插四川的意图亮相于国民党军队面前时，蒋介石知道自己的“堵住共匪于陕境之外”的计划彻底破灭，他异常惊恐和残暴地命令特务们加快在重庆实施两件事：破坏城市设施，灭杀狱中的共产党分子！

20日左右，刽子手徐远举接到毛人凤密令，要他迅速执行对《挺进报》事件中的共产党人的“枪决”命令：“委座说了，越是在形势对我们不利的情况下，越要给我们的军队和民众以士气，所以，枪毙《挺进报》事件的共党分子要搞个公开枪决的审判会，声势搞得大一点，而且还要事先登报宣传，杀杀共党的嚣张气焰。”

“明白。”徐远举得令后便连忙组织起这场表演性的“公审”大屠杀。

“刑场选择在哪？”特务二处的课长问徐远举。徐告诉他还是在一年多前枪毙中共重庆市委委员许建业（小说《红岩》中“许云峰”原型之一）的老地方——大坪。

26日上午，张界等几个现场行刑的特务负责人拿到了从白公馆、渣滓洞提取准备枪决的犯人名单。“怎么还有蒲华辅、涂孝文和袁儒杰呀？老蒲和涂先生可是为我们抓共党分子立过大功的呀！”有特务看着名单议论道。

“那叫活该！”张界阴笑着对同伙说道，“委座才不相信投诚来的共党分子真心跟老子们一条心呢！”

他们说的蒲华辅就是《红岩》小说中叛徒“甫志高”的原型之一。这个出卖了一批共产党员的叛徒原是中共川康特委书记，在狱中后来“死活不说”，也没有接受特务机构吸收他当镇压共产党的特务的要求，但最终他仍然没有逃过国民党反动派的枪子。

“陈然、王朴、华健、蓝蒂裕……这几个可是共党的顽固分子，早该枪毙他们了。”特务们在谈论枪毙共产党人时，就像在说到大街上去吃一顿麻辣烫那么轻松愉快。

10月28日一早，徐远举指挥下的特务警卫团的士兵们荷枪实弹地开着囚车来到渣滓洞，先后提出川康特委委员华健、中共万县县委书记雷震、华蓥山游击大队队长楼阅强、中共梁山（今重庆梁平）垫江特支书记蓝蒂裕和与蒲华辅属一类人物的袁儒杰。

“蓝蒂裕！七号室的蓝蒂裕还磨蹭什么？快下楼！”渣滓洞监狱的楼下，几个特务向楼上的男囚室嚷嚷道。

“蓝胡子，他们又在催你了！”七号囚室的一位难友走到正在整理自己衣物的蓝蒂裕身边，提醒道。

“让他们喊魂吧！”蓝蒂裕由于入狱后一直留着长长的胡子，加之33岁的年龄在狱中的共产党人中也算是个“大哥”级人物了，所以，大伙都叫他“蓝胡子”。

蓝胡子可不是一般人物，虽然《红岩》小说里几乎没有提到过他，然而这位坚强不屈的共产党员却在渣滓洞的真实革命斗争中有过一段传奇的故事。

贫苦家庭出身的蓝蒂裕，1941年因被敌人发现在看《新华日报》而被捕，后来蓝蒂裕成功越狱。1948年因叛徒出卖，蓝蒂裕再次入狱。起初他被关在梁山县监狱。急于得到这一地区共产党组织名单的敌人虽对蓝蒂裕百般拷打，却始终不能从蓝蒂裕的嘴里得到半句话，于是敌人另生一计。

这天，蓝蒂裕被带进刑讯室。室内烧着一盆熊熊炭火，一把烙铁在炭火中被烧得通红。突然，蓝蒂裕看到敌人把自己的母亲带进了刑室。

“妈，你怎么来啦？”蓝蒂裕不免大惊，但马上明白这是敌人使出的一招毒计。

母亲见儿子如此蓬头垢面、遍体鳞伤的惨状，忍不住扑过去抱着儿子放声大哭。这让蓝蒂裕心如刀绞，可他知道这份情感不能让敌人看出来，于是安慰母亲：“没事。妈，你别哭。儿子没事。”

“蓝蒂裕，我看你还是说了为上策。”站在一旁的几个特务打手冷笑着走过来对蓝蒂裕阴阳怪气地说道，“我们知道你家就你这么一根独苗苗，你也该考虑你母亲将来由谁来奉养是不是？”

面对劝降，蓝蒂裕轻蔑地怒视了敌人一眼，斩钉截铁地说：“要我说出党的机密，我看你们是在做梦！”

“那就别怪我们不客气了！上刑——”恼羞成怒的敌人，当着蓝蒂裕母亲的面，猛地从炭盆中抽出烧红的烙铁，对准蓝蒂裕的胸脯直推过去……只听“嗤嘶”一声，蓝蒂裕的胸前连衣带肉地已被烙出一个焦煳的大口子。

“儿——！”母亲见状，当场昏倒在地。

“好你个共党分子！厉害啊！老娘吓倒了，你还硬挺着啊！”敌人一边骂一边又举起烧红的烙铁朝蓝蒂裕身上烙去……

“你们这些……畜生！”蓝蒂裕昏迷过去。

“用冷水浇醒他！”敌人已经失去人性。当蓝蒂裕醒来时见母亲在一旁痛哭不止，他强忍住钻心的裂肤之疼，正色对母亲说：“妈，哭有啥用！要知道有敌无我，有我无敌。我如叛变投敌，同志们就会惨遭杀害。现在儿纵然死了，却能换来革命胜利。全国多少共产党员，都将是你儿子。党今后一定会照顾你的。”

母亲听到儿子这话，果然止住哭声，擦着眼泪点头道：“妈懂。”

敌人一招不成，又使二计：他们将蓝蒂裕吊上屋梁，并让其母亲站在梁下“观看”。不一会儿，反吊在梁上的蓝蒂裕痛得额上渗出一颗颗豆大的汗珠；儿子的汗水滴在母亲的脸上，又成了如泉的泪流。

“妈妈，不要哭了。眼泪换不来胜利……”话没说完，蓝蒂裕便又昏死过去，一直到绳子断裂，从梁上跌下。

敌人如此用尽险恶心计，却未能让蓝蒂裕的嘴漏出半句有损革命利益的话。敌人无奈，一个多月后只好将其转解到重庆的渣滓洞监狱继续拘禁审讯。在这里，特务们对蓝蒂裕使用了几乎所有的酷刑，诸如老虎凳、水葫芦[1]等等，然而蓝蒂裕依然守口如瓶。

蓝胡子爱唱善诗，在与敌人的斗争中，他带领囚室的同志们唱《古怪歌》——

往年古怪少啊，今年古怪多啊，板凳爬上墙，灯草打破锅啊。月亮西边出哟，太阳东边落哟，天上杪椤地下栽，河里的石头滚呀滚上坡。半夜三更里哟，老虎闯进门哟，我问他来干什么，他说保护小绵羊哟。清早走进城哟，看见狗咬人哟，只许他们汪汪叫，不许别人用嘴来讲话。田里种石头哟，灶里长青草哟，人向老鼠讨米吃，秀才做了强盗哟。喜鹊好讨苦哟，猫头鹰笑哈哈哟，城隍庙的小鬼哟，白天也唱起古怪歌……

《古怪歌》不仅词古怪，而且调也古怪，当敌人折磨我革命同志时，蓝蒂裕就拉着他那古怪的嗓门，哼起古怪的调子，让敌人又气又恼，常常不能为所欲为。难友们觉得这种方式是对付监狱敌人的好法子，于是打这以后，一旦特务们欲在狱中做些让革命同志们无法忍受的事时，难友们便同蓝蒂裕一起轮番高唱《古怪歌》。此时，整个渣滓洞都会变得“古怪”异常，令特务们浑身起鸡皮疙瘩。

蓝胡子因为坚强不屈的革命意志和风趣幽默的斗争精神，在狱中深受同志们的爱戴。而由于他又善作诗吟唱，便成了大家格外尊敬和喜爱的人。

“子弹穿身身方贵，血染红旗旗更红。”这当年狱中流传最广的革命诗句之一，便出自蓝蒂裕之手。

“七号室的蓝胡子，你还有啥子‘古怪’的事干吗？快点下来！”楼

---

[1] 酷刑名。“老虎凳”，由横凳和垂直的柱子或者靠背组成，两者呈 90 度，在受刑者脚后跟下逐块垫砖头，反向弯曲人的双膝关节而给受刑者造成痛苦。“水葫芦”，是将一个装满辣椒水的皮球导管插入受刑者的鼻孔，再用力按压皮球，让辣椒水猛烈地喷入受刑者的鼻孔内。

下的特务又在叫嚷着。

七号囚室，蓝蒂裕将身上的物品分别交给那些在敌人监狱并肩战斗的难友们，最后他将一张皱巴巴的废香烟纸塞给身边的难友，悄悄说："如果可能，或把它交给我的耕儿，或者念给他听……"

"放心吧，胡子。"囚友们含泪过来握住蓝蒂裕的手，大家清楚这是最后的诀别了。

"永别了，同志们！"在同志们面前，蓝胡子其实并不"古怪"，他总是一腔热血，革命斗志格外高昂。

那天，渣滓洞留下来的难友们全都拥在铁窗口，向他们尊敬的华健、雷震和蓝蒂裕等同志告别，那一刻，《国际歌》响彻监狱上空……

押解蓝蒂裕等人的囚车刚走，七号囚室里就响起了一阵高亢的诵诗声——

你——耕荒，
我亲爱的孩子；
从荒沙中来，
到荒沙中去。
今夜，
我要与你永别了。
满街狼犬，
遍地荆棘，
给你什么遗嘱呢？
我的孩子！
今后——
愿你用变秋天为春天的精神，
把祖国的荒沙，
耕种成为美丽的园林！

这就是蓝蒂裕在行将走向刑场前留给儿子耕荒的一首著名的“狱中诗”——《示儿》。这首诗是由后来在大屠杀中脱险的同志带出来的。蓝蒂裕共有一儿两女，大儿子耕荒在蓝蒂裕入狱时年仅4岁，而两个女儿当时还是牙牙学语的小娃娃，她们甚至连父亲的模样都记不得。儿子长大后一直以父亲《示儿》的遗训勉励自己。

……1964年2月7日，我们敬爱的周总理和陈毅副总理访问非洲11个国家胜利回国到达昆明，我们参加昆明部队业余文艺调演的26名业余演出队的同志，幸福地接受了向周总理和陈毅副总理汇报演出的光荣任务。那天晚上9点钟左右，临演出之前，敬爱的周总理和陈副总理从百忙中挤出宝贵的时间，到后台看望了我们演出队的全体同志。李成芳政委把我叫过去介绍给周总理说：“这是1949年10月在重庆渣滓洞被国民党反动派杀害了的革命烈士蓝蒂裕的儿子蓝耕荒同志。”敬爱的周总理微笑着和我握手，亲切地询问我家里还有什么人，现在在做什么，还问我多大岁数了，当了几年兵，是四川什么地方的人。我激动地一一向周总理作了汇报。敬爱的周总理怀着对革命后代无限关怀、爱护的心情，鼓励我说：“你是老兵啰，又还年轻，要好好地干！”他语重心长地教导我：“千万不要忘记过去。你要永远牢记革命先烈和你父亲留下的遗嘱，一定要听毛主席的话，做革命的好后代，当革命的接班人，将革命进行到底！”我激动得热泪盈眶，坚定地表示：“决不辜负总理对我的希望！”总理听了微笑着点点头。

这是蓝蒂裕儿子蓝耕荒后来写下的一段关于他作为烈士子女受到周恩来亲切接见的回忆。然而蓝蒂裕肯定没有想到，他留给儿子的一首《示儿》，几乎教育和影响了20世纪六七十年代的一代年轻人。

现在，让我们回到1949年10月末发生在重庆的那一场大屠杀的现场吧。

徐远举派出的特务们从渣滓洞提押华健、雷震、蓝蒂裕、成善谋等“要犯”后，不一会儿囚车便到了白公馆。在这里，特务们要提押的是5个人，其中，中共《挺进报》特支书记陈然和中共重庆北区工委宣传委员王朴显然也是此次“公审”的“要犯”。

当敌人在渣滓洞提人时，白公馆内的陈然、王朴等“狱犯”并不知道这一天是他们与党和同志们诀别的最后时刻。

“陈然娴静得像一个大姑娘一样，而斗争非常英勇。”这是大特务徐远举在解放后写的“自首”中所描述的。

《红岩》中的成岗是我们熟悉的人物，他的原型陈然是位小职员家庭出身的好男儿，小时候有个“香哥”的乳名。陈然出生不久，其父亲便把全家搬到了北京，后陈然的父亲因调到上海海关工作，所以全家又迁往上海。幼年时代的陈然，是在日本侵略者的炮火中长大的，民族之恨深植于他幼小的心灵。1939年，16岁的陈然在鄂西前线光荣地加入了中国共产党，从此他走上了一条革命之路。1940年末，组织上安排陈然到重庆工作，碰巧此时他父亲也因为工作变动被调到重庆，山城从此成了陈家的安身之地。之后的陈然成了职业革命者，他时而到工人中发展党员，时而到学生中宣传进步思想。以周恩来为首的中共中央南方局（简称中共南方局、南方局）撤出重庆之后，《新华日报》等机构也随之离开山城，一时反动势力非常嚣张，中共活动彻底转入地下。陈然则以办刊物的形式继续从事地下宣传活动。在严酷的斗争中，特别是在与组织失去联系两年多的情况下，陈然依旧积

陈然烈士

重庆《挺进报》旧址

极活动，同敌人周旋于山城的每一个角落。

陈然是位办报刊的能手，曾经在何其芳同志领导下担任过《彷徨》的编辑组稿工作，《彷徨》也团结和教育了一批重庆进步青年。随着重庆地下斗争的形势越来越严峻，所有进步报刊不管是地下的还是公开的都成了特务们的眼中钉。坚持斗争的陈然等共产党人从秘密渠道获得了一份叫《群众》[1]的周刊，同时还收到了从香港寄来的油印新华社电讯稿。

“这些消息太重要、太振奋人心了，应当传播出去，让敌人发抖去吧！”于是陈然有了与他的同志一起办一份宣传革命胜利消息的地下报纸的想法。

油印的无名小报刚出几期，便引起了地下党重庆市委的注意。市委通过间接的关系来了解这个报是些什么人搞的，当获悉是失散的共产党员刘镕铸、陈然等人做的事，市委便决定正式接管这张小报。

“太好了！我终于等到这一天了！”陈然热泪盈眶，低声唱起了《国际歌》，“起来，不愿做奴隶的人们……英特纳雄耐尔就一定要实现！”

中共地下党重庆市委不久决定把报纸命名为《挺进报》，作为市委的机关报，由市委委员彭咏梧负责领导（彭即江竹筠的丈夫）。当时重庆市委规定《挺进报》主要刊登新华社电讯，一般不发表什么文章。而由市委领导的另一系统的同志也筹办了一个 16 开本的油印刊物，叫《反

[1]《群众》周刊是南方局出版的中共地下党组织刊物，抗战期间在重庆办刊，后改到香港出版。

攻》，主要是发表文章的。两份中共地下党报刊，成为在黑暗中刺向敌人心脏的两把利剑。

《挺进报》的稿源是地下党从地下电台抄录的新华社电讯稿。陈然并不知道是谁在做这项秘密的工作，直到他生命的最后时刻才知道原来是一个叫成善谋的共产党员。其实，陈然原来就认识在重庆开着一家商铺的“老板”成善谋，只是不知道是“成老板”在当他的《挺进报》“上家”。

地下党的秘密纪律就是这样严密，有时就连身边的同志，也并不知道相互之间的真实身份。

陈然负责《挺进报》的印刷兼一部分发行。为了更好地保密，他主动提出把《挺进报》的工作地点设在家里。当时他是国民党中国粮食公司一个小机修厂的管理员，机修厂在重庆野猫溪，比较僻静。厂里除了七八个工人外，就只有他一个人负责管理。他建议住在厂里，环境单纯，作为秘密工作地点十分适宜，市委同意了他的意见。后来由于叛徒的出卖，他是在家里刚印刷完新一期《挺进报》时被特务们逮捕的。

徐远举抓到陈然并获取刚印刷好的《挺进报》，以为是逮住了中共重庆市委的一条“大鱼”，所以不择手段，一直对陈然施以重刑，企图获取更重要的情报。

被捕的当晚，陈然就被连夜审讯。结果是，陈然只承认他是共产党员，《挺进报》是他一个人办的，其他什么都不知道。

“你以为就你聪明，我们都是傻子？”无计可施的特务们只能靠拳脚来泄愤。特务头子徐远举听说后，第二天就亲自来审讯。

徐远举看了看“娴静得像一个大姑娘一样”的陈然，觉得有些不可思议，便直起嗓门吼道：“你就是陈然！把你的组织交代出来吧！”

“办报是自由职业，有什么组织不组织的，不让办，不办就是了。交代什么组织？”陈然泰然自若地回答。

“好一个自由职业！谁叫你办的？说吧。”

“我自己想办的。咋啦，办报有什么罪？有这么严重！”

“你办报，为什么不登记？为什么偷着办？”徐远举想不到这个年轻人骨子里却很硬，便改了口气，“实话告诉你，你的全部材料，已经有人交代了出来，你还不交代组织？”

陈然一听，反而笑了笑，答：“没有登记，现在登记也不迟。至于说有什么人交代出材料，那不是很好吗？那还要我交代什么材料？”

徐远举终于沉不住气了：“你有什么可强辩的？知道这是什么地方？你今天要听我的，我看你有什么本领不交代你的组织？”

陈然毫不示弱地反问：“不交代又怎么样？”

“不交代，就强迫你交代。”

“那你就强迫吧！”

“敬酒不吃偏吃罚酒！”徐远举震怒了，“啪”的一掌拍在桌上，吼道，“好！陈然，你看着吧！是我听你的，还是你听我的？！”

“你这个土匪流氓，根本没有资格问我的话！”陈然鄙夷地瞥了一眼徐远举，将高昂的头颅侧到一边。

“好，你等着！”闹了整整一个上午，徐远举什么也没得到，气得临走时吩咐喽啰们，“下午继续，再不说就上刑！”

下午，特务们不由分说，上来就给陈然上刑。“交代不交代？”特务轮番地审问。陈然斩钉截铁地回答：“没有组织可交代。”

“上老虎凳！”特务开始加刑。这时，徐远举突然气势汹汹地进来了，他上前一把抓住坐在老虎凳上的陈然的头发，连号带叫地问道：“还不想说吗？”

“没什么可说的，你这狗日的土匪！”陈然双目喷着怒火。

“加砖头！”“再加——！”徐远举顿时露出一副畜生的嘴脸。酷刑下，陈然脸色苍白，头上的汗珠直淌。

“说不说？”

“没得说！”

气急败坏的徐远举突然卷起袖子，伸出巴掌，猛地朝陈然脸上打去……陈然昏死过去。

一桶桶冷水泼到他身上。他醒了过来。

“再不讲今天就把你整死！”特务们在狂吠。

陈然怒视着刽子手们，没有半句话。

“这家伙，怎么这么硬？”整整一个下午过去了，徐远举最后不得不这样无可奈何地自问起来。

两天以后，陈然被送到了渣滓洞。

不到十天，他又受了一次酷刑。这回审讯他的特务是有“毒蛇”之称的张界：“你考虑好了没有？不交代组织又要动刑的。”

陈然依旧坚定地说：“没有组织可交代。”“那就再来坐坐老虎凳吧！”特务更加疯狂地使毒招。陈然双目紧闭，泰然自若。

“加砖头！”徐远举又一次出现在刑房。

陈然紧锁双目，表现出极大的蔑视。

“我看你硬！”徐远举举拳猛击陈然。

酷刑面前，陈然始终无所畏惧，坚贞不屈。特务们无计可施，最后只得按“重犯”论处，将双腿受重伤的陈然押解至白公馆。

哪知没过多少时间，监狱《挺进报》竟然在徐远举的鼻子底下诞生了，这让自称是“共产党克星”的徐远举恼怒至极，但仍然无法查出到底是谁干的。陈然当然是最重要的怀疑对象，可“共匪”的那些消息是从哪儿来的呢？徐远举和特务们一直没有弄明白。原来，陈然到白公馆后，住在一楼的狱室，他楼上住着东北军将领黄显声将军。黄将军是牢中唯一受优待可以看报的难友，而黄将军与狱中的共产党员们关系非常好，所以时常趁看守们不备之时，偷偷将报纸从门缝中塞给难友们看。陈然便是借助从黄将军的报纸上所看到的消息，用烟盒、纸片做成监狱《挺进报》在狱室内传递……当难友们看到解放大军节节胜利的消息时，受到了极大的鼓舞。

我们今天之所以能看到《红岩》小说，了解到白公馆、渣滓洞革命先烈们的英勇事迹，这其中一大功劳也理当归给陈然。当时敌人阵营里并非都是铁板一块，尤其是那些出身贫穷的看守们也时常有牢骚及对国民党统治的不满。善于做思想工作的陈然就抓住这些人的弱点，不断地做正面工作。后来在“11·27”大屠杀中帮助罗广斌等19人逃出白公馆的杨钦典便是陈然等人耐心细致策反过来的特务。

“我和陈然是老乡，我值班时他给我做工作，说全国快解放了，叫我今后不要干坏事。共产主义就是人人有饭吃，人人都过幸福生活。人民政府要分土地给劳动人民。我考虑自己也是穷人出身，所以尽量给他们提供方便……”这是解放后杨钦典的交代材料上的一段话。

“陈然！出来！”1949年10月28日早晨，早饭还没有开始，白公馆里突然来了一群全副武装的特务，他们在大门外增设了几道警戒，同时又有几个荷枪实弹者跑进了院子内。特务们在点名传讯，被点名的除了陈然还有王朴等人。

“看来敌人开始下毒手了！”陈然听到外面在点自己的名，知道最后考验的时刻来到了，他对同室的难友们说了这句话后，便从容地脱下囚衣，换上他入狱时穿的那套简朴的衣裳，同时又把零碎物品一一留给同室的难友。“广斌，我那首《假如没有了我……》的诗还差几句没写完，就劳驾阁下帮助写完吧……”在与罗广斌告别时，陈然将近日写的一首未完成的诗稿塞在难友手里，然后紧紧地握住对方的手。

“再见了，同志们！新中国已如东方升起的旭日，让我们一起用鲜血去向党和新的国家证明自己的忠诚吧！”就这样，陈然和王朴等共产党员迈着稳重的步子走出白公馆。

这是他在心里想过许多遍而未写出的话，他把诗的内容用激情的语言，一句一句地告诉了同志们：

……任脚下响着沉重的铁镣，

任你把皮鞭举得高高，

我不需要什么“自白”，
哪怕胸口对着带血的刺刀！
人，不能低下高贵的头，
只有怕死鬼才乞求“自由”；
毒刑拷打算得了什么？
死亡也无法叫我开口！
对着死亡我放声大笑，
魔鬼的宫殿在笑声中动摇；
这就是我——一个共产党员的“自白”，
高唱凯歌埋葬蒋家王朝！

特务的囚车开动了。突然，白公馆里响起一阵高亢的咏诗声。陈然听后欣然回首，他高兴地笑了，因为监狱里的同志们正用他的诗在为他送行……这首诗后来经脱险出狱的同志重新整理，以《我的“自白”书》为题发表，成为脍炙人口的陈然遗作而广为流传。

8时左右，押着共产党“要犯”的囚车从磁器口“特区”飞快地驶进敌人警备司令部的大门，车上立即跳下一批满脸横肉的特务，跟着便从车上押下陈然等十名“政治犯”。

此时，左营街的警备司令部门前，已经挤满了围观群众。原来，国民党当局早已为今天的“公审”做了充分准备，当日的《中央日报》等报纸都刊载了特务机关派送的新闻稿：“警备部消息：彻底摧毁奸匪地下组织，密谋扰乱川康奸匪首要十名今日枪决。”

敌人企图以“公审”的画皮，来掩饰大屠杀的真相，其现场滑稽可笑：警备司令部的门口摆着一排台桌，陈然等十人被一字形排站在桌前，桌上放着十碗酒和十块肥肉。

“公审”开始，反动法官一个个点名，然后宣布各自“罪状”：

“陈然……《挺进报》负责人……”

“成善谋……《挺进报》电讯负责人……”

陈然与成善谋的目光迅速碰到了一起，这两位同是《挺进报》的主要成员，竟然在刑场上才真正知道各自的真实身份，是谁也没有想到的奇巧之事。于是，他俩戴着铁镣直奔对方，两双手紧紧地握在了一起。

“啊！老成，原来是你呀！”

“陈然，你好样的！”

“快快，站到各自的位置去！”特务们忙把他俩拉开。成善谋只得举起手笑着向陈然说：“紧紧地握你的手！”陈然则会意地回答：“致以革命的敬礼！”

这样一个激动人心的场面，让“公审”现场开始骚动起来，“法官”再说什么似乎谁也没有听清。倒是陈然、王朴和成善谋等在不停地高喊着，似乎是他们在审判敌人——

“今天你可以枪杀我们，但是你们自己还能活几天？”

“你们这些刽子手逃不出人民的最后审判！”

“胜利属于我们，你们必定失败……”

在陈然和王朴等与“法官”对峙时，另一边的蓝蒂裕依然不放弃，他以独特的幽默在同敌人作最后的斗争。当“法官”问他还有什么可说时，他笑笑，头一昂，说：“你们听过我多吐一个字吗？好了，再见了！”

“你真是怪人啊，我已经要枪毙你了，怎么还再见呢？”

蓝蒂裕突然开怀大笑起来：“哈哈……这你们还不明白？不要两年，我们会在地狱中再见的！”

“晦气！”特务们气粗了脖子，草草收场道，“押他们上刑场！快快！”

就这样，陈然等“犯人”立即被粗暴地推上刑车，马达声顿时“隆隆”响起。这时，更洪亮的口号声爆发了：

“中华人民共和国万岁！”

“中国共产党万岁！”

“毛主席万岁，万万岁！”

刑车驶进民生路等市区大街，沉默而愤怒的群众伫立在街道两旁，倾听着刑车上高亢的《国歌》《国际歌》。陈然等人趁此机会，大声向全市人民传播革命的喜讯：

“人民政府已经成立啦！”

“中华人民共和国万岁！”

“五星红旗……首都北京！”

“蒋介石彻底完蛋啦！”

“打倒蒋介石！解放全中国！”

……

刑车所到之处，沿途的重庆市民们悲愤而激动地目送着英勇的共产党员们，许多人一边为陈然他们送行，一边悲愤地流着热泪。刑车到了大坪附近，警戒线外也聚集了一批群众。“让我下车，我有话要对大家说……”陈然要求停车，向群众发表演说。惊恐的刽子手们哪敢这么干，上来两个特务便架着陈然将其拉上山冈。陈然用肩膀把特务撞开：“滚开！我自己会走！”

敌人的机枪已经架起，子弹飞快地从枪膛射出……屹立在山冈上的陈然使出最后的力量高呼：

“中国共产党万岁！”

“毛主席万岁！”

罪恶的子弹穿透陈然的身躯，英雄竟然没有倒下。刽子手们慌乱地叫喊着：“再来一梭！快快！”

突！突！突！……

“毛主席万岁！”

……

陈然倒下了……陈然这年 28 岁。

成善谋倒下了……成善谋这年 29 岁。

最后倒下的是王朴，王朴也是 28 岁。

10月28日这场屠杀，是蒋介石亲自授意的。11月14日又有30人被集体枪杀。《红岩》中“江姐”原型之一的江竹筠等人就是在此次屠杀中牺牲的。

为什么特务选择了11月14日这一天？重庆市民其实并不清楚，监狱里的“犯人”更不知这一天是他们告别世界的黑暗日。

因为这一天，蒋介石又一次飞到了重庆。毛人凤、徐远举等效忠于老蒋的特务头子很会办事，他们要给节节败退、灰心丧气的“委座”打点气，给个“见面礼”。所以，这一天的大屠杀是毛人凤、徐远举等特务精心策划的。

进入11月份，我人民解放军二野部队已经突破川黔防线，11月8日的鄂西战役，我军歼灭宋希濂部2万余人。12日黔江解放，贵阳解放也已近在眼前（蒋介石到重庆的第二天贵阳就解放了）。蒋介石已经知道西南形势对他的国民党残余力量极为不利，所以，仓促之中决定再次亲临重庆。

同日随蒋介石而来的毛人凤，一到重庆，即饬令保密局西南特区将关押在白公馆和渣滓洞、“新世界”看守所的“案犯”造册送核。徐远举随即命令手下分头行动。下午4时，毛人凤到林园谒见蒋介石，到底说了什么史料上没有记载，不过有一点可以肯定的是：毛人凤必定要让主子获得一份舒坦的心情。所以，他才会有一下飞机便立即吩咐徐远举等特务分子送交“马上行动”的屠杀计划。

“什么时候动手？”徐远举请示毛人凤。

“天黑前吧。”毛人凤说完补充道，“动作快一些。完事后你到我住处还有要事……”

“是。”

徐远举接受毛人凤指令后，迅速命令手下：“立即行动，分头将要枪毙的人集中起来，再分批押到电台岚垭刑场给灭了！”

关于此次大屠杀，徐远举后来有一段交代材料上这样说：密裁齐亮、江竹筠等30人的计划，由西南特区拟具，送西南特区代区长廖宗泽核定后在电台岚垭执行。主持屠杀的刽子手有雷天元、龙学渊、熊祥等特务。具体是：由雷天元及渣滓洞看守所所长李磊将要杀的革命人士以转移关押的名义，从渣滓洞骗出，随后一一捆绑押至刑场，再由熊祥、徐贵林、王少山等特务用卡宾枪扫射“解决”。在刑场外围，由交警大队及西南长官公署警卫连进行严密警戒。屠杀完毕后，将他们的遗体拍成照片，报台湾备核。

根据红岩革命历史博物馆保存的国民党特务机关遗留下的档案，当年特务机关对残害江竹筠等30位革命志士的大屠杀是做了充分准备的。下面是国民党保密局西南特区关于此次“密裁”的具体行动计划的部分原始档案记载：

奉令密裁匪谍三十名一案，遵照指示会同二处课长雷天元同志、警卫组组长漆玉麟同志、第二看守所所长李磊同志、本区行动组组长熊祥同志等，研究商讨乃于本（11）月7日先赴造时场实地勘察并即研究执行技术问题，谨将研商结果与意见分呈于后：

一、执行主官拟由本区二处课长、组长共同负责主持。

二、执行地点经实地勘察结果拟以造时场山后岚垭（即前本局电信总台）为最适宜。该地区无人居住，仅有卫兵二人，事前可先调离，由挖坑组人员驻守，以保机密。

三、执行工具拟用手枪予以击毙。

四、执行时间拟于挖坑工作完成后之次日开始执行。为便利拍照起见仍以白天执行为宜。

五、执行布置与准备：

1. 拟设挖坑组，由警卫组派警卫六名，本区派警卫二名，以出公差名义携带行李，事前不告知其任务与地点，由熊祥组长偕事务员易大清率领，赴指定地点开始掘坑工作。在工作期与外界隔离，食宿由区负担，膳食由易大清同志负责办理（购炭米自办）。挖坑三个，每一方丈宽，二丈深，预计二日至三日完成。

2. 拟设执行组，派熊组长负责，以本区行动组六人、警卫组二人担任执行。

3. 摄影工作拟由张界法官担任，为免照坏，慎重起见，借备相机两部，并购备胶片，每机对匪尸连拍两次，以免冲洗不清之虞。

4. 拟分三批执行，以 10 人为一批，于一日内完成密裁任务。

5. 拟请发购置挖坑工具、相机、胶片、膳食等费用 500 元，并拨卡车一辆，事后报销。

6. 拟于工作毕后，会同二处签请核给奖金。

六、执行步骤，拟以新设立第三看守所名义将第二看守所移解三所借以掩护，免在押犯人骚动，于提解时，由张界法官、李磊所长讯明正身制作笔录并签名后提至刑场枪毙，并由主官莅场验明无讹，于尸身标识姓名摄成照片后由掘坑组掩埋，又于执行时其警戒由挖坑组担任，掩埋时由执行组担任警戒，事毕报备。

七、执行时之受刑名单由二处二科造册办理。

八、拟执行时地报台局备查，执行完毕检具照片名册报台局核备。……

从这份“密裁令”上可以看出毛人凤、徐远举等刽子手们在屠杀共产党人方面表现得何等冷血，又何等周密，他们甚至连杀人后如何分发奖金等问题都考虑得如此详细。据徐远举后来的交代材料上讲，毛人凤还非常“周到”地安排这些参加杀害共产党人的刽子手们一旦完成任务后，可直接派飞机送到台湾，以免被人民解放军捕捉后受到人民的严惩。这也使得那些沾满革命烈士鲜血的刽子手们少了后顾之忧，所以一旦接受任务后，他们表现得异常残暴，完全丧失人性。其实在对付共产党人方面，国民党反动派从来都是残忍的，犹如畜生一般，无半点儿人性。

“齐亮、王敏、杨虞裳、蒋可然、何忠发……还有李青林、江竹筠，你们统统出来吧！”

“快快，张文端、李群、左国政……叫到名字的都出来！”

清晨，几辆吉普车突然驶进渣滓洞，荷枪实弹的特务们在院子里疯狗似的叫嚷起来。

“为什么？你们想干什么？”渣滓洞的气氛顿时异常紧张，楼上楼下的十几个囚室里的共产党人一见情况不对，便纷纷簇拥到牢房门口，愤怒的责问声此起彼伏。

“不许嚷！不许嚷了！”看守和前来执行的刽子手们赶忙掩饰道，“他们是转移到另一个看守所，履行公务，没什么大不了的！”可这样的谎言骗不了谁，更何况是渣滓洞这些已经有了丰富监狱斗争经验的革命同志。于是，多数被点到名的“囚犯”，都做好了最后的准备，他们知道等待他们的将是敌人的子弹和生命的结束。

“把你们的行李收拾好一起带走。动作快一点！”特务这样喊着，可从牢房里走出来的革命同志几乎没有人带着自己的行李——其实他们（她们）本来就没有什么东西可带的。

“这张手巾，它沾满了我受特务酷刑的鲜血，亲爱的同志们，你们如果有人将来幸而出狱，就请设法交给我弟弟蒋怀勤，让他永远记住这阶级仇，让他跟着共产党，革命到底！”楼上六室里，34岁的北碚中心县委书记蒋可然双手捧着一块透着紫色血迹的手巾，交给了同室的难友。随后，他又把身上的一件外衣，连同铺盖，甚至连头上戴的一顶布帽都交给了同室的囚友们，然后昂着头，无所畏惧地走出牢房，像去参加一场新的战斗。

这时，七号牢房的王敏“王铁拐”也从囚室走出，蒋可然一把挽住走路一瘸一拐的囚友，偏偏断腿的“王铁拐”硬是坚持要自己走。身残却异常活跃的王敏这时回头朝自己的囚室战友招招手，乐观而又镇定地向战友们告别道：“同志们，我们先走一步了，再见！”

同是被叛徒出卖的王敏，在关入渣滓洞监狱后，敌人用尽了酷刑，却始终没有从他口中获得半点有价值的东西。相反，倒是王敏以他特有的“狡猾”，时常捉弄特务分子，所以他是特务眼中的“滚刀肉”。下面是一段王敏在监狱中的场景：

特务威胁道：“到这里来了，你不交出组织是不行的。我们看了你的材料，你在川东、川北是有名的共党分子，你的组织关系，我们已查出了一些，你自己保留了一些。今天把你找来，你还是自觉一点好。”

王敏满不在乎地说：“上次审讯已经都说完了，没有说的了。”

特务眼睛睁圆了，吼道：“王敏，你放老实点！”

王敏眼珠子转了一下：“以前该说的我都说完了，不信，你们去调查吧！”

特务们气急败坏地一起将王敏弄上老虎凳，凶神恶煞地瞪着眼珠：“你说不说？说不说？”

王敏痛得汗流满面，对敌人说：“你们放开我，我才能说。”

特务们只好停止用刑：“说吧。”

王敏上气不接下气地说：“我的腿都被你们撬断了，哪有不说的呢？”

特务气得七窍生烟：“再加砖！”

老虎凳上的王敏面对畜生们的酷刑，一边用衣袖拭去额头上大颗大颗的汗珠，一边做出一副满不在乎的样子嘲弄敌人。

这下，王敏的腿真的断了，从此变成了“王铁拐”。

回到牢房，同志们关切地对王敏说：“你受那样大的罪，还笑呢！”

王敏则笑道：“今天我又一次胜利了，那些家伙从我这里什么也没捞到，怎能不笑呢！”

山城解放指日可待，就在前些天，王敏在牢房里曾风趣地对难友们说：“我王铁拐不能瘸着脚出去迎接解放军，这太损害我的形象。如果明天早上大军进城来了，我要在腿杆上用竹竿绑成高脚狮子，走过通城迎接解放军，谁会认出我是瘸子呢？”

现在，王敏真想找一根竹竿绑在自己的腿上，去迎接英勇的人民解放军。

“五室的唐虚谷！磨蹭啥子嘛？快出来！”特务仍在不停地催促着。

“老大哥也要走啦！”特务的一声“唐虚谷”，使监狱内的“囚犯”们心头异常沉重起来。41岁的唐虚谷，就是《红岩》中所描述到的“老大哥”的原型之一。

人称“老大哥”的唐虚谷，四川渠县人，17岁前名叫唐成瑞，18岁时自己更名叫唐毅，直到转战下川东工作时，又正式更名叫唐虚谷。1921年，13岁小学刚毕业的唐成瑞，并不完全自愿地服从了他老爹的安排，只身到渠县县城一家杂货商店当学徒，“学做生意”，开始了他人生中独自闯荡的生涯。让人意想不到的是，他在那杂货店的五年栖身的日子里，得到了非常大的收获。第一个是，他经过偷师学艺学到了做生意的一系列知识和方法；第二个是，经过四年时间的自学，他读完了中学的文史课本，几乎将自己的文化提高到了中学的相应水平；第三个也是最不简单的是，他有一个在外地读大学的哥哥，给他买回来了大批诸如《通俗唯物论》《通俗辩证法》《国家与革命》《共产党宣言》等马列主义革命书籍，他像着了魔似的读啊读，一遍、两遍、三遍……反复地读，并且带动远房表妹张静芳（后为他的妻子）一同读那些书，并一起联系思想和时局深入讨论，进而两人共同树立起了愿意为共产主义而奋斗的伟大理想，并成为一对革命伉俪。

聪明好学的唐虚谷，通过刻苦自学，最终以一个小学生的文凭直接考上大学，而且先后进了三所大学学习。抗日战争初期，他从上海带了五大箱马列主义革命书籍回到渠县，立即组织“爱知读书会”，将知识青年凝聚在一起，一方面学习马列著作，另一方面培训骨干开展抗日救亡宣传活动。1938年暑假期间，为将“爱知读书会”成员的政治理论学习引向深入，他在清溪分会举办了一个名叫“哲学进门七日通”的讲座。

有一百多个青年教师和学生参加。七天时间里，每天上午都由他讲课。他深入浅出地将辩证唯物论和科学社会主义的基础知识讲述得十分透彻，再经过每天下午的讨论消化，师生反映效果很好。

1948年6月的一天，唐虚谷和妻子张静芳因叛徒出卖，在万县龙驹镇"安普客栈"被捕。他们的7岁小女儿被张静芳巧妙支走而幸免入狱。充满斗争经验和斗争艺术的唐虚谷在入狱后与敌人的斗争中更是显现出超凡的意志与智慧。

夫妇俩被捕后被押至万县县城。唐虚谷发现他们并没有被送进警察局，而是关在一家旅馆里。这是为什么？唐虚谷立即警惕起来。晚上，"迎风招待"他"盛宴"的是老虎凳。才加到两块砖，不愿在敌人面前示弱的他却偏偏大叫起来："哎哟！你们把我的腿骨都弄断了哇！好痛啊——！"

"不许叫！"特务怕秘密抓捕共产党的行动会惊动左邻右舍，被唐虚谷这么一叫反倒紧张起来。

"哎哟——！"唐虚谷不管这一套，在加到第三块砖时，叫得更响了。其实他是借故在敌人尚未掌握自己的证据之前，死咬住"守法生意人"的口供不变，并趁机大叫示警。显然这个战略很有效，他在这摸索中的第一场斗争取得完全的胜利，心里十分放松，觉得"这一群笨蛋，并不怎么可怕嘛！好对付！大不了受点皮肉之苦！"

这时，突然一个熟人进来了。唐虚谷顿时明白了：自己被人出卖了。

"唐先生不会认不得这个人吧？"敌人指着刚进来的人问道。

"他么！认是认得，那时他是个人，不过此时却变成一条狗了！"唐虚谷连头都懒得抬。

"现在你还有什么话说呢？还是主动交代的好，免得再受更大的皮肉之苦哇！"

"既然那条狗落在你们手里，又还在你们掌握之中，他知道的你们也都必然知道了，何必多费口舌再来问我呢？不过我得告诉你们，休想从我口中得到半点那条狗所不知道的东西！”这回唐虚谷抬了一下头，冲打手们硬了一句，“我这把骨头还顶得住，不信你们把什么招数使来试试。”

打手当然不信，接连用刑，且越用越重，而唐虚谷也确实做到了——他真的像是骨头越来越硬。无奈的特务们又想从唐虚谷的妻子张静芳身上打主意，可女共产党员也很硬，来回就那么两句老话：“我是一个字都认不得的家庭妇女，丈夫做的事，我不晓得。”

特务们没有再给唐虚谷早“吃”厌了的老虎凳、吊鸭儿浮水[1]等老“菜谱”，而是搬出更古怪和“高档”的“大菜”——干竹笋撬熊掌，即用竹筷夹手指的毒刑。

“怎么样，唐先生，味道还不错吧？”特务们像耍猴似的一边行刑一边讯问，“你是说呢？还是继续给你加道‘菜’？”

“随便！”被折磨得满身大汗的唐虚谷，毫不含糊地回答道，“小小竹筷算得了什么？告诉你们：共产党人的骨头是钢铁做的，不怕！”

“那好！撬开他的嘴！”领队的特务恶狠狠地怒吼起来，于是两个彪形打手立即上前脱掉唐虚谷的衣服，随即举起铸满铁钉的钢锤重重地击在唐虚谷的背上。一锤，再锤……唐虚谷疼得大汗淋漓，但就是不说一句敌人想要的口供。

几天后，审讯无进展，唐虚谷和另一批被敌人抓捕的“政治犯”一起被送往重庆。

那时万县到重庆要坐一天的船。江中行驶的船上，既没有刑讯，又没其他干扰，善于思考的唐虚谷便集中精力思考和总结了几天来与敌人斗争的全过程，他想起了毛泽东《论持久战》中的哲学思想和“知己知彼”的战斗艺术，并认真对比了时下的形势：“彼”方，力量雄厚，既武装到牙齿，又有凶残的刑具；有组织严密的特殊队伍，有经过特别训练

---

[1] 酷刑名。“吊鸭儿浮水”是把受刑者手脚反绑在后面，面朝下横着吊在半空中，底下烧上炭火，受刑者身上的水分被烤干昏死过去后，再用冷水泼醒。

的特务头目，并始终掌握主动权。而“己”方，力量单薄，赤手空拳，单打独斗，始终处于被控制的被动地位，又不能组织起来形成强大战斗力的队伍。这是局部范围内的敌强我弱态势。然而，从全国大范围看，国民党反动派却处在我强大的人民解放军和广大人民群众的包围之中，那又是我强敌弱的态势。而就是在这局部小范围内讲，我方，仍然有胜敌的优势。从几天的斗争情况可以看出用特殊材料制成的人，敌人是没法战胜的。

想到这里，唐虚谷坦然一笑，仿佛浑身的皮肉之苦也变得轻了一些。

唐虚谷知道，等待他的将是更加漫长而复杂的对敌斗争。下一步，该怎样继续斗争？显然，敌人是不会罢手的，更不甘心一无所获，他们会使些什么新招呢？旧刑加重，刑具或许还会出新，这是他们的基本信条：“共产党，不怕死，我偏不让你那么快就死去。就叫你欲死不能，叫你受够活罪，长麻吊线地同你磨，我就不信你不开口！”所以，得做好打持久战的准备。敌人还可能耍别的手段，比如，软的“规劝”，欺诈行骗以及其他引诱等等。而我们的同志，水平不一，对那些经验不足的必须帮助。这帮助又如何去进行呢？敌人是不许我们互相接触的，但也并非没有一点碰头的机会，因此，如何做到用最简练的语言快速点拨和有效实施帮助，有必要精心设计。当然，自己更是要重于“言传身教”中的“身教”。想到这里，唐虚谷猛然意识到：在黑牢中，那些散乱的人群并非不能被凝聚起来，结成牢不可破的战斗群体。因为他们本身就是经受过共产主义教育的坚强战士，信仰坚定。特别是难友中有一大批像自己一样理论基础雄厚、斗争经验丰富的骨干，只要大家齐心，实施这个凝聚的计划是完全可能的。

唐虚谷越想越觉得有意思，突然他兴奋起来，既忘记了身上的伤痛，也忘记了自己是被押解的囚犯。“静芳——！”他站立起来，大叫了一声。

被惊动的特务立即呵斥道：“干什么？不许说话！”

“哈哈……我是在说梦话呀！难道梦话也不许说？”唐虚谷的一句幽默笑话，把押解他的警卫都逗笑了。

到渣滓洞后，“政治犯”们被分别关进各个牢房。唐虚谷进了楼上的男囚五室。在这里，他意外地见到了一个地下党的熟人——垫江县委交通员刘德彬（渣滓洞的脱险志士、《红岩》小说创作的重要参与者）。其余都是生面孔。

在熟悉和了解监狱的基本情况后，唐虚谷首先意识到在监狱这特殊的战斗环境中，囚友们的“修身”尤为重要。为了让同志们明白这件事的重要性，他决定身体力行。于是，唐虚谷每天在室内散步，早晚做两次“八段锦”，紧靠墙壁直着脚打坐。

有人问：“老唐，你为啥子那么长时间地打坐呀？”唐答：“为再坐老虎凳做准备喽！”其实，唐虚谷明明知道像老虎凳这类的刑罚不可能再轮到他这样的“老顽固”身上，他的目的是要给别的战友作示范。果不其然，没多长时间后，全室的难友都跟着他锻炼起身体来了。

接着是“养性”。他双目微闭，一动不动地闷坐着，再加上盘着腿，真像一个参禅打坐的和尚在修行。囚友刘德彬过来关怀地问：“老大哥，你的伤口还痛不？”

唐答：“痛，怎么会不痛呢！”

“可我一点也看不出来，你的忍耐力真令人佩服呀！”

唐抓住时机道：“如果愁眉苦脸能将伤痛减轻点，那我一定会愁得很凶。相反，你心情放松、高兴些，伤痛反而会轻一点。这是真的，我有体会。何况我们更应该让特务们看出我们并没有被他们的酷刑所吓倒，你们说是不是这样？”

囚友们纷纷点头赞同唐虚谷的观点。有人好奇地问：“你刚才闭目深思，就是在想这个问题呀？”

“还不只是这点，我一直在反复回味我们的远大理想和为理想所作的许许多多的斗争，当然还不断地展望即将到来的全国解放。这么一想，也便自然会感到那里面有我们的一份贡献和牺牲，而这份贡献和牺牲中当然也包括了我们身上的这些伤口、剧痛和鲜血……一想到这些，所有的私心杂念，痛苦烦恼通通被扫得一干二净。你说，我的伤痛是不是已经减轻了一半？”唐虚谷的一番话，深深地打动了全室难友，大家似乎一下都精神了起来。

“老唐，你真是老大哥啊！你一来，我们同敌人斗争更加有信心了！”难友们对唐虚谷的这份敬意是从心底里涌出的。

入狱时间一长，唐虚谷想得更多了：要知道，按党组织的规定，从被捕入狱时起，每个共产党员便与党组织割断联系。这样一来，狱中同志间的组织关系自然也就没有了，然而在这个特殊环境里又多么需要有党的组织来领导大家同敌人开展更英勇的斗争啊。唐虚谷冥思苦想起来……终于他记起了当年在与党失去联系后，自己曾用组织“爱知读书会”这个党的外围组织来凝聚知识青年的办法。这经验为何不借鉴？唐虚谷想到这里，顿时感到一股精神的力量——他决定在监狱里成立“学习会”这类党的外围组织。

于是，第五囚室便成了唐虚谷成立“学习会”的试验点。他发起建立了“学习会”，名叫“铁窗读书会”。有同志开玩笑说：“应该叫‘铁窗背书会’，因为我们哪有书可读呀？只有背书嘛！”

“‘背书会’也挺好。我来给大家讲，你们就背……”这对唐虚谷来说是驾轻就熟的事，早年他学习的《政治经济学》《资本论》等马列著作，几乎都能倒背如流，没想到在这监狱里真成了“无课本”课堂上的教材。

从此，唐虚谷每天俨然像大学教授一样滔滔不绝地讲授着，“学生们”则聚精会神地听着、背着……第五囚室的经验后来被推广到渣滓洞各个囚室。

丰富的革命斗争经验告诉唐虚谷，在监狱这个地方，所有被关进来的共产党人和革命志士，他们面临的困难和考验是前所未有的，因此，唐虚谷在授课时非常注意将政治理论学习同眼下大家的思想联系起来，目标明确而集中地解决信念和气节问题。在“学习会”一室一室推广后，唐虚谷便想：全监狱应该有个“联合会”，而且各会的“头儿”便是这“联合会”的“委员”。当然这个“联合会”就由他这个发起人来担任“会长”，只不过用不着去公开它，免得敌人起疑和紧张。监狱的秘密组织就这样建立起来了。

自“学习会”建立起，监狱内出现了另一番景象，同志们情绪高涨，斗争意识大大提高。此时的唐虚谷认为时机已成熟，可以开展一次更大的斗争活动了。而这时，监狱的看守和特务们对政治犯的迫害也越来越疯狂。“必须改善眼下的基本生存方式。”于是，唐虚谷又想到了狱外搞工人运动中常用的“罢工”武器：我们可以搞“绝食”！对，用绝食来让敌人向我们低头。很快，“刀已磨快，立即绝食”的倡议，在两天内传遍了渣滓洞监狱各牢房。绝食斗争最终取得胜利，它既震慑了敌人，又大大鼓舞了难友。

“老大哥”的威信在同志们的心目中再次提高，而特务头子徐远举则恨透了他。

“听说唐先生博学多才，而且对你们的政治经济学很有研究。我们打算办一个‘经济研究所’，请唐先生来负责，担任所长，充分发挥你唐先生的特长，不知怎么样？”一天，徐远举把唐虚谷“请”到老街——特务二处办公所在地。

“这样的时候，这样的地点，再加上你们这帮人，想办什么‘经济研究所’，能研究出个什么名堂呢？如果你一定要办，那你另找别人，我可没兴趣当你的什么所长！”唐虚谷一副鄙夷的样子。

“唐先生先别急于拒绝，慢慢思考几天，如何？我可是为你好哇！”徐远举假心假意地试探道。

“没有必要再考虑！”唐虚谷斩钉截铁地回答。

“没关系，可以给你些时间好好考虑一下。考虑好了再回答我。”这回徐远举显得很有“修养”。

两个月，唐虚谷在老街一住就是两个月。这两个月他不仅吃得好，睡得舒适，而且没有人对他用刑。敌人以为他在软化，哪知唐虚谷利用这个机会每天不停地看报打听外面的消息……

“怎么样，唐先生想好了没有？经济研究所所长这份工作可不是所有的人都可以担任的，你意下如何？”徐远举终于等不住了，亲自过来询问。

唐虚谷又是一副漫不经心的样子，回答道：“你那个什么所长，我是绝对不会当的。不过，你徐先生愿意让我在这儿待下去，我还是情愿的。”

“没这么好的事！”徐远举不再掩饰他丑恶的嘴脸，对手下的特务们一声吼道，“把他拉回监狱！”

回到渣滓洞监狱，第五囚室的难友们欣喜若狂，像迎接凯旋的将军那样为“老大哥”开了个庆功会。有人问他在老街两个月有什么收获时，老唐诙谐地说道：“我呀，倒是有个特别的感受，就是到老街去打了个转归来后，才明白什么叫‘山中方一日，世上已千年’。”

“什么意思？”有人不明白。

“知道我从他们的报纸上看到多少好消息吗？”唐虚谷卖了个关子，只见他弓了一下背，道，“整整一背篼哟！”

“哈哈……”囚室内爆发出异常欢快的笑声。

除了“学习会”之外，监狱里还有另一个地下组织“铁窗诗社”。如今我们读到的许多从渣滓洞和白公馆流传下来的著名“狱中革命诗篇”都出自该诗社。

“铁窗诗社”建立以后，像一团熊熊燃烧的烈火，迅速燃遍整个牢房。在入狱的共产党人中有许多是青年学生，他们本来就怀着满腔革命热情，尤其是在白色恐怖下，“愤怒出诗人”，这些革命者几乎都不同程度地当上了“诗人”。

“我们坐在牢里，首要的就是要有斗志。常言道：诗言志，今天我把一首《宣誓》奉献给大家，算是抛砖引玉。”在狱中的一个联欢会上，当难友们自编自演的节目一个接一个、高潮迭起之时，一群“诗友”悄悄地溜进了楼下一号牢房。激动而兴奋的“诗人”们聚集在一起，曾任《挺进报》编辑的古承铄抢在第一个，只见他将长长的头发往后一甩，一派诗人气质地吟诵起来——

在战斗的年代，
我宣誓：
不怕风暴，
不怕骤雨的袭击。
一阵火，一阵雷，
一阵狂风，一阵呼号，
炙热着我的心，
脑际胀满了温暖与激情。

我宣誓：
爱那些穷苦的、
流浪的、无家可归的、
衣单被薄的人民；
恨那些贪馋的、
骄横的、压榨人民的、
杀戮真理的强盗。

我宣誓：
我是真理的信徒，
我是正义的战士，

我要永远永远，
为人类的自由幸福而战！

“好，写得好。古兄的《宣誓》代表了我们所有人的宣誓。现在人民解放军节节胜利，蒋家王朝的统治不会太长了，虽然我们不能直接参加人民解放战争，但在这个特殊的战场上，我们要以最大的努力去投入战斗，毫无愧色地去迎接革命的胜利，所以我写了一首《迎接胜利》给大家听听……”何雪松说完立即朗诵起来：

乌云遮不住太阳，
冰雪锁不住春天，
铁牢——
关不住战士的身子，
关不住要解放的心愿。
不怕你豺狼遍野，
荆棘满山，
怎比得，
真理的火流，
革命的烈焰。
看破晓的红光，
销铄了云层，
解放的歌声，
响亮在人间。
用什么来迎接我们的胜利？
用我们不屈的意志，
坚贞的信念！
……

“好——！”

“雪松兄的这首诗写出了‘不屈的意志，坚贞的信念’，很有力量。现在敌人对我们威逼利诱，党内出了叛徒，我们更要坚持到底，必须要解决为谁坐牢和怎样坐牢的问题。我写了一首《把牢底坐穿》的诗，给大伙念念，希望大家提提意见。”

为了免除下一代的苦难，
我们愿——
愿把这牢底坐穿！
这是混乱的日子，黑夜被人硬当作白天，
在人们的头上，狂舞的人享福了。
在深沉的夜里，他们飞旋于红灯绿酒之间。
呼天的人是有罪的，
据说，天是不应该被人呼喊，
而它的位置却是在他们脚底下面。
牢狱果真是为善良的人们而设的吗？
为什么大家的幸福被少数人强夺霸占？
我们是天生的叛逆者，
我们要把这颠倒的乾坤扭转！
我们要把这不合理的一切打翻！
今天，我们坐牢了，
坐牢又有什么稀罕？
为了免除下一代的苦难，
我们愿——
愿把这牢底坐穿！

“好诗！这样的好诗应该让所有的同志都背诵，我们就会以另一种方式对付敌人！”

“真想再出一期《挺进报》，把你敬平兄的诗发表出来，让大家一起学习、欣赏……”

“诗会”越开越激昂。“蔡梦慰，你在想什么了？快把你的大作拿出来给大家念念。”有人捅捅坐在一旁似乎陷入遐想的蔡梦慰。

“对，你老兄的诗呢？快念吧。”

蔡梦慰谦逊地一笑，说：“我正在酝酿一首长诗，起名叫《黑牢诗篇》，还在构思之中……”

“好，下次听你的了！”

“铁窗诗社”后来一直活跃在狱中，成为鼓舞革命者斗志的重要阵地。而且诗友们还发明了狱中的“文房四宝”，并在牢房里流传开来。纸，便是监狱中大家节约下的“如厕手纸”；笔，是从厕所篾竹墙壁上扳下的一块块篾片，没有刀便用嘴咬破后再磨尖，做成“笔”；墨水的制作可费了些劲，想了很久他们才找到设计方案——从破棉袄里扯出一团棉花，再在油灯上点燃后丢进饭碗内，等它燃烧完后变成一团黑灰，再加进水，这样“墨水”便制作成功了……

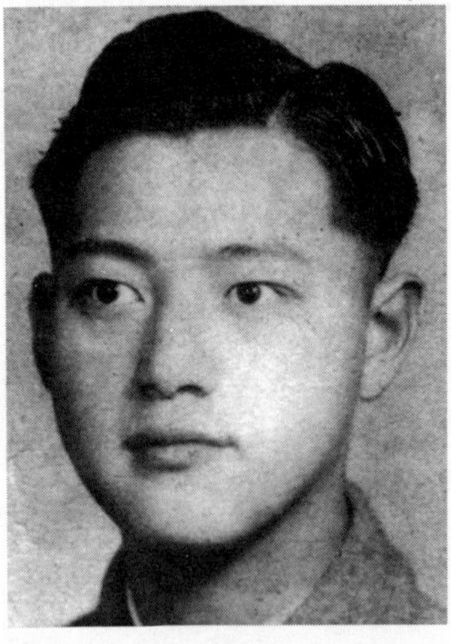
余祖胜烈士

“铁窗诗社”中还有一个年轻的活跃分子叫余祖胜，他是《红岩》小说里“余新江”的原型。在创作本书时笔者正好到现今的重庆理工大学讲课，这个大学的老师和同学们欣喜地告诉我，余祖胜是他们的“校友”——重庆理工大学的前身是中国著名的二十一兵工厂附属第十一技工学校。理工大的这位“校友”也是位才华横溢、激情燃烧的诗人。入狱后，生活孤独而寂寞，放风时出来晒晒太阳便是一种享受。余祖胜在 19 岁时就创作过一首叫《晒太阳》的诗。于是，他的《晒太阳》便成了许多难友们常拿来吟诵的励志诗篇——

太阳倾泻在石头上，
温暖着我的身躯，
呵？这也触犯了吸血鬼的法律！
“哼！不讲羞耻！”
眼珠翻滚，怒目瞪瞪。
在这人和兽混居的城堡里——
道德、法律、武力、金钱……
全是吃人的野兽！
春天，是强盗们的，
穷人永远生活在冬天里。
愤怒地站在石头上，
我要回答——
总有一天，我们将站在这个城堡上，
高声宣布：
太阳是我们的！

技校出身的诗人余祖胜在狱中还有一个特殊的贡献，他心灵手巧，富于创造，经常用稀饭、棉花、泥土混合做成象棋送给难友；他用楼板上的钉子磨成小刀，用一些废牙刷柄，雕刻出色彩斑斓的五角星、短剑和红心，送给难友们迎接胜利和光明。难友们有的称他是“狱中工艺大师”，也有人称他是“讴歌幸福的诗人”。他的另一首诗《明天》，很能说明他的这种革命乐观主义情怀：

我伏在窗前，

让黑夜快点过去。
希望的梦呵——
总是做不完的。
黑夜里总有星光，
白天怎能叫太阳躲藏？
明天，是个幸福的日子，
明天，是我的希望！

“铁窗诗社”先后共创作新旧体诗50余首，大部分毁于“11·27”大屠杀中，留下来的只有20余首。诗社成员除屈楚被营救出狱，以及傅伯雍在大屠杀之夜侥幸越狱脱险外，其余全部在黎明之前倒在了敌人的枪口之下。他们的诗连同英名永远地留在中国共产党的革命斗争史册里。

“李青林、江竹筠！你们两个收拾好自己的东西，快点出来！”特务又在叫名字，这回叫的是女牢中的两位。

女牢内的江竹筠，听见叫喊着自己的名字时，毫不慌张地首先将默写出来的《新民主主义论》递给了难友黄玉清，然后脱下囚衣，换上自己的阴丹士林布旗袍，外面罩着红色的毛衣，细心地梳好头发，目光坚毅地同难友们一一握手告别……

“‘老大哥’叫走了，李大姐和江姐也叫走了！这回反动派是要真杀了！”监狱内气氛越来越凝重，难友们刚刚看着唐虚谷、齐亮、杨虞裳、蒋可然、何忠发和拐着腿的王敏等集中到监狱的院坝中，现在又见敌人在催促他们心目中的两位女英雄、好大姐，顿时一个个心头更加沉重。

关于江竹筠，即《红岩》里的江姐形象，过去几十年来因为有太多的戏剧和影视作品的宣传，我们似乎都很了解她了，本书将在后面的章节中对她进行细述。过去并不为人们所熟知的另一位“江姐”式人物李青林，其实也是小说《红岩》中的“江姐”原型之一。

此刻，难友们看到的李青林，虽然蓬头垢面，衣衫破旧，双腿踉跄（她的膝盖因为在审讯时被特务使用老虎凳而折断后一直没有治愈），但她仍然保持着高昂的斗志。李青林是整个渣滓洞和白公馆中受刑最重的一个女共产党员，被捕前她是中共万县县委副书记。

关于李青林，2000年出版的《万州区党史资料》上是这样介绍的：

李青林原名李方琼，化名李潭、李冰如、李方莲、李文君，四川省泸州人，1913年10月30日生于泸州沙湾。祖父经营盐业。父亲李盂敏，原为清国子监太学生，后以废除科举而改营商业，开染房为生。母亲董氏，家庭妇女，生青林姐妹弟兄七人。青林排行第六，故人们叫她“六妹”。李青林自幼性格开朗大方，刚毅倔强，疾恶如仇，在同辈兄妹中，更具刚强独特的个性。

1929年，李青林进泸州中学读书后，家庭遭遇重大变故，因其叔父债务问题，债主强要弟债兄还，勾结驻泸军阀竟向她父亲无理逼债，毒打下狱，其父终以忧愤病死狱中。随后母亲也因倾家抵债家境破落的沉重打击而病逝。父母双亡后，李青林仅靠其兄姐的微薄工资生活。家庭的悲惨遭遇对她影响很大，从此李青林心底埋下了对丑恶黑暗的旧社会的憎恨。1931年李青林考入泸县女子师范学校读书。其间，九一八事变发生，李青林在抗日救亡的爱国热潮影响下，曾先后结识了我地下党员，接受了先进的革命思想。此后她常爱吟唱“不愿久偷生，但愿轰烈死，愿将一己命，救彼苍生起”等诗句，抒发她内心的抱负和理想。

七七事变后，已经在一个中学任教的李青林立即以满腔的爱国热忱，组织发动师生团结抗日，亲自带领学生进行抗日宣传。在街头和一些集会上，到处都可以听到她那激动人心的“团结、战斗”“抗日救亡”的讲演。她的进步行动，得到了党组织的认可，1939年1月，她被吸收

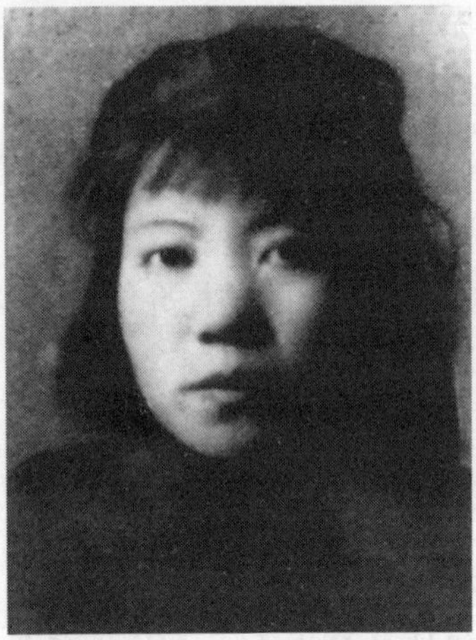

李青林烈士

为中共党员。之后，组织上指派李青林担任战训同学支部书记，其公开职业是泸县小市陈公祠小学的教员。在中心县委的领导下，她负责妇运工作。

1940 年 7 月，李青林因活动暴露，受到国民党的严密监视，被迫转移到重庆。她改名李潭，经考核以优异的成绩成为一名全国慰劳总会工作队员。从此李青林以此身份为掩护，继续从事党的地下活动。皖南事变后，国民党反动派掀起第二次反共高潮。不久，敌特机关派特务进入慰劳总会监视，李青林便于 1941 年 7 月转移返回泸州。党组织指派她去泸县二十三兵工厂子弟小学任教，担任该校教务主任。党内她是支部书记。以教书为掩护的她，继续秘密做党的工运和学运工作。

1942 年春，李青林的组织关系转移到重庆，她便先后被派去磁器口、山洞、马家店等地小学以教书作掩护，秘密从事党的地下工运工作。1945 年 8 月，日本帝国主义宣布无条件投降以后不久，蒋介石背信弃义，拉开了内战的序幕。李青林被党组织派去重庆市基督教女青年会做妇运工作，她改用了妹妹的名字叫李方莲。

1947 年 8 月，通过当时下川东地工委书记涂孝文的关系，李青林被调到万县，担任万县县委副书记职务。这时，我地下党在重庆秘密发行的《挺进报》被敌特破获，党组织遭受严重破坏。川东临委副书记兼下川东地工委书记涂孝文因叛徒出卖被捕后自己也当上叛徒，招出了包括在下川东工作的江竹筠和万县县委书记雷震、副书记李青林等 20 多人。

李青林被捕后，叛徒曾无耻地向特务头子雷天元献策说：“我们这次来万县，雷、李、江都抓到了，下一步就只能从李青林身上来榨油了，因为李是万县实际的共产党负责人，乡下的关系是她发展和掌握的。”于是，雷天元立即决定，当晚在特委会突击审讯李青林。令特务们没有想到的是，李青林竟然是个异常坚强的女共产党人，什么话都不能从她嘴里问出来。

“我在学校教书，备课上课很忙，很少和校外人来往。哪个姓江的？我不认识她，她也不会认识我。”李青林连自己是共产党员都不承认，更不要说交代党的组织了。

“加砖！再加砖！一直加到她服输、吐实情为止！”雷天元气急败坏地命令特务们一而再地给李青林施毒刑。后来，他们硬是在老虎凳上把李青林的膝盖折断了。然而，李青林始终未向敌人吐露半点党的秘密。在《红岩》小说里，有个情节：敌人用尖利的竹签插十指，李青林确实受过此大刑。

关进渣滓洞监狱后，李青林与江竹筠等同在女一室，时间长达 14 个月之久。在狱中，李青林又屡受重刑拷问，加之腿骨被折断，无法治疗，皮肉溃烂，行动十分困难，但她忍受疾痛，一直顽强地坚持同敌人斗争。尤其是她与叛徒的一次斗争，成了一则“经典故事”，流传至今——这是一名叛徒的自供：

在杨家山，有一天特务忽然把涂孝文押到渣滓洞去，叫他与李青林“对质”。原来李青林不承认自己是共产党员。涂孝文“对质”回来后对我说：他到了渣滓洞，特务张界当着他的面“审讯”李青林，但李仍然否认自己是共产党员。张界叫涂孝文“对质”。没有等涂孝文开口，李青林就痛骂涂孝文，说在泸州时，他二人在小学里面教书，只是同事关系。当时涂孝文追求她，她拒绝了，有一次涂孝文竟强迫与她接吻，她打了涂孝文一个耳光，涂孝文从此怀恨在心，所以要报复她。说到这里，李青林理直气壮地斥问涂孝文：“你说，是不是这样？”涂孝文面红耳赤，低下头说：“是。”这幕“对质”的丑剧就此收场，没有达到特务预期的“效果”。涂孝文还向我说，当时他感到羞愧，鼓不起“勇气”去证明李是共产党员。

在监狱与敌人的斗争需要特别坚强的意志，36岁的李青林以一名党内“大姐”的身份，不仅以身作则，更是用极大的精力与毅力鼓励年轻同志。她虽腿骨残废，却总是跛着腿积极参加狱中同志们举行的一些如春节联欢会、追悼会等大的活动。平时她双腿行动不便，于是就坐在那里为难友们缝缝补补，照看婴儿与伤者，还为男囚室难友做了五件棉背心和绣了许多花枕头等，将同志间的友情与温暖传递到难友中间，深得同志们的爱戴。

现在，敌人就要枪杀这位亲爱的革命大姐了。当李青林在江竹筠的搀扶下走出女囚室时，整个渣滓洞此起彼伏地响起一声声亲切的“李姐”“江姐”的呼喊声……

“不许嚷嚷！”端枪的特务则在一旁气势汹汹地制止难友们说话。但此刻的渣滓洞已经失去了平静。

“同志们再见了！再见！”

“再见了同志！替我们报仇吧——”

李青林与江竹筠手挽着手，转头向楼上楼下的各囚室的同志频频招手告别。

“来，你这个跛子，我拉你一把吧！”上车时，一个特务见李青林行动不便，伸出手想拉其一把，却被李青林一把推开，她凛然怒斥道：“不用你拉，我自己走！”

而就在这一刻，女囚室里突然有人喊了一声“齐亮”后，便发出凄惨的哭号声，顿时整个渣滓洞沉浸在悲痛与凄凉之中。“秀英，我的好妻子，听我一句话：别哭！”这是齐亮的话。

“我……我不哭，我不哭……呜呜……”女囚室里，方才那悲凉的哭声一下变成了凄怆的啼泣。

27岁的齐亮，这位西南联大中文系的高才生曾是联大的学生会主席。齐亮在昆明的西南联大时，就是著名的学生领袖，有极高威信，他与老师闻一多及马识途等组织和领导了一次次民主运动。到重庆后，仍然主要组织领导学运。1949 年 1 月与妻子一起被捕，又一起被关在渣滓洞。齐亮的妻子马秀英比丈夫小一岁，她是四川地下党负责人、著名作家马识途的堂妹。齐亮在任西南联大学生自治会主席时，与马识途关系密切，后齐亮任中共重庆北区工委书记，马秀英就在他手下从事地下工作，时间一长，她很佩服齐亮的人品才学，后经齐亮和王朴介绍，马秀英参加了中国共产党，从此这对革命伉俪一直并肩战斗在对敌斗争的前沿。这对年轻夫妇，在渣滓洞几个月里，虽然不能生活在同一室，但他们每天都在关心对方，且通过各种秘密渠道进行着革命和爱情的交流。

现在，他们就要彻底分手了。齐亮第一次听到特务们点自己的名字时，就特别担心女囚室里的妻子知道，然而现在妻子还是知道他要走了，并且如此悲痛地哭泣，这让齐亮内心无比痛苦。他的眼睛湿润了，他紧咬着牙关，恨不得冲到女囚室的铁窗前对亲爱的妻子安慰一声，然而他没有，他只是含着泪水，朝妻子挥挥手，作最后的告别……

“再见了，同志们！”

“同志们，再见了！”囚室内外，一片难分难舍。

“走！”刑车在特务的吆喝声中，带着李青林、江竹筠、唐虚谷、齐亮、王敏等 29 人（敌人又从白公馆提了一名共产党员）离开了渣滓洞，驶向刑场。

此时，暮色已近。歌乐山在晚霞的照映下，血色一片。敌人的刑车正驶向电台岚垭刑场……那是一片长满野草的荒地，李青林、江竹筠和唐虚谷、齐亮、王敏等是被分三批押至“执行”区域的，在那里，另一批特务们在几小时前已经挖好了一个尸坑。

“快快，往前走！别停下——”李青林、江竹筠、唐虚谷等是这样被特务们赶着往尸坑前走去的，他们并不知道这片荒地将是他们告别这个世界的墓地……突然，他们的身后响起密集的枪声——

“嗒嗒……”

有人中弹后踉跄倒下。有人一听枪声便转过身，来不及半点犹豫，就振臂高喊起来：

“打倒国民党反动派！”

“中国共产党万岁！”

“中华人民共和国万岁——！”

“嗒嗒嗒……”子弹更加密集地射来。更多的人倒下了……

先倒下的人中有人突然站了起来，带着浑身的鲜血，举起拳头，使出最后的力量在高喊：

“打倒反动派！”

“中国共产党万岁——！”

“嗒嗒嗒！”“嗒嗒嗒……”更加密集而猛烈的枪声。

“共产党……万岁！”

“毛主席……万——岁！”

“嗒！”“嗒嗒！”“嗒……”没有人再从地上站起来，断断续续的口号声、呻吟声是从地面传出的，声音小了，甚至有些含糊不清。特务便向这些仍在发着声音和扭动肢体的人补枪……

齐亮烈士

歌乐山变黑了。太阳躲进了黑暗中。敌人趁着夜幕，将烈士的遗体推入尸坑。

重庆解放的第二天，无数革命群众和那些死难者的亲属纷纷来到这块敌人残害革命志士的地方寻找、凭吊亲人。

1949年11月14日在歌乐山电台岚垭壮烈牺牲的30名志士中，除了李青林、江竹筠、唐虚谷、齐亮和王敏外，还有杨虞裳、徐也速、蒋可然、吴奉贵、陶敬之、黄楠材、陈以文、朱麟、周成铭、石文钧、何忠发、袁尊一、明昭、张文端、张泽浩、张远志、左国政、游宗象、尹慎福、谯平安、李群、邓致久、胡有猷、盛超群和从白公馆提出的邓兴丰。

敌人的大屠杀是如此丧心病狂，没有人性！

就在杀害李青林、江竹筠等共产党人的当晚七八点钟，大特务头子毛人凤回到他所住的嘉陵新村6号。这时，手上还沾着共产党革命烈士鲜血的徐远举等特务已在此恭候。

“局座，任务已经完成了。”徐远举毕恭毕敬地向上司汇报道。

“处理干净了？没留下什么痕迹？”毛人凤看了看徐远举身后的几个特务，问。

“非常干净。同志们干得很利索。”徐远举补充道。

“好，你们都先回去领赏吧。我跟徐先生还有事。”毛人凤对特务们说完，便往里屋走。徐远举示意手下的人离开此地，自己则跟着进了里屋。

“辛苦了，徐先生。”毛人凤一屁股坐在沙发上，对徐远举说，“刚才我已经在委座那里报告了你们今天处决30名要犯的事，委座很满意。”

“那委座说什么时候对其余的案犯动手呢？”徐远举迫不及待地问。

“唉——恐怕得先放一放了。”毛人凤突然懊恼起来。

“怎么回事？”徐远举摸不着头脑，有些着急地问。

片刻，毛人凤终于说话了：“形势对我们非常不利，委座说了，要先考虑如何解决重庆炸城的问题。”

“这……其余的案犯们就不杀啦？”一天不动手杀害共产党似乎就要手痒的徐远举有些失望地看着上司，不知其意。

“你不知道，上个月广州撤退时，我们的广州空军在广州机场存放了几千吨物资，结果共军打过来时，我们的人根本没有按预先安排的给破坏掉，最后倒好，全给了共党！委座气不打一处来，将空军司令周至柔叫去狠狠地骂了一通。这回重庆如果再出现类似的情况，委座非得把你我革职查办不可！”毛人凤瞟了一眼徐远举，喘着粗气，阴声阴气道，“你们先去把爆破大队的人给我找来。记住：这是我们当前最首要的任务。”

“是。”

当天晚上，白公馆楼下的第四囚室里，听着难友们轻轻的鼾声，一位名叫宣灏的“老囚犯”怎么也睡不着。晚上八九点钟，一个监狱看守悄悄告诉囚中的难友们：关在楼下第二囚室的邓兴丰已同从渣滓洞提出的其他 29 人在电台岚垭被秘密杀害了。另外一个消息是，人民解放军已逼近四川，重庆马上就要解放。得知这两则消息，这位当年误入军统训练班，后又一心想参加新四军，在九年多的铁牢生活中每晚都有“狱中写作”习惯的江南青年，一夜无法入眠。

此时此刻，宣灏想到了自己和其他难友将随时都会像邓兴丰一样被拉出去“制裁”。对于死亡，宣灏并不害怕，并且早已做好了准备，让他感到遗憾的是，由于自己的特殊身世与经历，一直埋在他内心追求光明的理想却还没有机会告诉革命同志，特别是还没有机会告诉同室难友他朝思暮想加入中国共产党的愿望。时间不多了，该向同志们表白了！想到这里，宣灏毅然找出偷偷收藏的纸和笔。他决心抓住最后的时机，写下自己要对中国共产党说的话，如果万一有机会带出去，此生无憾矣！

白公馆内外，此时异常静寂，只有远处偶尔的狗叫声传入耳边。借着牢房门栏间隙透进的微弱光线，深度近视的宣灏几乎贴在纸上，他吃力地一笔一画地写着开头的第一句话：

亲爱的朋友，思想上的同志——请允许我这样称呼你。

从何说起呢？从今天下午老邓的走（还不清清楚楚地摆着么：他们是完结了啊），我想，你们的案子是结束了，你和老刘的生命也许是保全了；但从另一方面，我们得到确息，我们这批从贵州来的同志，已于十日“签呈”台湾，百分之八十是要完结的了；因此，在临死之前，我想向你说几句我久想向你说，而没有说成的，请你了解我，并为我和其他的同志报仇！

写到这里，宣灏感到极有必要向党梳理清楚自己的人生轨迹：

我是江苏江阴人，父亲是一个鲜鱼小贩，因为家庭穷困，11 岁母亲逝世后，我一面帮着父亲挑担做生意，一面在小学读书。小学毕业后，曾在初中读书半年后肄业，16 岁，到无锡一家水果店学生意。但我异常厌恶那种狭小而庸俗的生活，希望求取知识，到更广阔的世界去活动。我知道我的家庭是不能满足我的这种希望的，于是我便逃到扬州一个驻防军里去当兵，大概干了三个月，我就被我的父亲找来领回家去了。

在家里，上午我帮着父亲挑担做生意，煮饭烧菜。下午，便独自躲在光线暗淡的小室里学画，读当时新兴的小说和浅近的社会科学书籍。我没有相好的朋友。因为，即使有钱人的子弟愿意与我交往，他们的父母也讨厌我到他们家去玩："你看他身上穿得多破烂，多肮脏呀！朋友多得很，为什么独独要找他，给人家看了笑话啊？"我的孤僻矜持的性格，就是从那个时候开始形成的；同时，那样的生活也给我带来了坏影响：求点知识，学些本领，我将来要往那些有钱人堆里爬——现在想起来，当时的心理是多卑劣，多无耻啊！

到我 18 岁那年的秋天，我的一位有钱的远亲，把我介绍到上海东南医专的解剖实习室去当助手和绘图（解剖图）员。

除了规定的工作而外，我也可以选择很多和自己工作有关，或感到有兴趣的功课，随班听讲。两年半时间，使我懂得了一些生物学和别的自然科学的知识，幽静的实习生活，也养成了我沉默而不管时事的个性。

二十四年[1]年底，上海学生为了“何梅协定”事件，赴京请愿抗日，我也参加了那些伟大的行动；从那以后，我忽然又感到自己生活的狭小无味和前途的黯淡了。我到处托人活动转业，后回到家乡小学里当了教师，接着又当了一学期小学校长。这样我的生活是“独立”了。因为职业关系，也得到了少数人的尊敬。但我应当说，我是一直在个人主义的道路上横冲瞎撞而已！直到抗战爆发，因为接触到了一些新的人和新的事物，我才开始意识到要为人类做一点真正有意义的事业，但可惜的是：我走进了一个反动的军队，还认为他们是为民族谋利益的阵容（营）。因为想学一点军事知识，三个月后，我考进了这“团体”的“息烽训练班”（他们是以“中央军校特种训练班”的名义来招生的）受训。但因当时不明其性质和纪律（那时是缺乏政治常识和经验的啊！）我照常和外面的朋友通信，照常读我爱读的书籍，因此，不到四个月，我就被捕了！

在监禁之初，我的情形是并不很严重的，他们只要我表示悔过，并想利用我的亲笔信去诱捕与我通信的在贵阳的朋友——“读新书店”经理——就可以放我。可是朋友，我这时已经明白了他们所谓“团体”的政治性质，我是真正的人民之子呵，我怎么能入于这些狐群狗党之流？怎么能出卖我敬爱的朋友，以换取一己的荣华富贵？于是在那个暗黑的微雨茫茫的夜晚，我从禁闭室里冲出来，想跑到我所憧憬的新天地——驻有人民队伍新四军的皖南去，然而由于自己的幼稚无识，在十里之外，我又被捕了！

宣灏被捕后，先后被关押于息烽和白公馆监狱。在狱中，他接触到了真正的共产党人，如罗世文、许晓轩、谭沈明、刘国铭、罗广斌等，在这些共产党人的影响、帮助下，宣灏懂得了怎样才能为人类做一点真

[1] 指民国二十四年，即 1935 年。——编者注

正有意义的事情，懂得了只有中国共产党才是为民族谋利益的，他的思想从对革命事业的朴素感情，上升为对共产主义理想的执着追求。曾与宣灏同在白公馆被关押的脱险志士毛晓初在回忆材料中记载了宣灏说过的这样一段话：

革命啦，讲起来不是易事，干起来更不是易事。起初，我只管叫打东洋鬼子叫革命，关起来后，老谭、老许给我许多教育帮助，才懂得一齐革命，所以我就说革命讲起来也不是易事。干啦！就不要怕杀头，众多的人都跟共产党，一个心愿，脚步齐，这就更不易了。现在我明白，不管能不能出去，跟着共产党，跟着老谭、老许他们干就是了，出去了，不用说更要跟着共产党干革命了！

因此，宣灏继续写道：

虽然不是党员，但我对共产主义和人民的党的诚信，也像你们一样，用行动来保证了的，在九年多监禁期中，我不断地读书和磨炼自己的文笔；我郑重地发过誓：只要能踏出牢门，我仍旧要逃向那有着我自己的队伍中去！

现在，窗外已透进黎明的气息，黑暗虽拼死抵抗，但显得那样无力而步步退缩。宣灏站起身来，走到窗前，虽然长期的狱中生活严重地损害了他的视力，但他仍感到远方的天空已明朗起来，他双手伸出窗外，试图拥抱那光明。此刻，他多想冲进重庆秋季的晨雾中，去尽情地享受即将来临的曙光啊！然而，黑暗将把他吞噬在这铁窗之内。宣灏为自己没有机会为党做一些有益的事情而深感遗憾，但他并不后悔自己的选择，也没有丝毫的恐惧，心中充满了对反动政权的仇恨。他要告诉党，革命胜利后革命者应该做的事情：

一次次难友的牺牲，更加强了我这心愿：我决定，只要我能活出来，我要运用我熟悉的工具——笔——把他们秘密着的万千的罪恶告诉给全世界，做这个时代的见证人！可是朋友啊，我的希望将要付之流水了！我是多么可怜自己，替自己惋惜，替自己哀悼啊！

朋友，我们的生命，是国民党反动派在人民解放军就要到临的前夕，穷凶极恶地杀害了的！他们既然敢犯罪，他们就应当自己负起责任来！朋友，请你牢牢记住：不管天涯海角，不能放过这些杀人犯！当人民法庭审判他们的时候，更不能为他们的甜言蜜语或卑贱的哀恳所哄过！“以血还血”，这是天经地义的事！

我相信革命党人对死难朋友的忠诚，一定会满足我上述的希望，使我含笑九泉的！

灏弟上言

最后落笔时，宣灏看到了东方的鱼白云彩已经露在监狱的窗户上，于是他工整地写上“11月15日”这个时间。

这封信写成后，不日，宣灏便寻机将它交给了同室的共产党员罗广斌。当时在白公馆的难友中，大家普遍认为以罗广斌的家庭背景，是可能逃脱被“制裁”的厄运的。而罗广斌本人却不这样看，他已做好了牺牲的准备。当宣灏将要求入党的信交给罗广斌时，他庄严地点点头，紧紧握住对方的手，表示只要有机会，一定向党转达，然后将宣灏的信悄悄叠好，藏进地板下的一个秘密地方。后罗广斌侥幸脱险，宣灏的这封充满革命激情的书信才重见天日。罗广斌等人创作《红岩》小说时，还以宣灏为原型塑造了“胡浩”这个人物形象。

在白公馆的宣灏疾书“最后的要求”之时，同是11月14日这一天夜晚，渣滓洞所受到的震动和影响无疑是更加巨大的。这一夜整个渣滓洞可以说无人入眠，电台岚垭的枪声虽然传不到这里，然而难友们的心头是清楚的，李青林、江竹筠、“老大哥”他们被押走后的命运肯定凶多吉少，尤其是解放军进军大西南的脚步离重庆越来越近时，丧心病狂的敌人对我共产党人绝对不会心慈手软。

“一次就拉走了我们29名同志！敌人太凶残了！”黑色的长夜里，渣滓洞内的同志们有人在低泣，有人在叹气，也有人躲在墙角喃喃地自言自语着……

努力吧，我们一定再见的。
不要迟滞的等待，
不要张皇的疑惧，
我们是在逆流汹涌中划行，
谁要一松手，谁就会倒退千里，
您没有迷误方向，那么，
一息不停划去呀，再划去。
这有限的途程，我们都胜利地度过了，
这时候，在胜利的歌声中，
在人民的天地里，
我们才得欢聚，
努力吧，我们一定再见的……

“张学云，又在给你‘亲爱的’背信呢？”楼上第八囚室内有人轻轻地问一个倚在墙壁上口中喃喃有词的人。

黑暗中，那个叫“张学云”的人“嗯”了一声，说：“是。”

“你真行，能把给‘亲爱的’的每一封信都倒背如流。难怪你学英文、俄文那么厉害？”难友佩服地说。

张学云从鼻孔里“嘿”了一声，笑道：“在这个魔鬼待的地方，你只要只想一件事，就没有不可能的事。”

张学云烈士

“那你给我背背你写给‘亲爱的’的几封信吧！我听听，要不这贼夜乌黑乌黑的，怪瘆人的。”

张学云沉默片刻，道：“因为是我写给妻子的信，涉及隐私，我只能在心里默背……”

“真有你的。”难友似乎有几分妒忌地退到了一边说，“那好吧，你自己背吧！”

突然，女囚室里传来孩子的啼哭声。“娃儿不哭，娃儿，呵……”那是母亲的声音，那声音嘶哑中透着悲切。张学云听后感到浑身发冷，他在黑暗中又在喃喃地吐着一串串只有他心底里清楚的文字，怀念他远方亲爱的妻子——

力生亲爱的：

前后一共收到您四封信，它们给予我太多的安慰和无尽的快感的回味，尤其是昨天到的这第四号（挂号的）信，更使我联想着我们过去的一切甜蜜的生活，我的舌头也嘬紧了，我的浑身的脉搏都颤动起来了！它暗示的一切，只有我才能够体会到，也只有我和您才能够借之作我们心弦的共鸣器。

我觉得“理想”是人生最有价值、最富于吸引力的东西，“理想”是我们生活的原动力，什么东西能使我们作苦斗的挣扎？什么东西能使我们极富于韧性的拼命？什么东西能够使我们快乐地、毫不灰心地生活在不能算是人的生活的深渊中？我说就是“理想”！亲爱的，您以为是不是？

您说过去许多年都被您浪费了，到今天您才认真地学习，认真地奋斗，这是很真实的自白，我很高兴呀，由此足证您已踏上光明的途程。祝贺吧，我们遥远地互相祝贺吧！

我俩同在一起生活的这些岁月，今天追忆起来还是有许多暗影与创痕，而且每一点都曾用我俩的泪水写过的……现在不同了，不仅现在应该说自从近年来吧，您的生活之舟有了舵了，而且大家行驶的方向也一致了。您用尽平生极大的力气，满面香汗淋漓地划着生活之舟从后面赶来，远远地听着您在嘻嘻哈哈地唱扬您的快乐的生命，有理想有意义的生活，我拼发所有力气耐着心肠不断地往前奔，我用先行的激励的招呼来打气您，快呀，快呀，不达目的不罢休呀！可是哟，心爱的，您似乎是希望我停留片刻，等到您赶上来后，我俩好在一只船上同来前往吗？您是否已经觉得劳累了，或孤独了，需要同在一只船上，让我出力气划着带您走吗？呵不，这不对的，这就表示您还有些懒惰和依赖！同时，亲爱的，您记住，我们同是在排山倒海的大浪中啦，假如我一松劲，我会退行千里的。俗语说：不日进则日退，逆水行舟，我俩应该各自努力才对，反正目标既同，方向不错，只要各自尽力划去，一定就能在一点相会，在胜利的那一点相会哟。……

快乐呀，奋斗呀，我俩在胜利的地方相会吧！果然是胜利地相会了，我紧紧地抱住您，您贴贴地偎住我，我们呼唤千声万声的亲爱，我们急切不停地接吻，我将尽我所有、尽我所能地慰劳您，同时也尽我所想的得到安慰！相片永远地在我身边，请放心，这是我离开您的第一封长信，也是您所渴望的东西吧！最后要叮嘱您，不要在思念中损毁健康，没有健康就没有力量渡到目的地。

即祝

您的健康和愉快

竹行 7 月 31 日上

张学云，又名张竹行、张帆。1922 年 8 月出生在四川越西县。幼年时他就聪明勇敢，敢于与封建家庭进行斗争，在红军长征北上抗日路过越西县时，他就被红军的理想所感动，立即投身革命，只有十三四岁的他，经常协助红军写标语、贴传单。后来红军要走了，张学云跟着部队走了一天，一位红军连长看他年龄实在太小，让他返回家乡。没有当成红军的张学云，却从此对革命充满着追求，后在自己大哥的协助下，来到成都考入联中念书，抗日时期考入了中央军官学校。那时他的革命思想逐渐发展，加之当时社会十分黑暗，政府实在腐败无能，因此，对于革命的向往和远大的意志在他的脑海里逐渐高涨，最后他于 1947 年终于参加了中共地下党。1948 年张学云被组织派到国民党军队里从事策反，后因叛徒出卖入狱。

> 亲爱的，你生是为了给人类创造美景，死是解放人民为革命牺牲，你有这种远大理想和行动，你就是我心中最伟大的人……

这是妻子力生于 1950 年 8 月写给丈夫的信，此时张学云已经牺牲十个月了，然而妻子坚信他的在天之灵一定会读到这样的信。

> 亲爱的容：
>
> 来信说我的信太使您陶醉了，而且还不让以后再那样的写。我接受这个意见，不过我要申明一点即是：那都是真实的梦，也可以说是我俩全部的心愿。难道这几天的月色不够供您醉倒吗？当然果然到了那一天确是我们此生的幸福的极限，但在目前这个可爱的目标难道不使我们愈加奋勇吗？没有胜利就没有幸福可言，没有幸福的生命谁会贪恋片刻呢？
>
> ……

8 月 17 日张学云又给妻子写了信，他记得这封信的开头就是这样写的。妻子大名叫余显容，在做地下工作时也用过“力生”这个名字。

亲爱的，你在阴险毒辣的敌方工作，经受了多少艰难困苦和折磨。但你全心全意为革命工作，从没有贪恋过眼前的家庭生活，你常帮助我说：“没有光辉的生命，比起死来还要痛苦万倍，为了确保未来的真正幸福，我们不能不忍痛离别，如果，我们没有勇气去克服情感的冲击，那一定是没有勇气去完成伟大的事业。我记着，我永远地记着。我爱你，我永远地爱你……”

张学云，这信你也不会收到，因为你已经牺牲了。这是妻子在思念你时，重读你在狱中写给她的信后对你说的话。

亲爱的容媚：

我读了您的信，就像火灼烧样地从内心燃烧到体外来，您真是我的灵魂呀，我们的爱从这次的离别更放出它的异样的光彩了，我们的爱是伟大的，有意义的，有理想的，不是仅肉体的欲念，也不是仅才子佳人们卖弄风流的陶醉，更不是“卿爱我，我怜卿”似的有闲人含有病态的怜念。我们真正是：如电一般的感人，如火一般的热烈，如钢铁一般的坚强，如泰山一般的崇高。我觉得我俩都是生命的星光，我失去了您即是失却光明，即是失却人类幸福的象征，因为您是多么的爱好人类的幸福，爱好光明的世界，没有自私的贪迷，没有把您的所有的思考放在您自己的身上。亲爱的，您越发艰苦，我越发觉您才是真美，我把您想象成一个挥汗淋淋的、昂首阔步的、舌疲唇焦的自由幸福之神，无疑的，我们之间已没有庸俗的夫妻观念了，我们有的是志同道合的两个有志气的青年男女的无可喻价的爱！……

这是张学云给妻子写的最后一封信。由于狱中斗争越来越复杂，所以之后的日子里，张学云只能用心给他日夜思念的娇妻写信了。他相信在解放军炮声中投入紧张革命斗争的妻子会读到他的心声，也会倾听到他对她的那份炽烈的爱的。

1949年11月15日的早晨，张学云仍在默背着他入狱后写给妻子的信。他喜欢写信，在革命的战斗岁月里，他经常一边行军一边坚持给妻子写信。入狱后没有了条件，给妻子写信成了一种奢侈，那是因为每发出一封信太艰难、太艰难了，所以，张学云能把每封发给妻子的信都背诵下来，那是属于他个人的藏在心底的挚爱，谁也无法剥夺，即使铁窗，即使子弹，即使黑暗。

亲爱的学云：

我写血书，我为忠实于你，我忍受一切痛苦，留下生命为革命。在这春节除夕的日子里，每户人都吃着团圆过年饭，独我坐在屋里恋着你。云啊，你等着吧，待我为"四化"作出我最后口气的努力后，我们再团聚吧！但我活着一天也永远地记着你的话："今后生活一定严肃，学习仍需要努力。"这是你对我的忠言，我一定照着去做！

听听，这是妻子的回音。这回音是在张学云牺牲几十年后的1980年春节的那天她写的——

张学云笑了，在黑暗中的张学云笑了。他听到了妻子的声音，他甚至感受到了妻子那股温存而激动的气息。

张学云因此面对即将来临的死亡毫无畏惧。十几天后的深夜，敌人对渣滓洞开始实施大屠杀。当罪恶的枪口伸进牢房时，他一把抓住敌人的枪筒，夺枪未成即挺身堵枪口，欲以自己的身躯掩护难友。于是，敌人的子弹密集地穿过他的胸膛，鲜血流淌到地上，而他抓住铁窗的双手依然没有松开……

李青林、江竹筠等难友被杀害后的第一天清晨，渣滓洞的许多人都比平时醒得早。他们似乎都在看着东方黎明的那一缕鱼白的光芒是否还能照到窗口。

“来，让一下，我要把这首诗写完……”楼下第一囚室的蔡梦慰轻轻地示意靠在窗口的难友给他留出一丝晨光，便一边捂着胸口，一边在那卷皱皱巴巴的手纸上写着……他的肺气肿已经相当严重，当看到自己“铁窗诗社”的诗友们一个个被敌人押出去枪毙时，他意识到也许自己今天或明天甚至可能一会儿工夫也会被敌人拉出去毙了，他想到了自己答应过同志们要完成的那首长诗《黑牢诗篇》还没有最后完成，于是，现在必须抓紧每一分钟、每一秒钟……

手掌般大的一块地坝，
箩筛般大的一块天；
二百多个不屈服的人，
锢禁在这高墙的小圈里面，
一把将军锁，
把世界分隔为两边。

空气呵，
日光呵，
水呵……
成为有限度的给予。
人，被当作牲畜，
长年地关在阴湿的小屋里。
长着脚呀，

眼前却没有路。

……

每一个人，

每一段事迹，

都如神话里的一般美丽，

都是大时代乐章中的一个音节。

——自由呵，

——苦难呵……

是谁在用生命的指尖，

弹奏着这两组颤音的琴弦？

鸡鸣早看天呀！

一曲终了，该是天晓的时光。

这是《黑牢诗篇》中的第一章《禁锢的世界》的部分内容。

蔡梦慰，这位年仅 24 岁的“黑牢诗人”，出身于四川省遂宁县的一个贫民家庭，从小爱好文学，尤其喜欢读冰心的《寄小读者》和诗集《繁星》《春水》等。他主张“多出些进步的、革命的书籍，去改变人心，从而改变社会”，表现出“不满黑暗现实、追求真理、向往光明的思想倾向”。求索中的他就是这样走上革命道路的。面对敌人的暴行，面对同志们坚贞不屈的表现，年轻的蔡梦慰诗情愈发不可收，尤其是敌人的子弹已经上膛之后，刑场的枪声已经逼近之时，他的血管里、每一个毛孔里都在迸发革命的、燃烧的、充满浪漫而憧憬的诗篇——

牢门，曾经为你打开，

只消一提脚，

便可跨过这条铁的门槛。

管钥匙的人说：

——你想干点什么呢？
搞事业吗，还是玩政治？
我给你高官，
我给你公司、银行、书店、报馆……
——否则呀，哼！
一声冷笑掩蔽了话里的刀；
像修行者抵御了魔鬼的试验，
你呀，拒绝了利与禄的诱惑，
只把脖子一扬，
便将这杯苦汁一气饮下！
……
凭仗着什么？
在一瞬间的若干次斗争中，
你终于战胜了双重的敌人。
像战场上的勇士：
一手持着信仰的盾牌，
一手挥砍着意志的宝剑。
从此，牢门上了死锁，
铜钥匙的光亮，
不曾在你眼前晃过。
——为了免除下一代的苦难，
我们要，把这牢底坐穿！
二百多颗心跳动着一个旋律，
二百多个人只希望着那么一天——
等待着自己的弟兄，
用枪托来把牢门砸开！

蔡梦慰烈士

写完第二章《战斗胜利了》中“用枪托来把牢门砸开”几个字时，蔡梦慰有种特别惬意的释放，真如一场与敌人你死我活的“战斗胜利了”的感觉。

是的，真的胜利了。铁窗外的旭日，将东方映得红红的——“贵阳解放了！”“解放军已经打到离重庆只有几百里的彭水了！”一个个振奋人心的消息仍从各种渠道传到监狱，传到铁窗内……

敌人的阵营乱了阵脚。宋希濂部队昨晚已经撤到乌江西岸。“危急时刻，只有儿子才是最可靠的。”15日这天早晨一醒来，蒋介石就把儿子蒋经国叫到床边，将一封亲笔信交给他后这样长叹了一声。蒋介石在信中对宋希濂打气道：“厉行总理遗教，服膺黄埔校训……就在川东战线上，抱有匪无我、有我无匪之决心，挽狂澜于既倒，定可计日以待。”这封信两天以后才到宋希濂手上，蒋经国跋山涉水，吃尽苦头才完成任务，可此时宋部大势已去，根本无力为蒋介石挽回残局。

15日当天，重庆卫戍司令总部颁布了恫吓百姓的《紧急维持治安办法》十六条：

一、阻挠政令，与匪勾结者杀；二、窝藏匪谍不报者杀；三、供匪枪弹、文件者杀；四、造谣者杀；五、扰乱金融者杀；六、操纵物价者杀；七、纵火者杀；八、抢劫财物者杀；九、暴动者杀；十、以文字为匪宣传者杀；十一、报道不正确军情、影响治安者杀；十二、煽动工潮者杀；十三、煽动军人叛逃者杀；十四、泄露军机、刺探军情者杀；十五、私造军火、运军火者杀；十六、阴谋破坏军事工事、交通者杀。

蒋介石是穷凶极恶了，这“十六杀”几乎除了他自己和身边的人可以放心不杀外，其他的差不离统统都在“备杀”之列，这也从另一个角度看到他和他的国民党残余在垂死时内心之恐慌。

11月16日。

毛人凤奉蒋介石之命，在嘉陵新村24号召开保密局西南特区、西南长官公署二处课长以上头目及公开单位的主管、副主管会议。此时，国民党的川东防线已被解放军全线突破，酉、秀、黔、彭已解放。会上，毛人凤强装笑脸，在给“弟兄们”作了一番“苦撑待变”的低调讲话后，由特务头子杨元森具体作了国民党潜伏特务的“西南游击任务布置”和“游击行动纲领”的报告。

下午，“破坏大王”刘笃伦飞抵重庆。随之，国民党破城技术总队人员住进市中区江家巷养正别墅。

次日上午，刘笃伦一行到市区观音岩兵公署警务处办公地，由廖宗泽事前通知各兵工厂警务组员来秘密引导各厂熟悉爆炸目标环境，大厂去2人，小厂去1人，两天内完成拟要爆炸破坏掉的全市相关工厂的勘察工作。之后随时听从“破厂”命令的下达。

11月18日上午，毛人凤在嘉陵新村6号再次召集保密局在重庆各条块的头目会议。“现在已经到了决战时刻，委座要求全体保密局的同志准备在必要时要用生命来保卫党国的尊严。”会上，毛人凤再度强打精神，借蒋介石的话激励部下。但会议最主要的还是商定“破厂”的具体任务。决定：

一、成立重庆破厂办事处，由廖宗泽任处长。破厂办事处对外称临时指挥部，由重庆卫戍总司令杨森任总指挥，廖宗泽和卫戍总司令部参谋长范埏生任副总指挥。

二、破厂办事处下设参谋组、技术组、运输组和总务组。参谋组负责指挥联络和破厂部队调遣。技术组负责破厂技术工作。运输组负责爆破器材运送。总务组仅有办事人员。

三、为配合军事行动，由毛人凤、徐远举负责与国防部、西南长官公署、重庆卫戍总司令部接洽联络事宜。

四、破坏计划由廖宗泽拟具，经费预算由郭旭拟具，需银圆券5万、硬洋1万元，呈请蒋介石核定。破坏重点为重庆各兵工厂、空军机场的设备与库存物资器械、重庆电力厂、自来水厂、国际广播电台和公路桥梁、交通要道。

五、由交警一旅、重庆卫戍总司令部警卫团、兵工署警务处所属各警卫大队担任破厂掩护，由临时指挥部统筹调配，并严厉镇压工人护厂。参加破厂人员酌发奖金。

六、保密局在重庆的公密单位要全力协助破厂工作，并保证完成任务。

七、各兵工厂的破坏程度，以1年内不能恢复生产为度；库存物资应尽量烧毁。所需炸药及运输工具卡车10辆，吉普车1辆，请国防部四厅和兵工署器材总库拨发。

破厂办事处一成立，即陆续抽调保密局在重庆的编遣人员严达等20余人担任内勤，加上保防处、警察局、第五区公路稽查组、交警总局和西南长官公署二处的特务共30多人组成工作班子，在嘉陵新村24号成渝铁路工程局警务处处长曾晴初寓所办公。

毛人凤还“面谕”西南特区火速布置20个潜伏台；加强西南支台，增加富林、盐源、会理、宁南4个特务组，组成情报网，所需报务员由重庆支台当日妥派，19日训话，20日派出。20日，渝支台的报务员杨德川等9名报务、机务和器材修理人员出发赴西昌。到1950年4月7日西昌解放，西昌支台成了保密局指挥四川各地的潜伏台枢纽之一。

同一天，西南特区在毛人凤的授意下，以“百万火急”密电台湾保密局主任秘书潘其武、电讯处处长杨振裔："顷奉领袖面谕，兹遵照领袖谕旨，为扩大川康黔情报潜伏布置，需要 CMS 电台 20 部，配发 4 至 6 个月电池，派员乘空军专机，飞送来渝。彭水已失，不可延误……"

山穷水尽的蒋介石及其走狗们在作最后的挣扎。

1949 年 11 月 20 日上午，毛人凤在嘉陵新村 24 号召开了更高级别、更多方面人员参加的联席会议。徐远举、廖宗泽、杜长城等头子，二十、二十一、二十四、二十五、三十、五十等各兵工厂警务稽查组组长和十、五十兵工厂警卫大队长，以及技术总队人员均出席了会议。会议一直持续到下午 5 时才结束。

为便于指挥破坏工作，毛人凤等研究后划定了 11 个破坏地区，派保密局西南特区行动总队队长张振武为江北二十一兵工厂破厂指挥官，警察八分局局长刘桐为江北猫儿石十兵工厂破厂指挥官，交警总局专员唐方儒为鹅公岩二十一兵工厂分厂破厂指挥官，交警总局少将督查室主任

重庆解放前夕，重庆市电力公司的工人护厂队在大门口放上沙袋和铁丝网，阻止国民党军警特务破坏工厂

陈海初为大渡口二十九厂破厂指挥官，交警总局专员杨谦为南岸铜元局二十厂破厂指挥官，交警十六总队副总队长刘士魁为南岸三十、三十一厂破厂指挥官，警察六分局局长宣善屿为大溪沟重庆电力厂破厂指挥官，交警总局专员王荫松为小龙坎国际广播电台、磁器口军械总库破厂指挥官，交警中队队长陈宣璞为长寿资源委员会水电厂、二十五兵工厂破厂指挥官，交警总局专员韦贤为磁器口二十四厂、詹家溪二十厂第一分厂破厂指挥官。破厂掩护部队以交警第二、第十、第十三3个总队为主，会同各厂警卫大队，由交警总局副局长彭自强和廖宗泽指挥，大厂1个大队，小厂1或2个中队。进厂时间按临时指挥部命令行动。所需运输车辆及联络暗号、通行证，由唐伯岳与周养浩洽拨。毛人凤发给杜长城500元美金，用于购买雷管、导爆索，并向国防部四厅厅长赵桂森和兵工署洽领炸药20吨。

陆坚如令于海文、张绍良：“先烧掉已处理的案件档案，待处理的案件档案等处理后再烧。”

技术总队另一批技术人员从台北飞抵重庆，住进民族路会仙大旅馆。

“看来党国在重庆的日子不多了，不是明天就是后天了。”从台湾派来的破厂专业技术人员与重庆的特务们搭讪时窃窃私语道。

“可不，你们来了一干活，整个重庆都成了一片火海和废墟，我们哪还有日子过嘛！”特务们悲情难掩。

其实，此时在敌人监狱内的革命者们也在想着同一个问题：“我们的日子也不会多了，不是明天就是后天……”敌人要被人民解放军彻底消灭了，灭亡之前的垂死挣扎也是必然的。

“死，是早晚的事。”到了11月20日前后，监狱里的所有难友心里都在这么想，只是他们有的人流露在脸上，更多的人则深藏在心头。不想是不可能的，想后坦然的，是真共产党人；想后有些紧张和害怕的依然也是真共产党人；想都不去想的人也有，因为想也没有用，这是许多看清了敌人嘴脸，又不屈从敌人淫威的共产党人的共同想法。

死前有所准备，死时毫无后悔，才是多数囚友们的想法。

面临死亡，共产党人能想些什么呢？当然他们想到了组织，想到了同志，想到了亲人，想到了自己的家……

此刻，组织在何处？组织能为他们这些被囚禁在大牢之中即将结束生命的人做些什么？当然，组织从来没有放弃过营救这些在特殊战线与敌人作顽强斗争的革命志士的计划和准备。只是重庆国民党军队和特务机构对白公馆和渣滓洞等关押共产党人和革命志士的几个地方把守得极严；同时，由于叛徒的出卖，重庆地下党的力量几乎受到了毁灭性的打击，狱外的营救显得那么薄弱和无力。然而，一切可能的营救计划其实从来就没有停止过，越是到了最后时刻，这样的营救计划越紧张和周密地在组织之中……

在现今的红岩革命历史博物馆里，有一份据说是狱中党组织通过特殊渠道向当时的重庆地下党组织写的“最后一份报告”，从这份报告可以见得，不管是狱中还是狱外的党组织，事实上一直在尽一切可能实施营救计划。这份“报告”写于“11・27”大屠杀前的6天，内容这样说：

10月28日，歌乐山难友被公开枪决10人后，11月14日又秘密于白宫[1]附近电刑房内烧死50人，竹姐亦在其中，我们无限沉痛。又闻所内传说即将结束，除了17人决定释放外，其余还有第三、第四批或将处决，每个人都笼罩着死亡的阴影。蓝先生归来又带给我们一线生的希望。妹，这就全靠你与朋友营救我们的努力了。第三批传命令已下，可能周内办理！

我们是第二看守所，与二十四兵工厂连界，现住有200余人。十之八九都是经过长期革命工作的锻炼，在敌人面前表现忠贞亮

[1] 即白公馆。

节的人。看守我们的人有三个团体：一个是直属长官公署二处的管理兵有十二三人，交警队五人，连上官兵百余人。他们最近见敌（人）迫害我们，表示深厚同情与愤慨。对共军即将到来感到惶恐，都想逃亡。我们亦争取到个别分子，想掉头转向我们，但时机未成熟，力量太薄弱，监视重重，无法发挥力量。而且与我们关系较深的是连上士兵与交警，近日要进行作战演习，行装已准备好，等待命令，即行出征。管理官员亦有部分遣散，蓝亦在遣散之列。希你找朋友定为他解决职业及经济问题，留他在渝待过这段时间，以便我们之间之后必要的联络。

其他有关我们的处境情况，他可详细告你。

其次提供我们的意见，作营救我们的参考。公开争取切实保障政治安全，秘密谈判方式，以保障张群及徐远举将来优厚待遇，作为将来交换条件。将来如点交政治犯（确数蓝可告知），阻止屠杀，徐于执行命令有大权。可以拖延处决，等待大军到来。

此外，希望派人到禁区工作。我们侧边有一炭厂，是私人经营；同时我们尽量争取监视我们的友军，等局势紊乱，内部时机成熟时，盼外面朋友，亦设法布置抢救我们。我们即积极进行了解周围情况，有充分了解时，再设法通知你。

蓝此次见你时，定将外面情况，对政治犯处理消息，组织上的准备，以及盼望我们在这里进行的事项，详细告知。不日他将离所，不能再带你的回信与我们了。

以后万一蓝先生离开，我们必要与你接头又有妥当人时，我们代表人（用）“周梦华”名称。

第二批人是秘密处决，可慎重。不必要说即不说，以免引起朋友麻烦，但对组织上可作秘密谈判材料……

吉祥

“吉祥”是狱内部分地下党员用的化名，执笔人是女共产党员胡其芬烈士，收信人为狱外的地下党员况淑华。据说况淑华在接信后立即向有关组织作了汇报，并在短短几天内准备实施一项劫狱计划，不料敌人抢先屠杀，整个营救计划落空。信中提到的“蓝先生”指的是渣滓洞监狱的看守黄茂才。这位黄茂才出身贫苦，因躲壮丁出来，在渣滓洞做一般看守。经过狱中地下党同志对他的有力争取，他决心弃暗投明。黄曾冒着风险，先后从狱中为革命志士们带出信件近 20 封，并带回一批书报、药品，这条极其宝贵的秘密渠道一直是渣滓洞内的共产党员们同外界联系的重要途径。这也足以证明党组织对身陷“人间地狱”的战友们的命运尤为关心，并在千方百计想办法营救。

然而，敌我在西南地区的战局变化太快了，快得让敌我双方都有些估计不足——当然，形势是朝我军节节胜利并比预期快得多的伟大胜利的方向迅猛发展的。

面对胜利与死亡，敌我双方都在想着各自的命运。历史在此刻已经清楚地告诉世人：灭亡的一定是蒋家王朝，胜利的一定是中国共产党人和中国广大百姓。然而正是这种已经明摆着的命运，使得即将胜利者更加渴望胜利，使得行将灭亡者更加垂死挣扎。

反动的和正义的，虚伪的和真诚的，无耻的和磊落的，此刻皆在历史的舞台上淋漓尽致地表演着。而在所有的这些表演中，人的生命呈现出异常可贵或异常低贱的形态，因为人的生命在敌我交战的时刻，变得那么脆弱、那么不值钱，可同时又那么珍贵、那么坚强。

这时，革命者的表演是：宁死不屈，斗志高昂，等待胜利。

这时，反动者的表演是：虚伪百出，凶残无比，等待灭亡。

1949 年 11 月 22 日，《中央日报》还有模有样地登载了重庆市参议会议通过的《保卫大重庆方案》，内容大致如下：

重庆为战时首都，西南重镇，举世瞩目。奠定戡乱胜利基础，必须确保重庆。……无论军事、政治、经济必须痛下决心，彻底改善。重新做起，犹未为晚，谨就军事、政治、经济三方面改善势在必行，分列如次，送请政府立即实施。

军事方面：一、改善官兵待遇，增强作战能力；二、减少行政费用，补充前线；三、严禁克扣军饷；四、军令统一……

政治方面：一、动员人力物力支持前线；二、实行裁员减政；三、实行五户联保……

经济方面：一、维持币信，以安人心；二、大量抛售黄金……

其实，这时的国民党重庆政府已基本处于瘫痪状态，能做的也只是纸上功夫了。但在灭亡的最后时刻，他们也没有忘记将仅存的一点儿力量用来对付共产党，以及同他们有个人阶级恩怨的革命志士。

杨森杀害自己的亲侄女便是典型的一例。

11 月 23 日，一手执掌重庆生杀大权的杨森一边忙着奉蒋介石之令，到处杀人放火，一边仍然不忘“借刀杀人”。这一天中午，他突然想起自己的一个“仇人”还没有杀掉，于是，立即命令手下的宪兵“干掉她！”而且还恶狠狠地补了一句：“不留任何痕迹！”

“是！”

宪兵特务们立即从杨公馆将女共产党“要犯”杨汉秀带走。

这位女共产党“要犯”，就是杨森弟弟的女儿。她是典型的封建家庭叛逆者，曾受朱德同志的影响，弃家奔赴延安，在著名的“鲁艺”学习过，后受组织派遣，回到重庆从事地下工作。这样一来，她总与当国民党重庆市长的伯父杨森唱对台戏。杨森本来就对弟弟的这个“不孝女”恨之入骨，偏偏因为 1949 年 9 月 2 日在朝天门发生了一场大火让杨家和这个不共戴天的“共党”分子结下了死仇。

事情是这样的：这年 8 月下旬，蒋介石逃来重庆，让杨森兼任国民党重庆市党部主任委员，接着又先后委任他当了川东保安司令和重庆卫成司令。受蒋介石“厚爱”的杨森，此时官迷心窍，歇斯底里地对付共产党和镇压人民，竟然决定在9月3日这一天，要在全市组织“反共大游行”，其目的是要请蒋介石、蒋经国和所谓的盟邦使者前来检阅。蒋介石听说后很高兴，说支持这事，还为此次游行活动拨了专款。9月2日上午，获释在家的杨汉秀进城去看市面情况，当她看到市民们对第二天要举行的“大游行”漠不关心、毫无兴趣时，心中暗暗觉得好笑：“杨森大人”在老蒋面前吹了这么大的牛皮，看他明天怎么收场吧！就这样，她便放心地独自去看电影了。没有想到看罢电影出来，朝天门一带已经是火光冲天……这就是在国民党总崩溃前夕，发生在重庆的震惊中外、惨绝人寰的“九二”大火灾。面对火光冲天的灾情，杨汉秀奋不顾身地冲到现场，观察情况。她听说火头几乎是从几个地方同时发生的，火势正在向朝天门蔓延。朝天门处在长江、嘉陵江汇合处，三面环水；一面起火，风助火势，火借风威，很快就形成了一片炽热的火网，封锁了所有陆路。旧重庆的朝天门一带人烟最为稠密，一家接着一家的银行、钱庄、商号、货栈和鳞次栉比的棚户、竹木捆绑的房屋，在突然袭来的火灾面前顷刻间化为灰烬。成千上万的百姓为了逃生，摩肩接踵拥挤在这块狭窄地带，有的拥到码头，跳上各色船只。想不到的是沿江船只也起火了，“砰砰”“嘭嘭”汽油桶接连爆炸，逃难的人们只好往江中跳。江面上，顿时到处漂浮着呼救的人，以及满江散落的物品和燃烧着的汽油……大火越烧越猛，消防车根本派不上用场。朝天门的岸头、江上……一片狼藉。如此特大火灾，让杨森等重庆政府的头面人物慌了手脚，为了逃脱责任，他们在大街上随意抓了九个无辜百姓，诬以“共党纵火”的罪名，不加审讯地就枪杀在大街之上。

身为市长的杨森对此次火灾大为恼火，一方面是因他不能在第二天为蒋介石举行原先说的“反共大游行”，另一方面是由于在国民党日薄西山时在自己的领地上又让蒋介石亲眼看到了如此狼狈的景象。

“肯定是共产党又跟我过不去！”杨森连一秒钟都没有多想，他一下把矛头指向他仇恨的中共。果不其然，9月3日的《中央日报》上反共文章频出，说什么“渝火”除了共党分子放的不会再有人干这事。

杨汉秀见报后无比愤怒，当着杨森的家人断然指出：“这是有意纵火，是希特勒‘国会纵火案’在山城的重演。是杨森军阀成性，在崩溃前对重庆市的大破坏、大暴行！”她正义的言词，吓坏了杨森的几个姨太太，她们声嘶力竭地警告杨汉秀：“你这样招凶，市长听到了，要活剐你的呀！”杨汉秀不怕，声言她就是当着“市长伯父”的面也会这么骂他。最后她还满腔蔑视地加了一句：“哼，究竟谁剐谁？要到了沙场上才晓得！”

杨森因为“九二”火灾激起的民愤太大，也急需借一个有影响的人头，方能欺骗舆论，转移视线。回家一听说侄女“赤共”杨汉秀如此痛骂他，顿令他恼羞成怒。“好嘛，老子正好要借个人头解解恨——就她了！”杨森气不打一处来。

9月17日深夜，杨汉秀在飞来寺被自己的“市长伯父”第三次抓捕，而执行杨森这一阴谋计划的全是他的心腹爪牙。

在杨汉秀身上，杨森本是有“一石三鸟”的打算。只要能用任何办法使她同“九二”火灾联系起来，他就可以用她杨汉秀是从延安回来的这一身份，将共党分子公开枪杀。这样，上可以在蒋介石处邀宠，下可以为“九二”火灾卸责，同时也算除去家族中的心腹之患。哪知在审讯中杨汉秀誓死不开腔。拖了一段日子，在毛人凤着手清理政治犯，准备分批密裁之时，杨森想到了这位与他势不两立的“共党侄女”，于是咬咬牙，嘱咐特务张明选将杨汉秀秘密杀掉。

杨汉秀烈士

“密裁令”下得仓促，而对于如何密裁杨汉秀又成了一个问题。刑警处的高级官员们曾作过密商，有过几种方案：一是在牢中扼死，以狱毙报案；一是雇小船载去长江，半夜后勒死推下江去。但由于杨森要看已处死的照片，还得同时向保密局西南特区呈报，最后特务们策划的方案是：弄到郊外荒僻处勒死，照相后再盖土复命。

刑警处的这次行动搞得十分鬼祟。先是出动两辆车在郊外找地方，几经周折选定了金刚坡一处松林阴森，附近没有人家的破碉堡里。特务临时在碉堡里挖了个浅坑，还派出便衣特务在路上当游动哨，之后，才在重庆大华饭店租了一辆黑色轿车，以转移为名将杨汉秀骗上车，由副处长宋世杰，刽子手谢春浓，看守所所长项正邦随行押解。

黑色轿车到达歌乐山下，已经有一部吉普车等候在那里。由特务宗慎之交了一根绳索、一幅白绸给项正邦之后，令其“过了歌乐山街上就动手”。当车辆驶入树林荫蔽的黑影中时，这两个特务猛地向杨汉秀扑去，迅速用白绸蒙上她的头，然后把绳索死死地套到她的脖颈上去。杨汉秀尽管戴着手铐，还是拼死反抗挣扎，于是车上出现了一阵激烈的肉搏……特务项正邦被折腾得使不上劲，便又改为由他来抱住杨汉秀的双脚，谢春浓抓住时机，绞勒上面的绳索。这样，两人才把杨汉秀勒闭了气。

“快扔下车埋了！”

轿车停到破碉堡前，特务们慌忙地将杨汉秀的尸体往下扔，不料发现杨汉秀还未断气。“快补枪！补一枪嘛！”特务们慌乱地又拔枪补射。随后，特务刘怀琦对尸体照了相，众特务再将尸骸抬到碉堡中掩埋。当时凶手们特别紧张，除谢春浓从杨汉秀手指上抹去了一枚带血的戒指外，在给杨汉秀埋土时竟顾不上把手铐取走，而且土也只盖了极薄一层，便驾车迅速逃跑了。

反动派如此没有人性，竟然对自己的亲属也如此狠毒！他们正是——

讲着人的语言，

穿戴着人的衣冠，
完全同人类一个模样儿，
却长着蛇与狼的肺脏。
让天真的生物学者去疑惑——
世界上会有这种动物！
这里的二百多个人，
每一个都是活证，
每一个的身上永留着它的爪痕。
热铁烙在胸脯上，
竹签子钉进每一根指尖，
用凉水来灌鼻孔，
用电流通过全身……
人的意志呀，
在地狱的毒火里熬炼——
像金子一般的亮！
像金子一般的坚！
可以使皮肉烧焦，
可以使筋骨折断；
铁的棍子，
木的杠子，
撬不开紧咬着的嘴唇，
——那是千百个战士的安全线呵！
用刺刀来切剖胸腹吧，
挖得出的——
也只有又热又红的心肝！

老虎凳、鸭儿浮水……

水葫芦、飞机下蛋……
多么别致而又丰富的字眼呀，
在它们的辞典上，
是对付反抗者的工具，
是赏心乐意的游戏；
而在人类的斗争史上，
却用鲜红的字迹注写着：
炼成钢的熔炉，
琢成玉的磨牙。
你，断了腿的，
你，折了臂的……
让自己底躯体废残，
为了花朵开放得完美，
为了果实积累得丰盛。
是收获的季节了，
当着你的朋友、
　　　　爱人、
　　　　同志……
每一处伤痕呀，
都夸示着它所表现的光荣，
　　　　它所包含的意义。

这一天，“黑牢诗人”蔡梦慰完成了他的长诗的第三章《意志在闪光》。他完全沉浸在对敌人暴行的仇视与对那些不惧毒刑的战友的崇敬之中……

监狱外面的天即将迎来黎明，而黎明前的黑暗在重庆歌乐山那一方土地上空更加黑暗。

此时，身陷渣滓洞、白公馆监狱的革命志士们虽然已经隐约能听到解放军的先遣部队开向山城重庆的阵阵炮火声，却完全没有预料到垂死的敌人已经开启了屠杀他们的具体行动——

11月24日上午，按照毛人凤和徐远举的指令，白公馆看守所所长陆景清“面谕”文书组，将看守所全部档案，员兵、人犯名册和图书室书籍焚毁，并相继开释了保密局在押的违纪人员曾宜南、杨伯清、刘若水、李树等。

同日，毛人凤当面指示周养浩：清理丙种会报的积案，速列表呈送杨森核批。

“一下枪毙这么多人，杨市长会不会有异议？”周养浩接过名单，脑子里闪出一个念头：在国共生死决战的关键时刻，像杨森这样曾与共产党的总司令朱德共过事的国民党高级将领会不会“反水”？于是，这位忠诚于蒋介石的特务突然小心翼翼地问了毛人凤一句。

毛人凤冷笑了一声，说：“他连自己的侄女都不留情面，那些关在白公馆、渣滓洞里的共党分子跟他有什么关系？放心吧，委座已经给他许多好处了，谅他不敢这么忘恩负义。”

“那就好。”周养浩说。

注意：毛人凤指令周养浩交杨森审核枪毙的“丙种会报的积案犯人”，并非是关在白公馆和渣滓洞的那些革命志士，而是关在另一处叫“新世界”的所谓“案犯”，共32人。

25日，杨森很快批准了周养浩送来的这份枪毙“要犯”的报告。周养浩从杨森处领取“核审”的报告后，即向毛人凤作了汇报。

“别忘了梅园那边还有两个人……”毛人凤阴阴地说。

“杨虎城的副官和勤务兵？不是说不杀他们了嘛？”周养浩一听，有些疑惑起来：9月份杀杨虎城时，他曾经专门为杀不杀杨的副官和勤务兵问过徐远举，徐当时明确说是“上面”没说要杀这两个人。现在怎么又要……

“你去处理。总之，委座对留这样的人是不感兴趣的。”毛人凤又说。

“明白了。”周养浩知道怎么干了，他回去后就忙着这事，因为后面他还要做“更大的事”，而且时间已经没多少了。

于是，也就有了当日下午4时左右，特务小头目杨进兴派白公馆看守杨钦典，杂工陈紫云、李大富到梅园下马路边挖坑的事。晚8时，杨进兴和白公馆看守组组长安文芳以“坐飞机到台湾”为由，将杨虎城将军的副官阎继明、勤务兵张醒民骗出杀害。应该说，阎继明和张醒民是在完全没有准备的情况下被杀害的。他们两人有这样的理由相信蒋介石不会杀他们：9月6日那天，如果蒋介石已经下决心要“斩草除根”的话，那天晚上在杀杨虎城一家和其秘书一家时，连他们两个一齐“根除”还不容易？如果想杀，又何必要等到四五十天后的今天？阎、张毕竟太天真了，他们哪里知道蒋介石对西安事变之痛恨！不杀张学良，其实也非他蒋介石的真实愿望，只是迫于太多的压力而已。杨虎城是必死的，与杨虎城相关的人也是必死的，这两点在蒋介石心目中一直十分清晰和坚定。对此，蒋介石手下的人也非常清楚。所以，杀杨的副官和勤务兵就是必然的。

蒋介石和那些追随他的国民党反动分子就是这样的人，他们才不会心慈手软呢！阎、张被杀后，由特务陈紫云、李大富草草掩埋在梅园下马路旁事先挖好的坑里。

“我不想看到重庆留给共产党一砖一瓦，更不想看到那些共党分子在毛泽东的军队进城后那种欣喜若狂的样子！”早在前两天，听说贵阳“失陷”时，蒋介石就咬着牙关对毛人凤这样说过。

“所以，该杀的都杀！该炸的都炸！”蒋介石又发狠地补充了一句，“早动手比晚动手要好。”

“是。”毛人凤对主子的指令从来不含糊。

现在留给毛人凤的就是最后两个问题了，即什么时候动手、怎么动手？

“从目前时局看，共党的军队至少还有十天八天才能打进重庆城来吧！”毛人凤掌握着“一线”的绝对军情，他在嘉陵新村6号的住所里不知掰过多少回手指，算来算去，共军进城至少也是在12月初。

根据这个时间表，处决白公馆和渣滓洞及“新世界”的200多名共党“要犯”也是有足够的时间了——每天30来个，七八天就够了。杀人魔鬼毛人凤盘算杀共产党人就像在玩麻将牌一样，轻松又惬意。

“从白公馆和渣滓洞先提30来个最不能留的要犯！”毛人凤正式开始启动了震惊中外的“11·27”大屠杀的行动令——

25日午后，特务徐钟奇来到毛人凤办公室楼下的房内列表核签白公馆处决名单。周养浩走进徐的办公室，看到处决名单中有关押在白公馆的王振华、黎洁霜夫妇的小孩小华、幼华时，有些惊诧地问徐：“怎么，连这两个娃儿都要处决？”徐答：“是局长的命令。”

周养浩不再说话了。这时，楼上的毛人凤正好从办公室出来，听周、徐的对话后，冷笑着对周养浩说：“你们自己的小孩都难保，这些小孩留下来还有什么用？”

“明白了，局座。”周养浩立即毕恭毕敬地说。

“局座。关于处决白公馆要犯的审核名单和渣滓洞的名单都在里面。”特务徐钟奇向毛人凤递上一个厚厚的档案袋。

毛人凤点点头说：“这里面有黄显声、许晓轩、刘国鋕等要犯，得请委座亲自核批。”说完，他向门外走去，突然又折身回头对周养浩说，“你通知徐远举处长，明晚让他到我这儿来一下。”

“是。”

敌人的屠刀已经拔出……11月26日晚，已从嘉陵新村移居“漱庐”何龙庆公馆的毛人凤，将渣滓洞大屠杀名单交徐远举执行。在此之前，徐远举已通知“乡下”公产管理组保管主任何铭组织人员挖埋尸坑。何铭动员交警二总队机二中队在松林坡挖了三个坑，事后给了一笔钱买来猪肉、香烟和柑橘，以示犒劳。

同日晚，白公馆看守所所长陆景清，召集副所长谢旭东、看守长杨进兴等举行秘密会议，决定由看守组负责执行，事务组负责掩埋。

当晚，渣滓洞内的“黑牢诗人”仍在向同室难友们诵读着他白天完稿的长诗第四章《欢迎呵，战友》——

欢迎呵！
亲爱的战友，
　　同志。
你是来自何方？
哪一个村，
哪一座城，
已掀起解放的巨浪！
……

“妈妈，妈妈，我饿，饿……”这是另一所“人间地狱”里发出的一声声细弱的童声。这童声来自那座异常阴森的白公馆。

妈妈没有回答。妈妈看了一眼瘦得皮包骨的两岁儿子没有回答，只是把头扭到了一边，顿时眼泪像断线的珠子……

“爸爸，我饿，饿！”童声转向一旁的父亲。父亲轻轻地抱住儿子，将其搂在怀里，轻轻地安慰道：“好儿子不叫，等天亮后爸爸一定给你弄点吃的呵！现在你睡，睡了就不饿。”

“可我睡了会更饿的。”儿子很不情愿地躺下，嘴里嘀咕着。

“哇！哇——！”突然，另一个婴儿在妈妈和爸爸中间大哭起来。

“不许出声！”铁窗口，特务的手电光射进楼下的那间孩子哭叫的囚室内。

“你没看是孩子饿了才哭的嘛！”爸爸和妈妈一边护着孩子，一边生气地回敬特务。

“等明天会有‘好吃的’给他们的！快睡觉，不许出声了！”特务凶狠地说着。

“听见了吧，明天爸爸妈妈一定会弄点好吃的给你们的。好，现在，儿子们，都睡吧，睡到明天天亮……”父亲抱起才八九个月的小儿子，嘴里轻声哼着，“宝贝，宝贝——你爸爸妈妈在天亮后一定给你们弄到好吃的……”

父亲唱着自编的摇篮曲，哄着儿子进入睡梦。而一旁躺着的妈妈则不停地颤抖着低声抽泣……

这是白公馆里一对特殊的患难夫妇，这是一个特殊的狱中患难家庭。

王振华和黎洁霜的大儿子叫王小华，两岁。小儿子才几个月，叫王幼华。年轻的夫妇俩都不是重庆本地人。丈夫王振华，又名王树本，1909年生，黑龙江省哈尔滨市人。九一八事变后，东北100多万平方公里的锦绣河山沦陷于日寇之手。当时正在北京大学经济系读书的王振华，立即投入了东北流亡学生的救国运动之中。王振华串联一批学生到南京请愿，结果被北大开除学籍。此后热血青年王振华转到上海，继续从事抗日救国的宣传活动，后因触怒了当局，遭到国民政府逮捕，关押了两年多。七七事变后，国共两党促成的全国抗日民族统一战线形成，王振华被释放出狱，赴香港短期停留并继续从事抗日活动，撰写了《沪港两地组织的争论》等文章。这时候，他与留港寻求抗日救国途径的广西苍梧籍女青年黎洁霜结识，两人相互倾慕，遂为知音。不久，这对恋人一同来到广西梧州，小住一段时间。随后王振华应重庆《新蜀报》的邀请，只身前往重庆当记者。后王振华又与几位青年知音创办了进步报刊《工人呼声》，并公开在一些学校和工厂中散发，鼓动工人罢工。这一系列行动引起了国民党反动派的不满。1940年5月，王振华再次被国民政府逮捕入狱。经过严酷审讯，认定他为重犯，关进白公馆监狱。

王振华入狱时，他的恋人黎洁霜正在重庆国立女子师范学院读书。国民党特务在逮捕王振华之后，很快在搜查其住处时发现了黎洁霜寄给王振华的信件和照片。正在寻找王振华的黎洁霜就这样也被敌人逮捕。被捕后的黎洁霜，为了尽快与日夜思念的恋人见面，便声称她已和王振华结婚。这样敌人才把她一起关进了白公馆。

黎洁霜烈士

之后，敌人把王振华作为“重犯”转移到贵州息烽集中营长期监禁。

息烽集中营，是抗日战争初期蒋介石反动派为了镇压共产党人和抗日爱国革命人士而设立的一座人间魔窟，位于息烽县城南不远的朗阳坝。这里地势险要，四面环山，碉堡林立，随山坡起伏，有3层城垣式的围墙。围墙之中又分3层，层层围住“忠、孝、仁、爱、信、义、和、平”8个所谓的斋房。许多共产党员和抗日爱国志士都曾在这里被长期囚禁。

集中营的特务了解到王振华、黎洁霜有较高文化水平与才干，妄图软化拉拢他们，为其效劳。他们把王振华监禁在所谓“感化所”，不戴脚镣，门不上锁，在小范围内可以自由活动。黎洁霜则被关在“义斋”女牢，封为室长。狡猾的特务企图引诱王振华，要他跟他们一起干。这个阴谋被王振华当场揭穿，严词拒绝。敌人又要黎洁霜跟他们“合作”，监视同室“女犯”的情况。黎洁霜根本“不领情”，相反，她对同室女难友说：“你们放心，我是同王振华共患难的，不是向敌人打小报告害人的。”而这期间，她与从延安派回重庆做地下工作不幸被捕而关在一起的共产党员张露萍非常亲近，感情笃深，受张的影响，她的思想也进步了许多。

抗日战争胜利后，蒋介石迫于全国人民的压力，被迫签订了《国共双方代表会谈纪要》，即“双十协定”，国内处于暂时和平时期。在中国共产党提出取消特务机关、释放政治犯的情况下，国民党不得已撤销了息烽集中营。然而，敌人所认为的“危险人物”和“重犯”们并没有获得释放。王振华和黎洁霜等人被转押至重庆白公馆继续监禁，关在楼下的一间阴暗潮湿的小牢室内。

这对革命的恋人在敌人的监狱里举行了他们的婚礼。

1947 年，黎洁霜生下了第一个儿子王小华。狱中生活异常艰苦，做妈妈的黎洁霜没有什么奶水，所以孩子长得格外瘦小、畸形，头大身小。特务头子徐远举见此情景，觉得有机可乘，多次假惺惺地表示关心和同情王振华夫妇，以劝其写“悔过书”为条件释放他们全家，但当场遭到年轻妈妈黎洁霜的断然拒绝。对此，王振华骄傲地称妻子是“有骨气的巾帼女杰”。1949 年初，黎洁霜又生下了第二个儿子，取名为王幼华。以残暴出名的刽子手杨进兴足下没有儿子，见到刚生下来不久的王幼华乖巧又可爱，便威胁王振华把小幼华抱走做他的儿子。王振华知道了杨的这个无耻企图，不予理会。黎洁霜则愤怒地骂杨进兴，并告诉他：“宁肯把孩子掐死，也不会给你这样的王八蛋做儿子！”

笔者在写作此书时，多次到过白公馆，也多次看过王振华一家四口住过的那间阴暗潮湿的牢房，每每在此停留，心头都会隐隐作痛：一对年轻的革命者，为了追求真理，他们双双入狱，又在暗无天日的牢房里结婚、生育，靠每天半碗发霉了的稀粥养育两个幼儿，而凶残的敌人在最后时刻竟然会对这样的一家四口“斩尽杀绝”……

“大屠杀的那天，刽子手们最先把王振华一家从牢房里押出来。当时我们所有白公馆在押人员都以为再凶残的敌人也不至于将两个幼儿一起杀害，所以有人就喊了起来，说把孩子放下。可是特务们根本不听。我的牢房正在王振华一家的上面，下面的声音听得一清二楚。这时，只听敌人在催着王振华夫妇‘快走快走’，王家的两个小孩子吓得哇哇大哭。他们的母亲黎洁霜这时就向特务们乞求道：‘你们枪毙我们可以，给我们多打几枪，可把孩子留下来，他们还小呀！’谁知特务恶狠狠地回答她：‘不行！小崽子一起枪毙！’黎洁霜忍不住悲愤地痛哭起来。‘不要哭！跟这帮狗日的国民党反动派有什么条件可讲的？’只听王振华大声喝住妻子。后来，敌人就在白公馆外的松林坡将王振华一家全部枪杀了。重庆刚刚解放，我和罗广斌等脱险同志到遇难烈士的被埋地现场，看到王振华一家四口死的惨状：夫妇俩各抱一个孩子，孩子的小手都是搂在大人的脖子上，子弹穿过孩子的胸部，小腰下全都被打烂了……那情景惨不忍睹。”笔者在 2009 年采访当年从白公馆脱险的郭德贤老人时，她这样回忆道。

这也许是世界上最残忍的屠杀之一。王振华的儿子在 11 月 26 日晚上时，还因为饥饿而向他的爸妈要吃的，无助的父母只好哄他到天亮后给他“弄好吃的”，王小华带着这份企盼而入睡。然而可怜的孩子哪知天亮后连发霉的稀粥都不可能再有了，等待他的只有惨遭杀害的命运。孩子什么也得不到，只能怀着极端的恐惧随父母迎接要命的子弹。最最可怜的是那个只有八九个月大的小儿子王幼华，当一串罪恶的子弹穿过他的小胸膛时，他连喊一声“爸”“妈”都不会就永远地离开了他还很陌生的世界……

黎明前的黑暗如此黑暗，黑暗中的黎明啊你如此叫人悲愤！悲愤——！刽子手们对革命者的凶残屠杀丝毫不会因王振华一家的悲惨命运而慈悲手软，相反，他们举起的屠刀更加溅满了血腥……

有人说，疯狂的屠杀很可怕，其实预谋后的屠杀更可怕。1949 年发生在重庆的“11・27”大屠杀，即国民党反动派对革命者的那场屠杀是在周密计划下实施的一次疯狂屠杀，因而，它的残忍更令人发指。

大屠杀从这一天早上就开始了——

1949 年 11 月 27 日一大早，徐远举要求特务们 6 点前吃完早饭，然后“各就各位”“坚决彻底地完成好任务”。

“是！为党国效劳！为委座效劳！坚决完成任务！”特务们像喝了鸡血似的充满杀气，他们异口同声地表忠心。

“嗒嗒……”这时，只听白公馆响起一阵马达声。这是看守所所长陆景清坐着白公馆仅有的一辆三轮摩托进城找毛人凤。而与此同时，关押在“慈居”地下室二处看守所的17名政治犯和嫌疑犯当中的王有余、朱镜也一早被移送到渣滓洞。

上午，徐远举在老街“慈居”二楼处长室，召集雷天元、龙学渊、熊祥密商，决定由雷天元、龙学渊共同主持渣滓洞大屠杀，熊祥、李磊带人具体执行；徐远举要求在执行时须特别注意内外警戒，避免枪声泄密。羁押在白公馆的案犯一并执行，执行完毕后焚毁渣滓洞监狱。

下午4点半钟左右，白公馆监狱还没有开晚饭，陆景清从城里回到“乡下”卧牛石登记室，急忙打电话到白公馆找杨进兴接电话，命令杨立即开始进行白公馆大屠杀。毛人凤从蒋介石那里获得核批的这次大屠杀计划共要杀害28人。

需要作一交代：当时在大屠杀开始之前，白公馆尚关押有“囚犯”约50人，其中20人如黄显声、李英毅、许晓轩、谭沈明、文泽、冯鸿珊、李仲达、石作圣、陈河镇、宣灏、王振华、黎洁霜等是属于保密局司法处管理的，另有周从化、黎又霖、王白与、周均时、刘国鋕、罗广斌等27人则属于西南长官公署二处管理但寄押在白公馆的。对保密局司法处管理的囚犯，由毛人凤亲自安排白公馆看守所所长陆景清指挥看守长杨进兴实施屠杀；对西南长官公署二处寄押在白公馆的囚犯，则由保密局西南特区专员、西南长官公署二处二课课长雷天元，在保密局西南特区区长、西南长官公署二处处长徐远举的指挥下实施屠杀。

身陷白公馆监狱的“要犯”们虽知行将灭亡的国民党反动派肯定早晚会向他们下毒手，但敌人到底何时举起屠刀仍不十分清楚。

这一天早饭后，单间关着的黄显声将军照旧起来理了理他那刚硬的头发，然后挺起胸膛，做了一个深呼吸，又重新开始他每天坚持的“狱操”。所谓“狱操”，就是在狭窄的牢房里来回转圈走动。这也是将军被关十余年能够保持身体健康的秘诀。

“黄将军，今天有什么好消息？”隔壁的囚室里，传来被关押的共产党员刘国锑的低声询问。

黄显声依旧不动声色地在走动。突然，不知不觉中他将一个废烟盒扔到刘国锑他们的牢房门缝口……

这是陈然、罗广斌、刘国锑等地下党员主办的监狱《挺进报》的消息来源渠道——由黄显声从《中央日报》等国民党报刊上获取消息，再由陈然、罗广斌、刘国锑等人通过狱中地下党组织的秘密渠道在狱中传送。

黄显声将军

11 月 27 日，黄显声仍然做着他的这份“特殊工作”。这是他到白公馆后自认为最有意义的事。作为爱国将领张学良的部下和 1938 年曾准备投奔中国共产党的国民党 53 军中将副军长的黄显声，特务们对他既仇恨又有几分惧怕。黄显声在监狱里享受一些特殊待遇，比如看报，而这也正好让他能够有机会接近狱中的共产党组织和爱国革命志士。当时监狱里的多数共产党员并不知道身穿国民党军装的黄显声其实与中国共产党早有密切的联系，这位 1917 年就在北京大学读书的东北好汉，跟随张学良后，在东北军中威望极高。西安事变后，他曾多次向周恩来提出到延安学习的请求，因周恩来希望他留在国民党军队里发挥更大的作用，所以一直在国民党的 53 军中从事爱国抗日和反蒋的军事斗争。黄显声的所作所为，自然令蒋介石怀恨在心。

1938 年 2 月 2 日，在蒋介石指令下，特务们设下圈套，在武汉将黄显声将军逮捕。黄显声被捕后不久，被转移到湖南益阳，1939 年又转移到贵州息烽集中营。

囚禁在息烽集中营的政治犯，过着非人的生活，通常都是十几个人被关在一间小黑屋里，特务们还美其名曰“斋房”。此牢房几天不倒一次马桶，室内臭气熏天，蚊蝇蛆虫成堆，每人以一尺宽的地板当床。一天两餐饭，每餐不超过两小碗霉饭烂菜。凡是蹲过这个监狱的人都不同程度地会患上肠胃病和瘫痪、风湿、浮肿、夜盲症等疾病，有人甚至活活被折磨致死。然而，息烽集中营里的难友们在狱中地下党领导下，依然进行坚强不屈的斗争。后来敌人才答应每隔一周或两周“放风”一次。这里“放风”是用竹子在靠近“斋房”的平地上编成一个笼，把“囚犯”一批一批地赶进竹笼，让他们在里面走走，稍微活动一下又关进监狱。站在这个竹笼里只能抬头看天，其他什么也看不见。凶残的敌人想用这种惨无人道的法西斯手段来磨灭革命者的意志。

黄显声看着这个惨无人道的集中营，心中充满了悲愤。面对敌人，他大义凛然，毫无惧色，并经常对难友们说：“咱们坐牢也要做一个‘虎入笼中威不倒’的硬汉，咱们是不怕这些狗看守，只有让他们怕咱们才是！”黄显声自己首先说到做到。监狱里生活条件极其困苦，可黄显声总是昂首挺胸，从不垂头丧气。他声音洪亮，步履刚健，时时表现出一副标准的军人风采。

1943年3月，蒋介石发表了一本臭名昭著的小册子《中国之命运》，伪造和涂改中国历史，贩卖反动法西斯毒素。息烽集中营特务头目周养浩却奉若“新约圣经”，布置全监“政治犯”不仅必读，还要写读后心得。周养浩出了邪招：每月向“囚犯”们发笔记册两本，逐日收回，审查内容。黄显声对此极为愤慨，冲周养浩等特务说：“一个丧权辱国的人还能写什么书？”黄显声拒不写心得，并把发给他的笔记本做手纸用了。周养浩又恼又没办法，最后也只好作罢。这年周养浩又弄出个“生产组”的名堂。四组组长郑星槎是个军统成员，原在国民党海军任舰长，由于触犯军统纪律被关押，在息烽集中营是个受优待的犯人，周养浩很器重他。因此，郑星槎便仗势欺人，对同监难友随意使唤，稍不如意就张口骂人。有一次，郑星槎来三组要文具纸张，却不遵守领物手续，反而破口大骂组员尚承文，黄显声再也压不住胸中怒火，举拳将郑星槎痛打一顿。周养浩十分恼火，认为打狗要看主人的面，这是打奴欺主。于是，周养浩便在星期一的纪念周会（国民党搞政治说教的一种形式）上，宣布黄显声违犯监规，要他当众承认错误，赔礼道歉。黄显声根本不吃这一套，在众目注视下，他以压倒敌人的气势，迈开矫健的军人步伐，昂首阔步走上前台，挺胸直立，目光炯炯地怒视着周养浩，最后迫使周养浩不得不就此罢休。

1944 年冬，军统息烽训练班送来一批表格，这是一种五人连环保的指纹表，规定每人在表上盖十个指纹，再填五人连环保。全监狱难友都很气愤，认为这是侮辱人格的做法，但又敢怒而不敢言，大家都把希望寄托在黄显声身上。黄显声拿着表格直奔营部办公室对周养浩说："我是不填这种表格的，也不盖什么手指纹印子，你们不放心，可以把我送到斋房去。"周养浩自知不是黄显声的对手，只好连忙解释说，这个表格并非监狱所制，是训练班送来做实验的，不填就算了。此事最后也就不了了之。

硬的不行，敌人又施展软的办法，企图软化黄显声。这年冬，重庆送来一批旧棉军衣，说是发给被关押的"修养人"御寒，集中营的职员则每人发一套新棉军衣。周养浩特意叫总务组为黄显声发了一套新棉衣，试图拉拢。黄显声拿到新棉衣后，立即到总务组保管被服处换了一套旧棉衣。周养浩看了很奇怪，问黄显声："我叫他们发新的给你，你为什么还穿的是旧棉衣呢？"黄显声说："我坐牢就应该穿旧的，这件棉衣虽然破旧，经我洗净补好后，穿在身上从心里感到干净利落，新棉衣不合我身份，我穿不惯。"周养浩碰了一鼻子灰，只得悻悻而去。集中营生活组卷烟部，除生产一般纸烟销售外地，还生产一种"四一"牌优质香烟，赠送特务首脑或其他军政人员享用，集中营内只有周养浩一人能吸这种烟。黄显声吸的烟都是在"四一合作社"购买的一般香烟。有一次，周养浩指着黄显声吸的香烟说："以后吸烟就到卷烟部去拿优质的'四一'牌，不要到合作社去买了。"黄显声当即拒绝说："那种烟我吸不惯。”为了避免周养浩再来找麻烦，他干脆托人在贵阳买来烟丝、卷烟纸、香料，并用木板自造了一个木卷烟机，自卷自吸。这个卷烟机后来一直带到重庆白公馆。黄显声对难友黄彤光说：“吸烟本是一个小节，但不能因此玷污了我的人格。”

黄显声为人豪爽侠义，就连那些杀人不眨眼的特务们，也对他十分敬畏。他被转移到重庆白公馆监狱后，被许可在管理人员陪同下到狱外散步、游泳。因为囚禁的时间久，黄显声同其中一些特务有些交往，可以到特务家里玩。重庆解放前夕，国民党反动派要对白公馆被关押的政治犯下毒手，这件事黄显声事先已有所闻，知道自己也免不了一死。黄显声的朋友和部下为了营救他，设计了越狱方案，甚至买通了看守。在这生与死的关头，黄显声考虑的不是自己，而是全狱的难友。他说：“假如我逃走，狱方事后发现，必然加强警戒，那么其余的人一个也逃不出来，而且更会加速把他们统统杀掉。所以我不能一个人逃走。要逃，所有的难友应当一起走。”

这就是黄显声。一个爱国将军，一位共产党的挚友。

1949 年 1 月底，辽沈、淮海、平津三大战役胜利结束，国民党军队主力基本被消灭，全国已处于革命胜利前夜。黄显声根据人民解放战争进展情况，曾向白公馆的“政治犯”、看守特务作过种种分析，他预言上海可能在端午节前后解放，重庆可能在年底前后解放，这些科学分析表明了黄显声卓越的军事眼光。

1946 年秋，国民党军统局改组为国防部保密局后，贵州息烽集中营关闭，黄显声被转移到重庆白公馆监狱。

白公馆关押的政治犯是敌人认为比较重要的人物。他们多数来自贵州息烽、重庆望龙门、石灰市等监狱，黄显声、宋绮云、许晓轩、许建业等都被囚禁在这里。黄显声被关押在二楼靠左边的一间屋子里。有一天，黄显声突然发现身边有个又瘦又小的男孩，那孩子身体特别细弱，圆圆的头，一双纯真的大眼睛，身上穿的衣服虽是旧的，但很整洁。这个孩子就是共产党员宋绮云、徐林侠的幼子宋振中，《红岩》中“小萝卜头”的原型。宋绮云夫妇在白公馆关押期间，一家三口住在一间阴暗潮湿的地下室里，宋绮云在牢房关押时间太久，身体十分虚弱，无力教育自己的孩子，“小萝卜头”6岁时，父亲曾乞求特务让孩子出去读书，特务回答“这是不可能的事”。“我来当‘小萝卜头’的老师”，黄显声知道后主动提出。从此，黄显声就成了这个刚满6岁的孩子的老师。他第一课教“小萝卜头”的是:“我是一个好孩子，我爱中国共产党。”黄显声对“小萝卜头”每天的学习安排是：上午学习语文和算术，下午学习俄语和图画。“小萝卜头”在黄显声培养下，学会了简单的俄语会话，遇到特务监视他们，一老一小就用俄语交谈。后来，“小萝卜头”就是用这种敌人听不懂的俄语给狱中地下党传递信息的。

“小萝卜头”和父母及杨虎城将军被特务分子用极端残忍的方式秘密处死的消息，黄显声是知道的。毕竟数回与蒋介石斗争，黄显声知道重庆在中国共产党领导下获得解放之前，他和数十位在白公馆被关押的“要犯”不会有什么好的命运，因此，前些日子，黄显声悄悄准备了一把自卫的武器——匕首。从已有的历史档案和敌我双方相关人员那儿获得的材料中，还没有见过白公馆、渣滓洞两处监狱里的革命志士手中有过比一把匕首更重要的自卫武器。

27日下午，时间刚过4点，白公馆突然里外三层被荷枪实弹的国民党特务宪兵团团包围。

“黄显声先生请出来！”看守长杨进兴跑到楼上的第二牢房，装作很客气的样子，叫道。

“什么事？”黄显声预感敌人有“大动作”，便佯装不知，询问了一声。

“所长请黄先生谈话，马上走，李副官也一道去。”杨进兴这样回答道。

“谈话？”黄显声一听，便知凶多吉少，于是他趁戴帽子的机会，把珍藏在铺盖下的匕首迅速放到身上，然后走出牢房。他的身后，是追随张学良将军多年的副官李英毅，两人一起跨出牢门。黄显声将军走到白公馆院坝中间，以军人的特有姿势，向牢中的难友们挥手“再见”。

“再见！黄将军走好……”难友们深情而悲愤地目送黄显声和李副官走出白公馆，只见他俩迎着北风，向溪边的步云桥走去。

这是一座年久失修的破桥，当黄显声的脚刚踩上桥面的一块枯朽的木板时，特务杨进兴迅速从腰间拔出无声手枪，朝黄显声的背上连开两枪，罪恶的子弹一颗打穿左臂，一颗打穿后背。受到袭击的黄显声猛地摇晃着身子，踉跄地朝前迈了两步，艰难地站住后，缓缓转过头来……只见他满嘴吐着鲜血，愤怒地使出全身力气，冲特务们骂了一声“你们这些国民党法西斯……”便倒在了血泊之中。这时，站在杨进兴身旁的另一特务也举枪向李副官射击，李副官中枪“哎呀”一声，横倒在黄显声身边。特务杨进兴似乎还不解恨，上前一脚踏住已经断气的黄显声的颈子，从死者手腕上扒下一只自动表，又随手捡起掉在地上的黄将军的礼帽。“他身上怎么会有匕首啊？”突然，杨进兴从黄显声的腰间摸到了一样东西，让他大吃一惊。“干完了吗？”这时，驾着摩托车的陆景清正好从毛人凤那里回来。神魂未定的杨进兴举着匕首，跳上车子后对上司说：“事倒做完了，没想到黄的身上会有这东西啊！”“要小心点，要犯们厉害着呢！”说着，两人乘车一同回到白公馆，准备实施他们的第二批屠杀……

“刘笃一、白银山！你们两个出来，保人给你们开释了！”杨进兴一回到白公馆，便粗嗓门嚷嚷开，又以一个谎点了两位被军统内部关押的“违纪分子”的名字。几分钟后，刘笃一、白银山以同样的方式被枪杀于步云桥边。

此时，天色渐黑。特务们似乎不再顾忌什么了，看守宋惠宽、程遂愿押着谋刺蒋介石的嫌疑犯何仲甫和陈为诚，刚出白公馆，就在左侧转弯处的桃园边将何、陈处决。特务们分别从陈为诚的手腕上抢下手表和金戒指，然后两个刽子手互相往对方的肩膀上捶了一拳，乐呵呵地说：

"收获不小！"此刻的白公馆内气氛极度紧张，难友们知道特务们的大屠杀已经开始，而刽子手们也不再遮遮掩掩了，按照预先的分工，他们有人负责在监狱里点名提人，有人则把人押到白公馆外面的松林坡和步云桥两个地方实施枪决，有人则在这两个地方挖坑埋尸，"一条龙"的杀人如屠宰牲口那么简单，那么程序化，那么满不在乎……

特务杨进兴所带的刽子手们从下午4点多一直延续到晚上八九点钟，先后进行了四批屠杀，整个白公馆已是一片血腥和此起彼伏的口号声与"团结起来到明天，英特纳雄耐尔就一定要实现"的《国际歌》声。

"不许唱！死到临头了你们还唱什么？"特务们气急败坏地用枪托敲击着一个个牢门，然而整个白公馆的每一个囚室内的难友们此时已不再理会这些恫吓了，他们依旧高呼口号或高唱《国际歌》。有的则直冲特务们怒吼道："你们这些狗东西，今天你们杀了我们，明天解放军绝不会饶过你们！""哈哈，明天我们在阴间等着你们这些王八蛋！"

"真是不可思议，都快死了的人，嘴还那么硬！"特务们面面相觑，不知所措。

特务们自然不知道，其实就在大屠杀开始的前两天，监狱里的临时地下党支部便作出了决定：在敌人很快实施杀人计划时，作为共产党员的狱中同志，必须做到临危"脸不变，心不跳"。当敌人行暴时，可以呼口号、骂反动看守和特务们，以鼓舞斗志和士气。地下党支部的决定给了难友们极大鼓舞和教育，因此，每当敌人押走一批同志时，狱中留下来的人会自觉地呼口号、骂刽子手们，而且轮到自己被敌人拉出去枪毙时，依然面无惧色，表现出共产党员和革命志士的本色，这些都在敌人阵营里引起巨大的恐慌和紧张。

屠杀仍在疯狂地继续……

就在这时，素有"杀人魔鬼"之称的西南长官公署二处二课课长雷天元带着另一批特务出现在白公馆，他们是奉徐远举之命，专门来处决由特务组织西南长官公署二处看管的一批共产党“要犯”的。

新的更大一轮的大屠杀又开始了——

“丁地平！”

“谭谟！”

……

敌人在一个个点名提人。

“同志们，再见了！”

牢房内，难友们相互握手告别，有的则忙将身上仅有的物品留给狱中的同志。

“刘国鋕，出来！”敌人走到楼下第二囚室，冲里面吼道。

那个被点到名的年轻共产党员，就是《红岩》里“刘思扬”的原型刘国鋕。“急什么？等我把诗作好了嘛！”蹲在地上的刘国鋕不紧不慢地这样回答牢门口持枪的特务们。

“要得，你个刘国鋕啊！”特务们怎么也想不到会有人这样蔑视他们的“枪决行动”，大声吼道，“都要枪毙你了，还作他妈的啥子诗嘛！”

“走！”几个特务趁势上前将刘国鋕揪起便往牢房外推。

“再见吧！同志们，我先走一步了！”刘国鋕突然用力甩了一下胳膊，回头对同室的罗广斌等说，“记住，同志们：如果哪一位同志能活下来，一定要把这些刽子手今天的凶残屠杀向人民公布！”说完，昂头走出牢房。

“打倒蒋介石反动派！”

“人民就要胜利啦！”

“中国共产党万岁——！”

刘国鋕一路高喊口号，一路大声背诵着他刚刚写就的诗句：

同志们，听吧——

像春雷爆炸的，

是人民解放军的炮声，
人民解放了，
人民胜利了！
我们——
没有玷污党的荣誉！
我们死而无愧……

“神经有毛病！死了还不后悔？快快去死吧！”恼羞成怒的刽子手们早已不耐烦了，端起枪杆，连续向刘国铉的头上、身上扫射……

“你们……不得好死！”倒在血泊中的刘国铉没有立即断气，当他最后睁开眼睛时，仍冲着刽子手们愤怒地骂着。

“看你的嘴还能动不——”一个刽子手举着手中的枪杆，用刺刀猛地捅向刘国铉的嘴里……刘国铉再也没有动弹。而就在这时，另一个刽子手似乎依然不解恨，举起枪托又朝烈士的头上砸去……几天后，解放军在挖开敌人残害烈士的“万人坑”时，刘国铉的弟弟看到了自己哥哥的惨状：“他的头被打扁了，眼珠子流了出来，肚子被打穿了，嘴唇都被刺刀割掉了……”[1]

此刻，留在白公馆内的共产党员听到外面的枪声，知道又一批亲爱的同志倒下了，他们瞪着愤怒的双眼，齐声朗诵起刘国铉那首仍在冒着热气的英雄诗篇：

我们——
没有玷污党的荣誉，
我们死而无愧——！

[1] 摘自刘国鋕：《为革命先烈复仇》，原载1951年3月19日重庆《新华日报》。

他们真的没有玷污党的荣誉，他们此刻最想向自己亲爱的党表白：我们将用生命捍卫自己的尊严和党的荣誉。他们知道自己的生命并不重要了，重要的是在生命的最后时刻让自己以英雄和共产党员的形象来证明自己是一个合格的革命者和钢铁般的共产主义战士！

呵，共产党员在此刻是多么崇高和无畏！

“李仲达！”

“石作圣！”

“冯鸿珊……”敌人又在点名提人。

“许晓轩！该轮到你了！”特务打开又一个“重犯”囚室，对一位长满胡须，戴着手铐脚镣的瘦高个“犯人”吆喝着。

“老许！老许也被点名了……”这时，监狱的楼上楼下，不断有人在这样说。

老许在白公馆的名气实在是太大了。因为他是这座“人间地狱”里共产党的秘密地下组织负责人，又是坐了九年多敌人监狱的“老资格”，加上他是狱中少数几个公开承认自己共产党员身份和党内职务的人之一，是每天戴手铐脚镣的“要犯”，所以，无论在特务眼里，还是难友心目中，老许是个了不起的人物。

许晓轩被捕前曾任中共川东特委青委宣传部部长、重庆新市区区委委员，是位具有卓越才干的青运工运的组织者和领导者。1916 年 10 月，许晓轩生于江苏省江都县仙女庙镇，童年的他是在颠沛流离中度过的。父亲因欠债、失业、流浪，忧郁而死得早，这给小晓轩的心灵烙下了永难忘却的印记。“为什么有的人住高楼大厦，吃山珍海味，过着灯红酒绿的生活？而有的人一年到头辛辛苦苦，却吃不饱，穿不暖，住在不能避风挡雨的破棚烂屋？”一连串的问题在他的脑海里翻腾着，“穷人的活路在哪里？这不公平的世道怎样改变？”随着年龄增长和在参与进步的工人运动中得到的洗礼，他懂得了革命道理，有了远大理想。1938 年 5 月，许晓轩加入了中国共产党，从此走上一条职业革命者的道路。他先后在银行和工厂从事党的地下工作，是位富有经验的工运领导者。1938年5月，按照党的指示，许晓轩参与了川东青委机关刊物——《青年生活》——的创刊，他是该刊的主要编辑和发行者。这期间，许晓轩不仅全身心投入到了办刊发刊的具体工作之中，而且还写了不少激扬的革命文字，对教育青年产生很大影响。

1940年4月的一天晚上，许晓轩到大溪沟二十一兵工厂分厂参加一个地下活动时被捕。这位重庆重要的工运组织者和青年运动领导者的突然“失踪”，让同志们和他的家人异常担忧，后通过狱中的秘密关系传出消息，才知他被关在重庆望龙门22号军统的一个秘密监狱里。

“我出世八个月的时候，爸爸就被敌人抓了起来。当时爸爸被抓到什么地方，我们家里一点也不知道。”许晓轩的女儿许德馨回忆自己牺牲的父亲时这样说，“一开始只有我伯父知道我爸爸失踪了。因为他们在重庆市里工作，我和祖母及妈妈都住在乡下，我伯父怕祖母和我妈妈受不了这沉重的打击，所以一直瞒着家里人。事过半年，我们才得知爸爸被关在重庆望龙门的一个秘密监狱里。爸爸被捕以后，我可怜的妈妈承受不住精神上的打击，便病倒了，在床上一躺就是3年，瘦得不像人样。爸爸在监狱里知道后，托人秘密送回一封信——其实只是在香烟壳子上用铅笔写的四个字：‘宁关不屈’。据后来越狱出来的同志说，敌人对我爸爸硬的软的都用，强迫他在烈日下做苦工，戴重镣，并罚他禁食，每天只给他一点水喝，还常用严刑拷打他，但却没从我爸爸嘴里挖出一个字。硬的不行，敌人就改用软的，假装要释放他，说给我爸爸自由，企图用甜言蜜语来让我爸爸在悔过书上签字，我爸爸断然拒绝，并直截了当地说：‘要枪毙请便，要我签字休想！’他对党、对革命事业的坚定和忠诚，鼓舞了许多难友，难友们都很尊敬他，亲热地称他为‘许大哥’。”

许晓轩后来从白公馆被转入贵州息烽监狱。在这座臭名昭著的集中营的院子里，有一棵核桃树上刻有“先忧后乐”四个大字，那便是许晓轩的杰作。那刚劲有力的刀法，不仅显示了他的雕刻艺术才能，更展示了他“先天下之忧而忧，后天下之乐而乐”的共产党人的精神世界。许晓轩在狱中威信很高，难友们都十分尊敬他。他是个异常爱学习的人，每天早上天刚亮，便开始学习外文。晚上，他利用走道上透进来的微弱光线读书，天天如此。狱中两三年下来，许晓轩不仅能翻译一般的俄文，而且还能读英文《孙子兵法》。有难友好奇地问他：“为什么连这样的书都看？”许晓轩说：“既然敌人把我们关在监狱里出不去，就既来之，则安之，要充分利用时间学习，为将来有一天出去更好工作打基础。”

1946年7月，军统息烽监狱撤销，许晓轩和罗世文、车耀先、谭沈明等“要犯”重新回到白公馆后，他与共产党员谭沈明、韩子栋等同志组成临时支部，许晓轩任支部书记。在许晓轩的领导下，他们一直在策划狱中的革命志士们的越狱计划。经过一段时间的周密考察和分析，许晓轩认为韩子栋有机会逃走，因韩子栋当时在狱中小卖部和伙食团干些杂活，有机会逃出魔掌。“能越狱一个人，就走一个人。”这是临时党支部的决定。越狱计划开始了：先由韩子栋利用跟监狱看守一起出去干活的机会，画一张道路、壕沟、岗哨、四周环境的简图回来，再由狱中支部的同志们详尽商量。1947年8月18日，在许晓轩的亲自指挥下，韩子栋利用与看守一起到磁器口街上买菜的机会，趁特务们在茶馆打牌之时，终于逃脱，并历尽艰辛到达延安。解放后，韩子栋担任贵州省政协副主席。《红岩》中的“疯子”就是根据韩子栋的传奇经历塑造的人物，给广大读者留下深刻印象。

韩子栋的越狱成功，让特务们一下提高了警惕，他们要许晓轩带头保证不越狱逃跑。许晓轩断然拒绝，因此被罚戴重镣和在烈日下做苦工。然而，敌人的阴谋无法消磨许晓轩的革命意志。

有一天，狱中发生一件意外事：一位无辜的青年难友遭到敌人毒打。“快说，这纸条上的消息是从哪里来的，是谁写的？”特务们一边用鞭子抽打这位青年难友，一边逼着他“交代”。

“住手！那纸条是我写的！”突然，一个洪钟般的声音从楼下一室牢房传出。

“又……又是你啊！许晓轩，你给我出来！”特务又气又恼地吼道。

牢门开了，许晓轩昂首挺胸地走出牢房，坦然地说：“有什么事可以问我。”

“这纸条的字是你写的吗？消息从哪里来的？”特务问。

许晓轩轻蔑地看了一眼特务手中的那张纸条，说：“消息是你们提供的……”

“不可能！”特务叫了起来。

“那可不！”许晓轩镇静地解释道，“有次放风的时候，我看见你们的办公室的门开着，我便进去从你们的报纸上看到了这消息。”

“你，你敢！”特务听后气得快跳起来。当罪恶的皮鞭正要落到许晓轩身上时，整个监狱响起了“不准打人”的怒号。这声音让特务们胆战心惊，只好当即宣布：“算了算了，今天停止放风。”

许晓轩表现出的这种临危不惧、舍己救人的高贵品质，使监狱里的难友们异常感动和敬佩。

有难友在放风时问过许晓轩：“如果有一天敌人要枪毙我们的时候，你老许有什么要求？”

许晓轩拢了拢尖尖的下巴，笑笑，说：“如果在我临死的时候，敌人问我有什么要求，我就说要看当天的《新华日报》。看完后我死而无憾了。”

许晓轩烈士

“许晓轩！出来！”这是1949年11月27日夜晚白公馆内特务的叫喊声。这一天，被狱中难友称为“许大哥”的许晓轩将被特务们拉出去枪毙。此刻，许晓轩没能实现他最后看一份当天《新华日报》的愿望，然而他却以一个忠诚的共产主义战士的名义，向有可能留下生命的同志转达他用九年多牢狱之苦铸炼出的一个带血的心愿：“……请转告党，我做到了党教导我的一切，在生命的最后几分钟，仍将这样……希望组织上务必经常注意整党、整风，清除非无产阶级意识！”

说完这句话，许晓轩轻轻地将身上的一件棉衣脱下，然后深情地披在一位难友肩上：“亲爱的同志穿上吧，它会对你有用的。”随即他大步跨出牢房。

刑场上，许晓轩蔑视的目光像两把利剑，刺向对他举枪的敌人：“你们这些狗东西也活不了几天，人民必将审判你们！”

“中国共产党万岁——！”

面对这样的共产党人，刽子手们的双手在发抖。“嗒嗒，嗒……”子弹穿过英雄的身躯，打在手铐和铁镣上的子弹“当当”乱响，溅出斑斑火星……

又一个倒下了。

又一批倒下了……

“宣灏！”

“文泽！”

……

“现在轮到你们啦！快出来吧！”满身沾着烈士鲜血的刽子手们回到白公馆，又开始新一轮的屠杀。

“你这个瞎子，问你一句：还有什么要求？说来我们听听……”特务走到四室牢房，问一向连走路都看不清的高度近视者宣灏。

不想，弱不禁风的宣灏淡淡地瞥了一眼刽子手们，微微一笑。

“死到临头了，还笑得出来？”刽子手们感到不可思议。

宣灏心想，当然要笑嘛！你们不是问我最后的要求吗？我的“最后的要求”是个秘密，只能向狱中的党组织讲，而且我已经在前些日子完成了这项使命。

“你们不是想知道我的要求吗？”突然，宣灏愤怒地对几个刽子手大声说道，“那我现在告诉你们——我的最后要求是：我们的生命，是国民党反动派，在人民解放军就要来临的前夕，穷凶极恶地杀害了的！你们既然敢犯罪，你们就应当自己负起责任来！不管你们这些杀人犯逃到天涯海角，都不能放过！当人民法庭审判你们的时候，更不能为你们的甜言蜜语或卑贱的哀恳所哄过！‘以血还血’，这是天经地义的事！我相信我的同志们一定会以同志般的忠诚来满足我——一个追求共产主义的革命者的愿望！”

“妈的，临死了你竟还敢胡言乱语！”刽子手一听，一拥而上，将宣灏的嘴堵上，然后连推带搡地将他押出牢房。

“文泽！你呢，你在牢里也算是个老资格了，怎么样，也想最后交代几句？”刽子手将凶残的目光盯向另一位“犯人”，他就是已有八年“狱龄”的共产党员文泽。

“算你猜对了。我确实有几句话要说……”文泽是监狱里有名的诗人，早在参加革命前就是一个文学爱好者，十三四岁在重庆巴蜀印刷社当学徒时就开始文学创作，常在报上发表诗作。他是新四军部队里一位颇有影响的“战士诗人”，“皖南事变”后被捕，先后被国民党反动派关进江西上饶集中营、贵州息烽监狱，后来与许晓轩等一起被押到重庆白公馆。八年牢狱，文泽没有中断写作，他的《刽子手》一诗曾在难友中广为流传：

……

啊，他，他们就是这样的一批——

恶棍、流氓、窃贼，

可是，这还只是他落寞的时候，

很快，他高升坐了办公室，

会拍着桌子叫你签字，会替难友找“前程”，

运气来了，很快当上了奴才们的头领，
"领袖"的耳目，保镖头儿，警犬。
失踪、捕杀、关监，
搜索到床底，叫声……
每一群人里都有他的小狗钻进来窃听，
每一个百姓家里都被他的喽啰所暗探。

"你的老伙计许晓轩在外面等着你呢，劝你识相一点！"特务这样威胁文泽。

"老许？是啊，你们把老许弄哪儿去了？"文泽一听不由怒从心起。许晓轩和文泽差不多时间被捕，而且又同在贵州息烽监狱待过数年，之后又是白公馆的同室难友，两人情意笃深。其实，就在刚才提走许晓轩的时候，文泽便预感到敌人的屠刀马上会在自己的头顶上落下，现在一切都变成了现实。"同志们，再见了！""战士诗人"在跨出牢房的一瞬间，突然扬起头，一边与留在狱中的难友们挥手告别，一边高声诵道——

……呵，兄弟，
不用告别，每一颗心都已知道！
呵，快天亮了，这些强盗狗种都已颤栗、恐慌，
他们要泄愤、报复，灭掉行凶的见证，
他们要抓本钱，然后逃掉。
但是你听着：狗们不能被饶恕，
血仇要用血来报——！

几分钟后，文泽倒在了他的难友许晓轩身边。他的这首《天快亮的行凶》的诗稿，就是在他牺牲之前眼见一批批难友被押走杀害时怀着满腔怒火急就而成的。诗稿写成后，交给了同室的一位难友，后来这位难

友侥幸脱险时将文泽的诗稿藏在鞋内，今天我们才有可能读到这异常珍贵的英烈诗作。

文泽、宣灏等人是特务们预先计划的白公馆在押“要犯”中最后一批被枪杀的。这场白公馆大屠杀从下午 4 时左右，一直延续到晚上八九点钟，共杀害 28 人。其中，谭谟在中三枪后未死，醒来后从尸体堆里逃出来得以还生。

当时监狱里尚有罗广斌等 19 人是属于徐远举亲手处理的各种“关系”人物，到底如何处理这些人，西南长官公署二处仍在犹豫不决。就在这时，特务头目雷天元接到二处徐远举的电话指令，告知他“特区”里的国民党警卫部队天明前将撤离。

“估计共军这一两天就要进城了，务必在明天拂晓前处理完毕渣滓洞的囚犯和白公馆里剩下的囚犯。”电话那头的徐远举异常沮丧地说道。

“这么快啊？”雷天元惊恐地反问了一声，抽动着脸上的横肉，道，“放心处座，就是共军明天进城，我们也绝不会让手上的那些共党分子有一个活到天亮的！”

“好，马上行动！动作要快，要利索！”徐远举作最后的交代。

“是！”

“丁零零——”雷天元的电话又是一阵暴响。“雷长官，我这里近 200 号犯人要处理，照我现在的人手，估计明天上午都处理不完啦！能派点人支援我们吗？”电话是渣滓洞看守所所长李磊打来的，他在向雷天元求援。

“那这样吧：我把白公馆这边的人手给你调过去。”雷天元想了想，说。

“要得嘛！”渣滓洞那边说完便挂了电话。

“警卫连的人，你们马上集合！”雷天元命令在白公馆外面的警卫连武装人员。

“集合啦！”特务们忙排成队，提了枪和其他杀人武器，在雷天元的带领下，直奔渣滓洞方向。

此后渣滓洞发生的一场血腥的大屠杀我们暂且放一放。回头再来看看此时的白公馆将要发生的事——

此时的白公馆像个垂死的老人，方才还是里外三层警戒森严，口号声、辱骂声、恐怖的枪声交织在一起，如一座杀人魔穴。这会儿特务头目雷天元将警卫部队一拉走，惊恐万状的监狱内一下就消停了下来，顿时整个白公馆显得空落落又阴森森。

此刻谁最惊恐、最紧张？不是别人，正是杀人魔鬼、刚才还穷凶极恶、疯狂杀人的看守长杨进兴。他不觉有些心慌意乱，刚才那些被他枪杀的革命者临死前说的“你必将受到人民的惩罚”之类的话，像山谷里的回声一样在耳边回荡，震得他脑袋嗡嗡的。是啊，共军就要打到重庆了，现在形势紧急而混乱，大官们一个个都在跑，自己一个小人物，万一跑慢了被解放军抓住，那可惨透了呀！再看看这时的歌乐山下，黑乎乎的一片，自己的武装警卫部队也撤了，万一有共产党的游击队摸过来……想到这里，杀人如麻的杨进兴心里一阵阵发虚。

“陆长官啊，我这边任务完成了，弟兄们要求撤离。”杨进兴打电话给上司陆景清报告道。

“既然完成了任务，那就撤吧。”陆景清一听，便同意了。

随即，杨进兴命令手下将二处寄押的本来分散在白公馆楼上楼下几间牢房的 16 个男囚犯全部集中到楼下二室，楼上只剩下郭德贤和她的两个孩子。

“撤！马上撤！”杨进兴向他的一群如惊弓之鸟的手下一挥手，离开了白公馆，自己比谁跑得都快。这时，看守杨钦典和杂工李育生寻机转到楼下二室，杨钦典把这些情况都给罗广斌他们讲了。

杨钦典 1920 年出生于河南郾城县，自幼家贫，只念过一年多私塾，为求生计，18 岁即入伍当兵，靠吃苦肯干混到上士班长的位置，1946 年被抽调到白公馆监狱任看守，巴望着能由此更上一层楼，再弄个一官半职，因此也卖力地在长官差遣下做过不少坏事，如参加杀害杨虎城、“小萝卜头”的行动等。此人长期混迹军旅，身上既有服从、效忠的军人习性，也有北方人的豪爽、倔强的性情，却不太会逢迎巴结，做人的良心未完全泯灭，混了多年也没受到重用，只是个上士，在监狱当中被调东遣西，倒霉受气跑不掉，升官发财却没份，所以，日常不免流露出一些不满情绪。这一切，都被具有丰富斗争经验和敏锐观察力的狱中革命者注意到了。

“尽力做好杨钦典的策反工作，以备同志们实施越狱计划时所用。”这是狱中党组织定下的一项特殊任务。在监狱所有革命者生命攸关时刻，党组织的这项决定便成了特别重要的任务。狱中的同志一致认为：策反杨钦典这样一个人，比党组织试图通过内外接应实施营救计划更实际，也更容易实现。

革命者在狱中一直注意琢磨狱方看守人员的情况，平日很注意观察看守人员的一举一动，伺机进行策反工作，以争取其在关键时刻能提供帮助。狱中策反是狱中斗争的一个极其重要的内容，与公开的对敌斗争相比，它更需要讲究斗争策略和斗争方法。看守们长期受到当局的洗脑教育，对共产党人和革命者怀有本能的敌对情绪，没有经过水滴石穿、铁杵成针的艰难过程，是达不到目的的。在对敌策反过程中，稍有不慎，即会造成巨大的损失和牺牲，这方面是有着惨痛而深刻的教训的，如许建业烈士被捕后，看守陈远德的欺骗手段给地下党组织造成的破坏。

杨钦典日常表现中的细微点滴，没有逃过狱中革命者的眼睛，他被列为争取教育和策反的对象。一有机会，革命者就给杨钦典谈形势、讲政策，鼓励他立功赎罪、弃暗投明。特别是陈然，对杨做了大量工作，影响至深。陈然是河北人，杨钦典是河南人，都是北方人，陈然就与杨拉北方“大老乡”关系，从谈乡情，拉家常，到讲社会为什么贫富不均，进而讲我党的宗旨、方针和政策。经过长期的诱导，再加上陈然的性格直爽刚烈，很为杨钦典敬佩，所以杨对陈然的话深信不疑，同时感到自己接触到的共产党与长官所宣传的共产党完全不一样，这些人大都是好人、是汉子。除了陈然之外，罗广斌也是杨钦典很佩服的人。罗广斌家里很有钱，但他参加了共产党，甘愿过苦日子，徐处长几次提出只要签字就可释放他，但他都不签，也是条汉子。在狱中革命者的感召下，杨钦典从心底里愿意帮助这些革命者，他值班看守时，有意延长放风时间，见政治犯在传递消息，也视而不见，后来他还甘冒风险给难友们转达消息，从狱外带回药品、食品等。特别是陈然的牺牲，对杨钦典触动极大，他觉得陈然这么好的人，政府都要杀，这个政府、这个社会真是太坏了！在这次大屠杀中，他想躲避不参加，但又怕特务组织的疑心和残忍，稍有不慎，自己也会人头落地，只好跟着杨进兴行动。在屠杀现场，他总是装出一副被吓坏的胆小样子，经常连枪都掏不出来，气得杨进兴大骂他是个废物。

杨钦典在新中国成立后的交代材料中这样写道："我和罗广斌、李荫枫、陈然最好，开始我对国民党是不满，爱发牢骚，看见国民党腐败、做事不公开，常吹牛拍马的就吃得开，不这样干就吃不开……经常和罗广斌、陈然、李荫枫等在一起，看到他们思想正确，一切谈话都是有条有理的。比方说，法官叫罗广斌写悔过书等，写好就放他出去，他都不写，说：'你要放就放，我是不写。'陈然也经常说他们革命不是为私人，一切为后代，我们讲话一般在放风、散步及我当值时，因为上面叫了解犯人的思想情况，谁调皮呀，谁捣蛋呀，都要报告，所以当值的时候多一些，都是年轻人，又是北方人，能说得来。上面要放罗广斌出去，他都不出去。我看共产党是有办法的，他们不是为了私人，为了私人他还不出去？这些事情都感动我……"

在谈起当年白公馆大屠杀后的情形时，他这么说："雷天元带着便衣们到渣滓洞去后，白公馆这边就乱了，也没有我们的人了，大家都在愁，说这咋办呢？我们几个看守很恐慌。狱中的那些人又在紧张地问我们咋解决，'是杀，是放？'我只能说只有听候命令，罗广斌他们就说：'杨班长救了我们吧，开开门我们一起走吧！'又说：'你只要把我们救出去，保证你没啥问题。’我说，‘天还早呢，我不敢走，慢慢等吧。’大约十来点钟的样子，我告诉警卫把东西收拾好，就到楼下和罗广斌他们定了个计：我说到时我出去把岗撤了，我们看守的人先走，我再把锁打开，把白公馆的院门闭好，然后把锁锁好挂在门上——其实是假锁着。我再到楼上跺三下脚，你们听到这一暗号后，再等上十几分钟我们的岗哨撤了你们就出去，顺便把门上的锁扔了，各跑各的。我当时心里想，如果有雷天元方面的人看到了，一看锁是扔掉的，就会认为是监狱里的犯人把锁砸开的，这样我的责任就轻了。计谋定下后，罗广斌、李荫枫对我说，‘你出去后千万别跟国民党的部队跑，如果那样，你走到哪里也跑不了。’李荫枫还说，‘你出去到我家里住，解放了我们会再见的。’我说，‘中，我坚决不跟部队走。’说完上面这番话，我就出去和三班长安文芳把哨岗撤了。这时，我又假装拿东西，到楼上跺了三下脚。出来后我和三班长一帮人就往市里跑。一路上，有的人爬上汽车，往成都方向去了。我没有走。11月30号，解放军部队就到了重庆市里。又过了一天，我在街上看见解放军贴出的布告叫我们这些国民党的散兵残余去登记，我就到军管会登记了，当时还交了一支美国左轮手枪，后来在街上碰见罗广斌、杨其昌、周居正他们，还有那个女的和她的两个小孩，他们说叫我到脱险同志联络处去登记。我又去了。再后来我就回了河南老家当农民，接受改造……”杨钦典的问题在罗广斌等同志的证明下，得到了政府的正确处理，他也成了一名自食其力的劳动者。

另一位被地下共产党人争取过来的李育生，是四川绵阳人，贩过大烟，开过铺子，还当过土匪、袍哥，因为盗卖军统物资，1946年被捕入狱关进白公馆。他为人仗义、豪爽、热情、肯帮忙，平时最喜欢同“政治犯”们交往，狱中革命者也经常给他讲如何做人的道理。李育生被关押一年多后，就被安排在白公馆内做杂工，有半自由身份，煮饭、购物什么都干，利用这些机会，他为难友们做了些传书带信的工作，大家都非常喜欢和信任他。大屠杀之前几个月，狱方要他取保释放，但黄显声、谭沈明等都劝他不要走，将来一起出去，他就借口找不到保人留了下来，继续暗中帮助难友们。

听了杨钦典说的情况后，罗广斌他们乘机给杨钦典做工作，劝他不要跟国民党部队走，把这19个人救出去立功赎罪，解放后保证为他证明，并为他解决工作。经过激烈的思想斗争，杨钦典终于把门锁打开，但未取下。为了稳妥起见，杨钦典与罗广斌约好，他和李育生先上楼观察动静，下面的人听到楼上跺脚三下的信号就把锁取下跑出去。

牢房里的16个人，个个屏住呼吸，静静等待着生死攸关的信号。突然，楼上传来“咚、咚、咚”三下响声，几秒钟的沉寂后，牢房里出现了一阵骚动，大难不死的难友们紧紧拥抱，泪飞如雨。在这紧要关头，罗广斌站出来宣布：“我是共产党员，同志们听我指挥。越是紧要关头，越是要沉着冷静。”紧接着，他把突围的路线告诉大家。并按身体强弱搭配，分编小组，指定周居正、李荫枫上楼照顾郭德贤母子三人。他要求大家团结合作，一齐冲出死牢。

“魔窟”的大门打开了，难友们在夜幕掩护下，相互照顾着向监狱外跑。未料，刚跑到监狱离公路一半距离时，亮着明亮车灯的汽车从渣滓洞方向驶过来，在车灯的照射下，车上的特务发现行人，“什么人，站住！”紧接着是拉枪栓的声音。“二处的，不要误会。”机警的人回答道。“口令！”没想到特务会问口令，当然答不上来。“嗒嗒嗒”，特务开枪了，密集的子弹飞过难友们的身旁，划过一道道耀眼的弧线，尖厉的枪声在死寂的夜里回荡。难友们迅即掉头，向白公馆后山跑去。黑夜中，视线不清，方向难明，乱石满山，杂草丛生，难友们不顾一切地在树林草丛乱石堆中摸爬。由于特务的惊扰，一起跑出来的19个人，此时被冲散了……

刚刚经历大屠杀的残暴恫吓之后，又经历这场惊心动魄的大逃亡，这对每一个亲历者来说，都是永生难忘的记忆。

让我们来听听几位脱险志士的回忆吧——

郑业瑞回忆："当大群特务在渣滓洞杀人放火的时候，我们在白公馆的同志得到争取过来的特务杨钦典的帮助，打开了牢门的铁锁。当时杨钦典和几个交警队的特务兵监视我们那间屋，准备等杨进兴过来后动手杀我们。杨进兴回来之前，李育生割断了白公馆的电线，所以杨回来后摇不通电话，以为重庆解放了，慌忙跑到白公馆下面的交警队去再换电话，就在这个片刻间，杨钦典骗走了大门口的哨兵，我们室内同志分作两组，由罗广斌和我任组长，他开路、我断后，冲出了白公馆的大门。但还未到篱笆边就遭到马路上的哨兵的射击，小组失去联络，只好分散突围，我向着歌乐山的方向爬行，在半山遇见另一冲出的同志王国源（民革党员），与他一道继续前进，天拂晓时爬到了杨公桥后面的小山，在一家农民的破烂房子中躲了几个钟头，后换下囚衣，洗净了血迹，经南开中学后门逃到了重庆大学。途中又遇见逃出的杜文博，于是我们三个人冒险向重大一个看来较和善的女同学自介，请她帮助，幸好这个同学不是坏人，把我们藏在基督教青年会内的小室中，并给我裹伤（我头部轻伤）。第三天重庆解放，我们才算完全脱险……"郑业瑞在解放后对川东地区的农业发展有突出贡献。他喜欢思考问题，对社会政治也颇有研究。假如没有"文化大革命"的冲击，这位农业科学家必定有对社会更大的贡献，可惜英年早逝。

脱险志士杜文博这样回忆他从白公馆逃出的经过："1949 年 11 月 27 日下午 4 点左右，敌人先在白公馆各牢房提出了几人，我们同室的有刘国鋕、谭谟（受伤后未死），说是转押别处，以后事实证明是被杀害了。当晚，又把其他牢房的一些人集中在我们牢房，大概有十五六人，看守杨钦典来告诉我们，说他们立即要到渣滓洞去，现在有机会可以冲出去，他愿意帮助我们（据说此人是由王朴、陈然、刘国鋕、罗广斌利用特务内部矛盾争取过来的，解放后曾由当时市委或军管会送给路费，遣返回他原籍），并设法给我们一些枪支弹药，后又在我们牢房外向我们说，枪弹没有，他设法找一斧头给我们打开牢房。又说，除罗广斌一人押运台湾外，其余的人都要处决，并与我们留有暗号：在楼上跺脚三下，你们就冲出去，没有跺脚声就不要动。这时我们就听到渣滓洞那个方向有密集枪声，判断那边一定出了事。深夜，我们听到楼上三响跺脚声，罗广斌立即对我们说‘我是共产党员’，他带队去前头，一个年轻的人照顾两三个老年人，排成单行走出牢房。……刚走出大门，就听到坡下的人问‘什么人？’不知是谁答复的‘二处的’，又问口令，就没有人答上了，立即从坡下就有人开枪向我们射击，我们十几人在黑夜里被打散了。……我在一个山洞里躲了两天。29 日晚上我才从南开中学走到沙坪坝我一个远房兄长那里。”

杜文博又回忆说：“27 号前几天，我们从特务的行动，如清理图书、档案，神色慌张，并把我们的头发剃光、不放风等现象，以及从杨钦典手里给了罗广斌一点报纸，和他给我们透露的一些消息中，知道重庆很快就要解放了。我们曾公开向另一位姓宋的特务说，要他协助我们出狱，他答复我们‘上面叫我怎么办，我就怎么办’。我们向他担保以后负责他的生命安全，但没结果。新中国成立后，此人被捕枪决。杨钦典是承认帮助我们的，此人遣返回原籍后，就不了解了。新中国成立后几天据看守杨钦典告诉我们，原来特务的计划是要陆续处决白公馆的人，再处决渣滓洞的人，时间比较长。因听说解放军从各方面包围了重庆，才恢复原先的计划，因渣滓洞的人多，所以要集体屠杀，后又用汽油毁尸。27 日晚上，因他们要赶快在渣滓洞处决 200 多人，所以有这个空隙时间，我们才脱险。”

新中国成立后杜文博长期在民革重庆市委工作。他为宣传烈士精神做了许多有益的社会工作，还与刘德彬、郭德贤、孙重在重庆与第 29 中学的老师一起开展了“红岩班”的创建活动，广受群众欢迎。

另一位脱险者毛晓初这样回忆他及罗广斌等人脱险的经过：“1949 年 11 月 27 日晚上……杨进兴等看守所的特务到楼下各处巡查后也出去了。

当晚值班看守的是杨钦典，他一直没有离开楼下。记得杨进兴等出去了一段时间后，只见罗广斌走到二号房门口找杨钦典悄悄地谈话，我的位置距风口较远，事先杨又叫喊：'大家不能动。'我听不清他们谈些什么，但是又不知道把大家集中到二号房到底要干什么，我想他们的谈话，对于到底怎样处置我们会有关系的。出于打听点他们谈话的心理所驱使，我慢慢地向风口移近了些，听到罗广斌对杨说什么'你要想坐飞机跑台湾，根本没你的份，搞那么多年，你还不是个上士，只要你设法能救出一个，把今晚大屠杀公诸社会各界，你就算立了大功，你要相信共产党的政策'等语（我在向风口移动时，记得郑业瑞也在动）。记得杨当时未吭声，又听到罗说：'你要想办法嘛。'杨仍未吭声，我不禁就叫：'能给我们搞到枪就好了，我们能打出去就打出去。'记得郑业瑞在后边也附和了几句，杨见有人插话，又叫喊起来：'各人坐回自己的位置，不准乱动，谁动了就打谁。'我回到自己的床位上，但不久见杨出去了，谁也不知从哪儿传开了说：'能出去的只有罗广斌了，坐飞机到台湾，其他的都要集体被枪杀了。'当时我也信以为真，就跑到罗的面前说：'如能出去，给我家里带个信（记得我向罗说了自己家的住址，叫我妈不要伤心，叫我老婆自处，她还年轻）。'记得郑业瑞，还有好几个围着罗都叫给自己家里带信，罗发急了说：'我一个人不能出去，要死大家就要死在一起，信也带不了。'杨不久回到楼下，大家的叫嚷停止了，各回原位，杨与罗又悄悄在风口谈什么。之后，杨又出去了一趟，回到风口处，杨给了罗一把钥匙，杨就匆匆出去了。这时，罗就向大家宣布：'杨钦典答应了把通路的门先打开，二号房的钥匙给了我，他有信号！在楼上蹬足三声就表示通路的门打开了，过了十分钟我们才能打开二号房冲出去。'并宣布什么'冲出去的路线是向后山坡，老幼互相照顾，三人一个小组'，他还临时指定杜文博、周居正、郑业瑞、我及他本人，各照顾一个组，扶持老人。罗一宣布后，大家就忙着准备，我赶紧换了衣服（把囚衣脱下，换上进狱时自己身上穿的衣服，又换上自己穿的皮鞋，皮鞋底下藏有文泽烈士的诗稿，那是原先彼此交换的诗歌）。也有换衣的，也有打小包袱的，乱作一团。突然，听到楼上蹬足三声，这时见罗就拿钥匙打开二号房的锁了，大家匆匆忙忙往外冲，我见有两个老头就扶他们一起走，临时互通姓名，才知一个是周绍轩、一个是尹子勤，我们刚到白公馆看守所的厨房后面，就听到山下有人问口令（往山下有条较宽的大路，到山底有个固定岗哨，出来的人有的往山下跑了）。接着，我们就听到密集的枪声，我把周、尹扶进乱草丛中后，叫他们各自分散走，我就单个一直向后山冲。黎明时，我看清了地形，才鼓足勇气跑上歌乐山的师范学校后面的那座山顶（未被捕前，我有同乡同学在师范读书或工作，曾到学校玩耍过）。到了傍晚，我进了师范学校，在同乡康顺天处住了一夜。29 日，我又到北碚乡村建设学院，在肖立、杨家珍处住下来，直到 1949 年 12 月 2 日，我才回到重庆市内，那时到处是解放后的新景象……”

毛晓初，被捕前是重庆大学的进步学生，新中国成立后长期从事学校和科研单位的教学与研究工作，是当年在白公馆与罗广斌一起制作那面“五星红旗”的难友之一。

在这场大逃亡中，最艰难的当数郭德贤了，因为她的身边有 4 岁的女儿小波和 2 岁的儿子小可。当时郭德贤的牢房在二楼。2009 年 3 月 8 日，笔者在重庆红岩村有幸与这位大屠杀中英勇脱险的女英雄见面并听她讲述那段惊心动魄的脱险经历。

郭德贤老人这样说：“……27 日那天晚上，我看见一批批同志分别被敌人拉出去枪毙的情景，我知道自己肯定是免不掉一死了。当时最紧张和害怕的是我两个无辜的孩子，唯一心存的念头是敌人不至于将他们也一起杀掉吧。可老实说，又很害怕，因为就在几小时前，敌人不照样把王振华、黎洁霜夫妇的两个小孩都杀了吗？我女儿与儿子，一个 4 岁，一个才 2 岁，这么小他们就没得活命……这么一想我紧张极了，可又无可奈何！敌人是疯了，一群疯了的人你能想象他们干出什么吗？到了天黑，我给孩子们把衣服脱掉，让他们睡下，并在每个孩子身边放两块糖——

这是平时难友们通过各种秘密渠道送进来的。然后，我又写上他们两个的姓名、出生年月和一些经历，用一个小盒子装好，放在小波的大衣口袋里。当时我想，这一夜我早晚会让敌人拉出去枪毙的。我死后，他们两个第二天醒来时，吃了糖后见我不在了，就会自己走下楼的，走到外面也许被什么人发现，如果碰上好心人可能会收养他们……这一夜，白公馆里面随时听到各种声音，有特务打人骂人的，也有难友们高喊口号和打招呼与我们'再见'的，还能隐约听到断断续续的枪声。说不害怕是不可能的，可害怕又有什么用呢？我们既然是革命者、共产党员，又困在敌人的牢房里，只能面对死亡。于是，我独自坐在安睡着的两个孩子身边，望着可怜的孩子们，想到他们马上就要失去妈妈关爱的情形时，心里像刀刺一般。大约到了深夜两点钟的时候，突然听见有人在敲门，我以为是死期到了，可忽然听到的是小罗（罗广斌）的声音，他叫我赶快走。罗广斌是共产党员，我跟他熟。他急促地对我说，他们都撤退了，让我马上带着孩子跟他们一起逃出去。我一听，赶忙叫醒孩子们，慌忙地给小波、小可穿上衣服后带到楼下。这时，周居正过来帮我背小波，我就自己背上小可，然后跟着大伙一起往外逃生。哪知刚逃到白公馆的石梯，警戒线外的卫兵还没有完全撤走，对方一声'口令'，我们一个也没能答出来，于是，机关枪像雨点似的扫射过来，我们十几个人便一下子四面散开奔跑。我背着小可拼命地向山坡上逃，身后只听机枪子弹'嗒嗒……'地乱响，那时啥也顾不上了，一个劲地背着小可跑回到白公馆监狱的厨房后面那个石梯上，在这里见到了逃生的李荫枫先生。他问我：'伤着了没有？'我摸了摸小可，又摸自己，说没有受伤，但就是双脚软得迈不开步子。正在这时，好几只电筒光，还有机枪声又跟到了我们身后。我带着孩子和李先生又只好向山上逃命。跑到半山时，我实在是跑不动了。李先生便说：'你和孩子就躲在那草丛里休息一下吧！'说着，他把他的大衣脱给了我。就在这时，后面的电筒光又追来了，转眼间李先生也不见了，我按住孩子躺在那草丛里不敢出声……

幸好追来的特务未把我和孩子搜到。片刻，我突然听到女儿小波在附近叫‘妈妈’。我又高兴，又紧张，想答应她，可又不敢答应。后来再也没有听到她叫了，我担心得要命，怕她出事了，又心想：或许是背她的周居正同志捂住了她的嘴。要不，如果我出声答应了女儿，或女儿再要叫妈的话，可能我们都得被追赶来的敌人发现用乱枪打死了。这一幕好悬……就这样，我搂着儿子小可在草地里躺了好一会儿，听见特务们的汽车匆忙地在山下疾驶的声音。直到东方发白，我直起身子，往四周看——见渣滓洞那边的火光映得漫天通红。心想那边一定出大事了。于是，我马上背起小可往渣滓洞相反方向的歌乐山上跑。走着走着，脚底感觉特疼，一看双脚是光着的，也不知道什么时候鞋子掉了。那个时候，逃命第一，啥都顾不得。后来我们翻过了几重山，跑着跑着，看到了公路，我认得这条路是通往成都的老成渝路。这时天有些亮了，看得到路上逃难的人很多。我心想，现在已经逃出白公馆魔穴了，谁都不会认识我，再看看自己的样子，也很像个逃难的人。在监狱里，平时只有穿囚服，27 号晚上，我知道自己要被敌人枪毙了，就干脆换了入狱时带进来的旗袍，所以现在逃出来后，觉得这身衣服让我更像是个富家的逃难者了。这时，见路边有个茅舍，便想进去歇一下。走近一看，里面有位老婆婆，我告诉她，自己是做小的（就是富人家的小老婆），男人是做生意的，现在重庆在打仗，没处跑了，想在这儿住一宿。老婆婆一看我带着孩子，不像个坏人，便说，你就住嘛！又说，她只有红苕吃。我忙说没关系，啥都可以。老婆婆不仅让我和小可住了下来，还给我娘俩各找了一双鞋。睡了一天，第二天是 29 号，我看到公路上的解放军，便疯了似的跑过去大喊：‘解放军同志，敌人在大屠杀，你们快去救救我们的同志！’说着就瘫倒在地上……”

郭德贤后来带着儿子住进脱险同志联络处，得到了很好的保护。可是，她的女儿小波却走失了，特务追搜时，原先背着她的周居正与她失散了。29 号那天，同是从白公馆脱险的罗广斌再见到周居正时，却没有看到小波。知道原因后，罗广斌立即组织大学和中学的学生们到歌乐山上去找，然而几乎翻遍了歌乐山，也没找到小波。当罗广斌将实情告诉郭德贤时，她一听便昏了过去。

十几天后，小波终于找到了，郭德贤喜出望外。事情原来是这样的：大屠杀那晚，周居正背着小波逃生时，遇上追赶来的敌人，一慌神，两人一跤跌倒在山坡上，背上的小波被摔出好几米远。这时，四周漆黑一片，周居正爬起来四下摸了摸，没有摸到孩子，又不能呼喊，便独自藏了起来。4 岁的小波一时也被吓蒙了，当她爬起来看身边空无一人时，惊恐地躲在农田的小水沟里不敢动弹。这时，特务们的车灯从她身边一晃而过，她顿时害怕了，叫了声“妈妈”，见没人应她，便再不敢吭声，加上又吓又累，便一头睡倒在田坎边。当她醒来时，天已大亮。一队国民党士兵从她睡的田坎走过时，她招手说：“叔叔，拉我上去。”一个士兵以为她是哪家百姓的孩子，伸手将她拉了上来，并问她：“你去哪？”她说：“你们去哪，我就去哪。”国民党士兵们觉得这个小女孩挺有意思，便将她拉上车，拉到了他们要去的地方——重庆市中心的“精神堡垒”处，即现在的解放碑一带。到了那里，国民党士兵们把小波丢在了马路上。可怜的小波不敢远行，只得在路口游荡。天黑时，饥肠辘辘的小波蹲在了一个水果摊旁。摊主是位女的，叫王素珍，她早就注意到这个没人管的孩子，便问小波：“你住哪？”小波马上回答说：“我住白公馆。”王素珍是个老百姓，也不晓得白公馆是干什么的，只知道能住公馆的必是有钱人家，可眼前这个小姑娘为何穿得这样破呢？收摊时，小波无处可去，王素珍便把她领回了家。到家后，夫妇俩给小波吃饭，洗澡，换衣服，把她当作女儿养起来。王素珍家意外得了一个“女儿”，喜气洋洋；这边的郭德贤可是整天为失去女儿哭得要死要活。党组织和政府对她的事十分关心，派人四处张贴寻人启事，悬赏寻找一个穿着红毛裤的女孩。不久，一个市民提供线索：11 月 28 日凌晨，在“精神堡垒”附近，有一群国民党士兵，从军车上抱下一个穿着红毛裤的女孩。这说明小波肯定还活着，党组织立即派人到重庆的《大公报》上做广告。说来也巧，一张登有这则广告的《大公报》正好贴在王素珍的水果摊旁。王不识字，但读报人的议论引起她的注意。她便请人把报上的字读一遍，当知道报上要找的孩子正是自己身边的这个女娃时，她激动地搂住小波，喊了起来："波儿，你的妈妈找到啦！"好心的摆水果摊的王素珍夫妇，立即抱起孩子，直奔临江门脱险同志联络处。

"妈妈！妈妈——"

"波儿！波儿——"

郭德贤母女抱在一起，悲喜交加。4岁的小波在流浪十几天后终于回到了母亲的怀抱。

至此，关于白公馆的这场大屠杀的叙述可以暂时告一段落。此次国民党反动派对白公馆革命志士的大屠杀，共计有罗广斌、周居正、毛晓初、郑业瑞、任可凤、段文明、贺奉初、杜文博、杨其昌、周绍轩、尹子勤、王国源、李荫枫、江载黎、李自立、秦世楷、郭德贤、郭小波、郭小可19人，在杨钦典、李育生的帮助下成功越狱脱险。另加死里逃生的谭谟，共20人是幸存者。现在仍在世的只有郭德贤、郭小波母女了（郭小可解放后意外死亡）。

现在，我们可以把镜头对准"11·27"大屠杀的中心地带渣滓洞了，时间也逆推到1949年11月27日下午4点多。

就在白公馆的陆景清给杨进兴打电话下达屠杀命令的同时，刽子手雷天元、龙学渊率熊祥、王少山一行，坐车来到五灵观一号保密局公产管理组副组长张秉午家，雷天元亲自召集李磊和看守长徐贵林开会，研究渣滓洞的屠杀办法。对一些准备释放的人，他们觉得因分别关押各囚室"无法清理"，也拟全部处决。为此，这些特务们共同写了一份"愿负事后一切责任"的具结书，算作向上司交代的证明。同时他们决定，屠杀的现场周围由交警大队、西南长官公署警卫团五连严密警戒。雷天元让特务何铭带头，找交警队二连连长杨英杰商量，派10名年轻力壮的士兵去完成屠杀现场的掩埋任务。于是，杨英杰叫值班分队队长孟繁义派班长夏登禄带了9名士兵去了刑场，忙着一件事——挖坑。这是敌人为即将处决的烈士们准备的最后一个“动作”……

8时左右，渣滓洞监狱内外突然警力大增，荷枪实弹的武装人员和便衣特务皆到场了。

又一场大屠杀开始了——

看守李福祥拿着一张名单，如头饿狼似的在楼上楼下各囚室点着名：

“刘石泉。”

“邓惠中。”

“蔡梦慰……你们24人，要换地方了，快准备走吧！”随后，刽子手们从一个个囚室内赶着点到名的“囚犯”。

“同志们，敌人的屠杀开始了！再见！”

“中国共产党万岁！”

“起来，不愿做奴隶的人们……”

监狱内，顿时口号声、歌声和告别声，交融在一起，悲愤而壮烈。敌人一下慌了，大声吆喝着：“不许唱！唱什么呀！”还散布些假象：“快上车！上车了就有好日子过！”

“蔡梦慰，你还不赶紧拿自己的东西走啊！”特务见瘦得像个竹竿似的“囚犯”蔡梦慰还弓着腰在黑暗中寻找什么，叫唤道。

“忙什么？我找我的眼镜。”蔡梦慰竟然不慌不忙将找到的眼镜戴上，然后整了整衣服，才走出囚室。其实在黑暗中，他趁敌人不注意时，将一样东西藏在身上。

“再见了，同志们！胜利一定属于我们的！”

就这样，蔡梦慰和其他23位难友被敌人用刑车押到歌乐山的松林坡杀害。在迎着死亡的夜幕中，蔡梦慰悄悄地做了一件事：他将藏在衣服里的一样东西趁敌人不注意扔在了路边的草丛里……在他遇难后的第三天，解放了的重庆群众在敌人屠杀现场找到了这件物品，打开了看，便是烈士没有写完的那首长诗《黑牢诗篇》。这首长诗的最后一章就是在这个黑暗的夜晚写的，然而敌人的屠杀提前了，所以诗人还没有完成长诗的最后篇章——第五章《铁窗里的等待》——

像笼里的鹰，
梳理着他的羽翼，
准备迎接那飞翔的日子；
……
你，向自己的弟兄，
裸示出深藏的灵魂和躯体，
看哪里还有暗迹，
看哪里还有污点，
进入那圣洁芬芳的田园地呀，
谁，好意思带着一身垢腻！
莫说包过脚，
老了便不能解放；
五十几岁的老大哥，
天天在学读书、写字；
还在梦里流尿的孩子，
也会用稚气的口语，
讲说革命的大道理，
描述新社会的美丽。
……

第一批 24 人被分别拉出去杀害后，渣滓洞内出现了短暂的平静，这是因为看守所所长李磊觉得牢里还有那么多人，照刚才一批批拉出去枪毙的速度，到第二天（28 日）白天说不定都“处理”不完，于是，他打电话向正在白公馆的雷天元求援。

那边的雷天元接到电话后，便带着便衣特务们和警卫部队往渣滓洞赶。这当口，渣滓洞才有了短暂的“平静”。

此刻，夜已深。雾气浓浓地笼罩在渣滓洞监狱的四周，天上还下着蒙蒙细雨。渣滓洞的牢房里，不管是反动派的看守，还是关押在牢房内的革命志士，此时此刻，每一个人的内心都十分紧张，敌我双方都在密切注视着监狱内外的一切动向。

敌方以“马上转移，要办移交”为由，强行将所有在押人员集中到楼下的八间牢房，他们的意图很明确，一旦动手，“解决”得快些。“他妈的，要来接收白天又不来，深更半夜怎么移交嘛？楼上的人都下来，让那些龟儿子来点名。”为了掩盖真相，李磊装模作样地在监舍外破口大骂道。等所有“囚犯”下楼后，特务们分头将楼上的“男犯”集中到楼下 1 至 7 室，“女犯”则集中在楼下 8 室，然后逐一把牢房的门锁上。至于什么时候动手，特务们得听上司的命令。特务们时刻等待着上面的命令……

难友们被驱赶到楼下囚室的那一刻，多数同志已经清楚地意识到这是最后时刻了。“怎么办？横竖是死，冲出去跟这些狗日的反动派拼了！”有人握紧拳头，恨不得将铁牢窗门上的根根铁条和枷锁砸个粉碎。是的，再不采取办法，恐怕只能让敌人屠杀了！怎么办？可又能怎么办呢？牢房像一只只铁笼，再勇猛强悍的勇士也只能如困兽一般……

“唉，什么时候天亮呀？天亮了，敌人就不敢胆大妄为地公开屠杀了吧！”有人透过牢房的窗口，向天空看去……可是，天幕黑得根本见不到任何东西。

“真黑暗呵！”有人叹了一声。

天还没有亮，

忌讳说黑暗，
黑暗黑黝黝，
痛苦看不见，
就是看得见，
也是不忍见。

道路虽不远，
走要下细点，
有亮照出来，
照给大家看，
纵然狂风暴雨多，
为了发光要大胆！

黑暗中，牢房里突然传出一个声音。这是大家熟悉的、在监狱里有“人民歌手”之称的古承铄在诵诗。他的这首《天还没有亮》早些时候就在狱中被难友们传诵，此刻当他再一次吟诵时，其意显得更加凝重。

天还没有亮，
忌讳说黑暗，
黑暗黑黝黝，
痛苦看不见，
……

同室的难友们不由自主地跟着古承铄吟起来。“不许出声！不许——！”特务们出面干涉了，他们用枪托狠狠地敲击着古承铄待的那间牢房的门。

“雷长官，你总算到了！怎么样，马上行动？”这时，李磊见雷天元带着大队人马已经来到渣滓洞，顿时来了精神，他问。

“都把人赶到楼下了？”雷天元一边巡视各囚室，一边问李磊。

“对，都在楼下，只要长官一声命令，我们就……”

“雷长官，你的电话。”突然，看守所的值班人员过来报告。

雷天元进值班室接电话。“是老杨啊，有什么事？”雷天元一听对方声音是杨元森，听着听着，雷的脸色一下难看了许多。“明白。转告徐处长，请他放心，我们一定完成好任务后马上撤！”雷说完，放下电话。

在这个电话里，雷天元知道了徐远举通过杨元森向他转达的最新情况和新的指令：徐远举从罗广文部情报处处长林茂口中得知，解放军已打到重庆市郊的南泉了。国民党川军司令官罗广文已经下落不明，所以，渣滓洞的警卫部队必须在 28 日一早就要撤走，处决渣滓洞的“案犯”一事因此要提前到拂晓前办完。“越快越好，事不宜迟，这是徐长官的命令。”

“何铭，你马上给我调 4 箱子弹来！”雷天元放下电话，像一条疯狗似的开始上蹿下跳着指挥身边的特务。他让手下准备 2000 发子弹，就是为了“彻底干掉”关在渣滓洞内的这些“案犯”。

“雷长官，徐处长又给我亲自打了电话，说马上要行动了，否则没有时间了。”李磊这时提着枪也慌忙地跑到雷天元面前。

“牢房门全部关好了？”阴森的灯光下，雷天元的一双眼珠闪着贼光，他问。

“全部锁好了！”李磊答道。

“集合警卫连和交警七中队的全体人员！”雷天元一声吼叫。

“集合——！”敌警卫连的几十号人在三排排长刘建的哨子声中，迅速排成两行，“弟兄们，共党的军队已打到南岸罗家坝了。奉上司命令，今晚我们要把关在这里的共党分子处决完，原准备分批拉出去，现在来不及了，所以我命令你们：每两人守一个监舍门，然后听枪声一起行动，要彻底干净地处决完所有犯人，不得有误！完成后长官有赏！弟兄们，行动吧！”

敌警卫连的士兵立即端着机枪、卡宾枪，快步站到楼下各个牢房的前后门窗口。随即，一把把罪恶的枪对准困在狱中的我中国共产党党员和革命志士们……

“同志们，敌人要大屠杀啦——！”

“冲啊！跟他们拼啦！”

“打倒国民党反动派！”

“中国共产党万岁……”

狱中的共产党员们一看情况不对，知道这是最后的时刻了，于是，骂声、口号声、《国际歌》声和拳打脚踢门窗的撞击声交织在一起，监狱顿时沸腾起来。

“打——”特务徐贵林第一个开枪。紧跟着，敌人的枪从四面八方伸向牢房的门窗口，子弹雨点般地射进各个牢房，狭窄的牢房内，挤在一起的难友们，个个赤手空拳，根本无力抵抗，当即纷纷倒下。

“狗日的，你们算什么本事！有种把门打开，老子来吃你的子弹！来，往我这儿打——！”共产党员何雪松从血泊中站起来，将身子紧贴在窗口，极力想保护身后的难友。“嗒嗒嗒……”敌人连打三梭子弹，何雪松的双手依然紧紧抓住窗口不松手，像钉子一样死死地钉在窗口。

“嗒嗒！”

“嗒嗒……”

“嗒嗒嗒……”

这是最为暴力的一幕：刽子手们采用的屠杀手段极端卑鄙无耻，他们按照预先制定的枪杀方案，将枪架在牢房前后的门窗口，然后对准赤手空拳、毫无准备的共产党员和革命志士们进行突然袭击……十几平方米的牢房内原本关押十多个人，挤得整天鼻子碰鼻子；屠杀前，特务们将牢房合二为一，里面更是挤成一团。此刻，当罪恶的子弹从前后窗口射进牢房时，几乎没有人能逃过。有人在第一声枪响时便倒下了，有人的脑袋和身子被子弹打得蜂窝一般，有人在第一轮袭击时倒下后没有断气，刚有一丝抽动，便有更加猛烈的子弹扫射过来……血溅满了牢房墙壁，飞扬到房顶后又往下直流，再从牢房的门缝中流淌到院坝内，然后汇成血的河流涌出渣滓洞……

“你们这些畜生！不得好死！”头部已经连中三枪的共产党员陈少白从血泊中站起来的那一刻，像个血人一样。当他无比愤怒地张嘴痛骂刽子手时，“嗒嗒嗒”又一梭子弹将他的一双眼睛打得稀烂，惨不忍睹。

具有丰富武装斗争经验、在战火硝烟中身经百战的共产党员周后楷躲过刽子手们的第一轮、第二轮子弹的扫射后，他从战友的尸堆里跃起，将一块床板猛地砸向窗口，然后用身子堵住敌人的枪口。“嗒嗒！嗒嗒……”不想，他身后的卡宾枪又响起，周后楷的身子顿时被打得血肉模糊……

“嗒嗒嗒……”

“嗒嗒！嗒嗒嗒……”

疯狂的扫射持续了十来分钟后，整个渣滓洞各牢房似乎一下寂静了下来，只有偶尔的痛哼声和低声的哭泣从死人堆里发出……“把牢房门打开，一个个检查！”雷天元和李磊命令道。

于是，提着卡宾枪和手枪的刽子手们又闯进牢房内对那些仍在抽动或者他们认为还可能活着的“犯人”补枪射击。死不瞑目的共产党员屈懋修因为愤怒的双眼还在注视着来犯的敌人，于是又一梭子弹将他的双眼打成两个淌着血水的黑窟窿；牙牙学语的“监狱之花”小卓娅在尸堆里哭喊着妈妈，一梭子罪恶的子弹竟将小娃娃的她打跳了起来，然后重重地摔在床铺底下，再也没有吱一声；刽子手们补枪时，双脚受伤的陈作仪，突然愤怒地站起来吼道：“不要打脚，现在你们冲着我的头打好了！”当他身中数弹时，仍在高呼着“打倒国民党法西斯”的口号……

渣滓洞的枪声终于停了下来。此时已是28日凌晨3点多钟。

“今晚李所长和兄弟们干得好！”满脸溅着血迹的雷天元拍拍李磊的

肩膀，夸奖了几句，随即登上汽车，说，“我要回城向徐处长汇报，你们在这里看好现场。”

雷天元刚走，刽子手们便争先恐后地冲到楼上的牢房，拼命地争抢着“囚犯们”留下的各种值钱的物品和衣服。

抢劫尚未结束，另一伙带着汽油和酒精的特务们又到达渣滓洞。“别抢了！快把木柴堆到楼下的牢房，然后再倒上酒精和汽油……”李磊觉得自己手下的行为太丢人，便挥着手枪，骂骂咧咧地赶着特务们忙乎最后一桩要办的事——焚烧屠杀现场。

“噗——！”一根火柴划破了漆黑的夜空，渣滓洞顿时火光冲天……

“快走吧！共军天亮就要到这儿啦！”

“啊！长官，那我们去哪儿呀？”

火光中，惊慌失措的特务们开始有组织地撤离。

火光中，监狱的铁门断裂了，监狱的墙壁也在倒塌……这时，死人堆里有人在艰难地往外爬……

1 个，2 个……

5 个，10 个……共 15 人在这场惨无人道的大屠杀中幸免于难。

他们是：肖中鼎、刘德彬、孙重、傅伯雍、周洪礼、杨纯亮、陈化纯、杨培基、刘翰钦、周仁极、杨同生、钟林、李泽海、张泽厚，还有一位叫盛国玉的女同志。

关于大屠杀最后时刻的那一幕，只有这些人是清楚的。下面是几位脱险者的回忆——

> 刘德彬：“……敌人机枪开始扫射时，自己的心里还是很害怕的。我当时和陈作仪坐在床上，立即倒下。由于门口堵塞的同志较多，自己未中弹，这时扫射的子弹在一、二室打得密些，我们五室打得少些。这时已有个别同志中弹后高呼口号和骂特务的声音，自己当时还是想表现得勇敢，因为想到反正是死定了的，但也存在侥

幸心理。因此，在敌人扫射的间隙，黄绍辉同志拉我一把，我们就从床上卧倒在屋的正中。因为屋的四周都挤满了人，特务的扫射也集中在四角。正在这时，我右臂中弹了。当时鲜血直流，昏迷了过去……接着听到特务把门打开进来补枪，幸未中弹。后来房子着火了，这时我爬了起来，接着另外受伤未死的钟林、杨培基，还有一个贵州人，我们一起冲到门口，但牢门被锁了，冲不出去。这时我发现门的下面有缝隙，于是我们几个人就把木门扳开了，冲了出去……”

盛国玉：“11 月 27 日的那天晚上，我们都睡了，突然听到特务喊：‘起来，起来，马上办移交！’我们不知道是往哪里办什么移交，等穿完衣服走出来，特务就把我押到底楼的第八室。大家不知道是怎么回事，正在这时，只听见一声哨子吹响，听有人喊：‘开枪！’还有一队跑步的声音向我们的牢房跑来。‘嗒嗒嗒……’随即子弹声乱响，我立即趴倒在窗边的床下。一会儿，听见特务开门进来说：‘还有活的没有？’我不敢动，只听到那几个娃儿在哭叫。特务说：‘斩草除根！’枪声立即又打响了，以后再也听不到娃儿的哭声了。其他声音也没有了。特务又到牢房的后面补枪。又听特务在喊：‘有活的没有？要放火烧了！’过了一会儿只感到牢房被烧了起来。我感到腰上有人压着，是个活人，她已经感觉我也活着，便轻声地说着：‘张大，快点起来跑！’我听声音是胡芳玉，原来她把我当成了张静芳，因为平时我们叫张静芳是张大，她年岁大些。胡芳玉这时就站起来出去了，可突然又听到两声枪声，胡芳玉再也没有声音了。我心里十分紧张，不敢动。后来我看到门口起火了，心想：反正都是死了，与其在里头被烧死，还不如出去被一枪打死痛快些！于是就往外爬，爬出火堆时连鞋子都掉了。在地上爬了一阵，我就往厕所方向爬去，我想那里肯定不太容易被人知道。刚进厕所里面，就发现那里已经有人了。当时天冷，里面又臭又湿，我卧在里面不敢动了。过了好久，听见有人在说话，是两个女人在说话：‘还有活的没得？打你们的人走了，快点起来跑呀！我们是兵工厂的家属！’我一听原来是来救我们的人，赶忙抬了一下手。她们就过来拉起我，说：‘这个还活着。快抬出去！’后来她们就把我抬到她们家里，我就这样被救了出来。”

刘翰钦：“我在敌人枪杀的时候卧在床上，装死不动，敌人打枪未打到。后来敌人用火烧牢房，把牢房门柱子烧了，我和肖中鼎用床架子把门柱捅断了，出门就跑……我走在后面，听到外面又在打枪，便退回牢房里待了一阵，才想起渣滓洞脚下有个煤洞，可在那里躲藏。因此，我就往打米室跑（即上楼的那个角旁的房子下面是个洞口），跳下洞子里去，见前面有个人往里面跑，我跑近一看才知是傅伯雍，他也是难友。我原先不知他的名字，后谈起了知心话，才说出自己的名字。那时他很年轻，是学生出身。11月28日那天中午，一些特务又回到渣滓洞进行搜查，我们发现后，赶紧躲进洞子底的黑暗处，特务们没有发现我们。我们一直在里面等到第二天的天亮才走……”

28日黎明前的渣滓洞，已如一口化为灰烬的棺材，焚焦的死尸味和酒精味、汽油味混杂在一起，异常难闻。浓浓的烟雾冲天而起，将东方的霞光掩得严严实实，只有一群乌鸦在那里低声地鸣叫着……

“11·27”夜，仅渣滓洞一处，反动派一下残杀共产党员和革命志士及其他人士180人。他们是：

章培毅、汪进仪、古承铄、程仿尧、李泽、易仲康、张现华、刁侠平、胡其恩、黎功顺、陈诗伯、黄位贤、郭俊铎、胡剑峰、胡小咸、王树林、郑继先、廖瑞卿、傅立志、李犹龙、伍时英、邓积玉、蔡梦慰、薛传道、毛锡霖、杨翔、赵家麟、郑寄松、邵文征、史德端、黄宁康、廖模烈、吴正钧、文学海、陈少白、陈邦文、张朗生、陈贻、潘仲宣、唐玉琨、郭重学、苟悦彬、程谦谋、何懋金、高天柱、刘笃君、伍大全、陈尧能、邓诚、唐征久、郝跃青、蒋开萍、李健民、周殖藩、丁鹏武、屈懋修、张学云、刘石朱、何柏梁、艾文宣、粟立森、周后楷、卢秉良、杨子龙、蒋启平、盛腾芳、陈丹墀、冉思源、陈柏林、周显焘、颜昌豪、段定陶、荣世政、廖忠良、白深富、曹文翰、刘祖春、李仲弦、刘振美、沈君实、唐茂传、陈子金、余祖胜、张永昌、刘德惠、张孟晋、涂鑫源、韩秉炀、马正衡、王钧、王屏、张力修、张德明、张鹏程、唐文渊、张守正、何敬平、丰炜光、王锡敏、陈本立、王德伟、蒲小路、向成义、师韵文、张文江、张铭新、刘文蔚、唐建余、张光伟、高精益、李承林、周鸿钧、陈鼎华、李明辉、黄绍辉、荀明善、赖德国、李铭山、夏惠禄、潘鸿志、唐慕陶、胡作霖、陈作仪、沈迪群、韩子重、邵全安、杨华友、杨泉新、席懋昭、吕英、周致钦、陈用舒、黄铁材、杨积超、陈俊卿、李怀普、李仲炳、李维邦、傅绍裔、周尚文、李维田、何雪松、李子伯、张兆琦、陈仲书、许盛清、赵时衡、张国雄、朱镜、杨光沛、袁德朗、聂滨、叶正邦、李惠明（女）、黄玉清（女）、马秀英（女）、彭灿碧（女）、荣增明（女）、左绍英（女）、胡其芬（女）、张静芳（女）、陈继贤（女）、朱世君（女）、罗娟华（女）、邓惠中（女）、胡芳玉（女）、卓娅（幼女）、苏菲娅（幼女）……

未定性人员张泽安、陈世林、邓华朗、张健、李君、赵金声、杨绪藩、胡子韩、周柏芝、刘干，及叛徒陈永福、任达哉。

28 日一早，徐远举又命令保密局西南特区副总队长钟铸人将二处看守所的 5 人立即处决掉，并说："尸体要处理好，不让共党拍照宣传。"在旁的雷天元递上卷宗，徐远举在李宗煌、高力生、司马德麟和欧治光、朱荣跃的姓名上打了圈后，钟铸人转身命令一旁待命的行动员肖光炯等人执行。肖光炯等打开后门，将李宗煌等 5 人枪杀于离看守所 50 米远的一个防空洞内。关在同一牢房的董务民、陶宜昌、杨亮西、贾子谦、雍国都等10人，乘机破窗脱险。

同是28日下午3时许，周养浩接到上司杨森对关押在新世界饭店的“政治犯”的杀人签批后，命令徐善谋：“限令当天处决完毕。”徐善谋将批文和名单交保防处行动组组长廖雄执行。廖雄原是交警一旅五中队队长，11月份才到保防处当行动组组长，他刚到任不久，又无大批处决人的经验，加上解放军已攻占南温泉花溪河五洞桥南面一带，国民政府人员都纷纷逃命，行动组人手短缺，便请抗战时的特务团老手、原警察局刑警二股股长邓培新协助。邓是上午刚上任的保防处专员。

下午4时许，廖雄和邓培新召集行动组书记金刚，原交警一旅十中队队副、1949年11月由廖雄介绍任行动员的马相时和临时拉来的南岸稽查所服务员李家骅、稽查处朝天门检查所服务员饶振邦、稽查员麦育平和王燕开会。另外，周养浩还从“乡下”调来交警总局直属大队七中队副队长王跃彩任行动组副组长，另加一个杨进兴。他们在“新世界”底楼看守所的库房内开会，讨论屠杀地点。由于时间紧迫，会上众说纷纭，有的提议就在“新世界”防空洞内处决，但又怕枪声会惊扰军警，误认为共军已进入市区；有的提议押到大坪处决，但这无异于公开杀人；有的提议押往化龙桥、小龙坎一带的防空洞里密裁，但也怕造成误会。最后，周养浩、邓培新、廖雄商定29日一早在白公馆附近执行，邓培新负责组织押解。会后，周养浩即通知“乡下”留守人员负责在刑场挖坑。

1949年11月29日。

一早，交警直属大队七中队黄光书等7名队员奉队长陈国清、副队长王跃彩之命赶到新世界饭店。廖雄派王跃彩和杨进兴、李家骅、马相时、黄光书先到屠杀现场布置；廖和看守所所长王汝璧点名并指挥特务将32名“政治犯”一一上绑，并押上一辆从街口临时抢来的大客车。

“你们想干什么？”这时，“政治犯”们一边上车，一边疑惑地责问特务。

“送你们到法院去解决问题。”特务只好扯谎。“走走！快出发！”廖雄紧张地命令车子马上开向刑场。随后，大客车在饶振邦、麦育平等的押解下离开新世界饭店。

车子进入大营门，经过白公馆，直奔通往松林坡的右侧山坡。

“下车！快下车！”屠杀开始，第一批四人，第二批十几人，他们刚被押到敌人事先已经挖好的土坑旁，还没有来得及停下脚步，罪恶的子弹便从不同方向扫射而来……第三批的十几个人听到枪声，见难友们纷纷倒下，知道敌人下毒手了，立即高呼口号：“中国共产党万岁！”“毛主席万岁！”他们面向敌人，愤怒地向前冲，却被敌人无情的子弹猛烈地扫射着……

“狗日的，你们的死期不远了！”

“反动派不得好死——！”

“中国共产党万岁——！”

悲愤的怒吼伴随着咆哮的松涛和凛冽的山风，顿使那些平常飞扬跋扈、冷酷无情的特务们心生恐惧，一双双握枪的手不住颤抖……

年仅27岁的钟奇，是《和平日报》的采访部主任，1949年10月他带电台准备去黔东南参加武装起义时，于11日晚不幸被捕。一个多小时前，他离开新世界饭店时，急匆匆地给妻子写了一封遗信：“亲爱的：不要哭，眼泪洗不尽你的不幸，好好教养我们的孩子，使他比我更有用。记住，记住！我最后仍是爱你的。还有一宗，你一定要再结婚。祝福，我至爱的贤妻！”此刻，他中弹后仰天倒下，那双不瞑之目却死死盯着苍天。

年仅21岁的女青年黄细亚，是一位美丽而充满热情的姑娘，她先后在《西南风晚报》和保育院幼稚院工作，并一直在地下党领导下从事对国民党部队的策反工作，1949年9月13日被捕。她在被捕前送给同学的一首《一个微笑》的诗中这样表达她的人生志向：“……以自己的火，去点燃别人的火。用你笔的斧头，去砍掉人类的痛苦；以你诗的镰刀，去收割人类的幸福。牢记着吧，诗人！在凯旋的号声里，我们将会交换一个微笑……”现在，她在敌人的枪口下实现了自己的诺言，当鲜血浸红了她的衣衫，在生命最后时刻，姑娘的脸上依然充满了胜利的微笑。

血泊中倒着的单本善，他用手指着特务怒目而视道：“会有人替我们报仇的！”

新世界饭店总经理艾仲伦，因参加革命活动于10月12日被捕。在被作为临时看守所的新世界饭店底楼地下室，当时关押着100多名“政治犯”。国民党反动派忙于逃窜，使这些被关押的人一天连一次饭都吃不上，看守的特务最后只好让当过饭店总经理的艾仲伦出去找吃的。在特务的看押下，他每天上街凭关系找人借钱，赊米、油、盐、煤炭，为“政治犯”找粮下锅。他的妻子和表弟见只有一个特务看押他，就劝他趁机逃脱，但艾仲伦却表示：“我不跑，新世界里还关有100多人，还等我借钱买米回去下锅。我跑了，他们怎么办？”他本来有机会跑出去，却为了更多同志的安全而放弃了生的可能。现在，他也倒在敌人的枪口下……

“嗒嗒、嗒嗒……”远处，突然传来一阵阵密集的枪声。

“共军快进城啦！跑啊——”特务们顿时大乱，他们连刚刚枪杀的32名“政治犯”的尸体都来不及埋上便仓皇逃窜……

此刻，重庆城内的蒋介石国民政府宣布从即日起迁至成都。

中午，蒋介石在山洞林园召开在重庆的最后一次会议，布置全面撤退及对重庆进行大破坏事宜。

晚上10时，蒋介石住所后面已枪声大作。“父亲，再不走就太危险了！”蒋经国急出一身冷汗，催促其父蒋介石“早早离此危险地区”。当蒋家父子二人所乘汽车开出山洞林园时，“汽车拥挤，路不通行，混乱嘈杂，前所未有”。蒋介石不得不下车步行，“午夜始达机场”。当夜，“蒋总裁”就躺在“中美号”专机里，据说一夜未眠。

11 月 30 日。

天明，“中美号”载着蒋介石一行，带着绝望和不舍之情飞离重庆，前往成都。蒋介石从飞机上往下望，机场没有送行的人群，只有一片混乱情景和无头苍蝇一样到处乱窜的败兵溃勇。

“娘希匹！”蒋介石愤怒地骂了一句，连他自己也不知道是在骂谁。

同一天，人民解放军 47 军和 11 军指战员分别进入重庆市区。中午时分，重庆地下党领导下的重庆电信系统党支部起草并以全体职工的名义，以当天第一封电报，向北京的毛主席、朱总司令发出致敬电，向党中央报告了重庆解放的喜讯。

下午，川东地下党代表和重庆工商界代表过江到海棠溪，欢迎解放军正式入城。傍晚，解放军从南纪门、储奇门、朝天门等处全面进入市区，受到重庆人民的热烈欢迎。至此，重庆宣告解放。

1949 年 12 月 1 日，北京。新华社发布了一则重要消息：

［新华社北京 1 日电］在重庆解放前夕，国民党残匪狼狈不堪地争相逃命。匪首蒋介石于 30 日晨间仓皇逃抵成都，阎锡山、张群两匪早于 28 日即已逃蓉。其他匪首大部逃蓉，小部逃往台湾。虽然陈纳德的“民运航空队”使用了它所有的飞机整日整夜地来往于渝蓉之间，但逃命唯恐落后的高级匪官，在机场演出了紧张的争夺战。路透社 29 日报道九龙坡机场最后一架飞机逃时的情形称：约有 30 名乘客丢弃了行李，争先恐后地登机，但另外有 27 名乘客没有挤上飞机。在陆上，成渝公路上车辆拥挤，交通阻塞，内江附近渡口待渡的车辆达数百辆。与匪官溃逃的同时，残余匪军也争相逃命，据美联社报道，多数溃逃的匪军都着草鞋或打光脚板，30% 仍着夏季军服……

至此，重庆“11·27”大屠杀也画上了句号。

需要说明一下的是，广义上的重庆“11·27”大屠杀，不是单指1949年11月27日那一天或那一天的前后发生的屠杀，而是包括了有资料记载和经调查确证有名有姓的，从抗战后期至1949年11月期间，被国民党特务杀害于重庆地区及贵州息烽集中营的遇难人员。“11·27”大屠杀中的死难人数，已经包括解放后经各级人民政府审定、正式公布为烈士的人，同时还包括少数因各种原因目前尚未能定性者。经核实和统计，目前有案可查的死难者总数为321人，其中，经审查已认定为革命烈士的有285人，加上5人是随父母牺牲的小孩，共290人，另有未定性者（含叛徒）计31人。

“11·27”大屠杀，是中国现代史上极其黑色而悲壮的一幕，它是国民党反动派残暴本性的一次赤裸裸的表现。而在白色恐怖下的中共重庆地下党组织为什么受到这么大的损失和牺牲，更是一个值得我们深思和汲取的沉痛教训。

这也是笔者为什么选择了“忠诚与背叛”这个书名。

第二章

背叛的代价

为什么“甫志高”的原型之一蒲华辅这样的叛徒，最后是喊着“中国共产党万岁”的口号，比江竹筠还早十几天时间就被敌人杀害的呢？

为什么当时的重庆地下党中职务越高的领导干部在被敌人逮捕后当叛徒比谁都当得快，而且好几个后来都成为丧心病狂残害革命者的特务？

为什么在许多普通党员印象中那些平时“唱马列主义调子”比谁都高、大道理一套又一套的“最革命者”，到了敌人的监狱和老虎凳面前时，却经不住一顿酷刑拷打而当了叛徒？

罗广斌出狱后向党组织提交了《关于重庆组织破坏经过和狱中情形的报告》，这份“带血的报告”中竟然缺失了……这些内容到哪儿去了？

面对歌乐山，却总也不明白为什么这座埋葬了无数花一般青春生命和谱写了那么多悲怆故事的山竟然会叫歌乐山？

为什么这片被汽油和弹药烧焦了的灰崖竟然会被看作“红岩”的象征之一？

看过第一章的读者，相信都会为敌人的残暴所愤慨，也相信都会被烈士们慷慨就义时的那种英雄气概所折服。小说《红岩》就是根据在重庆解放之前那段黑暗日子里，国民党反动派对我共产党人和革命志士进行残酷镇压和屠杀的史实，以及我狱中共产党人坚强不屈同敌人展开斗争的经历而完成的一部优秀文学作品。《红岩》作者罗广斌和杨益言，以及最初参与报告文学《在烈火中永生》的刘德彬，都亲身经历和目睹了那段血腥和黑暗的大屠杀。《红岩》作为一部优秀的文学作品，它所产生的影响和育人作用早已伴随着岁月的流逝而久远。然而，《红岩》毕竟受人物塑造等文学创作手法和文学文本自身的局限，远没能更广阔、更深刻和更真实地反映出重庆解放前夕敌我之间那种交错复杂、纠结而又残酷的殊死搏斗和人物形态，尤其是对敌我两个阵营在力量悬殊、环境特殊的条件下，彼此所表现出的卑鄙与崇高、背叛与忠诚、狼性与人性方面的那种丰富与生动、精彩与深刻的历史本来面目没能进行全面、完整的书写。这也是笔者重写“红岩”的目的所在。

“11·27”大屠杀，敌人在垂死挣扎时的残暴以及留给中国共产党人和革命志士的那笔血债当永远记着，然而，还有一个问题更需要我们党内和革命阵营内部进行深刻反思，这就是为什么我们有那么多优秀的共产党人被敌人逮捕并在共和国已经成立的日子里丧失了宝贵的生命？为什么一个地方的党组织几乎受到敌人毁灭性的破坏和打击？

小说《红岩》对此有所记载，似乎都是因为一个叛徒“甫志高”，这“甫志高”也从此成为革命阵营里最令人痛恨的人物。

“甫志高”确实可恨。没有这样的叛徒，白公馆、渣滓洞两个监狱里就不会关进那么多共产党人和革命志士，当然也不会有后来的

“11·27”大屠杀那么令人悲愤的一幕。然而，当笔者走进“非虚构”的“红岩”革命斗争史中，撩开文学艺术的神秘面纱后，发现了许多更令人深思的严肃问题——

比如，为什么叛徒“甫志高”的原型之一蒲华辅这样一个真实的叛徒，最后是喊着“中国共产党万岁”的口号，比“江姐”的原型人物江竹筠还早十几天时间就被敌人杀害的呢？

为什么当时的重庆地下党中职务越高的领导干部在被敌人逮捕后当叛徒比谁都当得快，而且好几个后来都成为丧心病狂残害革命者的特务？

为什么在许多普通党员印象中那些平时“唱马列主义调子”比谁都高、大道理一套又一套的“最革命者”，到了敌人的监狱和老虎凳面前时，却经不住一顿酷刑拷打而当了叛徒？……

“11·27”大屠杀和重庆地下党如此惨痛的教训，曾是狱中共产党员们思考最多、最深的问题，这也是“江姐”等共产党员在牺牲之前最想向组织反映的问题。为此，他们经过了漫长而周密的思考与准备后，认为当时最有可能出狱的罗广斌可以代他们完成这一用“血的教训”换来的使命，因而他们在极其困难的条件下，通过各种途径，最终形成了凝结集体智慧的一份“向党汇报”的宝贵材料——这就是罗广斌在创作《红岩》之前、于1949年12月就向党组织秘密上交的这份题为《关于重庆组织破坏经过和狱中情形的报告》(以下简称“报告”)，这一极其宝贵的报告，是我党罕见的重要文献，因为它是那些在敌人监狱里的共产党人对自己的组织内部所出现的问题的思考和反省。虽然它真正让我们了解它基本内容的时间才仅仅几年，然而在笔者看来，它的价值其实远比《红岩》小说要重要得多。

罗广斌出狱后便压抑住内心的悲痛，开始进行一项十分艰巨的任务——这就是那些已经牺牲了的狱中同志们嘱托他代向党组织提交的这份“报告”。

据那些从监狱里脱险的同志介绍，当时关在白公馆和渣滓洞的共产党员们面对地下党领导人的变节、投降而造成那么多党员及革命同志被捕和带给党组织的毁灭性破坏，心情无比悲愤与痛苦，同时对地下党个别领导在敌人面前屈膝求荣、卖身投靠既震惊又愤恨，由此对党的建设和事业发展万分担忧。在狱中，他们一方面为新中国的成立而欢呼，同时又为自己不能活着出去迎接如红日升起的新中国而感到痛苦与悲伤。他们在明知敌人一定会杀害他们的最后时刻，并没有忘了还有最后一份责任，这就是要向自己的党说说“心里话”，这“心里话”集中起来就是：自己的党必须保持组织的先进性和纯洁性。为此，他们在狱中秘密地下党组织的动议下，以高度负责的态度和认真严肃的精神，从党的建设、组织发展、党员教育等方面进行回顾总结，他们相互嘱托，若有人有机会活着出去，一定要把他们关心和讨论的问题形成报告交给党组织。

到了 1949 年九十月份，国民党开始有计划地枪杀狱中的共产党员和革命志士了，加上狱外党组织所准备的“越狱计划”因敌人的提前屠杀而不能实施，尤其是 10 月 28 日陈然、王朴等狱中几位重要的党组织骨干被枪杀后，白公馆“狱中党支部”内的许晓轩、谭沈明、刘国鋕等经过认真研究后作出决定，要罗广斌请求“自新悔过”而获得出狱机会。当狱中党支部将这一决定向罗广斌交代后，他本人却觉得“……我自己知道，要求坚决地为组织牺牲，我是能够苛求自己做到的。但进一步地‘牺牲自己的气节’——虽然这已不是单纯的气节问题了，我却不愿意……”罗广斌曾在解放后谈到这件事时这样解释自己当时的心境。为此，“狱中党支部”负责人之一的谭沈明告诉他：“为了数百同志，牺牲自己是应该的，就是事情做不好，做不成功，也是应该牺牲的。我们不仅要能为革命贡献生命，而且还要能‘忍辱负重’。”正是这种特殊的交代，罗广斌最后服从了组织的决定。而狱中党组织还专门为罗广斌用书面形式对他写了狱中表现的组织结论，并对狱中党组织要求他“自新悔过”（假叛变）出狱的问题作了特别说明。但后来敌人的大屠杀提前了，罗广斌借“自新悔过”的假叛变出狱计划没能实现，而幸运的是他在大屠杀的最后时刻成功策反看守杨钦典，与另外十几位同志成功脱险，这样的命运才使得罗广斌有了完成狱中支部交给他向党组织报告的任务。

出狱后的罗广斌身体极度虚弱，可他仿佛自己还在狱中，尤其是他无法相信自己亲爱的战友、同志许晓轩、刘国鋕、谭沈明等不在人间了，他更无法忘记狱中同志们在临刑前用一个个眼神、一次次紧紧的握手所给予他的重托，这些都促使他出狱后就埋头开始写"报告"。

"老罗出狱后没多久，就把自己关在家里，整天不出门，一直埋头在写材料，至于写什么我们家里没有一个人知道，他也从来没有告诉过谁，一直到'文革'中被人迫害致死他都没有跟我们说过这件事……"2009年3月，笔者登门采访罗广斌的夫人时，老人亲口这样说，并补充道，"连跟他一起写《红岩》的人也没听他说过这个'报告'的事。"

罗广斌知道这是一份异乎寻常的"报告"，是党内极端重要的事，所以除了向党组织报告外，不可以向任何人包括自己的亲人透露一点点儿内容。这是组织纪律，也是烈士们的遗愿，需要对其异常地尊重和保护，所以直到死，他也没有向除了党组织以外的任何人透露他所完成的这项神圣的任务。

"报告"全文约2万字，共有七个部分，分别为：第一部分"案情发展"、第二部分"叛徒群像"、第三部分"狱中情形"、第四部分"脱险人物——白公馆"……第七部分"狱中意见"。关于这份"报告"以及"报告"的内容一直被视为"党的高级机密"而没让外界知道。

"报告"里到底写了些什么，现在已经可以公布了。但其中有一个"谜"至今也没有弄清楚，那就是这份"带血的报告"中竟然缺了第四部分"脱险人物——白公馆"的一部分、第五部分"狱中人物"的一部分、第六部分的全部内容。这些内容到哪儿去了？

是罗广斌没有写这些内容吗？那几乎是不能成立的推断，因为从"第四部分"到"第七部分"之间显然是少了两页纸而非写报告人特意"空"出的两个没写的部分。

是无意间被什么人丢失了？似乎不像。因为要“丢失”的话，不可能正好丢了中间两页纸。

这个“谜”现在不得而知，而且始终无结论。因此，关于丢失的这些内容更成了“谜”。它到底写了些什么？为什么有人那么害怕它？

有一件怪而非怪的事足以让我们惊出一身冷汗：

这份“报告”的发现者和发现“报告”中“丢失”上述部分内容的当事人、曾任红岩革命历史博物馆馆长的厉华[1]，1988年第一次见到这份“报告”时那份惊喜是可想而知的，而当他发现这些内容被丢失之后，那份焦虑也着实让他陷入了漫长而无法自拔的痛苦之中。笔者多次听到厉华发出“可惜！可惜”的哀叹声。

起初，厉华还天真地希望能够找到缺失的“报告”内容，因为这对研究“红岩”革命斗争史实在太宝贵了！可是几年下来，厉华终于明白：这已经是永远不可能的事了。

“那些日子里，经常有人突然会给我打电话。不报名、只说事，而且经常带有威胁的口气。有几回我生气了，回敬对方：‘你肯定是漏网特务！’这样对方就再不来电话了。”厉华说。

当年蒋介石和他的特务机构为了给我共产党领导的新中国留下一个“稀巴烂”的重庆，他们在撤离山城之前，除了残酷杀害以共产党员为主要代表的众多“政治犯”外，还处心积虑地做了两件事：一是对重庆所有重要的设施进行大破坏；二是埋伏众多随时企图破坏新中国建设的隐藏的特务，这些特务遍布各个领域、各个角落。重庆解放之时和之后的历次运动中，我们镇压和消灭了一大批潜伏的国民党反革命残余分子，然而，谁敢说就彻底消灭了这些隐藏的敌人呢？

肯定没有。

所有的“谜”可以从这样的可能性中获得某种解释。但难道说我们

---

[1] 本书合作者。——编者注

自己内部就再没有像“甫志高”那样的叛徒了？

同样可以得到否定的答案。

罗广斌死于“文革”初期，从被造反派抓走到死，共十天时间。“被抓走的时候，他只给我写了一个条子：‘有事转文联，转我。’等我再看到他的时候，他已经变成了骨灰盒里的一团白乎乎的骨灰。造反派只对我说了一句：‘他已经被处理了。’”罗的妻子悲切地回忆道。

断了线的悬念和成了“谜”的历史，其实常常是另一种清晰而明白的事实在以另一种方式告诫我们：敌我之间的斗争永远是长期的、复杂的和严酷的。

现在当我们可以拿出“报告”“第七部分”中的核心内容——现今常被称作“狱中八条”——来看一看时，就会有这种感受。这“狱中八条”的主要内容是：

> 一、防止领导成员的腐化；二、加强党内教育和实际斗争锻炼；三、不要理想主义，对上级也不要迷信；四、注意路线问题，不要从右跳到“左”；五、切勿轻视敌人；六、注意党员，特别是领导干部的经济、恋爱和生活作风问题；七、严格整党整风；八、严惩叛徒、特务。

这是革命先烈用血和泪凝结的嘱托，也是那些对党最忠诚的战士们在生命最后一刻向自己的组织和同志们发出的呐喊。

看看这“狱中八条”的内容，再同今天我们的党经常警示大家的内容相比较一下，难道我们没有意识和感觉到烈士们的思考和呐喊是具有何等的现实性和重要性，以及他们的反思是多么发人深省吗？

当年重庆地下党的惨痛教训和众多优秀革命者在黎明前牺牲生命的代价，太值得今天我们生活在和平时期的广大党员和各级党组织去对照这“狱中八条”进行党内的自我教育和组织整顿了！

很长时间内，笔者面对歌乐山，却总也不明白为什么这座埋葬了无数花一般青春生命和谱写了那么多悲怆故事的山竟然会叫歌乐山？后来我终于慢慢地明白：那是前仆后继的共产党人为创建人民共和国而牺牲后所选择的一块天造的安魂之地。过去，我也不明白为什么这片被汽油和弹药烧焦了的灰崖竟然会被看作“红岩”的象征之一？后来我也终于明白了，那些生硬而冰冷的石头其实是革命先烈们用鲜血将其染红了的岩体，或者说“红岩”就是革命先烈的化身。

歌乐山从此也在我心目中变得名副其实。

还是让我们回到讲述“红岩”的真实故事上来吧——

在看完第一章后，读者自然会问：除了敌人的垂死挣扎外，我们的党还有什么责任值得反省呢？

这是显而易见的。归纳成简单的一句话就是：出在党内领导干部身上的蜕变问题，最严重、最可怕！

对川东地下党的破坏应当是从《挺进报》事件开始的。

要讲《挺进报》，自然先要交代一下重庆为什么有这份特殊的报纸。这还得从 1945 年抗日战争结束那段历史讲起。

当时的蒋介石顽固地坚持独裁和内战的方针，依仗他所拥有的远远大于中国共产党的军事力量，企图消灭共产党，消灭共产党领导的解放区和人民军队。1945 年 8 月 13 日，毛泽东在延安干部会议上在《抗日战争胜利后的时局和我们的方针》演讲中指出：“对于蒋介石发动内战的阴谋，我党所采取的方针是明确的和一贯的，这就是坚决反对内战，不赞成内战，要阻止内战。今后我们还要以极大的努力和耐心领导着人民来制止内战。但是，必须清醒地看到，内战危险是十分严重的，因为蒋介石的方针已经定了。”

此刻的蒋介石，一面积极加紧内战准备，一面又装出要和平的姿态。1945 年 8 月 14 日，蒋介石打电报请毛泽东赴重庆，共同商讨“国际国内各种重要问题”。重庆那时还是中国的陪都，蒋介石和国民政府都在那里。

8月24日，中国共产党决定派毛泽东、周恩来、王若飞去重庆，同蒋介石进行和平谈判。8月28日，毛泽东一行在国民政府代表张治中、美国驻华大使赫尔利陪同下到达重庆。

毛泽东在那里，写下了光辉的《沁园春·雪》。

经过43天的艰苦谈判，国共双方于1945年10月10日，正式签署了《政府与中共代表会谈纪要》，即“双十协定”。毛泽东安全回到延安后，立即告诫全党：“绝对不要希望国民党发善心……”果不其然，1945年10月13日，蒋介石向国民党军队发布向解放区大举进攻的命令，并向各战区印发了他在1933年“围剿”红军时编写的《剿匪手本》。蒋介石假和平、真内战的面目彻底暴露。但是，蒋介石在谈判桌上没有得到的东西，在战场上同样也得不到。军事战场上的节节失利，使蒋介石又被迫回到谈判桌上。1945年12月，蒋介石同意按照“双十协定”的规定，在重庆召开政治协商会议。12月16日，周恩来率中共代表团到重庆出席会议。

1946年1月10日，中国共产党同国民党正式达成停战协议。同日，政治协商会议召开，31日闭幕。会议通过了和平建国纲领、关于军事问题、关于宪法草案问题、关于政府组织问题、关于国民大会问题等五项协议。但是，3月1日至17日，国民党在重庆召开的六届二中全会通过了“对于政协会议报告之决议案”，从根本上推翻了政协决议。

1946年5月5日，国民政府由重庆迁回南京。

51天后的6月26日，国民党反动派悍然撕毁停战协议和政协决议，大举围攻中原解放区，发动了全面的内战。

蒋介石逆潮流而行，大打内战，破坏民主和平，重庆的共产党组织也经受了历史上前所未有的挑战和严峻考验。1947年2月，国民党下令封闭中共驻上海、南京、重庆办事机构。

面对国民党的血腥镇压，重庆地下党组织在白色恐怖下顽强战斗，他们高扬革命气节，前仆后继，和敌人作殊死的斗争。此时中共在重庆的地下组织大体如下：

一、1946 年 3 月，在中共南方局的领导下成立了地下党重庆市委，王璞任书记，刘国定任副书记，彭咏梧、骆安靖任委员；二、1947 年 10 月至 1948 年 12 月的川东临委；三、1949 年 1 月至重庆解放的中共川东特委。1946 年 4 月 13 日，中共南方局迁至南京，周恩来宣布成立公开的中共四川省委。

1947 年 2 月 28 日，国民党反动派悍然封闭了中共四川省委和《新华日报》，并强令所有人员立即撤回延安。重庆地下党组织突遭巨变，一度失去与上级的联系。10 月，在中共南方局的指示下，在重庆成立了“中共川东地区临时工作委员会”，川东临委由王璞任书记，之下，在广安设立上川东地工委，王璞兼书记，骆安靖、曾霖任委员；在万县设立下川东地工委，涂孝文任书记，彭咏梧任副书记，杨虞裳、唐虚谷任委员；在重庆市区设立重庆市工委，刘国定任书记，冉益智任副书记，李维嘉、许建业任委员。

1948 年 12 月，川东临委结束。

1949 年 1 月，中共在重庆成立了“中共川东特委”，萧泽宽任书记，邓照明任副书记，直至重庆解放。

在重庆这个国民党统治的中心地区，白色恐怖下的中共地下党组织想继续在此获得生存和发展的空间是难以想象的事。因为无论在抗日战争中，还是在解放战争中，蒋介石国民党的各种特务机关，他们从未放松过对共产党组织的破坏，尤其是对重庆的中共地下党工作者的镇压和屠杀更为残酷。共产党重庆地下党组织和地下党工作者为了抗日救亡、为了争取民主和平、为了国家民族的利益，忍辱负重地开展救亡活动，忘我无私地从事革命活动，甚至常常是在无援的情况下独立地与疯狂而强大的敌人进行着艰苦卓绝的斗争。当时毛泽东对国统区的党建工作有四句话："隐蔽精干，长期埋伏，积蓄力量，以待时机。"重庆地下党就是根据这样的精神，坚持地下斗争，他们相互之间均为单线联系，没有固定的办公地点，更没有固定的经费来源，所有活动都是秘密进行，并随时可能被捕和被杀。然而，就是在这样的艰苦条件下，共产党员们自觉地履行着自己的战斗责任，与国民党反动派进行针锋相对的斗争。

1946年的下半年，蒋一苇、刘镕铸、陈然、吴子见（刘是党员，陈1939年入党、1942年失去组织关系，蒋、吴是党培养的积极分子）几位同志和一些进步的青年积极分子，经常在一起讨论、研究、学习，他们策划办一个杂志来吸引青年开展革命活动。

1947年元旦，一个公开的刊物《彷徨》在重庆市面上正式推出。关于这本很特别的地下党进步刊物的创办过程，创办者之一的蒋一苇在解放后的一篇文章中这样回忆道：

抗战期间我在广西和党内的一些同志有接触，虽受他们的影响，但他们都没有公开身份，我没有能解决组织问题。1944年，湘桂撤退时，我下决心到重庆，因为重庆有《新华日报》，可以找到党的关系。

到重庆后没有任何关系可以介绍，我就"毛遂自荐"，写了一封万言长信，说明自己的经历和愿望，用蒋国栋的化名寄给了《新华日报》。不久，《新华日报》登了一则代邮："国栋兄：请于×月×日来化龙桥本报编辑部一叙。"我如约前去，接见我的是林默涵，当时化名林军，是负责编《群众》周刊的。以后我每个礼拜去找他一次，也很天真，就提出要求入党。他还不了解我的底细，哄我说，与国民党有协议，在国统区不发展党组织，但可与他们经常联系。所以，我就替《群众》周刊写稿，保持联系。这是1945年初的事。以后比较熟了，林默涵说："你经常到化龙桥来，太危险，我另外给你介绍一个人，就不要往这里跑了。"于是，把我介绍给刘光，由刘光与我联系；刘光之后是张黎群（张佛翔）；张黎群之后是周力行，直到和谈快破裂，内战实际已经打起来了，周力行决定解决我的组织问题。刚刚写好自传，周力行调到南京“军调部”去了，他走前说：“你的关系交给了张友渔同志。”等我去找张老，张老说：“你的工作关系交来了，党的组织关系，周力行没有说，也不要紧，我们马上打电报到南京去问。”没有过几天，四川省委和《新华日报》被迫撤回延安，我和党的联系就断了。

张友渔同志说的工作关系是什么呢？那是在抗战胜利以后，组织上交给我的第一个任务，是办一个刊物，叫《科学与生活》，目的是通过这个刊物来团结与联系一些科学技术工作者。当时估计“和谈”可能成功，也可能失败，如果成功，可以动员一批科学家、技术人员到解放区去。《科学与生活》的社长严希纯，是一位秘密党员，很老的同志，一直到死都没有公开党员身份，后来做致公党的秘书长。这里提到《科学与生活》，是因为这时的《科学与生活》与后来的《挺进报》有某些间接的关系。如成善谋烈士，就是《科学与生活》的编委，是严希纯介绍来的。《科学与生活》是1945年秋天，“八一五”日本投降后开始筹备，1946年元旦创刊的。许多著名的学者，如郭沫若等，都为刊物撰稿，积极支持这个在白区第一个党领导下的科学刊物。这样搞了一年，“和谈”破裂，这个计划不行了。经党组织研究，为了长期隐蔽，要深入社会底层，要我改办另一个刊物，叫《彷徨》，工作对象是社会职业青年，面目是灰色的，竞争对象是黄色刊物。《彷徨》于1947年1月创刊。这刊物筹办时还是周力行领导我们，周力行走时把我交给张友渔，这就是张老所说的“工作关系”。赓即，张老派何其芳来领导《彷徨》。何其芳更明确指出，这个杂志一定不能暴露，一定要按“灰皮红心”的原则来办。他亲自担任为《彷徨》写“书评”的工作，第一篇是《评“北极风情画”》，第二篇是《评“姨太太外传”》，由此可见当时要求这个杂志保持的特色。杂志的内容，讲的都是失学、失业、失恋之类的问题，面目是灰色的，但思想是健康的。另外，通过“读者信箱”和发展“社友”等办法来联系读者。对重庆的读者，我们以“《彷徨》社友”的名义，组织了一些小型读书会，发展了一批进步青年。当时这个杂志在职业青年中很受欢迎，很畅销。

《彷徨》这个颇为“海派”的杂志，却很得《新华日报》的支持。就在创刊的时候，1947 年 1 月 3 日，《新华日报》在刊头下免费登了一则大幅广告，广告上是一个大“?”下面说:“你在彷徨吗?你感到苦闷吗? 请试读《彷徨》杂志——它将给你解答和鼓励。”这幅广告很新颖醒目，当时《新华日报》很少这样处理。过了两天，《新华日报》又在刊头下登了《彷徨》第一期的要目。同时，在《中央日报》《扫荡报》上也照这样登广告。

这时，参加办《彷徨》的人比较多，核心分子有三个：一个是陈然，管“读者信箱”，联系读者；一个是刘镕铸，因他在开明图书局工作，就兼管发行；再就是我，和过去办《科学与生活》一样，是主编。此外，有吕雪棠负责美术装帧；还有吴子见（原名吴盛儒）也参加了编委工作，他是周力行介绍来参加《彷徨》的。这几个人都和后来办《挺进报》有联系。此外，如向洛新等也是编委，后来他们成为市委机关刊物《反攻》的骨干分子。其他还有搞会计、出纳、校对等等工作的，都是由“《彷徨》社友”中的积极分子来承担。

《彷徨》出了两期，到 1947 年 2 月四川省委和《新华日报》被封闭撤回延安去了，我们和上级领导断了关系。怎么办呢? 我们商量，反正《彷徨》是“灰色”的，上级叫我们长期隐蔽，我们就按原方针坚持下去。当时，我们通信是在邮局租的信箱，不用地址。3 月间，从信箱内收到一卷从香港寄来的新华社发的油印新华通讯稿。这时的重庆一片乌黑，尽是“中央社”、《扫荡报》的消息，延安也失守了，悲观情绪很重。看到新华通讯稿讲解放区战场如何如何取得胜利，大家可高兴了。我们几个核心分子互相传看后，刘镕铸主张把它翻印出来往外传。但通讯稿太多，也不好都翻印，就由我来摘编。这种通讯稿也不是经常收到，有的被邮检检掉了，据说当时香港新华社对所有公开报刊，不管进步的、反动的，一律都寄，这样不像是专门寄给我们的，可以避免敌人的注意。有时我们收到的是夹在香港黄色报纸里寄来的，到后来连《群众》周刊也偶尔收到过。每收到这种“通讯稿”后，就由我摘编、刻印。这时，这个“小报”没有名字，印得很少，我只留几份，给吴子见等少数几个可靠的熟人传看，其余都由刘镕铸设法散发出去。这是 1947 年上半年的事。

由于《彷徨》同党的《新华日报》有秘密的关系，更因为这个刊物本身具有“灰皮红心”的内容，所以，它的发行量在短时间内就大增。原因是，自中共四川省委和《新华日报》撤走后，重庆地下党组织及生活在白色恐怖下的共产党员们，面对严峻的形势，有人苦闷焦虑，有人痛苦彷徨，也有人一时失去信心。针对上面的种种情况，陈然等几位办刊人大声疾呼：越在此等形势下，越要保持共产党人的革命气节！经过几天讨论之后，陈然疾书了一篇题为《论气节》的文章，作为“小论谈”在《彷徨》杂志上发表。文章一经发表，立即在革命同志间引起强烈反响，它给予那些苦于听不到战场声音、听不到党的声音的地下工作者以巨大鼓舞，革命同志们如在黑暗的大海里行船，突然看到了指路的航标一样，如饥似渴地读着陈然的《论气节》。陈然在这篇文章中如此论述气节：

气节，是中国知识分子优良的传统精神。

什么是气节？

就是孟子所说的："富贵不能淫，贫贱不能移，威武不能屈"的这种磅礴天地的精神。

也就是《礼记》上所提出的"临财毋苟得，临难毋苟免"；"见利不亏其义，见死不更其守"的这种择善固执的精神。

中国知识分子凭着这种精神，在四千多年的历史中，尽了他所应尽、所能尽的责任。

文天祥在《正气歌》里这样地歌颂着：

"天地有正气，杂然赋流形。

……

时穷节乃见，一一垂丹青。

在齐太史简，在晋董狐笔。

在秦张良锥，在汉苏武节。

为严将军头，为嵇侍中血。

为张睢阳齿，为颜常山舌。

或为辽东帽，清操厉冰雪。

或为出师表，鬼神泣壮烈。

或为渡江楫，慷慨吞胡羯。

或为击贼笏，逆竖头破裂。

是气所磅礴，凛烈万古存。

……"

这一连串光辉的史实告诉我们：在我们的历史上，有许多先贤用头颅、热血、齿、舌，在是与非、黑与白、真理与狂妄、正义与罪恶、善良与暴戾之间，筑起一座崇高的界碑！

这界碑指引着历史走向进步的一边！

气节，是个人修养的最高一级，也是最后的考验。

许多人在平时，尽管修身到"非礼勿视，非礼勿听，非礼勿言，非礼勿动"的地步；尽管如何标榜"为圣人立言，为天地立心”的大志；尽管如何养性、敦品、慎行、守信……但是一遇到“富贵”就瘫痪了；只好闭起眼，昧着良心去升官发财了。

许多人在平时都是英雄、志士，谈道理口若悬河，爱国爱民，一片菩萨心肠，但到了“威武”面前，低头了，屈膝了，不惜出卖朋友，出卖人民以求个人的苟安；再不然做一个缩头乌龟“闭门读书”去了。

叛国事敌的汉奸和那些卖身投靠的政客们，不都是些“修养有素”的一时俊杰吗？到了是非黑白的斗争最尖锐的时候，到了生死存亡的决定关头，他们变了，他们抖着双手，厚着面皮，装着猫哭耗子的慈悲，向盛满血污的盆里去分一抔羹了，汪精卫就是这类“英雄”们的一个典型代表。

他们也是知识分子，但，却是知识分子里的败类……

……

只有那种“舍己为人”“舍生取义”、为万民、为真理与正义的气节，才是值得我们宣扬和继承的。这种例子在古今中外太多了——像《正气歌》里面所歌颂的先贤们，像辛亥革命时慷慨就义的烈士们，像为科学真理而牺牲的哥白尼、伽利略、白鲁纳；为“不自由毋宁死”而上断头台的罗曼夫人……我们试瞑目想想，一部社会斗争史有多少这类可歌可泣的光辉例子！

在灾难降临的时候，他们不妥协、不退缩、不苟免、不更其守！固执着真理去接受历史的考验！

这种气节是值得我们学习的。

在平时能安贫乐道，坚守自己的岗位；在富贵荣华的诱惑之下能不动心志；在狂风暴雨袭击下能坚定信念，而不惊慌失措，以至于“临难毋苟免”，以身殉真理。

这种精神绝不是一朝一夕所能养成的，它需要培养！然而这培养又不是“修身养性”，用主观的“毅力”“决心”之类来驾驭自己的行为所能办到。因为气节并不是建立在情感基础上，而是建立在高度的理性上。

人总不免有个人的生活欲望、生存欲望。情感是倾向欲望的，当财色炫耀在你的面前，刑刀架在你颈上，这时你的情感会变得脆弱无比，这时只有高度的理性，才能承担得起考验的重担。

……

是什么高度的理性呢？

——那就是对世界、对人生的一种正确、坚定而深彻的认识。不让自己的行为违背自己这种认识，而且能坚持到最后，这就是值得崇尚的、一种真正伟大的气节。

陈然之所以能够写出这样充满革命豪情和英雄气概的文章，与他铁骨铮铮的做人品质和他内心所拥有的共产主义信仰和远大理想有关。也正是因为他把共产党人的气节视为“修养的最高一级，也是最后的考验”，所以当敌人将他押赴刑场时还能高声吟诵着“任脚下响着沉重的铁镣，任你把皮鞭举得高高，我不需要什么‘自白’，哪怕胸口对着带血的刺刀！人，不能低下高贵的头，只有怕死鬼才乞求‘自由’……对着死亡我放声大笑，魔鬼的宫殿在笑声中动摇”的“一个共产党员的‘自白’”这般豪气冲天的光辉诗篇。

《彷徨》和《科学与生活》社址先后设在重庆市枣子岚垭72号蒋一苇家里；同时，分别还在邮局租用信箱。一天，一件“意外”的事情让陈然等几个办刊人立即投入了一场新的战斗。

“1947年6月的一天下午，蒋一苇来到民生路开明图书局三楼我的住处，笑嘻嘻地从提包里取出一卷东西交给我，并说：‘这是《彷徨》信箱收到的新华通讯社香港分社编印的油印新闻稿，我和陈然都看过了，现在给你看。以后收到新闻稿，先让你看。’当天晚上，我将新闻稿反复读了好多遍，几乎全部文句都能背诵了，还爱不释手，犹如重逢久别的亲人。”当年《彷徨》的办刊人之一刘镕铸回忆说，“读着新闻稿，我想到一项刻不容缓的工作。要是把新闻稿翻印若干份，秘密散发给群众，让群众知道我军在东北、华北、西北都取得了辉煌的胜利，这该多好呀！作为一个共产党员，凡是有利于革命的事，就应该挺身而出。但又想到，党组织对这项工作又是什么态度呢？我没法向组织上汇报，更无从听取组织上的指示——当时我的组织关系已由赖卫民转给王焕新，‘二二八’后，王焕新一直没有来找我，因而组织关系还未接上。当晚，我一夜没有入睡。翻来覆去地思索的结果是，我认为，翻印党的新闻稿，把它散发给群众，以揭露国民党的无耻谣言，扩大党的影响，不仅没有错，而且非常必要。当然，这要冒很大的风险。我是组织上用党费抚养成人的，现在革命需要我去冒风险，难道我能畏缩不前吗？于是，我决定一个人先干起来。或许组织上看到这份无名小报，猜出一些线索，会立刻派人来找我联系。这很有可能！第二天，我找做镜框的工人制作了一个能放进半张蜡纸的木框，代替油印机，削了一块楠竹片代替滚筒，当夜就动手刻写蜡纸。我把新闻稿刻印成16开大小的小报，字虽然写得不好，却还清楚整齐。经过通宵工作，无名小报出版了。发行的准备工作也完成了。天刚麻麻亮，我用提包装着百多卷写好地址的印刷品，从民生路出发绕遍全城，沿途投寄，然后回店。在路上，我边走边想：如果这份无名小报又转回我的手中，说明没有人怀疑我，这证明，这份‘无名小报’可以幸运而生了；如果没有一张转回来，那可就要小心了。……”

转载新华社新闻的“无名小报”发出的第三天晚上，陈然抱着四卷新闻稿，兴冲冲地跑到刘镕铸、蒋一苇面前，又从内衣口袋里掏出一张油印小报，指着上面的文章，说：“你们看看，有人已经抢在我们前面了，这张小报上的新闻全是新闻稿上摘录的。”然后，他兴致勃勃地谈了自己的看法：“我们也该办一张这样的报纸，专门转载新华社的电讯。老刘，你赞成吗？”刘镕铸内心窃笑，心想：自己的“无名小报”竟然连陈然这样聪明的人都瞒过了，证明非常成功。于是，他笑笑说：“好是好，可风险太大，不出事则罢，只要一出事，可就是剃头匠掷骰子，要输几个脑壳的。”陈然一听便急了：“老刘你啥时候变成胆小鬼了？”刘镕铸这时更装得一副害怕的样子，说：“我反正是光棍汉，大不了进敌人的监狱也没啥牵挂的，陈然你和老蒋可不一样，你们都是上有老、下有小，你们得三思而行啊！”陈然更急了，红着脸说：“你老刘这是不相信我们，是吗？”这时，书店正好有人来找刘镕铸，于是，他便推说有事先走了，临别时表情怪怪的对陈然说：“你可要想好了再做啊！”说着便到家住枣子岚垭 72 号的蒋一苇那儿去了。不一会儿，陈然也随之而到。在这里，几个《彷徨》的办刊人正式就办一份油印小报问题进行了磋商。

“商议结果：小报定名《读者新闻》，暂定每周出两期，每期印 8 开版面一张或两张；确定蒋、陈负责开信箱取新闻稿；蒋负责编辑和刻蜡纸；陈负责印刷，在未掌握印刷技术之前，由我带徒弟；我负责筹集经费购买蜡纸、油墨和纸张。”刘镕铸回忆说，“一切商妥后，陈然说：‘我们三个人现在都没有党组织关系，最多只能算党外的布尔什维克。我们共同创办《读者新闻》，总得有个规矩，还得有个头头。’蒋一苇说：‘老刘有秘密工作的经验，我提议老刘当头头。’而我却推选陈然当头头。陈然说：‘还是你当比较合适，少数服从多数，不必推辞了。’我说：‘既承两位信任，甘愿效劳。不过，丑话得说在前头，办地下刊物，随时都有杀身之祸。我们切不可将中统、军统都看成饭桶，他们的反革命嗅觉还是灵敏的。俗话说：未曾行兵，先寻败路，我们得有精神准备，以便临事不惊。’为了严守秘密，我们三人还订出几条约束的纪律：一、未经三人商量同意，不得将《读者新闻》的事告诉任何人，即使是亲生父母、结发夫妻也不得透露；二、三人中一旦有人被捕，只要敌人没有拿住证据，就坚决否认与《读者新闻》的关系，如果敌人拿住真凭实据，个人就承担一切责任，决不牵连别人；三、小报的编印和发行，一定按共同商定的办法办理。因为各人都有自己的社会关系，各人寄送的读者姓名和地址，彼此互不过问。”

小报的事就这么定了下来。然后，陈然一把拉住刘镕铸的袖子，问：“老刘，我有一句不该问的话，可否领教？”刘镕铸佯装惊诧地说：“什么事？问吧。”陈然说：“外面流传的那份无名油印小报，是不是你搞的？我断定是你。”刘镕铸问：“何以见得？”陈然说：“理由是：今天我给你送新闻稿，拿出那张小报，你处之泰然，毫无惊异的表情，我就猜出了几分。后来跟老蒋一琢磨，更加深信不疑。来，我们马上对笔迹。”刘镕铸知道事已至此，再也瞒不住聪明绝顶的陈然了，便做了个投降状：“不用对了，真神面前不烧假香，我认账就得了。”“好你个狡猾狡猾的老刘啊！”陈然气得真想挥拳“揍”一顿刘镕铸。不过，最后还是和老刘与蒋一苇彼此哈哈大笑了一番。

“今天我好高兴，证明‘英雄所见略同’还是有的。”临别时，陈然依然沉浸在兴奋之中。

《读者新闻》出版了两期，一天，蒋一苇从太平门取新闻稿回来，路过在开明图书局的刘镕铸那儿，跟他谈了两件事：一是他和陈然推荐吕雪棠和吴盛儒（后改名吴子见）参加《读者新闻》，征求刘的意见。二是想把《读者新闻》的报名改一下。“缺乏战斗力，最好改个更有战斗力的报名。”蒋一苇说。“吕雪棠和吴盛儒都是进步同志，他们都是我们《彷徨》的热心作者，尤其是吴盛儒，他在《彷徨》上发表的那篇《我俩走向结婚》的文章很不错。我对他们两人加入我们的队伍没意见。改报名嘛，我也同意。”刘镕铸建议道。“那就明天下午到我家开个会吧。正好我把两位新同志介绍你认识认识。”蒋一苇说。

其实，蒋一苇与陈然之所以动议改报名，是因为在这之前，吴盛儒曾把一期油印小报《读者新闻》给了好友、共产党员刘国鋕看了。刘国鋕当时就指出，最好把报名改一改，这样更突出其在敌占区的战斗力。同时刘国鋕还指出，不能在报上注明出版日期，否则，一旦落入敌人手中，容易被追踪。

第二天下午，陈然、刘镕铸和新加入《读者新闻》的吕雪棠、吴盛儒准时到了蒋一苇家，就改报名展开了热烈讨论。吴盛儒首先提出：“我建议改名为《挺进报》，因为‘挺进’二字有两层含义：一层是用以纪念我刘邓大军挺进大别山。刘邓大军飞渡黄河，挺进大别山，恰似一把钢刀插入敌人心脏。二层是我们都是革命者，应当挺起胸膛向前进，任何敌人都无法阻挡我们向前挺进的步伐。”吴盛儒其实是重复了刘国鋕的意见。

“好，《挺进报》这个名字好！”陈然第一个赞同。

“我也赞成！‘挺进报’很有战斗力。”蒋一苇等都表示同意。

“吴兄，你的隶书写得好，我们《挺进报》的刊头由你来完成。”蒋一苇提议道。

“那恭敬不如从命了。”吴盛儒笑笑，欣然提笔，随即写下了“挺进报”三个大字。

“我认为还有一件事特别重要。”陈然一边踱步，一边思忖道，“我们应该给这份报纸找个‘靠山’。”

“是应该有个‘靠山’。”吴盛儒立即附和道。众人纷纷点头，因为他们都知道陈然说的“靠山”，就是指党组织。

是的，可党在哪里啊？这是大家最关心，也是最忧心的事。自四川省委和《新华日报》撤出重庆后，地下党组织一直处在白色恐怖之中，几乎没有什么活动。多数共产党员几乎都处在无组织的“自由”状态，他们多么期待党组织能够出现在自己的身边！

然而，党在哪里呢？

山城重庆的春季，总是雨雾茫茫。陈然他们在蒋一苇家开完会十天左右、《挺进报》出版二期的一天，在开明图书局门市上班的刘镕铸正忙着整理书架时，突然有人拍拍他的肩膀。刘镕铸回头一看，见一位穿着西服、打着领带、头顶咖啡色礼帽的“绅士”站在他身后。

“你是刘镕铸先生吗？”“绅士”礼貌地问。

刘镕铸默默地点点头。

“我们学校图书馆准备买一批图书。”对方在说暗号。刘镕铸明白了，便警惕地与其对暗号：“书单带来了吗？”

“刘先生可以另找一个地方吗？”

暗号已经对上。

“请上楼。”刘镕铸将“绅士”带上阁楼。

“你们办的油印报纸，每期我们都收到了。组织上认为你们做得对。我叫彭咏梧，市委委员，今天，特地来找你接组织关系。”“绅士”脱下礼帽，放在写字台上，然后慢条斯理地说。

“请拿来！”刘镕铸突然严肃地对“绅士”说。

“拿什么？”

“拿组织关系。”

“要是拿不出呢？”“绅士”看看刘镕铸，淡淡地一笑。

“那就不接。”刘镕铸的表情立即沉了下来。

小阁楼上的气氛马上紧张起来。

片刻，“绅士”站立起来，有些激动地说：“镕铸同志，你是清楚的，‘二二八’以后，留下的同志都疏散隐蔽了。为了找你，我们费了很大劲。难道你还不相信我吗？”

刘镕铸稳了稳情绪，说：“咏梧同志，我相信你是市委委员，也相信你是党派来找我接组织关系的。可‘二二八’后，我同党中断了联系，早就希望接上。《挺进报》的几位朋友也委托我找党组织，我们多么盼望党来领导《挺进报》啊！但是，就凭你的一句话，还不能接关系。”

被叫作彭咏梧的这回情绪稳定了一下，问：“那么，要怎样才能接关系呢？”

“‘二二八’前夕，领导我的同志对我说：‘今后可能由别的同志来同你联系。目前国统区形势日益恶化，一定要提高警惕。’他叫我在我的名片上亲笔签了字，交给他，言定凭名片接关系。你没有带名片来，怎么接关系呢？”

“好，我们就谈到这里，下次再来。”彭咏梧戴上礼帽就出去了。

三天以后，彭咏梧又来了，仍然没有拿来名片。但他说出刘镕铸原来的组织领导人王焕新的社会身份。面前这位党派来接头的领导同志是无疑的了。刘镕铸心想。

“如果我不凭名片，是否可以同你们《挺进报》的几个同志接关系呢？”彭咏梧问。

“不可以。”刘镕铸摇摇头，坚决不同意。在白色恐怖条件下，这是起码的组织纪律。

“那好吧。这个先放一放。”彭换了一个话题，说，“根据中共重庆市委的精神，你们的《挺进报》需要进行组织改造，办还可以由你们几个办，但得归市委领导，发行也由市委统一安排，你们这边可以留一部分发给原来的读者。你看怎么样？”

“我……不能同意你的意见，彭委员……”刘镕铸依然很倔的样子，摇头道。

“这是为什么？”彭咏梧的口气有些重了。

“你既然是市委领导，当然知道为什么。”刘镕铸没有客气。

“哈哈……我明白了。好，今天就说到这里。”彭咏梧突然大笑起来，说着，拿起礼帽出了书店。

组织关系没接上，刘镕铸当然不同意任何事情。他看着远去的彭咏梧，想喊住他，可铁的组织纪律告诉他，必须这样做！

过了四五天，“绅士”彭咏梧再次出现在书店门市部。这一回，他见了刘镕铸，就笑容满面地说：“刘经理，我们的那笔交易，今天大概可以‘落盘’了。”

“彭先生请——！”刘镕铸带彭上了楼，并给他沏上茶。

这回，彭咏梧坐下后，从容地将手插进口袋，然后摸出一张名片，递给刘镕铸，问：“这名片是不是你的？再仔细看一下，这名片上的签字是不是也是你的笔迹？”

“是！就是我的！上面的笔迹也是我的！”这次特别激动的人，轮到了刘镕铸。他迅速伸出双手，紧紧握住彭咏梧的手，连声道，“老彭，我们终于找到组织了！终于找到组织了！”

“你们辛苦了！党没有忘记你们，也知道你们的情况。”彭咏梧也有些激动。

“根据形势需要和重庆地下党的实际情况，现在我宣布市委的几项决定：一、《挺进报》从现在起将作为市委的机关报，由市委直接领导，具体由我来负责并与你们联系；二、报纸的印数要尽可能增加，印刷质量也要设法提高，报纸印出后主要交给市委发行，可留下一部分交经办人员处理；三、办报所需经费，目前组织上无力支付，继续由你刘镕铸同志负责筹集，但不得以党组织或《挺进报》的名义筹措经费，唯自愿捐助者可以不必拒绝；四、《挺进报》的编辑方针和内部人员分工不变。”彭咏梧以市委领导的身份，向刘镕铸宣布道。最后，他又交代了几件事：“目前《挺进报》只有你是党员，你要挑起这副重担，组织上相信你能完成任务。我们今天的谈话，可以全部告诉陈然和蒋一苇。吴盛儒今后不来了，你们也不要去找他。他已经做了他应该做的事。”

刘镕铸马上明白，当初吴盛儒进来参与《读者新闻》，肯定也是“组织行为”，便笑问彭咏梧：“是不是你派老吴打进我们《挺进报》的？”彭咏梧笑笑，说：“事情已经过去，不必再说了。”

彭咏梧前脚刚离开书店，刘镕铸立即收拾了一下书店门市，便飞步赶到枣子岚垭蒋一苇家，将找到“靠山”的事告诉了蒋一苇，并说：“这么好的消息，你一定以最快的速度告诉陈然，他会高兴死的！”

“我马上就去。”蒋一苇说。

一份地下的“无名小报”，竟然被收归为市委机关报，这是陈然等开始连想都不敢想的事。

“我们几个朋友合办的《挺进报》，现在居然成了重庆市委的机关报，并由市委直接领导，这对我们来说，的确做梦也没有想到。”解放后，刘镕铸激动地回忆道，“由于无法抑止的兴奋，也出于对革命工作的责任感，之后，我们立即聚集在一起讨论了市委的指示，按照原来的分工，对刻、印工作的每道工序，分别提出措施和要求：负责刻写蜡纸的蒋一苇，逐步争取刻出老五号大小的仿宋字，落笔轻重适宜，漏墨均匀，钢板要经常刷洗，刻好的蜡纸要小心收卷，勿使产生折叠痕迹；负责油印的陈然，从蜡纸上墨到印完，都要细心从事，防止擦破、挂破，如发现蜡纸出现裂缝，要立即采取补救措施，尽可能增加印数；负责采购材料的刘镕铸，要尽可能选购优质材料，如蜡纸以戴高乐牌为佳，纸张质量要细、薄而富有韧性，纸面无光泽，油墨要细腻易干。经过同志们的努力，报纸的印刷质量显著提高，每张蜡纸的印数增至500份左右，受到市委表扬。”

不久，彭咏梧又向刘镕铸他们传达了市委的两项新决定：第一，建立《挺进报》特别支部，由刘镕铸担任书记；第二，可以发展党员。刘镕铸接受新指令后，立即着手在《挺进报》内部建立党的组织。其实，陈然早已是党员了，但由于特殊的经历，他的党员身份已中断了。陈然是1939年春就入的党，那时他才16岁。后来因为调换工作等原因而脱离了组织关系。现在他要恢复党籍，必须接受组织的重新调查，或者重新提出申请。蒋一苇则在当时属于准备入党的先进青年。正当陈然和蒋一苇准备接受党的进一步考验时，彭咏梧被调到下川东（万县、云阳一带）领导武装斗争，《挺进报》的工作改由市委常委兼宣传部部长李维嘉负责。李维嘉到任不久，便传达了市委的决定：批准陈然重新入党，并指定他担任特别支部组织委员。几个月后的1948年春，市委又批准蒋一苇加入中国共产党，并担任《挺进报》特别支部的宣传委员。

为了达到市委提出的印刷指标，陈然、蒋一苇刻苦钻研刻写印刷技艺，使报纸的质量逐步提高，印数也逐期增加。陈然经过反复试验，摸索出预防蜡纸自然裂缝的措施和破裂后的贴补办法。他还经常练习刻写蜡纸，经过一段时期的刻苦琢磨，终于能刻出老五号大小的仿宋字，准备在必要时接替刻写工作。之后吕雪棠、古承铄二人也参加过《挺进报》的刻写工作。

组织的建立，使得陈然等一批年轻人像一团团火焰般热情地投入到了办《挺进报》的工作中去。那时条件非常艰苦，又是地下工作，风险极大。根据分工，蒋一苇负责刻蜡纸，陈然负责油印，刘镕铸负责材料供应和筹措，吴盛儒负责发行，吴随彭咏梧离开后，发行由刘镕铸兼任。他们的上面有专人负责传递抄录的新华社新闻稿，这一工作，在相当一段时间是由彭咏梧的爱人江竹筠负责。而在江竹筠上面还有一个地下党的“特支”，即专门通过电台收听新华社新闻消息的“电台特支”，程途为这个“特支”的书记，成善谋等人是专门收听电台新闻消息的支委。市委书记刘国定直接领导这个电台“特支”。出于地下工作的保密需要，两个“特支”之间都是单线联系，相互不认识，或认识也不知道各自是干什么的。

在十分艰苦和白色恐怖条件下办这样一份革命报纸，困难是可想而知的。刻蜡纸、油印，虽然艰苦，也有风险，但毕竟是一个人关着门干的活，暴露的机会要少一些。运送和发行就不同了，它要经过很多人的手，通过若干关卡、码头，既要考虑发行人和传送人的安全，更要保护收报人的安全。就说陈然吧，把报纸印刷完后，还得考虑如何把印好的报纸运送出去，这个难度很大，风险更大。他得将每期在家里印刷好的上千份《挺进报》，先包装好，再渡长江，有时还要绕渡嘉陵江，然后经朝天门、小什字、夫子池，最后才到民生路开明图书局。过轮渡时，要上下趸船，趸船上有军、警、宪、特盘查过往行人，稍有不慎，后果便不堪设想。然而，陈然却从未出过纰漏。

之后由刘镕铸负责的发行环节，就更需要机智和周密了。报纸送到他手里后，必须立刻发出去，留在手上时间越长，危险也就越大。发行人员除了严格的保密意识外，还得有高度的时间观念，要精确安排和严格遵守时间，避免取报人互相见面，以减少不必要的麻烦。另外，发行时间越短，对发行人的安全越有保障。当时《挺进报》的发行采取委托转发和邮寄两种方式。拿刘镕铸经办的发行环节来说，一般先从他手中直接、间接取报的人就有二三十人。有的只取几份，有的要取数十份或者上百份。刘镕铸不能用笔或其他方式登记取报人的姓名、份数，只能靠牢牢记住他们的相貌与服饰及领取的份数来确认。

《挺进报》发行的对象，主要有两类：一是那些具有进步倾向的读者和有统战关系的读者，给这些人发报相对安全和好办些。另一类对象就比较困难和危险了，那就是些特别“读者”——国民党的军、政官员。这是地下党为了瓦解敌人和粉碎敌人嚣张气焰而精心安排的对象。通常做法是，将《挺进报》装入那些印有“重庆警察总局”“中央银行”等官方部门的信封套中，这些信封套则是陈然、刘镕铸名正言顺以《彷徨》这样的公开杂志社名义去某些印刷厂索取或买来的，也有他们平时收集和储存起来的。这样做的好处是，敌人和特务机关一旦发现想追查，也找不到任何线索。

进入 1948 年，盘踞在重庆的国民党反动势力日薄西山，然而正是这一垂暮的景况，使得敌人对共产党的镇压更加疯狂。作为“刺向敌人的一把尖刀”的《挺进报》的工作更加困难重重。这时，重庆地下党的形势也十分严峻。特别支部书记刘镕铸被调出重庆市区去从事新的战斗工作，陈然代为《挺进报》的特别支部书记。这位年轻的共产党员几乎以全身心的革命热情投入到了办报工作中。他的战友对他当时的工作情形有过如下描述——

7 月，山城重庆炽热如火。陈然利用住房旁边的一间储藏室，用厚纸把板壁糊住，在窗后挂上毯子，再用黑纸做了一个灯罩，布置成为一个印刷间。他再把刻好的蜡纸，一头用图钉固定在桌子上，削一根竹片来代替油印滚筒，蘸上油墨刮印。印定之后，把蜡纸一烧，竹片一丢，不留任何痕迹。

经过一夜奋斗，按照市委要求的8开4版，总计300份的新一期《挺进报》，在黎明时分印成了。陈然心急如焚，不顾疲劳，立即带上报纸，赶到江边。这时，轮渡尚未开航，他雇了一条小船，横渡长江进城，直接送到市委负责联络的同志那里。

但是，这一期报纸的印刷质量却并不理想。一张蜡纸印不到六七十张，字迹就模糊不清，只得换刻一张蜡纸再印。就这样，连续刻写三张蜡纸，又连续印刷了一个通宵，方才达到市委所要求的报纸数目。

……又是连续3个夜晚，陈然坚持精心印刷。一份印刷精良、折叠精致的重要报纸，终于赶制出来，总数达到3500份。

由于劳累过度，陈然病了，高烧达到39.6℃。但是，他很兴奋，因为目前形势已经达到了一个重要的转折点。

的确，这又是一个重要的转折点。

……

这时，除了编写和刻字仍由蒋一苇负责外，陈然的担子更加重了，和上级联系，采购油墨、纸张，取电讯稿，输送和投寄报纸，全都落在他的肩上。此时，为了防止意外，李维嘉已不直接到陈然家来，而改为定期在外面找地方约会。因为，重庆的环境已十分险恶，白色恐怖非常严重，斗争更为艰巨、复杂。然而，陈然的斗志却更加旺盛。他采取了许多创造性的工作方法。以投寄报纸为例：为了不致被“邮检”扣留，他放弃集中投递的办法，采取化整为零的方式，分别到南岸、江北多点分散投寄。他收集多种形式的信封，运用多种笔迹，一次又一次地和敌人“捉迷藏”。一次，他故意利用一些官僚资本开设的大商号的信封，就在商店附近投邮。这些报纸很快就被守候着的特务发现，他们根据这些线索，对这几家商号进行搜查，吓得目瞪口呆的大老板们乖乖接受了搜查人的敲诈勒索。又一次，他在几所被三青团分子把持、一贯压制进步学生的学校附近，故意集中投寄了一批《挺进报》，这引起特务怀疑，对学校当局作了一番彻底的清查……

《挺进报》在陈然等人的努力下，除了刊登新华社的消息外，还有一些小的时政评论以及川东临委和重庆市委关于开展地下斗争活动的原则、开展地下斗争活动的指导思想方面的文章，特别是有关解放区的消息和战场方面的报道最多，这对于白色恐怖下的地下党的同志和重庆市民来说，仿佛在黑暗中见到一盏明灯。而同时，《挺进报》也从不放松对敌展开攻心工作，适时刊登那些令敌人心惊肉跳的文章和新闻消息。比如，《挺进报》发表过一篇由一位老者写的题为《劝告蒋军军官》的文章："……蒋军中的士兵大都是无产阶级中人，自然知道天下穷人是一家的道理。在这穷人要翻身的时候，不仅不让翻身，反要替蒋介石卖命。所以，我不必劝蒋军中的士兵，只劝蒋军中的军官。我来现身说法：我出身法律界和教育界数十年，可算知识阶级中人，愚夫妻拥有土地和其他财产，也可算有产阶级中人。然而，我以年已六旬之人，却一反以前不问国事的态度，实在是为正义感所驱使。看到了蒋介石祸国殃民 20 多年，以前弄得国家快要亡，现在弄得人民都要死，以为凡是一个有良心的中国人不应只顾自己安富尊荣，须念及同胞水深火热，而替蒋介石打内战的军官们更要想到自己是犯了弥天罪恶，一定迟早命都不保。为解放与革命而死是有价值而且光荣，为卖国与独裁而死是毫无意义而可耻。"

从现存的档案中看到的一份第十六期的《挺进报》，那报眼的左右是两个加框的口号，左边为："蒋区人民武装起来，抗丁抗粮，分田废债！"右边为："蒋管区官兵们，不要替贪污土劣打仗！"具有很强的战斗性。再如一篇题为《蒋军士兵好消息——放下武器可以分地》的文章，对国民党士兵也极有鼓动性。

《挺进报》上发表的毛泽东的《目前形势和我们的任务》等著作，更是给国统区的民众以极大的鼓舞，同时对反革命阵营也具有毁灭性的精神打击力量。

《挺进报》在重庆的影响越来越大，令国民政府气急败坏。

朱绍良

原以为在中共四川省委撤离重庆和《新华日报》被封闭后可以安然大睡的国民党重庆行辕主任朱绍良，有一天竟然在自己的办公桌上放着的一只“朱绍良主任亲启”的信封中取出了一份《挺进报》，这位行辕大人竟目瞪口呆地傻在原地好几分钟。因为那张用油墨印制的纸上有一排大字：“审判战争罪犯！准许将功折罪！”

朱绍良瘫坐在椅子上，久久没有缓过气来：难道共产党真是斩不尽、杀不绝？

“徐远举处长，你给我马上过来！”朱绍良突然从椅子上站起来，抓起电话，疯了一般地对着话筒大叫起来。

现在的重庆红岩革命历史博物馆业务档案（B-145）材料中，有徐远举交代当时这一情景的文字：

朱绍良在西南长官公署办公室打电话叫我去，一进门就熊了我一顿。朱绍良素以儒将自诩，对人外柔内刚，一向不大熊人。我挨了熊，自知祸事来临。果然，交给我一封信。这是一封警告信，内中还夹有一份《挺进报》。他怒气冲冲地说：“现在还未到时候，共产党就搞到我头上来了。在重庆这样嚣张还了得！这个火种非扑灭不可，你务必破案。”提笔就给我写了一个限期破案的严厉手令。

那天西南长官公署照例举行党政军干部会报，重庆的党、团、军、政、特等重要头目都参加了。出席的有重庆市警备司令萧毅肃、国民党重庆市党部主任委员龙文治、三青团特务头子罗才荣、重庆市警察局局长施觉民、社会局局长赵冠先、中统西南督导兼重庆实验区区长徐政、宪兵二十四团团长沙吉夫和我本人，等等。朱绍良一上来就提出《挺进报》的问题，训了一顿，接着责令军警特务机关对中共地下党组织务必清查破获，并说：“不要以为中共代表团和《新华日报》撤走了，就平安无事了。”然后命令我与有关机关会商，限期破案。反动头子们面面相觑，会议一散，一个个觍颜而退……

徐远举从朱绍良的办公室出来后，开始秘密策划对《挺进报》的侦破行动。自从1932年在国民党军委会团警干部训练班参加军统以来，他同共产党打交道已有16年的时间了，当上这个少将处长也算是“战绩”累累。可《挺进报》秘密发行已有一段时间了，还寄向各方，这次居然寄到了朱绍良主任的手里，共产党实在太猖狂了！顶头上司的震怒，南京方面的责难，使徐远举感到了一种巨大压力。

《血手染红岩》是徐远举在被关进人民政府的战犯监狱改造所里写的交代材料，这份材料记录了他反动的一生，尤其是屠杀重庆地下党人和革命志士的罪恶过程。关于《挺进报》事件，也有专章叙述。当时徐远举对“限期破案”《挺进报》任务有如下布置：

本来丙种会报，属于宪兵、警察、中统、军统四个特务机关的联合会报，是秉承南京党政会报（又称特种会报）之命，危害革命、镇压学潮的联合行动机构。该会报由宪兵司令部主持，在南京设有会报秘书处，作为领导各地丙种会报的总机构，宪兵司令部警务处处长任秘书处处长。按南京丙种会报规定，指定我和重庆警察局局长施觉民、重庆宪兵二十四团团长沙吉夫、中统西南区督导徐政四个人组成重庆丙种会报。经我们四个人商量，用“转转会”的方式，聚餐联系。为对付重庆工潮、学潮的方便，另邀了三青团特务头子罗才荣和重庆稽查处处长罗国熙参加。以后我又把丙种会报改为一个常设机构，配属于重庆警备司令部稽查处，来危害革命人士。

西南长官公署举行的这次会报邀请来的人，谈什么问题，大家都明白。虽然满桌子酒菜，但大家心情是沉重的。

在这次会上，除中统方面有所推诿外，警察、宪兵、稽查方面都表示将积极配合。最后，徐远举拿出了他的破案计划，他说：

> 《挺进报》流传所及，影响人心，但我们有足够的力量对付他们……一、按照《挺进报》寄发情况来看，《挺进报》肯定在重庆市或郊区。我主张立即清查邮路，守候邮筒，严密监视《挺进报》投邮情况，派人守候缉捕，特别注意早晚时间和邮局的邮工。二、搜索赤色书刊，严密侦查新闻界、文化界左倾人士的活动，尤其是几家民营报纸。请党团新闻会报多多负责，随时交换情况。请市党部宣传处立即配合军警搜查各书店。三、由西南长官公署二处续派得力人员驰赴华蓥山区，配合清剿部队严密搜捕，务必清出地下党的组织关系，招抚被诱骗的青年。四、多方运用内线布置，设法接近中共地下党组织。五、必要时在全市进行突击大检查。目前不必打草惊蛇，请宪警在市郊区多加巡逻。六、特别注意各工厂的工人活动。各兵工厂要严密侦查戒备，工运组织要多深入下去。工厂方面最可能发现问题。

特务们对各种“案件”处理是有分工的，所谓的《挺进报》一类的案件，属于“丙种会报”，是国民党特务机关内部的一种分类案件名称。从徐远举的这份“行动布置”来看，敌人对《挺进报》事件，是又恨又怕，欲速处理，方可解他们的心头之恨。

徐远举是有名的看上司眼色行事的一头反动鹰犬，现在既然朱绍良把《挺进报》的事交代给了他，如果他徐远举做得不得力，朱绍良那里肯定不会给他好脸看。因此徐远举得到朱绍良要搞掉《挺进报》的指令后，立即把执行计划做好，并迅速呈报后得到朱绍良的亲自批准。

“军、警、宪、特四个方面的力量，全部由你调配，要不惜一切人力、物力、财力，从《挺进报》入手，彻底搞掉中共重庆地下党！”朱绍良特意交代道。

“长官放心，卑职一定全力以赴。”徐远举在上司面前立下军令状。

得令后的徐远举亲自坐镇指挥，他要求各方面的军警和特务分子每天将搜集的情报及时上报给他，试图从蛛丝马迹中找出线索。他规定：破案立功者奖，怠慢疏忽者罚。在他的严厉督阵下，各路军警和特务们开始疯狂地搜查线索，挖空心思地施展阴谋诡计。

于是，在重庆大街上，便衣特务暗藏四处，瞪着那鹰一般的眼睛，只要觉得可疑的人就立即抓捕。

伪装改扮成学生、工人的特务，渗入重庆及下川东的学校、工厂里，严密监视学生、工人的活动，他们对此行为也叫“深入基层”。

重庆的所有重点书店被一次又一次地突击检查，不少居民住宅也被强行搜查。各道路、码头、旅店，更是特务们紧急戒严、重点清查的地方。

为了从“根本”上铲除《挺进报》与地下共产党组织，徐远举要求特务们将“战线”拉长到各郊区，綦江、江津、合川、璧山、永川、涪陵、长寿、垫江、大竹、邻水、广安、南川和万县、云阳等地的特务，也跟着纷纷出动，到处清剿搜查。

“报告徐长官：云阳方面有重要收获！”不日，重庆站的特务向徐远举报告说，他们在云阳抓到了一个叫盛超群的青年知识分子，“从确凿的证据看，此人肯定是共产党，并且与《挺进报》有密切关系。”

“你们在云阳那边盘问过没有？有没有收获？”徐问。

“拷问了，但他很狡猾，没有说啥子名堂。不过，他的事已经铁板钉钉。我们还把他的弟弟盛亚群也逮捕了，兄弟俩都挺硬，到目前为止还没有吐一个字出来。现在分别关在渣滓洞的楼上六室和楼下六室。”

徐远举一听，异常兴奋：“好，我马上派侦防课课长陆坚如去刑审，看他吐不吐！”

心狠手辣的陆坚如得令后，立即对盛超群用大刑。然而，这个年纪轻轻、文文静静的盛超群是他们根本想不到的奇才，竟然让狡猾的特务上了一个大当。

盛超群，云阳人，1938 年在延安中国抗日军政大学第四期毕业，后受党的指派回四川从事地下工作。1938 年 8 月回到云阳，他先在云阳中学宣传抗大的情况和八路军的好处，促使当时 22 位云阳中学的学生由城口县翻山路前往延安考抗大。盛超群此时参加了一起告发云阳县县长陈言福、国民党县党部书记长杨秩东的贪污事件，曾轰动一时。这事激怒了当地的反动势力，他们视盛超群为眼中钉、肉中刺，后由国民党乡长刘障东等十多人联合起来控告盛超群是共产党，说他在乡间宣传、阻挡兵役法实施和攻击政府。当年 12 月盛超群被押到县府，后因盛超群家人和亲戚出钱保释方算了事。虽然盛超群获得保释，可仍被软禁在县党部内不准随便乱走。1941 年 2 月，盛超群逃到成都、昆明一带，1942 年底才重新回到云阳。不久，他在《云阳公报》上揭露桑坪乡乡长刘障东的贪污事实，结果反被对方告发“盛是抗大回来的共产党分子”。盛超群再次被捕，两个多月后才被取保出牢。此次出狱的条件是：盛不能再待在云阳。无奈，盛超群到了万县。

盛超群烈士

1943 年到 1945 年期间，盛超群利用上海法学院章仑萍教授主办的《中外春秋报》，不断揭露和攻击当地的国民党贪污分子。他的文章总是锋芒毕露，频频将那些贪官的事见于报端，这使他一方面声名大振，另一方面得罪了诸多当地反动官僚。比如，他揭露万县九区专员曾德威、万县警察局局长艾兴权的贪污事实，在报上登出题为《大官问小官，乡里情况如何，小官答曰，烟毒已尽土匪绝迹》的文章，惹得曾德威、艾兴权等派十多个荷枪实弹的兵卒前去追杀盛超群。那天盛超群正在西山公园坐着，好在有人事先去给他报信，他趁追杀的兵卒赶到之前，从后窗跳逃，一口气跑到一艘将要开启的轮船上才算捡了一条命。盛超群如此敢作敢为，与反动官僚和贪污分子如此高调对抗，加上他在《挺进报》还登载了题为《不怕你贪官枪尖上有血，只要我记者笔尖上有墨》一类的文章，作为此次特务寻找"共党"的《挺进报》嫌疑分子，盛超群是必定跑不了的一个。

盛超群的弟弟盛亚群回忆说："1948 年 1 月 7 日早上，我开门看见墙上贴了很多快邮代电，其中有一则题为《速捉共匪盛超群》。我一看，就拔腿往家里跑，告诉哥哥要他马上逃跑。哥哥听了我的话，但 1 月 9 日晚上，他却在万县被逮捕了。我于 10 日到万县四处打听，寻找他的下落，二十多天一直没有找到。后来哥哥暗地串通了看守班班长报信给我，我才知道了他的情况，当我到看守所见他时，不由心痛万分。只见我哥超群双手戴手铐，脚上是副五十多斤重的大铁镣，已经被刑罚整得面不像人。看守班班长对我说，这大脚镣是专门为盛超群定制的，因为上面的人说盛超群很凶，我们万县方面已经管不住他了，马上要押到重庆去……4 月 19 日我就被重庆行辕二处派来的特务杜杰（巫山人）逮捕了，特务给我戴上脚镣、手铐，第二天送到万县警察局审问，要我说出大哥的活动情况，我不说，把我用电刑、老虎凳整昏死几次。连整带审七八天后，我一点没有说，杜杰将我送到重庆行辕二处，由姓张的法官审问。他拿出我给另一个哥哥、在南京工作的盛腾芳的信（特务在邮局查到的），依此，特务们要我说出大哥超群的一切活动情况。……连整带审半个月后，我一直没说出什么，就把我关进渣滓洞。在渣滓洞里，我大哥盛超群关在楼上六室，我关在楼下六室，盛腾芳关在楼下八室，我们关在里面的人都知道。有一次二处特务把我大哥拷打得很厉害，连整三天逼他交出组织，他受不住刑时，就把国民党云阳县的各单位警察局局长等咬上去，说他们都是共产党……”

盛超群的弟弟盛亚群被关押了一年多后释放；另一个弟弟盛腾芳因为与盛超群及《挺进报》无任何联系，便在审讯后几日回到了南京。而对盛超群的酷刑仍在继续……

“处座，盛超群终于招了！这回我们收获大大的，盛已经招供他是云阳县的中共地下党负责人，这是他供出的地下党员名单……”

徐远举拿着侦防课课长陆坚如呈上的盛超群“招供”名单，手都有些颤抖了——这是这位老特务多么期待的东西啊！

“盛不堪重刑，招出他是云阳中共地下党负责人，在云阳准备武装暴动，预定某时起事。还供了云阳中共地下党组织的计划以及开会情况，提出了一张黑名单。我当时认为这是最好的材料，未加复讯就命令吕世琨、雷天元率领二处特务前往万县，会同万县区行政督察专员李鸿焘驰往逮捕。”徐远举回忆此次行动说，“万县专员李鸿焘，系邓锡侯的旧部，以其管辖区出了这样大的问题，就率领保安部队，开了一艘专轮直下云阳，将盛超群所供的周璞等十余人一并逮捕，解到重庆。经我一了解，被捕的人，有的是县警察局局长，有的是县财务委员会委员长，有的是县参议员。一言以蔽之，都是反动党团分子及云阳地方豪绅，是欺压人民赫赫有名的人物，是反动统治的支柱，与中共地下党无关。全案扑了大空，不得不将在云阳县被捕的人全部释放，并请重庆警察局刑警处处长、云阳籍的军统特务头子许乾刚出面，安抚他们，招待他们吃了一顿餐，致歉，并嘱他们在云阳县团结一致，反共清共。至于盛超群，我是非常憎恨的，以后杀害于渣滓洞，还追索他的兄弟盛腾芳在南京《新民报》的情况。他兄弟盛亚群，也被株连，关了一年多才予以释放。”

徐远举在盛超群问题上，大出洋相。当时特务们到云阳抓走周璞等一批官员后，震惊云阳各界，一时间，云阳政府乱成一片，百姓拍手称快。回到渣滓洞，徐远举欲为给自己找回面子，便亲自审问，重刑对付盛超群，问他为什么这么干。不想，盛超群理直气壮地回答说："我说没有共产党的组织关系，你们不相信，你们的人撬断了我的腿，我只得编一套交出来。"

盛超群从此在渣滓洞监狱里成了有名的"智星"，他常给难友们出高招对付敌人。

然而，敌人毕竟已经在重庆城乡各处布下眼线，任何一点关于《挺进报》的风吹草动，皆在他们"全力以赴"的侦查范围之内。这样一份想在敌人眼皮底下不透一丝风声的革命报纸，就因为一丝不慎的细缝，终于造成了重庆地下党的巨大悲剧——

事情要从一个年轻的地下党员说起。这位叫陈柏林的年轻党员才18岁，他是民生路上"文成书店"的一个职员。"文成书店"在特务们撒大网搜查线索时被迫暂停营业，店员陈柏林转到草堂国专暂住。

在这里，有位叫姚仿桓的保密局情报员正好与陈柏林同室居住。姚是徐远举派出的"红旗特务"。所谓"红旗特务"，即以进步分子的身份，潜伏到工人、农民和进步知识分子中间，表现异常"红色"，最后在摸清革命阵线的情况下将进步分子一网打尽，故敌特机构称这样的特务为"红旗特务"。陈柏林不知姚仿桓的底细，两人在一起时陈对国民党特务查封他的书店表示了极大的愤慨，一面强烈抗议国民党特务的阴谋活动，一面表示将尽一切力量恢复书店或重新办一个书店。姚仿桓佯装思想进步，附和着陈柏林大骂国民党腐败无能，这使陈柏林相信姚仿桓也是一个进步青年。陈柏林主动拿出一本《新中国初型》给姚仿桓看，姚仿桓翻书时发现书中夹有一张《挺进报》。

"老板，这里有情况……"姚仿桓立即将这一情况报告了保密局重庆站组长李克昌。

"好，你继续盯住陈，我另派人接近这个陈。"李克昌指示道。

"我不可以继续行动吗？为什么还要专门派人来呢？"姚仿桓见立功

机会快到了，却听上司要另派人来抢功，有些不悦。

“你的腿脚不利索，万一让陈跑了怎么办？”李克昌训斥姚。“长官，那我服从。”跛脚的特务姚仿桓只好放弃立功机会，让给了另一个假装失业青年的特务曾纪纲。

经姚仿桓的介绍，曾纪纲认识了陈柏林。曾纪纲以自己失业的“亲身体会”与陈柏林“推心置腹”地交谈，对追求光明、民主、自由和建立新中国表示了极大的热情，这使陈柏林有一种幸遇知音的感觉。特别是曾纪纲投其所好，提出要办书店的想法时，陈柏林非常兴奋。为了寻找线索，曾纪纲提出应搬回书店去，陈柏林同意了。

李克昌是保密局重庆站副站长吕世琨的得力助手，他在重庆各工厂发展了许多“通信员”“情报员”，徐远举对他的评价是：“他很狡猾而又能吃苦，能深入到下层活动……李克昌是渝站工作得最出色的一个特务。”李克昌指示曾纪纲要尽快摸清陈的上级和《挺进报》的情况。

在文成书店，曾纪纲与陈柏林彻夜交谈，谈苦闷、谈志向追求、谈人生理想，表现出了一副比谁都革命的假象。陈柏林完全被“红旗特务”的假象所迷惑了，而且认为自己有责任把这样的进步分子介绍到党内。

1948 年 3 月 28 日，陈柏林向上级“老顾”汇报了与曾纪纲交往的经过和对他的认识情况，“老顾”要陈柏林提高警惕，不可轻信人，但陈柏林十分坚决地认为曾纪纲最起码是一个非常进步的人，迫切要求“老顾”亲自考查一下。“老顾”从发展进步力量的角度考虑，同意先见见面，约定 4 月 1 日下午 3 时在红球坝见面。

曾纪纲立即向李克昌报告了这一情况，李克昌又报告给副站长吕世琨，吕指示李克昌要曾纪纲“继续伪装，扩大线索”。

但是，徐远举知道这一消息后，却等不及了，他命令吕世琨做好行动准备，将陈柏林、“老顾”秘密逮捕。4 月 1 日，吕世琨带二处警卫组的大批特务在红球坝周围秘密潜伏。

这天下午，陈柏林兴致勃勃地带着曾纪纲去红球坝见上级“老顾”。路上，陈柏林告诉曾纪纲怎样介绍自己，如何回答上级的提问。在红球坝，陈柏林还未及作介绍，潜伏的特务便蜂拥而上，将他和“老顾”逮捕。双手被手铐卡住的陈柏林，看见曾纪纲在一旁得意地冷笑，此时才明白自己做了一件多么愚蠢的事，从不轻易哭泣的陈柏林流下了悔恨的眼泪。陈柏林自然还不知道自己的这一失足，使得中共重庆市委和重庆地下党几乎彻底被敌人破坏，也并不知道由此给多少优秀的共产党员及革命志士带来了毁灭性的灾难。陈柏林后来一直被敌人关在渣滓洞，牺牲于“11·27”大屠杀之中。陈柏林太年轻了，狡猾的敌人让我们的年轻人和我们的党付出了沉重的代价。

所以，任何假象可能都是革命最危险的敌人，党和同志们必须牢牢记住。

不过，李克昌在抓获“老顾”时，竟然雾了一头水：“怎么是你啊？”这个共产党的“老顾”原来是李克昌的老熟人，而且也是他的同行——曾经的特务机关的军统情报员，真名叫任达哉。

抓获陈柏林和他的上级“老顾”，让特务机关的行辕二处一时喧嚣起来。徐远举在《血手染红岩》的交代材料中对如何审讯共产党，有这样一段自白：

> 我对地下党员的严刑审讯，有三套恶毒的手段：一、重刑；二、讹诈；三、诱降。利用他们不堪酷刑的拷打，利用他们贪生的心理，利用他们的家庭观念，利用他们身体上的弱点，用各种威胁利诱和欺骗讹诈手段来诱惑，以动摇他们的革命意志。比如说，你的上级将你出卖了，你不说不行。比如说，已掌握了全部材料，知道你的情况，不说也不行。比如说，你的妻子已将你的情况全部说出来了。施加种种欺骗诱惑，以及生与死的威胁。我认为只要他们说一个字，开一句腔，就有办法……

陈柏林虽年轻，但并没有出卖党和失去一个共产党员的忠诚。在现今的重庆红岩革命历史博物馆业务档案（A-81）卷宗中，关于当年陈柏林的情况有这样一段结论性的评语：

> （他）受刑很重，没有承认身份，未交人，狱中努力读英文，希望以后获得自由时办一个书店。

当时特务机构的二处对革命志士使用的主要有老虎凳、水葫芦、踩杠子、吊杠子、竹签子等毒刑。受过这种毒刑的革命人士即使能够幸免于死，也会终生残废。按特务机关对革命人士的审讯手段，一上来就用刑，好像梁山上的英雄，一进监门就先打50棍棒。他们妄图用这种血腥的恐怖，从生理上和心理上来打击革命人士坚强的意志，打得革命人士晕头转向，失去了冷静的头脑，而落入特务的圈套。

徐远举分析了陈柏林和“老顾”的情况后，认为首先要从年轻人的身上打开缺口，年仅18岁的陈柏林在徐远举的眼里不是什么难对付的角色。

刑讯室里，徐远举和二处侦防课课长陆坚如想象陈柏林一见这些刑罚就会发抖，只要略施小计就可以了。但不论特务们耐心开导，还是淫威相逼，陈柏林只是一言不发，他愤怒地瞪着双眼……徐远举失去了耐心，命令对陈柏林动大刑。年轻的陈柏林忍受着身体和精神上的巨大痛苦，竟然没有吐出一个字，这让徐远举不曾想到。

“换一个！”徐远举愤愤地说。

“老顾”被带了上来，徐远举从李克昌那里已经知道了“老顾”——任达哉——的底细。抗战期间，任达哉在国民党中央印刷厂当印刷工人。抗战胜利后，中央印刷厂迁回南京，任达哉失业。经人介绍，任达哉认识了李克昌，在帮忙找职业、给经费的诱惑下，任达哉做了军统的通信员。随后，任达哉被介绍到民盟机关报《民主报》工作，同时负责监视民盟机关的活动情况。由于后来任达哉只提供过一次情报，工作上无甚“成绩”，李克昌乃与任达哉渐渐疏远，任却在另一个阵营干起“革命工作”了。

“任先生，听说你过去与我们还是一条船上的同志啊！”阴森森的审讯室里，徐远举仔细地上下打量着任达哉，见对方低着头闷在那儿，心里多少有些把握了：对这样容易三心二意的人，掰开他的嘴并不复杂。

“说！你是怎么从一个军统的同志，变成共产党的？”徐远举突然高喊一句话。

“不是的，长官，我本来就是你们的同志，李先生最清楚我的事，我现在还是你们的情报员，只是没有完成好任务……”浑身发抖的任达哉试图用过去的历史挡一下徐远举凶恶的目光。

“任先生当真不是共党分子？”徐远举的眼睛几乎贴近任达哉的脸。

“真，真的不是。”回答的声音是颤抖的。

“与《挺进报》也没有啥关系？”

“没，没有。一点……关系都，都没有。”回答的声音更颤抖了。

“那就用刑吧！”徐远举怒吼一声。

“小子，请上老虎凳吧！”陆坚如早已按捺不住了，一把将半瘫在地的任达哉拖到刑具上，使劲加上两块砖……

“哎呀——！我招！我招……”老虎凳上的任达哉大叫一声后，又“呜呜”地哭了起来。

徐远举鄙夷地看了一眼瘫在地上的任达哉，对陆坚如说：“把他交给你了！”

任达哉很快坦白了自己1945年加入地下党的经过，后又供出了自己的领导人“杨清”，并说“杨清”是重庆地下党市委委员，分管工人运动。任达哉同时还交代了自己所掌握的《挺进报》发行和地下党员情况。

“最近你们还有什么活动？”审讯已经一天一夜了，特务有些疲倦地问。

“有、有。”任达哉突然想起一件事，“我已经同杨清约定过几天联络接头，他要向我布置新任务。”

“太好了！这回我们可以钓一条大鱼了！”破案心切又有老特务那种异常敏感嗅觉的徐远举，顿时欣喜若狂，他知道“好戏”开始了——

1948年4月4日，特务季缕按照徐远举的精心布置，带着叛徒任达哉和一批便衣特务，像一群凶残的饿狼似的扑向重庆磁器街的嘉阳茶馆——这是任达哉经常与许建业接头的地方。这一天，许建业正在茶馆里与另一位地下党员高正明商谈工作，突然见任达哉与几个鬼鬼祟祟的陌生人在茶馆外面探头探脑，立即意识到事情不妙。“有情况，快走！”许建业轻声催促高正明一句后，借机将茶凳绊倒，引起茶馆内一阵混乱，于是高正明装作上厕所，从后门脱身远去。

“他就是杨清。”任达哉指着许建业，对特务说。

“抓！”特务们一拥而上。许建业蔑视地看了一眼任达哉，大义凛然地甩了一下特务们伸出来的手，说：“我自己会走！”

许建业的被捕，立即惊动了重庆的特务机关。当晚，徐远举马上驱车前往重庆特务秘密机关所在地老街32号慈居，他要亲自审问这位重庆地下党的领导人。

徐远举，湖北人，1932年参加军统组织，时任国民党军统局本部行动处少将处长、国民党西南长官公署第二处处长，是位“见多识广”、杀人如麻的老牌特务。在他的眼里，共产党人只不过像他脚底下可以任意踩踏的蚂蚁一般，只要用点刑，或者用重刑，再加上来点“心理战术”，肯定会像任达哉那样“求饶”还来不及呢！可是，他没有想到，眼前的这位“杨清”让他吃惊不小。在徐远举自述罪行的《血手染红岩》中这样描写道：

许建业烈士

“杨清身体强壮，气宇昂扬，有革命

英雄气概。我问他的姓名、年龄、籍贯、住址，他一字不答，经用各种酷刑拷打，几上几放，只说他叫杨清，邻水人，住在过街楼某旅馆。经过调查，过街楼根本没有这个旅馆。从他身上检查，也无片纸只字。经过一天一夜的审讯，用尽各种手段，不得要领。我怕线索中断，即命二处严加看守，注意杨的每一动态……”

关于特务如何对这位重庆工人领袖用刑和许建业如何在敌人面前宁死不屈，监狱里的敌我双方都有不少亲历者的回忆。笔者看到《重庆工运史》编写组邱富贵、唐有武等人写的许建业刚入狱时的三次重刑情景：

……特务头子徐远举，见这位身穿蓝布衫，身材魁伟的年轻人毫无畏惧地站立在办公室的中央，神情自若地望着窗外，觉得对付此人不能疏忽大意，就假意请许建业坐下，然后说：

“你叫杨清吗？”

“不错。”

“干什么职业？”

“做生意。”

“不，你不像做生意的，年轻人，你应老老实实地回答我的问题。”徐远举脸上露出奸笑。

“我是生意人，这就是实话。”许建业不慌不忙地说。

徐远举沉不住气了，说：“我知道你是共产党，必须交代出你们的组织、同党和领导人。”许建业一听“交代”“同党”，气涌心头，严正地说：“我们做买卖的，只晓得将本求利，赚钱谋生，不懂什么叫共产党。”

“真不说？真不交代你的组织？”

“有什么可说的？我连共产党都不是，还有什么组织可交代？”

徐远举恼怒了，只得摊牌说：“你真的不讲吗？那好，我叫一个人来与你见见面。”他一按电铃，叛徒任达哉立即走进办公室，耷拉着脑壳，龟缩在一旁，胆怯地低声说：“老杨，他们都知道了，你就讲了吧！”

许建业一见叛徒任达哉，怒火万丈，骂道：“劣种，可耻叛徒！”

徐远举的审讯进入了僵局，只得草草收场。

徐远举不甘心失败，决定对许建业采用刑讯逼供，妄图用皮鞭、棍棒来撬开许建业的嘴，达到破坏地下党组织的罪恶目的。

夜里，许建业被几个凶神恶煞的刽子手绑进刑讯室，室内阴森恐怖，灯光微弱，寒气逼人，四周墙上挂满了麻绳、带钉棍棒、钢心皮鞭。屋中间摆着老虎凳、电刑座椅……

面对刑讯室里的一切，许建业巍然屹立。重庆行辕二处侦防课课长陆坚如、二处渝组组长雷天元、渝组副组长王仁德同时出马。许建业面对凶残狠毒的特务，怒目而视，一声不吭。

陆坚如先是耐着性子，装出和缓的样子说："杨先生，徐处长给你讲得很多了，有的问题你们的人都说了，何必还要隐瞒呢？希望你将领导人和组织交出来，这样对你来说是很有好处的。"

"既然叛徒都给你们讲了，还来问我干什么？"许建业以鄙视的口吻说。

陆坚如威胁说："你不要嘴硬，现在你已失去了自由，只有交出组织和同党才能重新获得自由，那是唯一的出路。"

许建业斩钉截铁地说："少啰唆，我没有什么可讲的！"

陆坚如见许建业态度强硬，进一步威逼说："到了我这里，就由不得你不讲，放明白点，好汉不吃眼前亏。"

"你的意思无外乎要动刑，就是杀头我也没什么可讲。"许建业刚毅地回击。

此时，陆坚如凶相毕露，猛击桌子吼道："给我吊起来！"话音刚落，几个特务立即将许建业捆绑起来，反吊在屋中大梁上。许建业头上豌豆似的汗珠直流，但他咬紧牙关，忍住剧痛，不叫不哼。几个特务手执皮鞭、棍棒，边抽打边问："说不说？"许仍以"无声"对抗，特务们声嘶力竭地狂吠一阵之后，无可奈何，只好将许建业放下，这时，许建业的手脚已严重损伤，昏迷过去，但他紧咬牙关，坚强地战胜了敌人的第一次酷刑。

灭绝人性的特务没让许建业有喘息机会，待用冷水将许建业泼醒后，又绑上刑椅，刽子手包树成举起大号白铁水壶，向许建业鼻孔猛烈冲灌。带刺激性的水冲入鼻孔，呛入气管、肺部，痛如针插刀绞，但许建业一声不吭，仍然以极大的毅力战胜了特务的第二次酷刑。

敌人两次刑讯失败后，对许建业使用了更凶残的毒刑，他们将许建业绑在老虎凳上，这是一种既原始又残暴的刑具，它可以使人脚骨折断，瘫痪致残。垫到第三块砖时，只听许建业的膝盖骨“吱吱”作响，许建业昏迷过去，敌人用凉水将其泼醒后，又加砖头，许建业再次昏迷，虽然几次反复，但许建业仍未吐出一字半语，充分显示出他“宁可筋骨断，意志绝不屈”的大无畏精神。

经过一整夜的折腾，敌人一无所获，特务头目陆坚如恼羞成怒，对许建业狂吠道：“你再不说，我就叫你皮肉分家，死无全尸。”

这时许建业已是遍体鳞伤，精神不支，但一听陆坚如的狂吠，立即挣扎起来以仇恨的目光怒视陆坚如，高声喊道：“我是中国共产党党员，这就是我要说的；其他任何事情你们都休想知道！”

特务们歇斯底里地说：“我们有48套刑法，你受得了？”

许建业回答道：“管你48套，84套，怕死不算共产党员！”

又是一顿雨点般的鞭子抽打：“说不说？”

“不说！你们别想从我嘴里听到一句对你们有用的话！”

面对如此硬骨头的共产党人，特务们再无进攻能力了，只得灰溜溜地收场……

特务们对许建业可是下了功夫的，因为徐远举知道，只要把许建业的嘴“撬开”，《挺进报》乃至整个重庆地下党就有可能“彻底解决”。为此，他招呼手下特务们要使尽一切办法让许建业“招认”。

“老许初入狱时，蒙着头，不许任何人看，他脚上上了重镣，手上有铐子，不给饭吃，不给他松铐子。看守把他说得神乎其神，说他一人能打五人，力气大，有武功，受几十种刑都不怕，看守很畏惧。”有难友这样回忆说。

许建业，《红岩》中“许云峰”的主要原型，这位让敌人传得神乎其神的共产党重庆市委领导，到底是什么样的人物？在此，我们稍作介绍：许建业是四川邻水县人，1920 年生，原叫许明德，后名许明义、许立德，化名杨绍武、杨清等。4 岁时父亲许良栋病故，剩下母亲、他和妹妹三人，寡妇幼子，孤苦伶仃，只得投靠伯父，过着寄人篱下的日子。伯父的儿子经常欺压幼小瘦弱的许建业。母亲见儿子被人践踏打骂，常失声痛哭。于是，她变卖嫁妆首饰，决定让许建业上学读书，以求将来成家立业。许建业很有出息，先读私塾，后入县立小学。为了早谋职业，减轻慈母负担，他 13 岁考入邻水县乡村师范训练班。许建业追求进步，1938 年 18 岁时就加入了中国共产党，后来一直从事重庆的地下工人运动，是位有广泛影响的工运领导者，也是位作风正派、意志坚强的共产党员，在群众中有相当好的口碑和威望。

由于特务认为许建业是条“大鱼”，所以对他用刑特别重。许建业被捕后的两天中，数度用刑，但都没有从许建业的嘴里获得任何东西，特务无奈只好将其单独关在一间潮湿的牢房里。监狱内的特务们对“政治犯”们管得异常严厉，但这里也是个特殊的战场。这儿每天出现的情况，都会马上被狱内的难友了解，并迅速传播开去。许建业入狱和他在敌人面前表现出的宁死不屈的精神，加上他是已经暴露身份的“政治犯”中的最高领导，所以他的出现，立即在整个渣滓洞的难友们中引起震动，尤其是那些共产党人，他们暗暗都在为自己有这样优秀的领导者而感到自豪和兴奋，并通过各种渠道向许建业致意。

饱受皮肉之苦的许建业，一方面感受到监狱里的同志们的关怀，另一方面更加忧虑着一个严重的问题：党内出了叛徒，会不会引起更多的同志被捕，党组织怎么办？他为此彻夜难眠……

早晨，牢房门“嘎吱”打开。看上去也就十八九岁的看守陈远德，端着一碗水走到许建业的身边，似乎很同情地说："杨先生，你受苦了，喝碗水吧！"一夜的酷刑使许建业嘴唇破裂，浑身疼痛。但当他发现对方是监狱里的小特务时，马上警惕起来，瞟一眼后没有搭理对方。中午，陈远德又送来牢饭，并且主动地向许建业诉说他的"身世"，说他家住农村，很贫穷，是被拉壮丁出来当兵的，在国民党监狱干事又如何如何的"不落好"。许建业仍然半信半疑，但显然若有所动。傍晚，陈远德又端来热腾腾的饭菜，表示愿意帮助许建业做点事情。

监狱毕竟是个非常之地，加之特务们通常是刽子手一般的残暴，许建业感到眼前的这位年轻看守确实跟审讯他的特务们很不一样，心头焦虑着外面的同志和组织命运的许建业，此刻内心产生了一种期待和希望：如果能通过一个人把自己住处保留的文件销毁，以免落入敌人之手，那该是多么重要和紧急的事呵！

许建业知道自己已经落入魔掌，想离开几乎是不可能的事了，于是内心强烈地希望能够找到这样一个人。眼前的这个小看守也许可以利用。

"小伙子，我有一件事想请你帮忙可不可以？"许建业试探性地问陈远德。

"杨先生你要是相信我，就交给我办吧。"陈远德的胸膛挺得直直的，并且又加了一句，"我知道你们共产党是为穷人办事的，我也是苦出身嘛。"

许建业看了对方一眼，又深思片刻，下定了决心，道："你能不能做好？"

"保证！"

"好。"许建业特意强调道，"你把事情办好了，我会付你三千万元[1]酬金。等重庆解放了，以后也会给你找份好的工作。"

陈远德一副受宠若惊的样子："杨先生尽管放心，我一定把你的事做

[1] 当时的法币。

好来报答你！”

许建业点点头，便悄悄地在一张废纸上给电力公司刘德惠（党员，志诚公司董事）写了一封简信，同时也给自己的母亲写了一封绝命信，前面一封信的内容是：让刘德惠赶快通知组织，内部出了叛徒和自己已经被捕的情况。另外还特别吩咐陈远德，到他住处的箱子里取一个包，将包里的材料全部毁掉。后一封信的大意是：亲爱的母亲，儿子落入敌人手中，不能尽孝，以后有困难可以找组织帮助等等。

“杨先生放心，我马上去办。”陈远德拿到信后，装出很认真的样子，然后出了监狱。

许建业哪知这是特务设下的圈套？

这条披着人皮的豺狼，出了监狱，却直奔特务机关，将许建业交给他的信和交代办的事全部跟主子徐远举当面统统撇了个干净。

“好！”徐远举兴奋得拍了一下大腿，立即招来特务季缕、漆玉麟等，吩咐道，“马上到许建业所在的志诚公司！”

“是。”

“重庆谍报组和警卫组特务去志诚公司搜查，收获出乎意料。”徐远举后来谈及此事这样说，“首先拿来的证物就是许建业床下一个黑皮包，皮包内有许建业的三个身份证、《挺进报》一卷及其他文件。这样，我进一步叫陆坚如率领匪二处特务去追查志诚公司的背景及有关的人，指示将志诚公司包围封锁只准进不准出，将有关的人都抓来。我记得先后抓的人有经理周则询（重庆电力公司总务课课长）、董事长黄大庸（重庆电力公司会计课课长）……”徐远举又交代：“记得匪特们去搜查志诚公司后，在当天上午 11 时就将许建业的黑皮包拿来了，当时我给了陈远德二百万元伪法币，由‘上士’提拔为‘准尉’。”

狡猾的特务们根据许建业包内的材料，进一步扩大了抓捕范围。

当时特务从志诚公司搜查物品中得知许建业是重庆地下党的重要人物，但不知道具体职务和真实姓名。于是 4 月 6 日，徐远举又一次审讯许建业，但坚贞不屈的许建业依然横眉冷对，一字不吐。

“你不说，可是这些东西已经帮你开口了。”徐远举突然拿出从志诚公司搜查到的那只皮包，以此来要挟许建业。

“你们……”许建业一看是自己的东西，而且这正是他入狱两天来一直最怕被敌人发现的东西，现在竟然都在特务手里。他知道上了特务的当了。后悔莫及的许建业趁特务不备的一刹那，一头撞到墙上……“快挡住他！”徐远举见要出事，命令喽啰们拉住寻短见的许建业，可还是晚矣。

许建业当场撞在墙上，满头鲜血……如果不是特务阻挡，性命难保。

为了从许建业这位重庆地下党负责人口中获得更多的情况，敌人使尽了各种刑具和劝降招数，但任何酷刑都没有使许建业屈服动摇。

“我就不信！”早在土地革命时期就参加围剿中国工农红军的反共老手、国民党重庆行辕主任朱绍良决定亲自出马。

那天，朱绍良来到提审室，先装模作样地作出一番“文明”状，让许建业坐下，然后打量了一下满身皮开肉绽的许建业，阴阳怪气地开腔道：“许先生，恕我来迟一步，他们竟把你弄成这个样子。”

许建业怒目而视，不发一言。

“不过许先生，你也太任性了，希望你能与我们合作，共建国家……”这回未等朱绍良说完，许建业立即回答说：“别来这一套，同你们没有什么好讲的，快送我回监狱！”

朱绍良依然漫无边际地大谈其人生哲学和金钱观，并继续以高官厚禄为诱饵，劝许建业归顺国民党。许建业越听越愤怒，作为重庆地下党的负责人之一，面对眼前这个双手沾满共产党人鲜血的敌人，不由得怒火从胸中起：“无耻之尤！你们不懂得共产党人的心灵，我们把官位、钱财视如粪土，你要杀就杀，少讲废话。”

朱绍良再也忍耐不住了：“给我拉出去！重刑伺候！”

此后，特务仍多次对许建业施重刑，然而许建业始终保持忠诚于党的崇高气节。1948 年 7 月 22 日，许建业在重庆大坪刑场被公开枪杀。临刑前，他一路高唱《国际歌》，高呼革命口号，成为当时重庆百姓中广为流传的英雄人物。

据徐远举在解放后供认，杀害许建业原因有三："一、许建业是一条硬汉子，根本无诱降的余地；二、不杀许建业就不能施展瓦解中共地下党组织、软化地下党员的狠毒阴谋；三、怕许建业在监狱中起作用，发生影响，因此是非杀不可的。"

由于许建业在党内的威望高，加之其在监狱里视死如归的精神，他被敌人杀害后，对当时白公馆和渣滓洞内的共产党人和革命志士影响巨大，大家纷纷为他自豪、以他为榜样。后也成为革命烈士的许晓轩写下诗文悼念他的战友：

噩耗传来入禁宫，
悲伤切齿众心同。
文山大节垂青史，
叶挺孤忠有古风。
十次苦刑犹骂贼，
从容就义气如虹。
临危慷慨高歌日，
争睹英雄万巷空。

1948 年 4 月 6 日，中共重庆地下党市工委书记刘国定带地下党员涂绪勋去志诚公司找许建业联系工运工作。刘国定当时并不知道许建业这边已经出事，便衣特务们在志诚公司四周密布了暗哨，所以，刘国定一到许建业的办公室就被守候在那里的特务扣下。

在外等候的涂绪勋见刘国定久未出，也进到许建业的办公室，特务自然也将其扣下。因在办公室现场讯问时，颇为机智的涂绪勋坚持自己是来找许建业联系有关公司业务的，并一口咬定与刘国定不认识，加上志诚公司的多名员工也证明未见过此人，特务便不耐烦地挥挥手："你赶紧走吧！"这样涂绪勋得以逃脱。

刘国定则不一样，他声称自己是南岸牛奶场的会计主任刘仲逸（这是他当时的掩护身份），但特务不傻，他们在另一间房子里询问志诚公司员工，结果都说刘国定是"黄先生"，并且经常与一个叫"萧胖子"的人来找许建业。特务一听刘国定"不老实"，知道这其中必有诈，所以抓住这一破绽逼迫刘国定交代与许建业的关系。

"别以为我们都是傻瓜，你说是南岸牛奶场会计，姓'刘'，可为啥平时来志诚时你却称自己姓'黄'，谁信啊？快，赶紧交代你是不是共产党！"特务们也不是吃白饭的，又是拍桌又是瞪眼地审问刘国定。

"他，他们弄错了。我就是姓刘……"刘国定想嘴硬，却又无法自圆其说，最后只得承认自己是许建业发展的刚刚入党两个月的候补党员，并反复强调自己除了帮许建业送过一封信到南岸永生钱庄，交给余天、李忠良以外，什么活动也没有参加过。

"那你把这个情况写下来。"特务拿来纸和笔。

刘国定无奈坐下来，将自己所说的写在纸上。作为市委书记，刘国定毕竟手头有不少党内"资源"，了解的党员情况也多，但由于情况来得突然，一时弄不明白许建业是怎么被捕的。"特务找志诚公司的人了解我的身份，证明特务们还不知道我的底细和身份。南岸永生钱庄的余天和李忠良是因为在农村武装起义失败后逃来重庆的，按我前几天的安排，他们也应转移走了。现在我把他们供出来，特务会马上去核查，除了能证明有过这两个人外，其他的什么都得不到，这样特务们也无法证明我是什么人，充其量也就是我被多关几天放出来吧！"刘国定这么一想，所以，装着很自然地承认自己是许建业发展的"新党员"，供出了两个根本抓不到的"同党"。

"跟我们走！"特务收起刘国定的"供词"，便吆喝着将其押到了渣滓洞。

“喂，喂喂！我什么都不是，你们还不放我出去！”刘国定一看到监狱，内心很恐慌地冲拂袖而去的特务们喊道。

“老实等着吧！”特务们头也不回地告诉他，因为这些人整天跟共产党打交道，用他们的话说，你刘先生“玩”的这一套别想糊弄我们，是不是啥都不是，等我们抓住了另外两个共党后再核实了看情况吧！自抓住许建业后，所有本案的每一个细节，徐远举都亲自过问，甚至直接处理。

4月7日，徐远举亲自带领特务赶到南岸海棠溪永生钱庄经理李量才家中，以刘国定的名义骗出李量才之子李忠良和余天，在问及刘国定所送信的内容时，李、余所答不一，徐远举将二人带回严审。

审讯室里，李忠良经不住严刑拷打，在“杀头”的威胁下，没用几下刑就当了可耻的叛徒。李忠良根本不“忠良”，从他口中供出的情况有：一、梁大达武装起义领导人——邓照明、王敏、陈以文——和参加武装起义的30多人；二、在重庆一起参加抗暴活动的地下党员刘国鋕的地址；三、指认一起被捕的余天是梁大达起义后被通缉的邓兴丰；四、与邓兴丰有关的重庆银行地下组织外围积极分子余永安。

“这回不仅有好戏看了，而且必定是一场大戏了！”徐远举拿着李忠良供出的长长一串“共党”名单，万分狂喜地对手下特务们说，“你们辛苦点儿，这回我有得给你们升官发财的机会了！”

根据李忠良的交代，特务立即出动去抓捕刘国鋕和余永安。余永安的被捕过程很简单，特务一到其所在的银行，正在上班的余永安一下被抓获。而特务们抓刘国鋕可是颇费了一番精力。

当年的老特务漆玉麟在1972年9月5日四川省第二监狱接受有关部门审讯时有过详细交代。漆说：“处长徐远举依据李忠良的供述，当即指派侦防大队大队长季缕（又叫季子南，江苏人，他1949年12月从成都逃窜到台湾）领着侦防队特务数人到曾家岩何公馆处逮捕刘国鋕。当时何北衡是四川省建设厅厅长，在社会上很有地位，是不能随便闯进其公馆抓人的，而季缕就采取法西斯手段进入何公馆，进行诱捕刘国铉。但刘国铉当时就发现季缕的手段，他就借口说：‘我上楼去打个电话后，就和你一同去会某人好吧。’季缕在楼梯下等了一会儿，不见刘国铉下楼，即上楼去看，才发觉楼通道那边还有两个楼梯口。刘国铉上楼后，就从西楼通道溜掉了。季缕马上用何公馆的电话打给匪处长徐远举说，刘国铉以上楼去打电话的名义逃走了。处长徐远举当即暴跳如雷，他亲自到曾家岩何公馆去，强行要何公馆交出亲戚刘国铉和来当家庭教师的介绍人吴继时，当何公馆说出介绍人是重庆和成银行总务处长刘某某（名我忘了，他是刘国铉的哥哥。此人和徐远举关系很密切）时，徐远举便亲自到和成银行，逼刘国铉的哥哥交出了其弟与弟媳[1]曾某二人的相片，以及有可能逃往的地方等等情况。刘的哥哥当时在交出二人的相片时，特别说明了其弟有可能去荣昌县县城嫁入郭家的姐姐处。徐远举当即派我带领警卫组的组长黄声扬，组员陈林、章加愈带着刘国铉和曾紫霞二人的相片到荣昌县县城逮捕刘、曾二人。临走时，徐远举还特意对我说：‘你们要知道啊，季缕这人他是够滑头的了，但刘国铉比季缕还要滑头。你们这次到荣昌县去时，不要坐专车去，借一辆商铺号的小轿车去好了，这样不易被怀疑是我们特务机关的。到达距离荣昌县县城一公里之处，就要下汽车，然后步行进城，再悄悄摸清郭某某的住址及他家近日来的动静后再作行动。’我等就是按照徐远举的指示去办的。”

“当时我们去了四人。到达荣昌县府时，由一名姓何的接待，他是国民党荣昌县党部的。在何某的安排和配合下，当天深夜三更，我们就去包围了郭家公馆。第二天天还没亮，我们在当地国民党党部一位主任职务的特务带领下进了郭家。在郭家的后院花园里，我看到一位年轻人，已知三分是刘国铉了，因为我们手里有他的照片。我上前问：‘你是什么人？’刘国铉反问我：‘你是什么人？凭什么私闯民宅？我在自己的花园

[1] 其实是刘国铉的未婚妻。——编者注

里透透空气还要有人管啊？’我对他说：‘我不管你是什么人，请你站住不要动！’这时，我们一起去的陈林拿着照片过来，说：‘就是他。’于是我们立即将其抓捕了！几分钟后，又将曾某一起抓了……”

刘国鋕的未婚妻姓曾名紫霞，是位美丽的姑娘。后来由于特务一直把注意力放在刘国鋕身上，又没有查出曾紫霞是共产党员，加上刘国鋕家人疏通各种关系，所以曾在被捕数月后被保释出来。曾紫霞最清楚她志同道合的未婚夫被捕的整个过程，而她的叙述却是另一种完全不同的情况：

特务头目徐远举听说刘国鋕住在四川省建设厅厅长何北衡公馆，想到何北衡是政学系头目张群手下的红人，而刘国鋕的五哥刘国琪是川盐银行香港分行经理，何北衡的大女婿。他认为逮捕刘国鋕必须小心从事。他晓得以前军统、中统特务因为乱抓孙科、翁文灏左右的人都碰过钉子，受过蒋介石处分。况且这何公馆地理位置有点特别，在曾家岩求精中学里院，求精中学有那么多学生，如果去的特务太多引起学生骚动，那就要惹出更多麻烦。经过精心策划，决定以“诱捕”“绑架”的方法逮捕刘国鋕。徐远举派出了最精干的特务、渝组组长、侦防大队大队长季缕去执行这个任务。季缕连夜部署，于1948年4月10日清晨，化好装，乘一辆吉普车出发，将吉普车停在求精中学大门之外，带上几个经挑选的特务进入求精中学，又将这几个特务布置在何公馆门外，然后他独自一人走进了何公馆。

这时天刚亮，适存高商学校的洪宝书同志已经如约来到何公馆。国鋕同洪宝书同志正坐在何公馆客厅靠窗的沙发上，谈着工作。国鋕向洪宝书同志交代说：“组织已决定我立即转移，我走后有人按规定暗号来同你联系。组织同你联系上以后，你把你们学校的牟以石同志的关系也交给组织。”正值此时，何公馆守门的向胡子在外边喊道："七少爷，有人会！"国铭走出客厅正门，下了台阶，机警地看着大门口走进来的人，见其形迹可疑，他便十分沉着、自然地应了一声："七少爷不在！"立即转身缓步走入客厅，迅速挨近洪宝书同志，并耳语道："特务来了，你找机会迅速离开这里！"他说完立即背向洪宝书同志走出客厅的侧门。季缕听到"七少爷不在"的答话，正在狐疑并往客厅方向而来，见国铭出客厅侧门，就向侧门走来。洪宝书同志眼看客厅侧门外，一个身穿黄色军便服、副官模样打扮的人正同一个头戴呢帽、穿黑呢大衣、他判断是特务的人争执起来，好像是要特务在客厅等候，不许上楼。谁也没有注意客厅沙发上坐着的人，洪宝书同志趁机从客厅正门走出去，大摇大摆地下了台阶，走出何北衡公馆，到求精中学一个教师那里，过了一阵就安全地离去。

国铭一出客厅侧门，立即跑向三楼他的卧室，将几份绝密材料付之一炬，来不及销毁的部分文件、材料，迅速藏入安排好的地方。处理了几分钟他就下到二楼，边敲门、边走进何北衡太太的卧室说："何伯母！外面有人要抓我！"何太太尚未起床，一听连忙起身，边穿衣服边说："不要怕，有我呢！"国铭说："他们是抓共产党的，准是搞错了。你打电话问一下萧毅肃、李根固他们吧，问一下究竟是怎么一回事？"何太太说："哪里有啥子共产党，我打电话就是了。"于是，国铭随何太太从二楼下来。此时，季缕见何太太同国铭一起出来，眼见诱捕不成，就向何太太说明是奉上方命令逮捕刘国铭这个共产党的。何太太说："刘国铭是我家亲戚，他哪里会是什么共产党？准是有误会，搞错了。"说着何太太请季缕到客厅坐，又说："你们坐坐喝点茶，用一点点心，我打个电话问一下萧毅肃，他人就在这，也跑不了。"季缕此时已将何公馆外面的特务叫了进来，他想刘国铭也确实跑不了，厅长夫人要给萧毅肃打个电话他不能不允。何太太电话一次没有拨通，又拨第二次，最后特务还帮着拨。

电话拨通了，来接电话的不是萧毅肃，而是萧太太，只听萧太太说："参谋长还没有起床！"就在此时，季缕发现刘国鋕已经不见了，国鋕在特务的眼皮底下已是无影无踪。季缕像热锅上的蚂蚁，焦躁万状。可他既无权，也不能立即搜查，只得火速开车返回行辕二处，向徐远举禀报诱捕刘国鋕未成的详细经过。他认为是何太太将刘国鋕藏匿起来了，他为了减轻、开脱罪责，把何太太的气势着实地形容了一番，并说何太太骂他："你们是哪一部分的？怎么到我家抓起人来了？我家犯了什么法呀？"徐远举一听季缕的报告，火冒三丈、勃然大怒，臭骂季缕："你这蠢货！我叫你把人骗出来，你倒好，反而让人家给骗了！"季缕一贯逞能、心狠手辣，而今居然让刘国鋕在他面前跑掉了。按照特务机关的常规，这种情况是要严惩的。只因季缕是徐远举的心腹、干将，而且徐远举还有用他的必要，因而幸免于处分。但是这件事却成了特务内部讽刺季缕的笑料。

徐远举感到事情很棘手，立即向绥靖公署主任朱绍良、参谋长萧毅肃报告，说是何北衡太太如何气势汹汹，如何将刘国鋕藏匿了起来。萧毅肃一听，怒不可遏，下令包围何北衡公馆，严密搜查，一定要何北衡太太将刘国鋕交出来。萧毅肃还立即打电话到成都找何北衡，何正在刘文辉家里同邓锡侯、王陵基商讨什么事，电话就接到刘文辉府上。萧毅肃指责何北衡太太窝藏、放跑共产党，并威胁说："如果抓不到刘国鋕，只有请你太太坐班房。"何北衡一听此话，大为不满，也怒气冲冲地说："我太太是个妇道人家，她懂什么？要坐班房嘛，我辞职到重庆抵案好了。"萧毅肃、何北衡二人在长途电话里对吵起来。刘文辉等见吵得太凶，才劝解下来。朱绍良眼看没有抓到刘国鋕，萧、何二人又在电话上发生争吵，感觉事情不妙，干脆电告蒋介石和行政院长张群，检举何北衡包庇、放纵共产党，并命令将执行任务不力的特务先扣押起来。此时的徐远举，因没有抓到刘国鋕已是十分恼火；又见萧、何二人发生矛盾，心想着何北衡、萧毅肃乃张群手下的文、武二将，自己也是张群的人，不知如何处理此事才好；又听说朱绍良把何北衡告了，还牵连自己有渎职之错，深感左右为难……若是何北衡真回重庆，这局面又如何收拾呢？想来想去，他也给何北衡挂了个长途电话，对何北衡说：“现在事情闹大了，你也要识相一点。你就留在成都不要回重庆来，我只有尽量设法把刘国铉抓到，大家才好脱手。”何北衡虽官居要职，但风头不对，担当不起包庇共产党的罪名，不敢立即返回重庆了。

刘国铉的逃脱，把国民党的警、特机关闹得乌烟瘴气。特务头子徐远举亲自上阵，演出了一场追捕刘国铉的闹剧。

徐远举率领大批特务，浩浩荡荡到了何北衡公馆，把个何公馆包围得水泄不通，在何公馆的楼上、楼下、厕所、厨房……里里外外搜查几遍，也找不到刘国铉的人影。此时的徐远举，对厅长夫人不再讲究官场礼仪，逼着何太太交出刘国铉来。何太太一贯养尊处优、深居官府，哪里见过如此吓人的场面呢？她早已哭哭啼啼地抽泣不止，说：“刘国铉就是大姑爷的弟弟，所以住在我家。我哪里知道他真是共产党？我晓得他跑到哪里了？你向我要人，我到哪里去找？要人你向刘家的人去要。”徐远举亲自搜查了何公馆，又见何太太此时这般模样，估计刘国铉已不在。于是，他逼着何太太把刘家的人找来。何太太打电话到美丰银行，将国铉的三姐国凤叫到何公馆，三姐根本不知道怎么回事，到了何公馆，才知道七弟出事了。何太太打电话到铁路局，将国铉的六哥国铮叫到何公馆，特务押着他，将国铉的住房作了仔细搜查，只抄到几本进步书籍及家人信件。徐远举即令将三姐、六哥押到重庆老街32号行辕二处，并派特务留守在何公馆。

徐远举威胁国铉的三姐、六哥说：“抓不到刘国铉，你们不要想出去。只有等我把刘国铉抓到后，我才会放你们。”徐远举把国铉三姐、六哥当作人质关在老街 32 号并逼他们将在重庆的亲戚地址说出来，还每天押着六哥在重庆市中区、南岸区等地追捕刘国鋕。经国鋕介绍到何北衡家中做英文家庭教师的胡其芬（原名胡南）同志、沙磁区特支委员张文江（又名张国维）同志得到了转移通知，想了解转移的原因，他同未婚妻李惠明同志前去何公馆，都先后被守在何公馆的特务逮捕。

国鋕的表侄女屈义蒿同志，受国鋕嘱托进城去通知国鋕的三姐，要三姐设法销毁他秘藏的部分文件、材料。当她得知三姐到何公馆去了，想借机探点虚实，谁知一到何公馆，不容分说地也被关到了老街 32 号。

特务到民建中学去逮捕国鋕的侄子刘以治，刘以治已离开，才未被捕。

国鋕和我的相片，不知被翻印了多少张，几十个特务拿着我们的相片，在飞机场、轮船码头、汽车站设关卡，四处搜索，几辆吉普车日夜穿梭追捕国鋕。

被关在老街 32 号的亲友们，眼看特务整天忙忙碌碌、慌慌张张、进进出出，甚至听到这个说“今天追错了一个人追了好久”，那个说“抓了一个，不是刘国鋕”等特务们的各种言语。他们没有为自己身陷囹圄而不安，而愈是看到特务焦躁愈是喜悦。他们只有一个心愿：国鋕呵！快跑吧！跑远一点，再远一点，千万不要被这群恶魔抓了回来！

国鋕，他在哪里，他脱险了没有？

国鋕从客厅侧门跑上三楼卧室销毁绝密材料后，临危不乱，冷静地分析了当时的情况：敌人虽是只身进入何公馆的，但周围肯定有警戒，这是表面温和有礼而实际却已是箭在弦上不得不发的最紧张时刻。他判断如果马上逃走，不仅会影响洪宝书同志的转移，而且自己也不一定能逃出魔掌。他果敢地决定，拖住敌人、麻痹敌人，选择有利时机行事。于是，他叫起了何姻伯母，用何太太去同特务周旋。当他同何太太从二楼下来以后，见到特务对何太太仍装着彬彬有礼时，就装着胆怯、委屈，的确像是误会的神态，顺从地陪伴女主人，毫无一点不驯的样子；当看到特务正忙于帮何太太拨电话分神的时刻，国铣机警地溜出客厅，迅速地从何公馆右后侧的山坡上，滚下坡去。他滚下坡后，将身上的泥土拍打干净，就镇静地、神态自若地沿着一条小路穿过上清寺，插到牛角沱，挤进奔流的人群中去了。

国铣惊险地逃出虎口后，考虑到同志们的安全和必须向组织报告，他从牛角沱绕到两路口铁路新村，找到在铁路局工作的六哥国铮，请六哥火速到七星岗女青会找我去。六哥将我带到成渝铁路局内的一间小屋同他见面，就在屋外放哨去了。国铣向我简述了特务抓他的经过，并指示我立即通知有关人员不要再去找他、同他有联系的人暂时转移，然后要我按约定的时间、地点向上级张德明汇报。当他谈到与上级联系时，十分严肃地说："你是新入党的党员，不懂得同组织失去联系的严重性。一个共产党员如果是自己和组织失掉联系就是自己脱党。你没有经历过失掉同党组织关系的滋味，无法理解我说的重要性。我告诉你，组织关系比我的生命、比我们的爱情更重要，因此，你在我走后不能随便离开，一定要在重庆等组织的安排、决定。组织如果征求我们的意见，你就说我的意见是：如果组织上认为我们不宜继续留在重庆工作，可否将我们的关系转到昆明或成都，因为昆明我比较熟悉，有条件开展工作，成都也有一定条件。你一定要记住，千万不能把我们的组织关系弄掉了。同组织失去联系后是十分艰难的，再找到组织关系也是极端困难的，我吃够了这个苦！"我仔细地听着他嘱咐的一切，看到他那严峻的目光、神情，我更加懂得了一个地下党员的组织关系的重要性。"失去了组织关系，将会影响一切、我们的一生"！这是我受到的启发和感染。我们约定了碰头的地点后，他就离开了，六哥和我在小屋的门边，眼看他走下山坡，沿着一条小路走向另一山凹处，直到见不到他的身影，我们才回到小屋。我在小屋里又待了一阵，也就离开了铁路新村。

我从两路口回到七星岗女青会，处理了材料，向我工作单位的负责人报告家有急事请假离开了。我赶紧到了重庆大学，通知有关人员转移等事后，又马上返回城内。1948 年 4 月 11 号下午 3 时，我如约到了牛角沱“海上居”茶馆，见到了国钰的上级、我入党的监誓人张德明，直到此时我并不知道他就是地下市委副书记冉益智。他向我详细了解了国钰脱险经过、国钰的去向和要求等等，他对国钰请示的转移与否的问题没有答复，只要我再到沙坪坝去通知有关的人员。我在市中区、沙坪坝来回地奔跑了两天。此时，我早就认识的我姐姐的好友张思玉的丈夫周俊烈告诉我，我的工作地点已经有特务守候，要我立即离开重庆，并给我介绍了在青木关中学工作的邹某，说他可以帮助我越过青木关检查站。当时，虽知周是老党员，抗战胜利后他从延安回来时我就认得他了，可是我因同他们没有组织关系，就不敢将当时的真实情况完全告诉他们，特别不能告诉他们我必须等待上级的决定。1948 年 4 月 14 日上午 9 时许，我在李子坝武汉疗养院又同张德明见了面。我向他汇报了几天来我所了解的情况以及我工作地点已有特务把守的事后，他要我立即离开重庆去国钰处。我又再次请示他关于我们的组织关系是否转到昆明或成都。他说要我们等候组织派人联系通知我们，要我先去国钰处，不能留在重庆了。我怕他遗忘国钰住地，直等他当我面背出“荣昌县大东街 159 号”时，我才放了心。由于当时我已不能去别处要钱，他当即给了我叁佰万元[1]。我立即筹备离开重庆。

我在重大同学王某的护送下，从沙坪坝走小路，翻过歌乐山到

[1] 当时的法币。

了青木关。王某离去后，我到青木关中学住宿了一夜，在邹某的帮助下，绕开检查站，走了一段路，在中途搭了个“黄鱼”车离开了青木关。我在途中下了车，步行了一段路，到了荣昌大东街159号国锐的住地。我向国锐详细介绍了几天来所知道的情况，并仔细汇报了两次同上级张德明见面的内容、对话及上级指示。他告诉我，离开铁路新村后，当晚住在新桥适存高商学校，他怕按组织手续通知有关人员转移时，某个环节出问题，耽误时间，因此当晚设法通知了有关人员，他要表侄女屈义蒿到城里某处去找我，但没有见到。国锐还让屈义蒿去通知成善谋同志转移，但没有通知到。国锐在那样紧张、艰难的情况下，还专程到了璧山，给在那里养病的邓平同志报警，让他有足够的准备，并将身边极少的钱拿出一部分，给这位贫病交加的战友。当时，他没有把到璧山见邓平同志的情况告诉我，为的是保守秘密，不让我知道邓平同志住的地方。

国锐的确是脱险了！他已经远离重庆。当沙磁区的同志得知国锐机智、勇敢地逃出敌人魔掌的消息时，他们是那样的欢畅！适存高商学校里见到国锐的同志，悄悄地向其他的同志报告这一喜讯时，都十分骄傲、自豪，他们说：“国锐不只是机智、勇敢逃出虎口，而且他逃出虎口后想到的是同志、是党，他没有为自己的危险境地而惊怕，而是鼓舞同志们要勇敢斗争，要善于隐蔽！”没有几天，同志们听到了国锐被捕的消息，大家不敢相信这是事实。当时流传着各种各样的国锐被捕传闻的细节，有的说他回到重庆找我被捕了，有的说被敌人跟踪了，有说是谣言。然而，国锐的确被捕了，这究竟是怎么一回事呢？

原来，当我4月14日在李子坝武汉疗养院同张德明会见之后，张德明被叛徒出卖，于1948年4月17日在北碚被捕了。这个市委副书记、国锐的上级，在敌人的刑讯下叛变了，供出了国锐的去向。徐远举从这个叛徒口里得知了国锐的下落，简直欣喜若狂！当即同荣昌匪特通了电话，让荣昌方面做好准备，并亲自同二处特务作了详细、周密的安排，向行动组组长漆玉麟作了交代……

我是4月16日（或17日）到荣昌的，国铉比我早去两三天。这是国铉大姐夫郭家，他大姐比国铉约长一二十岁，因二伯无后，自幼过继二伯，早年出嫁在郭家，很少同弟兄见面。我们在郭家是做客，国铉说是陪我回家去见未来的岳父母，因而受到郭家盛宴款待。郭家是当地大财主，人住在县城，乡下有许多土地，还有碉楼之类。我和国铉商定，只能在县城待两天，然后就说同去乡下玩耍，国铉借故留在乡下，由我返回县城内来等候与组织联系，过一段时间再看情况是否回重庆。无论是国铉和我都没料到事情发展得如此迅速，绝没想到冉益智已经被捕而且将我们出卖了。我们还在研究着各种方案，准备下一步的工作。1948年4月19日清晨四五点钟，天还是漆黑的，国铉已经发觉特务包围了住处，立即跑出郭家后花园，到了城墙的缺口处，试图再次逃脱。但特务们已是层层包围……我躺在床上，听到院内急促的脚步声，然后是众多的跑步声，只听喊道："快！快！跑了！又跑了！"我这时一动也没有动，只盼望国铉能跑掉，我是跑不掉也不想跑了。特务随即闯进我的卧室，掀开蚊帐，喝令我起床，拿着照片，不管我回答的什么名字，押着我就往外走。这时，街上没有行人，特务将我押进荣昌县政府，我听到国铉的声音："你们凭什么抓人？"进入一间屋子时，我看见国铉已先到这里，手上戴着手铐。特务们没有在荣昌停留，当即将国铉和我押进一辆小轿车。我俩在后座的中间，两边各一个特务，司机旁边还有一个特务。这时，我才注意到马路上有很多持枪的家伙，我们坐的这辆车前后还有吉普车、卡车……车向重庆方向驶去。我在想：究竟是谁叛变了？我仔细地回忆几天来的一点一滴每一个细小情节，可我这天真、幼稚的脑袋，怎么也没有想过国铉的上级、我的入党监誓人……我是那么真诚地希望只有我一个人被捕，我感到没有尽到保护国锆的责任，我难过……当我想着、凝视着他的时候，他是那样镇静、安详，他艰难地伸过戴着手铐的左手，紧紧地握住我的右手，轻声地说道："小东西！坚强些！考验我们的时刻到了！"一股巨大的暖流流到我的全身，我笑了。这时，我才感到：他哪怕成了囚犯，也一样给我巨大的力量，幸运的是我还在他身旁。这是我们最后能紧紧地靠在一起的时光，让温暖永远留在我们身上吧。他旁边的一个特务拿出一张照片向我们中间递来，向着国锆说道："少爷！你究竟有多少女朋友呢？这个也是吗？"特务用手指着照片，同时奸笑地望着我，我已经看清了照片上是谁，国锆淡淡地"哼"了一声，向着我深情地一笑，我也领悟地笑了。我们笑着，我们笑得那样香甜，仿佛不是在囚车上……

刘国锆和他的心爱之人就这样一起被特务逮捕了。徐远举兴奋不已，以为可以用他的那套对付共产党的本领，让这位"七少爷"招供，结果刘国锆同许建业一样是位铁骨铮铮的对党无比忠诚的革命者，根本没有让特务们获得丝毫有用的东西，反而在监狱里与其他同志一起不断组织革命志士进行各种斗争，令特务们伤透脑筋，这也使得刘国锆无愧于《红岩》小说中让人难忘的青年英雄刘思扬的原型人物。

刘国锆烈士

这当然是后话。

我们再回到 1948 年 4 月中旬，许建业被抓后的十余天时间里发生在敌我之间的一场场生死博弈吧。

这些日子，特务头目徐远举和他的爪牙们的神经实在是太亢奋了，他们每天都像一头头饿狼在四处寻觅"猎食"——中共地下组织和地下共产党人的蛛丝马迹。

显然，抓获许建业这样的地下党重要人物，还有生擒有特殊背景的共产党员刘国铢等人，特务们已经兴奋得不知如何是好了。从已经抓获的“共党”的人数来看，尤其在任达哉这样的“软骨头”配合下，他们便足以到上司面前邀功请赏、把腰包装得鼓鼓的了。但特务头目徐远举则想得更远、更恶毒——“共党”的厉害并不在于人数多少，最关键是他们的组织，只要组织存在，哪怕是还有一个人或者几个人跟你斗争，最后输的肯定是国民党。这一点效忠了蒋介石国民党近20年的徐远举体会深切。

“大家不要高兴得太早，如果我们想睡安稳觉，光看到抓了那么多共匪人数，绝对不是最后的胜利，如果能把许建业、刘国铢这些人的嘴给撬开，或者抓到比他们还要大的鱼儿，那才是我们的最后胜利。弟兄们，大家加把力，趁热打铁，乘胜追击，争取将中共重庆地下党组织一网打尽，那个时候，我到毛局长甚至蒋委员长那里给你们要钱、要官！”15日晚，徐远举在自己的办公室，把几个得力部下召到身边，着实鼓动了一番。特务们临散去时，徐远举又说：“明后天是关键，我们要内外分头行动，争取有根本性的突破。”

“长官放心！保证收获！效忠党国！”特务们在主子面前一个个竞相表现。

读者自然还记得那个同刘国铢一起被李忠良招供的在银行里工作的余永安吧！他被捕后，在老虎凳上没有多少工夫，就把自己的直接联系人、上级“老张”给招了出来，但他不知道“老张”住在何处。

“这是真的？”特务咬住余永安不放。

“是真的，有半点假的你拿我全家人的性命抵押。”这时的余永安在怕丢性命面前，倒是对敌人特别“忠诚”，他说这样的硬话还真让特务们相信了他。

“那无论如何你得把‘老张’给我们引出来，否则，我们无法相信你说过的话……”

“那一定。”余永安又一次低下头。

4月16日，余永安的"运气"来了，他老婆从家里给他打电话——这也是特务们设下的圈套之一：你既然被捕并供认了，为了避免地下党组织和"同党"发现，或者看你若不"老实"，就拿你家人的性命来办你，所以抓你不抓你家人。这是徐远举在对付共产党时自己发明的招数，徐远举对此曾颇为得意地总结成"经验"。

"'老张'今天约你到北碚接头……"余永安的老婆悄悄打电话过来。余永安立即将这一情况向特务们报告。

"'老张'知不知道我现在在什么地方？你有没有告诉他我已经……已经被捕了？"余永安按照特务们的要求又给老婆回了一个电话，询问道。

"没有。我啥都没说嘛！只说你到一个乡下的亲戚家去了。"余永安的老婆说，"可'老张'好像很着急，说无论如何明天一定要与他见面。"

"知道了。"余永安说。特务们觉得没有破绽，当晚便押着余永安到了北碚。

1948年4月17日，这是一个普通的日子，然而对中共重庆地下党来说，这是极其黑暗的一天。

这一天，中共地下党重庆市委的一位正书记、一位副书记同时成了可耻的叛徒，彻底导致了中共重庆市委组织的瘫痪和一大批地下党员落入敌人魔掌的悲剧……

发生在同一天的这两个主要领导的叛变，让特务们欣喜若狂，而我们的革命同志则为此付出了血的代价！

我们先说那个叫余永安的是如何带着特务抓到那个化名"老张"，实为中共重庆市委工委副书记冉益智的经过吧——

17日，重庆北碚。

余永安若无其事地像以往一样在街头转悠，不同的是一大批便衣特务在四周早已埋伏。

“老张”出现了，并立即被特务们一拥而上逮住。

“你们想干什么？”“老张”想反抗，但没有力气，几个特务挟着他，使他动弹不得。还有，那个站在特务一边的余永安红着脸躲在一旁，使“老张”异常愤怒地意识到自己被这个“龟儿子”出卖了。

“老张”被特务们押到附近的一家旅店。

领头的特务上前朝“老张”脸上“噼啪”两记耳光，二话不说，找来几支筷子，又捉住“老张”的手指，动上了“夹竹筷”的小刑具。

“哎呀呀——！”“老张”痛得哇哇大叫。

特务一见苗头不对，他们怕惊动四周，便上来两个人将“老张”一下推倒在床上，然后拉过枕头、被子，死死地捂住他的头。

“嗯！嗯——”“老张”顿时感到气短胸闷，头脑昏沉，死亡的恐惧一下子笼罩了全身。“老张”立即意识到必须在生与死的面前“选择”——他不禁浑身颤抖，两手慌乱地摇摆，拼尽最后一口气喊叫道：“不要……我……说……全部说！”

特务一听大喜，松开手，把“老张”拖起来扔在地上，又一脚踩在他的脖子上，厉声喝道：“老实交代！不然就踩断你的小颈子！”

“饶命！几个大爷饶命！我交代！我交代！”“老张”再次摆手求饶，特务才让他坐在地上，喘息几口。

“老张”定了定神后，似乎又有些犹豫：“我，我只是个普通人而已……路过北碚，顺便看看余永安。你们不要听他余永安瞎说……”

“他瞎说？我看是你在说瞎话呢！”特务一拥而上，几条腿从四面八方朝“老张”踢去。

“哎呀呀！我说！我说嘛！”“老张”又服软了，这回是彻底的服软。接着他真的“清醒”了——他的“清醒”令特务们大吃一惊过后大喜不已，原来“老张”交代自己是中共重庆市委工委副书记，名叫冉益智。

“你——？共匪重庆市委工委副书记？”特务中有人不太相信。

“这个不假，我拿性命保证！”冉益智这回立即来了官气，“‘老张’

是我的化名。重庆地下党的情况我一清二楚……”

“既然这样，你说我们写……”特务们高兴得心都快要跳出来了。知道吗？抓住中共重庆地下党头目，奖赏是多少吗？哈哈，还能升迁官职呢！这样的好事居然得来全不费工夫！

“我说，你们记……”冉益智果然有一副“领导”气派。他首先摆起自己的资格：生于1910年，1938年加入共产党。“老党员了……”他说完此话，脸上露出一丝得意的神态，竟然还冲特务们笑了笑。

一个地方党组织的主要负责人如此嘴脸，接下去就不会再考虑他这么做会给组织和自己曾经的同志的命运带来什么结果了。这就是厚颜无耻！这就是党的领导干部变质要比普通党员变质的破坏程度不知要严重多少倍！

当场，冉益智又供出了北碚学运特支书记胡有猷。

这是叛徒向敌人献上的第一份“厚礼”，因为胡有猷，又名胡笳，其实早已是特务的“眼中钉”“肉中刺”了，只是不知道他就是共产党而一直不好抓。现在由他们的“市委工委副书记”亲自确认其共产党员身份，抓这样一位学生运动的领袖人物，难道不是一份“厚礼”吗？

胡有猷烈士

特务们认为冉益智确实是从共产主义的理想道路上“回心转意”了。趁着特务们得意之时，我们来认识一下中共重庆北碚学运特支书记胡有猷。

胡有猷，1911年9月1日出生于贵州省凤冈县城一个商人家庭。凤冈地处云贵高原东北的大娄山脉东侧，是一个所谓“地无三里平，人无三分银”的穷山区。其父亲胡怀中，经营黄丝、盐巴生意，早年，不幸在山洪暴发中死去。胡有猷有一个哥哥、两个妹妹。自幼个性倔强的胡有猷，妹妹总喜欢叫他“牛哥”。他 6 岁入私塾，14 岁入县立高级小学读书，天资聪慧，学习勤奋，是县里出类拔萃的学生，学校每次考试张榜，总是名列前茅。1929 年，胡有猷以优异的成绩考取省立贵阳师范学校。在校六年，成绩特佳，深得老师的器重。他不仅认真学习课文，而且喜欢阅读文艺作品和进步书刊。在进步教师的影响和革命思想的熏陶下，他同情劳动人民，不满帝国主义和封建军阀、官僚对贵州人民的荼毒，立志要打碎万恶的旧社会，为劳苦大众服务。1935 年，他从贵阳师范毕业时，正值红军长征路过贵州。红军强渡乌江、飞越娄山、攻克遵义，都发生在他家乡附近。红军的胜利，鼓舞了苦难的贵州各族群众，也激起了胡有猷投身革命的强烈愿望。1936 年，他在贵阳中苏文化协会工作时经人介绍加入中国共产党。不久，考入武昌私立中华大学，与同乡同学利用课余时间创办《滇黔月刊》，宣传革命思想。1937 年抗日战争爆发后，胡有猷返回贵阳入私立大夏大学读书。他与生活书店联系，以“读书座谈会”和“战时科学座谈会”名义，组织进步青年，学习革命理论，读《新华日报》，讨论时事，探讨抗日救国大计。同年 8 月 13 日，由于他积极参加和组织“中华民族解放先锋队”及出版《民先导报》，被当局逮捕。在狱中半月，他毫不屈服，每天同被捕的“民先”队员一起唱“民先队歌”，他在日记中写道：“为了民主解放奋斗，这次斗争增加了不少经验教训，应该保持优良传统，继续努力迈进。”经亲友保释出狱后，他在贵阳师范附属小学教书，创办《小学教育周刊》，继续从事抗日宣传。同时，他在中苏文化协会主办的俄文专修学校贵阳分校学俄文，意在为今后赴苏联学习革命理论和建设本领做充分准备。

1939 年秋，胡有猷离贵阳来重庆，准备奔往延安抗大学习，但因国民党反动派发动第一次反共高潮，大肆捕杀赴陕北青年，没有去成。经党组织同意，他来到重庆中华职业教育社工作，开展统战活动，深得该社负责人黄炎培和著名民主人士沈钧儒的嘉许。蒋介石制造皖南事变后，重庆白色恐怖更加严重，他转移到川北一带做地下工作。1943 年，他调回重庆，先后在寸滩中心学校、广益中学、建川中学和中华职业学校任教。他在中共南方局青年组领导下，根据“勤学、勤业、勤交友”的指示，积极进行革命活动。这段时间，家乡亲友曾多次劝他回黔竞选国大代表，有人还推荐他去当凤冈县县长和遵义教育局局长，都被他婉言推辞，他说：“我对政界工作不感兴趣，我热爱的是教育事业。”实际上，他抛弃个人名誉地位，完全是为了革命的需要，服从党的决定留在重庆从事革命斗争。

抗日战争胜利后，中共中央南方局迁往南京，党在重庆建立了四川省委。次年又建立了地下重庆市委。这时的胡有猷在市委委员彭咏梧的领导下，专门从事学运工作。

为了更好地领导和开展全市学生运动，市委决定成立沙磁、北碚及城区南岸三个学运特别支部。胡有猷任北碚特支书记，负责北碚各大、中学校的党组织和学运工作。北碚是重庆重要的文化区之一，有乡村建设学院、湘辉学院和勉仁中学等数十所大中学校，党的力量比较强。党员分别由中共南方局青年组和重庆、巴县地方党组织领导，同一个学校就有三个系统互不联系，没有形成统一的战斗的组织。胡有猷首先花了很大力量来清理关系，建立了统一的党支部。

1947 年暑假的一天，山城骄阳似火。胡有猷顶着烈日来到城区莲花池，向乡建学院学生党员甘光余布置工作，在听取了甘光余汇报学院的情况后，又向甘光余传达了市委决定：“乡建学院建立统一支部，由你担任支部书记，回去要尽快把学生组织发动起来。”之后，在胡有猷的直接领导下，北碚地区的学运风风火火，沉重打击了国民党反动派，我党的组织发展工作也十分活跃，一批优秀青年加入到组织中来。

1948 年春天，正当声势浩大的爱国学生运动搞得敌人焦头烂额时，特务机关发现了重庆市委秘密印发的《挺进报》，随即党内又出现了叛徒，形势更加恶化。4 月中旬，胡有猷接到上级的紧急通知，说党内出现了叛徒，要他提高警惕，防止发生意外。同时，得知他的直接领导人、市委工委副书记冉益智，已经由城内转移来到北碚。他深知情况严重，赶紧通知了有关同志，销毁、转移了秘密文件，做了各种应急准备。

4月17日下午，胡有猷正在教室上课，突然有人通知他到院长办公室。他警觉到可能发生意外，但仍沉着镇静地走进院长办公室。

“你是胡有猷吗？”一个便衣特务问。

“我是。”他微微点头回答。

“胡先生，请跟我们走一趟。”特务假装客气地说。

“好吧！先找我妻子拿点衣服。”他想趁机把被捕的消息告诉妻子。

“不行，你的女人也一起带走！”特务恶狠狠地给他戴上了手铐。敌人在他家里没有搜出什么东西，就把他的妻子和保姆也一起抓走，并夺下了她们怀中的两个孩子，扔给邻居。他们被抓走后，半岁的女儿哇哇哭叫，两岁的儿子不停地呼喊：“我要妈妈！我要妈妈！”

育幼院离北碚中心还有十来里路，山高路窄，特务怕胡有猷逃跑，一押出校门，就将他捆在滑竿上抬走。快到北碚街口时，特务突然问他：“你认识蒋启予吗？”

他蓦然一惊：难道蒋启予也被捕了？平静地回答：“我不认识。”

“他家住在什么地方？”特务又追问一句。

“我与他素不相识，怎么知道他住在哪里？”胡有猷放心了，敌人不知道地址，说明北碚师范的党员蒋启予没有发生危险。但出乎他的意料，特务押着他走了一段路，竟直接走到蒋家对面马路口的缝纫店。一个特务拿着一封信，冒充蒋启予的朋友，欺骗蒋启予的母亲说，是蒋启予约他从沙坪坝赶来的。蒋母不知真情，就叫保姆马上到街上去找蒋启予。胡有猷见状心如火焚，只有一个念头：快想办法营救同志！这时，蒋启予的妻子坐月子睡在里屋，发觉情况有异，伸出头来探望。胡有猷急中生智，想到自己常去蒋家，与蒋妻相识，于是故意咳嗽一声。当蒋妻用惊诧的目光看他时，他故意低下头，装着不认识。胡有猷的反常举动引起了蒋妻的警觉，她赶忙抱着小孩，装着逛街，抄小路拦住回家的蒋启予，叫他赶快过江，转移到隆昌老家去。胡有猷见蒋妻镇定地抱着孩子回来，估计蒋启予已经安全脱险，很为自己巧妙地保护了同志而暗暗高兴。

特务等了一阵不见蒋启予的踪影，知道上了当，就将胡有猷押到兴江旅馆一个房间，进行突击审问："快说，蒋启予是不是共产党？甘光余是不是共产党？"

胡有猷答："我不认识他们，是不是共产党我不晓得。"

特务"啪"的一声打了他一耳光，进一步追问："你与乡建学院的甘光余是什么关系？"

"我是育幼院的老师，教的是小学生，与大学没有什么关系。"

特务见他不说，就用被盖捂住他的头打屁股，打一阵问一阵，结果什么也没问出。当时，胡有猷的妻子也押在那里，他趁没人时悄悄暗示她设法通知同志。后来，甘光余收到胡有猷妻子托专人送去的信，及时采取了措施，免遭逮捕，这是后话。

17日傍晚，夜幕下一辆美制囚车沿嘉陵江岸向重庆市内急驰。车上，紧铐双手的胡有猷陷入了沉思：自己为什么会突然被捕？敌人为什么知道蒋启予的地址和甘光余的名字？凭着多年地下工作的经验，他分析可能是上级领导人出了问题。他感到作为一个共产党员在敌人威逼下叛党出卖同志是最可耻的，因此不管自己面临多么严峻的考验，都要坚定不移地保卫组织、保护同志。

胡有猷很快知道了自己的被捕，是因为市委工委副书记冉益智的出卖。而蒋启予、甘光余也是叛徒一起供出的。好在由于胡有猷给蒋启予妻子的巧妙暗示，蒋启予得以虎口脱险，甘光余和北碚的其他党员也没有发生意外，北碚的党组织因此得以保存了下来。

再说敌人从叛徒的口里知道胡有猷是中共地下党北碚特支书记时，便妄想从他身上打开缺口，把北碚地区的中共党员一网打尽。在用尽了种种酷刑，什么也没有得到的时候，特务们只好拿出最后一张"王牌”——让叛徒出面“对质”。

“老胡，快招了吧。我和你的身份、职务，他们全知道了。”叛徒冉益智用卑怯的目光望着胡有猷，低声下气地“劝说”。

“无耻！”胡有猷凛然挺立，大声呵斥叛徒，并对特务说，“既然你们知道我是共产党员、特支书记，那就别想问出什么东西。”胡有猷受尽毒刑拷打，但他所领导和发展的数十名共产党员，一个也未暴露。

特务撬不开革命者的铁嘴，只好求助于叛徒这根“稻草”。1948 年 7 月 27 日，重庆各报刊载了叛徒冉益智的“自白书”和“供词”：“北碚区之胡有猷，曾在湘辉学院吸收金臣麟，在乡建学院吸收吕雯然等为党员，在北碚师范有外围组织创造研究社及群众三人。”敌人根据冉的供词，先后逮捕了金臣麟、吕雯然、甘光余等人。由于金臣麟、甘光余、吕雯然，是通过胡有猷来领导的，冉益智和他们没有见过面，不敢与他们“对质”，更供不出他们所领导的党员，因此，敌人仍千方百计在胡有猷身上打主意。在叛徒指认和敌人严刑逼供的极端险恶情况下，胡有猷明知吕雯然是共产党员，甘光余是支部书记，金臣麟与自己是同一个党小组，可始终坚持不承认他们这些人是中国共产党党员。由于胡有猷坚定不移地守卫住保护同志的坚强防线，使这几位同志能够否认自己是党员，能够在公开审判时申辩开脱，于 1949 年初国共和谈时被保释出狱。他们所在的乡建学院、湘辉学院和北碚师范的党组织，一直到重庆解放也未遭到破坏。

敌人没能从胡有猷口中得到任何东西，便把他长期监禁在阴森可怕的人间魔窟——渣滓洞。1949 年 11 月 14 日，胡有猷和江竹筠、杨虞棠等十几位难友一起，被反动派枪杀于电台岚垭。胡有猷有四个孩子，大儿子名庆中，二儿子名庆国，一对孪生儿女名庆新和庆生，儿女名字末尾四字联在一起，就是“中国新生”。一位忠诚于中国共产党的优秀战士，他将自己的全部心愿和希望，都倾注在新中国的诞生和下一代的成长上，自己则被无耻的叛徒出卖后牺牲……

没有比这样的教训更深刻了！

然而，叛徒冉益智的可耻行为并没有在招认胡有猷等一批下级地下党员后停止，相反，他正在向敌人出卖更多更高级别的党组织成员。在冉益智被捕的当天，特务如获至宝地把他押回重庆特务机关所在地，直接交给了徐远举亲自审讯。

“你把《挺进报》头目刘国鋕给我交出来！”徐远举知道身为中共重庆市委工委副书记的冉益智肯定对《挺进报》的事一清二楚，所以一见冉，便直截了当地说。后来有人评说道，如果这个时候冉益智对叛变行为后悔的话，还是有改过机会的。因为他可顺着徐远举的话，借口说刘国鋕是上级，地下党的规定是下级不知道上级的住址，如此可以推脱审问。然而冉益智却与此相反，他在敌人面前表现出一副身为共产党重要领导者的优越姿态，竟然恬不知耻地对徐远举说：“哈，你们搞错了，刘国鋕根本不是我的上级，他只是沙磁学运特支书记，相反，我是他的上级！”并且告诉徐远举，刘国鋕已按照他的安排转移到荣昌，等候他的下一步指示。

“好啊，既然这样，请冉先生把刘在荣昌的地址告诉我。”徐远举拍了拍冉益智的肩膀说。刘国鋕就是这样被自己一直“尊敬的领导”出卖的。

冉益智又指认已被捕的刘国定是中共重庆市委书记，许建业是市委委员，分管工人运动，还交出了一批学校地下党组织成员以及地下党外围组织“六一社”的组织机构和社员名单。

在地下党同志眼里，冉益智被捕前后判若两人。被捕前，冉益智在党内给人的印象是“经常表现出革命的坚定”“机警”。刘国鋕在狱中曾谈到，“出事”之前，在他接触的党内同志中，最佩服甚至可以说最崇拜的人就是冉益智。因为冉益智理论水平高，对马克思主义哲学、政治经济学和社会发展理论，以及党的政策、路线等政治理论，讲起来思路活跃，条理清晰，观点明确，引经据典，理论性强；对事物的解释往往有独到的见解，对任何大小问题都可以依据马克思主义理论作出深刻的分析，一番口若悬河的大段经典著作背诵之后，必能收到振聋发聩、令人耳目一新的效果。刘国铭本人也是熟读马克思主义经典著作的，深感理论修养达到这样的水平非常不简单。当时冉益智的一些下级，对冉益智的崇拜程度可以说已达到今天追星族的水平。例如，有一个地下党员，平时连说话的腔调、姿态都模仿冉益智。刘国铭还清楚地记得，就在重庆地下党组织遭到大破坏之前，他的恋人曾紫霞经过长期考验被吸收为中共党员。在曾紫霞入党宣誓仪式上，冉益智一再语重心长地强调革命者的气节、人格和牺牲精神，把气氛渲染得庄严激越、神圣无比。然而万万没有想到，正是这样的领导把自己的组织和同志们全部给出卖了！还有，冉益智被捕的前一天，在北碚与北碚学运特支书记胡有猷商量应对特务大破坏的工作，冉益智对胡有猷慷慨激昂地谈论气节问题，还表示如果自己不幸被捕，绝对以必死的坚强意志抗击特务的任何迫害。结果，第二天冉益智一被捕就叛变，叛变后第一个就把胡有猷供出来！

后来，狱中同志在对叛徒现象进行总结时，发现冉益智还有一个以前大家忽视掉的特点，那就是"对任何一件事，他都有理由，有解释"。冉益智被捕初期关押在普通监房时，对同室难友百般辩解他叛变的理由，难友们最后得出结论说："连叛变他都找得出理由，都是符合辩证法的！"其实，这种假共产党员想的、说的和做的各是一套，他们的本来面目在平时也不是没有表现。比如，荣世正在狱中就回忆起一个细节。有一次，他和其他同志随冉益智一起坐船，船上很挤，冉益智夫妇铺开行李后，发现人太多，就对跟随的下级党员说："我们要有群众观点，要为群众服务。最好挤拢点，让些地方出来。"结果，跟随的同志都听他的话，挤在一起靠着坐了一夜，而冉益智和他老婆照样睡在打开的铺位上。对这样的行为，冉益智找不出任何理由来解释了，所以叛变后，他在劝降罗广斌时别有用心地说："共产党员在群众中起的领导作用、以身作则的态度是装出来给群众看的。"罗广斌后来评论说，冉益智的这句话完全解释了他一向的工作观点、思想方法和在任何工作中表现出的鬼聪明。在组织中残留这种不纯的、非布尔什维克的观点，永远是最危险的事，永远不可能真正被群众信任！

冉益智在狱中怕死、动摇、神经过敏，他没有好好睡过一夜，半夜起来写遗嘱，白天叹气，走着走着突然坐下来往床上打一拳。同室难友看不过，反倒来劝他，却没有用。他心里在盘算，国民党的垮台是必然的，共产党胜利后，他也属于有资格被枪毙的，唉，能活一天算一天吧！

为了活命，他不断地向特务献媚、表忠心，配合特务抓捕地下党员。当他听说刘国定也叛变，帮助特务破获了《挺进报》机关后，为了让特务认识他的价值，于是抢在刘国定之前出卖下川东地下党组织，并跟特务一起到万县指认、抓捕了下川东地工委书记涂孝文等，为特务破坏重庆地下党组织立了一大功。徐远举看他背叛得彻底，就让他参加了特务组织，委任他为保密局西南特区少校专员，后来又升为中校。1948年底，他又出卖了川康特委地下党组织领导蒲华辅等人。

他还在国民党报纸上发表反共宣传文章，并为特务机关编写《四川共产党地下活动概况》《放手政策》《学生运动》《乡村工作》等反共材料，在特务训练班专门讲授“中共内幕”“地下党组织”等课程。1949年11月重庆解放前夕，他又担任了徐远举的秘书。

重庆解放后，冉益智还想蒙混过关，先跑到脱险同志联络处去登记，想冒充脱险志士，被知道他底细的同志愤怒地轰了出去。后又跑到组织部门去主动汇报情况，着重说明他被捕后保留了一大批组织和地下党员，有100多人没有交给特务，自称是有立功赎罪表现的。其实，他当初叛变交人时的原则不是分轻重，而是依据对自己的危险程度而定的。凡是可能影响他的，他就交，否则便保留下来作为另一种“政治资本”，用来在解放后解释自己是“被迫”叛变的证据。刘国定曾对另一个叛徒调侃说：冉益智手上掌握的女党员都没有交。由于刚刚解放，当时组织上还不能一下子查清他的罪行，就让他先回去好好反省。结果在冉益智上街的时候，正好碰上了已经投诚的国民党保密局西南特区副区长李修凯，李修凯对人民政府的宽大心存感激，正想着如何报答，当即就将冉益智扭送至公安部门，揭发了冉益智先叛党后当特务的罪行。

后来，西康省委书记廖志高来渝开会时，特地问："叛徒冉益智枪毙了吗？"当得知冉仍是自由身，且还三番五次找组织解决工作问题时，廖志高十分震惊，声称绝不能让这样的叛徒逍遥法外。于是，1950年5月，中共重庆市委就冉益智问题向西南局第一书记邓小平呈递了专题报告，认为冉益智"叛党后即融进了敌特垃圾堆中，造成川东地下党惨重损失，知之者无不愤恨，许多烈士遗言仍清晰在耳，此人若不法办，对党员的气节教育有损，且难平众忿，难安死者"。经邓小平批准，冉益智被抓了起来。解放后，冉益智一直心存侥幸，他在所写的交代材料中还特地提出了"我的愿望和要求"："我以戴罪之身，除静候组织的处分外，不知今后能否准许我以一个普通知识分子的资格去参加为人民服务的工作，以求立功自赎。为了免犯错误和以观后效，可否给我以一定的工作联系。此外可否投考军政大学或其他的学校，以俾重新学习，改造自己，重新做人，并待指示！"

然而，历史并不宽容给革命事业造成危害的叛徒。1951年2月5日，重庆市人民法院判处冉益智死刑、剥夺政治权利终身。那个出卖冉益智的余永安，因为当时不是中共党员，只是一个倾向革命的进步群众，所以，解放后有关部门对他没有按叛徒论罪，而是按"坏分子"身份对他实行关押改造。

这是叛徒的应有下场。

监狱里的革命者用鲜血将"忠诚"镌刻在每个后人心中；监狱外，受到破坏的川东地下党幸存同志没有被叛徒的出卖和敌人的屠刀所吓倒，他们昂起头颅，前赴后继执着追求党的事业，他们的忠诚同样令人刻骨铭心。

这里就有一段这样的鲜为人知的真实的传奇故事。大家可能还记得，当时重庆地下党曾经办过两份革命刊物，一份是《挺进报》，还有一份是《反攻》，它们都是重庆地下党与国民党反动当局斗争的主要阵地，后来因为对敌斗争的需要而充实《挺进报》的力量，《反攻》就停办了，但办《反攻》的一批地下党员当时已经有一个"特支"，书记叫吴斌，党员们都是些年轻同志。这个特支也受重庆市委领导，直接领导者正是负责学运工作的冉益智。由于特支书记吴斌等同志的机智勇敢，这部分的党组织和党员同志都完整地保存了下来，他们在失去上级领导、没有组织支持的情况下，依靠自我对党的忠诚，谱写了一个个英勇奋斗的传奇故事。下面是吴斌在解放后回忆革命最困难、中共重庆市委主要负责人连续出现叛变的1948年4月份之后的那段惊心动魄历史的一段文字——

> 1948年4月的一天，上级党组织及学生运动城中心与南岸区特别支部的联系人"张某"匆匆赶来捍卫中学找我（我当时是该校教员）。我一见到他，就敏感到可能出了事故，因为通常接头都事先约定时间、地点，他极少到我的住所来。果然，他告诉我，有一个姓刘的重要干部被捕，特支要着手准备应变。
>
> 学生运动城中心与南岸区特别支部是重庆地下市委为了建立对这一地区学运的统一领导，以利于开展大规模的群众运动，而在1948年初成立的。上级党组织指定周应德、向洛新和我组成特支委员会，并指定我为书记。特支所属的组织主要有西南学院的党支部和"六一社"、市一中的"六一社"、渝女师的"六一社"。这几所学校在抗暴运动中已崭露头角，成为全市学运的重要据点或市中心地区学运的主要据点……
>
> "张某"向我布置的具体应变措施是：一、立即通知周应德，刘某被捕，要他撤离重庆；二、由于被捕者不知道我，决定留我

在原地坚持工作，但应轻装，将家属撤走；三、根据组织上得到的情报，渝女师的“六一社”负责人罗宗哲正受到西南长官公署的注意，要尽快将她转移。“张某”走以后，我赶往地方法院找到周应德（他当时在该院任书记官），传达了上级的决定，经过商量同意了他本人提出的撤往南京的意见。接着，安排罗宗哲撤往江津白沙。我又去《世界日报》社会见了向洛新（他在该报任编辑），把有关情况通知了他。随后，我妻子罗宗濬带着我们刚满月的女儿启程前往乐山她的老家。

过了几天，“张某”又来找过我一次，告诉我局势很紧张，要随时准备发生变故，并说他自己要离开市区一段时间，约定了今后接头的时间、地点。“张某”才走，就发生了一件意外的事：渝女师一个姓刁的反动教员，用“太平洋通讯社”的名义在报上发了一条消息，把罗宗哲的离校说成是“失踪”，造谣说她是“受共匪煽动下乡打游击”去了。由于我与罗宗哲之间存在的公开的亲戚关系，此事有可能牵连到我，与其他同志商量后，决定避开一下，以观察事态的发展。我前往白沙，安排罗宗哲撤往成都。一星期左右，我回到重庆，得知在我离开捍卫中学后两三天，敌人突然派兵在夜间前来逮捕我。这表明我已暴露，但当时还无法准确判断其中原因。我一心急着向组织汇报，以便确定下一步的行动，就按上次约定的时间、地点去与上级接头。但守候了许久，一直不见“张某”的踪影。从此，特支失去与上级党的联系，时间在4月下旬。

为了在离市区不远的地方找一个安身场所，以便照料工作，4月底我去白市驿找王大勍（即王觉），希望在他家暂时借住。不料见到他时，他本人正因安全受到威胁，已决定当天下午离家进城，无法留我住下。于是，我与他一道折回市区。在这次短暂的接触中，我们相互向对方公开了党员身份。他告诉我：组织上所说的那个被捕者名叫刘国定，是地下市委的书记，现已叛变，因而全市的地下党组织已遭到严重破坏，局势正在继续恶化中，估计在当地已无法找到上级党。他进城与区委一位同志接头后，可能离开重庆前往解放区，希望我从上述局势出发来慎重考虑对策，及早打主意。

我一返回城区，立即与向洛新、王大昭一道讨论当前重庆的局势和特支应变的措施。根据王大勔所通报的情况，我们一致认为：特支失去上级联系和敌人派兵搜捕我，是由于地下市委出了叛徒引起的（直到这时，我们还不知道直接联系特支的“张某”也已经被捕叛变了）。因此，完全可以肯定：特支已经暴露，正受到敌人的直接威胁，处境十分危急，并且在短期内不可能恢复与上级党的联系，必须独立对付变局。根据这一估计，我们的一致态度是：要克服一切困难，尽最大努力使特支整个组织不受破坏，不被打散。为此，一致决定：一、坚决地、迅速地把大部分骨干从目前所在单位和住处撤退出来……重新隐蔽，力争逐步开辟新的据点；二、原有的工作阵地不要轻易放弃，要留下少数确实没有暴露的人员坚持工作；三、由于不少同志在转移中失去了生活来源或需要旅费，必须设法筹集一笔活动经费；四、要积极寻找上级党。鉴于当地领导机关已遭严重破坏，主要应从外地想办法。相信只要我们自己坚持斗争，迟早必定能够找到。因为从全局来看，解放战争早已转入全国规模的反攻，国统区的群众运动正在持续高涨。

从5月到10月，特支所属的绝大多数党员、社员，坚决实行了上述各项决定。由于抓紧进行了大量转移安置和政治思想工作，特支得以完整地保存下来，除去到川西的两个同志关系无法转走外，所有的同志都没有中断与特支的工作关系。我们一方面停止了发展党员的工作，但吸收了一些早已准备发展的骨干入党，同时，发展了一批“六一社”社员。另一方面，为了多保存力量，经过可靠的介绍和了解，还陆续接管一些在大破坏期间失去了上级联系的党员与社员。因此，到九十月间，特支所属的党员已由十几人增加到三十多人，“六一社”社员由九十多人增加到两百多人。除在市区与城区、南岸、黄桷坪的大部分主要大、中学校建立了组织联系，在职业青年中开辟了若干新据点外，还通过疏散出去的人员在巴县、江津、江北开辟了据点……

大约是8月间，重庆七家报纸刊登了重庆警备司令部发布的署名“张德明”的叛徒自首书，其中出卖了我和我们特支，还出卖了沙磁区学运特支及其负责人刘国鋕，北碚区学运特支及其负责人胡有猷。我们判断：这个叛徒就是那个直接联系过特支的“张某”。随后，从侧面听说其本名叫冉益智，叛变前是地下市委分管学运的负责人。显然，上次敌人派兵到捍卫中学来抓我就是由于他的出卖。仅仅因为出了所谓“罗宗哲失踪”这件事，我碰巧避开了，才没有被抓到。我肯定仍然是特务追寻的对象，在当地恢复上级联系已更加困难，必须准备长期独立工作。根据这种新情况，我和向洛新商定，吸收王大昭、张亚滨参加，由我们四人组成了临时特支委员会。在人员转移和重新部署力量大体就绪后，逐步恢复了各项正常的工作。

从应变之初，我们便着手寻找上级党。王大勣离渝前，我们曾委托他进解放区后代为反映情况。同时，我们估计：公开的四川省委被国民党当局封闭后，四川党组织可能是由上海那边领导。根据这一估计，曾布置周应德去苏州找陈邦幸，告诉他自己失去上级党的联系，处境困难，请他代向上海领导机关反映，希望允许我去上海接关系。陈邦幸是我在武汉大学念书时的同学，1946年夏天以前，在南方局青年组领导下与我一道工作过，后调华东。陈回信暗示已代为向上面反映，叫我等候答复。8月下旬又来信表示不同意我去上海，并说“老友赖兄不久将赴渝，当看望兄等”。我懂得这是通知我：以前在四川省委青委领导过我们的赖卫民将要来重庆接关系。这个好消息使我非常兴奋，但结果落了空，赖终于没有来。……

9月间，我收到在香港工作的一位老友罗承勋的来信，谈到他在那边会到了朱语今。由于前一向我也曾写信托他找领导机关，我懂得这就是他给予我的一个间接答复，因为他知道抗战末期朱语今在南方局青年组工作时曾领导过我，于是我立即发信给他，用暗语托他代为向朱反映：我向上海方面申请恢复联系至今未得结果，处境极为艰难，请朱给予帮助，使我早日找到上级党。

当我们正在迫切等待答复的时刻，由于麻痹疏忽，发生了一件意外的重大事故。这年9月间，我曾经在唐家沱宋笠家中避居过一段时间，因宋家的住宅突然被市政府收回，他们全家迁居市区捍卫路的新居，我当然不能随往。仓促间无法找到住处，只得通过关系在江北县龙兴场租到一间房子，化名佯称养病暂时住下了。搬去后约一月，一天刚天黑，场上的警察所派人来搜查我的住屋，然后把我和王大昭押往场上，囚禁在该所牢房里，在狱中的一周里，从迹象判断，我们的真实姓名与政治面貌并未被发觉，是因嫌疑被捕的。后来才知道其原因是我们手边有一本俄文苏联日历，不慎被房东的一个当县参议的亲戚看到了，他向警所告了密。囚禁了一周以后，警所派了一名警长和两名警察把我和王大昭押往大竹林江北县警局。我们分析当时的处境，估计县里弄不出结果必定往上送到重庆，到那时一碰上叛徒就糟了。因此，应当尽一切可能力争在途中逃脱。碰巧押送的两名警察中，有一名是可能争取的。因为在牢里时，我们与他有接触，了解到他当时才十六七岁，对警所的黑暗腐朽不满，并认识育才学校的一两个学生，向往育才，渴望摆脱伪警生涯。于是，利用押解途中步行三十里与途经市区留宿朝天门一家旅馆的机会，先说服了他同意与我们一道出走，接着以接洽借钱为名由王大昭与张遐君、李诗秾接上了头，约定了联络办法。当夜通过这个青年警察，以给予一笔款子为条件争取到另一名中年警察同意放走我们。这样，第二天一早，四人合谋骗过了那个警长，借口押解取款，前往约定的小什字一家茶馆。到达时，李诗秾、向洛新、李诗强已分头守候在那里。王大昭从他们手中接过钱，交给那个中年警察，我们就分几路离开那里，得以脱险（那个青年警察解放后加入了党组织）。

脱险以后，向洛新、张亚滨先告诉我：香港的那位老友已有回音，说朱语今要我速赴香港。我们像长久与父母失散的孩子将重新见到母亲一样，为即将与党的领导机关恢复联系而无比庆幸，产生了一种漫漫寒夜已接近尽头的感觉。到香港后，我向组织汇报了重庆地下党和学运组织的情况后，上级代表对我说：本来你既已暴露，按常规是不宜再回重庆去的，但是，由于特支与当地党的领导还没有接上关系，更由于需要通过你去向那里的领导同志传达上级指示，所以经过郑重考虑，仍决定你立即返回重庆。他接着向我布置了具体的任务：第一，设法尽快与邓照明见面，接上关系后特支即由他联系，但万一找不到他，则暂时由香港直接联系；第二，通知邓：在他自己和萧两人中，要确定一人迅速来港接头；第三，向邓传达领导机关关于形势和川东农村工作任务的意见。为了执行最后这项任务，他交给我一份题为《目前形势和川东党的任务》的文件，并对这份文件的基本观点和主要精神作了解释，嘱咐我认真领会和背诵，回去后凭记忆向邓照明转述，不允许带回片纸只字……

回到重庆已是12月份了。我很快把带回的信息传递给了邓照明，随即由他约定了会晤的时间、地点。记得那是在一天傍晚，我和邓在化龙桥一家茶馆相见了。我们原不相识，是由向洛新和那位进步朋友分别陪同，从中介绍的。略事寒暄后，他们先行离去，邓照明领我步行去到一所学校（后来才知道那是适存高商），在一间像是教职工宿舍的房子里，开始正式交谈。那一晚，彼此的心情都很兴奋。从我来说，率领一支小小的队伍，孤军苦斗八个月之后，终于与当地党的领导机关接上了关系，真像是乱离后亲人相聚，一颗久久悬着的心放下了，那种无依无靠的感觉也消失了……

1949 年 3 月，邓照明传达领导机关的决定，要我前往香港，转道进解放区。经与他商定，特支书记由向洛新继任。这个月中旬，我办好移交后就乘飞机离开重庆，到达香港后才知道是指派我去出席新民主主义青年团第一次全国代表大会。

回顾这一段历程，我相信每一个走过来的同志都是难以忘怀的。它将激励我们自己在任何情况下都要保持坚定不移地相信党、百折不回地跟党走到底的革命朝气。

“中国共产党人和中国人民并没有被吓倒、被征服、被杀绝。他们从地下爬起来，揩干身上的血迹，掩埋好同伴的尸首，他们又继续战斗了”，这就是像吴斌这样的共产党员在血雨腥风中的选择。在这段亲身经历中，我们感受到了那段特殊岁月里的惊心动魄，感受到了共产党人“坚定不移地相信党、百折不回地跟党走到底”的大忠诚！

吴斌的这份资料弥足珍贵，它让我们看到了重庆地下党另一个未被破坏的“特支”的党员们前赴后继、独立斗争的历史场面。

我们再把镜头摇到 1948 年重庆地下党负责人连连叛变后的严峻形势下的残酷斗争——

1948 年 4 月 17 日这一天，中共重庆市委可以说被两个败类丢尽了一个政党的全部尊严，因为就在市委工委副书记冉益智将自己的部属、北碚学运特支书记胡有猷出卖的同一时间，市委书记刘国定则在向国民党特务分子叶翔之与徐远举出卖中共重庆地下党组织更大的情报。

事情是这样的，自抓获许建业后，特别是从徐远举听取各路手下汇报的情况看，那位自称只是许建业才发展两个月的“新党员”——“老黄”——很可疑，而且随着越来越多的中共地下党被捕，中共重庆市委组织似乎也快浮出水面了。一旦中共重庆市委的主要负责人都抓在手，那该是何等的局面！想到这里，徐远举向上司作了汇报，请示加强他的“剿共”力量，尤其是17日白天刚刚得知他们又抓获了一条“大鱼”，并且这条“大鱼”已经投诚于他们国民党特务机关。于是，国民党西南长官公署长官朱绍良立即派了国防部保密局二处处长叶翔之配合徐远举，在这一天两人一起连夜再次提审了许建业和刘国定。由于许建业依然拒不交代任何问题，两个大特务只得转过头来集中精力全力对付刘国定。

身材矮小，其貌不扬，从外表上看不像是有什么能耐的刘国定，之所以最初特务并不把他当回事，确实与他的长相和那种“没有官派”的言行有关。刘国定被扔在渣滓洞十来天后，对外面的情况一无所知，这对于一个长期从事地下工作、惯于收集各种信息加以分析得出判断，从而把握局势发展的人来说，简直就如正常人突然瞎了双眼：眼睛睁得大大的，眼前却漆黑一片。在这一片黑暗中，刘国定感到茫然、恐惧，他始终想不明白：“这革命正搞得轰轰烈烈的时候，怎么突然就变成了这个样子？这么多年了，什么大风大浪没见过？可这次总觉得不对劲，难道真要在小阴沟翻船？许建业的地点是非常机密的，特务怎么知道的呢？只有一个可能，就是许建业出事了！而特务到现在还把自己当小人物看待，说明许建业并没有对特务说什么情况。许建业加自己，中共重庆市委委员一下子栽了两个！冉益智呢？我不说，还有谁知道他在哪里呢？李忠良和余天怎么样？千万千万不要被特务逮到，他们要是被逮住了，我就算真的拒不交代，以后在党内我说得清楚吗？我的前途呢？这次特务会对我怎么样呢？会不会一直关下去？一直关下去对他们有什么用呢？老婆快生小孩了，这几天怎么样了？肯定急坏了，千万不要动了胎气！汉利药房的那笔生意做得怎么样了？这段时间物价飞涨，还是该晚点出手才有赚头！前段时间王璞来过问药房的生意，什么意思嘛，信不过我？哼，他王璞上次就曾告发我有经济问题，好在没成功，妈的，以后有机会一定整治整治他王璞！别不知天高地厚，我老刘是谁？大小也是中共重庆市委书记！这口恶气不出，以后还怎么把控整个重庆全市的地下党组织？可是，这么多天了，特务也没来过问一句，到底放不放我呢？要放，肯定是要写悔过书的，我写还是不写呢？”

就这样，刘国定整天在渣滓洞监狱里胡思乱想。现在，终于等来押到二处问话的命令。是福是祸，一路上刘国定的心里一直在打鼓……

到了特务机关的审讯室，刘国定忍不住抬头打量了一下对面桌子后边坐着的两个扛着少将军衔的军官，在他们两边站着几个凶神恶煞的粗壮汉子。刘国定顿时心头一颤：妈的，今晚凶多吉少啊！再看看这两个国民党少将，其中有一个他认识，在地下党收集的重庆敌特重要头目照片中见到过，是行辕二处处长徐远举，另一个不认识。如此两个少将来亲自审问他一个“小人物”，刘国定想到这里心头直呼不妙。

“坐下！”这时，押送的特务将刘国定猛推一把，顺势将他按在凳子上坐下。等刘国定再抬起头时，审讯室内一双双凶狠的眼睛齐刷刷地在死盯着他……刘国定脸上的肌肉顿时抽动起来，露出一副哭不像哭、笑不像笑的难看表情。他赶紧低头看着自己的脚尖。

见刘国定如此反应，大特务徐远举和叶翔之相视会心一笑。叶翔之站起身来，背着手，走到刘国定身边，盯着刘国定转了几圈，不时哼哼地冷笑几声。

刘国定的目光不由自主地随着叶翔之转圈圈，转得头昏昏的，心都提到嗓子眼儿了，一股股凉气从五脏六腑透出来，浑身微微颤抖，腮帮子发紧。他极力想阻止身体颤抖，不想让自己在特务面前表现得太懦弱，就用四处张望来分散注意力。一抬头正好与徐远举的目光相对，只见徐远举舒适地靠在椅背上，一只手放在桌子上，手指无意识地敲打着桌面，双目微眯，两道寒光直射过来。刘国定脖子一缩，赶紧又低下头。

“市委书记——刘国定！”沉寂中，叶翔之猛地喊了一声。“我……”刘国定本能地站起来。“完了！”他脑袋嗡的一响，随即无力地坐回到凳子上，张着嘴巴呆呆地望着叶翔之。

“很好！”叶翔之面带笑容地拍拍刘国定的肩膀，“希望你成为我们的朋友。”

“不是！我不是！”刘国定突然像是从地狱里回过神来，狂躁地摇头摆手，仿佛要将刚才的失态抹个干净，可又陷入跳进黄河洗不清的极度尴尬之中。

“嘭！”徐远举今天是唱黑脸来的。只见他一掌击在桌上，向旁边的几个大汉歪了一下头。顿时，几个大汉三下五除二就把刘国定绑吊在刑架上，拿起皮鞭就往他的身上抽去……

“哎哟哟……别别！我，我……”刘国定痛得大叫。

特务们好像并不在乎这个共产党市委书记此刻会有什么反应，一门心思地进行着他们对付共产党人的“规定动作”——鞭抽一阵后再搬来火盆，把烧红的烙铁猛地往刘国定的身上烙去……“求求各位！不要，不要烫了……我交代！我招！”

刘国定，是中共川东临委的“第三把手”，又是重庆市委的最高领导，他的变节，便意味着整个重庆地下党组织的秘密全部暴露在敌人面前，同时整个重庆地区和四川省的中共地下党组织也被推到了最危险的境地……

根据后来查明，刘国定向特务交出了：重庆及四川地区地下党的组织机构和人员名单，川康特委负责人华健及其在重庆的联系接头地点，彭咏梧领导的下川东武装起义失败后人员转移的情况，丰都、石柱、云阳、巫溪、宜昌的中共地下党组织人事的情况，中共阆中县委郑伯克调去云南工作的情况，中共重庆及四川地下党组织与长江局（南方局）的联系情况，地下党在广安开展统战工作的情况，等等。还出卖了重庆城区区委书记李文祥和妻子熊咏辉以及王璞、罗广斌、江竹筠、刘国铭等人，出卖了上川东工委书记骆安靖（后叛变）。刘国定对特务最大的“功劳”，就是最直接地帮助特务破获了《挺进报》特支及“电台”支部，抓捕了陈然、成善谋等人，使徐远举完成了国民党重庆行辕下达的限期破获《挺进报》的任务，徐远举因此而加官晋爵，成为国民党保密局西南特区区长。

当然，刘国定的出卖行为不是一下子完成的。毕竟，“官场”上的事，他这样职务的人，知道不少。所以在经过叛变初期的惊恐后，刘国定很快制定了自己下一步行动原则，这就是：自己手上掌握的地下党情况不但是保命的资源，而且也是重新规划自己人生的资源，不能白白地提供给特务，还要以此与特务作利益交换。因此，刘国定这个叛徒再后来就不只是可耻，更是无耻了！他拿着自己是“中共重庆市市委书记”这张王牌，竟然敢对徐远举提出：“愿意参加特务工作掉转枪口打击共产党，但自己原来在共产党方面是省委级干部，现在我若到了你们国民政府，至少地位和待遇上不能太低了，起码是处长级，否则大家都不玩了！”经过一番讨价还价，最后双方以刘国定任保密局西南特区中校专员成交。这正是刘国定最无耻的一幕。让所有共产党人感到丢脸的是：这样的流氓恶棍，怎么会曾经是中共重庆市市委书记？

更令人发指的是，刘国定在叛变后，除了不断地出卖重庆地区的中共地下党组织和地下党员外，还挖空心思找新的“卖点”，与“副书记”冉益智等叛徒进行相互间的招供“竞争”。当他得知冉益智带特务到万县破坏了下川东地下党组织，涂孝文也叛变后，又抢先出卖了上川东地下党组织，致使骆安靖等人被捕。

为了体现自己的价值，刘国定又把出卖的目标由重庆地区转往外地，向特务出卖了他所掌握的重庆地下党组织与南方局迁到上海后的联系机关，并带特务到上海企图抓捕南方局负责西南地区党的工作的负责人钱瑛。由于南方局机关得知重庆地下党出了叛徒后就迁到香港去了，刘国定的计划落空，但还是带特务抓捕了一批在上海、南京一带未及时撤走的中共地下党员。刘国定这么为国民党特务机关卖力，实际上为的是能够取得新主子的信任，以求保全生命，争取个人的荣华富贵。这个“反共英雄”，后来在南京受到毛人凤的接见和表彰。他一激动，又向特务提供了川康特委书记蒲华辅的线索。因此，刘国定被任命为川西特侦组组长，领导特务们在成都破获了川康特委地下党组织，逮捕了一大批地下党员。刘本人反共资本越来越“雄厚”，官衔也由中校晋级为上校。这时的刘国定，已不再是可耻、无耻，而是连起码的廉耻都不顾及了，他积极参与组织所谓的“经济问题研究所”，专门提供反共策略，最终成为比国民党特务还要反动恶毒的家伙。

刘国定于 1938 年入党。20 岁就入党的他，其实从一开始就抱有一种“入党升官”的思想。为了实现自己的这一“抱负”，他很会掩饰自己内心丑恶的一面，平时能人模狗样地工作，并且主要靠讨好上一级领导往上钻营，一直升到了市委书记之职。“这是一个极端利己主义者，不是我们平时一点也不知道，也不是他没有表现出这样的问题，而是由于这种人很会利用自己在党内的关系，尤其会利用靠山来帮助自己摆脱那些不利于他的指责与批评。”曾与刘国定长期一起工作的何忠发，是位党内的钱财“管家”，他在难友面前这样评价刘国定，并揭发刘在被抓之前早就有“喜欢乱抓钱，想讨小老婆”的毛病。只是后来因为他身居党内要职，再没有人敢公开制止“市委书记”的这些毛病而已。叛变后的刘国定也不再伪装了，内心的那种追求个人享受和对利益的崇尚更是变本加厉。据说他在与徐远举讨价还价期间，一直住在杨家山原戴笠公馆里接受特务机关的优待。身边雇了两个女仆专门服侍他和他的老婆，他对两个女仆颐指气使，随意呵斥。当上特务后他更显神气，一般的特务他根本瞧不起，弄得其他特务也很讨厌他。地下党老同志刘隆华痛斥刘国定是“党内的剥削阶级”！

沈醉

原国民党军统大特务沈醉，在任保密局云南站站长期间，于 1948 年年底受毛人凤委托，从昆明到重庆来调解徐远举和西南特区副区长周养浩之间的矛盾，其间他与刘国定有过接触，解放后沈醉在材料中记录了所见到的刘国定的形象：

> 我虽然是奉命来调解他们之间的纠纷的，但更重要的是希望能把刘国定带到昆明去，帮我破坏云南中共地下党的组织。所以当天晚上我和周养浩谈了希望他和徐远举要以大局为重，通力合作，第二天便和周一道去徐远举办公室。我要徐远举把刘国定找来，想当面问问他云南地下党的情况。徐远举很快把他找来了。这个叛徒穿着崭新的军服，佩中校肩章，看到我们三人坐在一起，便脱下军帽先向我们三人鞠躬。徐向他介绍了我之后，我便让他坐下。徐远举从茶几上拿一支香烟朝他丢过去，他很熟练地接住，不敢抽，我又把打火机递给他。他赶忙从口袋中掏出火柴，连说："有火，有火！"那一副奴才相，看了使人发笑。那次他给我的印象很坏，他表示只认识一两个负责人，对云南地下党工委在什么地方设有联络处并不知道，要抓到他们，只有到昆明街上去碰碰运气。对这种海底捞针的办法，我不感兴趣，加上刘国定刚从南京回来不久，又要到川西一带去破坏川西的中共地下党组织，所以我们只谈了一会，便向徐一使眼色。徐说了一声："你可以走了！"刘国定站起来向我们三人各鞠了一躬。他站的是立正姿势，向后转本应当右脚退后向右转动，他却左脚退了很远向左边转过去……

重庆解放的日子越来越近了，从中共市委书记到革命叛徒，再到国民党上校特务的刘国定非常清楚自己今后的日子一定是凶多吉少。他本想逃往香港，但由于平日花天酒地，加之当时物价飞涨，手中缺钱的他因为害怕自己落得个难民漂泊流浪的结果，故打消了外逃的念头，留在成都得过且过。成都解放后，迫于外界压力，1950 年初刘国定向成都市军管会登记自首，被西南公安部押回重庆。归案后，刘国定和冉益智一样，竟厚颜无耻地向政府“表功”，说什么因为自己叛变后没有全部交代，所以“保护了相当多的同志”，“故请求宽大处理”。他在交代材料中还有一番自认为“挺精彩”的悔过：

> 我背叛了党，破坏了党组织，这是贪生怕死的结果……作为过去是一个党员，我愿意接受党的严厉处分，作为形式上的特务，我也愿意接受人民政府的处罚。如果党和政府的处分和惩罚不至于“肉体的毁灭”，则我请求能速作决定以便于早在实际的工作中赎取自己的罪恶。我过去毕竟是党员，虽然叛变而且形式上又落在特务阵营中，也许你们怀疑我所提供的材料不够完全，但事实总是事实，将来从其他特务口中是能证明的。我从前年恢复自由后即用各种方法希望找党，愿意承受一切罪恶和惩罚。固然我以前贪生怕死以致铸大错，等觉醒后一切已过。如果我要逃避处分，不是完全不可能，相反的，我是自动积极出来，作为党的叛逆的儿女，我只希望早一天处决，即使是“毁灭肉体”，因为心里的苦痛和谴责远比其他为甚。我请求你们研究我的材料和问题，并适当使用我在反特务或其他工作中，以求有益于党和人民。

叛徒的下场是注定的。1951 年 2 月 5 日，重庆市人民法院判处刘国定死刑，剥夺政治权利终身。然而，像刘国定这样的半流氓政治人物，为什么能够成为一名党内高级干部，而且组织上竟然没有对这种人进行过适度的职务限制？尤其值得思考的是：战斗在白色恐怖异常残酷的中共重庆市委内部，竟然会出现正、副书记都当了革命的叛徒！难道我们的组织考察和选拔领导干部的机制流于形式，不起任何作用？今天我们党内对干部，特别是高级领导干部的考察机制、选拔机制就一定没有问题了？

刘国定、冉益智这两位中共地下党重庆市委正、副书记的背叛，使得整个重庆地下党组织遭受灭顶之灾。由于他们的地位决定了他们的破坏力非普通党员可比，特别是他们的地位和身份，决定了他们既掌控了手下的组织与人员情况，同时又了解上下左右的组织情况，这种破坏力对中共党组织来说是毁灭性的。

1948年6月11日，由于冉益智的出卖，中共川东临委副书记兼下川东地工委书记涂孝文在离重庆城区数百里的万县被捕，再一次使重庆地区的地下党组织经受“刨根底”式的破坏。

涂孝文生于1910年，是1937年入党的老党员，地下工作经验丰富，还是党的“七大”代表，然而，他对敌人的逮捕没有思想准备。当冉益智和刘国定先后叛变后，组织上多次通知他转移，可涂孝文坚持认为万县离重庆很远，安全没有问题，继续在万县辅成学院过着悠闲的生活。所以，当冉益智带着特务找来时，涂孝文完全陷入惊慌失措之境，不知如何应对。特务把他带到驻地后，开始涂孝文只是以沉默来回答提问，但当特务左志良用手枪顶住他的头，威胁说再不交代就搞死他的时候，涂孝文仅有的一点抵抗也就崩溃了。

笔者看过重庆红岩革命历史博物馆历史档案史料，常常被那些在敌人面前坚贞不屈的共产党员的牺牲精神所感动，但同时也看了不少背叛党和革命事业的叛徒们的材料，得出一个直接和朴素的结论：一些党内职务相对高的领导干部，通常在敌人严刑拷打面前总是很容易当叛徒、出卖党。这到底是为什么？笔者没有弄明白，只是感觉这些身居党内要职，平时一副道貌岸然，比谁都革命的投机分子，其实是特别需要警惕的。

我们再来说涂孝文被捕之后的事吧：

这之前，冉益智已经出卖了下川东地工委委员唐虚谷和杨虞裳，但冉益智不知道他们所居住的具体地址，所以当涂孝文被捕后，特务们就直截了当地追问这两个人的下落。涂孝文因此便交代了属于他领导的唐虚谷和杨虞裳等地下党员的住址。书记叛变，全党遭殃。中共下川东地工委书记涂孝文的叛变，使得下川东地下党组织系统几乎是彻底地瓦解，江竹筠、李青林、李承林、雷震、张静芳、唐慕陶、黄玉清、陈继贤、廖模烈、陶敬之等一大批地下党骨干分子几乎无一例外地被敌人逮捕。徐远举等特务们一方面为“方法得当”使得重庆市委主要领导及下川东地下党负责人相继变节而欣喜若狂，另一方面又万万没有想到像陈然、刘国鋕、江竹筠、许建业这样的共产党员竟那么坚强不屈，视死如归。这是特务们所不可能理解的，因为他们并不了解真正的共产党人是些什么样的人。自然，那些混进党内的投机分子也不会真正了解曾经是他们的“同志”的共产党人。叛徒涂孝文就遇到这种情况。由他出卖的中共万县县委副书记李青林是位女共产党员，敌人在万县将其抓捕后使尽毒刑，甚至用老虎凳折断了她的一条腿，但她依然宁死不屈。到重庆后，她仍然抗拒任何审讯，甚至连共产党员的身份也不承认。特务们无奈，只好把涂孝文叫去与李青林对质。不能不说涂孝文也算是个讲面子的人，当特务叫他去与李青林对质时，他十万个不愿意，可又没有选择，只好硬起头皮跟着特务来到渣滓洞。见到李青林——这个被自己出卖的昔日的下级——拖着一条断腿，满身血污却正气凛然。尤其是碰到李青林向他射来的两道利刃一般的目光时，涂孝文感觉无地自容。当特务问李青林认不认识涂孝文时，没想到李青林很爽快地承认：“我当然认识他！”并说：“这个人是个混蛋！抗战时期，我跟他一起在泸州的一所小学里教书，他追求过我，我不喜欢他，他就死纠滥缠。我为了躲他跑到万县来，他又追过来缠我，有一次还要强迫接吻，我气坏了，就狠狠打了他一耳光。没想到他竟然报复我，栽诬我，像疯狗一样乱咬人，让我坐牢，简直不是个东西！真是太混蛋、太气人啦！涂孝文，你说是不是这么一回事？”李青林的这番话，使涂孝文羞愧难当，恨不得找个地缝钻进去。这次对质给涂孝文刺激太大，尤其是李青林的痛骂时时在耳边响起，一闭上眼就浮现出李青林愤怒而鄙夷的目光，再加上从革命者到叛徒的道德负罪感和特务表面上客气而实际上把他当棋子耍的那种身不由己、百般无奈的境遇，涂孝文开始痛悔自己的叛变，甚至经常痛恨自己为什么当初不能像李青林他们那样坚持咬咬牙挺过来！唉，大不了一个死字，怕什么呢？矛盾之中的涂孝文开始不配合特务的审讯了，这让特务头目徐远举又气又急。其实徐远举一直非常重视涂孝文，他从刘国定口中知道涂孝文在党内的地位比刘国定还高，故推断涂孝文所知道的东西肯定比刘国定更多，价值更大。现在涂孝文突然要“刹车”，这让徐远举很不甘心。为了不让涂孝文这样轻易地“到此为止”，老奸巨猾的徐远举决定除了严加审讯以外，还强迫涂孝文参加特务工作，企图将其彻底地捆绑在他的战车上，但涂孝文这回因对自己的前途心灰意冷，没有立即同意徐远举的条件。他甚至曾私下对骆安靖说：叛徒刘国定、冉益智爬出监狱后当了特务的专员未免“太血淋淋”了！可涂孝文毕竟只是个革命的投机分子，他在面对命运的矛盾之时还颇为天真地准备“假如特务放我们出去时要我们参加工作，我们最好不要搞行动，只做研究工作”。

徐远举对涂孝文的变化看在眼里，又无可奈何，作为一种惩罚，将涂孝文从杨家山的“优待室”转押到白公馆，像所有“政治犯”一样投入牢房。

在白公馆，涂孝文和忠诚的共产主义战士刘国鋕、陈然、王朴等朝夕相处，这些革命同志了解到涂孝文这种类型的叛徒，其内心尚存一丝良知，于是主动找他交谈沟通，劝他保持“最后一道防线”。怎么说涂孝文也算是党内的“老干部”了，尤其是在他受到李青林的痛斥下所受到的强烈震撼，现在又通过刘国鋕、陈然、王朴等人的言行教育，才明白了什么是真正的共产党人。两相对照，涂孝文羞愧无比，痛定思痛之后，他决心以行动来弥补自己的罪过：一是不再向特务交供自己手上还保留的部分组织和人员；二是拒绝参加特务工作，不接受以特务身份换取自由。

涂孝文的转变，得到狱中革命者和党组织的认可。重庆解放后，罗广斌在那份向组织提交的“报告”中这样评价涂孝文：到底是经过党多年培养的，所以临到最恐慌的被捕初期涂交了“川东一部分组织而已，其他是稳住了”。他知道的比刘国定多，刘向徐远举也是这样报告的，因此涂经历的考验也十分严酷，两次到杨家山被强迫参加研究工作，他拒绝了。后来连草纸也不发给他用，生活很艰苦，但没有出事，加上一般难友不知道他还“坚守”“最后防线”，对他的态度也很使他难堪。在两重压迫下，王朴、刘国铉等最担心他是否能坚持住。三出三进白公馆的涂，在最后的时刻，态度很明确，他认识到是自己不坚强，犯了错误，而且过失太大，组织上无法原谅，前途是没有的了，所以除了愿意接受处分外，自己仍愿意尽力从事些建设工作。这时，白公馆的朋友对他比较了解，安慰他，在生活上也照顾、接济他，他也很冷静，经常读书，不大说话。“报告”中，罗广斌还向组织郑重地转达了王朴、陈然、刘国铉等革命同志的意见：以涂的素质来讲，是很不够、很不彻底的，之所以有后来的坚持，完全是由于党长期教育、长期培养的结果。从涂的叛变过程看，我们希望组织上对提拔干部、审查干部、培养干部一定要更进一步谨慎和严格。

革命者对党的这份忠诚昭然可见！这样的意见，就是在今天仍然具有重要的现实意义，应当被全党所重视、所接受。

对涂孝文的问题，敌人方面则觉得此人已“无可救药”了，恼怒之下，徐远举在签发 1949 年 10 月 28 日的一批屠杀革命者的名单上也将涂孝文一起列了进去。这样，涂孝文和陈然、王朴等 10 人被一同公开“审判”，并押至大坪刑场公开枪杀。据目击者回忆，枪杀前，10 人都高唱《国际歌》，高喊“共产党万岁”等口号，其中当然也包括涂孝文。一个对革命事业造成巨大危害的共产党的叛徒，在临死前却高喊“共产党万岁”，我们既感叹叛徒人性中的矛盾性和复杂性，又无比钦佩狱中革命者对反面人物的感召力和转化能力。

由此可知：当一名忠诚于党的战士，何等不易啊！

其实在第一章里，笔者曾经提到在1949年10月28日的那一次所谓的“公审”中，除了涂孝文外，还有一名也是身份非常特殊的人物，他就是叛徒蒲华辅。这个蒲华辅，被捕前任川康特委书记。川康特委在组织系统上是与川东临委平行的地下党组织，白公馆和渣滓洞的难友多为川东临委组织系统的，所以一般都不熟悉蒲华辅。蒲华辅被捕后，特务同时抓捕了他的妻子，连同两个小孩，一家人一起被关押在白公馆，未与其他难友同室关押过，其他难友只有在放风时间才可能与他接触。据《红岩》作者罗广斌回忆，难友们与蒲华辅性情上不是很投缘，觉得他“不大说话”，“态度一直很矜持”，接触很少，所以我们掌握的关于蒲华辅言论、思想情况的材料很少。重庆红岩革命历史博物馆存有一份1950年制的蒲华辅《被难人士登记表》（档案号：B674），上面记载了关于他的零星信息：

> 姓名：濮正应，化名：蒲华辅；男，36岁；铜梁人，上海中国公学肄业。1926年弃旧学入铜梁县中肄业，1927年加入中共，积极活动，被开除，后入上海中国公学，一年后返铜梁县中任教，领导该县土桥事件。1930年于渝被捕，囚3年余。1937年返县任教，1939年任江北县县委书记，1940年在万县工作，下半年又去泸县整理组织，1941年起工作于成都7年之久。中共川康工作委员会书记。著作不少，精于地理，被国特搜刮一空。

在整个“红岩”故事中出现的几个叛徒中，蒲华辅的年龄较大，党龄较长，党内职务较高。他的叛变经历类似涂孝文，也属于“先软后硬型”。他被捕叛变后，交出了川西地下党组织，特务在成都等地逮捕了数十名地下党员，其中韩子重、齐亮、马秀英、张学云、韩秉炀等被送押重庆并杀害。

蒲华辅被捕，是由于刘国定和冉益智共同出卖而造成的。刘国定叛变不久，就向特务交代认识川康特委负责人，外号叫“郑眼镜”，住在成都，但不知道“郑眼镜”的真实姓名和住址。当时特务先忙于破坏重庆地下党组织及镇压华蓥山武装起义，没有立即追查这条线索。到了1948年11月，特务认为重庆地下党组织已经被打垮了，决定把破坏活动向川西推进，但苦于找不到进一步深入的线索。一天，特务雷天元与冉益智闲聊时，说到刘国定出卖的“郑眼镜”的情况，冉益智马上说：“这个人呀，我认识，我们还一起工作过！‘郑眼镜’真名叫蒲华辅，本名叫蒲文昶，是铜梁人。”特务雷天元一听眼睛就放光了，因为雷天元也是铜梁人，他早就认识原来叫蒲文昶的蒲华辅，雷天元和蒲华辅还是铜梁县中学的校友。

真是无巧不成书。有这么个线索，徐远举兴奋不已，他当即飞到成都亲自摸底，然后成立了一个“川西特侦组”，并任命刘国定为组长，雷天元为副组长，同时任命另一位叛徒骆安靖为书记员，到成都具体执行破坏川西地下党组织的任务。徐远举的这项特别任命，让雷天元感到不舒服，因为他根本不把刘国定放在眼里，而且有事都是直接向徐远举报告，所以实际上雷天元才是“特侦组”的真正领导。刘国定解放后交代说：“12月20日前后，徐远举由渝来成都，决定派雷天元（二处专员）、骆安靖（叛徒）来成都与我共三人建立一个小组，准备设法破坏成都地下党。1949年1月2日，雷天元、骆安靖二人来成都，正式成立‘川西特侦组’，名义上我是组长，雷天元是副组长，骆安靖是书记，实际上雷天元又代表徐远举处理一切，怕我不积极，故弄个组长来压在头上。”

雷天元到成都后，找到成都的驻地特务机关，请求协助。成都的一个特务与雷天元是同乡，也认识蒲华辅，还在街上碰见过，只是过去不知道蒲华辅的身份。特务们一商量，决定采取大海捞针的办法，天天上街转，大街小巷搜寻。特务知道蒲华辅是条“大鱼”，抓到他后会立功受奖，就不辞辛劳，每天上街。直到1949年1月13日，成都一个认识蒲华辅的特务在一个茶馆里把蒲华辅抓到了。蒲华辅在成都叛变后被押到重庆。据难友们观察，他后来“逐渐镇静”，没有再进一步出卖组织，而且还拒绝了徐远举让他参加特务组织的要求。

蒲华辅是罗广斌《红岩》中的“甫志高”的主要原型人物之一。其实，蒲华辅是个非常复杂的人，他与其他叛徒还有所不同。相对而言，他是属于党内的知识分子那一类人，他们在投身革命时或者在革命工作中，一直充满激情和理想。而且蒲还是个理论方面很有专长的人，他的个人生活上也有很浓重的知识分子色彩，清高、自命不凡，遇事头脑易发热。一方面在残酷的敌我斗争中容易被激发革命热情，另一方面真碰上敌人严刑拷打时又经受不住皮肉之苦，而当他“痛定思过”后，又表现出坚强不屈的精神来。他与家人一起被关在白公馆的10个多月中，受到其他地下党人的影响，后来不再向敌人屈膝投降。不过，他总是以“党的高级干部”和有知识、有修养的身份出现在大家面前，难怪大家都看不惯他。

1949年10月28日，蒲华辅和涂孝文与陈然、王朴等一起被押到大坪刑场公开枪杀。在赴刑场的整个过程中，据目击群众讲，蒲华辅与其他烈士的英勇慷慨就义没有什么不同，表现得“非常共产党”。

蒲华辅十分可悲：这样一名党的高级干部，如果他也能在敌人的严刑面前咬紧牙关，不吐一个字，那么，他不就是另一个“许云峰”了吗？然而，蒲华辅不是，他在最关键的原则立场问题上，叛变了党和同志们，他的名字因此不能刻在红岩“革命烈士”纪念碑上，只能在党的史书中被标上两个永远耻辱的字：叛徒！

古今中外的历史都是同样的结论：无论你以怎样的理由，只要你成为背叛者，你就会永远被钉在历史的耻辱柱上。

李文祥，“红岩”中另一个与所有叛徒表现得很不一样的叛徒。这个生于1919年，1939年入党的“老革命”，被捕前任中共重庆市工委城区区委书记，主要负责地下党农村武装工作的联络、干部输送、人员转移及武器药品购置等，据说是个骨头很硬的“地下老武装”。他是被刘国定出卖的，于1948年4月22日和他的太太一起被敌人抓捕。被捕之初的李文祥，饱受重刑，几度晕死过去，但他没有背叛党。他与特务们采取了“好汉不吃眼前亏”的应对策略：说远不说近，说大不说小，说死不说活，说上不说下，说虚不说实。特务们因此没有得到实质性的收获。而徐远举等特务分子对被捕后的共产党员判断其是否“投诚”，基本上有两个硬指标：一是有没有交出所掌握的地下党组织系统，二是加不加入他们的特务组织，参不参加特务活动。故对李文祥一番审讯后，特务们认为李文祥“不老实”，属于重案犯。但特务在审案时，发现李文祥对太太的感情很深，因此特务们就把李文祥作为重犯关押在白公馆，将他的太太关押在渣滓洞，而不像白公馆的一些囚犯那样夫妇同押一处。

关押在白公馆期间，一般难友对李文祥的印象还比较好，认为他“一直表现得不坏”。李文祥与陈然接触较多，陈然发现李文祥实际上情绪很低落，就劝他利用坐牢的时间好好学点理论。李文祥却不屑地说“懒得读这些理论东西”，反倒经常对陈然喋喋不休地说他有10年以上的党龄，当过县委书记，为党的工作苦了多少年，一点享受和报酬都没有，结果还要被捕，想想真是太不值得了，要是不出问题，解放后起码会怎么怎么样。陈然胸襟开阔，又见过世面，知道一个人要在长期的刑讯、关押中通过考验，坚持到底很不容易，就更主动地找李文祥谈心，不断激励他、鼓舞他。可时间一长，李文祥对陈然的话更不以为然了，哼哼哈哈应付一下照常想他心里那点事儿。

就在同时，特务们则正按计划一步一步地“引导”李文祥。每次提出李文祥审案时，都特地把李文祥从白公馆提到渣滓洞去，且都要有意，或看似无意而实为有意地安排李文祥与他太太见面。所以，一次审讯，能让李文祥对太太的思念之情增加十分。与太太见面时，李文祥都会痛哭一场。李文祥的太太也是个地下党员，但没有对特务承认身份，看到李文祥这样痛苦，反过来不断鼓励和劝说丈夫，要他坚持住！但李文祥的感情和精神状态越到后来越处于崩溃的边缘。每每痛哭过后，他就会想："我这样苦熬到底是为什么？为了革命胜利？革命确实快要胜利了，但真到了胜利之日，我还活着吗？为了党？我已经为党不辞辛劳、不计报酬工作了这么多年，我得到了什么？为了天下人的幸福？古人说'一室不扫何以扫天下'，我如果死了，连太太的幸福都不能给，我还能给天下人什么？"陈然为了挽救李文祥，甚至对他说："你要是去向敌人'自首'，我就跳楼自杀！"可李文祥却这样回答："几个叛徒不会影响中国革命胜利。"终于，一次审案后特务威胁说这是最后一次与他太太见面，李文祥感觉天都塌了，他不敢想象自己就这么完了，他再也不能忍受不能与太太相见的痛苦。入狱八个多月、在特务的鞭子与老虎凳上没有背叛，却由于忍受不了牢狱之苦和对前途产生动摇的李文祥，于 1948 年 12 月 14 日，趁放风的机会跑到特务办公室，主动要求"坦白情况"。几天后，他向特务递交了一份《关于策反计划的报告》和一份《悔过书》，表示自己愿意交出组织，愿意参加特务工作。他向特务出卖了何柏梁、程谦谋等 16 名共产党员的情况。

李文祥叛变了！

叛徒自有叛徒的嘴脸。

跟其他叛徒一样，李文祥后来也为自己的叛变行为找了如下理由：

> 一、我是被人出卖的，是一个受害者，但我还是在狱中坚持了 8 个月，在这么长的时间里，那些跟我有关系的地下党员按规定早都应该转移走了，我把他们供出来，特务是抓不到他们的，如果还不走，他们被抓了是不能怪我的；二、我为党的事业、为党的工作苦了这么多年，眼看就要胜利了，我如果不屈服，是看不到这个胜利的，这样的人生太惨了，而且比我重要的干部都叛变了，这说明重庆的组织已经完蛋了，就算不叛变能活下来，今后党还认不认我们？现在二处徐处长给我的选择是这样的尖锐：要么为他们工作，

要么枪毙！我死了对革命没有帮助，参加特务工作，也绝不会影响胜利的到来，我已经没有政治前途，只能为个人来打算了；三、我太太的身体太坏，这样下去一定会拖死在牢里的，为她着想，我也只有选择为二处工作。

狱中难友后来总结，李文祥入党动机和思想不纯，是他最终叛变的本质原因。

李文祥叛变后，参加特务组织被委任为上尉，带着特务四处抓捕地下党员。由李文祥出卖的何柏梁、程谦谋、伍大全等地下党员被捕牺牲。重庆解放后，李文祥做出一副痛改前非的样子，先后参加过征粮、教书等工作。但党组织和新的人民政府并没有放过这位给革命造成巨大损失的叛徒，公安机关于1950年将其逮捕归案。1951年，重庆市人民法院判处李文祥死刑，剥夺政治权利终身，与刘国定、冉益智、李忠良等叛徒一起押赴刑场执行了枪决。

一切背叛者都没有好下场，这是历史和现实的共同结论。人们之所以憎恨这样的败类，是因为他们犯下的罪行是不可饶恕的。

在整个"红岩"故事中，由于叛徒的出卖，重庆地下党组织遭到极大的破坏，一度组织基本上处于瘫痪状态，前后有133人被捕，其中，重庆城区被捕的67人，上下川东41人，川康17人，上海、南京8人。133人中，被敌人杀害的有58人，下落不明（大多为秘密杀害）的38人，释放和"11·27"大屠杀脱险的25人，自首变节后仍被敌人杀害的4人（如蒲华辅、涂孝文等），叛变后参加特务组织的8人。

在短时间内，一个重要城市的组织遭到如此严重的破坏，以及有那么多共产党员先后被敌人逮捕和屠杀，这在中共党史上也是极其罕见的。"红岩"故事之所以能够深入人心，让我们党内很多同志深深地铭记，与这样惨痛的教训有直接关系。

在这惨痛的教训中，党内出叛徒，党组织中的主要领导干部当叛徒，无疑是最值得深思的问题。在今天，我们党的领袖们常告诫全党：中华民族的兴衰，关键是看我们的党，而党能否保持永久的执政地位，关键看党的领导干部。又说：现今党存在的主要问题是腐败问题，而党内腐败主要出在一些党的领导干部身上。

党的领导干部能否清醒地认识这些问题的严重性，其实是检验一个执政党能否长久执政的关键所在。遗憾的是，现在个别出问题的曾经坐在领导高位上的高级干部并没有从根本上意识到这些，他们在纵容自己所作所为的同时，也在纵容自己身边的人，包括纵容自己的家人与亲属。他们以为天下是他们的，所有一切不法和违纪行为都可以瞒天过海……

所以，在经过白公馆、渣滓洞狱中斗争的共产党员们通过血和生命的惨痛教训，以自己的生命为代价，给党提出的“八条意见”中，其中第一条就一针见血地指出了“领导机构腐化”问题，并给出了“这种从上而下的腐化，是四川地下党斗争失败的基本原因，所以狱中一般反映认为下级比上级好，农村干部比城市干部好，女干部比男干部好……”的结论。

狱中的共产党人眼睁睁地看着自己的组织被敌人毁灭性地破坏，看到自己的同志最后也包括了自己的生命被敌人轻而易举地葬送的惨痛代价，因而也向党忠诚地提出建议：“严格地进行整风、整党，把一切非党的意识、作风，洗刷干净，不能允许任何细菌残留在我们组织里面……希望组织上能够切实研究，深入地发现问题的根源，而且经常注意党的教育、实查工作，决不能允许任何非党的思想在党内潜伏。”据说，上面这句话是受了十年牢狱之苦的许晓轩坚决要求写入“八条意见”中的一条。

假如山崩地裂，

假如是天要垮下，

假如是一动就会死，
假如是有血才有花。

只要能打开牢笼，
让自由吹满天下，
该去的就勇敢地去吧！
有代价就不用惧怕。

这首诗是烈士古承铄给我们留下的。笔者想说的是：全党的同志，假如你已经加入我们的这个神圣的组织，我们便有了入党时宣誓的“为共产主义奋斗终生”的崇高理想和信仰，既然我们向党旗承诺了，无论在任何复杂、艰难的情形下，我们都要想一想：不管我们选择了对党的忠诚还是背叛，这种选择的代价对我们生命和生命之后的声誉都将具有不可逆转的最终裁决，所以一定要想好了再付之行动。否则，历史对我们将永远是无情的！

第三章

女人无叛徒

在被叛徒出卖的长长的一大串牺牲或脱险的革命者名单中，共有20多名女性（其中有3名是幼女）。你能想象在男人们都无法忍受的重刑和条件极其困苦的牢房里，所有的女性竟然没有一人当叛徒吗？为什么女人在敌人面前竟然表现得那么坚强和勇敢？为什么她们那么不怕死，那么经得起严刑拷打，那么经得起寂寞和折磨？

“红岩”故事里的白公馆和渣滓洞这两个监狱是什么时候开始有女犯的呢？一个缠脚的旧式妇女，却是使刀弄枪、令敌人闻风丧胆的“双枪老太婆”，她和中共“美女间谍”张露萍又有怎样的传奇？《红岩》小说里曾经提到的“监狱之花”是不是真实的人物？“江姐”究竟是江竹筠还是比她大7岁的李青林？

“红梅花儿开，朵朵放光彩……”这首经典歌曲，在中华大地上传唱了几十年。这也是《红岩》为什么能够深深地烙在几代中国人心头的重要原因之一。《红岩》之所以染红了一颗颗向往共产主义革命理想的崇高心灵，之所以让千千万万民众永志不忘，就是因为《红岩》里一个个“江姐”式的人物，她们像红梅一样，让共产党人的光辉形象永远照耀在我们心中……

真实的“红岩”故事里到底有没有“江姐”这人呢？回答是肯定的。那么她到底是谁呢？一般意义上说，我们都把敌人监狱里坚贞不屈、堪称“狱中大姐”的江竹筠作为“江姐”。其实，江竹筠只是当年在敌人监狱里表现坚强的女共产党员之一。

在被叛徒出卖的长长的一大串牺牲或脱险的革命者名单中，共有20多名女性（其中有3名是幼女）。你能想象在男人们都无法忍受的重刑和条件极其困苦的牢房里，所有的女性竟然没有一人当叛徒吗？这是什么原因？难道仅仅是性别上的差异？否也，人们常把男人比作钢铁一般坚强，女人总是柔情似水，眼泪当歌，可偏偏“红岩”故事里的女人们个个意志坚定，宁死不屈。

于是，我们从“红岩”故事中得出了一个很有意思的结论：女人无叛徒。

女人是忠贞和慈爱的大地母亲

“红岩”故事里的白公馆和渣滓洞这两个监狱是什么时候开始有女犯

的呢？据可靠的材料证明，白公馆相对要早一些，这是因为白公馆最早关的“犯人”中有王振华、黎洁霜夫妇，他们是从贵州息烽监狱转移过来的，时间在抗战刚结束的1946年。后来又有像叛徒蒲华辅一家中的母女二人到了白公馆。如果再往前推一下，白公馆还关押过“小萝卜头”一家中的徐林侠女士。然而，“红岩”故事中的“女犯”却主要关押在渣滓洞。

据说，渣滓洞的第一名女犯叫周香泉，她大约是1948年三四月份关到渣滓洞来的。她主要是因丈夫的原因被关押此地。周香泉当时已有身孕，加上她有一定的社会关系，在渣滓洞没关多久就出狱了。

1948年4月是重庆地下党遭到严重破坏的开始，渣滓洞里的“女犯”便成倍增长。在中共重庆地下市委书记刘国定、副书记冉益智及任达哉、李忠良等叛变后，重庆地下党的各级负责人和一般党员以至群众相继被捕。4月份一个月内，就有胡其芬、牛小吾、皮晓云、倪俊英、李惠明、熊咏辉和曾紫霞等7名“女犯”被关进渣滓洞，关在那幢两层16间牢房的楼上第六室，当时连周香泉一共是8个“女犯”。

五六月间，周香泉出狱。孕妇张秀蓉挺着大肚子被关进女牢，不几天又有张秀贞女士从雅安转成都也押到渣滓洞来了。

川东临委副书记兼下川东地工委书记涂孝文的叛变，使川东的许多党员被捕并押往渣滓洞。在这批囚犯尚未押进渣滓洞时，监狱方就把女牢搬到了渣滓洞院内左边一排平房靠监狱楼房的两间，即女牢一室、二室。在万县被捕的江竹筠、李青林、陈继贤、黄玉清4位女共产党员就是这时被关押到女牢的。1948年4月21日这一天，另一位女共产党员李玉钿也被押进女牢。这年下半年，又有罗娟华、胡芳玉、杨文玉、徐世荣、康继英、胡述民、曾永熙、黄莲生、朱世君、左绍英、杨汉秀、邓惠中、张静芳、马秀英、彭灿碧、盛国玉等“女犯”先后被关进女牢。1949年9月，刘国铥的未婚妻曾紫霞被保释出狱后，又有荣增明女士被关进渣滓洞女牢。

这样算来，从1948年三四月到重庆解放前的“11·27”大屠杀时，女牢共囚禁过30多人，因为关的时间前后不同，两间女牢中经常囚禁的大约为20人。

这些女人们，在敌人的严刑拷打和监狱条件异常艰苦和残酷的地方能够始终坚持对党和革命忠贞不屈的情操，实在令人敬佩。泰山压顶不弯腰的男人做到的事，她们做到了；暴风骤雨下男人做不到的，她们也做到了；寂寞痛苦和迷茫不清的征途上，有的男人迷失了，可她们却依旧唱着歌、昂着头，每天以爱和阳光迎接各式各样的斗争……这就是女性的伟大，女共产党人的可歌可泣！

有人说，女人骨子里比男人更坚韧。被自己的反动亲属、重庆市市长杨森亲手杀害的杨汉秀就是明证。

这位受周恩来指派从延安回到重庆从事地下工作的女共产党员屡次被敌人抓捕、用刑，可她每一次都英勇地挺了过来，从来就没有在敌人面前低过头、示过弱，而且时常以独特的机智和勇敢嘲弄敌人。

杨汉秀烈士的女儿李继业曾撰文这样回忆自己的母亲：

我妈妈从延安回来后，曾先后三次在渠县被捕，被关进成都将军衙门的省特委监狱，后因查无实据，只好把她释放了。第二次被捕是在1948年的夏天，妈妈离开我回到渠县参加武装起义失败后，重庆国民党西南长官公署二处副处长杨元森亲自带人将我的妈妈逮捕。由于妈妈在当地是知名人士，杨想借抓我妈妈来显显国民党的威风。当时国民党对华蓥山地区刚进行了残酷的反革命清剿，杀害了很多同志，到处充满着白色恐怖。为抓我的妈妈，敌人调来一连军警，要把她押到大竹去。妈妈知道，他们是想借抓她来达到镇压群众的目的，刚走到渠河边上，妈妈说啥都不走了，非要特务雇滑竿抬着走不可，还提出要带我的姐姐到重庆去读书。这时群众越来越多，特务怕出事只好同意了。一连军警前呼后拥地护送着两乘轿子上路了，特务想示威没有达到目的，倒让杨大小姐显示了共产党员的威风。

从大竹押到重庆，开始关在老街监狱。在那里妈妈认识了从垫江抓来的盛国玉同志（盛是渣滓洞监狱大屠杀时，脱险的唯一一个女同志），妈妈趁上厕所时对她说："我和你们是一样的人。"当时，妈妈身上穿着八路军军装，住的是单间牢房，又比其他难友稍多一点自由，可以在院中走动。所以，盛国玉搞不清楚我妈妈究竟是一个什么人，妈妈在跟她说话时，她只是哼哼哈哈地应付了几句话，不敢再多说别的。没过多久，敌人要把盛国玉等人转移到渣滓洞监狱。临行前，妈妈出钱请人炒了三大盘菜，为他们一行三人送行。临上车时，妈妈又过去对盛国玉说："你们先去，我随后就来。"几天后妈妈也被移送渣滓洞监狱，与盛关在同一间牢房。

狱中的生活很差，妈妈尽力从外面带进去吃的和用的东西，分给众难友共同享用。遇到监狱里要与敌人作合法斗争或是谈判之类的事情，她总是利用与杨森的这层关系出面与特务交涉。1949年新年快到了，难友们准备开联欢会，妈妈代表难友去跟看守所长谈判。当时三大战役胜利的消息已经传到狱中，特务们的心中早已惶惶无主，所以勉强答应了开联欢会的要求。那天，敌人在大门外增加了岗哨，机枪架在高高的铁丝网上，密切地注视着牢房内的一切动向。妈妈把被面系在腰上，从牢房跑了出来，带头扭起陕北的大秧歌，她边跳边欢笑着大声歌唱："正月里来……"妈妈跳的大秧歌，把联欢会的气氛顿时推向了高潮……

烈士女儿所描绘的这一幕，便是《红岩》小说中叙述过的著名的"狱中联欢"场景。那天东方旭日刚刚露出，渣滓洞监狱里突然热闹起来。狱友们欣然看见身穿褪色的列宁装的杨汉秀，举着"监狱之花"小卓娅，来到地坝中央给监狱内的叔叔伯伯阿姨们拜年。那小女婴被杨汉秀高高地举着，咧开小嘴，“咯咯”地笑着，惹得整个监狱一片欢声笑语。这时，只见杨汉秀这位曾经参加过延安秧歌队的鲁艺学员，把丝光被面系在腰间，甩开双腿，扭起婀娜多姿的美丽腰胯，如一道艳丽的彩虹，跳起了革命人熟悉的大秧歌。随着她的节奏，同室的“女囚们”一个个紧随其后，一起踏着轻盈欢快的步履，翩翩起舞。那丝光被面做成的彩绸，姹紫嫣红，使人眼花缭乱……年近50岁的狱中“邓大妈”加入了跳舞行列，受刑跛脚的李青林也踏着有节奏的舞步出现了，前几天还受敌人重刑的江竹筠那苍白的脸上也布满了红云，美丽漂亮的女青年曾紫霞头上的蝴蝶结更像一团烈火在跃跃跳动——

正月里来是新春，
赶着猪羊出了门。
猪呀，羊呀，赶到哪里去？
送给那英勇的解放军……

据说，当时守卫在监狱里的特务官兵们完全被眼前的场景弄得目瞪口呆，不知所措。在男室难友击手鼓掌和叮当作响的镣铐碰撞声中，女室难友们唱得更高昂，舞得更欢快了。

一心拥护朱德总司令，
一心拥护解——放——军！

这是爆发在渣滓洞监狱里的政治示威，是震撼这口“人间活棺材”的春雷，它让敌人心惊胆战了很久很久，也在革命者的记忆里永存——

1949年元旦。清晨。渣滓洞。
一号牢室蓦地响起嘹亮的歌声。

“起来，饥寒交迫的奴隶！起来，全世界受苦的人……”二室、三室……各室都跟了上去，女一室也应和着。开始，歌声不十分整齐，后来慢慢地统一了。300个难友一条心，300个难友一个愿望，汇聚成一股不可抗拒的铁流。

难友们唱得酣畅，唱得兴奋，歌声一直延续了一个早晨。“晨歌”算是春节联欢会的第一个节目。

第二个节目是互赠贺年片，互送礼物。

野火烧不尽，春风吹又生。祝同志们新年愉快！

楼下一室全体同志敬贺

一张香烟纸盒，制成4张贺年片，用竹签写着苍劲的蝇头小楷，下端画着出土的小草，引用白居易的诗，其寓意是很深刻的。

楼上一室的同志用贴锡箔的白纸片，写上工整、秀丽的小楷字：

星火燎原，愚公移山。

众志成城，水滴石穿。

楼上七室的同志，把罐头上的广告牌纸保留下来，反面写着：

熬过冬天，迎接春天；

越过高墙，穿过云端；

高山仰止，黎明来兮。

新年礼品琳琅满目，精致大方，多是同志们的精心创作，是劳动与智慧的结晶，其中有黄泥精制的围棋、象棋、跳棋，也有纸壳扑克、84张牌，最灵巧精致的要数五角星、利箭、小红心。作者是首屈一指的

"狱中工艺大师"——一楼二室的余祖胜。五角星象征光明、象征胜利，表达了同志们爱党爱国的一片赤诚。

第三个节目是张贴春联。

当一排热气腾腾的稀饭桶摆在放风的院坝，特务们刚打开各牢室的大门时，值日便抢先把饭桶提到门口，同牢室的几个人忙不停地用稀饭将零星草纸粘贴成长条，等同志们吃完饭，趁值日开门送出饭桶的一瞬间，便把春联牢牢地贴在了牢房门两边。

楼下七室的对联和横幅是：

两个天窗出气
一扇风门伸头
乐在其中

楼下七室的另一副对联和横幅是：

歌乐山下悟道
渣滓洞中参禅
扭转乾坤

楼上五室的对联和横幅是：

洞中才数月
世上已千年
万象更新

楼上二室的对联和横幅是：

满园春色关不住

一枝红杏出墙来

大地春回

对联现实性强，又比较含蓄，特务们看了莫名其妙。

吃罢午饭，李磊回五灵观家中过节去了，徐贵林早就拖着老婆、孩子进了城。当班的正好是黄茂才，他是难友们多次教育的策反对象。女室的杨汉秀、胡其芬、曾紫霞等人便大胆地向他提出：元旦我们要表演文娱节目，请你行个方便，开门大放风！黄见上司不在，也乐得做个顺水人情。

狱中联欢会开始。放风院坝顿时沸腾起来。

头场的表演谢幕，楼上四室的精彩节目“空中筋斗”开始。表演者头朝地，脚朝天，翻身腾空旋转 360 度，一个筋斗又一个筋斗，一连串的人影，形成一条条抛物线，从院坝这边翻到院坝那头，赢得了同志们的齐声喝彩。

接着一个节目是：七八个人围拢来站成一个大圆圈，五六个人踩着别人的肩膀再站上去，又形成一个较小的圆圈，三四个人再站上去，一层、二层、三层……最小的圆圈上只站着一个人，手执红旗，迎风招展，极目远眺高墙外的岗哨布置，借此侦察墙头上的电网设施。这个节目叫“叠罗汉”，是五室的同志为刺探敌情，有意安排的。它引来又一阵的欢呼声。

精彩的节目一个接着一个……

烈士杨汉秀，别名杨稚华，又名杨俊，在延安时期化名“吴铭”，1913 年出生于广安龙台寺的一个官僚地主家庭。其父杨懋修，大革命时期曾在国民革命军二十军第九师任师长；伯父杨森，是四川五大军阀之一。杨家拥有田产 3000 亩，是广安最大的官僚地主。1926 年杨汉秀随父在部队驻万县时，深受党代表朱德同志的喜爱，朱德经常给她讲革命道理，对她后来毅然背叛家庭、参加革命有重要影响。然而杨森则出于反革命本性，投靠了蒋介石，也借故“送走”了党代表朱德，开始了与共产党为敌的罪恶生涯。杨汉秀从此与其伯父势不两立。1939 年，杨汉秀来到延安，先后在鲁迅艺术学院美术系第四期和抗日军政大学学习，参加了南泥湾大生产运动，1942 年整风运动中入党。1943 年在延安中国公学第七期学习。1945 年被调到关中分区兵站工作，在此期间参加了著名的爷台山保卫战。抗日战争胜利后，因国共和谈需要，杨汉秀于 1946 年 9 月随中共中央副主席周恩来乘美军观察组飞机回到重庆。由于国民党破坏停战协议，发动了内战，杨汉秀一下飞机就遭到特务的监视，她在红岩村（八路军驻渝办事处）住了一个晚上便转到家乡从事地下工作。杨汉秀下乡后，便把佃户组织起来，以练团防和打太极拳的名义，培训地下武装，她把自己陪嫁的田地卖掉，购买枪支弹药支援华蓥山游击队，为革命斗争提供活动经费。1947 年和 1948 年间，她先后两次被捕。由于她在渣滓洞组织地下党与敌人展开针锋相对的斗争，弄得特务机关不知所措。其伯父杨森在无可奈何的情况下，把她“保释”出狱，叫她“不再参与共产党活动”，然而遭到杨汉秀义正词严的拒绝。这样，她才第三次入狱，一直到被其伯父亲自下令秘密处死。其间，她从来没有表现出丝毫的软弱与犹豫，始终对革命充满乐观主义精神。

杨汉秀殉难时年仅 36 岁。由于她是被杨森单独秘密处死的，所以关于她的死极少有人知道。重庆解放后，杨森本人逃到了台湾，关于杨汉秀的情况就没人说得清了。有关部门根据脱险的同志介绍她在狱中组织狱中联欢会等表现，将杨汉秀评为烈士，但她的遗骸一直没有找到，也不清楚她是否是共产党员。直到烈士遇难 20 多年后的 1975 年夏天，在金刚坡劳动的当地社员发现其遗骨，经有关部门派人前往调查并进行发掘，后经重庆医学院专家验定，及结合有关特务供词，最后确认这就是杨汉秀烈士的忠骨。周恩来的秘书龙潜得知这一消息后，虽在病中，依然写材料证明杨汉秀的中共党员身份（详情见本书第五章“忠诚之忠诚”）。康克清、汪锋等领导同志及干玉梅、朱挹清、熊扬等烈士生前师友都提供了证明材料，这样杨汉秀烈士才被正式确认和宣传。

1980 年 11 月 25 日，在重庆烈士墓隆重举行了“杨汉秀烈士遗骨安葬仪式”。这与她遇难的时间已相隔了整整 31 年。

在渣滓洞监狱，与杨汉秀有着类似经历的还有一位英雄女性，她的身份更特殊。现在我们到重庆红岩革命历史博物馆，就可以看到这个名叫“胡南”的女烈士的照片。她的照片下面有一份很珍贵的“简历”——户主姓名：周恩来，姓名：胡南，性别：女，教育程度：中学，业别：政，服务处所：中共代表团。

这个名叫“胡南”的女烈士，圆圆的脸，戴着近视眼镜，显得十分端庄、文静，眉宇间又有几分英气。上面这份“简历”，是她 1946 年在南京中共代表团工作时的户口册页上的内容。

新中国成立前夕，牺牲在重庆渣滓洞、白公馆的新闻系三位系友：胡南（胡永萱）、胡作霖、王朴

胡南，原名胡永萱，又名胡启芬，在渣滓洞监狱里，她的名字又叫胡其芬。这四个不同的名字，如同她生命历程中四块闪亮的革命丰碑一样，闪闪发光。

在本书的第一章里曾经讲到在“11·27”大屠杀的前一个星期，即 1949 年 11 月 21 日，一封以“吉祥”名义写给狱外地下党的信，希望党组织尽快组织实施营救计划。后因为敌人的大屠杀计划提前了，所以营救没有成功。而据查证，这封“吉祥”的信，也是革命烈士以“狱中组织”名义向当时的中共重庆地下党发出的最后一封可以查证的信件。从“吉祥”的笔迹和几位脱险志士的证词证明，此信是烈士胡其芬写的，这也是这位女英雄留给这个世界的最后心声，同时也充分证明了胡其芬烈士在生命最后时刻那从容、镇静和丰富的政治预见及周密的处事能力。这封被保存下来的信，是血写的丰碑，字字发热，句句闪光。

胡其芬在被捕之前，是以刘国𬭎介绍到他的亲戚、四川省建设厅厅长何北衡的何公馆做家庭英语教师的身份从事地下工作的。她的被捕也是由于重庆市委书记刘国定、副书记冉益智叛变造成的。那是 1948 年 4 月初的事——

4 月 4 日许建业因叛徒出卖被捕。4 月 6 日重庆市委书记刘国定到许建业住处接头时被守候在那里的特务逮捕后叛变，重庆地下党组织连续遭受重大破坏。身为中共重庆市委妇委书记的胡其芬马上接到了市委委员李维嘉（“老黎”为其地下接头称呼）的告警通知，知道市委出事，但是此时地下刊物《反攻》的负责人苏海（辛涛）、廖意林夫妇正受特务追捕，在地下党市委机关工作的胡其芬正忙着帮助他们转移，一时顾不上自己。

原来苏海和廖意林在 3 月间被叛徒出卖，特务到苏海工作的《新民报》搜捕，苏海事先已佯称回广西老家，请假离开。这时，特务知道其妻廖意林正怀孕临产，于是遍搜全市产科病房，企图抓捕。在此之前，廖意林已由胡其芬送到大姐永芬处，在陆军医院安全分娩。因特务寻踪搜捕，胡其芬匆忙去找苏海夫妇，传达组织通知。此时特务已到陆军医院追查廖意林下落。胡其芬在江边碰到苏海，惊喜地说：“我以为没办法见到你们了，居然见到了，真是谢天谢地！现在市委出了大问题，你们的领导老黎也没法来见你们了，他要我以组织名义通知你们，立即设法离开重庆。上海，你们不能去了，因为原定你们到上海后和南方局接头的地点和暗号可能被叛徒出卖了。”这样，就在当天晚上，苏海夫妇由胡其芬安排到济民医院后面的张肖瑜大夫家里住下，为了安全起见，孩子送进医院婴儿室哺养。

4月9日下午，胡其芬到济民医院最后商定了转移的办法，并为他们筹集了路费。苏海回忆此事时说：“我和意姐（廖意林）按照组织的安排，顺利地转移了，但是没有想到，其芬救活了我们，而自己却落进了敌人的魔爪，最后牺牲于渣滓洞监狱。至今思之，亦悲恸难名。”

4月9日晚上，胡其芬按约定与老黎碰头。因市委书记刘国定出事了，老黎的住处已不安全，胡其芬便邀老黎来江北她家中。次日早晨，她送老黎出门，若有所思，待了一会儿，匆匆走到庭院摘了一枝红蔷薇递给老黎，默默无言地分别了。在那白色恐怖严重的日子，他们随时都可能是最后一别。今朝分别，谁知道还能不能再见面呢？她目送着老黎走下江岸才回到屋里。随后，胡其芬又回到家把家里安排了一下，赶到济民医院，同一位地下党同志一起商筹同志们转移的路费。深夜，胡其芬又在济民医院的楼上秘密收听、记录新华社广播的新闻稿。

11日早上，胡其芬想起保存在何公馆里的一些文件和《挺进报》需要马上去处理掉。她哪里知道就在头一天，何公馆里发生了搜捕刘国铭、刘国铭又机智逃脱、徐远举与何北衡大闹一场的事，更不知道便衣特务早已把何公馆团团密封的惊险情景。当胡其芬踏进何公馆的那一刻，她便发现气氛不对，于是立即到房间去处理文件和销毁《挺进报》，然后佯装镇定自若地走到客厅里。这时早已等待在那里的特务们堵住了她。前一天因为刘国铭逃跑一事而与特务们闹得一塌糊涂的何太太一见胡其芬，顿时将所受之气全都撒向胡其芬。“你们要抓人就抓她吧！她就是刘国铭介绍来的家庭教师！”何太太指着胡其芬，对特务们说。

胡其芬就是这样被特务们抓捕的。作为与刘国铭有关系的嫌疑犯，她被关进了老街32号——特务机关西南行辕二处的办公所在地。在敌人看来，作为中共重庆市委妇委书记的胡其芬，同样具有“重要的利用价值”，所以对她的审讯和用刑也是必然的。而从地下工作转到监狱斗争，对胡其芬来说，只不过转换了一个战场。“在生与死的抉择之间，必须保持共产党人的革命气节，这是一个革命者的基本素质。”这是胡其芬平时对从事地下工作的同志们常说的一句话，而她更是这样要求自己的。

1919年4月26日出生的胡其芬，其父胡彦博是湖南湘潭人，早年留学日本。胡父为人正直老实，虽在北洋政府的财务部当会计，家境却并不好，常靠典当衣物维持生活。胡其芬的母亲肖石莼是湖南长沙人，性情豪爽，富有同情心，喜欢帮助穷人。母亲的性格对胡其芬有很大影响。6岁时，胡其芬在北京师范大学附属小学读书，并在家跟大姐胡永芬、哥哥胡笃亮学习英语。1929年胡其芬的父亲到南京赈济委员会做会计，胡其芬随全家迁到南京。1931年，她以优异成绩考进了南京女中。九一八事变打破了胡家宁静的生活，胡其芬开始痛恨日本侵略者，在忧虑、苦闷和思考中，她渴望了解现实生活，追求理想的社会生活，于是父亲书柜里的《三国演义》《水浒》《儒林外史》《红楼梦》等经典名著，成了她如饥似渴阅读的书籍，同时她也开始阅读进步的新文艺作品，如《子夜》《母亲》《夏伯阳》《毁灭》等都深深地吸引了她。

1935年12月9日，北平学生在共产党领导下掀起了具有重大历史意义的一二·九运动。胡其芬在南京加入了声势浩大的学生示威游行，并在两位堂兄的影响下，成为南京学联的成员。从此革命种子播在了年轻的胡其芬心中。在“南京学联”的内部刊物上，胡其芬读到了毛泽东《论反对日本帝国主义的策略》和斯诺的《西行漫记》，她的心开始飞向了当时中国革命的中心——延安。

1937年暑假，胡其芬考取了中央大学经济系。这时，抗战爆发，胡其芬一家迁到了长沙。在中央大学，胡其芬参加了“白雪剧团”，后又去长沙抗敌后援会救护训练班学习，并到伤兵医院服务。当年12月，经堂兄胡笃仲介绍，胡其芬参加了我党领导、以地方统战关系建立的湖北汤池农村合作社训练班的学习。就在这个训练班上，她加入了中国共产党。

1938年7月，胡其芬随家人到了重庆，在新市区委领导下从事地下抗日宣传工作。这年11月，根据党组织的指示，胡其芬进了中央大学经济系，就读于柏溪分校。作为革命的一颗种子，胡其芬受地下党沙磁区委的委派，在中央大学柏溪分校的地下党支部中任党小组组长。当时的支部工作，主要是通过学校的学生救亡联合会，组织“柏溪剧社”“歌咏队”“宣传队”，在校内和附近的农村演出活报剧、教唱救亡歌曲。在这些活动中，胡其芬十分活跃，唱歌、演剧、讲演、写文章，她都是一把好手。同学们钦佩她的才能，推选她为中大女同学会会长。然而国民党特务们对胡其芬领导的女同学会早已视为眼中钉，不断借事端对她进行诽谤谩骂和人身攻击，甚至采取卑鄙下流的手段故意找茬。胡其芬毫无畏惧，机警沉着地积极开展工作，后党组织获悉国民党当局准备秘密抓捕共产党员时，立即决定让胡其芬撤离中央大学。

1939年9月，胡其芬根据党组织的指示，转学到北碚复旦大学新闻系。由于胡其芬时常活跃在同学们中间，复旦大学的很多女同学都认识和喜欢她。毕竟胡其芬年轻，她的革命热情似火，却缺乏斗争经验，当局很快又开始注意这位叫“胡永萱”的女学生。这年冬天至1940年春，蒋介石再次掀起反共高潮，大肆搜捕共产党人和进步人士。胡其芬不得不撤离复旦大学，被调到《新华日报》研究室担任英文翻译工作。从此，她不再用“胡永萱”这个已被敌人注意的名字，而以“胡南”的名字出现在新的战斗岗位上。

“皖南事变”后，为预防国民党顽固派可能的突然袭击，中共南方局决定将《新华日报》的200多工作人员精减到80人左右。胡其芬属于被疏散隐蔽人员之一，后来组织又决定送她到延安。这对胡其芬来说是做梦都在想的好事。到延安后，她被分配在中央研究院担任秘书。

这是一段难忘的革命生活。活泼可爱的胡其芬到延安后如鱼得水，像其他女同志一样，天天穿着一套灰色军装，到处唱啊跳啊，仿佛心中有说不尽的欢乐。到了冬天，她还在头上戴上一顶自己用红毛线编织的帽子，显得比周围的女同志别致。能干好学、心地善良的她，真的太缺少斗争经验了。她的这些“小资情调”成了整党运动中的大问题。加上有人“揭发”她曾经参与的“南京学联”是“红旗特务”组织等，戴上这样骇人的大帽子，使这位未曾经历过严酷斗争锻炼的年轻共产党员，度过了无数个痛苦的不眠之夜。在长达一年多的审查中她受尽了委屈，不过这时的胡其芬却变得成熟和冷静多了。她的革命意志比过去更加坚定和有韧性了。

1945年6月，党组织给胡其芬作出审查结论，否定了那些不实之词。

就在这年12月，中共中央副主席周恩来率领中共代表团来重庆参加政治协商会议。胡其芬作为中共代表团的工作人员，随团来到重庆，在邓颖超直接领导下从事相关的妇女工作。

重新回到一别4年的山城重庆，胡其芬已经有了很大的变化，因工作需要，她的服饰和打扮也不一样了，烫了发，常穿着绸缎旗袍，一副上流社会的时髦妇女形象。

胡其芬的突然回来，令她家人惊诧和不安，埋怨道：“你怎么又回到这个老虎窝里来？特务整天都在抓共产党，你回来不是送死吗？”

“怕什么，我额头上没有刻字。”胡其芬淡然一笑，又平静地再三叮咛家人，“我改名启芬了，记住，以后叫我胡启芬。”

党组织根据重庆地下斗争的需要，又因胡其芬学历高、英语好，决定让她以一个基督教徒的身份参加基督教女青年会，以求通过这个有宗教色彩的合法机构，广泛联系各界妇女群众。在这个女青年会下有个妇女联谊会，地下党员李玉钿任理事长，这样胡其芬就和李玉钿以合法身份开展公开的和隐蔽的双重工作。胡其芬很快适应了变化的环境，以一个基督教徒的面貌出现在女青年会中，每星期一主持各部工作会议，会前领读《圣经》，然后讨论工作。牧师不在时，她带领工作人员做祈祷。人们以为她是教会大学出来的虔诚教徒，谁能想到她是无神论者，是共产党员呢！她代表女青年会出席重庆市政府召开的一些会议，从中获取有用的情报；她拜访女青年会的董事们，和一些上层妇女、社会名流交往，显得练达、稳重而又高雅；她密切联系群众，深深植根于群体之中。她联系的妇女联合会理事长饶国模，还是红岩村的主人，曾经热情地支持过八路军办事处，对办事处派回重庆做地下工作的胡其芬，她也予以积极帮助。后来胡其芬还成了这位“红色女主人”的入党介绍人。

胡其芬回到重庆工作不久，中共四川省委和《新华日报》便被国民党强迫撤出重庆，我党在重庆的工作一下陷入极端困难的复杂局面。面对严酷的斗争形势，胡其芬没有畏缩，而是更加团结同志，以顽强的战斗毅力坚守在“浓雾笼罩”的山城。为了听到党中央的声音，她和李玉钿等商议，以基督教女青年会的名义，集资筹款买了一部收音机，悄悄放在济民妇产科医院院长朱宝粹（地下党员）的寝室里。从那时起，胡其芬在每天夜深人静时，独自守着收音机，聚精会神地收听和抄录新华社广播的各种新闻和文章。第二天天一亮，便分送出去。除了供妇女联谊会各个小组学习之用外，还通过秘密渠道送给党的地下刊物《反攻》和《挺进报》使用。这也就丰富了后来的《挺进报》事件等故事……

在与敌人的周旋和斗争中，胡其芬还巧妙地利用合法的新闻工作进行公开的宣传工作。当时重庆的《新民报》和《新民晚报》是颇有影响的两张民办报纸，有地下党员和一些进步的新闻工作者在里面工作。为了冲破国民党的新闻封锁，只有直接抄收外国通讯社的英文电讯，才有可能向民众透露一点国民党中央社不肯报道的消息。于是外文很棒的胡其芬还每天都要挤出些时间为这两张报纸翻译一些英文电讯稿，一直坚持到她被捕为止。胡其芬利用一切可以利用的机会和条件，坚持不懈地进行着战斗，她的革命热情与斗争精神，如火焰一般炽烈。

1947 年 10 月，根据中共南方局指示，中共川东临时工作委员会成立，同时改组了中共重庆市委。市委委员李维嘉与胡其芬接上了组织关系。3 个月后，重庆市委决定成立妇委，由胡其芬、李玉钿、林琼 3 人组成，胡其芬为书记。这时，基督教女青年会任用了一位外籍干事，借故裁员，胡其芬不得不另谋一份公开职业。经市委同意，胡其芬由刘国鋕介绍到他的亲戚、四川省建设厅厅长何北衡的公馆做家庭英语教师。叛徒出卖了刘国鋕，也造成了胡其芬的意外被捕。

女共产党员胡其芬就这样掉入了杀人魔窟里，开始了她人生中最后的一年零七个月的特殊战斗生涯……

又一个“共匪”重犯落到自己手里，徐远举当时很是兴奋了一阵，因为他掰了一下手指：中共重庆市委的几位负责人除了许建业和几个没有抓到的以外，差不多该“投诚”的和该抓到的都在他手里。一个“装斯文”“装教徒”的小女子就这么“不听话”？跟共产党打交道多年了，徐远举知道了一些“规律”：凡在共产党内职务越高的人越容易“做交易”，那些没什么职务的、家庭普通的或者是穷人出身的反倒都是些“死党”。因此，像胡其芬这样见过大世面又懂西洋文化的人一定是“识时务者”。

“软硬兼施，以软为主，该硬则硬，一硬到底”，这是徐远举对付有文化的共产党人的一套手段。胡其芬被押来审讯时，徐远举采取的便是这一套做法。但胡其芬的表现让徐远举还是很意外和吃惊。软的根本不行，于是就对她来硬的。所谓硬的，就是上刑，上毒刑。

“已经到这个份儿上了，你还有什么可扛着的？”特务们使出种种刑具，仍撬不出她嘴里的一个“共党”的词来。“刘国鋕是共党分子，你是他介绍到何家的，你就跟他没有一点关系？”

无论特务们如何反反复复责问上面这类问题，胡其芬还是那句话：“他是共产党，我就一定是共产党了？笑话，你爹是贼，你就一定也是贼？”

特务们气得不知如何是好，能发泄的只能是将胡其芬又一顿毒打。

徐远举亲自上阵了，他冷笑着问：“何公馆有人告发，你和刘国鋕经常密谈到深夜，两个人在屋子里嘀嘀咕咕的，你敢说没关系？”

不想，胡其芬毫无顾忌地反问他：“这青年男女的私事，难道也犯法吗？你没有讨过老婆？那你肯定断子绝孙了！”徐远举碰了一鼻子灰，又找不到合理的茬，只好丢下一句狠话：“那就让她跟刘国志享受一样的待遇吧！”

特务们便把手铐脚镣给胡其芬戴上……

这样胡其芬和差不多同一时间被捕的曾紫霞、李惠明等女同志作为刘国志的“同案犯”，被转押到渣滓洞监狱，关在楼上六室。这时的刘国志被关在楼下七室。

狱中，她才正式用了“胡其芬”这个名字。入狱后，具有丰富地下斗争经验的胡其芬，立即设法与刘国志取得联系，并将在敌人面前制造他俩是恋人假象的计划告诉了刘国志，好让刘国志这位“花花公子”作掩护。用假象麻痹敌人，这是革命斗争的手段之一。

到渣滓洞监狱后，特务们并没有放弃对胡其芬的审讯。第一次，难友们见她从容不迫地去了，又若无其事地回来，俨然像个虔诚的基督教徒，特务们只能对她摇头。第二次，特务头子徐远举又亲自出马。这次他手头拿到一张署名“刘仲逸”（叛徒刘国定）证明胡其芬是共产党员的字条。可胡其芬还是一问三不知，就是不承认自己是共产党员。徐远举觉得如此一个文弱的女子，怎么会在老虎凳、狼牙棒等刑具面前面不改色、心不多跳？他觉得这是对他这位特务头子权威的挑衅，于是就疯狂地吼道：“你的上级把你交出来了，他是市委书记，你在他手下工作，他说你是共党，你还有什么不承认自己是共党的理由？”任凭大小特务怎样地狂叫毒打，胡其芬始终不紧不慢地回答他们：“我没有什么上级，只是何公馆的家庭教师……”

“你承认了有什么不好？你们的市委书记刘国定承认了，当了官，过上了好日子。你痛痛快快承认了也有好处，你愿意干什么都可以，我们马上放你出去。”徐远举换了一个口气道。

胡其芬依然冷冷地说：“我不知道什么刘国定，只知道自己不是共产党。”

“啪！啪！”徐远举勃然大怒，重重地打了胡其分两个耳光。旁边的特务们兴奋地助威着、号叫着。

胡其芬嘴角流血，昏倒在地。特务又趁机踢她、打她，用冷水浇醒她，再让她招供。

“我就是家庭教师胡其芬，其他什么都不是。”胡其芬愤怒地面对敌人，镇静地回答。徐远举和特务们在这样的女共产党员面前只能泄气。

胡其芬所在的渣滓洞监狱内的“囚犯”，大都是因1947年“六一”事件和1948年4月中共重庆市委主要负责人刘国定和冉益智叛变事件而被捕的共产党员和革命人士，敌人视为要犯，看管特别严密。然而，革命者自有对付敌人的办法，他们在被禁锢的牢房里依然能通过秘密渠道暗中联系，互相通气。胡其芬入狱后，很快就同难友们联系上了，特别是和早先入狱的许建业等人建立了联系。同时她以基督教徒的灰色面貌为掩护，积极开展另一种更加特殊的革命活动。

原豫丰纱厂的工人党员牛小吾回忆说：“我于1948年4月初被捕，关在渣滓洞监狱，不久胡其芬就来了，我们同一牢室。隔壁关着许建业同志一人，重镣重铐，专门有一个特务班长看守，不准他放风，也不准我们接近。一天放风，特务班长离开了，我没走，找许建业同志讲几句话。许坐在门口，我靠在门边，他告诉我任达哉带人在茶馆里抓了他，又说他已告诉胡其芬让她把难友们组织起来。这是许建业同志亲口对我说的，所以我一直认为胡其芬是渣滓洞活动的组织者和领导者之一。”事实上，胡其芬确实也照许建业的嘱咐在监狱内进行了各种地下组织活动。她是事实上的监狱地下党组织负责人。

张坤璧（狱中名张秀真）回忆说：“我在雅安被捕后于5月底或6月初转押到渣滓洞监狱。当天下午，胡其芬给我介绍了周围环境、情况，还传给我一张字条。这是胡春浦同志给我的，主要问我被捕的情况，叫回条，她传给男牢室转交胡春浦。……在放风时，胡春浦告诉我，胡其芬是可以信赖的，有事都可以和她商量。我从进狱到1949年1月出狱，从始至终，她给我很多帮助。”

胡其芬入狱后，注意观察环境，分析周围的人，包括监狱的看守人员。好像一个有经验的老兵，在陷入敌人重围的情况下寻找冲出包围圈的突破口。她要打通一条与外面联系的秘密通道。她看见被捕入狱的同志天天增加，知道党组织遭受了严重的破坏，但是她相信党的组织一定还在山城坚持战斗，必须找到可靠的关系同党组织取得联系。反动派倒行逆施，不得人心，不满的人到处都有，敌人的营垒不可能是铁板一块，因此总可以找到缝隙。她很快了解到同室难友周香泉通过监狱的医官刘石仁找到堂兄的事。

周香泉来女牢最早，她怀孕在身，入狱后呕吐厉害，不思饮食。刘石仁从医学观点考虑到孕妇的需要，又考虑到将来分娩怎么办，就利用看病拿药的机会在药包内包了一节铅笔，问她重庆有无亲人。周香泉第二次看病时写了回条，说她丈夫有个堂兄在南岸内二警工作，未见过面，希望帮她联系。第二天，刘石仁到南岸找到了她丈夫的堂兄。不久，周香泉便收到了她丈夫堂兄送来的营养食品。胡其芬根据这个情况分析：刘石仁敢于违反特务的禁令，冒着极大的风险为政治犯带信出狱，至少是个富有同情心的善良人，于是她决心进行试探。

刘石仁是天津人，做过童工，曾在冯玉祥的西北军军医班学习，受过抗日反蒋思想的熏陶，是一个有爱国心的军医。因为受排挤一度失业，抗战胜利后随着失业军官登记，编入军官总队，分配到西南行辕检诊所工作。渣滓洞监狱成立分诊所，他被派来当医官。他没有参加特务组织，所以他对待政治犯的态度与其他特务明显不同。

胡其芬在看病的时候，塞给刘石仁一张字条，上面写着：“医官，听难友说你是好人，难友们需要你帮助的地方很多，尤其我这病人，请接受我代表难友向你表示感谢！”刘石仁悄悄将字条收了起来。看完病发药时，她又塞给刘石仁第二张字条：“医官，不要怕！”刘石仁迅速收起字条，没有声张。

几天后，胡其芬又进一步进行试探。看病时，请刘石仁带一张字条到陆军医院交给大姐胡永芬，要家里带点日用品和药物。刘石仁把信带给了胡其芬的大姐胡永芬，刘石仁本人也见到了胡其芬的父母。胡家对刘石仁十分感激，拜托他多加关照监狱中的胡其芬。刘石仁把胡永芬写的回条和托带的物品带进狱中，借看病的机会悄悄给了胡其芬。这条和狱外联系的秘密渠道就是这样打通的，胡其芬写给狱外地下党的信，其中有一些就是通过刘石仁传出去的。

监狱的情况非常复杂，当时外面给监狱里的政治犯送日用品是受限制的，带信和书报更是绝对不准许的。刘石仁这条渠道打通后，男女牢房找他带信的人逐渐多了起来。胡其芬发现这个情况后十分重视，经与狱中党员骨干研究后，她又给刘石仁写了一张字条："医官，大家的条子太多了，你穿着军装，不当去的地方你去了，这样对你太不利，对我们也很危险，因为我们只有你这一条路子向外联系，今后我们由几个可靠的人与你联系，集中转交来往的条子，你说好吗？"事后刘石仁也确实这样做了。

胡其芬是个具有丰富的对敌斗争经验的同志，为了避免暴露，她在一段时间后，改由张坤璧代替她与刘石仁联系。张坤璧患肺结核病，看病拿药的机会多，即使同医官刘石仁接触多一些也不易被敌人怀疑。因此，这条秘密联络渠道一直隐蔽得很好，直到最后时刻也未被特务发觉。

胡其芬通过刘石仁送信是十分慎重的，先是送到家里，仅限于带些生活用品之类，以后是经七星岗文通书局转吴锦再转给济民妇产科医院。经过多次考察，确认刘石仁可靠，才开始让他将信直接送到济民医院的朱宝粹院长手里，然后送给中共重庆妇委的况淑华。一天夜晚，难友们对值班的看守说，胡其芬病了，快请医官来看病。刘石仁果真来了，女共产党员李玉钿站在牢房门口故意高声向他说："大胡心脏病发了，快来看看！"刘石仁一边应着一边走到胡其芬床前，这时胡其芬迅速塞给他一张字条，低声说："这里有人受刑不过，咬上了外面几个朋友，请你明早把字条送出去，让他们躲避一下。”刘石仁收下字条，草草“看完病”就走了。

第二天清早，刘石仁将信送到七星岗文通书局。吴锦收到信，按信中的嘱咐请济民医院的张肖瑜大夫去重庆大学找一位同学，通知重庆大学“六一社”社员赶快转移，使去重庆大学捕人的特务扑了一个空。

胡其芬她们通过黄茂才也送信给在重庆大学的况淑华，从而又开辟了另外一条与地下党组织联系的秘密渠道。解放后重新做人的黄茂才回忆起那段经历时一直还记得胡其芬等同志在监狱里对他的教育和帮助。他说：“胡其芬肯说话，她见到我总喜欢拉扯几句。看起来东一句、西一句，随便摆谈，其实都是启发我、教育我。我慢慢明白了一些道理。淮海战役后，我给他们带进了报纸，胡其芬对我说：国民党肯定要垮台，重庆肯定要解放，你是青年，跟着共产党走，为人民做了好事，将来也会欢迎你的。我原来的落后反动思想渐渐转变了，愿意为她们做点事。”

心中有信仰，即使在艰苦卓绝的环境里，真正的共产党人也仍然充满乐观心态。胡其芬就是这样的共产党人。对她这样的人，监狱只能禁锢她的身体，却禁锢不了她的精神和思想。阴暗潮湿的牢房里，条件十分差，可胡其芬从来没有因此产生过悲观情绪，相反，她总是在同志们面前哼哼歌，做些小玩意儿活跃气氛。她自制过一把团扇（作为烈士在狱中的唯一遗物，保存在重庆红岩革命历史博物馆），在扇面上题写了“清风徐来”四个字，同室女难友们总轮换着拿这把扇子鼓励自己对敌斗争。

在残酷的监狱里，有时一些年轻同志尤其是年轻的女同志没有经历过敌人的残暴行径，很难一下经得起这种特殊斗争的考验。胡其芬被关进渣滓洞监狱不久，就有意识地组织女牢的难友进行辅导性的学习。首先是理想和信仰的学习。她和女牢的同志有一个共同的口号：“活着干，死了算，活着出去还要干！”所谓干，就是干革命。她和江竹筠、李青林等女党员骨干组织女难友们一起学文化、学政治，用革命理论武装头脑，收到很好效果。

胡其芬喜欢唱歌，她把教难友们唱歌作为一项重要工作，一如她过去在抗日宣传中教唱救亡歌曲一样，她教难友们唱各式各样的歌：有战斗的歌，有抒情的歌，特别是解放区和苏联的歌曲，更为难友们喜爱。其中《青年近卫军》成为监狱里最流行的歌之一：

我们迎着曙光前进，
战斗的同志们！
敌人就要崩溃，
胜利就要来临。
快武装起来团结紧！
劳动者青年一条心，
我们是无产阶级青年近卫军！

高唱着这样的战斗歌曲，难友们的斗争意志更加坚定，也对胜利更加充满信心。

对新入狱的难友，特别是缺少斗争经验的年轻同志，胡其芬总是满腔热情地关心她们，帮助她们认清形势、安定情绪，教她们如何对付敌人，如何对付刑讯。比如进步女青年张坤璧在被押到渣滓洞监狱时，胡其芬就告诉她，这里要进行复审，一般不用大刑，即使弄到二处去用大刑也不要怕，熬过去就没有什么了。还同她谈气节问题，告诉她，哪些行为是背叛革命，是叛徒。这些话对张坤璧非常管用，使她在特务审讯前便有了思想准备。特务提她去复审时，她心里就比较镇定。当特务先叫张坤璧看老虎凳、刑架、皮鞭等刑具，企图吓唬她一通时，张坤璧镇静自若地对付了过去，没有暴露党的任何机密，后来也一直顶住了敌人的种种威胁和刑拷。

在“11·27”大屠杀中幸运脱险的盛国玉，是因为丈夫被捕而牵连入狱的。胡其芬和难友们对盛国玉热情帮助，使其终生难忘。她曾这样回忆说："她们对我像亲姐妹一样，关心我，安慰我，照顾我，使我不感觉孤独害怕。大胡（其芬）经常讲狱中斗争的情况。她说：李二（青林）被敌人的老虎凳折断了一条腿，但是她仍然愉快地生活、学习、参加斗争。江姐受刑那么重，但她根本不害怕。惨无人道的刑具征服不了革命者坚强的意志。她告诉我，以后法官来审讯时，胆子放大些，不要怕。我们是为了人民的解放而不幸被捕的，不是罪犯，在敌人面前要理直气壮。现在我们坐牢，每天只有两顿饭，洗冷水，但是这样的日子不会太长的了，革命一定会胜利的。由于大胡对我的启发帮助，我有了信心和勇气，觉得监狱并没有什么可怕。"

监狱里的斗争是复杂的，需要随机应变，注意策略，既要坚持原则又要采取灵活多样的方式。1948 年秋，监狱里来了一个"感训员"白佐生，对政治犯进行所谓"思想攻心"。这家伙出了不少坏点子，其中一个主意便是出一份《新生壁报》，企图拉一些不坚定的分子下水，写所谓的"悔过""反省"之类文章来软化和动摇难友们。如何与之斗争呢？"我有办法。"胡其芬在党员骨干讨论时说，"我是基督教女青年会总干事，我来写文章。"后来她果真写了一篇题为《纪念耶稣》的文章。文章说：耶稣被叛徒犹大出卖，钉在十字架上，为自己的信仰流尽了最后一滴血。他死得慷慨从容。耶稣那种为真理而献身的精神是值得学习的。文章结尾写道：主啊，请你考验我吧！难友们放风时看到这篇带有宗教色彩的文章，一下就明白其中的含意，而且和自己的境遇联系起来，精神上受到鼓舞。敌人万万没有想到他们费尽心机搞的这个壁报反而被政治犯所利用，只好作罢了。

原新四军战士龙光章由于长期的监狱折磨，全身浮肿，病情严重。胡其芬向医官刘石仁建议开出病危证明，要求将其送往陆军医院医治。经过刘石仁的多次争取，特务看守所所长被迫同意。胡其芬写信给在陆军医院担任内科副主任的大姐胡永芬，要求她尽力挽救这位难友的生命。在胡永芬的关照下，龙光章的病情终于好转，但是特务不等他痊愈就迫不及待地将他押回监狱。回狱之后，龙光章病情恶化，不久，病逝狱中。难友们为了抗议特务对龙光章的迫害，要求在狱中开追悼会，为此发动了绝食斗争。胡其芬抱病和难友们一起绝食三日，终于迫使特务看守所所长允许召开追悼会。这天胡其芬和女牢的难友们一个个戴上小白花，表示对战友的沉痛哀悼。这是一次胜利的斗争，显示了团结的力量、组织的力量。

胡其芬想通过医官刘石仁营救一些难友出狱。她问刘石仁，能不能多开一些疾病证明，争取使一些患病的难友得到保释出外就医的机会。刘石仁考虑之后便给一些难友填写严重疾病的病历，以备特务核查，然后，开出保外就医的证明。虽然特务没有全部同意，但其中一些案情较轻的同志，在 1949 年和谈期间，在外面配合营救下，终于获得释放。

监狱的条件十分恶劣，终日不见阳光，伙食粗劣不堪，许多难友严重营养不良，全身浮肿，有的患了痢疾、肺结核、心脏病。胡其芬入狱后也患了严重的心脏病，经常胸闷，气紧，心绞痛，身体日趋衰弱。但她对自己的病并不介意，依然以火样的热情关心和帮助有困难的难友。她把家里通过济民妇产科医院的同志们给她送来的药品、奶粉、鱼肝油丸等等，分送给有病的难友。左绍英生了孩子，缺奶，她把自己的奶粉送给了婴儿，虽然她当时的身体也迫切需要营养。她还把自己穿的绒线衫拆了，给婴儿编织衣服。她时常抱着婴儿站在门口，哼着温柔的曲调。在这个诞生于苦难中的革命后代身上，她寄托着对未来的希望，给孩子取了个苏联女革命者的名字“卓娅”。她哪里想到，这个未满周岁的婴儿也会惨死在特务的机枪下呢！

胡其芬以亲身经历写了共产党员在监狱和法庭进行斗争的剧本。她用竹签当笔，伏在床上写呀写呀，写了厚厚一本草稿。这不是一般的剧本，而是真实的记录，是向党的汇报，可惜竟没有一页保存下来。

胡其芬在黑牢里战斗了 590 多个漫长的日日夜夜，她始终像一团火，熊熊地燃烧着……她的行动和充满机智的组织能力，使得革命者在黑暗的监狱里依然充满朝气和信心。

1949 年 11 月 27 日深夜，当胡其芬和监狱同志们正在与外面的地下党组织准备大营救的实施计划时，敌人的大屠杀提前开始了——当特务们以转移为名，将两间女牢的 13 名政治犯押到男牢楼下八室时，守在牢房风门口察看外面动静的胡其芬，见一群敌军拥进放风坝、架起几挺机枪对准牢房。她立即意识到这是最后的时刻了，故拿出全部力量和感情，奋臂高呼起“中国共产党万岁”的口号。她的口号带动和惊醒了所有难友，于是整个监狱立即响起了惊天动地的口号声，那声音震撼了巍峨的歌乐山……

“胡南”——胡其芬——牺牲的消息，传到了北京中南海。传到了人民政府总理周恩来那里，周恩来和邓颖超夫妇长久地沉浸在痛苦的回忆之中。“小胡是个好同志。”人民总理深深地对天长叹一声后，叫来秘书，交代秘书一定要安排好烈士父亲胡彦博的工作，聘请胡彦博为轻工部专员，以表党对烈士的崇高敬意。这里面也有“户主”对“家庭成员”胡其芬烈士的一份深切的爱。

男人被抓进监狱，上刑、恐吓，甚至假枪毙、真枪杀，一道道生死考验、无数个寂寞孤独的长夜和饥饿、疾病无人问津等想象不到的困难与折磨，在这样的环境里能坚持下来的就是英雄好汉。其实从人性的角度看，那些不能坚持下来的也属于正常范畴。生命只有一次，人的身体是血肉之躯，谁不怕疼？谁不怕死？谁没有七情六欲？谁没有儿女情长？

从第二章我们剖析的几种叛徒背叛革命和共产党的行径的全过程看，都基本上是属于或经不起皮肉之苦，或念儿女情长，或贪图荣华，或惧怕一死。而特务徐远举能够在这些人面前频频得手成功，用的招数也差不多靠什么“好汉不吃眼前亏”的种种“规劝”来实现“软化”

目的。

女人也是人，通常意义上，女人要比男性弱和柔，俗话说：女人的身子是水做的，女人的性格似水一般柔。可是为什么女人在敌人面前竟然表现得那么坚强和勇敢？为什么她们那么不怕死，那么经得起严刑拷打，那么经得起寂寞和折磨？这是一个令笔者十分好奇和值得深究的问题……

同样是人，按理说，在毒刑面前，女人更容易扛不住，可“红岩”故事里的女人则比男人更扛得住，而且确实个个扛住了。这是为什么？笔者经过对“红岩”故事里的各种人物进行分析后，得出结论：

首先，女人的忠贞程度要比男人高。

这里所说的忠贞，不仅仅是男女之间的爱情忠贞，而且是大爱之忠贞，大爱包括了对民族、对国家，尤其是对党和组织及同志的那种崇高之爱，也就是我们常说的信仰所产生的忠诚与爱。从已知的历史史实中我们知道，当时在敌人监狱里受刑最重最多的当算李青林、胡其芬、杨汉秀、邓惠中、江竹筠（后两位女英雄在后文另述）等女共产党员，这些人之所以能够经受得起敌人最严酷的迫害，是因为她们对共产党和共产党所领导的革命事业充满了信仰的力量，任何反动力量都不可能对这样的共产党人的信仰产生丝毫的动摇，即使在死的考验面前，她们也会表现出视死如归的英雄气概。

其次，女人对建立什么样的人生价值观比较严肃认真，一旦建立就牢不可破。

入党为了什么？入了党应该遵守和坚守什么？这是每一个共产党人都需要认真对待与严肃履行的。然而现实生活中，有些共产党员在入党时就没有很好解决或者就根本没有把为什么入党、入党后如何履行党员的责任与使命放在心上，更有一些人从一开始就入党动机不纯，他们就是为了升官发财或为获得更多的利益才加入组织的。那么没有解决好为什么入党和入党后应该履行什么样的责任与使命的人，在和平时期他们还有可能做到一般意义上的“积极”“肯干”，甚至“能干”，也还可能成为“先进”和取得某些领导及同志们的好评而成为党的骨干与领导者。但一旦组织和个人的环境发生了变化，特别是个人的前途有可能毁灭时，尤其是在生死考验面前，他们再也不能继续服从党的事业需要，容易出现背叛组织、出卖同志的行径。刘国定、冉益智等叛徒就属于这类人。女共产党人一旦建立自己的人生价值观后，就不太容易改变，她们很容易认“死理”，对革命异常坚定。比如叛徒李文祥，也算是一位当了10年县委书记的“老同志”了，他在坐了8个月监狱之后“忍受不了”才当了叛徒，监狱地下党组织在分析他的变节过程后这样指出：“事实上，他虽是有10年以上党龄的党员，但并没有好好地学习过，没有在工作中严格地锻炼自己，他一直记得自己是当过县委书记的，有10年以上的党龄，而且苦了这样多年，一点享受和报酬都没有，结果还要被捕，真是太不值得了……李的恋爱观点也有问题，把妻子作为从属于自己的、没有独立人格的女人。那种封建的嫁鸡随鸡、嫁犬随犬的男性中心思想，就是从他的思想见解——人生价值观——里产生出来的，这种封建、落后、自私的观念，是不可能和‘革命思想结合的’。这种思想的不纯，就是李文祥之所以叛变的本质上的原因。”相比之下，女共产党人的思想境界要纯洁得多，就像她们对待爱情一样，一旦许嫁给某一个人后，她们会忠贞到底。杨汉秀烈士的同事回忆，烈士生前经常对她这样说：“一个人的死有重于泰山，有轻于鸿毛，事到临头，倘若有一天我们失去了自由，那我们就应准备为真理而死！这就是一个共产党员的高尚追求……”她们这样说，也这样履行自己的誓言。常言道，女人一般不发誓，一旦发誓，至死不变。男人则容易变，当然不是所有的男人都善变，那些入党动机不纯、对革命事业本来就缺少热情和真诚的人，才容易背叛组织和出卖同志。

第三，女人比男人重感情、讲面子，所以不容易当叛徒。

在白公馆和渣滓洞前后关押的“女囚犯”中，她们多数与被捕的“男囚犯”有各种关系，多数是因自己的男人牵进案中才被捕的，或者是因为同自己的男人一起从事革命工作而被捕入狱的。这些女同志对男人的信任和依赖性很强，她们认定自己的男人是英雄好汉，是坚定的革命者，她们对自己男人的那份爱有时超越了对革命信仰和对革命事业的忠诚，或者说因为她们所爱的男人的信仰和对革命事业的忠诚才使她们也对革命事业和共产党产生了忠诚。知识分子出身的女青年曾紫霞便是这样的典型女性。她在与恋人刘国铉的恋爱过程中，对恋人所从事的革命事业与理想追求有了从了解到同样热爱的思想转变，之后她跟随恋人出生入死进行《挺进报》宣传与其他党的地下工作。当她和恋人双双被捕后，作为一个年轻的女性、一个家庭生活条件比较优越和年轻美貌的女性，她在残酷的监狱生活中要经受考验实不容易。然而，刘国铉在敌人的严刑拷打面前和监狱中的表现让她感到无比自豪和荣耀。在监狱里，有一个真实的情节给同志们留下了深刻印象：

刘国铉屡遭敌人的毒刑和折磨后，仍每天在放风时间里要见一见自己的恋人，而且当女牢放风时，这位痴情的小伙子总是站立在牢门口一直望着他的恋人曾紫霞，时而向她微笑，时而偷偷说上几句话。有一次，他竟然高唱起了一支革命同志都非常熟悉的俄罗斯革命歌曲：

感受不自由，
莫大痛苦。
你光荣的生命，
牺牲在我们艰苦的斗争中，
你英勇地抛弃头颅，
英勇，你英勇地抛弃头颅！

这歌声让恋人曾紫霞激动万分，一是她第一次发现自己的恋人竟然有那么好的嗓子，那声音是那么的浑厚、高昂、动听，同时又显示了刘国铉决心同敌人作殊死斗争的决心。“小曾，你也唱一首！”有女难友用胳膊捅捅曾紫霞，怂恿道。曾紫霞本来就泼辣，立即来了情绪，竟当着敌人看守的面，拉开嗓门对唱起来：

岂有这样的人我不爱他？
岂有这样的人我不爱他？
他是个真情汉子从不玩虚假，
这才值得人牵挂——
就说他是个穷人也罢，
有钱岂买得真情无价？
就说他是个犯人也罢，
是为什么？
他才去背犯人的枷。
他是这样的爱得深、爱得真、爱得大，
他和祖国的命运不分家。
他爱朝阳、爱月夜、爱冰雪天地、爱春花，
更爱黑龙江上天边一抹红霞。
我爱他那一份傻呵，
更爱他跨着如飞的白马，
越过高山越过江水，
闯入森林闯入青纱，
咬定仇人不放他。
我——
但愿和他是一对，
但愿他是我的情人，
我爱他，
我爱他……

这首《岂有这样的人我不爱他》的歌，如激情澎湃的夏日甘霖，不仅滋润了恋人刘国铉的心，也把整个监狱的难友们的心田荡漾了起来，那份革命爱情的美酒，让所有男女难友们顿时沉浸在无限幸福之中，并且化作任何空洞的口号所不能代替的力量。

有一阶段，敌人为了瓦解我革命同志间的关系，放风说刘国铉叛变了，也有人把刘国定的叛变误传为是刘国铉叛变了，这个时候是对曾紫霞这样年轻女同志的极大考验。但是曾紫霞凭借着她对恋人的了解，认为像刘国铉这样的人不可能背叛革命和出卖同志，为了支持和鼓励自己的恋人坚定革命意志，她用自己在女囚室跟李青林等大姐刚刚学会的绣花手艺，特意亲手给刘国铉制作了一只绣花枕头。曾紫霞后来谈起此事时仍充满炽热的感情，她说："以前我没干过绣花的活，我觉得那手工太细、太复杂，学不了，但后来有一件十分意外的事居然使李青林硬是亲自教我绣了一个枕头，这是我一生绣的唯一一个枕头。事情的经过是这样的：当我未婚夫刘国铉从白公馆提到渣滓洞审讯时，他曾要求把我提到办公室同他见一面，可敌人用苛刻的条件为难他，使他不得不放弃同我会见的希望。这件事女牢的几个难友都知道，李青林也知道，她考虑了很久，向我提出让我绣个枕头给国铉，安慰他，鼓励他，因为当时不可能写信，但送一个枕头去却是可能的。我开始感到李青林的建议不能实现，第一没有布，第二要我绣根本不行，但李青林亲自筹划，亲自手把手地教我将它绣出来了。这是一个什么样的枕头呢？布是我的一条长裤改的，李青林设计把裤子的那条缝放在枕头的三分之一处，接缝处抽了几股纱锁成胡椒眼花，使接缝显不出来。她设计的图案是：一面用红线绣两颗红心，一支箭穿着两颗心，象征我和国铉的心是爱神之箭穿着的；另一面用蓝线（代替绿线）绣一颗挺拔的松树，盼他像青松一样坚强。这枕头两面的花都是用的挑花，花绣在三分之一那一边，十分高雅、别致。当枕头还没有做完时，李磊制造的'刘国铉已出狱'的谣言就在渣滓洞传开，我现在记得那样清楚，我绣这枕头时简直是用整个心在绣的，我觉得只要国锟收到我的枕头，他就不会动摇，他会感到有一颗热爱着他的心！没有多久，国锟又从白公馆提到渣滓洞审讯，他的到来粉碎了李磊的谎言，使女牢的人都放心了。我把枕头交给被我们争取了的看守黄茂才，要他设法转给国锟，黄茂才在狱中告诉我已交给国锟……后来我被家人保释出狱，国锟要罗广斌如能再见到我时一定告诉我：'好好选择自己的道路，继续完成我未完成的事业，走革命的路。'这成了他的遗言，它鼓励了我后半辈子的人生道路。"

被关押在白公馆和渣滓洞的女人太不易了。她们一方面要直接面对和经受敌人强迫给予的重刑与生死考验及监狱的艰难困苦条件，另一方面还要承受自己的男人的所作所为带给她们的一切，包括荣誉与尊严，还有耻辱与诋毁。前者当然是荣耀和自豪，而后者就让这些女性无法接受，然而她们还必须面对和经受这些特殊考验。

比如，皮晓云和牛小吾两位女青年是同乡、同学，同时到城市工作，同在豫丰纱厂当工人，又在 1948 年 4 月 6 日同时同地被捕，同日被关到渣滓洞女牢，因此她俩被渣滓洞许多男犯称为最铁的"牛皮"，既取其姓又带有对其坚韧的赞赏之意。被审讯时，特务把她们亲笔写的自传摊开要其承认共产党员的身份。她们曾十分不解，为何自传竟落入敌人之手？当她们被关到渣滓洞楼上六室女牢时，一眼就认出了楼上五室的许建业，并很快同他联系上了。许建业向她们说出自传情况和被捕原因，主要是因为许建业被捕后，轻信了看守陈远德的允诺，结果特务们在许建业住处搜出了工人自传等材料。

许建业为自己的失误悔恨不已，曾三次碰壁自杀未遂。"牛皮"二人知道这些情况后，没有为自己的被捕而对许建业有丝毫的怨恨。谁能没有失误呢？虽然这失误带来了不小的损失，但许建业在敌人面前表现出了英勇不屈的精神，他整天戴着几十斤重的手铐脚镣，还在秘密组织监狱里的共产党员与敌人作斗争。他还关心、爱护同志，这些都使"牛皮"二人深深地爱戴这个重庆市委工委委员和她们的革命引路人。可许建业这么好的党的领导和师长怎么会被捕的呢？许建业告诉“牛皮”二人：“我在茶馆里看到任达哉来了，身后有特务，我以为他是应付一下，就起身到厕所，可是任达哉追来了，我被捕了，是他出卖了我。”这话对皮晓云来说，简直是晴天霹雳。这是怎么一回事呢？连好友牛小吾对此都有点发懵了。原来，牛小吾和皮晓云在中央印制厂工作时就认识了任达哉，是他介绍她俩入了党。可就是这样的人，竟然出卖了许建业，这足以使两个姑娘震惊，而更使人震惊的是，皮晓云后来告诉牛小吾：她早已和任达哉恋爱，并且快要结婚了。“啊，你，你们……他现在可是最坏最坏的叛徒啊！”牛小吾一听，便急出一身汗来。她太知道自己的好友皮晓云了：22岁的皮晓云把自己最纯真的爱奉献给了这么一个男人，他在她心目中一直是理想的支持者、事业的好伙伴。正是因为这个男人，她才有了对共产主义事业的美好向往，才不怕敌人的残酷与黑暗势力，他是她心目中一切美好的化身。这样的男人怎么会变成卑鄙无耻、出卖同志的恶魔呢？皮晓云的心阵阵绞痛，一连几天倒在牢房里不吃不喝，而且不跟别人说话。她痛苦不堪，同时也不想在自己的同志面前丢这个脸。作为好友牛小吾想帮助她，于是通过特殊机会，给一度关在渣滓洞的任达哉写了一张纸条，质问他：“你为什么要出卖许建业？老许往厕所里躲去了，你为什么还要追上去？”任达哉的回答是：“受刑不过，没办法。”一切都明了了，仅有的一丝幻想也破灭了，皮晓云无法忍受！她恨，她恨自己怎么长了一对不辨真假的眼睛！她感到屈辱，怎么竟爱上了一个叛徒！渣滓洞本是阴森黑暗的地方，而今皮晓云觉得难友们看她的眼神是那么又冷又寒，年轻姑娘怎能经得住如此痛苦的熬煎？她病倒了，经过多方努力她被送到沙坪坝沙磁医院去抢救。数日后，当皮晓云回到渣滓洞女牢时，她原本红润的脸色消失了，眼神变得呆滞了，难友们不忍多看她一眼。当许建业于1948年7月22日被公开枪杀后，皮晓云更是在很长一段时间里整夜睁着眼不睡觉，同室的难友们为她难过得落泪。一年后的7月22日，渣滓洞的难友们停止一切文娱活动，沉重地悼念许建业牺牲一周年。皮晓云大哭了一场，她一遍又一遍地呼喊着："老许呵，如果不是任达哉叛变，你不会被捕的！你不会牺牲的呵……"皮晓云后来精神失常了，特务觉得她已经没有什么可利用价值，经一番周折后她被保释了。男人是叛徒，这耻辱像铁的烙印一样永远地烙在这位年轻的姑娘心头，她唯一坚持的是当特务想利用她精神失常而供出同志或让其"自新"时，她悲愤而坚定地回答："我不会当叛徒！"

女牢中还有个女性经历的痛苦比皮晓云更深和难言。她一来到渣滓洞就和李青林、江竹筠、曾紫霞等同住在渣滓洞监狱的楼上六室。她叫熊咏辉，是县委书记、有十多年党龄的"老革命"李文祥的妻子。1948年5月中旬，特务们把许建业、刘国鋕等提出渣滓洞转押白公馆时，她丈夫李文祥也在里边。开始，当难友们听说她丈夫是李文祥时，觉得她也非常了不起，因为李文祥资格老，初入监狱时表现也很坚强，受刑不屈。熊咏辉与丈夫是同时入狱的，两人感情也较深。每次与丈夫见面时，其丈夫在她面前总是问寒问暖，非常关心，而且总是对着她痛哭，说他"对不起她""让她受苦了"，等等。她感到有这样的丈夫很光荣，甚至内心一直认为，有这样的丈夫，即使与他一起死在监狱里也是值得的。可万万没有料到，1948年12月，监狱里传言她丈夫李文祥成了可耻的叛徒，而且还赤裸裸地当了特务分子，专门破坏党组织，出卖了一批革命同志。监狱里的同志都对李文祥的叛变感到不可思议，已经熬过了敌人八个多月的折磨，怎么还会变节叛变呢？后来进一步证实李文祥确实当了叛徒。消息证实后，女牢的难友们，甚至包括男牢的许多同志都参与了帮助熊咏辉的工作，她也经过了从不相信到不得不相信的十分痛苦的过程，最后熊咏辉写了一封给男牢的公开信，大意是：他是他，我是我，既然他已经叛变，我就和他一刀两断，是真是假今后难友们看我的表现。她的态度赢得了难友们的同情、支持、赞扬和鼓励，男牢的信件、纸条向她传来。她感到无比的温暖，增添了战胜苦痛的无限的勇气和力量。在没有别的指望下，熊咏辉同女牢的难友们共同生活着，只等解放军解放重庆时重见天日。然而，另一件令她更无法接受的事又来了——叛徒丈夫李文祥多次到监狱来，扬言要把她接出渣滓洞！熊咏辉的脸上顿时又布满了愁云，她成了叛徒的妻子，想划清界限、继续坐牢都办不到啊，这真是要命的事！她真的有些挺不住了，那份耻辱令她生不如死。这时，狱中的党组织和同志们则耐心地对她做思想工作，劝告她："出去一个是一个！哪能因为他留在牢房？只要自己坚定，什么情况下也能继续革命。""出去吧！出去总有活动的余地，有机会就离开他跑得远远的！"熊咏辉哭了，哭得死去活来，她向难友说："我往哪里躲，往哪里跑？我能去的地方他都知道呀！"这倒是一个难友们不曾想到的事。突然，有一定社会关系的曾紫霞对她说："我有个可靠朋友不在重庆，我介绍你去找她，这样就可以躲过李文祥的纠缠。"之后，曾紫霞悄悄把朋友的地址告诉了熊咏辉。就这样，熊咏辉才离开了渣滓洞。可是后来获释的曾紫霞出狱后找到那个朋友，发现熊咏辉根本没有去那里。解放后李文祥被人民政府镇压了，熊咏辉仍下落不明，实际上也没有人再去打听她的情况了。十年动乱期间，曾紫霞从外调的工作组人员那里了解到熊咏辉的地址。当曾紫霞怀着极大的热忱设法再见到昔日同牢难友时，才知道对方已经有了新的丈夫，并且生活还算不错，可同昔日同牢难友谈话怎么也不投机了。当曾紫霞问熊咏辉当年为什么不去找她的朋友时，熊咏辉说："我已经是那样的处境了，我怎能、怎敢再去牵连任何一个人？"这句话让曾紫霞内心产生极大震撼：可不是，一个女人，当她得知自己深爱的、共同生活了相当长时间的男人成了公众都憎恨的叛徒和特务时，她还有何脸面去面对这个世界呢？女人内心的这份痛苦又有谁能真正理解呢？

第四，女人与女人在一起更能形成坚不可摧的力量。

不知是老天有意折磨女人还是革命加在女人身上的考验就这么难，在监狱那样的条件下，正常的人也需要闯过一道道难关才可以顽强活下来，很难想象在监狱里生儿育女的女人是如何度过的。想象不到吧？在渣滓洞的女牢里，十八九个“女囚犯”竟然在半年之内要承担两个“女囚犯”的生产和抚育两个婴儿的重担！

这是真实的故事。

其中一个孩子是《红岩》小说里曾经提到的“监狱之花”。她的母亲叫左绍英，是一位坚强的共产党员。

左绍英，四川合川县滩子口人，出生在一个贫苦的农村家庭，早年母亲病亡。小时候的左绍英常寄居干妈处，后当了纺织工人，是位老实本分的普通妇女。在当纺织工人时，她与王璞结婚。王璞又名石果，湖南人，是党的“七大”代表。抗战初期，王璞曾任中共湖南邵阳中心县委书记。抗战后，受党中央委派，到川康区工作，1946 年转入川东区工作，任川东地下党临时工作委员会书记，曾一度兼任重庆市委书记。1948 年，为了迎接重庆解放，王璞亲自下乡，在武胜县华蓥山一带领导武装起义，威震敌胆，声名显赫。1948 年 9 月间，武装起义的队伍中发生了一次意外事故，王璞不幸光荣牺牲。当时，起义部队被敌人重重包围，战友们突围时，没有来得及掩埋好王璞的尸首，追赶而来的敌人便丧心病狂地将他的头割下来，即日挂在旗杆上，悬头示众，并贴出布告，威胁群众谁敢收共产党员的尸体，跟共产党走，就枪毙谁。后来是一位老贫农不顾敌人的恫吓，冒着生命危险，把王璞的尸首偷偷取下来，分埋在好几个地方。左绍英在认识王璞之前就是工厂的进步群众，于 1939 年 1 月加入中国共产党。1943 年她与当时任川东特委书记的王璞结婚后，便担任中共川东特委重庆市地下交通工作。1948 年 9 月，由于重庆市委负责人的叛变，组织上决定让左绍英撤出重庆，回到合川老家。此时，她已有七个月的身孕，最后还是被特务抓捕。当时她并不知道丈夫在何处，只知道他在乡下带领队伍组织武装起义。左绍英被押到渣滓洞时，已经挺着肚子了。听说她就是大名鼎鼎的共产党武装队伍领导人石果的妻子，一心想消灭华蓥山游击队的特务头子徐远举顿时大喜，指派叛徒和特务多次审讯左绍英，让她说出丈夫石果及革命武装队伍的行踪。左绍英外表看起来像个中年家庭妇女，实际上是位有丰富地下工作经验的共产党员，面对敌人的拷问，她佯装什么都不懂的家庭妇女，一问三不知，还不停拍拍肚子，说自己是个快要生娃儿的女人，你们怎么没有起码的同情心！敌人拿她没有办法。最后石果牺牲的消息很快传到了监狱，特务们也不再管她了。面对这样一位临产的女共产党员，又知道她怀的是川东临委书记王璞的遗腹子，男女牢房都暗暗地惊动了，并且以各种不同的方式行动起来，准备渡过监狱中最难的一关——女人在监狱生孩子。这种事情，前所未有啊！虽然狱中组织发动难友向敌方提出强烈要求，允许左绍英到医院生产，可特务们根本不理会。“一定要让孩子安全地生下来才能对得起王璞烈士，同时还必须保证左大姐的生命安全！”这是狱中党组织和女牢房共产党员共同的心声和要求。在左绍英快要生产的那些日子里，渣滓洞监狱里也格外热闹起来，虽然表面上看不出有什么特别的动静，其实此时的男女牢房内都异常紧张，有兴奋的，有担心的，男牢的难友们已经开始发起各室送礼物慰问的热潮。没有礼物的，就写信、写诗前去慰问。除了送礼物和慰问外，男牢的难友们最热闹的一个话题是：要给即将出世的孩子起个好名字。有难友说：“在苦难中、在炼狱里出生的孩子，不管是男孩或女孩都给他取名叫‘狱生’吧！”另一个难友马上说：“在新中国诞生之前生的孩子，给他取名‘新生’吧！”可这两个名字并没有得到大伙的认同，诗人艾文萱灵机一动，说：“有了！你们听听：天快亮，新中国将成立，婴儿又是在黎明之前生的，不如给他取一个单名，‘晗’字，‘晗’的含意是天将明。”“好，这个名字好，有深意，有文采。”但是男牢的难友并不知道，左绍英怀的其实是女娃儿！

关于生孩子的事，男人们是帮不了什么忙的，一切都得由女人们来完成。不过，临产前的那个早晨，当女难友们一睁眼，便被眼前的景象惊呆了。原来，此时在她们的牢房门口，竟然已经堆了很大的一堆礼物：有从难友们身上刚脱下来带有体温的绒衣，有从被窝里抽出来热烘烘的毛毯，也有做尿垫的旧衬衫，有崭新的毛巾，有完整的罐头，也有吃了多半还剩下小半桶的奶粉，还有草纸，一小瓶白糖，两角钱的狱中“代用券”，小纸包着的十几颗鱼肝油精丸……经过数小时痛苦而紧张的“联合作战”，在女狱友们的手忙脚乱和左绍英自己的配合下，“监狱之花”顺利出世。男狱友们起的名字只好被搁置，最后用上了女牢房早已起好的名字——卓娅（乳名娅娅）。当时革命者十分敬仰苏联，苏联小说和实际生活中无数英雄的名字为他们所喜爱，左绍英当然笑笑默认了。

监狱里生孩子不易，要养活孩子其实更不易，这给女人们增添了更多、更大的困难。敌人也没有放松利用这些条件来威胁女共产党人。特务头目徐远举就曾借此“敲诈”左绍英，要她在“自新”和孩子两者之间选择其一。不屈不挠的左绍英决不因此向敌人屈服。当孩子出世成为事实后，如何养活孩子又成了另一桩大事。与左绍英同室禁囚的曾紫霞后来回忆说：“……娅娅虽然顺利地来到人间，可并不等于她可以健康地活下来。为了她的生存，女牢里曾陷入紧张的局面，并且进行了顽强的斗争。左绍英虽然很坚强，但情绪没有办法好，情绪不好奶汁就少，加上在那样恶劣的条件下营养极差，当然奶汁就更少。在那时，狱外有关系的人可以设法送点东西到二处（西南长官公署二处），由二处转到渣滓洞来，但这种东西不定时而且少得可怜，左绍英生产时进行了长久的储备把生产应付下来，可要维持下去就十分困难了。所有支援的东西都吃光了，左绍英奶水没有了，娃儿饿得直叫唤……这局面真使人揪心。开水不能使左绍英奶水增长，开水不能让娃儿吃饱，可就连开水也得一次又一次地‘乞讨’！女犯们把每餐饭菜中可挤出的水和营养物全都主动地送到左绍英和娅娅面前。女犯们凝视着左绍英，而左绍英的泪滴进了碗里……”

小娅娅这朵“监狱之花”曾经让其母亲和整个女牢花费了全部努力和心血，她在黑暗和苦难中成长着。也因为有了她的存在和成长，使得沉闷的监狱有了许多生机和欢乐。可是，凶残而无人性的敌人在大屠杀时连这样无辜的小生命都不放过。1949 年 11 月 27 日那个夜晚，刽子手们的机枪向监狱内无情地扫射。当时左绍英抱着小娅娅躲在门后，开始并没有被雨点一般的子弹射中，可还不满周岁的小娅娅哪经得住这等场面，她被吓得哇哇大哭。她的哭声引来了刽子手们——罪恶的子弹射向赤手空拳、毫无抵抗力的左绍英母女……娘儿俩即刻倒在血泊中，睁着四目，悲怆而愤怒地离开了这个世界……

她，
监狱之花的妈妈，
伫立在铁栏窗下：
闪动着慈祥的眼珠，
凝眸着战友们亲吻她的娃娃。

同志们称她“监狱之花”的妈妈，
她不是丹娘，也不是苏菲娅，
她呀！《夏伯阳》的女枪手，
《第四十一》的马柳特迦。

她，受过敌人残酷的刑讯，挨过特务无情的鞭打，
她昂首挺胸，紧咬着牙！
让无知的敌人在战栗中号叫吧。

这首难友们生前献给左绍英的题为《她，“监狱之花”的妈妈》之诗，高度赞美了一个女共产党员伟大而坚强的革命英雄主义精神，其情其景仿佛让我们亲眼目睹。

其实在渣滓洞女牢里，还有一个鲜为人知的女共产党人生孩子的事。此人名彭灿碧，也是位烈士。彭灿碧是我党的一位优秀党员。她是

四川合川县人，1918年出生在一个封建家庭里，其生母早死，父亲病残，幼年时曾就读于白沙镇毓秀女子学校。毕业后，后母与其父亲逼她与王姓子弟成婚，王系浪荡子。彭灿碧在金子乡小学教书时加入了中国共产党，入党介绍人是刘石泉。1948年，中共金子乡的党组织暴露后，彭灿碧便回到娘家，组织发动农民武装。8月，起义军被敌人包围，经激战突围后，彭灿碧与部队失掉联系，又回到娘家，不料被敌人发现被捕。被捕后，敌人对其无数次残酷刑讯。其实彭灿碧那时已有身孕，只是孕早期而已，所以敌人没有发现。后来肚子慢慢大了，敌人觉得可以借此威逼她“自新”。彭灿碧在敌人的审讯室里，挺着大肚子，平静而又坚定地说：“真正的共产党员是不可能改变信仰的，如果你们一定认为可能改变我的信仰，那么除非杀掉我们娘儿俩！”特务们觉得对付不了这样的女“共匪”，只好又将其投入监狱。

不当叛徒的女囚犯，如何在监狱里完成生产，这对她本人和女牢房的难友们都是一个极大的考验。如果说左绍英生产的艰难主要在产后对孩子哺乳，那么彭灿碧的生产却一开始就让大家高度紧张。因为彭灿碧是31岁的高龄产妇，有经验的女人从各种迹象判断她很有可能难产。怎么办？男人们也许不会想得到一个难产女人的命运是什么样，或者不会知道一个女人在难产时所要经历的那种感受，然而同为女人的女牢的难友们则非常清楚这一点。因此她们特别担心即将要面临的这一考验。为此，她们团结起来，千方百计地与敌方进行交涉，以求把彭灿碧送出狱生产。然而，敌看守所的特务们根本不予理睬。眼看彭灿碧就要临产了，无可奈何中的女牢难友简直手忙脚乱，个个心慌意乱，她们知道，这是人命关天的事呵！母子平安，必须平安！这是她们的共同心愿。可如何保证母子平安呢？她们又谁都想不出招数来……只有走一步说一步了，但绝对不能让老天做主！临产那天，十几个女难友没有一个合眼，她们围坐在彭灿碧身边，年轻的姑娘们只能哭泣，年长一些的则在轻轻叹气。“哎呀——”“哎呀——”产妇彭灿碧的一声声痛苦呻吟，揪着女难友们的心。李青林、江竹筠、邓惠中等大姐此刻再一次成了大家的中心力量，这力量既有女人那种天生的慈爱，更有共产党人忠贞不屈的大爱。一小时、两小时……经过两天一夜漫长而绝望的折腾，也许是老天爷的庇佑，31岁的彭灿碧竟然把孩子生下来了，而且母女都活着，这简直是奇迹！“就叫她苏菲娅吧，让她像个英雄一样活着……”彭灿碧搂着婴儿，感激地对女难友们说。“苏菲娅！好！”“又一个娅娅出世了！”女囚室里一片欢笑声、哭泣声——那是幸福和胜利的哭泣声！这胜利来之不易，来自于全女牢难友们的团结携作、共同面对。这是只有在共产党人中间才能实现的胜利！它并不比一场与敌人面对面殊死搏斗的伟大战役逊色！

女牢里的女人们，经历了这样的战斗，怎么可能再被敌人的恐吓和老虎凳等毒刑所吓倒而当叛徒呢？

这就是女人与男人的差别。这就是“红岩”故事里的女人为什么没有出叛徒的缘故吧！

发生在重庆那两座“人间地狱”里的女共产党人和女革命者的传奇故事还有很多，下边挑几个大家熟悉但并不是小说里所描述的那些女烈士的故事，以及另外几位鲜为人知，但更英勇悲壮而伟大的女性的事迹，在此一并献给读者们。

关于“双枪老太婆”

《红岩》小说里有一个“双枪老太婆”，是个没有进监狱的华蓥山游击队队长形象。其实，真正的“双枪老太婆”也是渣滓洞的一位被敌人屠杀的革命烈士，她的名字叫邓惠中。“老太婆”牺牲时只有49岁。

1950年春，刚刚解放的重庆，到处是翻身的市民们和解放军在一起为被国民党反动派破坏得满目疮痍的山城进行精心“医治”与重建的景象。这一天，一位身着军装的中年人来到渣滓洞，他向依然散发着焦灰味的监狱囚室献上了一束鲜花，然后默默地三鞠躬……

> 凄风苦雨山河破，
> 共求光明两手分。
> 中年双双入共党，
> 保国何惜献我头。
>
> 学年未满缵母绩，
> 闯关赴难不迟疑。
> 长江吹起进军号，
> 四川百姓着战袍。

这位军人在现场默咏了这首《吊难妻烈子》。后来知道，这位军人名叫邓福谦，他的妻子就是在“11·27”大屠杀中遇难的烈士邓惠中。邓福谦同时吊唁的还有他的儿子，与母亲邓惠中同时牺牲在渣滓洞的邓诚……

真实的邓惠中，与小说中的“双枪老太婆”有相似之处，也有很大差异。邓惠中生前的一位女战友在纪念文章中这样描绘她：

> ……我亲自听见，听见那笑声，那充满了热情的笑声。那笑声让敌人在发抖——“你这匪徒！你这两脚兽，你除把我们的肉体弄成肉酱外，你还有什么办法？哼哈！我们的生命，我们的政治生命，已成长壮大了，将扬眉吐气于世界！”——惠中同志，我听见您响亮地笑了！我瞧见了您那豪侠的风度，刚毅的意志，对敌人威武不屈的精神。在很短的日子里，曾因工作关系认识了您，您有着和蔼爽直的面貌，有着待人谦和的高贵情感。您亲热的口吻中叙述着

您的私生活，您的一对双生宝宝，当时约有7岁样子，是那样可爱，可他们在您培养教育下，就当了宣传工作的小英雄，打起金钱板来，神气逼真、生龙活虎地跳跃在我们的队伍中间，令我欣赏和羡慕不已。您告诉我，您的先生是如何到陕北，与他如何结的婚，在形式上虽然脱不了封建意味，但你们有了孩子以后的感情仍然深厚炽烈，精神上那么富有！您有领导的天才，您帮助了无数的农民，为他们解决了多少不平的事，在现实生活中去帮助了他们。您的散文投登各县报馆，表现人民生活疾苦，讲述您如何适应着旧的家庭生活。抗日的时候，您为出征军人家属讲话，争取优待权利，替他们写信，同时又宣传抗战的意义。您动员了无数的农民，组织了他们。人们亲切地称呼您为“邓二姑婆”。您吸收了不少的同志，您办了一所私立小学，您救济了不少的贫苦儿童，在生活上教育他们进步。您常爱写诗，以此形式而改造环境！——天亮的前夕您竟牺牲了，死在这蒋匪特务们的手里。他们恨不得把您整个家都要铲草除根，连您的孩子都不肯放手，您那可爱的孩子也与您一起遭害……这血债如何算得清！

一位在“11·27”大屠杀中脱险的老同志则用另一种口吻评说邓惠中：邓惠中（女），老太婆，小脚，身体不好，老党员，丈夫在解放区，儿子和她一道被捕，受过刑，在狱中表现好。在岳武一带作农运，对当地武装起义很有贡献。

朱光璧，邓惠中的地下党上级领导和直接的单线联系人。他对邓惠中是这样介绍的：

邓惠中在1938年加入中国共产党。她入党后，经常在外地任教和深入农村发动群众进行抗日。根据我所了解，凡是她任教的学校和工作过的地区，师生与农民对她的印象很好。她平时生活艰苦，同群众的关系很密切，特别是同广大农民和农村妇女打得拢来，没有架子，很亲近人，很多人都亲切地称呼她叫“老大姐”。她对工作认真负责，从不马虎，虽然她是一个过去缠过脚的女同志，年龄又比较大了，但为了工作，不辞辛劳，常常步行三四十里去做群众工作，从不叫一声苦。邓惠中同志对党的工作，一贯积极。在她的直接培养教育介绍下，有七八个妇女先后加入中国共产党。她对党忠诚，为人正派。对任何同志都是热情关怀，特别是对上级领导同志既尽力保护其安全，更在生活上无微不至地照顾。真正是大公无私，真诚相待。她对自己的子女，既要求严格，又善于循循诱导。她的两个儿子，为了党的事业，一个流尽了自己的热血；一个在工作中因积劳成疾，医治无效而去世。两个儿子后来都光荣地成为烈士。她女儿叫邓叶芸，在她被捕的前一天被敌人抓去，后来转移到合川集中营，由于平时接受她母亲的革命气节教育，因而被捕后，尽管敌人用竹棍子夹在她的手指缝里（当时只不过十四五岁）使劲往一起挤，手指就好像断了似的，痛得她钻心，但邓叶芸始终坚贞不屈，一心想着决不能让叔叔孃孃遭殃，决不能让他（她）们受罪；一心想着叔叔孃孃这样好的人，这样的正直无私，就更加坚强，更加痛恨敌人。

邓惠中同志在1948年8月5日被捕后，据从各方面的了解，她的表现是很好的。在岳池的敌人审讯她时，曾劝她“自新”，她狠狠地打了岳池县一个臭名昭著的特务头子曹苐知（1952年11月27日被我政府公审枪决）的耳光，从而她受了一顿苦刑，并被押出敌人的法庭。敌人把她捆绑在一个钉牢了的凳子上，任何亲人都不让见面。邓惠中同志被捕后，敌人对她曾进行了多次刑讯。当她还在岳池监狱时的一个早上，敌人把她的女儿邓叶芸押到伪衙门里的一个审讯室里，邓惠中同志也早被押到这个审讯室内。女儿见到妈妈瘦得皮包骨头的样子，禁不住痛哭起来，邓惠中同志既英勇又慈祥地对她说："叶芸，你不要哭，抬起头来，还是听听我的口供吧。"当即有一个国民党的法官拿起一张纸就念起来，其中，除了问邓惠中同志的姓名、年龄等外，又问邓是不是共产党员？邓答："是。"问："上级是谁？"邓答："不告诉你。"又问："穿的什么衣服？"邓鄙视地看了他一眼说："穿一件蓝衣服。"还问："彭华秋、周淑瑞是不是党员？"答："不是。是群众。"随即敌人决定将邓惠中转移到别的地方去，并提出要把邓叶芸也从岳池带走。当时邓惠中同志说："她太小，让她留下吧！"当天，敌人押着邓惠中、邓诚和其他一些同志到了渣滓洞监狱。

总之，邓惠中同志被捕入狱以后，我所知道的凡是她所熟悉的人没有一个被牵连，说明邓惠中同志不但对自己的子女进行革命气节教育，而她自己也完全以身作则。再拿我来说，邓惠中同志明明知道我是她的上级领导，而且到过我住的地方两次；还有，在我们第九工委做掩护机关和联络工作的邓淑华同志，是她在岳池亲自接受入党的一个同志；另外 1942 年下半年她在南充青居小学任教时，与袁崇校、袁纯洁等是同一个支部；但所有上述关系，都没有任何一个受过牵连和影响……

一个缠小脚的旧式妇女，能够成为一名中国共产党党员，这本身就有些传奇，可邓惠中则不止于此，她还是个使刀弄枪、令敌人闻声丧胆的"双枪老太婆"，这就更传奇了。关于邓惠中的传说，在民间有多种版本，这里选择几个她与枪的故事。

"假枪真用"：已经是几个孩子的妈妈的邓惠中参加革命后，做梦都想得到一支枪，但就是没有机会。她便学儿童们的办法，用竹子做了一支假枪，学瞄准射击。学校内每当童子军用棒当枪操练时，她也跟着学操练枪上肩、枪放下、卧射、跪射、立射等动作。为了熟练枪法，她还经常秘密地在家后门外的巷道里练习。她练枪法时，关上后门，叫大儿子和二儿子在前门外放哨。如有人来，便用早已约定的暗号告知她，好立即停止。

“得到枪和学用枪”：1948年以后，上级党委派她去指导岳西地下党支部工作时，支部给了她一支手枪，她喜出望外，爱不释手。以后，上级党的书记蔡衣渠又发了一支手枪给她。她一段时间有了两支枪，这就是“双枪老太婆”称号的由来。其实邓惠中那时还不到50岁，可在那个时候的乡村，50岁的女人算是老太婆了，加上邓惠中已经有二儿一女，何况大儿子也有人给说媳妇了，有人叫她“老太婆”，邓惠中本人并不介意，后来她使着双枪也在外人面前说“我这个双枪老太婆”如何如何，“双枪老太婆”就这样出名了。当然，更出名的是她带领游击队一次次把敌人打得落花流水的故事。

再说，邓惠中得了这两支枪后，无比高兴。她抓住一切机会练习使用，首先是明了枪的性能，再练习上子弹、下子弹，然后练习如何携带在身上而不暴露，特别是练习如何做到百发百中、弹无虚发。

“设计巧借枪”：离开战只有四五天时间了，直属支部游击队小队又增添了十多名战士，尚差十多条枪，怎么办呢？邓惠中找党支书商量有无办法。党支书说：“形势逼人啰，我们现在也顾不得什么亲戚家族了，这里有几个财主家里有枪，或许能从他们那里‘借’枪？”有个财主对游击队“借”枪很生气，邓惠中等“借”枪还未出门，他就在后面嘀咕“明天就到乡公所报告你们抢枪的事”。邓惠中听后转身对那财主笑道：“告诉你，这枪是你们家的，可现在已经到了我们手里，但我们一未向你打枪，二未破门而入，三未伤害你家人，你说我们是抢枪，谁能说得清？依我看，你不报则罢，真要去报了，恐怕反而替你自己找麻烦，那乡公所几个爷儿们不趁机敲你一把才怪！”这财主一想邓惠中讲得有道理，只好把舌头一伸，好像吃了一根苦瓜似的，低头轻声道：“还是你‘双枪老太婆’厉害！”

“双枪老太婆”的传奇可多得很。有人说她走路疾步如飞，可邓惠中其实是缠小脚的女人，只是参加革命后她把裹脚布撕了，双脚开始成了“解放脚”，为了保持行军时方便和快捷，她走路总让人感觉是一跳一跳的，所以当地百姓中对“双枪老太婆”又有“飞毛腿”之称。

这么个女游击队队长，她在自家的孩子眼里到底是个什么样的人呢？下面是她女儿邓叶芸的回忆：

我妈妈原名张惠中，本是一个农村姑娘。结婚后，在爸爸的支持下进四川岳池县女子师范学校学习。报名时，她怀着对共产党员的爸爸的钦佩和深情，干脆改名叫邓惠中。我爸爸邓福谦，是个小学教员，1938年为了抗日救国，突破国民党的重重封锁，从重庆去延安。妈妈送走爸爸之后，勇敢地承担起了抚养和教育三个孩子的重担。因为爸爸走的时候，为了凑路费卖掉了仅有的一点家产，妈妈只好靠教书来维持全家的生活，日子过得十分艰苦。1939年，妈妈光荣地加入中国共产党，秘密地从事党的地下工作。那时我只有6岁，我的两个孪生哥哥才11岁。为了发动农民参加抗日斗争，妈妈把哥哥邓永义、邓诚放在家里，托姥姥照管，带着我到了农村。她在农村一边当教师，一边为党的工作奔走于穷乡僻壤之间。由于经常住山间的破庙，山水沿着石墙渗下来，屋里非常潮湿，不久，妈妈身上就长满了疥疮，一直到她被捕入狱也没好。

妈妈在乡下工作了四五年，后来工作紧张，把我也送回了家，姥姥去世后，我们三个孩子只好独立生活，饱一顿，饿一顿。每当我们看见别的孩子穿得干干净净背着书包上学，心里非常羡慕。我们的妈妈只有过年才回来住几天。记得有一次，妈妈捎信叫大哥去取生活费，约定在半路上某个小店门前见面。我们兄妹三个头天晚上就睡不好觉，想妈妈也许会顺便捎点好吃的东西来，高兴极了。第二天一清早，大哥就起来上路，我们在家里等呀，太阳都落山了，才把大哥盼回来。原来大哥在约定的地方一直等到下午，还不见妈妈的影子，眼看太阳偏西了，肚子也饿得受不了，才无精打采地回来。我们一听说他没看见妈妈，失望得哭作一团。

我们三个无娘管的孩子生活极其困难，身体一天天瘦下去。邻居看到我常常怜悯地说："这孩子的脖子都像磨盘芯了，她妈妈为什么不回城教书？"我想妈妈，但不理解妈妈为什么竟忍心扔下我们到山沟里去教书。有一次，妈妈回家，我终于憋不住问她为什么不照看我们。妈妈说："我也想你们！但是，现在有成千上万的孩子在日本帝国主义的铁蹄下生活，为了救他们，也为了你们以后能过上幸福的日子，我只好暂时扔下你们，你们要谅解妈妈。"听了这番话，我更加敬爱妈妈了。

……

（1948年）8月2日晚上，妈妈化装回来，说二哥被捕了，教我们有人问时应如何对答。8点多钟，外面有人敲门，说是清查户口。妈妈从后门逃出，我去开门，冲进来十几个持枪的国民党匪兵。他们搜查了一阵，没有发现妈妈，就把大哥、张淑珍（二哥的未婚妻）和我投入了监牢。

入狱的第二天晚上，两个国民党匪兵传我去审讯。他们用枪顶着我的后背，经过黑森森的小道，走到县衙门后面的参议院里。一进门，我就听到一阵惨叫声。这分明是妈妈的声音啊！我拼命往里冲，一只大手把我抓住推到了旁边的一间屋子里。过了一会儿才让我进去，在走廊里，迎面碰见我二哥，他一瘸一拐地从我身旁走过，眼睛里射出愤怒的光芒。等我走进屋子，看见了妈妈。两个审讯官对我用了刑，问我家里来过什么人，但终于问不出什么情况，其中一个把枪往桌子上一摔，说："拉下去，和她妈妈、哥哥一起枪毙！"我心想既然我们全家遭了殃，能和妈妈、哥哥死在一起也就很好了。没想到匪兵没有枪毙我，又把我押回了监狱。

几天以后的一个上午，两个匪兵把我带进县衙门。一抬眼，我看见了日夜思念的妈妈。她坐在长桌子旁边，头发白了许多，清瘦的脸上一双有神的眼睛紧盯着我。我跑到她身边，紧紧地依偎着她，想起那天晚上妈妈的惨叫声，我哭了。妈妈用手抚摸着我的背，轻轻地说："芸儿，不要哭，抬起头来！"旁边一个穿便衣的家伙说："你妈妈就要转移到别的地方去，你跟不跟她去？"我在狱中听人说，敌人所谓的转移，常常是秘密处决。就在我一愣神的工夫，只听见妈妈抢着说："她是个孩子，不懂得什么，不必了吧。"然后，敌人把我带出来了，妈妈还想说点什么，刚一开口，就被匪兵一把推到一边。那匪兵还恶狠狠地说："不许说话！"我目送着妈妈被押走了。

在这生离死别的关头，我哭成一团，竟没有能再看妈妈和二哥一眼。但是，我心里暗暗唤着自己的名字："叶芸呀叶芸，你要为妈妈、二哥报仇！"当天下午，一个管监狱的兵悄悄地送来一张条子，是妈妈写的，她叫我好好生活，照顾好张淑珍。

从此以后，我就再没有见到我的妈妈，1949年7月，形势越来越紧张，国民党见情况不妙，把我们押送到合川集中营。11月，家乡解放了，我从牢笼中飞出来。国家是我们人民的了！天空显得这样碧蓝而深远，大地变得这样美丽和宽广，我从未感到过如此自由和幸福，日夜盼望着妈妈和二哥回来。有一天晚上，我梦见妈妈、二哥喜气洋洋地回来了，我狂喜地大叫一声，就醒了。看看黑漆漆、空荡荡的屋子，眼泪止不住淌出来。大哥被我哭醒了，但他装着睡熟的样子。第二天，他赶快把我送到乡下二姑家。二姑和表姐妹们想尽了办法逗我高兴，但是，我实在惦记妈妈和二哥，偷偷地跑回了家，这才知道，妈妈和二哥已被敌人杀害了……

敌人抓到"双枪老太婆"邓惠中，简直疯了一样地高兴，因为这等于是他们继"捣毁"《挺进报》后，又取得"粉碎"华蓥山游击队的重大“胜利”。故一抓到邓惠中，敌特机关上下就全都行动了起来，动用一切力量企图让这位传奇的女游击队队长在他们的面前屈服。但是他们想错了。第一次受审时，邓惠中除了承认自己带暴动游击队打过地主老财主外，其他什么也没有承认，尤其是没有承认自己是共产党员。第二次又提审邓惠中，当邓惠中仍不承认是共产党员时，特务就叫了一个名叫陈永福的半瞎子和一个姓贺的学生出来作证。邓惠中一见这两个叛徒就大骂了他们一通，后来曹苐知要她交出共产党的负责人和其他的党员，邓惠中冷冷一笑答复道：“我的负责人就是有名的毛泽东、朱德同志，你这个毛虫狗官敢不敢去见嘛？”曹苐知说：“你交代岳池县的共党就行。”邓惠中马上摇头说：“岳池县的我不知道！就是知道了也不会向你说的，这是我们共产党人的规矩和习惯。”曹苐知又问：“岳池县有多少共产党员？”邓惠中说：“多得很！不但岳池多，而且目前世界上几乎有一半国家都有共产党，尤其是苏联，全是共产党。中国已解放了的三分之二的土地上也全是共产党人！你要我帮你介绍认识他们，你敢去那里吗？”邓惠中接着就大骂曹苐知：“你这一个毛虫狗官不干为人民求解放的好事，专门干坏事，你想把共产党搞垮整绝，你是白日做梦！告诉你，中国不久就要全部解放，你好事不干，坏事做尽，看你今后如何交代！”曹苐知气急败坏道：“你竟敢威胁到我头上来了！”便指挥手下对邓惠中动刑。这时，几个手下把邓惠中架到了后堂，把她的一对大拇指钉在板凳上，又将其身子用麻绳绑在铁桩上，然后用麻绳做的鞭子抽打她，逼她交代。邓惠中仍然不屈，并大骂曹苐知是民族的败类、法西斯的走狗。见邓惠中不招，反而骂他，曹苐知火冒三丈，又叫手下加刑，用削尖了的竹签子直接往邓惠中的手指甲里边打进去，邓惠中的十指立即鲜血直流，昏死过去……后来曹苐知又用猪毛穿乳头等十分下流的毒刑想让邓惠中“招供”，结果招来邓惠中更猛烈的痛骂，根本得不到一句像样的话。最后曹苐知见硬的不行，又将邓惠中的儿女全都逮捕来了，跟邓惠中讲条件：如果你交出其他共产党员来，全家就可以一齐放了，如果死心塌地不交代，就杀你全家。邓惠中不愧是“双枪老太婆”，她根本不吃这一套，反而大骂曹荞知，说：“我和我全家人都不怕死，怕死的只有你们这些反动狗官！你若杀了我，将来自有人要杀你。血债一定要用血来还，你记好这句话！”曹荞知不得不摇头作罢，并对同事说，他跟班站堂这么多年，从来没有见过这样厉害的女人！不久，国民党中央来令说，凡是捉到真正的共产党员，本地不能关押，一律送重庆渣滓洞监狱，就这样，邓惠中和她的二儿子邓诚被押解到了渣滓洞……

到重庆的这所“人间地狱”后，一听说“双枪老太婆”来了，渣滓洞监狱的难友们欢欣鼓舞，都想目睹一下女英雄的风采。不过，据后来脱险的同志讲，当他们见过邓惠中后，都说：原来“老太婆”并不老，而且看上去也是很普通的一个妇女，只是有些人高马大，由于她裹过小脚，走路姿势有些独特。总之，在同志们的眼里，邓惠中只是个平实的老大姐而已。

在敌人的监狱里，邓惠中时时处处以老大姐的身份积极发挥作用，特别是对那些身体虚弱的年轻女同志，时常帮助和关照她们。别看邓惠中年岁比较大，但她也很活跃。狱中组织的联欢会上，她提着竹筒，扭着有些笨拙的身姿跟着大伙儿扭秧歌，给同志们留下了深刻印象。

1949 年 11 月 27 日夜晚的那场大屠杀中，邓惠中和她的儿子邓诚，同一时间被残暴的敌人用机枪扫射而牺牲。“双枪老太婆”邓惠中，牺牲时其实也只有 49 岁。一个女人的这个年龄，如果在今天的话，仍然是风采照人的年龄，然而在革命斗争时代，49 岁竟成“老太婆”了。革命者的牺牲常常是多方面的。

关于“江姐”——江竹筠的故事

1943 年，年仅 23 岁的共产党员江竹筠接到一项令她十分为难却必须去完成的任务——与市委第一委员彭咏梧假扮夫妻。也许别的女性会提出种种理由向组织推掉这样的任务，然而组织观念极强的江竹筠，在经过考虑后接受了这项工作。接受这项任务之后所发生的一切，也使这位女性日后成为中国家喻户晓的英雄人物，并载入中国共产党的史册。

假扮夫妻，从事敌后革命工作，这是中国共产党进行地下斗争时常采用的一种工作手段。江竹筠与彭咏梧的“假夫妻”故事，还得追溯到中共历史上一次重要的政治运动，即1942年开始的延安整风运动。

那是在抗日战争进入相持阶段以后，中共中央决定利用局势比较稳定的有利条件，进行整风运动。1942年2月，毛泽东在延安党校作了《整顿党的作风》的报告，接着，在干部会议上作了《反对党八股》的报告。4月3日，中央宣传部作出了《关于在延安讨论中央决定及毛泽东同志整顿三风报告的决定》。这以后，大规模的整风学习运动开始了。

当时的重庆《新华日报》发表了整风学习文件，并编印成册发给党员和进步人士学习。南方局分批调集所辖各地区地下党主要领导干部参

江竹筠一家人合影

加整风学习班。作为市委第一委员的彭咏梧来到红岩村参加了南方局举办的整风学习班。1943 年 5 月，彭咏梧从南方局带回一份重要文件《中共中央关于增强党性的决定》。根据南方局的部署，决定在地下党组织中开展整风运动，要求每个党员秘密阅读整风文件，联系实际，写出思想、工作、生活总结，逐层转到彭咏梧手中，由他弄清每个人的情况，记入脑海，并提出问题与市委的其他同志研究解决，然后，再把这些材料销毁。

当时彭咏梧虽是中央信托局的中级职员，但因没有带家眷，只能待在单身集体宿舍，与十几个人住在一起。而彭咏梧手中，有七八十个党员的关系，这样的环境，很不利于领导整风学习。恰巧这时中信局刚修好职工宿舍，因此组织上决定派一位女同志来协助彭咏梧工作，与他假扮夫妻，可借口有了家庭，分到一套住房，更好地开展工作。其实，这时的彭咏梧已经有了家室，其妻子谭正伦在老家云阳，并有一个近 4 岁的儿子。彭咏梧 1941 年 8 月根据组织决定调到重庆，担任重庆市委第一委员。他到重庆不久，即经过组织同意，给妻子写了一封信，叫她带上儿子到重庆来。但是，因当时儿子正在出麻疹，其妻举债在云阳办的一个家庭纺织作坊刚刚开张，所以妻子回信给丈夫，希望过段时间再到重庆团聚。谭正伦的回信，引起了市委同志的担心和警惕。当时重庆正处于白色恐怖之中，形势极其险恶，特务四处搜捕地下党员，稍有不慎，即可能给组织造成很大破坏。如果特务截获了他的信件，那后果将不堪设想。因此，彭咏梧来重庆时，市委第二委员莫达在公开介绍彭咏梧时，说他是中央大学的毕业生，又在北平银行当职员。当时莫达建议彭咏梧立即断绝与下川东的一切联络，包括与妻子的通信。莫达的建议得到了其他同志的赞同，并计划在适当的时候，派人将他的妻儿接到重庆。然而，随着形势的不断变化，这一计划没能实施。

现在，需要有家庭作掩护时，彭咏梧提出是否把妻儿接来。考虑到彭咏梧的工作性质，他所做的每一件工作都涉及地下党组织的核心机密，特别是整风期间，有大量的文字工作和联络工作需要处理，一个普通的家庭妇女根本不能起到帮助彭咏梧工作的作用。尽管彭咏梧在云阳从事地下工作时，谭正伦也进行了大量的掩护工作，但毕竟她还不是党员，更不要说她也没有从事地下工作的经验。因此同志们提出，能够掩护彭咏梧的，应该是稳健而有学识、能应付各种复杂环境、有斗争经验的党内的女同志。这些建议，无疑是很有道理的。彭咏梧本人对此虽感到无奈，但根据党的少数服从多数的组织原则，他也只好面对现实。

在人选的问题上，市委经过讨论，选中了年轻却有着丰富斗争经验的江竹筠。

江竹筠，原名江竹君，1920 年出生于四川自贡一个贫苦家庭，江竹筠是她被捕后用的名字。

8 岁时，由于家乡的一场特大旱灾，江竹筠姐弟在母亲的带领下，从自贡乡下到重庆，投奔三舅李义铭。12 岁时，她接受三舅的安排，进一所孤儿院小学读书。1936 年秋，江竹筠小学毕业，考入南岸中学。1937 年卢沟桥事变发生，全国性的抗日战争爆发，重庆南岸中学的抗日活动像全国各地一样迅速高涨。身材矮小、一向文静而不爱出风头的江竹筠也坐不住了。她和同学们组织歌咏队、宣传队，走上街头宣传抗日，演活报剧，唱救亡歌曲，贴标语。在抗日救亡运动的战斗洗礼下，江竹筠迅速成长。1939 年春天，江竹筠考入爱国科学家、教育家何鲁办的中国公学附属中学读高中，也就是在这年夏天，她加入中国共产党，开始了新的政治生涯。

1940 年，中国公学附属中学停办，江竹筠转到中华职校学习会计专业，担任了该校及附近地下党组织的负责人，主要是做青年学生的工作。1941 年夏末，21 岁的江竹筠离开中华职校后，被地下党组织安插到重庆妇女慰劳总会工作。1941 年 1 月，国民党发动皖南事变，掀起了第二次反共高潮。中共中央南方局按照中央“隐蔽精干，长期埋伏，积蓄力量，以待时机”的十六字方针，再次作出调整重庆地下党组织、紧缩党员数量的决定，有些党员暂时停止了组织生活，失掉了关系的党员也暂不恢复组织关系，让他们以个人身份与重庆八路军办事处、新华日报社保持秘密的工作关系，只留下少数骨干单线联系。江竹筠虽然参加了进步活动，但在斗争中她不突出个人，不太引人注意，因此她和她领导的组织始终未暴露。她也成了这少数骨干中的一个。1941 年秋，江竹筠被川东特委指派担任重庆新市区区委委员，负责单线联系沙坪坝一些高校的党员和新市区内的女党员。

对于这样一位年轻的女共产党员，市委委员彭咏梧很容易了解其一切基本情况。江竹筠来到彭咏梧的身边，从某种意义上讲也算很自然的事。两人过去虽未曾谋面，但却神交已久。之前，这对假夫妻一直同在一个城市从事地下工作。

彭咏梧从云阳调到重庆任市委第一委员后，除全面负责市委工作外，还具体负责建立和领导重庆沙磁区、新市区一带的地下党组织和学生运动。而江竹筠是新市区区委委员，负责单线联系的党员正是在彭咏梧具体负责的这一地区，两个人的工作神秘地交叉着。江竹筠虽然没有直接与彭咏梧相识过，可她单线联系的直接领导——新市区区委书记魏兴学——就是彭咏梧的直接下级。彭咏梧从魏兴学那里了解到，江竹筠“虽年轻，却稳重、干练，把新市区的女党员联系得很成功”。

彭咏梧烈士

“噢，新市区竟然有这样一位优秀的女同志，有机会我倒很想见一下。”彭咏梧曾对魏兴学这样说过。

现在竟然是组织上安排他们成为一对假夫妻了！他们的第一次见面竟如此尴尬。

江竹筠和彭咏梧都是组织原则十分坚定的共产党员。“为了革命工作需要，什么都可以舍去”的理念，在他俩身上似乎不用说一句话来作解释，一切解释都是多余的。但对从来没有恋爱经历的江竹筠来说，这“假”夫妻让她内心仍然极其不易接受：以后让我怎么再找对象呢？假如时间一长，我真的爱上了彭委员又怎么办呢？他可是个有家室的人哪！

不是没有顾虑，只是迫不及待领受任务的江竹筠改不掉“组织上交给的任务必须坚决执行”的作风，于是在这种情况下毅然地接受了这份特殊任务。江竹筠从此成了同志们和邻居眼里的“彭太太”……

刚开始，江竹筠很不习惯做“彭太太”。有人这么称呼她时，她还以为不是叫自己。这立即引起她的警觉：我是为革命来做“彭太太”的，一旦被人发现这是假象时，敌人不也就容易把老彭和重庆地下党组织连窝端了吗？“彭太太”不寒而栗。此后，江竹筠不再为自己不是“彭太太”而发愁了，她要做一个真正的“彭太太”。

工作不要命的彭咏梧，患有严重肺病，急需合理调配膳食，邻居们从此经常看到身材娇小的江竹筠每天清晨提着篮子上街买各种富有营养的菜，弄给自己的“男人”吃。每当彭咏梧工作到深夜，她就把煮好的莲米汤或银耳汤送到他的桌上。渐渐地，邻居们发现，原来脸色苍白的彭先生，现在脸色红润，每天进进出出，总是哼着愉快的小曲。邻居们还经常看到这对“夫妻”手挽手，有说有笑地一起出去散步。“真是一对恩爱小夫妻！”邻居们都这么说。江竹筠听了这样的话，脸上通红，她一面感到欣慰——组织上交给的任务完成得不错——另一方面又羞愧无比：自己是不是真爱上了彭委员，不知他是不是也……

江竹筠已经开始恋上这个“家”了：关起门，她能自由地阅读党的文件，不懂的地方可以随时得到“四哥”的指点。“四哥”——江竹筠在自己的亲戚和父母面前这样称呼彭委员。走出“家”门，两人可以手挽手，跟外表俊朗、谈吐优雅、经验丰富的“老彭”，去周旋各种“风雨”。日常里，“四哥”平易近人，他那不经意间流露出的关心和呵护，让从小缺少父爱的江竹筠怦然心动……

其实，在彭咏梧眼里，自从有了这位“娇妻”的协助，他工作起来轻松愉快，如鱼得水，并且似乎又有了家的感觉。彭咏梧发现自己已经不知不觉地依恋上了她。然而这种情绪一冒出，他的内心就腾升起一种深深的自责：结婚九载，他亏欠自己妻子谭正伦太多了。“我不能啊！”一种痛苦在彭咏梧的心里挣扎着。

虽然这对假夫妻彼此都在压制着强烈的情感，但现实的生活环境，又在不断地催生着这份情感，使得这份情感犹如夏季的禾苗，任由狂风暴雨、总在一个劲地蹿长着……他们的彼此相爱令两人之间的距离，只剩下一层未被捅破的薄纸了。

一个意外的突发事件，改变了原有的一切：

1944 年的春天，江竹筠同挚友何理立一道去《新华日报》营业部买苏联小说《虹》，从报社出来，就被特务跟踪了。她发现后，想了很多办法才甩掉了“尾巴”。党组织知道后，为了保障市委机关的安全，决定她俩先后转移到成都。江竹筠因此意外地离别了这个纯洁无瑕、温馨惬意而又充满戏剧色彩的“小家”。

到成都后，江竹筠根据组织安排，考入四川大学。她把主要精力都投入到了繁忙的学习和火热的斗争中。然而，当她静下来，梳理着和彭咏梧的情感时，却发现这份情感真是剪不断，理还乱。她明白自己人虽离去，却并不能就此扼断对“四哥”的这份已然潜滋暗长但尚未破土的爱情。“我爱你——四哥！”无数个夜晚，无数个梦乡中，江竹筠默默地对着重庆的方向，心中这样呼喊着。她的心头，时常涌动起一种难以言状的酸楚。

“夫妻”分离，也让这边的彭咏梧产生了难以言说的失落感。他一下子从温暖的“家”回到了以前单身的日子里。每当像从前一样，忙完工作，匆匆赶回家的时候，才发现再没有以前那种温馨，一切依然，只是伊人已去。他本以为两人分离后，可以斩断他们之间的情丝，没想到却是抽刀断水水更流。

“竹，我们结婚吧。”有一天，彭咏梧把埋藏在心中的想法告诉了江竹筠。“真的？那我可以回到你身边了？”江竹筠不敢相信这是真的，但成熟老练的“四哥”是不会跟她开这种玩笑的。“可，你那边的家怎么办呢？”她立即想到了这件事。

“斗争形势太严酷了……今后我们会善待他们的。”“四哥”这话，让江竹筠很是感动，心中更多了一份责任。

1945年暑假，江竹筠回到重庆，终于见到了分别半年的“四哥”，两人万分激动，百般恩爱。“蜜月”之后，江竹筠回到成都继续学习，同时以更加饱满的热情投入到了学运中去。这时，她获得了一份意外的礼物——她怀孕了。这让江竹筠激动不已，并通过好友立刻告诉了远在重庆的丈夫——“四哥”。

1946年春天，江竹筠要分娩了，可偏偏又是难产。手术前，江竹筠作出了大胆的决定，请求医生将剖腹手术和绝育手术同时做。“啥，你不是说胡话吧？”医生一听，就惊呆了。这样的事在当时几乎是不可能碰到的：生头胎就做绝育手术，只有一种可能，除非是夫妻关系不好。江竹筠的好友和同学也不能理解。然而，江竹筠何尝不想多要几个孩子？可地下斗争那么残酷，她和老彭时刻处在生死边缘，她只能忍痛割爱！

半个月后，彭咏梧才闻讯匆匆赶来。得知妻子做了绝育手术，彭咏梧虽难过，却能理解江竹筠的这一决定。当时孩子还未取名，彭咏梧想了想，说：“孩子是云阳人，又出生在这风云变幻的年代，就叫彭云吧！”

彭咏梧不能久留，很快回了重庆。坐月子的江竹筠也坐不住了，激情澎湃的学生运动时刻都在吸引着她。1946年7月中旬，江竹筠带着出生才三个月的儿子彭云，从成都回到了重庆。根据组织决定，江竹筠的工作是协助彭咏梧负责搞好市委的宣传和学运工作。现在，他们可以有个正式的家了。既为工作，也为三口之家，江竹筠以丈夫的名义，在大梁子青年会的三楼租了一套住房。

作为地下党的重要联络员，江竹筠本人也不宜单纯以家庭妇女作身份掩护，为了便于外出活动，她必须有个社会职业，于是在舅父的帮助下，她在舅父和冯玉祥合办的敬善中学做了兼职会计。从此，有了一个新家的江竹筠，又有了一个很好的社会职业作身份掩护。成了敬善中学挂名职员的她，不仅有了一定的收入，而且行动自由，秘密工作起来得心应手。为了更好地掩护身份，当她看到三舅李义铭思想倾向进步时，就主动捐弃了以前因政见不同而和舅父产生的隔阂，经常带着彭咏梧和小彭云造访与上层社会交往较密切的三舅家。这让许多人都知道这个殷实的家庭有这样一门亲戚，李义铭很喜欢这位风度翩翩的甥婿。另一方面，有中信局职员公开身份的彭咏梧，也因工作需要，常不得不带着江竹筠去出席许多无聊的社会应酬。曾有一段时间，夫妻俩常在下午去颐之时餐厅的舞厅跳舞听歌。这一来，在人们的眼中，江竹筠和彭咏梧就是一对大方潇洒、爱玩会玩的年轻夫妇，谁也不知道他俩其实是地下党重庆市委里举足轻重的人物。

在共同的生活和秘密工作中相濡以沫，他们的感情也一天天深厚。但夫妻俩都在心底里牵挂着另外两个常令他们揪心的人——彭咏梧的“原配妻子”谭正伦和儿子彭炳忠。多年来没有一点音信，不知他们过得可好？

然而，一次偶然的机会，彭咏梧却知道了谭正伦和大儿子彭炳忠的消息。

1946 年 11 月 7 日晚上，公开的中共四川省委和地下重庆市委在重庆国泰电影院举办了一场庆祝俄国十月革命胜利 29 周年的电影晚会。电影快开映时，彭咏梧正匆匆朝电影院走去，突然听到身边有人惊喜地轻唤了他一声：“邦哥！”彭咏梧惊诧地侧身一看，竟然是多年没见的谭正伦的弟弟谭竹安！

“竹安？是你？”亲人相见，欣喜万分，彭咏梧惊喜地一把揽住内弟谭竹安的肩膀。后来，彭咏梧很快从谭竹安那里知道了他的原配夫人和大儿子彭炳忠的情况。

“竹安，我对不起你姐……”

谭竹安许久没有说话。关于自己的姐夫又有了家这件事，在经过两年的苦苦寻找之后，谭竹安不久前已经从另一个地下党同志那里知道了。虽然谭竹安也为自己姐姐的命运抱不平，但他能够理解姐夫彭咏梧的所作所为。

与谭竹安见面的事，彭咏梧本想瞒住江竹筠，在情感上，他觉得已经对不住一个女人了，不忍心再伤害另一个女人。更何况，现在斗争的局势越来越紧张，他不愿在情感问题上过分耗费精力而影响工作。但细心的江竹筠仍然察觉了，她真挚地对丈夫说：“四哥，我了解你的心情，我和你一样，对幺姐都怀着歉疚。你对幺姐感情的执着，恰恰证明你是一个负责任的人，不仅丝毫不影响我对你的感情，反而更加深了我对你的爱。我不是一个妒妇，在必要的时候，我愿意把你还给幺姐。你放心和竹安来往吧。这几年，他们够苦的了。”江竹筠的一席话，说得彭咏梧热泪盈眶。他为自己当初的想法而感到羞愧，他紧紧攥住江竹筠的手，声音哽咽：“竹筠，谢谢你的宽容和大度。我彭咏梧何德何能，竟得老天如此恩赐，把两位这么好的女人派到我身边，今生今世，我真不知道如何回报你们的深情。”

为了争取得到谭家人的真正谅解，江竹筠决定找机会与谭竹安接触。

机会终于来了。一天，一位青年来找江竹筠联系工作。江竹筠跟平常一样，热情地接待，细心而又简练地布置任务。在交谈中，当得知这青年就是谭竹安时，她立刻明白这是党组织暗中的善意安排。布置完工作后，她亲切地问起他的生活以及家庭情况。江竹筠的干练和平易近人，已经给这位青年人留下了很好的印象。当江竹筠问起他的家庭情况时，他很是感动，禁不住把憋在心里很久的对姐夫及江竹筠的看法一股脑儿地说了出来。

江竹筠没有打断他的话，她一直面带微笑，静静地听着谭竹安的倾诉。等到谭竹安说完，她这才轻轻地说：“你知道吗？我就是你说的江竹筠……”

谭竹安顿时惊愕万分，怔怔地看着面前这个依然微笑着的大姐姐。

“竹安弟，你是不是很恨你姐夫这样抛弃了你姐姐，也恨我这么狠心地夺走了你姐夫？”江竹筠依然微笑着温和地说，“其实，我和你姐夫也都不愿这样，我和四哥假扮夫妻一两年，我们都一直克制着感情，一直没有做过对不起你姐姐的事。你姐夫对你姐姐的这种忠贞，一直让我敬佩。说实在的，这一点，也在很大的程度上让我更倾慕他。要不是组织上安排我们假扮夫妻，跟他真正结婚，我想都不敢想。为这份情感，我和你姐夫都承受了很长时间的煎熬。地下工作太复杂了，它的特殊性你慢慢就能理解。你能理解我和你姐夫从同志到战友、到夫妻这种情感经历吗？我也觉得对不起你姐姐，其实，你姐夫在这件事上的不安比我比你还要深呢。但全都是为了革命，竹安弟，你能谅解吗？革命总要有牺牲，我和你姐夫说不定什么时候就有被杀头的危险。如果革命胜利了，我们都还活着，到时候才能真正考虑怎样理清这种关系，需要的话，我会把你姐夫还给你姐姐。你能理解我这种想法吗？竹安弟，我们互相谅解，好好为革命工作，以后就姐弟相称，好吗？我们其实已是一家子了，是吧？”

谭竹安听着，禁不住地点头。他想不到江竹筠如此亲切又如此直率，一点也不回避自己的真情实感，心里感慨万千。这么好的一个女人，连自己都一见生敬，难怪姐夫邦哥动情啊！何况邦哥与江姐的确是这么般配的一对，又是因革命的需要走到一起的。而且有江姐这样优秀、干练的女同志做姐夫邦哥的助手，对党和革命工作多么有利，这的确也是自己的亲姐姐——幺姐——所不能相比的啊！

江竹筠的一席肺腑之言，感动着谭竹安。随着以后接触增多，他对江竹筠更加敬佩，后来他们一直以“姐弟”相称。这样的结果，让江竹筠和彭咏梧终于有了一点安慰，日益紧张的严酷斗争局势也不可能让他们一直沉湎于感情纠葛之中。

1947 年秋，中共川东临委决定由川东临委委员彭咏梧去下川东地区，在“抗捐、抗丁、抗粮”三抗基础上，组织武装斗争，江竹筠一同前往协助工作，担任川东临委与下川东地工委的联络员。夫妇俩愉快地接受了这一艰巨的任务，但是，一道难题横在他们面前——儿子彭云的抚养。不可能背着一个孩子行军打仗，只能留在重庆，当时云儿才一岁多，需要有人照顾。夫妇俩经过商量，决定请谭正伦来重庆照顾彭云。

他们找到谭竹安，一阵寒暄后，对谭竹安说明了来意：他们马上要到很远的农村工作，无暇照顾彭云，想请正伦来重庆，这样炳忠可以在重庆读书，同时，也可以照顾云儿。谭竹安听后，面带难色，夫妇俩以为谭竹安心中还存芥蒂，一时显得有点局促，空气也显得有点沉闷。其实江竹筠和彭咏梧并不知道，做弟弟的谭竹安至今还一直瞒着幺姐在重庆发生的一切。想着自己的姐姐在云阳老家苦苦煎熬着，整整六年一直在苦守苦盼着姐夫的下落，现在却还要向她提出叫她来重庆抚养姐夫和另一个女人的孩子，幺姐会怎么想？他该如何劝说幺姐？

江竹筠猜到了谭竹安的顾虑，她小心翼翼地打破沉默道：“竹安弟，我和你姐夫一直都对幺姐心存内疚，也一直觉得幺姐是最善良、最通情达理、最深明大义的人，我总感觉这样虽然对幺姐是个委屈，但她要是明白这一切都是为了革命就会接受这个主意的，况且我们终究是一家啊！”

听了江姐一席话，谭竹安动情地说道：“请竹姐和邦哥放心。只是我一直没有把你们的情况写信告诉她，但是幺姐是个深明大义的人，能顾全大局，不计个人恩怨。我相信她会来重庆。相信我们会把云儿当作自己的孩子一样照顾。”

当即，谭竹安给姐姐写了封长信，详细谈了彭咏梧离家以后的情况，并说明彭咏梧现在要到农村去，走得很远，彭云无人照看，希望她马上来与自己一起抚养彭云。

这封信辗转送到谭正伦手上，已是1947年的冬天了。那时，她在云阳已经苦苦地等待丈夫彭庆邦（彭咏梧）的消息六年多了。然而弟弟的来信，犹如晴天霹雳。她读着读着，热泪浸湿了衣襟，她怎么也没想到，自己苦苦盼了近七年，得到的却是如此的打击。她怎么也没料到曾经与她海誓山盟、靠她供养才走上社会的丈夫，竟然在重庆另外结了婚，而且，还让竹安弟向她提出请她去重庆抚养他与另一个女人生的孩子！然而在感情与理智、家庭与革命的抉择面前，她很快就冷静下来，表现出了一般农妇少有的豁达胸怀，她给弟弟回信说："请转告党组织，我虽然文化不高，但革命道理我懂，我理解庆邦，理解竹筠。我会很快来重庆……"

可是，信发出去了，却一时半刻动身不得。她和亲戚正合办着一个家庭纺织作坊，在她离开前，得对财产进行清理；而且，以前供给彭咏梧上学和革命时借下的积债，总得偿还一些，还得把家产变卖后积攒一些钱，以便应付到重庆后的开销。

得到谭竹安的支持，彭云有了好的去处，江竹筠和彭咏梧自是十分感动。他们各自紧锣密鼓地处理在重庆的事宜，办理各项移交，并进行出发前的准备。

在幺姐还没有来重庆以前，江竹筠决定暂时委托她的好友王珍如代养彭云。王珍如在北碚天府煤矿白庙子小学教书。他们写了封信给王珍如，说是有急事请她进城来一趟，王珍如接信后来到江竹筠家。

当王珍如急急赶到江竹筠家里时，他俩正在家里整理一些将要处理的东西。见到王珍如，江竹筠立即把她拉到里屋，悄悄地说道："珍姐，我和四哥可能很快要到农村去了。云儿不能带去，想来想去还是觉得请你或者理立先带着他最合适。可是，理立的先生仲秋元被捕入狱了，不可能叫她带了，只有拜托你把云儿带到白庙子抚养。叫你急着来就为这事……"说着，江竹筠眼圈红了，声音哽塞起来，"万一，我和四哥回不来，你就……就当云儿是你的孩子吧！"

王珍如明知道自己一个大姑娘带着小彭云有说不出的难处，但也明白这是竹筠和彭咏梧对自己最深挚的信任，所以欣然承担起了这个任务。

彭云马上就要让王珍如带走，夫妇俩急匆匆地到附近街上的店铺给他买了件美军毛毯改制的儿童大衣和一顶小军帽。但衣服太小，江竹筠又急忙赶到店铺，换回一件大号的军毯改制的儿童大衣。当她赶回来时，已经满脸是汗，气喘吁吁了。两人亲手给彭云穿戴好衣帽后，带着彭云到千秋照相馆照了一张合影，这张照片也成为他们一家唯一的合影。

夫妇俩抱着彭云来到汽车站。真的就要分别了，彭咏梧和江竹筠心里一下生离死别般的难受。临上车前，江竹筠抱着彭云亲了又亲，彭咏梧默默站在一旁注视，眼眶里滚动着泪水。当汽车启动时，彭云却突然“哇”地大哭，张着小手凄厉地哭喊：“妈妈——！”而坚强的江竹筠这时紧紧挽着彭咏梧的手，已是泪流满面了。

至此，彭云的事算是安排妥当。11月底，彭咏梧和江竹筠满怀战斗豪情，离开重庆，踏上了到下川东组织武装起义的征程。彭咏梧和江竹筠扮作夫妻还乡，他们的第一站是万县地工委机关，在那里停留数天，与地工委商定：以云阳、奉节、巫山、巫溪为前线，由彭咏梧指挥；万县、开县为二线地区，由涂孝文分管。会后，彭咏梧和江竹筠继续东下，到达云阳。12月初，在云阳农坝乡炉塘坪召开重要军事会议，决定成立中共川东民主联军（后改为川东游击纵队），由彭咏梧任纵队政委，赵唯任纵队司令，蒋仁风为参谋长。炉塘坪会议后，彭咏梧和江竹筠随即奔赴武装起义的大本营奉节青莲乡，彭咏梧以新聘教师身份，住进青莲中学。经过紧张的筹备，决定将起义定于1948年1月28日。由于深感干部缺乏，起义前夕，彭咏梧要江竹筠回重庆一趟，向临委汇报下川东的情况，并请求尽快派一批知识分子干部来做骨干，同时为游击队筹备些给养。

1948年1月初的一天，江竹筠离开奉大巫支队的暴动中心——奉节县青莲乡——秘密前往重庆，向川东临委汇报工作并选调干部。

离开火热的革命暴动中心的那一天，江竹筠特意穿上那件她平时最喜欢的蓝旗袍，外面罩上下乡时穿的黑毛衣，由两位即将参加暴动的农民战士，扮成轿夫，抬着离开青莲乡。分别时，江竹筠深情地看着来送行的同志们，最后目光定在丈夫彭咏梧身上，眼圈有些发红。与这对革命夫妇关系最亲近的吴子见忍不住地开玩笑说：“表姐，这样舍不得离开姐夫，就快点回来喽！难过啥子嘛！”江竹筠也佯装笑容说：“哪个难过了？不就是暂时分开十天半月嘛！”彭咏梧也接过话头：“有道是，两情若是久长时，又岂在朝朝暮暮！”然而，谁也没有想到，这一别，竟然是彭咏梧和江竹筠这对恩爱夫妇的永诀！

到重庆后，江竹筠强抑思子之情，马不停蹄，联系上了川东临委的主要领导人，向他们汇报了下川东武装斗争准备情况以及自己此行的任务。江竹筠又找到跟上层关系好的沙磁区学运特支书记刘国鋕，请他帮助筹措一些给养以及医药。接着，她找到了办《挺进报》的蒋一苇，转达了吴子见的问候，介绍了下川东武装斗争的情况和动向，蒋一苇、陈曦夫妇都特别高兴。蒋一苇告诉了她彭云的近况：王珍如带着彭云很困难，学校怀疑彭云是她的私生子，要解聘她。如果没有别的好办法，他希望把彭云放他那里带养。

江竹筠没想到王珍如带着彭云竟遭受人们这样刻薄的诘难，内心既感激又不安。告别了蒋一苇他们，她赶紧去《大公报》找谭竹安，问幺姐到底能不能来重庆带彭云。谭竹安告诉她：“幺姐已来信了，同意来重庆，只是家里有些事务需要处理，大概时间不会太久。”这使江竹筠很感动，幺姐果然是个好姐姐啊！她渴望幺姐真的就在这几天来重庆，既完满解决了彭云的抚养问题，自己也能见见这个丈夫的“原配夫人”，见一见自己一直觉得很对不住，又特别敬重信任的好姐姐。

处理完一切事务后，她立即赶往王珍如那里，去见日思夜念的彭云。到达学校时，已近黄昏了，她悄悄地来到王珍如家，当看到正玩得高兴的彭云时，江竹筠猛地跑过去，蹲在地上，双手拉着彭云，痴痴地看着他，激动得似乎忘记了呼唤。好在王珍如平时就拿着他们的合影教彭云认爸爸妈妈，因此，对江竹筠突然的举动，他虽然感到惶恐，却也没有哭喊和挣扎。王珍如在旁边叫他喊妈妈，他竟顺从地怯怯地叫了江竹筠一声“妈妈”。

这一声亲切的渴盼已久的称呼，刹那间使江竹筠再也抑制不住泪水，她哽咽着说了一声“好云儿，妈妈好想你呀……”便泣不成声。

平静下来后，江竹筠感激地说：“珍姐，为云儿你受了好多委屈，我都知道了，心里真不晓得说啥子好。我想……这次就把云儿接走……”

王珍如一听便有些急，可很快平静下来，说：“你和老彭为了革命舍家弃儿，我这点算啥子嘛？我听你的安排……”

说服王珍如后，江竹筠连夜带着彭云回到市区，并把彭云交给蒋一苇、陈曦夫妇。

1948 年 1 月 18 日，江竹筠带上杨建成、刘本德、罗曙南、周毅四名干部起程返下川东。23 日，一行人住云阳董家坝彭咏梧外婆家，在这里等待和接头的人见面。但万万没有想到，他们等来的却是彭咏梧牺牲的消息。那是 1 月 31 日，他们在这里已经待了整整七天。前一天，卢光特和他们见面，已经谈到了关于彭咏梧牺牲的传言，虽然未经证实，但是江竹筠已经预感到丈夫彭咏梧可能凶多吉少。当吴子见把彭咏梧牺牲的确切消息带来时，早有心理准备的江竹筠仍感到犹如万箭穿心般的痛苦。尤其听到彭咏梧牺牲的具体细节时，她抑制不住“哇”的一声哭起来。但她随即猛地止住抽泣，强作镇定地对吴子见、卢光特说：“老彭牺牲了，我们更不宜在此久留，得赶紧商量下一步啷个办呀！”

江竹筠强忍着内心的悲痛，和卢光特、吴子见一起认真地研究应变的措施，直到夜深。

根据商量后的决定，他们须立即撤离。第二天早饭后，江竹筠和带去的四位同志以及吴子见、卢光特、刘德彬八人分头离开董家坝，乘木船溯江而上。船抵云阳故陵沱时，按照行前江竹筠的安排，吴子见带着杨建成、刘本德、罗曙南下船，去云奉南岸齐曜山开展工作，江竹筠则带着卢光特、刘德彬、周毅继续溯江而上。船到万县时，她安排周毅暂留在万县，刘德彬去垫江，她自己则继续溯江而上，去重庆向川东临委汇报下川东游击队的情况，听取新的指示。

中途，江竹筠有个愿望：她要去奉节竹园镇亲自确认一下丈夫彭咏梧牺牲的事。于是，也就有了下面的一幕：

这是一个阴雨连绵的日子，江竹筠打着雨伞，行走在竹园镇上。刚走到城门口，见一群人聚集在一起，仰头望着什么，恐慌地窃窃私语着。她走近后，不自觉地跟着往上一看，却见城头上悬着一排木笼，那木笼里装着一颗颗血淋淋的人头。尽管不知是哪些革命者牺牲了，但她心里觉得很难过。她想还是应该把事情弄清楚好向党汇报，可是人头已经腐烂，无法辨认，她只得走到旁边去看布告。布告上，粗暴的红笔勾去了一连串的名字，几个熟悉的人名很快跳入她的眼帘："匪首彭咏梧……"

"是老彭啊！"这是多么残酷、多么无情的打击啊！江竹筠感到眼前一片发黑，那城门、木笼……好像在空中旋转，悲愤的泪水似乎夺眶而出。然而，她没有这个权利在此时此刻为自己的亲人流一滴泪、号一声哀，因为城门口还站着一排荷枪实弹的敌兵。不能迟疑，必须马上离开。就这样，江竹筠强忍心头的悲愤，朝木笼深深地望了最后一眼，便快速离开了现场……

2月7日傍晚，江竹筠和同志们回到重庆。次日，在约定的地点和时间，她见到了临委副书记兼下川东地工委书记涂孝文等领导人，随即汇报了下川东武装暴动后的危急情况以及彭咏梧牺牲等情况，并希望组织上继续派她到下川东。

2月8日晚上，正是农历除夕夜，这是众人的喜庆之夜，有钱人觥筹交错，穷人也盼着一家团圆。刚刚忙完工作的江竹筠独自一人踯躅在大街上，街上显得十分冷清，偶尔有几个过往的行人，也是步履匆匆，周围不时传来零星的爆竹声。徘徊在大街上，想到丈夫的牺牲，自己有家不能回，不禁悲从心生，眼泪横流……大哭一场后，江竹筠感觉心里轻松了好多，但她很快警醒：这样的夜晚，一个女子在外，容易招致敌人的怀疑。她想了想，决定到小龙坎投奔挚友何理立。

何理立刚好在家，江竹筠便在此安顿一宿。次日是正月初一，吃过早餐，江竹筠来到蒋一苇家，她要见自己日夜思念的儿子彭云。

到了枣子岚垭的蒋家，江竹筠远远就一眼看到儿子彭云了。“云儿，妈妈来看你了——！”江竹筠一步跨上前去，双手抱起儿子，在儿子的脸上亲了个够。小云儿先是一愣，但毕竟分别才半个多月，他马上认出了眼前这位是亲妈妈，便欢快地连声叫着“妈妈，妈妈”。儿子的几声呼喊，触动了江竹筠对丈夫的那片哀思，她忍不住颤动着嘴唇，一边啼哭一边万分悲恸起来：“云儿，爸爸叫妈妈来看你，可他……”话没说完，她便悲不能遏地大声痛哭起来，那大滴大滴的泪珠滴落在儿子的脸颊上。小彭云见妈妈如此恸哭，不由跟着放声大哭起来。母子俩的哭声，惊动了正在整理家务的陈妈妈，她连忙跑出来，发现母子二人哭作一团，大惊失色。中国有传统的风俗：正月初一有人在家哭是不吉利的。蒋一苇夫妇回来后一听陈妈妈说江竹筠今天到这里后，抱着儿子便大哭，也觉奇怪，后来才知道她刚刚失去自己的丈夫与战友，内心不由感叹：江姐啊，你为了革命不知以后还要忍受多少痛苦……

在重庆市民们欢度春节的日子里，江竹筠却强忍着失去亲人的悲痛，每天奔走着做再次赴下川东的准备。

她去《大公报》宿舍找了谭竹安，一方面催他帮助落实幺姐谭正伦来重庆带彭云的事，一方面向他再讲讲当前对敌斗争的形势和任务。接着，江竹筠再次找到川东临委负责人，表示自己重返下川东的决心。组织上考虑到江竹筠经受的打击，再三要她留在重庆工作，也好照顾孩子。可江竹筠坚决拒绝，说：“这条线的关系只有我熟悉，别人代替有困难。请党相信我，我要到老彭牺牲的地方工作。”

临委拗不过她，也尊重她的意见，鉴于彭咏梧牺牲后的确只有她最熟悉下川东农村这条线上的各种关系，决定让她再去云阳，到汤溪工委帮助李汝为、赵唯工作，那里已成为整个下川东武装斗争的重点地区了。这是江竹筠在非常时期的一次义无反顾、赴汤蹈火的抉择。她知道，这一去，就可能像丈夫彭咏梧一样牺牲，再也难以回重庆了。就像她对挚友何理立说的那样，“此去已有了赴死的决心”。

1948 年 2 月中旬，春节还没过完，江竹筠就轻装上阵，连被子行李都没带，只怀揣着从谭竹安那儿拿的那本《联共（布）党史简明教程》，便离开重庆，乘船去了万县。

也巧，就在江竹筠去万县不久，彭咏梧的原配夫人谭正伦就带着与彭咏梧所生的儿子彭炳忠到了重庆，又从蒋一苇、陈曦夫妇手中接过只有一岁零十个月的彭云。虽然阴差阳错，江竹筠一直没能见到她渴望见到的、令她尊敬的彭咏梧的第一个妻子幺姐，但彭云这根纽带，却始终将两颗女性的心，紧紧地连在了一起。

江竹筠此次一腔热血来到下川东，准备在丈夫牺牲的地方重新举起暴动火炬，与敌人展开一场殊死战斗。但由于敌我力量悬殊，暴动地区的风声很紧，组织上告诉她暂时不能去老彭工作过的地方。尤其是下川东地工委书记涂孝文等曾对江竹筠的工作有过几种考虑，甚至想派她和卢光特经宜昌去大别山解放区，引一支部队进入两巫，但都因为条件未成熟搁置下来。

江竹筠暂留万县，等待组织上的安排。等待的日子是孤寂的。她活得不太快活，也不太悲伤，当然有时也不禁凄然为死了的亲人而流泪。更多的时候，江竹筠把内心的痛苦深藏起来，为了不让同志们有丝毫的觉察，她只好默默地承受丧失亲人的痛楚。她无法从情感深处排遣自己的哀伤，便强抑着烦闷和痛苦，一封接一封地给重庆的谭竹安写家信，委婉地交流自己的感受，得到一些慰藉。

在万县的日子里，她一共给谭竹安写了七封信。这些信里，流露出她对战友、良师、爱人彭咏梧的深深怀念：

……由于生活不定，心绪也就不安，脑海里常常恼着一些不必要的幻想。他，是越来越不能忘了……

四哥，他是完了，“绝望”了，这惨痛的袭击你们是不会领略得到的，家里死过很多人甚至我亲爱的母亲，可是都没有今天这样叫人室息得透不过气来。

可是，竹安弟，你别为我太难过，我知道我该怎么样子地活着，当然人总是人，总不能不为这惨痛的死亡而伤心。我记得不知是谁说过：“活人可以在活人的心里死去，死人可以在活人的心中活着。”你觉得是吗？所以他是活着的，而且永远地在我的心里……

彭咏梧牺牲后，彭云就成为她心灵的寄托，她怀念老彭，更深爱着年幼的彭云，因此每封信中，她总是不能不表达对彭云的思念：

……现在我非常担心云儿，他是我唯一的孩子，而且以后也不会再有。我想念他，但是我不能把他带在身边，现在在生活上我不能照顾他，连我自己我都不能照顾。你最近去看过他吧？他还好吧？我希望他健康，要是祈祷有灵的话，我真想为他的健康祈祷。最后我希望你常常告诉我云儿的消息，来信可交：万县两层桥地方法院廖荣震推事转我（江竹）即可，他是我大学同学，感情上还算是一位好朋友，信没有问题，他是会给我转来，或者去拿的，东西可不能寄到这儿来，待以后我有一定的地址后再寄来。

你愿照顾云儿的话，我很感激，我想你会常去看他的，我不希望他要吃好穿好，养成一个娇少年，我只希望你们能照顾他的病痛，最好是不要有病痛，若有就得尽一切力量给他治疗。重庆医疗是方便的，这就是我不带他到乡下去的原因……

……你去看云儿没有呢？他还好吧？这个月（4月）18日他满两岁了，他这一阵子衣服有穿的吗？由于生活无聊，很想念他的。生活安定我很想同他在一块儿的，奈何不得，我现在都寄食在朋友家里。没事来信吧，我记得曾向你谈过信交在万县两层桥地方法院廖荣震推事转我（江竹）即得。

云儿的消息我希望在你那儿不断地得到……

……云儿也成了我时刻惦记的对象。我感谢你，和其他的朋友。云儿是生龙活虎的，我知道他会这样，在你们的抚育之下，他是会健康而愉快地成长的。可是，我不愿意他过多地耗费你们的金钱和时间，吃得饱，穿得暖足也。可别娇养，但是得特别注意他的病痛，春天来了得严防脑膜炎……

……今日进城来二哥处，看是否有你的信。的确我非常想能快点看到云儿的像，他的像照了吗？寄来了没有呢？仍寄原处可收到……

老彭牺牲了，留下两个他爱过的女人踽踽而行。在江竹筠心里，幺姐谭正伦，真是一个了不起的女人！她在心里渴望着见到这位令她一直感激敬佩的、从未谋面的幺姐谭正伦，两姐妹好好地聊聊体己之话。她甚至动过到重庆去看幺姐的念头，她在信中写道：

……我真想去看看幺姐，也可以混混这无聊的日子，但是又哪里那么容易？不过，要下周仍不安定的话，我就一定到幺姐那儿玩几天去，我想该不会有什么问题吧。不过也不定去得成，只不过我在这儿想罢了。……幺姐，也成了我不能忘记的人物。可是我能给她一些什么帮助呢？我想去看她，而且很想在春假里去，但是又有多大的好处啊？除了感情上大家得到一些安慰而外，而且，我的身子多病，恐怕在路上出毛病，所以去不去都叫我很难决定。我知道她会像爱亲生的孩子一样爱云儿，就像我对炳忠一样。基于人类的真诚的爱是不能否认的，我尤其相信……

谭竹安的信，成为她痛苦生活中的很大慰藉，她在信中这样写道：

你 3 月 24 日的信我收到了，谢谢你。信给了我温馨，也给了我鼓励，我把它看了两次，的确，我感到非常的愉快。

虽然自己一直处于痛苦之中，但江竹筠却时刻关心着谭竹安的进步和幺姐及炳忠的健康。自从没能说服弟弟江正榜离开国民党投身革命阵营之后，江竹筠就把谭竹安当成亲弟弟一样关心培养，她也总是能从他这里得到一些补偿似的慰藉。来下川东之前，她曾找到重庆地下党组织的联系人，谈了自己介绍谭竹安入党的情况。联系人很尊重她的意见，答应很快就派一个化名李清的同志去找谭竹安落实。这位同志的确很快去找了谭竹安，只因谭竹安太过谨慎，遗憾地错过了这次机会。当江竹筠从信中知道此事后，她立即回信给谭竹安，对此表示了深深遗憾。

到了4月下旬，临委和下川东地工委决定：留江竹筠在万县，暂时与万县县委书记雷震、副书记李青林等一起工作。

不能去丈夫彭咏梧牺牲的地方战斗，江竹筠内心很是遗憾，但留在万县有了较具体的工作任务，毕竟比苦等着有劲使不出要好得多。江竹筠想到这里也就静下心了。

万县地方法院在万县城一马路法院街，中共万县地下党县委书记雷震此时是该院统计室主任，人称“雷书记官”。江竹筠与雷震同在国民党的专政机关地方法院工作，又都住在该院的两层桥宿舍，既是同事又是邻居，商量起工作来非常方便。为了更好地掩护工作，江竹筠到地方法院后，又立即与检察官龚云奎、会计庞勉组成三人的伙食团，雇了一位姓牟的大娘煮饭洗衣，终日与威风凛凛的法官、检察官在一起，让敌人更加怀疑不上。

那时，万县县委副书记李青林也常来雷震家，一来就帮雷震妻子刘毓芳做家务，饭菜针线样样都很拿手，外人都以为她是雷震在泸州老家的亲戚，因此她与雷震、江竹筠常来常往也不引人注意。江竹筠开始只知道李青林与雷震是老乡，是个比自己年长7岁却还未成家的老姑娘。后来相熟了，也知道了李青林的一些经历，两个在婚姻家庭上都遭受了挫折的姐妹就在工作与情感上更加投缘了。白天忙完了法院里的工作，休息时江竹筠常到雷震家走动，与雷震书记商量些事情，有时逗逗雷震的小儿子换国。大家都觉得江竹筠平易近人，很有大家闺秀和知识女性的风范，却不知道她内心深藏着暴动失利和丈夫彭咏梧牺牲所带来的深切痛苦，尤其是为了革命她不得不将幼子彭云放在丈夫的“原配妻子”那里。由谭正伦大姐领养着自己的儿子，江竹筠应该是放心的，但毕竟这是她同彭咏梧的孩子，她每天都在惦记着云儿：……他又长高了吗？还记不记得亲生父母的相貌了？再看到他的时候，云儿还会不会认得出自己？思念儿子，是江竹筠在万县那一段时间里难以排遣的苦闷。天下母亲的思子之情在江竹筠的心头何尝不是那么强烈！这年6月11日是端午节。节前的晚上，江竹筠给谭竹安写下了她在万县的最后一封家书，寄托了对儿子的一片思念之情。把信寄出去后，她又动过这样的念头：到重庆看看幺姐，看看云儿。她甚至买好了给炳忠的礼物，一只漂亮的书包。然而，江竹筠再也没有这个机会了，因为就在端午节发出给谭竹安的信时，重庆的叛徒就带着一批特务来到了万县城……

1948年6月14日，由于叛徒的出卖，江竹筠不幸被捕，6月15日，特务将江竹筠和李青林一行12人由万县押往重庆，关押于重庆渣滓洞看守所。

下川东地区工委书记涂孝文叛变后，虽然出卖了一些地、县领导人，但对暴动地区的组织领导和乡村基层组织却佯装不知，把责任完全推卸在已牺牲的彭咏梧身上。特务头子徐远举知道江竹筠是彭咏梧的妻子和助手，命令二处侦防课课长陆坚如和司法股股长张界对她严加刑讯，妄图从她身上打开暴动地区和万县乡村组织的缺口。

国民党特务张界在提审江竹筠时，开始时煞有介事地接连提了十多个问题，江竹筠都一概是一问三不知，甚至连彭咏梧都说不认得，后来干脆啥都不回答了。

碰了一鼻子灰的张界，命令军士对江竹筠使用酷刑，夹竹筷子、坐老虎凳，江竹筠多次痛得昏死过去，又被凉水浇醒。反复多次，但敌人得到的仍是江竹筠的厉声斥骂：“你们这帮狗东西！整断我的手，杀我的头，要命就这一条，要组织，没有！”

关于江竹筠在敌人监狱受刑过程中的表现，原审讯她的特务张界于1972年在四川省第二监狱服刑期间有过交代。他这样说：

……一开始，徐匪就耍尽威逼利诱的手法，让江竹筠“把组织和组织上的人全部交出来，可以‘自新’，否则后果可想而知。交出你的组织的人在这里，不信，可以给你见面，你不交组织是不行的。”可无论怎样威逼，江烈士坚决不承认自己是地下党员。徐匪拍桌大叫：“如果不交出组织，马上就用严刑。”江烈士说：“杀我的头，我也不是地下党。谁交我的组织？我不是地下党，谁也交不出我的组织，那是他的胡言乱语。”徐匪就冒出反动的火来，叫当班的军士把竹筷子拿来。顷刻一把新竹筷子放在江烈士的指间，当班特务军士两手紧握筷子的两头，来回在烈士的手指上猛夹，江烈士忍着痛，连声喊：“哟！哟！”弯腰下去站不起来，江烈士满脸流着革命的汗水，顷刻脸变得苍白，声音也发不出来。徐匪叫特务军士把手放开让她说，江烈士站起来说：“今天，你就是把我杀了，我没有组织总是没有组织。”徐匪叫嚷：“不说就把你吊起来，看你说不说。”于是当班特务军士拿了一根又长又粗的麻绳来，使力向楼板上一甩，徐匪以为这一下可以把江烈士威胁到，可是江烈士对麻绳连一眼都没有望。这时门外站着很多男特务和两个女特务，看江烈士英勇斗争的精神，都在纷纷议论。徐匪从上午9点多钟整到11点多钟，完全失败了。当天下午，徐匪又叫陆坚如继续进行残酷迫害。陆坚如总认为他的反动本领大，特别是徐匪问不出组织来的案件，到了他的手，他的反动劲头就更大。凭他的反动言论，是骗不出江烈士的组织来的，胡话说了不到半小时，竹筷子又夹到江烈士的十个指上。当班的军士都是从匪军统特务团改编时调来的，个个反动劲头顶大，都是一些吃人的野兽，一叫他们夹筷子，他们就拼命地夹。筷子一上江烈士的手，江烈士就蹲下来，由于江烈士的手上午刚受过筷子夹的创伤，还未得到恢复，又在创伤上继续用原刑，使痛更深一层。陆匪叫嚷：“什么时候说出组织来才放下筷子。”筷子一阵又一阵来回在江烈士手上猛夹，江烈士痛得死去活来，头都竖立不起，竹筷子还在夹。江烈士一直不承认她是地下党员，从1点多钟整到4点多钟，江烈士虽然受尽苦痛，她坚强的革命意志丝毫未变。江烈士喘了一口气说：“刀，也好，枪，也好，都不能使一个不是地下党员的变成地下党员。”陆匪听了更加嚣张起来，老虎凳也搬了来，江烈士正在准备接受第二种刑具迫害。陆匪跑去和徐匪筹划对策，第二天徐匪叫把江烈士送往匪渣滓洞看守所关押。一个星期后，徐匪叫我去匪渣滓洞再一次对江烈士进行迫害。江烈士来到“侦讯”地方，态度自若、毫无畏惧的样子，开始问她的话，她答复得很自然，说：“我也受了不少痛苦，如果是地下党，我早就把组织交出来了，我确实不是地下党，说我是地下党的人，是骗你们害我的，希望你们再不受那个人的骗了。”竹筷子又夹在江烈士手上，江烈士双眼现出无比愤恨的神情，说：“你们是这样的横蛮，总以为刑具可以改变真相，可那是改变不了的，还是收起来吧。如果我是地下党，也不等到今天，早就说出来了。老实告诉你们，这样做是枉费心机的，永远也不会达到你们的目的，我不是地下党，死，我也不能说我是地下党的……”

江竹筠的坚贞不屈精神，一扫因组织遭到大破坏而给当时的渣滓洞监狱带来的沉闷气氛，激励了整个渣滓洞内关押的难友们，他们因此亲切地称她为“江姐”。

敌人对江竹筠的用刑极重，每每她被特务们从审讯室拖回牢房后，狱中难友们都会为她的英勇行为感到骄傲。女牢的难友们见她们的江姐受伤的手指流着血，一个个一边哽咽欲泣，一边忙着用狱中能够弄到的一点儿冷盐开水、红药水和布条，给她的伤口进行简易的消毒和包扎。男牢房的难友们有的写慰问信，有的送来慰问品。虽都是些最轻的礼物，但却饱含着难友们金子般的情意。那些用自制笔墨或竹签子、红药水写在草纸上的简短赠言，都发自素不相识的难友们的肺腑……

清晨，男牢的一位难友对着女牢大声朗诵起赞美江竹筠的诗来：

热铁烙在胸脯上，
竹签子钉进每一根指尖，
用凉水来灌鼻孔，
用电流通过全身，
人和意志呀！
在地狱的毒火里熬炼，
像金子一般的亮，
像金子一般的坚。
……
可以使皮肉烧焦，
可以使筋骨折断，
铁的棍子，木的杠子，
撬不开紧咬着的嘴唇，
——那是千百万个战士的安全线啊！
用刺刀来切剖胸腹吧，
挖得出的——
是一颗又热又红的心肝！……

有“战士诗人”之称的何雪松的激情诗篇，让整个监狱都在传颂这样的一位丹娘式的“江姐”——

你是苏菲娅的灵魂，
你是丹娘的化身，
不，你就是你，
你是中华革命儿女的典型
“生的伟大，死的光荣！”

屈楚代表楼下一室写给江姐：

忍耐和毅力将换得真正的自由，
准备着死也准备着胜利。
……
每次毒刑给你的伤痛，
像皮鞭抽打着我们的心！
你，我们的丹娘，
你并不孤独。

战友的激励和鼓舞，给了江竹筠极大力量。作为一名革命者，江竹筠早已将生死置之度外了。然而作为一位母亲，她依然无时无刻不在思念着儿子彭云。她常常在最痛苦的时候对难友们念叨着她的云儿：“我真想云儿呀！不知道他长得啷个样，不知道竹安和幺姐他们是不是娇养他……你们说，两岁的他还记得他爸吗？”

作为妻子，她更思念英勇牺牲的丈夫彭咏梧。1949 年 1 月 16 日，是彭咏梧牺牲周年忌日。江竹筠暗暗地记着这个悲痛的日子。前一天晚上，她躺在床上，暗自垂泪。她不想让难友们知道，难友们在狱中的日子已经够苦了，特别是坐牢八个月的李文祥叛变，狱中的气氛已经够沉重了。细心的李青林还是发现了，她走到江竹筠面前，关切地问道：“江姐，怎么了？”

论年龄，李青林要比江姐大7岁，但狱中的同志们都称江竹筠为“江姐”，以示对她的尊敬，李青林自然也这样称呼她。

江竹筠摇摇头，掩饰内心的痛苦，说：“没，没事……”

“不，你有心事！”李青林关心地问，“是不是你又想着老彭，想着云儿？”

“大姐，老彭牺牲一年了，我好想云儿，好想他们。”江竹筠一把搂住李青林，热泪滚滚，忍不住轻轻抽泣。

李青林连忙安慰道：“你的心情我理解。对于牺牲的同志，我们也痛心，也都怀念他们。但是现在环境十分恶劣，我们不能过于悲伤，我们必须好好地活着，活下来就是对他们最好的怀念。”

面对李青林大姐的关心，江竹筠既感欣慰，又觉过意不去，她赶紧说道：“大姐，我知道，我没事。只是想他们，控制不住，你睡吧，对不起，我吵醒大家了。”

第二天，江竹筠早早起了床，扎了朵小白花，默默戴在头上。没想到，男牢中彭咏梧的战友杨虞裳、唐虚谷、陈作仪、刘德彬等同样牢记着这个日子，他们发起全狱难友在这一天停止唱歌，纪念彭咏梧烈士。他们还趁放风的时候，将写好的慰问信揉成一团，悄悄地扔进女牢：

敬爱的江姐：

咏梧同志牺牲整整一年了，人民胜利的消息是令人鼓舞的，这里面有彭咏梧的鲜血，我们将永远不忘。一定化悲痛为力量。祝健康，盼节哀。

值此彭咏梧牺牲周年之际，我们表示深切地慰问。江姐，你和彭咏梧永远是我们的榜样！

还有一间牢房的同志集体写来慰问信：

亲爱的江姐：

一个多月来的严刑拷问，并没有能使你屈服。

我们深深知道，一切毒刑只有对那些懦夫和软弱的人，才会有效；对于一个真正的共产党员，它是不会起任何作用的。

一封封热情洋溢的信，犹如冬天里燃起的一团团火，温暖着江姐的心。她捧读着这些信，眼中情不自禁地涌出晶莹的泪，这不是悲伤，这是幸福的泪。“我真感谢同志们的爱护。同志，你帮我给大家写封回信吧！”江竹筠深情地对身边的女难友说。

“毒刑拷打那是太小的考验！”“竹签子是竹做的，但是共产党员的意志是钢的！”——这是难友们记下的江竹筠在监狱里给难友们的回复。

1949年8月，经过营救，同狱的年轻女难友曾紫霞因保获释。

出狱的头天晚上，江姐和难友们对小曾出狱后要注意的事项进行了详细的交代。最后，曾紫霞问她：“江姐，你自己有没有什么事情要让我办？”

江竹筠想了许久才说：“你给我带一封信，给我的亲戚谭竹安。”

江竹筠凝神地望着，目光似乎洞穿了牢房的墙壁，投向很远很远的地方，近乎自言自语地说：“如果我有什么不测，这封信也算是我的遗书吧！”

江竹筠取出一支竹签子削成了笔。曾紫霞烧了一小团棉花，在灰上加了点水，调成墨汁。江竹筠握笔想了想，蘸蘸墨汁，俯身疾书——

竹安弟：

友人告知我你的近况，我感到非常难受。两个孩子给你的负担的确是太重了，尤其是现在的物价情况下，以你仅有的收入，不知把你拖成什么样子。我除了伤心而外，就只有恨了……我想你决不会抱怨孩子的爸爸和我吧！苦难的日子快完了，除了这希望的日子快点到来而外，我什么都不能兑现，竹安弟，的确太辛苦你了。

我有必胜和必活的信心，自入狱日起（去年6月被捕），我就下了两年坐牢的决心，现在时局变化的情况，年底有出牢的可能。蒋王八的来渝，固然不是一件好事，但是不管他如何顽固，现在战事已近川边，这是事实，重庆再强也不能和平、津、穗相比，因此大方地给它三四月的活命就会完蛋的。我们在牢里也不白坐，我们一直是不断地在学习。希望我俩见面时你更有惊人的进步，这点我们当然及不上外面的朋友。

话又得说回来，我们到底还是虎口里的人，生死未定，万一他作破坏到底的孤注一掷，一个炸弹两三百人的看守所就完了。这种可能性我们估计的确很少，但是并不等于没有，假如不幸的话，云儿就送你了，盼教以踏着父母之足迹，以建设新中国为志，为共产主义事业奋斗到底。孩子们决不要娇养，粗服淡饭足矣。幺姐是否仍在重庆？若在，云儿可以不必送托儿所，可节省一笔费用，你以为如何？就这样吧，愿我们早日见面，握别，愿你们都健康！

来人是我很好的朋友，不用怕，盼能坦白相谈。

竹姐八、廿七

曾紫霞一出狱，立即把信交给了谭竹安。谭竹安流着眼泪看完了来信，他立即找到幺姐谭正伦，把江姐的情况告诉了她。善良而深明大义的谭正伦，此时不仅已经理解了丈夫彭咏梧和江竹筠结合这件曾令她痛苦莫名的事，同时又十分敬佩江姐和彭咏梧出生入死的精神。她表示一定要精心地照顾彭云。之后谭正伦确实也做到了，为了保证江姐儿子彭云的安全，她东躲西藏，吃尽了苦头。

好心的谭正伦，为了让狱中的江竹筠放心，特意同弟弟谭竹安一起，带着彭云到照相馆拍了一张相片，并托曾紫霞设法带给狱中的江姐。

收到云儿照片的江竹筠，欣喜万分。她长久地亲吻着云儿的照片，然后将它放在胸前，那股甜蜜劲深深地感染了整个监狱的难友们，女牢的同志们争着与江竹筠一起分享这份来之不易的甜蜜……

1949 年 11 月 14 日，一群武装特务出现在女牢门口，高叫："江竹筠、李青林赶快收拾行李，马上转移。"

江竹筠知道这是她和同志们离别的时候了。她毫无畏惧之感，先是把自己在狱中默写下来的《新民主主义论》交给了同牢难友黄玉清，说："这是我们默写出来的文件，收好了，你们接着学吧。"然后脱下囚衣，换上自己的阴丹士林布旗袍，外面罩着一件红色毛衣。她把云儿的照片拿出来，轻轻地亲吻了一下，放在贴胸口的地方。

"同志们，再见了！"江竹筠镇静自若地与难友们挥手告别，像踏上新的战斗征程。

这一天傍晚，江竹筠和李青林等二十几位共产党员，被敌人秘密杀害。面对敌人从背后扫射来的子弹，她使出最后的力气高呼着："中国共产党万岁——！"

关于江竹筠，因为《红岩》的原因，她成为小说中的"江姐"，成为全中国人熟悉的女英雄。"江姐"的精神和传奇故事，深深地植根在一代又一代中国人的心中。在这里，作为纪实作品，笔者还想告诉读者们有关真实"江姐"的两件事：

一是在监狱里，敌人将江竹筠作为重犯，所以平时对她使用脚镣。而江竹筠的脚特别小，小到竟然能从脚镣的铁圈里抽脱出来。女牢的难友们当时发现这一秘密后无不兴高采烈，于是她们为了保护江竹筠，每天大部分时间让她躺在床上，用被子盖住她的双脚，不让外人看到她从脚镣里脱出双脚的"秘密"，只有在敌人审讯和放风的时候，大家用特殊的办法为江竹筠掩蔽着悄悄将脚镣套上。这个"秘密"是后来获保释的刘国铭的未婚妻曾紫霞披露的。曾在自己的回忆录中这样说："江竹筠的脚小得出奇，在角度恰当时，她的脚可以从上了锁的脚镣脱出来！女犯们几乎惊叫起来。从此以后，江竹筠在未取脚镣之前，除大小便外，几

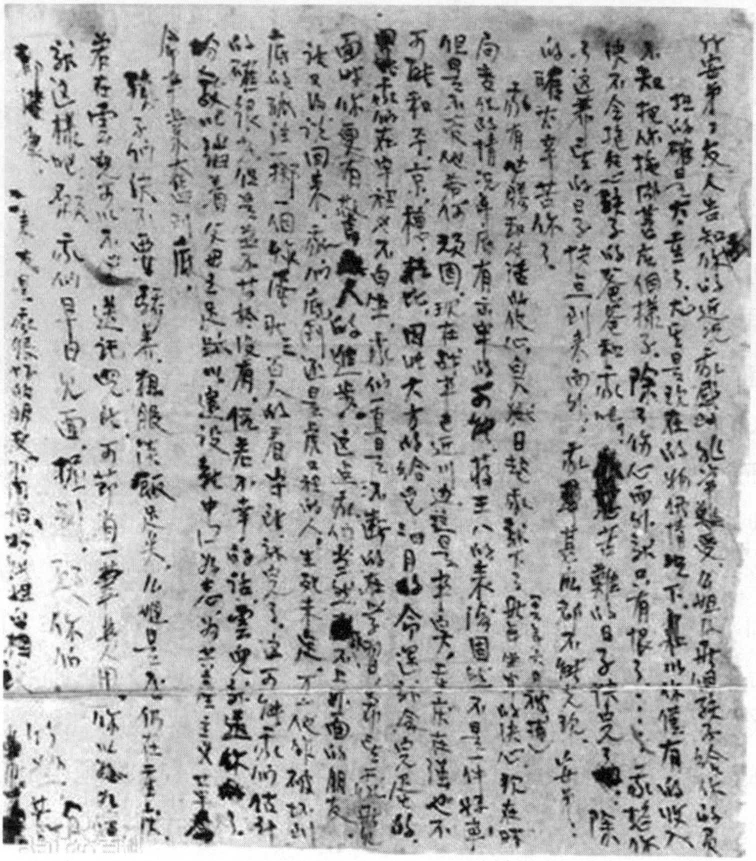

江竹筠在狱中写给谭竹安的遗书

乎整天都用被子盖在身上坐着，或躺在床上。有的女犯也不知道她在床上时根本没有戴上脚镣，只要有特务喊女牢的人出去或进女牢时，自有女犯机灵地把江竹筠的脚放入了脚镣。没想到这件当初只对敌特保密的事几十年来竟无人知晓……”

另一件事是：她的儿子彭云，后来一直由其养母谭正伦抚养。长大后的彭云，继承了父母的革命遗志，成为一个优秀的革命接班人。彭云在少年时代，就在《中国青年》杂志上发文章说：“我的妈妈和许许多多的革命烈士牺牲了。他们忍受种种磨难，坚贞不屈地斗争到最后一口气，为的是全中国的解放，为的是下一代的幸福，正像一首囚歌唱的：‘为了免除下一代的苦难，我们愿，愿把这牢底坐穿！’烈士们生前想到要‘破坏一个旧中国，建设一个新中国，要把贫穷落后的中国建设成一个富强、幸福的新中国’。烈士们牺牲了，他们的理想要我们来实现，他们留下的担子要我们来担。我现在在叔叔、阿姨们的关怀和照顾下，生活得很愉快、幸福。可我永远不会忘记：这幸福生活，是无数先烈的鲜血和生命换来的。妈妈在从狱中捎出来的遗书中说过，要我从小艰苦锤炼，粗茶淡饭，沿着父母的足迹前进，以建设新中国为志，将来成为革命的接班人。我决不能辜负妈妈和许多革命前辈的期望，要以他们对待工作的高度责任心对待学习和社会工作，像他们对待敌人的严刑一样地对待困难，纪念他们，学习他们，做一个像他们一样坚定勇敢的共产主义战士。”1981 年，学习成绩优秀的彭云，被美国一所著名大学录取为研究生，如今已是一位成就斐然的科学家。九泉之下的烈士江竹筠和彭咏梧，一定会为他们的儿子感到欣慰。

关于一个更加传奇的中共“美女间谍”

如果她还活着，今年正好 97 岁。她的出生年也是中国共产党成立的那一年：1921 年。97 岁的女人，肯定是非常老了，但她是在 73 年前牺牲的，那时她才 24 岁，花一样娇艳的年龄，加上她天生丽质，所以她活在那些熟悉她的战友与同志心目中，永远是那样的年轻、漂亮。

她在红岩革命历史博物馆里的名字叫张露萍。其实她的名字有好几个：余家英、余硕卿、余慧琳、黎琳、张露萍等。就因为她的名字太多，从事的又是秘密的地下工作，又一直与组织是单线联系，故而在她被敌人残杀后的几十年里竟然谁都不知道她到底是谁、到底是不是共产党员。到了 1982 年——在烈士牺牲 37 年后——中共四川省委的复查组

张露萍烈士

经过一年多时间，跑了14个省、市、自治区和19个部委，找了100多位当事人和相关人员，最后由时任中共中央副主席的叶剑英元帅出面证明，才算把这位无名女英雄的身份正式弄清楚。“我想得起了，张露萍在延安时叫黎琳，外号叫‘干一场’！”这是叶帅在听取一位解放前在中共中央南方局工作的同志报告四川省委复查组在对当年发生在重庆的“军统电台特支案”复查时，十分激动地回忆起张露萍时说的话。

后来叶帅又向专程从成都赶到北京的复查组的同志详细介绍了情况：“40年代初，我党两名同志打入到了蒋介石的特务头子戴笠身边，后来暴露了。一天，有一个叫冯传庆的人找到周公馆，我们决定送他去延安。我送给他一件皮大衣，并且派人把他送到江边。但他来的时候已被特务盯上了，后来被戴笠的人捕去了。”冯传庆的案件主要与张露萍有关，张露萍是当年由党在重庆的南方局负责人叶剑英、曾希圣亲自派去在敌人“心脏”建立的“电台特支”负责人。

张露萍的故事迷离复杂，从她牺牲的1945年到20世纪80年代之前的几十年里，这位有“中共美女间谍”之称的女共产党员，牺牲后却一直不被有关组织部门所认可，一般公众就更不可能对这样的英雄有所了解了。但即使这样，从解放初一直到张露萍烈士被正式确认之前的几十年里，每年清明时节的纷纷细雨中，有一位老人总要到一个无名烈士墓前去祭扫，这个老人就是小说《红岩》里的“疯老头”原型人物韩子栋。老人后来担任了贵州省政协副主席。他在敌人的白公馆监狱和贵州息烽监狱都待过，他了解和熟悉张露萍等烈士的情况，所以他坚信她和那六位与她一起被敌人枪杀的年轻人都是优秀的共产党员和真正的革命烈士。他曾如此深情地说："我对这些一起战斗过的同志有着深厚感情。我忘不了他们……"

确实，凡是了解了张露萍等人英勇事迹的人，大概都深感震撼、难以忘怀。张露萍等人的故事本身具有典型的"谍战"色彩，其惊险复杂、曲折迷离的故事，远比《暗算》《潜伏》等电视剧要精彩和生动。国民党时代的大特务沈醉在《我这三十年》一书中，谈到张露萍打入军统一案时，曾说："蒋介石为这事把戴笠骂得狗血喷头，戴笠差点被撤职查办。"这是戴笠"一生的奇耻大辱"。

这也难怪，当时国民党最核心和重要的军统特务总部的电讯总台竟然都是由一群年轻的地下共产党人掌握着，并将重要的情报源源不断地发往中共延安总部，蒋介石能不气急败坏吗？

所有这一切皆与一位年轻美丽的女共产党"间谍"有关，张露萍故事的精彩与传奇也在于此。

20世纪40年代国民党军统特务总部的电讯总台，设在当时的山城重庆最高点——浮图关遗爱祠。这里的一座小楼时刻戒备森严，窗帘紧闭，若明若暗的灯光昼夜不息，来往人员总是行色匆匆……显示着这里的每一个细微风声都充满了神秘和紧要。

1940年的一天，这里像挨了一颗重磅炸弹一样，几乎瘫痪，停止收发报，更换密码，武装特务封锁了进出口，将所有人员挨个查问。原来这里发现了一个共产党的"红色电台"。那一刻特务总头目戴笠，差点把嘴都气歪了！

你想，从电讯总台领班、报务副主任冯传庆，到电讯员张蔚林、王席珍、赵力耕、杨洸、陈国柱这些电台的骨干，竟然都是中共地下党员。蒋介石和戴笠的面子何处放？国民党反动政府的秘密何在？延安的共产党不赢才怪！

出事的那一天，蒋介石把茶杯都摔在地上，指着戴笠的鼻子，骂道："娘希匹，我毙了你！你平时口口声声说军统组织如何如何的严密！实际上是人家共产党早钻进了你的心脏，你还糊里糊涂不知道。马上查！否则……”戴笠从来不曾这么丢过面子，他下令立刻把电台总台台长抓起来。军统的一位所长叫毛烈，不知何故，给共产党员、电讯员张蔚林送了一封信，戴笠不听任何申辩，拔枪就把他枪毙了。

抓到中共“红色电台”的“犯人”之后，戴笠亲自率领军统局督察室主任、秘书、司法科科长和军统特别行动处几位处长等人赶到看守所。他一看到几张熟悉的“男犯”的脸，不由分说，上前就各打了一记耳光，可这些被打耳光的年轻人竟然根本不把这位昔日的“大老板”放在眼里，还在嘲笑他、骂他。再看看唯一的一位“女共党”——他妈的，还这么年轻漂亮！

“美人计！共产党的美人计！”戴笠一看就明白了。于是，他把所有的火气撒在了这个年轻的女人身上：“说，是谁派你来的？”这对戴笠来说太重要了，如果“犯人”承认是周公馆——共产党、八路军驻重庆办事处的周恩来那里——派来的，好，那共产党就是有意破坏“国共合作”！但戴笠什么都没有获得。那年轻漂亮的女共产党员竟然只承认自己叫余慧琳，是当时一位名豪的私生女，与电台的张蔚林是恋爱关系，并经张介绍才认识冯传庆副台长的，所以常到遗爱祠来玩。

“你别以为我戴笠、我军统都是吃闲饭的。你的身份我们已经清楚，也知道你是从延安那边过来的。说，延安派你回来，任务是什么？”这是第三天、第三次审讯时戴笠的问话。

“你既然知道了还问我干什么？”年轻女共产党员不屑一顾的样儿，让戴笠更气不打一处来。

“你以为嘴硬就可以保守一切秘密？”戴笠一挥手，“上刑！”

特务们立即七手八脚地上前将年轻女子拉上老虎凳，在她身上“噼啪噼啪”猛抽……

“现在可以开口了吧！说，延安派你到这儿，是不是周公馆又派你到这儿来勾引我们的几个蠢蛋的？”

“还是上次说的几句话：我是从延安回来的，因为过不惯延安的生活才逃回来的，没有哪个给我任务。”

“那么你啥时参加共产党的？”

“我想都没想过要参加共产党。”

戴笠的嘴再次气歪了：“打！”

“继续打！”

“继续再打！”

但最后还是什么都没有招。“统统死刑！”戴笠咬着牙作出这样的决定，同时也为了找回面子而期待有一日“感化”这些让他丢尽脸的共产党员，这样，中共“红色电台案”的七个人全被押进监狱……

六男一女，个个年轻。尽管都已遍体伤痕，但他们以胜利者的姿态，在幸福和光荣地笑着，笑他们战胜了酷刑与无数次审讯，笑敌人无可奈何，笑他们自己是光荣而坚强的共产党员。

笑得最美丽的自然是最年轻漂亮的张露萍。那一年她才 19 岁，是这群让蒋介石差点把戴笠这样的“忠臣”都要革职的年轻共产党员中唯一的女性，也是年纪最小的。她感到自豪，感到对得起她的组织——亲爱的中国共产党。

20 世纪三四十年代，在中国的进步青年中什么样的人生道路最值得骄傲？恐怕就是奔赴延安、参加中国共产党的队伍这条革命道路。因此，一首抗战歌曲总会让无数爱国的热血青年感到无穷的力量。张露萍自然就是这批青年人中的佼佼者。

河里水，黄又黄，
东洋鬼子太猖狂，
今天烧了王家庄，
明天又烧了张庄，
逼着青年当炮灰，

逼着老人运军粮；
青年打死丢山坑，
老年运粮死路旁；
这样活着有啥用，
拿起刀枪干一场，
拿起刀枪干一场——

这是20世纪三四十年代的中国革命中心——延安非常流行的一首抗日革命歌曲。延安抗大的一位女学员特别喜欢唱它，并在每次学校拉歌时，总是特别有劲头地拿出这首歌来指挥她的战友们跟人家比赛。她指挥这首歌时异常投入，而且总能取得胜利。因此，她一出场指挥，大家就笑着喊起"干一场""来一个"！"来一个""干一场"！

"干一场"，渐渐成了她的"外号"，连中央首长们都笑着喊她是"干一场"。张露萍那个时候的名字叫黎琳，被人们呼作"干一场"的就是她。

张露萍，四川崇庆县人，投奔延安之前是成都建国中学女子班的学生。1935年秋，十四五岁的她考上了成都建国中学女子班，并改名叫余硕卿。在这个女子班上，有位瘦瘦的姑娘，叫车崇英，是当时中共川康特委军委委员车耀先的女儿。张露萍（当时名为余硕卿）与车崇英的座位挨着，张露萍天性活泼，爱唱爱跳，人又长得漂亮，自然得到同学们的异常关注，车崇英对她当然也很关注，后来慢慢地将其引上了革命道路。解放后，作为好同学的车崇英曾经有过对这一时期张露萍的回忆："我和张露萍都是成都建国中学的学生。1935年秋，张露萍也考进这个学校，我们同在初女五班。她聪明、刚毅、天真、活泼，爱唱歌，喜欢打乒乓球。我们常常谈论人生的向往，讲妇女的社会责任。由于我们志趣相投，逐渐情同手足。后来，同我坐在一起的周玉斌、杨梦萍，也常常和我们在一起摆谈，特别是东北三省失守、平津沦陷，一二·九学生运动的迅猛发展，成都的抗日气氛越来越浓，我们唱起了流行的抗日歌曲，又到校外参加救亡团体的活动。这样，我们四人便结拜成姐妹：周玉斌年长，是大姐；露萍其次；梦萍行三；我最小，行四。1936年秋，北大学生韩天石到四川搞学生运动，发展‘中华民族解放先锋队’。我们姐妹四人平时就受我父亲的革命熏陶，懂得只有反帝、反封建，才能拯救灾难深重的中华民族。因此，韩天石在成都组织秘密报告会时，我们四人都去参加了。记得那一天的天气特别好，秋风拂面，气候宜人，大家的心情都十分激动。那一天作报告的还有从根据地来的肖玲大姐，她向我们讲了革命形势和革命的任务。也就在这一天，我被批准参加了‘民先队’；后来，我又介绍玉斌、露萍、梦萍加入了‘民先队’，从此，我们不仅是姐妹，而且又是同志了。1937年，我父亲车耀先主办了《大声》周刊。这时抗日烽火弥漫全川，国民党反动派消极抗日、积极投降的阴谋已经暴露，我父亲便在周刊上连续发表文章，揭露国民党破坏团结，制造摩擦，枪口对内，以达到投降日本帝国主义的罪恶目的。我父亲置个人安危于度外，大声疾呼，并组织成立了统一战线，同国民党展开针锋相对的斗争。我们姐妹四人积极参加抗日救亡活动，尽我们的赤子心，度过了多少难忘的日日夜夜。1938年初，露萍、玉斌向我表示了想去延安的愿望，并要求我向父亲转达她们的想法，希望得到我父亲的帮助。我非常赞同，只是由于我幼年时右腿残废，不能同行。后来，由我父亲通过八路军重庆办事处，把露萍、玉斌，还有同班同学李隆蔚、刘苹非等四人顺利地送到了延安……”

可以说，革命家车耀先是张露萍走上革命道路的引路人，因为他的原因，张露萍和车崇英、周玉斌、杨梦萍成了志同道合的四姐妹。在离开成都之前，她们四人手握车耀先办的革命刊物《大生》[1]，在草地上特意

[1] 1937年1月，车耀先创办《大声》周刊，该刊出到13期被国民政府查封。车耀先随即将其改名为《大生》周刊继续出版，仅发行5期，即又被取缔。车耀先再以《图存》周刊取而代之。后几经周折，《大声》周刊于1937年11月复刊。

照了一张照片，在那张相片后面，张露萍写下了如下诗句：

“真理”织成了她们的心幕，
“亲爱”时刻从心弦弹出，
胜利更是充满了她们的内心，
微笑代替了她们的一切情绪。
这些礼物是谁送的呢？
是谁？就是手握着的它，
可爱而可敬的《大生》呵！

可以看出，那个时候的张露萍已是个志向明确、热血沸腾的进步青年了，奔赴延安、向往革命，是她当时的全部理想。

张露萍与几个好友投奔延安途中，巧遇几位重庆高工校的男生与他们同搭一辆车。一路上他们遭遇了国民党军官追踪和盘查的惊险经历。当年与张露萍一路同行的重庆高工校男生之一、后任江津白沙川南工业管理学校领导干部的胡代华，在1983年10月3日回忆了与张露萍同行到延安一路上的情景：

1937年11月中旬至下旬，秋末冬初，我们重庆高工校的几名青年学生决心投奔延安，先到了成都北门汽车站。重庆学生的装束一眼就能认得出来，都是穿着卢作孚公司出的那种三峡牌芝麻呢布做的学生装。这时汽车站来来往往聚了一批人，也是准备去延安的，有二男三女五个人，其中一个女的穿的服装很朴素，她就是张露萍，当时的名字叫余硕卿。这学生齐耳的短发，十六七岁，大方端正，红红的苹果脸。她主动招呼我，说她是成都建国中学的。我看样子她是成都一行人的头，别人叫她“姐姐”“二姐”什么的，就把我们三个高工校的同学介绍与她认识了。开始都没有谈到去延安这个话题，后来大家熟悉了，一谈，原来都是抗日救亡的同路人，所以大家都同声说：以后互相关照。之后我们一起坐上一辆从成都至宝鸡的汽车。

汽车直开宝鸡，车上有一位川大的教师，看样子40岁上下，河南新乡人，姓什么忘了。看上去此人很斯文，我们就主动与他交谈，他说他喜欢我们年轻人。车到第一站广元后，我们住在一个旅馆，那个川大的教师告诉我们这一路上土匪多，要我们注意安全。第二天，车换成了敞篷车，没有座位，我们也不好多问，司机还是原来那两个人。车到川陕交界，叫作朝天驿的地方，是一个小镇，来了几个国民党的兵，不买票强行乘车，也不和谁打招呼就坐进驾驶室。我们赶快叫余硕卿等几位女同学坐到车角去，我们几个男同学围坐在她们的外面。可那几个国民党兵却故意从女同学的身边踩过去，还说下流话，大家只好忍受着，不理他们。车行一小时后，这些兵下车去了，大家终于松了一口气，谢天谢地。这时天已下起小雪来，就只能在一个小地方住下。第二天起来一看，漫天大雪，司机说这下走不成了，明天再说，我们只好多待了一天。没事干，大家坐在一起就开始摆龙门阵。我们的一位男同学就请"二姐"余硕卿说说成都的事，余就介绍说：这年上半年成都的救亡活动很热烈，街上演剧、唱歌、跳舞，各学校都办了壁报，车耀先办了个叫《大声》的刊物，这半年来，她说她因为一直看这个刊物，所以学到了很多知识，看清楚了国民党的腐败无能。她越说越气愤。接着我介绍说，我们重庆救亡运动有个《新蜀报》编辑叫漆鲁鱼，有40多岁，带个眼镜，是从新四军部队中受伤回到重庆的，地下党是他先搞起来的，他写社论，组织我们搞读书活动。"西安事变"后，重庆的救亡活动就搞起来了。这时，大家又谈起西安事变。余硕卿说，西安事变的内部情况不清楚，但是共产党和国民党打了十多年，抓住蒋介石不杀，这是个了不起的事情。看上去余硕卿十分佩服共产党和平解决西安事变，于是大家又谈到范长江的通讯。余硕卿说，她早听车耀先说过，还说毛泽东对抗日救亡都有著作论述，抗日救亡是共产党提出来的。看起来她的消息比我们灵通，道理比我们懂得多，后来才知道她经常与车耀先等地下党领导人接触，受他们的引导和教育。谈到卢沟桥事变，谈到蒋介石不抗日，大家越说越气愤。余硕卿说，蒋介石就是卖国贼，他把东北三省卖了，现在华北四省又危急，我们到延安，就是为了抗日。她的抗日激情和对延安的向往，深深地感染了我们，所以我们相互之间也变得亲切与亲近了。

次日天晴了，车开前来了一位国民党军官，大摇大摆地坐上驾驶室，对我们好像不放心。大家感到紧张起来，不敢再提去延安的事，只说到西安考学校。第二站等汽车发动时又来了一个军官，比昨天那个年轻些，穿着整齐。这两个军官一边嘀咕一边朝我们看，后来前一天来的那个军官下车了，看来他们是在轮换监视我们。

车到第四站是凤县。我们在叫作双石铺的地方找旅馆住下了，偏偏那个国民党军官就住我们隔壁，大家不敢多说话，吃了饭就睡觉。

到了宝鸡后，余硕卿悄悄对我们说，要找个便宜点的旅馆住，这样好甩掉那个军官。他果然不来住，但此人很狡猾，很快又把我们找到了，并很凶地对余硕卿说：“小姐为什么要找这么个很脏的地方住下呢？”余硕卿说：“我们都是穷学生，没钱住好的。”那军官似乎信了，就走了。我们以为这样就摆脱了盯梢，结果第二天乘宝鸡到西安的火车时，发现那家伙也在我们身边坐着。这时，那个军官向我们摊牌了，他说他也赞成国共合作，有意想套我们的话。余硕卿很聪明，忙给我们递眼色，于是大家都不理他。后来那军官死缠着要问我们到底干什么去。我们只好对他说是到西安考学校，他连忙说“好、好”，并说：“我们国民政府军事委员会在汉口办了个复光大学，我可以介绍你们去。”他吹自己是校官推荐的，可以介绍我们去。但我们不敢随便理他。到西安已是半夜了，我们又住在一个小旅馆里。那军官仍跟着我们。余硕卿就悄悄对我们说：“我来应付他，你们几个男同学拿介绍信先到八路军办事处去联系。”于是，我们陆续摆脱了那军官的纠缠，后来机智的余硕卿也来到了八路军办事处。接待人员对我们很热情，表示欢迎我们去延安，但提出要考试。结果是个别口试，题目是共同的：延安很苦，吃小米，风沙大，你们去怕不怕？我听余硕卿抢先勇敢地回答道：“我不怕苦！要革命连命都舍出来了，还怕啥苦？”我们都这样回答，结果全被收了……

在这个时候，张露萍做了一件事：她把自己的名字改成“黎琳”，这一次改名是她出自对革命的追求和告别旧世界的一种境界的提升：琳，美玉，女性；黎，黎明，朝霞。一个追求革命理想的美丽女性。

到延安后的张露萍（改名为黎琳），就像一只飞出牢笼的自由鸟，她兴奋，欢乐，充满着幸福感。虽然那里条件艰苦，但张露萍依然整天生活在快乐之中。她有时也会要点小脾气，尤其是来自天府之国的她吃不惯小米和窝窝头时，会像所有爱撒娇的小女孩一样，在朋友之间发发牢骚。她曾写信给革命的恩师车耀先，说：“我多想吃成都的米花糖啊！”车耀先热情地回信教育她：“思想改造是长期的，青年必须通过艰苦的磨炼，才能成为真正的革命战士。”后来她进了抗大，直接接受了毛泽东、朱德、周恩来等无产阶级革命家的教育。张露萍的学习成绩很好，她聪明机灵，爱唱爱动，长得又漂亮，所以很受大家的喜爱。每次学校和延安有什么大活动时，经常有她出面指挥唱歌。抗大毕业后，她被分配到中央军委通讯学校学习无线电通信技术，在这里她加入了中国共产党。1939 年，经组织批准，张露萍和同时到达延安的革命青年陈宝琦[1]结了

[1] 后改名李清，新中国成立后曾任国家交通部部长。

婚。新婚不久，突然有一天她对丈夫说：“宝琦，领导要派我回四川从事地下工作。”“领导？哪位领导？”丈夫陈宝琦以为年轻妻子跟他开玩笑。“是……是陈云同志。”张露萍不想瞒着自己的丈夫，虽然她接受的是一项特殊任务：打入国民党内部的情报间谍组织。“陈云同志？那……那一定是特别重要的任务。”陈宝琦马上明白。正是因为明白年轻妻子要去接受这样重要的任务，所以他有些担心道：“你一个人去，还是我们两个一起去？”张露萍搂着丈夫的脖子，温柔而又不舍地说：“是叫我一个人去，因为任务很特殊，我们两个一起去反而会不好的……”陈宝琦明白了，说：“可我很担心，你还是不到20岁的四川娃儿。”张露萍立即小嘴一噘，说：“哼，小瞧我！”陈宝琦笑着用手指顶着娇妻的鼻子，说：“看你这样，不还是娃儿嘛！”说着，将她紧紧地搂在怀里……

“等着我，等胜利了，我就回来。”第二天，延安兵站上，张露萍对自己的丈夫留下这句话后，便依依不舍地踏上了新的革命征程。

这一幕，对张露萍的丈夫来说，是记忆中他们夫妻俩的最后一次定格。几十年后，张露萍的丈夫回忆起那一幕，仍是深情难忘：“当时天气很冷，但张露萍的心却热乎乎的，充满了战士出征前的豪情。我们互相鼓励，别后虽然天各一方，但一定要忠于党，奋发地为人民工作。依依不舍之情，至今难忘！”

从这一天开始，曾经名扬一时的“干一场”，再也没有在延安出现过。不过，几天后的成都街头，则多了一位异常洋气和美丽的年轻女郎。她，就是张露萍。

不久，张露萍在组织的安排下，很快抵达了山城重庆。这里是国民政府的陪都，到处都是特务和警察。这一天，一辆从成都方向来的汽车，满载乘客驶进车站。车子刚停稳，稽查处检查哨的几个特务便快步过去，挨个盘查下车旅客。一位头戴法兰绒小帽、露出披肩的长发、身穿浅咖啡色薄呢连衣裙、脚蹬棕色小皮靴、手提着精致小羊皮箱的时髦女郎出现在特务面前。她那目中无人的傲气，竟然让一向狗仗人势的特务们看傻了，呆呆地接过她递来的证件，·定神，才发现那位傲气凌人的小姐早已出站了。

这就是由延安来重庆执行特别任务的张露萍。此时的她，迈着不紧不慢的步子，走在乞丐遍街、满目疮痍的陪都大街上，似乎在闲情中观景，又似乎借着观景在等什么人……突然，她趁旁人不注意的一瞬间，迅速转过身子，抬起那双骄傲的眼睛，确定身后没有“尾巴”时，立即一改懒散的样儿，猛地加快脚步，一拐弯就进了中共南方局办事处——曾家岩50号周公馆。

这个性急的姑娘还没坐下就嚷嚷“要工作”“给任务”。“小同志，你一路辛苦了。好好休息几天，任务和工作嘛，肯定少不了你。”此时，在周公馆主持中共南方局工作的是叶剑英，他见这位年轻而漂亮的女同志这么性急，便安慰道：“重庆是个好地方，有得玩，有得吃，你先适应几天，再谈工作和任务如何？”“那好吧，我服从首长命令。”张露萍小嘴一噘，生气时仍然那么惹人喜爱。

“这个小鬼！”叶剑英望着离去的张露萍的身影，笑着对曾希圣、雷英夫说。

之后的日子，张露萍过着十分闲散的生活，每天逛街、观景，并把重庆几大“名吃”尝了个遍。而她并不知道，在她到来之前，周公馆发生了一件让叶剑英等中共领导都有些意外的事——

一日黄昏，突然有位年轻人趁着黑暗，偷偷潜入曾家岩50号的周公馆。

“同志，我要找你们的负责人。”

周公馆是八路军和中共南方局办事处的驻地，外面到处是国民党的特务。这里的一举一动，都会让敌我双方异常敏感。值班的警卫人员见这位瘦高个儿、白净脸的文弱书生突然闯入，不免警惕道：“你认识谁吗？”

那年轻人摇摇头，紧张而急促地说：“可我有急事呀！”

“那你跟我进来吧。”警卫人员带他进了屋。

“我要见你们的最高领导。”他坚持说。

这时，楼上的叶剑英和曾希圣正在商量要事，他们一听值班人员介绍说有位不明身份的青年来了，两人对视了一下。叶剑英说：“你先去看看。”曾希圣下楼，见了这位青年，问：“请问，你是……”

“我姓张。”年轻人显得特别兴奋，因为他看出出现在面前的是一位“领导”。接着他扶了扶金丝眼镜，道：“我叫张蔚林，在戴笠军统总部干电讯工作。”

在戴笠手下的军统总部干电讯工作？这不是敌人“心脏”的人物吗？曾希圣一听内心强烈一震。他强忍震动，静心听着小伙子继续讲：“我是来找党的。我在上海加入过共产党，后来关系断了，我希望能够继续为党工作，并且恢复我的组织关系……”

竟然会有这样的事！而且如此贸然！曾希圣是位老革命工作者，在重庆这个抗战大后方，什么事都有可能发生，要随时警惕。这也是中央和周恩来副主席一向强调的原则。他感到眼前这个年轻人太特别了。

“我恨透了国民党对日本的投降政策，我要离开这个特务狼窝！请让我到延安去吧！”年轻人慷慨激昂地说着。

曾希圣毕竟是位老革命工作者，面对这类事，他开始冷静起来，并带着笑容对小伙子说：“你的爱国热情很好。不过，关于你的党籍问题，这是一个很严肃的问题，我们还要调查研究。不管怎样，我们欢迎你为人民、为抗日多做些好事。”

年轻人很感动地点头。

“但如果真如你所言那样，那么你应该知道，你这样一走敌人方面会很快察觉出来，这样对你和对你追求的目标都可能是件考虑不太成熟的事，因此建议如果你那边还没有发觉你的行动的话，是否应该先回去，然后，我们经过调查和研究再通知你去不去延安。”曾希圣说。

“我理解。我完全理解。”年轻人更是连连点头，“好，我马上回去，他们没有发现我到这里……”年轻人再次扶了扶眼镜，很感激也很兴奋地与曾希圣招招手，折身快步出了周公馆，随即消失在茫茫人海之中……

这件事在周公馆引起了一阵小小骚动，不过很快又平静了，因为类似的事，周公馆常有，在敌人的眼皮底下，什么怪事都有可能发生。“警惕，再警惕！”这也是周恩来经常教育大家的话。

然而意外的是，过了几天，那个张蔚林不仅又悄悄地来到了周公馆，而且还带了一位年纪比他稍大一点的人。他给曾希圣介绍，说这位高个子是他的同事，叫冯传庆，同在戴笠的军统总部搞电讯。两人的要求一样：想到延安去，跟蒋介石对着干！

这事有点玄乎！叶剑英听取曾希圣汇报后说，对这两个年轻人要进行教育和考察，之后视情况再定。

曾希圣按照叶剑英的指示，同张、冯二人进行了认真的谈话，建议他们先坚持在自己的岗位上工作，为人民解放事业作贡献。

张蔚林、冯传庆后来确实积极主动地把蒋介石方面不少重要的情报送到了周公馆，而且这些情报为我延安所用，非常有价值。干这样的事肯定属于要杀头的，但张蔚林、冯传庆仍在继续干着。

“他们过去是否是党员我们弄不清楚，但表现比较进步，同情、支持共产党，主动到曾家岩50号周公馆来联系，送情报，并多次要求承认他们是党员，要求到延安去。经我们反复研究，同意发展张、冯为党员，并由叶帅和曾希圣为介绍人。10月的一天，在曾家岩50号周公馆楼下，我住的一间小屋内，叶帅、曾希圣亲自为张、冯举行了入党仪式……”曾与叶剑英和曾希圣等一起处理张蔚林、冯传庆二人一事的雷英夫在解放后这样回忆说。

这个看起来很离奇的故事，其实就是当时发生在重庆敌我双方最高层的一件想编都难以编出的真事。我们先来了解一下从戴笠手底下跑到周公馆来的几位“毛小伙”吧：

张蔚林，一个没有留下任何影像资料的年轻人，只有在红岩革命历史博物馆档案里留下这样的文字记载：

张蔚林（1916—1945），江苏无锡人，中共党员，1916年10月，出生在无锡一个士绅家庭。在中学读书时，他是一个品学兼优的学生，尤其喜爱进步的文艺作品。平时，他常常到一个进步的语文老师那里去借书，然后在晚上偷偷地阅读。在这位老师的熏陶下，他不但学到了文学知识，而且初步萌发了反帝反封建的民主主义思想。不多久，这位他十分崇敬的老师突然失踪了。后来他才知道，这位老师是中共党员，被国民党秘密逮捕后杀害了。这件事对张蔚林的触动很大，他想，这位知识渊博、善良可亲的人，怎么会是“杀人放火”的赤色分子？从此，他对国民党的反共宣传，就开始抱怀疑的态度。

1936年秋，张蔚林考入上海三极无线电学校，学习无线电通信技术。这个学校的校址在上海原法租界巨鹿路，校长是后来成为国民党军统局电讯处处长的魏大铭。魏原是上海国际电台的国际报务科科长，因私设电台、从事金融投机而被国民党交通部开除。魏与戴笠是同乡，在戴的介绍下参加了复兴社，并被委派为三极无线电学校的校长。在这所学校的学生中，魏大铭每期以动员到军队服务为名，蒙蔽、欺骗一些人去军统工作。张蔚林在魏的欺骗下，被转往军统杭州无线电训练班第8期受训。半年后毕业，分配到军统南京无线电总台（后迁重庆）担任通讯工作。

1937年卢沟桥事变爆发不久，日本侵略者占领南京。军统在撤离南京前，派张蔚林到皖南赣北一带，在敌占区从事秘密电台的潜伏工作，任景德镇分台台长。在此期间，他目睹了国民党军队腐败无能、不战而退，大片国土沦陷在敌人铁蹄之下的情景和日本侵略者在沦陷区烧杀抢掠、奸淫妇女的累累罪行，激发了民族自尊心和对蒋介石不抵抗政策的愤慨。而共产党的军队，装备虽然落后，却能出奇制胜消灭敌人，又使张蔚林由衷地佩服。这一切，使他的思想逐步地倾向于革命。1938年5

月，他暗中串联赵力耕、杨洸等人和其他电台人员，联名向军统局拍发电报，要求增加工资，搞得上司们十分狼狈。于是，电台科科长以张蔚林秘密串联、煽动闹事为名，报请电讯处，请求批准给他严重处分。当时，电讯处处长魏大铭是挂名的，实权掌握在副处长董益三手中。董曾担任过军统杭州无线电训练班班主任，张蔚林是他的得意门生。因此，董收到请求处分张蔚林的电报后，把它悄悄压了下来，并借机把张蔚林调到重庆，分配在重庆卫戍司令部稽查处电讯监察科，负责侦收各个电台发出的讯号和控制电讯器材的供应工作。

张蔚林来到重庆后，看到了国民党大后方的黑暗、腐化和军统特务机关内部的种种黑幕，更是大失所望。他苦闷、彷徨，决心寻找光明的出路。他秘密地订了一份《新华日报》，暗地里和冯传庆、赵力耕等人传阅。几位年轻人在一起时常议论时局，抨击国民党的卖国政策，支持中共抗日民族统一战线的主张，痛恨自己身陷敌营，决心找到共产党，把自己的青春献给抗日救国的伟大事业。对于张蔚林订阅《新华日报》，董益三在解放后的回忆材料中写道：

> 张在一科工作一段时间后，管人事的曾向我反映说张的行踪可疑，工作不安心，靠不住，他还订阅《新华日报》。这里仅有他一个人订此报纸。我即找他来个别谈话，问他为什么要订这种报纸，他回答是出于好奇，因这种报纸上载的文章与别的不同。最后他对我说："董处长既然这样，我以后就不订了。"我又问他是否有组织联系。他说绝对没有，这件事就这样算了。

关于冯传庆，重庆红岩革命历史博物馆档案中是这样记载的：

> 冯传庆（1912—1945），又名冯小虞，中共党员，1912 年 4 月出生在北平一个电讯世家。他的祖父、外祖父都是清廷京官。父亲冯

念诒，河北涿鹿人，七七事变前任绥远归化电报局局长，后因不愿为日本侵略者做事而离开归化，不久病逝。母亲沈荷崖，杭州人，因丈夫在归化纳妾，夫妻不和以致反目，她毅然带着八岁的儿子冯传庆和一岁的女儿冯晓湘回到杭州，以养蚕刺绣抚养儿女。1922年，十岁的冯传庆患了一场麻疹，因母亲忙于生活，缺少照料以致感染天花，高烧不退，脸上长满了疮疤，奇痒难禁。他咬紧牙关，顽强地与死亡搏斗，终于活了下来，但脸上却从此留下了几颗清淡的麻点。寡母的勤奋操劳，幼年生活的穷苦，疾病的折磨，培养了他顽强坚毅的性格。

冯传庆自幼聪颖好学，发愤读书，且多才多艺，琴棋书画，吹弹歌舞，无所不会。他尤其喜欢书法，一手蝇头小楷写得比刻得还好。他从小富于理想，热爱生活，憧憬光明的未来。高中毕业后，他考入上海三极无线电学校。由于学习成绩优秀，毕业后被派到山东威海卫当电台报务员，后调到国民党交通部所属的天津电信局任无线电报务员。由于勤奋，他在实际工作中逐步掌握了精湛的无线电通信技术。他能在复杂纷乱的电波中，迅速找到他所需要的电台呼号；他能排除种种干扰，搞清并收听对方的电码；他能修理中外各种无线电收发报机。这些，使他在国民党交通部无线电通讯系统内部，被誉为第一流通信技术人员，并由此改变了自己的生活道路。

冯传庆烈士

1937年夏，冯传庆被戴笠发现并看中了，强行把他由国民党交通部调到军统局工作，并要他在这之前，先到国民党庐山军官训练团受训。这时，七七事变已经爆发，日本侵略者的铁蹄，正践踏着我大片美丽的国土。而蒋介石“攘外必先安内”的政策，更助长了侵略者的气焰。冯传庆先是迷惑不解，继而逐步看清了国民党反动派的本质。对于军统是一种什么样的机构，他也是略有所知的。在国难当头的时候，他却要去庐山受训，然后到军统去工作，他对此感到痛苦、不满，但又无能为力。在庐山受训期间，冯传庆给母亲、妹妹写了一些信，倾诉了自己的苦闷心绪。在信中，他还给妹妹冯晓湘写了七言诗抒发胸臆。

1937年深秋，冯传庆来到军统局重庆电讯总台，担任总台领班。不久，升为仅次于总台长倪耐冰的报务主任，直接管辖着几百部电台和上千名报务人员。他为人正直谦和，对他下属的领班、主任报务员和报务人员都一视同仁。他看不惯包括戴笠在内的那些高级特务们专横跋扈、谄上压下的作风。对他们利用职权，贪污腐化，荒淫无耻以及以种种莫须有罪名，随意监禁、杀掉电台工作人员的法西斯暴行，更是深恶痛绝。尤其使他感到愤慨的是，直接听命于蒋介石的军统局，不是去做对抗战有益的工作，而是压制人民的抗日民主活动，逮捕、囚禁、杀害中共党员和爱国学生，甚至派遣特务去延安潜伏，破坏国共合作和抗战。他厌恶国民党，更厌恶军统，拥护共产党的抗日民族统一战线政策，决心寻找新的出路，为抗日救国献出自己的一切。冯传庆来到军统局任职以后，他的母亲、妹妹和妹夫赵名高一家，也先后迁到了重庆。这时，他已经26岁了，还是单身一人。母亲和妹妹都十分关心他的个人问题，但每次提到此事，他总以“国难当头，好男儿应为国家分忧，而不为家室所累”为由，谢绝母亲和妹妹对他个人婚姻的关心。

1939年初，冯传庆和张蔚林因工作上的关系而结识了。由于有着共同的思想和语言，他们很快成为莫逆之交，无话不谈。8月下旬一个炎热的下午，张蔚林、冯传庆再也压抑不住内心的激情，一起来到周公馆要求见“领导同志”，于是就发生了前面讲述的曾希圣受叶剑英委托，决定将他们作为打入军统内部的一个突破口，并吸收他们为中共党员的那一幕。这个决定是兼任中共南方局书记的中共中央副主席周恩来和时任中共南方局军事组组长的叶剑英共同作出的。

后来，张蔚林、冯传庆又介绍了具有进步思想的军统电台报务员杨洸、赵力耕、王席珍、陈国柱、安文元入党。安文元后来当了叛徒，其余几人都在"红色电台"案中被敌人杀害。我们在此介绍一下这几位为中国解放事业作出过重要贡献的战斗在敌人"心脏"的年轻共产党员的基本情况吧：

杨洸烈士（1917—1945），辽宁海城县人。原在家乡读中学，九一八事变后流亡关内，后在西安等地继续读完高中。故乡的沦亡，日本侵略者的法西斯暴行，在杨洸的心灵上留下了十分难忘的记忆。他深知，这一切都是国民党"攘外必先安内"的政策造成的。因此，他对蒋介石及其卖国投降的国民政府，表示了极大的愤慨。1938年秋，杨洸因生活所迫，考入军统武汉电讯班第12期受训，于同年10月被分到军统重庆第一电讯总台任报务员。本来，杨洸报名投考军校，是想献身于抗日救国事业，谁知却受了欺骗，进入军统，充当了蒋介石反共反人民的帮凶，这使他心情异常沉重。而当他进入重庆电讯总台后，目睹了军统的种种罪行，更使他悔恨万分，决心寻找光明的出路。在共产党员张蔚林、冯传庆的教育帮助下，他的觉悟不断提高，主动要求从敌人的营垒中杀出来，投身于民族解放的伟大事业。后在张蔚林、冯传庆推荐下，由南方局批准为中共秘密党员。1940年3月，杨洸在敌人的大搜捕中被捕，于1941年3月被敌人转囚于息烽集中营。在四年多的铁窗生活中，他立场坚定，对党忠诚，乐观开朗。他早已把生死置之度外，拒绝了敌人要他在"悔过书"上签字的企图，坚信自己从事的事业是爱国的。1945年7月14日，杨洸与张露萍等六人一道，被敌人以押到重庆释放为名，秘密枪杀于息烽快活岭，时年 28 岁。

赵力耕烈士（1917—1945），辽宁海城县人。赵力耕自幼刻苦读书，成绩优良，尊敬师长。1931 年九一八事变发生时，赵力耕正在海城中学初二读书，由于蒋介石的不抵抗政策，东北三省沦陷，赵力耕被迫离开故乡，流亡关内，几经辗转，于 1934 年到达西安，在这里继续读完高中。1938 年，因生活所迫，赵力耕考入军统武汉电讯班第 12 期，毕业后被分到军统重庆电讯总台任报务员。与张蔚林、冯传庆结识后，在他们的影响下，赵力耕的思想发生了很大变化。后经张蔚林、冯传庆推荐，由南方局发展为中共秘密党员。他经常利用值班之机，截获军统的重要情报，经破译后转交张露萍。有时情况紧急，他还以他熟练的发报技术，巧妙地将重要情报直接拍发给延安，作出了重大贡献。牺牲时 28 岁。

王席珍烈士（1917—1945），河南汲县人。王席珍是一个充满爱国热忱的青年学生，后因生活所迫，于 1938 年考入军统武汉电讯班第 12 期，毕业后被分在军统重庆电讯总台任报务员。后与张蔚林、冯传庆接触，接受了革命思想，经南方局批准为中共秘密党员。王席珍在“红色电台案”中被捕，在狱中他坚贞不屈，痛斥国民党的卖国政策，揭露军统的黑暗，受到同监难友的爱戴。当监狱当局要他在“悔过书”上签字时，王席珍予以断然拒绝。牺牲时年仅28岁。

还有一位陈国柱烈士的情况，我们没有找到他的相关档案。

在国民党的特务机构——军统组织的首脑机关里——有了这样一批年轻而忠诚于革命事业的中国共产党员，可想而知，军统的所谓“固若金汤”必定会闹出莫大的笑话来。

张蔚林、冯传庆等秘密共产党员，整天活动在敌人的心脏，如何把情报送到我党手中，并不让敌人发现，这是个非常难的大题目。正当周恩来和叶剑英等为此事犯难之时，延安来的美女——张露萍——的出现，让叶剑英灵机一动，他向周恩来作了汇报：派她去，以张蔚林妹妹的名义，建立我“军统电台特支”，开展最机密的地下情报工作。周恩来征求曾希圣和雷英夫等我党情报机关内行的意见，结果都与叶剑英的观点一致：好主意！

一天，张露萍从外面回到周公馆，叶剑英就把她叫到办公室，非常认真而严肃地对她宣布了组织决定由她去领导“军统电台特支”的任务，最后语重心长地说：“小鬼，这个任务非常艰巨而复杂，属于党的高度机密，需要勇敢，更需要智慧。既要对党绝对忠诚，又要准备当无名英雄。怎么样，这回你真的可以去‘干一场’啰！”叶剑英不失幽默地对张露萍说。

“是，首长，我坚决服从党的安排，保证完成好任务，绝对保守党的机密！”张露萍向叶剑英行了个标准的军礼。

就这样，根据组织的安排，这年 11 月底，张蔚林便从军统电讯总台宿舍中搬出来，在牛角沱附近租了两间房子，与张露萍在那里住下来。这时，中共南方局军事组对张露萍平时穿什么衣服，如何化装，上街要注意什么问题，如何与中间联络站联络的方法和暗号等等细节问题，都进行了严密的布置和安排。从此，穿着阔气、风度翩翩的张露萍，经常以给哥哥带东西或找哥哥的好朋友为名，时不时地出现在军统电讯总台会客室和军统人员宿舍。与此同时，源源不断的敌方情报被秘密地送到中共南方局军事组，甚至连敌人的电报密码也被偷了出来。张露萍等有时情况紧急来不及将情报往周公馆送，便干脆利用敌人的电台直接把情报发向延安。这群年轻人就像安在敌人“心脏”的一台台“X 光透视机”，把特务机关和国民党的核心机密透了个通体给我党我军。负责情报接收的雷英夫曾在解放后向有关部门写信证明张露萍他们的这份特殊贡献：“我们从军统局获得了电报密码、电台呼号、波长、军统内部组织概况、军统收集情报和准备打入我党我军的计划等。一个特务潜伏小组准备打入延安，由于张露萍他们提供了准确情报，使这个特务小组还未进入延安，即被我军抓获。我地下党哪些组织被敌人发现，根据他们截获的敌人情报，也能够及时地安全转移。总之，他们做了大量工作，对于中央和南方局开展抗日统战工作，揭露国民党顽固派‘攘外必先安内’的反革命政策，提供了极大的方便。这些，对我们都是很有用处的。”

然而，就在“军统电台特支”的这群年轻共产党员们全心全意、英勇奋战在敌人“心脏”，为我党获得源源不断情报的紧要关头，一件意外的事，让这个宝贵的地下党组织遇到了毁灭性的打击——

1940 年 2 月中旬，张蔚林在工作时不小心烧坏了收报机上的三个真空管，而当时电子元件管理得特别严，他被关了禁闭。这时，张蔚林十分紧张，他脑子里一直在盘算着自己的真实身份会不会暴露等问题。情急之下，缺乏地下工作经验的张蔚林趁敌人防范不严之际，逃了出来，并径直到周公馆向南方局军事组汇报了此事。

军统这边，马上发现了张蔚林的逃跑，于是特务们迅速搜查了他的住处，从抽屉里发现了一封张露萍写给他的暗语信：“蔚兄，现将妈妈借用的东西奉还，天冷了，要注意防寒。”还有抄写的军统局职员名册。“马上追查！”戴笠立即下令。

而周公馆这边在听取张蔚林自己的陈述后，在并不了解敌人已经对他的宿舍搜查之时，认为张蔚林烧坏电子管仅是业务上的过失，敌人现在扣押他可能只是为了惩罚，倘若现在逃跑反而会暴露自己和组织，加上他与电讯处副处长董益三有师生之谊，可以求他说情，掩护过去。所以建议他还是先回去，看看情况再定。这样，张蔚林毅然重返虎穴，敲响了他的恩师董益三的家门。但这时情况已经极其严重了……董益三在解放后对此有过这样的回忆：“他把三个真空管烧坏了，当时器材、配件非常缺，因此被关了起来。第二天他从禁闭室跑掉了，电讯检查科科长肖茂如就打电话告诉了我，同时稽查处又派人四处搜寻，后到了他住的张家花园，结果在那间屋里搜出了入党申请书和共产党党内的一些材料……我便赶快向军统局本部报告。待我电话刚放下，外边守门的警卫来报告说张蔚林要见我，我即通告他进来，气愤地问他：'张蔚林，当初我问你有无组织关系，你说没有，现从你家搜出了东西，看你还有什么说的。今天事情到了这步，无法帮助你了。'随后我派了两个哨兵，把他送交毛人凤了……"

张蔚林被关在稽查处看守所，想到组织和冯传庆等同志的安全，心急如焚。怎么办？张蔚林看准了这个看守所所长毛烈是新近到任的，对情况不熟，于是便谎称要取钱用，请求毛烈派人送一封信到七星岗四德里，并许诺信送到即给毛烈50元"辛苦费"。毛烈上了当，让手下的人把张蔚林的信送到了目的地，于是几位地下党同志安全撤离。第二天戴笠派人去抓，结果扑了个空。这也就有了戴笠震怒，拔枪就把毛烈给毙了的后话。

张蔚林被捕当晚，特务总队立即包围了电讯总台，由台长倪耐冰集合总台全体人员点名，当即逮捕了赵力耕、陈国柱、王席珍、杨洸、安文元。

冯传庆正在报房值班，突然发现一辆辆军车开到电讯总台大楼前，道道光柱令人炫目，一队队荷枪实弹的特务已将整幢大楼包围，楼道内也布满了军警，情知不妙，借着夜幕，他机警地翻后墙走了。冯传庆一路狂跑，竟然"跑"到周公馆。这时，同志们正在为张蔚林被捕而焦急万分，突见冯传庆闯进来，身后还有"尾巴"紧追不舍，知道坏了大事。气喘吁吁的冯传庆一进周公馆就要求见叶剑英或曾希圣和雷英夫，因为他不认识其他人。周公馆的工作人员知道出了大事，可又不便贸然让他去见叶剑英，于是临时决定由一般干部陈家康去见了冯传庆。冯传庆简单地把情况讲了一遍，然后异常紧张地说他们已经暴露了，国民党特务在抓他，现在无路可走，只有到这里来请组织上想办法。一听这个情况，周公馆的同志便向叶剑英作了汇报。叶剑英马上从三楼走下来，问冯传庆到底怎么回事。冯传庆说："电台已被包围，正在抓人，我是翻墙跑出来的……"又补充说，"我还回电台吗？我的任务还没有完成呀！"

叶剑英朝他摆摆手，脸色异常严峻："其他同志可能已经被捕了，你必须马上转移到延安去。"

冯传庆望着叶剑英，说："我是党员，一定服从组织安排。"

"先坐坐，调整一下情绪和心情，再作行动。"叶剑英一边安慰，一边要求冯传庆要镇定和经受住新的考验，并告诉了他怎样转移，及转移途中的联络地点和暗号。因为情况紧急，必须马上转移。见冯传庆因仓促出走，穿得单薄，叶剑英便脱下自己身穿的一件古铜色皮袍，披在冯传庆的身上，又帮他化上装，戴上礼帽，让他手拿文明棍，装成一位有钱人，还交给他 200 块大洋做路费。然后一再叮嘱冯传庆："路上要住在旅馆、大饭店，不要暴露身份。"

深夜两点，两位同志带着冯传庆从周公馆下面的防空洞钻出来，到了嘉陵江边，经过侦察没有发现特务，就用一艘小木船送他过江。

经过这半夜的折腾，加上又惊又累，冯传庆过江后便在江边的一个渔民草棚子里倒下睡着了……早晨渔民一来，发现有个打扮阔气的人睡在他的草棚子里，顿起疑心，便把他抓到了警察局。正在到处抓人空手而归的特务们拿出通缉令一看：嗬，巧了，你小子就是"共匪"冯传庆啊！

张蔚林他们出事时，张露萍并不在重庆，她刚好去了成都探亲，对这边的事一无所知。这天，她突然接到张蔚林发来的电报："兄病，速回渝。"按照纪律，她给南方局军事组写了一封信，告之自己收到张蔚林电报，已动身回重庆。成都到重庆相距几百公里，信到人也到了。南方局收到信，知道是军统局设的圈套，赶快派人到各车站守候，然而已经来不及了，张露萍一到重庆即被等候在关卡上的特务抓捕了。原来，特务的这一招是叛徒安文元所为，他供出了"军统电台特支"的整个组织情况及张露萍在成都的地址，于是，军统特务便以张蔚林的名义拍了这份电报，也就有了张露萍在重庆一露面便被抓的结局。

张露萍被捕后，据周公馆的同志们介绍，曾出现过一件怪事：不久，张露萍突然出现在了周公馆附近。许多人看到了她的出现，因为当时她站在离周公馆大门只有一米来远的地方。只要轻轻跨一步，就可以进院子里。那里面有她敬爱的首长，有她亲爱的同志……但张露萍就是没有进去，连看都没看一眼便折身走了。她身后跟踪的特务们只得失望地远远地跟在她身后也走了。对此情况，雷英夫后来回忆分析道："我们当时判断有两种可能：一个是她很坚定，什么也不承认，特务机关没有办法，就采取'放长线钓大鱼'的手段，把她放出来，看她跟谁说话，看她到底进不进周公馆。如果谁同她讲话就抓谁，如果进周公馆就砸周公馆；第二种可能就是她叛变了，引着国民党特务来抓人。但是张露萍出现了以后，见到我们的同志并没有说话，脸绷得紧紧的，表情很严肃。经过我们门口的时候，她离大门只有一米远，跨一步就可以进到院子里来，但她不进，连看都不看就走过去了。因此，我们当时判断倾向第一种可能性，但也不能完全排除第二种可能性，因为到底是怎么一回事还搞不清楚，只是一种估计。现在看来，张露萍同志看穿了敌人的阴谋，她采取的行动是很正确、很聪明、很成熟的。后来，我们看到有些材料上讲，国民党特务机关认为，领导张露萍的不是周公馆，而是重庆地下市委。这就说明，张露萍同志的行动保护了南方局领导机关没有受到损失。"

张露萍、张蔚林、冯传庆等人的"红色电台案"震惊了国民党最高当局，一向自认为对付共产党"最有一套"的戴笠丢尽了脸面，因此对该案的审讯异常歇斯底里，特别是在对付中共"美女间谍"张露萍上最花力气。但所有的审讯结果几乎都是一致的：张露萍根本不承认自己是共产党派到军统电台的"间谍"，她仅仅是"因不满家庭包办婚姻，跑去延安考抗大，后来吃不了苦，逃了回来。在重庆，路遇张蔚林，发生恋爱。至于冯传庆、杨洸、赵力耕、陈国柱、王席珍是因张蔚林认识的……"

从张蔚林那里获得的口供也只有:“同张露萍在路上相遇认识，彼此恋爱，并无政治关系。”

冯传庆、杨洸、赵力耕、陈国柱、王席珍更是“一再诘讯，坚不承认”，冯传庆还一把撕碎了特务替他写好的“自首书”。

戴笠黔驴技穷了，他命令司法科科长余锋判张露萍等七人死刑，暂不执行，等抗战结束后，作为中共破坏统一战线的证据。经蒋介石批准，他们七人被钉上死镣，囚禁在白公馆。1941 年 3 月，张露萍等七人与其他被囚禁者一道，又被押到贵州息烽监狱。

在息烽监狱的日子里，还流传着张露萍痛斥和痛打特务头目、人称“笑面虎”的监狱主任周养浩的故事。

周养浩是个人面兽心的家伙，对美貌如画的张露萍垂涎三尺。一日，他把张露萍叫到办公室“个别谈话”，没说两句便嬉皮笑脸，上前想要流氓。张露萍厉声呵斥:“瞎了你的狗眼，你认错人了！”厚颜无耻的周养浩不信这一套，继续将身子挨紧张露萍，开始动手动脚。“啪啪！”张露萍毫不含糊，举手就给了他两巴掌。周养浩恼羞成怒，却又不敢张扬，指着张露萍威胁道:“你！你不识抬举，等着瞧！”张露萍痛打周养浩的事，很快传遍了全狱，搞得这个衣冠禽兽坐卧难安，狼狈不堪。

又有一日，狱方突然搜查难友李任夫的铺位，发现李任夫与张露萍在来往的纸条中大骂周养浩是“活王八”。“妈的，他们反了！”周养浩气得七窍生烟，立即召集全体监狱“犯人”，当众毒打李任夫 40 大板，并罚戴重镣和吃盐水饭一个月。张露萍也被戴上了重镣，罚吃半月盐水饭。贼心不死的周养浩，又利用这个机会假献殷勤，再次找张露萍“单独谈话”，又嬉皮笑脸地夸她如何“年轻漂亮”“前途远大”，说“只要‘听话’，就可以释放”，还写条子叫会计室发 200 元特别补助费给张露萍。“见你龟儿子去！”张露萍一把抓过条子，“唰唰”撕成两半。

“你等着死吧！”周养浩气急败坏地甩手而去。

1945 年 7 月 14 日上午，监狱看守突然通知张露萍收拾行李，说有专车送她和张蔚林、冯传庆、赵力耕、杨洸、陈国柱、王席珍等七人到重庆开释。

开释？笑话！机警的张露萍立即轻蔑地对特务们说："你们不必隐瞒，死是决定了的，我们并不害怕。"随后，她镇静地拿出梳子，精心地将头发梳了又梳，一直梳出她认为最满意、最时髦的发型。"徐大姐，好看吗？"张露萍低声地问"小萝卜头"的母亲徐林侠。"后边的够不到，你再给我梳梳。"徐林侠默默地为张露萍梳头发，眼泪早已忍不住流淌在脸颊上……"徐大姐，我们活得亮亮。死，也要死得堂堂。你说是吗？"说完，张露萍从容地取出自己的小皮箱，换上从延安回来时穿的那套咖啡色连衣裙，并戴上红宝石戒指，然后像个美丽的女神，昂首走出牢房……

汽车迅速将张露萍等"红色电台案"的共产党员们拉出息烽监狱，驶向茂密的快活岭丛林。这是一次有预谋的屠杀：特务们将车子行至离息烽县城三公里左右快活岭的一个军统被服仓库时，便按事先准备的计划，谎称汽车要加油，强行叫张露萍等七人下车。当张露萍他们刚刚下车，走上仓库的台阶时，"嗒嗒……"一梭梭罪恶的子弹从背后飞来。猝不及防的张露萍、张蔚林和冯传庆等人中弹倒下……当刽子手正在为自己"干得漂亮"而狂笑之际，突然，张露萍从血泊中站了起来，她扭过头来，怒目圆睁，手指着流着鲜血的胸脯，向刽子手骂道："笨蛋，朝这儿来，打准点！"这一情景，吓得刽子手个个汗毛倒竖，连退几步。"嗒！嗒嗒！"少时，才又见一个特务慌忙地连放数枪，张露萍又中六弹后才倒下没有再起来……她死的时候，那双美丽而仇恨的眼睛一直睁着，盯着那些向她扫射子弹的敌人。女英烈的这一幕，让心怀鬼胎的特务们仿佛中了魔一样害怕，后来传说在特务的营房里经常有人突然会喊："张露萍显灵了！"开始，特务们还是咬着耳朵悄悄地说此事，后来所有的特务都知道了，个个心惊肉跳。有特务说，他在晚上站完岗回宿舍时，走着走着，突然觉得背后挨了一掌，他猛回头一看，是张露萍在朝他笑，吓得他“嗷”地尿了一身；另一个特务提着油灯巡夜，当他走到“义斋”附近时，突然一阵狂风，油灯被刮熄了，他回头就跑，边跑边喊：“253显灵了！253显灵了！”[1]特务这么一嚎叫，把其他特务都吓得从床上滚了下来，闹得整个看守所鸡犬不宁，彻夜无眠。最害怕的是那个周养浩，他本来就做贼心虚，知道张露萍的“鬼魂”会来纠缠他，于是备了一桌包括“三牲”在内的丰盛祭品，摆在张露萍的墓前。周养浩像条丧家狗似的一边叩头，一边跪着祈求饶恕：“杀你不是我的本意，不是我的责任，这是上峰的命令，我不得不如此啊！乞求你在天之灵饶恕罪人……”

[1]“253”是张露萍在监狱里的狱号。

第四章

另一种背叛

“红岩”里每一个革命烈士的故事，都证明了一个真理：党的事业的成与败，在于所有党员同志的忠诚与背叛。

一个光绪末年出生的“富有家庭出身的妇道人家”，在她暮年时光荣地加入了中国共产党，并且称自己的儿子是她“解放道路上的第一个最重要的老师”。

坚守革命阵营与背离革命阵营之间的选择，其实就是忠诚与背叛这两种精神意志的对抗。而信仰的力量和个人价值观的取向，常常是决定一个革命者与一个叛变者最终选择高尚与可耻的两种不同人生命运的分水岭。

在所有“红岩”故事中，对革命事业破坏程度最大、革命者最恨的一个人就是“徐鹏飞”徐远举了！但大特务徐远举在解放后，不仅没有挨上人民专政机关的枪子，相反成了人民政府保护的对象。这是为什么？

“红岩”里的每一个革命烈士的故事，都证明了一个真理：党的事业的成与败，很大程度在于所有党员同志的忠诚与背叛。同样，革命事业的成功与否，也在于每个革命同志对自己所追求的事业的坚定与否。一个共产党人、一个革命者，能否忠诚于自己的组织，忠诚于自己的事业，很大程度上取决于其是否有坚定的信仰。信仰的力量是坚不可摧的。没有信仰的人，等于没有灵魂；信仰不坚定的人，就不可能将事业进行到底；背叛信仰的人，终将被历史所唾弃。

翻开“红岩”烈士名册的档案，我们发现一个非常值得深思的现象：一些出身富裕家庭和剥削阶级家庭的知识分子，他们在党的教育下，对所从事的革命工作无私无畏，赤胆忠心，对共产主义事业无限热爱和向往。这种超越阶级关系的崇高献身精神和背叛本阶级的无所畏惧的远大理想追求，都值得我们奉为榜样。马克思主义经典作家曾多次论述道：那些认识了本阶级的剥削本质，从而转向为人民大众利益服务和为共产主义事业奋斗的人，才是真正崇高的人。

一个具有崇高精神境界的人，必定胸襟坦荡，理想远大，从不追求个人名利，鄙视物质享受，从不被任何东西诱惑，将伟大之爱献给普天下大众，把热情与激情倾注在有意义的工作和事业之上。所有真正的共产党员就是属于这样的人。在中国人民争取民主、和平与解放的伟大事业中，有千千万万中华民族的优秀儿女，他们不惜牺牲自己的生命，抛头颅，洒热血，这样的人，永远受人尊敬和世代缅怀。

“红岩”故事里，有我们熟悉的出身贫寒、革命意志坚定的“江姐”式人物，也有“愿以我血献后土，换得神州永太平”的职业革命家车耀先、罗世文等，更有一批出身于富裕的地主、土豪等家庭的知识分子。

他们对革命、对共产主义事业所表现的忠诚，实令山河动颜，天地动情……

在“红岩”故事的革命烈士诗抄里，有首当时署名“六面碰壁居士”的《囚歌》在监狱里最流行——

为人进出的门紧锁着，
为狗爬走的洞敞开着，
一个声音高叫着：
爬出来呵，给尔自由！
我渴望着自由，但也深知道，
人的躯体哪能由狗的洞子爬出！
我只能期待着那一天，
地下的火冲腾，
把这活棺材和我一齐烧掉，
我应该在烈火和热血中，
得到永生。

现今年岁大一点的同志，都知道它是著名爱国将领叶挺先生的遗作。对于叶挺是何许人，他为什么写出这样一首光辉诗篇，现在的年轻人并不了解。因此，我们在此对叶挺先生作些介绍——重要的原因是：叶挺先生生前也是被关在重庆的，他与当时的国民政府和蒋介石进行过坚定而不屈的斗争，他的爱国精神和高尚情操始终是我们党一笔宝贵的精神财富——

叶挺，字希夷，广东惠阳人，保定军官学校第6期毕业。1924年加入中国共产党。北伐战争前期，当过孙中山先生的警卫营营长，后任第四军独立团团长，率部强攻汀泗桥，智取贺胜桥，勇登武昌城，一路所向披靡，其部队被誉为“铁军”。后升任24师师长兼武汉警备区司令。

叶挺将军

1927年大革命失败，他于8月1日与贺龙等一起领导“八一”南昌起义，是我军的创建者之一。同年12月又领导了广州起义，任前敌总指挥。起义失败后，叶挺被迫流亡海外，从此与党失去了联系。

抗日战争爆发前，叶挺回到祖国，蒋介石和国民政府曾多次许以高官厚禄，要他反共，但叶挺严词拒绝。抗战爆发后，中国共产党领导的江南游击队改编为新四军，投入到了抗日战场。中国共产党中央委员会建议叶挺任新四军军长，他欣然到延安受命。毛泽东在欢迎叶挺的大会上致辞道：“我们今天为什么欢迎叶挺军长呢？因为他是北伐名将，他愿意担任我们新四军军长，他赞成我党的抗日民族统一战线政策，所以我们欢迎他。”叶挺则在致答谢词时，以无比激动的心情表达了他回归革命队伍的决心：“革命好比爬山，许多同志不怕山高路险，勇于登攀；我有一段，爬到半山，又折回头去，如今才追赶上来。今后一定在党中央领导下，与大家团结一致，抗战到底！”在叶挺领导下，新四军纵横驰骋于扬子江畔、淮河之滨，与日伪军展开激烈战斗，战功卓著。然而，这支抗日有功的部队，却遭到蒋介石和国民党顽固派的忌恨。一方面克扣、拖欠其军饷弹药，使之陷于困境；另一方面由于在新四军中的我党某些负责人总是以极“左”的思想来看待和对待叶挺，使其精神受到很大伤害。在双重压力下，叶挺屡次向中央反映，并曾主动要求放弃职务。然而党中央对叶挺高度信任，使他有了继续留任的决心。这时国民政府和蒋介石则在不断玩弄种种阴谋，欲歼之而后快。1940年10月，蒋介石指使何应钦向八路军总司令朱德、新四军军长叶挺发出代电，强令在黄河、长江以南的八路军、新四军在一个月内全部开赴黄河以北。为顾全抗战大局，中共中央同意将驻皖南新四军部队移防江北。1941年1月4日，新四军军部及所属部队9000余人，从泾县云岭北移。6日行进到茂林地区时，遭到国民党七个师8万余人的突然袭击，叶挺领导下的新四军历时七个昼夜浴血奋战，除1000多人突出重围、一部分被俘外，数千人壮烈牺牲，副军长项英被杀害，军长叶挺被扣留。这就是震惊中外的“皖南事变”。

富有军事才能的叶挺被捕后，蒋介石得意万分，想借此机会拉拢叶挺。叶挺等十人被国民党军警押到宁国。其间，围剿新四军的国民党战区司令上官云湘奉蒋介石之命，向叶挺提出只要他发表声明，诬指新四军首先袭击友军，就可让他当战区副总司令。面对袭击新四军的刽子手，叶挺强压心中怒火，一言不发，拂袖而去。碰了一鼻子灰的上官云湘只得把叶挺解送江西上饶监狱。之后，蒋介石又多次派顾祝同、罗卓英、黄百韬等人，相继以老同学、老同事名义轮流做东，做叶挺“工作”，结果无一成功。相反，面对这些不抗日、专搞内战的“老同事”“老同学”，叶挺多次拍案怒骂：“不想你们这些人身为国家军队之高级将领，却在侵略者面前如此软弱！我叶挺头可断，血可流，志不可屈！”

1941年7月起，叶挺落入军统之手，被送往桂林城郊七星岩山洞秘密囚禁，内部由“桂办”警卫组组长沈默（沈醉之弟）带领12名特务日夜轮班看守，洞外另派一排宪兵担任警戒。1942年1月3日，叶挺又被秘密押往重庆。这回是蒋介石亲自出面劝降了。

蒋：身体很好？

叶：还好！

蒋：一年来休养怎样？有什么反省觉悟的地方？这几年没有很好让尔做点事。

叶：屡经挫折失败，自觉能力薄弱，无法应付环境。

蒋：你这人太老实，上了人家的当还不觉悟，人家叫你回去你就回去，叫你打就打，人家利用你完了还会杀了你。去年（实是前年）为什么不来见我就跑回去，人家要你回去，你就回去。

叶：因为辞职没批准，只好回去……

蒋（大声）：你的部下就是共产党，他们破坏抗战，搅乱后方，你上了当还不觉悟，还对他们负责，这样我关起一百多人是我错了吗？

叶：如果这样说，新四军从一开始就不应该成立了。

蒋：话就说到这里止！再说就不好听。你是不是共产党？

叶：到现在为止，我没有任何党籍。

蒋：你觉得共产党对，你就到那里去，你觉得国民党对，你就到国民党来，没有中立的地方。我指示你一条正路，你能绝对服从我，跟我走，你一定可以得成功，不然，你就算完了。

叶：我早已决定我已经完了。

蒋：也不是那样意思，我叫你到第二战区去好好休养，你的前途是光明的。

叶：如果照这样做，大家一定说我自私，怕法律处置，我不能这样做。

蒋（非常生气）：回去再好好想一想，同郭司令商量好了答复我……

叶回来还同郭谈话约一小时，最后结语：我不能够这样做，请枪毙我吧！

这份保存在重庆红岩革命历史博物馆的“馆藏A类档案A–251”编号的重要材料，是当年叶挺自己亲笔记录的蒋介石与之谈话的回忆材料。1996年，叶挺将军的长子、时任解放军总装备部科技委顾问的叶正大中将，在延安参加纪念“四八烈士”殉难50周年活动时，时任军委领导的杨尚昆对叶正大说：“我想起一件事，说明你爸爸真不愧是北伐时率部打出‘铁军’威风的硬汉。皖南事变时他被关押，连老蒋（指蒋介石）亲自劝降，威逼利诱，都被他巧妙地顶回去了。我那时就在党中央办公厅工作，看见过这个‘笔录’。后来转到哪里去了，我就记不清了！”事后，叶正大设法通过组织多方查寻，终于在中央档案馆浩繁的文件资料中查到了这份珍贵的历史档案。

因为不能让叶挺就范，蒋介石认为极丢面子，下令取消对叶挺的所有“优待”，移禁白公馆看守所。大特务沈醉在解放后回忆这个情况时说：

> 我去看过三四次，问他生活上缺少什么，他总是表示不需要什么。他对国民党报纸看了很厌恶，看一下就丢在一边，但又无聊，无可消遣，无人谈话，往往又把丢在地上的报纸拾起再看下去。看守所所长侯子川很凶残，打骂犯人，但对叶不敢随便，有时叶还叫他不要对人太过分，没有必要增加别人痛苦。有次戴笠顺便去看叶，先叫我去通知叶，戴进去时，叶还是短裤汗衫，盘腿坐在地板上，挥着一把大蒲扇。平时去，他还有说有笑。戴去，他理都不理。侯怕叶不认识，便介绍说：“戴先生来看你。”叶坐着不动，说：“我早知道，你不是派人告诉过我吗？”戴向他招呼，叶把嘴努一下：“请坐。”戴看这样，知道没有什么好谈，只问一下他生活情况，叶表示不需要什么。戴看他冷淡，心里老大不高兴，站了一会儿就走了……

后来叶挺又被转往蒋家院子秘密囚室。在这里，由军统技击班副主任李克炼带领 24 名便衣和武装看守警戒，叶挺戏称他们是“24 大金刚，24 个饭桶”。

叶挺夫人李秀文开始一直不知丈夫的下落。1942 年 10 月，通过李济深的关系，她打听到丈夫叶挺被关押在重庆，于是拿着李济深的亲笔信找到戴笠。半个月之后，戴笠才同意李秀文母女到歌乐山下五灵观招待所，与从囚室下来的叶挺相见。当见到长发长须的丈夫时，李秀文泣不成声，叶将军见到妻女二人，也悲喜交加。蒋介石原以为李秀文会劝说丈夫妥协，结果李秀文给叶挺带去的却是中共中央领导人周恩来、叶剑英等同志以及各界进步人士的问候和敬意。叶挺对此极为感动，他知道自己在坐牢却并不孤立，尤其是听说中共中央一直在设法营救他时，更是激动得热泪盈眶。他按捺不住激动的内心，疾笔写下了“在烈火和热血中得到永生”的著名《囚歌》。该《囚歌》写成后，由其夫人带出后及时交给了文豪郭沫若先生。郭沫若看后，感慨地称之为“用生命和血写成的真正的诗”，后来便在社会上广泛传诵。渣滓洞监狱难友胡作霖还在监狱里将《囚歌》谱成曲，成为渣滓洞的“洞歌”。

皖南事变后，中共中央对叶挺被关事件一直同国民政府交涉，多次提出恢复叶挺自由的要求，然而国民党方面总是从中作梗，使叶挺的事一拖再拖。1945年8月，毛泽东率中共代表团到重庆谈判，在谈判桌上，周恩来向蒋介石明确提出释放叶挺等政治犯的条件。蒋介石仍然不从。1946年3月，我党以释放在邯郸战役中被我军生俘的国民党第11战区副司令长官马法五作为交换条件，再次要求释放叶挺，这时蒋介石才被迫同意。

叶挺获得这一消息后，自然异常兴奋。但由于叶挺的身份特殊，他出狱后到底想干什么，这是许多人士都很关注的事。叶挺当然有自己的想法。特务沈醉在他的回忆材料中有这样一段有趣的回忆：

> 毛主席提出要放叶，我特地好奇地去看叶，看他出狱后办什么。叶毫不迟疑像做了长时间准备一样，以肯定的口吻答我：“我出去第一件事需办的，便是请求恢复我的党籍。”我十分惊异，一直没想到他是一个脱离了共产党的非党员，直到那天我才明白这一情况。他说完后昂起头来，凝视窗外，久久不发一语。我怕碰钉子，赶忙辞出，言不由衷地回答几声“那很好，那很好……”我回去向戴笠报告，他听了不作一声，很久才说了一句：“共产党人的可怕，

就是在这些地方！”

1946年3月4日，被囚禁五年多的叶挺终于获得自由。这时他已长发披肩，胡子齐胸。行前，他拢着长须，对长期看管他的特务沈醉说：“过去你几次劝我剪掉它，我没有答应，现在我要自动把它剪下来，把它好好保存起来。”说完，叶挺发出爽朗的笑声，登车朝他早已向往的中共代表团驻地驶去。

叶挺出狱后，第一件事就是致电中共中央，提出他的重新入党申请。此时在延安的毛泽东，亲笔修改了电文，这样回答叶挺：

亲爱的叶挺同志：五日电悉，欣闻出狱，万众欢腾，你为中国民族解放和人民解放事业进行了二十余年的奋斗，经历了种种严重的考验，全中国都已熟知你对民族与人民的无限忠诚，兹决定接受你加入中国共产党为党员，并向你致热烈的慰问和欢迎。

4月8日，中共历史上发生了一场大悲剧：叶挺与夫人、扬眉、阿九、王若飞、博古、邓发等人乘坐的从重庆飞往延安的飞机，途中不幸失事，机上人员全部遇难于山西兴县黑茶山。为此，中共中央在延安为叶挺等烈士举行了隆重的追悼大会，毛泽东亲笔写了“为人民而死，虽死犹荣”的题词。在重庆的周恩来得知叶挺遇难的消息，悲痛欲绝，亲笔在《新华日报》撰文悼念：

希夷，你是人民队伍的创造者，北伐抗战，你为新、旧四军立下了解放人民的汗马功劳。十年流亡，五年牢监，虽苍白了你的头发，但更坚强了你的意志。一出狱，你就要求重新加入中国共产党，一见面，你就提到皖南死难同志，检讨皖南事变，要我交涉继续放人。我记住，我永远记住。我敢向你保证：我们要为保护人民队伍和释放一切政治犯而奋斗到底！

叶挺的英名和他的《囚歌》因此也被载入“红岩”革命史册。

说起“红岩”故事中那些英勇不屈的共产党人，我们不得不说罗世文这位烈士。除了他是一个剥削阶级的背叛者外，罗世文的另一个身份十分特殊——中共四川省委书记。这样一位党的高级干部，惨死在敌人的乱刀之下，我们无法不对他表示深深的敬意，从他身上我们更多地看到了一位党的高级干部的忠诚。

1926 年春，重庆中共党团组织负责人合影。二排左起为杨闇公、萧楚女、廖划平；后排左四为罗世文

以前，在我们熟知的“红岩”故事中，罗世文的名字几乎没有出现过，这是因为他牺牲得比较早，他和另一位中共川康特委领导车耀先，被敌人杀害于 1946 年 8 月 18 日。这两位党的高级干部并没有和“江姐”及《红岩》作者罗广斌等在一起关押过，所以《红岩》小说里基本上没有涉及他们。加上“文革”时，江青一伙人恶意将罗世文、车耀先等英

雄诬蔑为“叛徒”，因此他们的事迹鲜为人知。

关于车耀先，我们在上面有所提及。他是张露萍等同志的革命引路人，在此不再重述。而罗世文是不是一位坚定的无产阶级革命家和对敌斗争的英雄，也许只有与他一起革命和一起蹲过敌人监狱的人才会真正了解。

《红岩》小说中“疯老头”的原型，后来逃出了监狱，他就是解放后历任贵阳市委领导和贵州省政协副主席的韩子栋。韩子栋是与罗世文、车耀先一起在监狱里战斗过的少数的几个见证人之一。下面是韩子栋在1972年回忆罗世文时的口述：

> 1941年秋季，罗世文和我关在一个牢房里，起初我对他是有很大怀疑的。原因是：一是当时我们关在一个秘密监狱，严禁“修养人”（这个监狱对犯人的称呼）互通姓名及谈案情、讲身世。可是，在罗世文还没有押到之前，牢房里就传出要从重庆押来一个大共产党的消息。这是我在这个监狱坐了七八年中从未经历过的事，觉得这个消息很不正常。二是狱吏、看守在喊叫犯人时，一般都喊“番号”，不准叫姓名的，而看守叫罗世文时不叫他的番号，反而经常客气地称他是“张先生”，这也是以前从来没发生过的事情。三是外面给关在这里的共产党人送东西是不可能的，我从没见过有人给坚持立场的共产党员送来过东西。但罗世文却有人可以送东西给他，这也很不正常。后来时间长了，慢慢我了解清楚了，他罗世文确实是中共四川省委书记和成都《新华日报》社长。以后，我下决心弄清楚他在狱中的态度。我借机问他：“你打算跟他们（指监狱的特务们）做什么工作？”他听了以后真的很生气，真要揍我。还好，他没有揍我。后来我把怀疑的原因详详细细地告诉了他，罗世文的气才消了很多。他告诉我：他关在重庆时，邓文仪（他在苏联的同学）带了很多东西去看他，跟他谈他的出路和工作等。罗很生气地严厉

痛斥了邓。说到为什么有人给他送东西一事，他也不知道是谁送的，不过罗说有可能他被捕以后，是周恩来同志向蒋介石提出了抗议，向蒋介石要人，这样可能他在监狱的处境得到了某些改善。罗还说到了为什么看守们喊他是“张先生”，这是他关在重庆时的化名。

监狱的斗争是尖锐的，是真共产党员假共产党员，好像熔铁炉中的烈火一样，很快就把假的化为灰烬，真的显出耀目的光辉来。牢里的残酷斗争，使我后来断定罗世文是真正的共产党员，是忠于共产党的。在斗争中，我们彼此认识到，事实证明我们是为共产党而献身的。在罗和车来监狱之前，这个监狱里没有党的组织，是罗发起建立了临时支部，他是支书，车耀先和我是支委。为了能坚持长期斗争，必须要争取发动难友们联合和团结起来。罗向我分析，在这个监狱里，释放的希望少到完全不可能，于是决定要和外面的党组织接上关系，然后在外面的党组织领导下，实行里应外合，集体越狱（暴动）。罗特别指示我做这个工作。

1944 年左右，监狱头子周养浩，声称要叫一些“修养人”当工作“修养人”。去不去呢？许晓轩的意见是“不”。经过考虑当时的具体情况，如：在两三百个“修养人”中，共产党员只有十几个，再加其他政治犯也不超过 30 人，是少数。这样，敌人很容易把我们这些共产党员完全孤立起来。支书罗世文遵照毛泽东同志对在国民党统治区域工作的方针精神，决定在不附任何政治条件下，如果监狱看守叫我们当工作“修养人”，我们就当，这样对我们的狱中地下工作是有利的。后来罗世文自己就去当了监狱的图书管理员，他通过自己的认真工作，给监狱里的同志们提供了很多进步书籍看。

“重庆谈判”后，中共代表在政协会议上提出释放共产党员罗世文和车耀先等。知道这事后，罗世文对我说：如果你先出去，你就在重庆等我，我们再一同到陕北去。如果我先出去，我立即向党报告你的情况，党一定会来找你的，你放心吧。这时的我，已经坐了

19年牢了，我激动地向他表示了自己坚定忠诚于党的决心。但是没有想到的是，后来我真的从监狱里逃了出来，而罗世文与车耀先同志却在我越狱之前被敌人杀害了……

车耀先烈士

韩子栋于1947年8月18日从白公馆逃出，这一天正好是罗世文、车耀先的忌日。一年前的这一天，罗世文和车耀先被敌人杀害于重庆松林坡的戴公祠。

罗世文、车耀先烈士的墓碑是周恩来亲笔写的。关于罗世文的故事很多。郭久麟先生在1979年写的《罗世文传》也许是记录罗世文这位“红岩”特殊人物的最完整的文字了。在此笔者引用郭久麟文中的部分内容，以供大家进一步了解罗世文——

1904年农历六月二十一日，罗世文出生在四川威远县。

1920年秋，16岁的罗世文经清末举人罗爱棠的推举和资助，到重庆读书。他以优异成绩考取教会学校青年会的英语补习班，学习了一年的英语。1921年秋，他又以最好的成绩考取重庆甲等商业学校第13班。

重庆商业学校是一所职业学校，设在重庆机房街，开设中文、外文、数学、簿记、会计等课程。罗世文在商业学校刻苦好学，每学期几乎都是头两名，因此皆为免费读书。这期间，五四运动对重庆影响很大，罗世文如饥如渴地看着在进步青年中广为流传的《新青年》《新潮》《少年中国》《少年世界》《星期天》等报刊。他尤其喜欢李大钊、陈独秀等人的文章。那些文章打开了罗世文的心灵窗口，解开了他思想上的疙瘩，使他明白了许多进步的道理，也因此逐渐明白了要想改变这个不平等的世界，就必须投身到革命浪潮中去。从此，罗世文积极参加学校和社会上的各种革命活动，其间他结识了四川早期的革命家吴玉章和杨闇公等人，以及1923年中国共产党中央派到四川的特派员萧楚女等同志。在这些革命家的指导和帮助下，罗世文开始学习马克思列宁主义理论，并在参加革命活动中，树立了共产主义世界观。1923年，他加入了中国共产主义青年团。

1924年1月20日，革命导师列宁逝世。在重庆，萧楚女和罗世文等人召集青年学生和群众团体代表，举行了隆重的追悼会。自此开始，重庆这“一萧一罗”（即萧楚女和罗世文），在青年学生和社会上影响越来越大。

1924年5月21日，杨闇公由成都返潼南故乡后，来到重庆。罗世文热情邀请杨闇公到进步青年中讲演马列主义的真理。而杨闇公则以敏锐的目光，很快发现了罗世文是个革命的人才，认为罗世文是“本团的健者，很可造的”，并对其给予特别的器重和培养，提携他担任重庆共产主义青年团地委书记。从此，罗世文与萧楚女、杨闇公等一起，成为领导重庆革命斗争的领导骨干。这年11月19日，日本商船乘军阀混战之际，私运伪币来渝，被重庆军警团重庆督察处查获。船主不但拒绝检查，反而将督察的六名士兵一齐捆绑，掀下大江，四人淹死，两人重伤。重庆军警团即将船主及船上伪币押回督察处。日本领事不但不依国际公法让中国人按法律处理该船主，反而污蔑中国兵士侵犯了领事裁判权，要中国放人、道歉、赔款。卖国贼重庆海关督察江岳生不但不处理日本船主，反而将日本船主释放，还对其道歉认错。这激起了重庆人民的极大愤慨。罗世文立即与杨闇公等商议，决定要以这件案子作为一个事例，激发重庆人民的反帝爱国热情。萧楚女和杨闇公赞成罗世文的主张，他们三人开始领导这场在重庆现代史上留下重要影响的革命运动。12月13日上午，在打枪坝召开了有7000多人参加的“重庆人民声讨日本帝国商船惨杀我同胞案”的群众大会。大会发表了宣言，并向全市人民发出了呼吁通电，同时向日本领事馆提交了抗议书，也向重庆市政府提出了六点要求。这次群众大会及后来的盛大游行活动，振奋了山城人民的革命精神。

1924年至1925年间，罗世文与杨闇公先后组织进步青年成立了“平民学社”和“劳工互助社”，团结重庆进步青年和劳动群众学习马列主义理论，参加革命斗争。在罗世文、杨闇公领导下，“平民学社”和“劳工互助社”推动了重庆的革命运动，并为重庆和四川培养了一批革命干部。

1925年6月，罗世文和萧楚女、杨闇公一起，领导山城各界成立了“五卅惨案重庆国民外交后援会”，并于6月25日召开了全重庆市的声援大会。之后又举行了大罢工。为了指导革命运动，罗世文与萧楚女不辞辛劳，创办了《爝光》杂志。这份革命刊物立即遭到了军阀刘湘的忌恨。刘湘为拔除这个眼中钉，立即派人草拟了《重庆卫戍司令部禁令》，派专人交给萧楚女、罗世文二人。禁令上说：“……《爝光》刊物编辑人萧楚女，发行人罗世文，假爱国反帝之名，行宣传共产之实……勒令查封该刊物，经办人员限期三日出境。如有违者，定依法究办。”接到禁令后，萧楚女于愤慨之余，连夜草拟了《萧楚女的人生观》一文，据理批驳刘湘的禁令，伸张革命的正义。次日，《新蜀报》全文刊出此文，轰动全城，弄得刘湘手足无措，恼怒万分。罗世文在愤慨和激动之中，挥笔写下了三首绝句，有力地表达了对反动军阀迫害的愤怒和蔑视，以及对革命真理传遍四方的坚定信念。

为了保存革命力量，党组织决定派萧楚女去广州，而罗世文恰好于本期在商业学校毕业，遂决定派他取道上海赴苏联留学。罗世文同蔡和森、向警予、李立三等一道，向海参崴前进，开始了他革命人生中的又一段里程碑意义的经历。

在苏联，罗世文同向警予及从另一条道过来的刘伯坚、王仁达、李大章等编入东方大学中国班。东方大学在第三国际和苏联政府关怀下，为世界各国、各民族的共产主义者学习革命理论和革命建设经验创造了良好的条件：为他们选派了优秀教员，提供了大量马列主义著作和各种图书、资料，生活上也给予较好的照顾。在这样优越的环境里，罗世文以高度的政治责任感，手不释卷地学习马恩列斯的著作，潜心研究马列主义理论及革命战略战术，研究国际共产主义运动的历史经验。尽管学校苏联专家、教师上课时都配有翻译，可以不学俄文，可是，为了更好地学习马列主义的原著，学习十月革命的宝贵经验，他还是刻苦地学习俄语和德文。由于在中学时即已通晓英语，再加上他天分高，记忆力强，又刻苦，所以罗世文的俄语、德语水平迅速提高，很快能阅读俄文和德文的原著了，这给他学习和研究马列主义插上了翅膀。

1928 年夏，罗世文以优异成绩毕业于东方大学。他用半年时间游历了俄国、德国和法国，于年底回到祖国。有人见这位留学的洋学生什么都没带，只带了几箱书，而且还都是些要“杀头”的马列主义书籍，有些疑惑。罗世文笑着说：“我什么也不愿意带，就只带了马列主义的书籍。有人告诉我，这些书在国内查出来是要杀头的。我不怕，因为我回来就是同反革命势力斗争的。”不久，党中央派罗世文回四川老家工作。这阶段，中国共产党领导下的武装斗争风云四起，特别是南昌起义和秋收起义威震神州大地，也鼓舞和激励了各地党组织的斗争热情。罗世文回川后，也立即投入了领导士兵的革命暴动运动之中。

根据地下党四川省委意见，罗世文来到国民党地方军队第 28 军第七混成旅进行策反工作。经过罗世文的艰苦努力，旅长邝继勋被争取过来。1929 年 6 月，第七混成旅正式起义。在全旅官兵大会上，旅长邝继勋首先发表演说：“弟兄们！官兵们！同志们！我们第七混成旅今天正式起义了！我们为什么要起义呢？”邝继勋环视了全场一周，然后提高嗓门道，“那是想到了这些年我赤膊带刀，领着弟兄们拼杀，想给老百姓们办点好事，想为工农大众打江山。可是，独夫民贼蒋介石却背叛了孙中山先生的遗训，背叛了革命，背叛了人民！因此我们就要起义！就要变成革命武装——工农红军了！”

一片震耳欲聋的掌声中，党代表罗世文宣布道：“同志们：现在，我宣布——中国工农红军四川第一路军正式成立了！”

这次起义的领导机构按八一南昌起义的形式，叫作“前敌委员会”，前敌委员会书记是罗世文，前敌委员会委员兼前敌委员会总指挥为邝继勋，前敌委员会委员中有在川军中威信很高的刘伯承，他虽未到任，但名列其中。下辖三个师编制，以罗世文为首的中共党员分别负责该起义部队的各级政治工作。

起义部队在罗世文、邝继勋的领导下，在初期时连连得胜，所到之处，工农红军的革命义举和为穷人打土豪分田地的行动，深得人心，极大动摇了地方反动政府的统治。后因叛徒出卖，起义部队在同军阀刘湘部队的战斗中终因兵力悬殊，被屡次打散。身先士卒的罗世文冲出敌人包围圈后，孤身一人，藏匿于乡村的草丛之中数天。他被饥饿和困苦折磨得骨瘦如柴，衣衫褴褛，但他胸中的革命火焰依然熊熊燃烧！“一定要克服艰难险阻，就是爬，也要爬回重庆！”罗世文这时想得最多的是要回到重庆，向省委汇报这次起义的全部情况。于是，他重新站立起来，迈开艰难的步子……

鉴于中共四川省委几位主要领导的先后被捕和牺牲，罗世文同省委各部委秘书长商议，从成都调程子健等到重庆，重新建立了四川省委，罗世文任宣传部部长。

1930 年 6 月 11 日，中共中央政治局由李立三领导，通过了“新的革命高潮与一省或几省的首先胜利”的决议案，制订了全国中心城市武装起义和集中全国红军进攻中心城市的冒险计划，并将党、团、工会各级领导机关合并为准备武装起义的各级行动委员会。这一中央精神，对四川地区的革命斗争影响很大。一位中央大员到四川后，不顾罗世文等人的反对，坚持主张武装起义，结果在之后的三四个月中，四川各地的地下党发起了多次武装起义，但皆以失败而告终。血的教训，让罗世文不得不亲自给中央写信反映情况。9 月份，党中央召开了六届三中全会，决定停止在全国总暴动的方针。中共四川省委的工作也进入了正常状态。

1931 年初，罗世文鉴于重庆白色恐怖严重，提出将四川省委迁往成都等建议。省委接受了他的建议，不久他出任中共四川省委书记。

1933 年 10 月，罗世文受党中央派遣，到川陕苏区工作，与他同行的有党中央派到川陕苏区的廖承志。罗世文出任中央驻川陕根据地党代表，并任川陕苏区党校校长，廖承志任川陕苏区工会秘书长。作为我党重要的马列主义理论家之一的罗世文，他的专长得到了很好的发挥。在给川陕省委高级训练班的学员讲授农民问题与民族殖民地问题时，他以丰富、精深的马列主义理论修养，仅靠一两千字的提纲，就把问题讲得透彻而生动，极受工农干部出身的学员们的赞扬。在川陕根据地，罗世文与分裂主义者张国焘进行了坚决的斗争，结果他被握着党内军政大权的张国焘死死地控制和打击。1934 年春的一个早晨，心中异常忧闷的罗世文独自漫步在通江边上，望着滚滚东去的流水和初升的太阳，百感交集，吟成了《过通江城》三首，其中一首云：

千锤百炼是钢筋，
共济同舟斩棘荆。
党性忠言多逆耳，
晨曦漫步出江城。

从诗中可以看出，他出于对党的忠诚，而向张国焘表达自己逆耳忠言，却反被误解的痛苦心情。同时也可以从诗中看出罗世文作为一位坚定的马列主义者的自觉革命信仰和坚持真理的信心。但分裂分子张国焘却不这么看，他不仅拒绝罗世文、廖承志的逆耳忠言，而且于 1934 年冬，派杨立人找罗世文、廖承志谈话，给他们扣上“蒋介石特务”的帽子，并非法逮捕关押了他们，几次想杀罗世文、廖承志两人。由于罗世文和廖承志是党内难得的高学历的同志，张国焘觉得暂时还可以利用一下而没有当下动刀动枪。这期间，罗世文被张国焘重兵监视起来，让他专门起草文件，刻蜡纸，同时还要做苦工。

1935年10月，对革命失去信心的张国焘公开与以毛泽东为首的党中央和红军分裂。被看管的罗世文无奈跟着张国焘的部队连续两次穿过草地、翻越雪山。长征路上，罗世文穿着单薄的破棉袄，拖着一双肿胀的脚，面对饥饿、疲劳、寒冷和对革命前途的焦虑，屡次处在生死边缘之境，但他依然没有放弃对革命的向往，与张国焘分裂主义进行斗争。后因张国焘的分裂阴谋被以毛泽东为首的党中央识破，1936年10月，红二、四方面军在会宁与党中央派来迎接他们的红一方面军胜利会合了！罗世文也在这时才穿上新棉衣，他的心顿时感到春天般的温暖。

党中央对罗世文在革命紧要关头的政治立场给予高度评价，任命他为红军大学的理论教授。当时毛泽东等中央领导也经常到这所革命大学授课。罗世文作为革命理论家，在这里发挥了自己的特长，他的课深入浅出，很受学员们欢迎。同时革命熔炉给罗世文也带来了许多活力。1937年3月至1938年4月，罗世文作为张国焘分裂党的见证人，积极参加了党中央发动的批判张国焘错误路线的斗争，并且以自己亲身经历和活生生的事实，揭露和批判了张国焘的"左"倾机会主义路线的错误，给延安革命同志们以极大启发和教育。

西安事变爆发后，中国共产党领导下的抗日民族统一战线在全国各地形成。党中央决定派罗世文回川作为我党代表，担任刘湘高级顾问，同刘湘进行联系谈判。1937年底，罗世文到达成都，即拜会了昔日的宿敌刘湘。然而这一回他是被刘湘当作重要宾客安排到了戒备森严、豪华堂皇的刘湘公馆。曾几何时，刘湘查封了罗世文和萧楚女合办的《爝光》杂志，并勒令他不得再在四川立足；之后刘湘残暴地枪杀了四川省委书记刘愿庵以及陈攸生、邹进贤等四川省委重要干部！与这样一个血债累累的政治宿敌住在同一庭院，罗世文心头难平，可是为了全国的抗日民族统一战线，他必须以国家民族利益为重，团结和争取刘湘，期望这位四川军阀能在抗日大潮中支持我八路军、新四军。由于罗世文努力而艰苦地工作，1938年至1939年之间，川军到前线作战时，刘湘没有执行蒋介石要他把部队调到济南的命令，而是主动把川军调到与我八路军靠拢，挫败了蒋介石的一次阴谋。同时也有力地促进了成渝两地的群众性抗日救亡运动。在罗世文的领导下，成都和四川地区的中共地下党组织得到了迅速发展。

1937年冬，罗世文会合党中央从延安派来的周凤平、廖志高、余江震以及先前在成都从事上层统战工作的张曙时，建立了中共四川省的领导机构四川省临时工作委员会（简称省工委），罗世文为书记。成立四川省工委后，罗世文即去到武汉八路军办事处，向南方局书记周恩来作了汇报。

罗世文返川后，遵照周恩来的指示，带领省工委同志积极扩大党的组织，先后成立了成都市委、重庆市委以及乐山、宜宾、自贡、泸州、南充、梁平、阆中、三台等中心县委，在并不长的时间里，发展地下党员达4000多人。不久，省委又鉴于四川地区大、交通联系不便等情况，加之当时成都与重庆存在两个政治中心的实际情况，在请示周恩来及南方局同意后，决定分别建立中共川康特别委员会和川东特别委员会，简称川康特委和川东特委。

1937年，以周恩来为首的中共代表团在同国民政府谈判抗日问题时，决定由我党在国民党统治区公开出版一份报纸——《新华日报》——并决定由罗世文负责此报建设。《新华日报》从此成为我党在国民党统治区点燃的一把革命火炬，照亮了白色恐怖下的抗日前进方向，也温暖了国统区人民的心灵。作为党的宣传理论家，罗世文极端重视统战工作中积极发挥宣传工具的作用。他不仅亲自担任《新华日报》成都分馆负责人，还兼任成都地区的《新华日报》总推销。

然而，从1939年1月开始，假抗日的国民党顽固派发动了抗战期间骇人听闻的第一次反共高潮。公然进犯延安等我党建立的解放区，同时对国统区的共产党及革命组织进行残酷清剿。四川的中共地下党组织也早已是蒋介石的眼中钉、肉中刺，在向陕甘宁边区和太行山区进攻的同时，蒋介石把屠刀同时砍向了成都。1940年初，蒋介石派特务头子康泽携带200名别动队队员潜入成都，策划了轰动一时的“抢米事件”。当时，特务们选中了成都银行设在南门外的米仓库。3月12日晚上，由康泽的别动队为骨干，纠集暴徒几百名，故意抢劫了这个米仓库。而在这个米仓库的对面，就是共产党领导的《时事新刊》的印刷部门。在暴徒抢劫时，《时事新刊》编辑朱亚凡正在印刷处校稿，当他闻声走出去观看时，即被预先布置的特务别动队员抓捕，诬称朱亚凡是此次抢劫的现场指挥者！

“抢米事件”次日，成都街头的所有国民党报刊几乎同一口径刊登“共党分子朱亚凡指挥抢米”的醒目标题的文章，企图借此彻底诋毁中共四川地下党。成都时局一下紧张起来。特务们竟敢直接公开地前来威胁具有公开身份的罗世文。在形势极端困难时刻，罗世文大义凛然地对那些为他担忧的同志们说：“大敌当前，我只能以国家利益为重，而离开抗战！只要国民党还有一分抗日的真诚，即不应危害我！”可是，国民党的反共气焰并没有因此消沉，反而更加嚣张。敌人终于露出凶狠的丑恶面目。4月18日晚，罗世文为了《新华日报》分馆能坚持发行报纸和清理有关机密，化装前往《新华日报》分馆。当他刚一进报馆，预先埋伏在那里的军警特务立即冲进报馆将其逮捕。临别时，他向坚持在报馆工作的同事说道：“同志们，《新华日报》是国民党当局同意办的。国民党这样无理抓人，是完全非法的，他们做贼心虚！你们要把《新华日报》坚持办下去！这是我们党的报纸，这是人民的心声，这是我们中华民族的方向，一定要坚持到最后胜利！”

这天晚上，敌人还逮捕了中共四川省委军委负责人车耀先。罗世文和车耀先二人从此并肩在监狱里与敌人展开一场场特殊战斗。

国民党军统特务头子戴笠得知抓到了“共党要犯”，率领军统局秘书李崇诗和司法科科长余锋，亲自审问罗世文、车耀先二人。可戴笠万没有想到的是：这两位共产党人是非凡人物，一交手便令戴笠下不了台——

"戴笠先生，你来得正好！我要请问你：我八路军驻西安、重庆、成都办事处，该是你们国民党当局同意建立的吧？我《新华日报》，该是你们国民党当局同意创办的吧？我是成都八路军办事处和《新华日报》成都分馆的负责人，你们凭什么非法逮捕我？""犯人"罗世文来了个"倒审问"。

戴笠愣了半晌后，才十分尴尬地装出一副悲天悯人的模样道："哎呀，对不起，罗先生、车先生，你们的被捕，纯属误会！你们两位都是国家栋梁，在这国难当头的时期，望你们从国家、民族利益出发，共同参加我们的工作！"

罗世文立即斩钉截铁地回答："那不行！你对我们的拘捕，既然出于误会，那就马上把我们释放回去！"

戴笠十分狼狈地说："那怎么行呢？"

罗世文质问戴笠："你既然说拘捕我们是误会，却又不释放我们，那我们算犯了什么罪？你们这样做又叫什么呢？"

戴笠被问得张口结舌："这个……这个就只有委屈你们一下了！"

万般无奈的假象装过后，戴笠马上改了口气，露出凶相，要罗世文、车耀先供出党的机密。罗世文坦然大笑，说："我是你们请来的十八集团军驻蓉办事处处长及《新华日报》分馆负责人，另一个职务是中共四川省委书记，这就是全部机密，这个机密可以了吧？"车耀先也只承认自己是中苏文化协会成都分会会长，曾任川军团长，没有承认本人是共产党员，其他问题，一概不知。

戴笠劝降不成，恼羞成怒，下令将罗世文、车耀先押往歌乐山下的军统局监狱白公馆看守所。入狱不久，罗世文每每躺在冰凉的地铺上，耳边听着呼啸的松涛，心情久久不能平静，遥望延安方向，写下了充满革命激情的《客渝梦题延安宝塔》等众多诗篇。

在之后的五年多监狱斗争中，罗世文顽强而艺术地领导同志们在监狱这个特殊战场上，与敌人展开了一场场惊心动魄而精彩无比的斗争，为所有狱中同志所敬重。1946年8月18日，渣滓洞监狱副所长刘掳乾假借“另移南京”之名，将罗世文、车耀先押出监狱，秘密杀害。残暴的刽子手们又向罗世文、车耀先的尸体上泼洒汽油，然后焚尸灭迹……

这位中国共产党的忠诚战士、党的杰出理论家、四川省地下工作的主要组织者和领导者以其坚不可摧的革命意志和赤诚之心，实现了他生前“从来壮烈不贪生，许党为民万事轻”的豪言。

说起“红岩”故事，自然少不了一个特殊人物，这就是《红岩》的主要作者、在“11·27”大屠杀中脱险的革命志士之一、共产党员罗广斌。这位“特殊人物”身上有许多“特殊”之处：其一是他的出身，他哥哥罗广文是四川的大地主、大军阀之一，并且与刽子手徐远举关系不一般；其二，他是《红岩》主要作者，若没有他，也许《红岩》不会像现在这么红火和经典；其三，他出狱后为组织所写的包括“狱中八条”在内的“报告”及在解放初为那么多同志评定身份所起的作用。其实再有一点是他在“文革”中受到不公待遇而致死的悲惨命运。

《红岩》从历史走来的几十年中的每一个不易的细节，皆与罗广斌有着不可分割的关系。罗广斌身上“忠诚与背叛”的选择本身就构成了一段意味深长的故事：

罗广斌于1924年11月出生，大学文化。1948年3月加入中共重庆地下党组织。关于他的身世，罗广斌在自己写过的一份《自传》中这样说：

……我出世时，父母亲都在做“官”（均系国民党员），家里除在忠县已有田产数百石而外，又在成都开始买田置产业。抗战前夕，被父亲送往日本学军事的哥哥罗广文，在蒋介石匪军中以杀“奸匪”夺功（曾在瑞金受伤）崭露头角，家庭声势就更加显赫，在重庆、川西洪雅，又陆续买了许多产业。我自己就是在这样一个向上的、兴旺的封建剥削家庭长大，一直被尊称为“幺老爷”，过着优裕的享受生活。

抗战时期为了躲避空袭，我随父亲到川西一个小县洪雅读初中（1938 年）。因为在城市生活得久，我比较早熟，15 岁（1940 年）便和一个贫苦的女同学恋爱。原来以为家庭很爱自己，一定会同意的，但家庭却坚决反对，理由是不能门当户对。母亲还说：“就是家里答应了，别人也要说闲话，说我们没有家教，影响家声。”第一次，我才开始看清楚了封建家庭、社会的恶毒，对年轻人的专横、控制和压迫。在家里被囚禁似的管制，三年多不准恋爱和通信。这三年多中间，自己开始对封建家庭和社会有了新的看法，经常处在极端不满和抗拒的愤恨情绪中，甚至和父亲闹翻了打起架来，一心想离开家庭，脱离封建家族的控制。

1944 年，我得到在联大念书的马识途同志（地下党员）的帮助，离开了家庭到昆明联大附中读书，那时心里充满了获得自由和光明的喜悦。很快，在许多同志的影响帮助下，自己也得到一些进步和新的认识，终于在 1945 年 7 月，由马识途同志介绍加入了党的外围“民青社”。分析自己参加革命的动机，主要是要求在封建家庭中求得个人和个性的解放，能够自由恋爱，后来在若干次斗争锻炼下，思想认识才逐渐得到改造，一二·一学生运动是其中最主要的一次。在那次学运中，自己亲眼看见了国民党特务如何屠杀青年学生，才真正认识了反动政府的残酷血腥的本质，通过这回群众运动，懂得了群众的力量和决心，更坚决地参加了革命。

一二·一之后，由于特务跟踪，便撤往乡下工作。那时马识途同志考虑是否吸收我入党（当时我并不知道，对党也无认识），后来觉得我出身地主家庭，应再经过考验才行。1946 年，我和马同志一道到成都（他调成都工作）。1947 年，我到重庆西南学院读书，由原来在昆明指导我进步的另一位同志齐亮（已牺牲，当时在《新华日报》）继续培养我工作和学习。当时，我在西南学院搞过一些活动，担任新闻系主席和系联会（学生会）主席。“六一大逮捕”后，我加入了外围组织“六一社”并撤往民建中学任教，从这时起就开始和家庭脱离了关系。在民建，我一方面参加地下党刊物《反攻》的印刷工作，另一方面领导该校“六一社”的组织。1948年3月1日，我由江竹筠、刘国鋕（均已牺牲）同志介绍入党，候补期为九个月。

在家人的眼里，特别是他那位在国民党军队里当司令的哥哥罗广文眼里，这位“不务正业”的弟弟，实在是属于“不可救药”一类的浪荡公子。然而，哥哥并不知道他的这位弟弟其实不仅不浪荡，而且非常有思想，只是彼此的追求完全相反。

1948年9月10日因叛徒的出卖，罗广斌在成都的家中被捕，后又被押到重庆渣滓洞、白公馆关押。因为有个国民党川军兵团司令的哥哥，所以特务机关对罗广斌另眼看待，希望他能够“改邪归正”。罗家本身也费了很多心思想救他出来。不过，其哥哥罗广文则另有想法，他曾与徐远举交代过：这个花花公子，得给他点厉害看看，让他明白不干“正道”就得吃亏。徐远举念罗广文的关系和“好处”，一直期望罗广斌能够“收敛”一点。但早已成为共产党员的罗文斌根本不听劝告，仍“我行我素”。

叛徒冉益智曾接受徐远举之托，对罗广斌进行“劝降”。冉说：“徐远举问我，罗广斌在重庆做过什么。我说，我知道他是西南的学生，在学生中有活动能力，后在民建教书，曾经写过申请书，尚在候补。徐说：‘你去劝劝他，叫他承认了关系，我准备送给他哥哥去管教。’第二天，徐远举派张界同我去渣滓洞，与罗广斌在李磊屋里谈话，由李磊在旁监视着。我对罗说：‘处长叫你承认关系，你有特别的人事关系，承认了可以恢复自由。’李磊要表功，在旁装腔作势、东说西说，罗不承认自己与共产党的关系。后来李磊出去了。我和罗说：‘你承认了吧，又不要交出组织，可以不写悔过书而恢复自由，是合算的。’但罗仍不承认。我说：‘你是不是可以和刘国鋕对质呢？你到秀山不是因为陈明德被捕吗？’罗仍不承认。其实，我确知罗的一切，他入党是刘国鋕介绍的，过去是和彭咏梧发生关系，领导西南的学运和重大的学运，他去秀山是和陈家骏（女，西南学生）、姚炳奎一道去的。姚是我交给萧胖子（泽宽）的，秀山的关系是萧胖子管的。这些资料一扯又宽了，我没说出，也没继续再追。便在罗要求弄点药品之后，结束了这次谈话。回来之后，只对徐说，罗不承认。……后听张界说，罗广斌承认了关系，但他表明态度：一、和平出去；二、必要时处决；三、决不依赖哥哥的关系出去。”

可以看出，罗广斌在敌人面前还是非常坚定的。原国民党罗广文部二处（情报处）少将处长、起义将领林茂（解放后担任过四川荣县政协常委），1998年应厉华等邀请，来到歌乐山烈士陵园协助整理资料。由于他一直是国民党从事情报工作的，与徐远举的西南长官公署有密切的联系，他在帮助罗广文营救罗广斌的活动中起了不小的作用。时年84岁高龄的老先生向厉华等仔细地介绍了相关情况：1948年，林茂由西南长官公署调到罗广文部任处长。9月的一次饭后，一处处长刘牧虎请林茂喝茶时希望林茂能够出面帮罗广文司令长官一个忙，刘牧虎说：“罗司令长官的一个同父异母的兄弟，被徐远举给抓了，你是从长官公署过来的，能不能给通融一下，不要给杀了！”随后，机要秘书方勉耕、政工处处长谷若虚也请林茂喝茶，要求林茂去向徐远举说情，希望看在罗司令长官的份上，对这个“共产党”人能够特殊处理。林茂为了能够得到罗司令长官的信任，答应帮忙，并表示一定争取把罗广斌保出来。11月在一次宴会结束后，林茂找到了西南长官公署二处副处长杨元森，要求他在徐远举面前活动，第一能先做到不杀，第二能够尽早释放。杨元森把林茂的请求报告给徐远举。后来知道，考虑到罗广文的实力，徐远举答应先不杀。1949年3月，林茂应徐远举之请，到歌乐山下的“乡下办事处”参加应变会议，会后在与杨元森、渣滓洞看守所所长李磊等打麻将时，林茂向杨元森提出罗广斌的问题。第二天，杨元森告诉林茂说："徐处长说他没有忘记这个事，他会酌情办理的。"同年8月，在一次公务后徐远举请林茂吃饭，席间，林茂对徐远举说："罗司令长官弟弟罗广斌的事情，我今天还要向徐处长请求一下，务必请您关照，早些设法把罗广斌放出来。"徐远举回答说："你回去告诉罗司令长官，请他放心，我会相机行事的。"1949年11月27日下午，林茂为了取得与罗广文司令部的联系，到长官公署使用通信设备。徐远举见到林茂后说："我现在把罗广斌提出来交给你，希望你把他亲自交给罗司令长官。"林茂则表示："把罗广斌交给罗司令长官无法办到，因为我只带了两个警卫在身边，又还没有找到罗司令长官，事情还多得很，实在难完成这个任务啊！"徐远举见状只好说："你实在办不到，我就自己办好了。"事后，林茂肯定地说："在大屠杀的时候，徐远举是怎样处理那些有特别人事关系的'政治犯'我不是很清楚，但是有一点我是清楚的，那就是徐远举要利用他手中的这些人质，使罗广文这样的人物为国民党效命到底。他不杀罗广斌，可又迟迟不放就充分说明了这一点。"

林茂的这段话很重要，从中可以看出在"11·27"大屠杀过程中，徐远举对白公馆那些有各种"关系"的"狱犯"还是费了一些心思处理的。像罗广斌这样有背景的人，其实他徐远举并没有想真杀，如果当时握着重兵，又在疯狂一刻时真要像对付许晓轩、刘国鋕等共产党员那样的话，罗广斌和另外十几个难友肯定也是出不了白公馆的。历史就是这样奇妙，假如徐远举没有心存一丝同罗广文这等国民党实力派要人的"旧情"，那么"红岩"可能不会有脱险的幸存者了；没有了幸存者，我们还真的不知道"红岩"故事能不能像现在这样被世人所了解，"红岩"的革命烈士精神和光辉形象还是不是能够像现在这样光芒四射！

我们后来所知道的是，在1949年11月27日大屠杀的当晚，罗广斌争取了看守杨钦典打开牢门，并组织了连他在内的白公馆19名难友的越狱脱险。这是他在解放前所作的贡献之一。

1959年，中共重庆市委审干委员会经过对罗广斌被捕和狱中表现情况的审查，作出如下结论：

> ……罗广斌同志是由叛徒冉益智的出卖行为和罗之母亲将罗回家的消息泄露而被捕的，同时证明其在受审期间和在狱中无不利于党的行为。由于罗和同狱的其他同志对敌监狱管理人员杨钦典平时曾做过一些争取教育工作，故能于我军迫近重庆时，乘敌人慌张之隙，得杨钦典之协助，组织和率领同狱人突狱脱险。也由于敌人企图以罗广斌同志为人质，以钳制其兄罗广文，故在被捕受审期中未受酷刑，亦使得免于与其他同志一起被敌惨杀。据此情况，认为该同志被捕一段无其他问题。

新中国成立后，罗广斌以一腔热血投入了被害烈士情况整理工作，并以亲身经历，到处讲“红岩”故事，一时成为当地的“故事大王”。1950年9月，他任青年团重庆市北碚区工委组织部部长。当年12月至1953年8月任青年团重庆市九龙坡区工委副书记兼组织部部长。1953年9月至1962年7月任共青团重庆市委常委、统战部部长、青联副主席（1957年12月后下放到重庆长寿湖渔场劳动锻炼，代理场长、党委委员），1962年调重庆市文联做创作工作。1961年小说《红岩》的创作成功，使罗广斌从此名扬中华大地！但是“文革”一开始，由于江青对《红岩》和中共中央南方局大加诬蔑，造成对罗广斌的残酷迫害。造反派惨无人道地对这位从剥削阶级家庭走出来的革命知识分子、坚定的共产主义战士使用了法西斯的残害手段，致使罗广斌于1967年2月10日不幸去世，终年42岁。十多年后，罗广斌才得到平反！在罗广斌的骨灰安放仪式上，文化部、全国文联、中国作协、共青团中央、国家出版局等单位都送了花圈。时任中共中央组织部部长胡耀邦，中国作家协会主席茅盾，全国文联副主席周扬、夏衍、林默涵，中国科学院副院长华罗庚等领导送了花圈。

笔者在采写本书时，专门到罗广斌家探望了他的夫人。老人亲口告诉我：她不相信在敌人监狱里视死如归、革命异常坚定的罗广斌会“跳楼自杀”。她认为，这是造反派对她丈夫的又一种诬蔑，并说：除此她还有一个遗憾，就是“文革”中有人将罗广斌留下的许多关于“红岩”狱中的珍贵历史材料全部“抄走了”，至今不知下落……老人家希望借我们的笔，还罗广斌死因的真相和有可能通过相关渠道找回那些被强行抄走的宝贵材料。

这里有一个镜头，让许多人记忆犹新，感慨万千：那是1986年11月27日——重庆一年一度的“11·27”大屠杀纪念日——在某地举行的一次隆重的革命烈士纪念会上，一位满头白发的伟大母亲颤颤巍巍地走到台上，突然她使出全身力气，用洪钟般的声音，对千百人深情地说道：

> 我，一个富有家庭出身的妇道人家，生于光绪末年——1900年。有生86年来，经历了许多历史性演变，让我感到最有幸的事是：1984年，在我已经步入暮年的84岁时，终于成为一名光荣的中国共产党党员。我感谢伟大的中国共产党对我的长期教育、培养，使我能跟上历史前进的步伐。在这里，我不得不特别提到我的儿子，正是他，通过长期耐心的启发教育和直接的引导，使我树立起了坚决跟着共产党走的信念，所以应该说：王朴不仅是我的儿子，而且也是我解放道路上的第一个最重要的老师……

一个光绪末年出生的“富有家庭出身的妇道人家”，在她暮年时光荣地加入了中国共产党，并且称自己的儿子是她“解放道路上的第一个最重要的老师”，这是多么令人称奇的故事！

王朴是谁？王朴是“红岩”故事里一位党的重要干部，是在数百位

王朴烈士

“红岩”革命烈士名单中闪烁着异常光芒的一名共产党员，是有监狱“三条遗言”的响当当的革命烈士。当年担任西南局第一书记的邓小平亲自向其亲属恤勉“化悲恸为力量”，而与王朴在监狱审讯中屡次交手的大刽子手徐远举则佩服“他是白公馆‘政治犯’中的杰出人物”。

其实，在《红岩》小说里，由于当时创作上受一些传统的创作模式和那个时代难免的一些“左”的思想影响，王朴这样出身剥削阶级家庭的知识分子共产党人的形象，相对被排斥在共产党群体形象之外。从小与王朴一起上中学、大学，到一起参加革命的吴子见曾这样评价过王朴：他出身豪门，却对革命真理和共产主义事业有着特别崇高的追求，并怀有深厚的感情。他短短的一生，又平凡，又不平凡。他质朴而不浮夸，谦虚而不自满，老老实实地求真理、干革命，诚诚恳恳地把自己的一分力量汇集到革命的洪流里去，完全是一个普通革命者的面目；然而，他从爱国主义走向马克思主义，立定志向为党和人民的事业奋斗，直到贡献自己的生命，又说明了他的不平凡。他的生活、思想、作风和牺牲精神，都在我们记忆中留下深刻的印象。

他的一位中学同学、老革命陈必智这样回忆自己的战友：

20世纪30年代，中华民族处在灾难深重、危机四伏的抗日战争时期，身处大后方的知识青年，大多向往光明、渴求进步，但一时又下不了决心，整天处在矛盾的心情下度日子，生活中多有苦恼。我和其他同学一样，有时候喜欢把这些复杂的甚至是消极的心情写成短文，在壁报或报刊上发表。对当时这种颇为盛行的空话连篇、只喊口号、不讲实际的文章，王朴是不大看得起的。他经常半开玩笑半认真地向我说：“别学那种光在嘴上吼‘赴敌’啦、‘让我走’啦……的文风，谁拉住他们哪？能上前线当然好，在学校读书就不算爱国啦？五四运动、一二·九运动和‘打枪坝事件’不都是学生搞起来的？学生嘛，只要不是‘两耳不闻窗外事，一心只读圣贤书’的书呆子，要干的爱国活动多的是……”他的话对我触动很大。当时我们念的是复旦中学，有些同学包括我在内，自视很高，对一些中间状态的同学和老师抱有反感，于是我们陆续在壁报上对这些人和事，进行了随心所欲的揶揄、讽刺和打击。一次，王朴在放学后同我一道回宿舍时，把一本艾思奇的《大众哲学》塞在我手里说：“这书写得好，也许你看过了，但再读读也好！”接着，他便提到我们刚贴出去的壁报，笑着说：“大作拜读，好，有火药味！……”我暗自得意：你总算明白我不是那种“不闻窗外事”的人了。可他马上接下去说道：“枪要伤人，要瞄准敌人才行！何必把自己陷进四面树敌的形势下呢？你文中把‘班门弄斧’写成了‘搬门弄斧’了——不要急嘛，我已悄悄地给你改正了——你看，对象既没选准，子弹也卡了壳。为人之道，不能凭个人的好恶办事，得罪人太多是不对头的革命行为，应当纠正。”那时，我还不太能完全接受他这种体现团结斗争策略的意见，反而认为他有点息事宁人。但王朴确是一个爱憎分明、敌我能辨的既有思想又维护正义行动的人，尽管当时他还不是共产党员，却已具备了一个革命者的素质。当时学校里有国民党特务分子，那个明目张胆、面容狰狞的但家瑞，就是其中之一。他在教室的座位，正在我背后。有一天晚自修时，他蛮横谩骂“复活社”是共匪活动，而且越骂越凶。我火了，要他检点一些，不要影响大家自修。这家伙抡起书桌板，就向我劈来，十分猖狂，激起了全班同学的气愤，在群起拦阻和指责下才收敛。回宿舍后，王朴等二、三班的同学了解情况后，大家商量说要给这家伙点厉害看看，杀杀他的威风。于是，正当但家瑞回到自己床位时，宿舍电灯突然熄灭，高中两个班级的大同学们围上去，狠狠地按住他的嘴，专拣不是要害的地方，将其着着实实地重揍了一顿。但家瑞也搞不清有多少人、是哪些人打了他，学校当局赶来查问此事因果时，这个猖狂一时、色厉内荏的家伙，也不得不承认了是自己首先骂人打人的。校方一听也只能不了了之。事后，有同学告诉我：整个“报复”事件的主谋是王朴。大轰炸后，复旦中学校园被炸毁，校址东迁木洞东温泉。经过那次“夜揍”事件后，反动学生有所收敛，他们转入暗探来“复仇”。王朴等四个进步同学所住的那间宿舍，经常发觉在熄灯后有人在门外偷听。王朴等知道后，决定再来一次复仇：他们约定好，在一个漆黑的夜里，将门虚掩，留一人守在门后，其余三人躺在床上装作叽里咕噜地在密谋什么。稍许，门外果然有人轻手轻脚地走来，直靠门板。那个抵住门扇的同学，突然一松手，又猛地将门拉开，只听得“扑通”一声，一团黑影滚进房里。亮灯一看，正是那个逢人点头哈腰、惯耍两面派的反动学生。此次王朴等虽未出手捶这小特务，却也让其在众目睽睽下丢尽了脸面，从此再不敢嚣张了。

同学吴子见回忆说：

1939 年秋，当时我和王朴都在重庆南岸文峰塔下的广益中学风吹草动班念书。这是个施行奴化教育的教会学校，校长杨芳龄是个买办教育家，思想极其反动，他公然恬不知耻恶毒地宣称：“中国人是劣等民族”“中国不亡，是无天理”，并强迫学生进行宗教活动，要学生一切听命于他。这些都激起了我们很大的反感和愤怒。在初中阶段，我们只有暗暗地反对他，比如做礼拜时破坏《圣经》，在《圣经》上写反帝国主义侵略、反宗教和反他杨芳龄的话，讽刺和打击那些去参加所谓“查经班”的同学，骂杨芳龄是汉奸等。到了高中，我们见的世面多了些，便公开和杨芳龄对抗。我们一连和杨芳龄顶了几次，有一回杨芳龄气冲冲地跑到高中班的教室说："我管不了你们了，高中不办了，你们给我走。"其实他的高中班是要办下去的，不过就是要赶走王朴和我们几个反对他的学生罢了。当时我们商量觉得再在这学校读下去也没有什么意思，干脆自动退学，免得劳烦杨芳龄挂牌开除。这样，王朴和我等共九个同学便离开了广益中学。虽离开了学校，可我们也不愿散伙回家，一则被学校赶出来回家不好交代，再则我们还想好好补习一下功课，争取下学期另考高中。于是大家商量，跑到重庆白龙池一个柳姓同学家里去组织集体自学。但他家的房子已被炸毁，家里的人搬乡下去了。我们若住那里，不但吃住不方便，更麻烦的是白天晚上都有空袭警报，敌机来袭，当时空战就在我们头上进行。怎么办？正在这时，王朴提出一个办法，到他的家里去组织集体自学。当时他的家住在重庆南岸老厂仰天窝，那个幽静山冈是读书的好环境。大家很赞成王朴的意见，他回去商量的结果，是他的父亲和母亲都欢迎我们大伙去。我们在王朴家里组织起来集体自学。几个少年互相督促勉励，每天严格按照作息时间表温习各种功课，伯父伯母对我们集体自学的行动都非常支持，尤其是伯母，每天还亲自下厨为我们烹调可口的饭菜，让我们吃饱吃好，好好温习功课。那一段美好的时光令我等同学记忆犹新。

王朴在青年学生时代，就有强烈的正义感。1941 年 12 月初，他在王铃、冯励青等老师的支持下，走上全校师生的周会讲台，公开揭露其所在学校的校长颜伯华吞食公款、贪污学生伙食费等问题，要求校方公布账目，提出由师生代表组织伙食管理委员会，自己管理伙食，并清查以往账目。他的这一行动，在全校引起震荡，进步的师生们都支持他，但也惹怒了校长颜伯华等人。不日，颜伯华召开全校师生大会，在会上高声宣读了国民党当局严防共产党领导学生动乱的密令文件。会后，颜又把王朴叫到办公室进行个别谈话，说："现在政府正在查处学校共党领导的学生动乱，你要考虑好自己的前途；现在离高中毕业才一个多月，你想好了，如果想升大学，我可以帮你的忙，不过……你想好了再回答我！"王朴看出校长明显在暗示，如果王朴给他拉回面子，那么颜某人可能在考大学问题上"帮忙"。本以为吓唬吓唬就可以解决问题的颜伯华没想到小小年纪的王朴根本不吃这一套，竟当场毫无惧色地回答道："颜校长，你对我讲这些，只不过是猫哭老鼠——假慈悲。你有话就直说吧！"颜伯华一听这话，气得直喘粗气："好！你龟儿子厉害！现在，我正式代表校方宣布开除你！你卷铺盖马上就走！走——！""走就走！"王朴甩袖而去。当晚，学校的进步师生们在宿舍前集会，声援王朴，一直闹到深夜。颜伯华预感问题严重，派亲信连夜赶到60多里外的地方向官方和警察告状。得知这一情况后，同学们动员王朴尽快离校。就这样，王朴暂时辍学了。

王朴在读中学时，家住在乡下。为了看进步书籍，他曾托同学在重庆市里的书店选购《联共（布）党史》《列宁选集》等马列著作和其他进步书籍。他的先进觉悟和进步思想，就是通过这些进步图书获得的。他在给一个同学的纪念册上写下了这样的话："人世的未来——幻变的梦境——正如一颗流星的陨落，那瞬间的闪耀，残留下一道光芒，让窥窃者隐约判别它的去向吧！"王朴在他的学生时代，就以革命的理论来指导自己的行动，他曾对同学说："革命不是贼王们的坐地分赃。革命是斗争、是牺牲，我的未来就是参加革命的社会活动。我随时都有牺牲自己的可能。"

王朴的进步思想和行为，也影响和争取了家庭成员的进步。他父亲在抗战中期就去世了，其母是个受过旧式中等教育的善良妇女。王朴先动员母亲一起跟他读《新华日报》和有趣的现代小说。这个计划竟然成功了。有一次他与同学见面，兴奋地说："我母亲现在也看《新华日报》

了。最近还看了高尔基的《母亲》，她不习惯看新小说，但是她对这本书感到了兴趣。”争取母亲对革命的同情，这是王朴献身党的事业的一个重要步骤，也表现了王朴对革命事业的远见和忠诚于党的高尚品质。

剥削阶级家庭出身的王朴，虽家境富裕，但他的个人生活却相当简朴，直到上大学，仍然穿着朴素的布制服。他从不把时间和精力放在衣着打扮和其他生活享受上。他还有劳动的习惯，王朴有几个弟妹，他除了带领弟妹料理自己的生活外，还经常干家务劳动。他讨厌奢侈和浮华的生活。

1944 年，王朴进了复旦大学。在这里，他更加积极地参加进步同学活动。他组织一批同学在校内创办了壁报《文学窗》。我党在复旦的“据点”核心组通过《文学窗》壁报社的骨干分子主动地与王朴取得联系。后来还推出了以杂文为主的《风马牛》、以散文和短篇小说为主的《榴红》、以诗歌为主的《声音》等进步刊物，为复旦的民主运动增添了新的光和热，也促使更多同学走上进步的道路。之后，党组织又在复旦筹办《中国学生报》，王朴被推选为报社财经委员会的负责人之一，为这份进步的学生报做了大量工作。

就在《中国学生报》创办不久，采取不抵抗策略的国民党军队大溃退于湘桂，使得日本侵略者长驱直入，进占贵州独山，让整个国统区动荡起来。这时，我党针对时局的发展，提出让敌后地下党组织和广大地下工作者下乡的号召。正准备入党的王朴积极响应这个号召，开始筹划下乡的工作。这时，他的打算是回江北老家去办所革命学校。这就是后来由他动员母亲捐献家产创办的莲华中学。

莲华中学不是一所简单的普通学校，而是在我党领导下的特殊学校。它的诞生和发展与当时的政治形势、革命任务有着紧密联系。王朴在中共地下党的领导和动员下离开复旦大学的校园，抛弃城市的舒适生活，动员并获得母亲的全力支持，来到农村兴办革命学校。开始办的是小学，后来是莲华中学，再后来改名叫志达中学。之后在“红岩”故事中留下英名的李青林、马秀英等烈士，皆是在这个过程中成长为坚定的共产主义战士的。而王朴和他母亲金永华则是其中的主角。

有个“老莲华”这样回忆道：

> 莲华学校是在极其艰苦的条件下，惨淡经营发展起来的。创办之初，一批青年同志，王朴和他的母亲金永华，还有李青林、杨明远等背着行李卷，来到江北县复兴乡大树村，租了李家祠堂作为小学场地。这儿离复兴乡镇所在地有18华里，离仙桃乡也有12华里，那个小山坡上，杂草丛生，满目荒芜。王朴母子俩和李青林等带着学生挖山坡，抬石头，运泥土，为学校开辟了一个活动操场。随后他们又去仙桃乡搬运课桌条凳。同时大家动手整寝室、修厕所、打扫清洁卫生……一切皆由自己动手。8月筹备，9月便招生开学了。当时学校的设备极其简陋，破烂的戏台作为办公室，两侧看楼便是孩子们的教室，老师们则住在戏台两边，仅能遮雨，不能挡风。每人只配一张单人床、一个小桌凳和一盏青油灯。当时老师每月的薪俸是几斗米到一石米不等，但大家相互间团结友爱，相互帮助，许多外地来的同志衣单被薄，当地同志就从家里拿来东西接济他们。大家安贫乐道，朝气蓬勃。王朴则从家里拿出他的全部藏书办起了图书室。“莲华”师生养成的艰苦朴素作风，深受当地乡亲们的赞扬，称这才是“兴家立业”的样子。延安抗日军政大学有一个校风就是“团结、紧张、严肃、活泼”，这也成为莲华中学的校风，师生之间团结无间，从校长、教员到校工完全是革命同志，每周过一次民主生活，工作严肃紧张，教学工作之余，大家谈心、唱歌、打球，充满了健康活泼的气氛。

值得一提的是“莲华”的办学方针，即理论与实际结合、学校与社会结合。他们既重视自然科学、社会科学理论，更重视学生的实践活动，把人民教育家陶行知的那套生活教育理论和方针，具体地运用到了“莲华”，实行“教学做”合一，推行“小先生”制，在学校内外写满了“生活即教育，社会即学校”的大字标语。在党的领导下，莲华学校、志达中学前后培养了400多名学生，他们后来有的加入了共产党，为中国的解放事业作出了贡献，多数在共和国的社会主义建设各条战线上发挥作用。这证明王朴、齐亮他们确定的两个“结合”的办学方针和方法是完全正确的。莲华学校和志达中学的另一个重要贡献，在于为当时复杂而严峻的重庆与四川地区的地下革命工作培养了一大批优秀而坚定的革命战士。在当时那样的白色恐怖、特务到处横行霸道的环境下，王朴、齐亮等能够冒着生命危险，克服种种困难，千方百计地将这所红色学校办下去，其精神实在可贵。办校是需要花大钱的，哪儿来钱？“只要革命需要，我可以想办法！”每一次学校出现财政危机，第一个出面承担这种责任的总是王朴。王朴有什么办法？就是回家向他的母亲金永华去要。母亲能答应吗？当然不是那么容易，因为王朴家的家业是由王朴的父亲和祖父一点点积储起来的，现在要捐出来，而且是捐给会带来灭门风险的共产党，这样的事母亲能同意吗？然而王朴做到了，不仅动员了他的母亲金永华将江北老家的家产田地1480石，折合黄金1000多两，陆续变卖成现钱，给了莲华学校和志达中学，又在重庆开设南华企业公司，并以此为掩护，直接为川东地下党提供活动经费。

王朴的这种毁家助党的高尚行为，在革命同志中产生巨大影响。作为富家子弟，他对组织和同志时常慷慨相助，自己则始终过着俭朴生活。吃饭时，他都是与学校同仁同桌共餐，即使外出工作误了餐，也只在厨房煮碗面条充饥，从不特殊。有一次，王朴与老师喻晓晴一起，从重庆市区回莲华学校时，步行了八九十里路，却只在路上吃了碗咸菜稀饭，可同志们知道当时王朴的口袋里装着几百银圆。王朴说：这钱是他家捐助党的，不能随便用。他的这种精神和忠诚，着实令人钦佩。由于他平时总以刻苦耐劳的俭朴生活磨砺意志，所以后来在狱中能始终坚贞不屈，经受各种酷刑的考验。

王朴于 1948 年 4 月 27 日因叛徒出卖被敌人逮捕。作为一名江北地下党的负责人，徐远举曾以为可以从这位家庭出身富有的青年人口中获得“有用”的情报，结果无论怎样严刑拷打，王朴像许建业一样，始终表现出一位坚定共产党人的英雄气概，丝毫没有让敌人有可乘之机。

烈士的妻子褚群在丈夫牺牲 37 年时的一个纪念大会上有过一段极其动情的回忆：

> 我爱人王朴是由于中共重庆市委的机关报《挺进报》出事而牵连被捕的。当时我带着仅有十个月的儿子狗狗，就在莲华中学校长办公室，与他一别永诀……我们分手时，儿子小狗狗还在香甜的睡梦之中。特务们抓走他时，他还悄悄暗示我留在学校，对付有可能突然袭击而来的其他敌特分子，他自己却推说城里还有一摊子事急需处理。临别前，他拿出来一对“歇福儿”牌的金笔，我挑了一支，给他也留了一支。王朴被捕后，齐亮等领导和我们抓紧营救工作，母亲还备了三包厚礼，去找过当时反动派政权的杨森市长的二姨太，可没有什么下文。于是齐亮又导演了一场“寻夫记”，要我打扮起来，抱上孩子，跟着王朴的二姨妈到重庆特务机关那里，探到了王朴是因一张支票的牵连而入狱的。当时特务告诉我，说王朴的罪名是“物资助匪”。为了营救王朴，我到了王朴老家江北，求母亲出钱，可老人家已经将家产全部捐给了办莲华学校所用，最后给了我一只手表和一对金戒指，说家里就这么多值钱的东西。老人家听说儿子被捕入狱，非常伤心。我将一对金戒指带回后，交给了党组织，作为我和王朴所缴的党费。后来我知道，就在这时，王朴已经在渣滓洞黑牢里被叛徒刘国定出卖，他成了“重犯”，不再允许我们家属送东西和保释了。

在王朴被捕初期，尽管地下党组织及其家人多方营救未果，但由于其身份没有暴露，特务们根本没有谁去理会他。到了刘国定出卖他后，特务头子徐远举才亲自出面审讯。

徐远举：“王朴，你认不认识刘国定？”

王朴从容镇定地说：“不认识。”

徐远举又叫来刘国定对质：“刘国定，你认不认识这个王朴？”

王朴立即回过头去，与曾经的上级领导、叛徒刘国定的目光碰在了一起……此刻的“领导”就像一只癞皮狗似的那么狼狈。王朴什么都明白了，他上前当场就给了这位出卖他，也出卖了许多革命同志的“领导”一记响亮的耳光。从此，王朴就以共产党人的坚定气节，面对面地与敌特分子公开地进行斗争了。他历经了敌人的种种威逼利诱，多次受电刑和坐老虎凳，然而他始终坚贞不屈，顽强战斗。即使在血淋淋的皮鞭下，他依然用冷笑讥嘲敌人，成为狱中硬汉之一。

1949 年 10 月 28 日，王朴与陈然、成善谋、雷震、华健、蓝蒂裕等“共产党重犯”被敌人残杀于重庆大坪刑场。最后时刻，他面对匪徒们的子弹，竭尽全力呼口号、高唱《国际歌》……

临刑前，王朴托人带出给母亲、妻子、儿子的三条遗嘱。

给母亲金永华的遗嘱是：

> 娘，你要永远跟着学校走，继续支持学校，一刻也不要离开学校，弟妹也要交给学校。

给妻子褚群和儿子狗狗的遗嘱是：

> 小群，莫要悲伤，有泪莫轻弹。你还年轻，你的幸福就是我的幸福。狗狗取名“继志”。让他长大成人，长一身硬骨头，千万莫成软骨头。

得知烈士英勇就义的噩耗后，母亲金永华带着儿媳妇褚群悄悄地来到儿子王朴殉难的地方。站在一个坡地上，远远地看着儿子牺牲的地方，她仿佛看到儿子昂首挺胸、高呼口号、从容就义的情景：儿子是一个真正的人，一个坚强的人，一个值得母亲大为骄傲的人！王朴的妻子褚群扑在妈妈的身上失声痛哭，金永华抚摸着儿媳褚群的头说："不要哭，眼泪解决不了问题，要像王朴那样沉着、冷静、坚强。"金永华拉着褚群坐在坡地的一块石头上对她说："小群，不要难过，我告诉你，从王朴被捕以后我就预感他回不来了，他从狱中带出了几句话，你们的组织已经给我说了好几天了，现在我把它转告给你，你要记住，这是你丈夫给你的最后交代。"金永华一字一句地转告上述遗嘱。

在王朴牺牲后第 37 年，王朴的家里喜事连连：儿子狗狗又添了"接班人"，老寿星母亲金永华入党后被评为"先进党员"，妻子褚群的身体恢复健康……还有，王朴的家乡为这位英名长存的烈士建了一个可以让人们世代瞻仰的墓地。

"11·27"大屠杀中，当特务们堵住渣滓洞牢房，用机枪和卡宾枪向囚室内扫射的一瞬间，有一位英勇的共产党员突然冲在同伴和难友们的前面，企图用自己的身体掩护部分同志逃生，然而，无情的子弹穿过他的身躯，令他当场倒下。当时这位英雄还有一丝生息，不曾想到的是凶残的敌人后来打开牢房门，在他的身上浇上汽油，又点燃起来，他和他用身体掩护下的一个小孩最终未能逃脱敌人灭绝人性的屠杀……

这位烈士名叫丰炜光，牺牲时 31 岁。在"红岩"故事的共产党员中，他是又一位典型的剥削阶级家庭出身的叛逆者。

丰炜光是四川广安人，其父丰聚文自幼从商，因经营布匹发迹，设丰泰隆号，既做外货入川生意，又兼营洋纱买卖，成为广安县商界巨子。丰聚文得财后，修别墅，置粮田，富极一时。其所生四子中，丰炜光行三，名宗铸，生于 1919 年农历七月，乳名润生。小时候的丰炜光皮肤白净，眉目清秀，聪明活泼，是丰家的宠儿。

丰家有个厨工的女娃，名曾传碧，比丰炜光略小。两个小娃娃整天在一起玩，丰炜光经常牵着女娃的手，像是亲兄妹一般。丰炜光跟下人的孩子在一起，丰家人很不高兴。丰炜光的母亲对丈夫说："只要炜光读书了，他们也许会分开的。"谁知丰炜光上学不久，便向父亲提出要曾妹妹与他一起上学，"否则我也不去"。丰聚文不忍爱子弃学，只好依了。上学后的丰炜光，常到父亲处要钱，有钱的父亲并不在意，可后来儿子越要越多，这才引起了他的注意。到学校一打听才知，丰炜光拿钱后光知道去买书和帮助那些家庭困难的同学交学费。丰聚文对此很生气，不仅不再给儿子钱了，也不让曾传碧去上学了。

丰炜光因此与父亲第一次争执吵架，这年他 14 岁，发誓不再上学，除非还让"曾妹妹上学"。丰聚文气不打一处来，最后还是依了儿子。可这以后，丰炜光觉得自己的家里没了亲人，用人和他的女儿曾传碧妹妹反倒成了他的依靠。他开始看不起父母和自己的兄弟们，因为他们不把用人和曾妹妹当人对待，然而用人和曾妹妹相当善良朴实而且可亲可爱。后来曾传碧失学了，这对心心相印、青梅竹马的恋人，终因门第悬殊而各奔东西。这成为丰炜光少年时代的一桩遗憾的事。

1936 年，地下党在广安城里组建了共青团支部，追求进步的丰炜光成为该县第一批共青团员。经过团组织的教育，他从一个侠义、进步的社会青年渐渐成长为自愿为共产主义事业奋斗终生的革命青年。当时地下斗争缺乏经费，丰炜光便把他在丰泰隆号里赚的钱，全部献给了组织作活动经费，不够时还到家里拿。这事被父亲知道后，大骂他是"败家子"！开始成熟的丰炜光，不为这事与父亲正面冲突，而是软磨硬泡，后来他又不声不响把商号上的事情几乎全部甩给了管事的用人，自己则一头投入到了职业地下工作中，担任共青团广安街道支部书记。根据组织安排，为动员群众，丰炜光出面与其他几位进步青年一起办了家"四友书店"，他出任经理。有了这块革命阵地的丰炜光，整天忙着经营那些进步图书的买卖和组织进步青年学习。“四友书店”从此成了当地传播新思想和抗日救亡的活动中心。时间一久，人来客往，影响很大。反动当局多次滋生事端，皆因丰炜光等采取多种形式与之周旋而使“四友书店”得以继续经营。

西安事变后，抗日烽火燃遍各地，广安人民纷纷起来支持抗日。这时的丰炜光忙得不亦乐乎。1938 年，广安的共产主义青年团员全部转为中国共产党党员，并可以将团龄算作党龄。丰炜光接到组织的这个通知后，高兴得一夜未合眼，从此他对党的革命热情更加高涨。1938 年，地下党派人回广安代市镇办纺织合作社，借此开展党的地下工作，掩护从重庆市区来的地下党员。可办合作社需要大量资金，丰炜光知道后，连夜赶回自己家的商号，将全部盈余拿了出来，贡献给了组织。同时他又动员自己的财主父亲出钱，父亲当然不从。“那算我借你的行不行嘛！”丰炜光就以商铺亏损为由向父亲借贷。无奈，老头子只得又“出血”了一部分。

1942 年秋，地下党新派来的县委负责同志，由于隐蔽不当，受到特务监视，没能与原县委接上头，这样，单线联系的丰炜光等便与上级党组织失去了联系，这是他参加革命工作后的第一大挫折。

无数次，丰炜光站在家乡的山坡上，任凭风雨吹打，像个失去方向的孤儿，内心苦闷，一次次向天呐喊……

“我要到成都去！”终有一天，丰炜光对妻子说。

“到成都干啥子去？”妻子问。

丰炜光没有说。他参加革命，不想连累家人。其实，他在近半年里一直在思考如何重新找到党组织。他知道当地的一名共产党员去了成都方向，他的堂兄丰宗铁、大哥丰宗锦也在成都。尤其是堂兄丰宗铁为人正派，同情穷人，有可能也是共产党员哩！所以丰炜光想：如果找丰宗铁，也可能就找到了党组织。这样他才下定了决心到成都去。

临出发前，妻子特意给丰炜光找来两个农民抬滑竿，丰炜光本不想要，后想到路途遥远，关卡甚多，如果扮成富商或阔少会一路顺当些，于是便答应了。可当抬滑竿的农民将丰炜光抬出广安城门后，他就嚷着要下滑竿自己走。“少爷，你是不是瞧不起我们嘛！”两个农民觉得很没面子，有些生气道。丰炜光笑了，说：“你们是人，我也是人，你们有一双脚，我也有一双脚，为什么要你们抬着走？”两个农民憨厚地说：“你是有钱人，当然该坐滑竿啦！”丰炜光嘴一噘，说：“有钱人，有钱人的钱是从哪里来的？还不是从你们穷人身上搜刮来的嘛！”丰炜光接下来又给两位农民讲了很多社会现象，并对他们说：“农民不是命穷，富人也不是命中就富，只要穷人联合起来与富人斗，穷人就能富起来。”两个农民听了直点头，说他们从娘肚子出来，还是第一次见到丰少爷这样的读书人。丰炜光又给他们讲抗日救国的道理，当他提到共产党时，这两个农民面面相觑，惊骇得不知所措。丰炜光板着脸，说：“共产党有啥不好？他们都是为穷人说话做事的好人哪！”两个农民如梦中醒来，小心翼翼地问丰炜光：“你是不是共产党？”丰炜光突然大笑起来，说：“我还不够条件呢！”中午，三个人在一个店里吃饭，丰炜光一个人掏钱，三个人不分贵贱在一起吃喝。饭后，两个农民见自己只跟着少爷走，还白吃少爷酒饭，内疚地提出如果少爷不让抬，他们就回去了。丰炜光则坚持把他俩留住，依然每天照常给他们滑竿钱。一个白面书生、富家弟子，宁愿不坐滑竿，每天跑得满脚起泡，还请他们吃饭喝酒，这是没有见过的“怪事”。四天下来，丰炜光竟然把这两位农民教育成思想进步的革命者，后来都上了华蓥山，参加了游击队。

再说丰炜光到了成都，才知丰宗铁只是个进步人士，不是共产党员。又一次失望，让丰炜光久久地徘徊在成都街上……这时他想起了在广安的一位已经被捕的共产党员彭明。天真的丰炜光想：如果把彭明营救出来，不就有了党了吗？于是他就去找大哥丰宗锦，得知大哥的药店生意兴隆，家道富裕，很有积蓄。只是大哥不在家，嫂子不肯将钱借他。丰炜光就给嫂子做工作，把借钱的目的和盘托出，并保证今后一旦有了钱后，如数还她。嫂子听了小叔子的话虽觉唐突和惊异，但见他待人诚恳，忠厚，又沉着，不像是浪荡子弟，于是如数拿出了丰炜光所需的十多两黄金。后来，丰炜光的哥哥知道妻子把黄金给了兄弟，再三追问其用途，妻子始终不说，丰炜光的哥哥一气之下服安眠药自尽了。为这事，丰炜光觉得很对不起嫂子，内心也十分悲痛。

成都没有找到党组织，又无工作，生活渐感困难。几个月后，丰炜光历经艰辛，去到重庆找党。1946 年春，丰炜光在几度失望中回到广安。这年冬天，地下党派谈剑啸从重庆回广安清理地下党组织时，漂泊、彷徨了三年多的丰炜光，才算重新回到了“母亲”的怀抱。不久，他担任中共代市特支书记。1947 年，地下党代市特支接到中共川东临委指示，要求开展农运工作，发动当地群众，进行抗丁、抗粮、抗税运动。1948 年 7 月，中共川东临委又指示，各地下党组织联合在华蓥山区举行武装起义，要求代市首先打响武装起义的第一枪。丰炜光接受任务后，不分白天黑夜地工作、战斗。8 月 5 日，正值代市赶场。丰炜光的口袋里藏着刚刻好的“华蓥山游击纵队第五支队”的印章，挤在人群中，寻找他的通讯员曾令森。两人见面后，丰炜光因为还有账项要算清，就在镇上的一家店铺里留了下来。这时，镇长谢相等一伙人见到了丰炜光，就招呼他一起打牌。丰炜光本无心思跟这帮人打牌，但为了不让敌人看出破绽，便同意了。坐下打牌，一晃就是几小时，当丰炜光想脱身时，镇长和几个随行人员就是不放他走。丰炜光再往周围一看，见有不少乡丁在晃来晃去，猛然觉察自己被软禁了。怎么办？他灵机一动，便以小便为由离开牌桌，想给自己的同志送个信，但特务和乡丁们寸步不离地跟着他。丰炜光心急如焚，恰在这时，有两个自己的同志闯入丰炜光的视野，他立即发出暗号。少顷，这两个同志便来到牌桌边对丰炜光说，一家纸业社那边的工友有事，要他快去处理。丰炜光听罢，刚起身要走，周围的四五个特务和乡丁便呼啦一下围了过来。看来脱身是不可能了。为了稳住敌人，他又若无其事地回到牌桌。敌人没有想到的是，丰炜光在那两个同志走近他时，已经把暗号传了出去，心领神会的同志们安全转移了。事后人们才知道丰炜光是被叛徒骆安靖出卖了。

1948 年 8 月 27 日，丰炜光被押解到渣滓洞。

"你就是丰炜光吗？跟我走一趟！"一个特务气势汹汹地押着丰炜光，将他带进审讯室。

丰炜光并不认识坐在他对面审讯他的刽子手漆玉麟。当对方开腔说"三少爷，请坐，请坐"时，骄傲的丰炜光拿出一副"少爷"姿态，用脚一蹬藤椅腿，椅子正好转了 90 度，丰炜光稳稳地坐了上去。

"有话就说，有屁就放，莫来客套。既然进了魔鬼的杀人场，老子就没有准备活着出去！"从不要"少爷"威风的丰炜光，这回在特务面前竟然摆足了"阔少爷"架势。

漆玉麟和特务们很少见这样的"少爷"共产党员。"三少爷火气不要那样大嘛！"漆玉麟难得这么轻的语气，说，"我们有话好商量。对你，我们徐处长是很器重的，说像你这样富豪家庭出身的年轻人，干共产党的事情，是误入歧途，上了共产党的当，只要你洗手不干了，就放你出去。"

丰炜光用眼睛瞪了一下对方，没有理睬。漆玉麟又说："不要嘴硬，看你细皮嫩肉的，能经受得起什么刑具？我劝你早识时务，你们共产党所谓的重庆市委书记、委员不都自首了？鲤鱼拉不破大网，何况几条小泥鳅，你想想嘛！"丰炜光一听，勃然大怒："他们算啥子嘛？不是真正的共产党员！是叛徒！再说，听听全国的战场，你们国民党的网不是早已破了吗？要不了多久，人们会把你们的破网抛到历史的垃圾堆里！哈哈……"说完，丰炜光仰天大笑。

漆玉麟气得在审讯室直转圈，可就是没用刑。

丰炜光趁势回击对方："我从入党的那天起，就发誓要捣毁你们的魔窟，有什么可后悔的？我倒要劝你们这伙人多留条后路，不要死心塌地跟蒋介石跑了！真到那时，可就是死无葬身之地了！"

"给我带出去！"漆玉麟再也无法忍受了，发疯似的吼道。

做好受苦刑准备的丰炜光，见自己好端端地走出审讯室，反而感到十分疑惑：特务们想搞什么阴谋？哼，管他呢！丰炜光挺着胸膛，哼着歌，回到了狱室。可在这里，他发现难友们却用一种鄙弃的目光在看他，这是怎么回事？更有甚者，放风的时候，丰炜光走到一个小孩跟前，其他难友一下把还不懂事的孩子从丰炜光身边领走了。丰炜光被孤零零地冷落在一边……那一刻，这位从不屈服的"阔少爷"感到了前所未有的委屈。他的眼里噙着泪水，心里在呼喊："党啊，我没有背叛您啊！他们怎么啦？"

这天夜里，丰炜光这位硬汉，参加革命后第一次哭了……

第三天，特务又把丰炜光带进审讯室。这回是大名鼎鼎的西南长官公署二处处长、大特务徐远举亲自来审问他。

丰炜光才不理会他徐远举是谁呢，一概不理，他早已作好受刑和牺牲的准备。

徐远举这回搬出的人物也不一般，他说丰炜光你是市长杨森的老乡，还说杨森这人很重感情，很讲义气，非常关心家乡人，因此特意吩咐他徐某人在办这桩案子的时候，尽量做开导工作。徐远举还表示希望丰炜光给身为市长的家乡人争个脸面。

"他杨森算个什么东西？他无故杀害了多少平民百姓，狗屎一堆！"丰炜光突然大声打断徐远举的话，又说，"我们共产党起来推翻反动统治，就是为全国人民、广安人民争气！让杨森这样的混蛋早点上历史的审判台吧！"

"妈的，敬酒不吃吃罚酒！给我用刑！"徐远举再也装不出假慈悲了，命令特务将丰炜光折腾个半死。之后数日内，又连续对丰炜光用重刑。然而，丰炜光始终没有低下骄傲的头。

昏死了几天的丰炜光，再一次出现在放风坝上时，忽然发现自己的脚边飞来一个小纸球。他迅速拾起走进厕所，打开一看，上面写着："祝你胜利"四个字，落款是"同志"。啊，是狱中党组织和同志们写给我的！那一刻，丰炜光激动万分，备受鼓舞。他知道自己又回到了同志们中间，回到了党的怀抱……

"11·27"大屠杀的夜晚，年仅31岁的丰炜光不幸壮烈牺牲，他牺牲的消息迅速传到了广安和代市，凡是了解他的人和同志都声泪俱下，都说丰炜光是富家的叛逆者、真理的英雄卫士！

陈俊卿，"11·27"大屠杀中的另一位出身富裕家庭的铁骨英雄。

本名程杰，又名程瑞瑞的陈俊卿，于1911年出生在四川省峨眉县冠峨乡。其父亲程治安，在清末时任过峨眉青龙场的团总，辛亥革命后，回家乡买田置地，成为峨眉一带有名的地主。少时，陈俊卿进峨眉县中学读书。16岁时便由家庭包办，与当地女子周淑珍结婚，后生下女儿程绍芳和程华芳。

1930年，陈俊卿考入了由乐山与嘉定创办的"联合中学"普通科第二班。次年夏天，共产党员和成弟由成都回到峨眉，以小学教员的身份秘密开展地下工作。在此期间，陈俊卿与和成弟结识。和成弟不断向陈俊卿讲解共产党的主张等许多革命道理，使陈俊卿仿佛见到了一个新的世界，他开始认识到只有推翻帝国主义和封建主义的统治，建立苏维埃政权，中国人民才能获得彻底解放。不久，陈俊卿向和成弟提出加入中国共产党的申请。这年冬天，陈俊卿的愿望终于实现，从此他彻底背叛自己的剥削家庭，走上了真正的革命道路。

1932年底，陈俊卿完成了"联合中学"的学业后，回到家乡，任冠峨乡白马小学校长，并加入了以和成弟、唐杰为核心的中共峨眉特支。陈俊卿任特支宣传委员，和成弟是特支的书记。1933年春，随着红四方面军的入川，四川革命形势高涨。秋天，四川省委决定建立中共峨眉县委，由陈俊卿出任县委书记。地下党的主要任务是在峨眉农村发动秋收抗税斗争和壮大革命力量。1934年春天，四川军阀对川陕红军进行大规模进攻。为了武装起义，陈俊卿不分日夜地到处活动，引起了"峨眉清共委员会”的注意。一日拂晓，敌人突然包围了冠峨乡白马小学，并以“共党嫌疑”名义逮捕了陈俊卿，同时也抓捕了张克诚等县委干部。残暴的敌人用竹板抽打陈俊卿的嘴巴，欲让他承认自己的共产党员身份。受尽毒刑的陈俊卿宁死不屈，始终不吐露一个字，无可奈何的敌人只得将他关押在狱中。

1935 年 1 月 27 日拂晓，由中共地下党人领导的峨眉武装起义正式行动。不幸的是，在起义发动的关键时刻，一名参加起义的团队士兵动摇叛变，向敌人告了密，致使敌人迅速行动，调兵包围了起义军。在城内城外联系中断的情况下，起义队伍仓促应战，最终因寡不敌众，不得不宣告失败。由于武装起义时陈俊卿一直在狱中，敌人将其关押一年多后，始终找不出他参加共产党的任何证据，便向陈的父亲勒索了几百块银洋，将陈俊卿释放出狱。

出狱后，父亲对陈俊卿说：“今后你去学医，家中有产业支持你，搞共产是杀头的事，不能再干了。”陈俊卿则明确告诉父亲：“如今这个社会只是有钱人才看得起病，穷人生病挨饿谁管？我学医没什么用。”陈俊卿的态度令其父亲拍案大骂，宣布与陈俊卿断绝父子关系，以后陈俊卿的事与他程家没有任何关系。被赶出家门的陈俊卿，带着妻子开始自谋生路。白色恐怖的恶劣环境和封建家庭的无情压迫，没有使陈俊卿丧失信心，相反他的推翻反动统治的革命信仰更加坚定。

抗日战争爆发后，正在西昌做小生意的陈俊卿立即回到峨眉县，并同原地下党县委委员张克诚一起到成都，同上级党组织恢复了联系。陈俊卿把峨眉县城内有名的“泰丰茶楼”作为党的宣传阵地，扩大了党的影响。不久，上级批准再次成立中共峨眉县委，陈俊卿又一次担任县委书记。

武装暴动是当时我党在敌占区的一项重要任务。陈俊卿再度将精力放在准备武装起义上，并亲自担任后勤总负责人。1947 年 7 月 21 日夜，由地下党领导的暴动队伍分两路出发，突然攻打籍田区公所。不巧的是，战斗刚开始，恰遇一连敌军押送军饷由此路过。见有人攻打区公所，敌正规军立即开枪射击。没有任何武装斗争经验的暴动队伍一时乱了阵脚，惨遭打击后立即败下阵来。在处理起义善后事宜之后，陈俊卿到成都向时任中共川康特委副书记的马识途汇报了情况。马识途指示陈俊卿到具有一定基础的大邑县唐场继续从事武装起义工作。

在解放军节节胜利的形势下，中共四川省委决定于 1948 年 4 月成立新的中共雅乐工委，领导雅安、丹棱、眉山、蒲江、大邑、邛崃、彭山、峨眉、乐山、井研、仁寿、青神、夹江、洪雅一带的武装斗争。陈俊卿和吕英分任中共雅乐工委正、副书记。这时，一个配合我军解放大西南的宏伟计划正在陈俊卿心中酝酿着，他全力组织和开辟辖总岗山周围八个县区域的革命武装——“青衣江游击纵队”。可是，1948 年 11 月底的一天，陈俊卿来到乐山五通桥的牛华溪镇上，准备办理当地一对兄弟入党的事宜时，被认识他的特务碰见后当场抓捕。

受尽折磨的陈俊卿屡屡昏迷，却又被凉水一次次泼醒。凶残的敌军警特务又将他放倒在一张凳子上，向他鼻孔里灌辣椒水，陈俊卿又一次昏死过去……待陈俊卿苏醒时，已发现自己躺在牢房的草堆上。“佩服你是个英雄，难怪你们的共产党尽打胜仗呢！”看守他的军警特务这样敬佩地对陈俊卿说。

中共川康特委侦悉敌人准备把陈俊卿押往成都，便立即组织了大邑、洪雅等县的武装队伍，准备在半途营救。可惜已有准备的敌人一再变动路线和时间，致使我方的这一营救计划未能实现。

陈俊卿在被押往歌乐山前，女儿绍芳和绍芳的外婆曾带着一些衣服去狱中探望。女儿见父亲在寒冷的冬天只穿着一件单薄的沾满血迹的衣服，又满身伤痕，不由泪水夺眶而出。陈俊卿抚摸着女儿的头，十分安详地说：“不要哭，不要怕，要做一个勇敢坚强、对人民有用的人。”这是女儿听到的父亲留给她的最后一句话。

1949 年 1 月，敌人将陈俊卿作为重要“犯人”押送到重庆，并与中共雅乐工委副书记吕英一起囚禁在渣滓洞男牢楼下 3 室。

“11 · 27”大屠杀的那个深夜，垂死的国民党反动派对渣滓洞中的革命者实行血腥的屠杀。陈俊卿与吕英这对中共雅乐工委正、副书记，一起英勇地面对敌人的枪弹高喊“中国共产党万岁……”

在“11 · 27”大屠杀中，有位过去从来没有人提过的年轻的归国华侨也被国民党特务残杀在渣滓洞。他叫廖瑞卿，矮矮的个子，黑胖胖的脸，说一口地道的广东话，牺牲时年仅 24 岁。

这位热爱祖国、忠诚于共产党的华侨战士，在反蒋斗争中，用自己年轻的生命写下了让历史永远记忆的辉煌一页——

1925 年，廖瑞卿出生在印度尼西亚爪哇岛上一个华侨家庭。读中学时的廖瑞卿，听父辈们讲述日本帝国主义占领我东北三省、在我华北的暴行、在南京大屠杀等等血腥悲惨的一桩桩事后，毅然决定要回祖国投入到抗日救亡的运动中去，誓把日本侵略者驱逐出境，以尽祖国儿女的报国之心。1941 年，16 岁的廖瑞卿告别了父母和亲人，登上从印尼爪哇岛驶向祖国的轮船。这时的他，恨不能一步登上祖国大陆，立即投入到如火如荼的抗日救亡运动中去。

回到祖国后，正值蒋介石制造的千古奇冤皖南事变刚发生不久。廖瑞卿顿时被这等无法想象的“怪事”惊呆了：为什么不打侵略者却要灭自己的同胞？他不解。在广州，廖瑞卿接触到的不是积极抗日的活动，而是国民党到处抓捕、杀害那些一心想抗日的共产党员和爱国人士的罪恶情景。胸怀满腔爱国热忱却报国无门的廖瑞卿，最后连个工作都找不到，只得流浪街头。他第一次尝到了人生的苦果。

1943 年，廖瑞卿辗转到达重庆。一份叫《西风》的杂志登报招聘雇员，他被录取做收发和邮购工作，算是有了碗饭吃。不久，抗日战争胜利了，本以为可以翻身的廖瑞卿却被搬往上海的《西风》杂志社解雇了。后经同乡介绍，他到法院当录事和收发。靠微薄收入生活的廖瑞卿，却把节衣缩食省下来的钱用来购买了很多进步书籍和杂志，如饥似渴地阅读，这使得他有了进步的思想意识和渴望追求革命的理想。那时，廖瑞卿最喜欢看的一份报纸是《新华日报》，报上那些救国救民的文章和报道，常令他心潮澎湃。年轻单纯和追求进步的廖瑞卿，哪里知道此刻特务已经注意到了他……

1947年6月1日，蒋介石再一次下令在全国范围内对共产党和爱国人士进行大逮捕。3日凌晨，当山城重庆的人们正在沉睡之中，一队全副武装的国民党军警，包围了法院，抓走了廖瑞卿。在敌警备司令部所属的鲁祖庙看守所内，特务们多次严刑拷打廖瑞卿，要他承认是共产党和交代组织同伙。廖瑞卿嘲笑敌人，说："我巴不得是共产党呢！"他的不屈不挠，反而让敌人确信他一定是个"顽固的共党"。不久，他被押解到渣滓洞监狱。

对革命者来说，敌人的监狱是锻炼革命意志的熔炉，是学习革命理论的学校。难友们爱护这位举目无亲的青年华侨。与廖瑞卿同一室的几个共产党员的表现，使他深受教育和帮助，他也才真正知道了什么是共产党和共产党员。从此，这位说话有些洋气、长着一副"广东仔"面容的年轻华侨与狱中的共产党员团结在一起，并时时处处同其他共产党员一样，积极参加狱中党组织领导和发动的各种形式的斗争，如绝食斗争、追悼新四军战士龙光章大会、1949年元旦祝捷活动。有一次监狱特务问廖瑞卿："你现在好像真是共产党了！"廖瑞卿昂着头，骄傲地回答道："共产党还有假？我就是！"据说，狱中党组织已经准备考虑吸收廖瑞卿，然而垂死的敌人提前实施了大屠杀——1949年11月27日夜晚，这位远离父母姐妹、满怀壮志归国抗日的华侨战士，壮烈牺牲在反动派的机枪子弹下，他把热血洒在他心爱的祖国大地上，他把忠诚留给了他向往的共产主义信仰……

讲"红岩"故事中的那些身份特殊的人物，还有一个人我们不能不讲。她就是“红岩村”的女主人——饶国模。

这是一位重庆近现代历史上的传奇人物：毛泽东1945年赴重庆谈判的时候，曾经专门宴请过她；解放后，周恩来总理特邀她赴京担任全国政协委员；邓小平主政西南时，称颂她是“革命妈妈”……是她把“红岩村”——重庆一个原本名不见经传的地名——与中国革命紧紧地联系在了一起，成为重庆的象征和代表，在那里孕育和产生的红岩精神，成为我党继井冈山精神、长征精神、延安精神之后同样宝贵的精神财富和历史遗产，并永远高扬在中国人民心中。

饶国模，女，字范英，又名绍文。1895年，她出生在原四川省铜梁县云露乡，现属重庆市大足县国梁乡的一个书香之家。国梁乡这个地名，就是因为纪念饶国模的二哥、黄花岗七十二烈士之一的饶国梁而得名。

饶国模

饶国模父母育有三子一女，饶国模排行老三。大哥饶国栋，是老同盟会会员，后来在国民党内做事；二哥饶国梁，是被誉为中华民国开国元勋的“黄花岗七十二烈士”之一；弟弟饶国材，抗战初期在成都加入共产党，其女饶友瑚，1936年在上海加入共产党，与新中国成立后曾任北京大学校长的冯定（当时叫贝叶）结婚，1939年饶友瑚不幸因肺病病逝于红岩嘴，现葬于红岩公墓。饶国模的父母亲希望他们的子女将来都能成为国家的栋梁之材和国人的楷模，因此为四个子女分别取了这样极具代表意义的名字。饶国模之所以后来能够成为中国共产党的友人和同路人，与她出生在这样一个新旧变革、富有强烈革命气氛的大家庭有直接关系。

青少年时期的饶国模思想进步，性格豪爽，追求上进，勤奋好学。读完中学后的饶国模，于1912年考入成都益州女子师范学校。在此期间，她受到谭嗣同、秋瑾以及因参加广州起义而牺牲的二哥饶国梁等人革命精神的影响，自己做主与成都高等工业专科学校的学生刘国华恋爱并结婚，表现了她在男女平等方面的进步主张。学业完成后，饶国模回到家乡任小学教师。后因丈夫刘国华在重庆铜元局工作，饶国模便携子也来到了重庆。她是个思想解放的妇女，不愿在家当职业太太，便和朋友一起创办了“三友实业社”，开始走实业救国之路。1930年，饶国模用自己经营实业积攒下的钱，在重庆市郊的红岩嘴（后名红岩村）买下了300多亩荒谷坡地，办起了以种植花卉、蔬菜和水果为主的农场，起名叫“大有农场”。善于经营的她，经过六七年的辛苦打造，将昔日荒芜的红岩嘴变成了花果满山、绿树成荫、花香馥郁、远近闻名的好地方，人称“刘家花园”——饶国模的丈夫姓刘。可这时的刘姓丈夫在官场中沾染了封建腐朽陋习，当着饶国模的面提出要娶二房，一气之下，饶国模毅然与之分居，并从此带着三个孩子，离开喧嚣的市区，住进了红岩嘴——她在此盖起一栋小楼，专供她和三个子女及用人居住，成了真正的农场女主人。

抗日战争全面爆发。蒋介石的国民政府迁都到重庆，国共两党又形成合作。经国共双方协商，我八路军需要在重庆设立公开办事机构。1938年春，八路军办事处设在市区内。到了1939年，由于办事处内加设了中共南方局，人员一下多了起来，中共南方局书记周恩来到重庆后，便把重新找地方的任务交给了川东特委书记廖志高和办事处钱之光、周怡等人。经过地下党的各种社会关系，了解到饶国模的“大有农场”一带比较适合建立新的八路军办事处。更重要的是饶家与共产党有密切关系，饶国模的弟弟饶国材及其女儿饶友瑚是中共党员，饶国模的三个子女，也成为我党新发展的党员。

“我看这是个好地方，环境好，社会基础好。”周恩来很满意选择红岩村。

中共南方局和八路军办事处从此在饶国模的“大有农场”内安营扎寨，公开对外活动。其实，饶国模本人在此之前，也早已跟共产党有过密切友好的联系：1937 年抗日战争爆发时，饶国模担任重庆妇女慰劳会委员兼劳动部部长，发动妇女缝制棉背心数千件慰劳抗战将士，并募集捐款支援前方。后来她的三个儿女加入中国共产党时，她暗地里早已支持，并一直鼓励和掩护他们从事革命活动。1938 年 12 月 25 日，她参加了《新华日报》和八路军办事处召开的“遇难烈士追悼大会”。会上，饶国模以“大有农场”的名义亲自送去了花圈和慰问金，并公开声援八路军的抗日活动。“我是到处想找共产党都不得入其门，你们今天到了我的家门口，我真是有说不出来的高兴啊！”当她听得地下党负责人钱之光找她来商量八路军和共产党南方局办事处设在她的大有农场时，激动地这样说。当时，饶国模和中共中央南方局谈定的协议是：由办事处出资 3000 银圆，由饶国模具体负责办事处的房子修建事宜。房屋修好后，办事处无偿使用三年，三年后若需继续使用，每年再付给租金若干，等等。

心地善良又能干的饶国模，从此便把共产党和八路军的事当作自己家的事认真负责操办起来。房子建好后，办事处的同志们搬进红岩村工作。这时日本侵略者的飞机整天轰炸。为了保证南方局和办事处的工作人员的安全，饶国模多次主动腾出农场内的部分房屋，让南方局的负责人博古、董必武等人搬进来居住。博古甚至搬到了饶国模家的小楼里，与其小儿子刘圣化同住在小阁楼上。

1939 年 8 月，中共南方局和办事处的楼房正式竣工落成，并有了一个正式的门牌号——红岩嘴 13 号。这是座三层楼房，一楼是公开的八路军办事处，中共南方局机关及周恩来、董必武、叶剑英等领导人住在二楼，机要科和秘密电台设在三楼。“八载成功大后方，红岩托足少恓惶”“到底人民胜，红岩不枉居。”董必武欣然题诗红岩村，饶国模因此开始与中国共产党结下一生之缘。

“红岩有幸留英杰，中流砥柱尚有人。”饶国模让中共南方局和八路军办事处搬进她的“大有农场”后，觉得时时处处“金碧生辉”，她也格外有幸。根据当时协议，八路军办事处是以租赁方式借用她的房子。可到了三年以后，理当再交房租时，饶国模怎么也不要了，这让周恩来和中共办事处的工作人员很是过意不去。饶国模说：“你们来我‘大有农场’住，这是我前世修的福，谢还来不及呢！”

周恩来等只得收下饶国模的这份情意，称她是“革命的好房东”“罕世之友”。

饶国模是个心比菩萨还善的人。当时周恩来的父亲周懋臣和邓颖超的母亲杨振德从贵阳来到重庆居住，老人们身体不太好，饶国模知道后，主动邀请两位老人住到她的房子里去。她让邓颖超的母亲住到她的小楼二楼上，与她隔壁，便于照顾。周恩来的父亲，则安排住在办事处西边百多米远的农场的一排房舍里，那里空气新鲜，非常安静，便于休养。1940年11月，邓颖超的母亲不幸病逝，饶国模忙着张罗后事，并把自己在小龙坎福园寺的一块地皮拨出来，安葬邓颖超的母亲。1942年7月，周恩来的父亲又在红岩村中风去世，饶国模照旧忙前忙后，将逝者安葬在小龙坎福园寺。周恩来和邓颖超对饶国模的义举感激万分。之后只要是中共南方局、办事处和《新华日报》有同志病逝，饶国模都把他们安葬在小龙坎福园寺的墓地里，前后一共安葬了十个大人和三个小孩。邓颖超曾经这样深情地说：“当年，饶国模把我们南方局和办事处的生老病死都管完了，她是世上难得的好人。”

红岩幸有偏风雨，中流砥柱尚有人。

此地英雄留胜迹，红岩异日放光辉。

这是饶国模写的诗句。自从中共办事处在红岩村驻扎后，饶国模也觉得自己变成另一个人了。她整天高兴，乐意为八路军、南方局的同志们做事，并乐此不疲。由于接触时间久了，同时受周恩来等革命家的影响和帮助，她的思想也渐渐偏向革命事业，尤其是对中国共产党产生了感情，对革命事业有了向往之心。相反，对国民党变得越来越痛恨。

1946 年春，叶挺将军出狱后就住在红岩村。当饶国模看到叶挺将军和夫人、儿女团聚的那一幕，感动万分。后来听说叶挺将军与家人的不幸后，痛哭不止，并写下长文悼念。

在与共产党的长期交往中，饶国模渐渐从一个纯粹的求和行善的农场主，变成了追求共产主义美好理想的爱国者和中国革命解放事业的参与者。1948 年，当中共川东地下党困难的时候，饶国模义无反顾地站出来支持，并为其筹措经费。当华蓥山武装起义失败后撤退下来的二十几位游击队员无处藏身时，她亲自出面将其秘密安排在自己的农场内。有一天，国民党的军警特务们来到饶国模的农场里检查，原本想在她的农场里找出一点饶国模“通共”的嫌疑，可当他们看到饶国模打着遮阳伞，挥舞着小手绢，在大声地呵斥着一群头戴破草帽、衣衫褴褛的“农场工人”在烈日之下满头大汗干活的情形时，便悻悻地走了。然而敌方军警哪里知道，这些在饶国模吆喝下干苦力的“农场工人”，其实都是游击队员，其中还包括华蓥山武装起义的主要领导之一、中共川东临委书记邓照明等“要犯”。1948 年，饶国模在中共地下党和革命事业遭遇困难的时候，正式向地下党中共重庆市委妇委书记胡其芬提出了加入中国共产党的申请。时任重庆市委常委的李维嘉代表市委批准了饶国模的申请，并让胡其芬通知饶国模。可惜的是胡其芬还没有来得及将这个党的决定告诉饶国模，自己却被捕了。饶国模从此失去了与党的直接联系，更不知道自己其实已被批准了入党。国民党在行将失败的 1948 年至 1949

年 11 月前的一两年里，对重庆地下党和游击队实行残酷镇压，饶国模也上了国民党的黑名单。这时，她在地下党的安排下，回到了铜梁老家等地躲避，一直到 1949 年 11 月 30 日重庆解放才回到市区。

"饶国模同志，我代表中国共产党和南方局的全体同志，也代表小超我们一家向您表示感谢！" 1950 年春，饶国模应周恩来之邀，参加了在中南海西华厅的宴会。在这次宴会上，周恩来深情地向饶国模敬酒，感谢她为中国革命特别是为红岩村所作的贡献。1950 年"七一"前夕，饶国模经过慎重考虑，正式将自己的红岩村和福园寺等地的个人房产，献给了党和人民政府，真正实现了她"他年凯旋高歌日，红岩即是众人家"的美好夙愿。当时的中共中央西南局，便利用饶国模献出的这块具有光荣革命传统的地方，办起了"西南人民革命大学"。开学典礼上，邓小平拉着饶国模的手，向台下的学员们亲切地介绍："这就是红岩村的革命妈妈。"

五年之后的 1955 年，饶国模因工作需要，迁居北京。也就是在这一年，重庆市人民政府经中央人民政府同意，在红岩"大有农场"和城内曾家岩 50 号周公馆的基础上开始筹建红岩革命纪念馆。

从 1958 年 5 月 1 日正式对外开放至今，红岩革命纪念馆共接待观众 6000 余万人次，成为著名的爱国主义和革命传统教育示范基地。红岩精神就是从这里传遍全中国、全世界……

1960 年 6 月 14 日，饶国模突发脑溢血逝世，终年 65 岁。这位旧式家庭出身的革命妇女，以她后半生的崇高献身精神和美德，实现了她对共产主义理想的追求。20 世纪 80 年代，经中央批准恢复了她的中国共产党党籍，党龄从 1948 年算起。

在"红岩"故事里，从上面这些出身剥削阶级家庭的知识分子和革命者身上，我们可以深切地感受到他们在党的教育和培养下，政治和思想意识上已经完全脱离了原有家庭的影响，成为坚定而忠诚的共产主义战士，他们的名字因此也永远地镌刻在革命的丰碑上。

坚守革命阵营与背离革命阵营之间的选择，其实就是忠诚与背叛这两种精神意志的对抗。而信仰的力量和个人价值观的取向，常常是决定一个革命者与一个叛变者最终选择高尚与可耻的两种不同人生命运的分水岭。

在阅读和感受“血染红岩”那种惨烈和血腥的屠杀场面时，我们一方面会对那些共产党人和革命者肃然起敬，另一方面又必定异常仇恨那些残暴杀害烈士们的刽子手。这些人的下场是必然的。从已知的材料上看到，那些杀害革命烈士的刽子手，除了一些提前逃往台湾的以外，都先后被人民政权所镇压。比如参与杀害车耀先、杨虎城和“11·27”大屠杀的特务杨进兴，解放后化名伪装成“老实的农民”，潜逃到乡下数年后，仍然被公安机关抓捕，于1958年5月16日被枪毙。另一个特务徐贵林，在解放后同样伪装成平民，企图逃脱革命政权的惩罚，最后还是被公安机关侦获抓捕，枪决于刑场。

读者也许很关注徐远举这个“红岩”故事中起着指挥和决策作用的大特务的命运。是的，惩罚和处决这样的刽子手是历史的必然。可以说，在所有“红岩”故事中，对革命事业破坏程度最大、革命者最恨的一个人就是“徐鹏飞”徐远举了！但大特务徐远举的命运则又让我们想到了其他许多事情，因为在解放后，他不仅没有挨上人民专政机关的枪子，相反成了人民政府保护的对象。这是为什么？这是因为这个大特务在漫长的重新做人的改造征程上，获得了灵魂上的自我拯救，彻底背叛了他曾经效忠的阶级和集团。

徐远举在完成“11·27”大屠杀后，与国民党军队一起撤到了成都，然而没几天成都和平解放，于是这个落魄的国民党大特务又逃到昆明，正准备再逃往台湾时，却被云南爱国将领卢汉的起义部队逮捕，关进人民监狱，徐远举由他人生的顶峰陡然沦落为阶下囚。他被捕的时间是1949年12月9日，这个月，他刚好满35岁。徐远举是作为国民党战犯被捕的，所以他的命运比起那些参与“11·27”屠杀的小特务们要好得多，至少没有立即被押到刑场执行枪决。

1951年，徐远举作为战犯从云南押送到重庆，关在西南公安部战犯管理所。不知是历史的巧合还是有意安排，拘押地正是他曾经关押和屠杀革命者的白公馆，他与其他一些高级战犯被关在楼上。真是天网恢恢，疏而不漏！

徐远举坐在白公馆牢房里，感慨万千，心情久久无法平静。这里的一切他多么熟悉呵，多少往事顿时涌上他心头：不到一年前，他还在这里发号施令，别人的生与死任凭他一句话。如今他自己却沦为阶下囚，像一只被关进笼子里的狗，坐以待毙。如果说被关在云南的时候还不清楚共产党如何处置自己，现在到了白公馆这个与死亡连在一起的地方，杀人如麻、双手沾满了共产党人鲜血的他，怎不知自己面前的道路只有一条：等待枪决！于是起初，他对狱方的管理和审讯，采取了“死猪不怕开水烫”的抵制态度。

白公馆的楼道口设有岗哨，按规定战犯可以通过楼道口到院坝活动，但出入必须向哨兵报告，征得同意后才行。徐远举他们这些过去长期作威作福、养尊处优、颐指气使的战犯，刚开始总挂念着“想当初八抬八座，到如今是肩挑背磨”，心理上难以承受，很反感，与哨兵对抗的情况不断发生。徐远举最为突出，他经过哨位有时不报告或故意压低声音，哨兵令他站住他竟然故意不理睬，昂首便走，哨兵既不能离开岗位去拉他，更不能鸣枪，弄得很难堪。这还不够，徐远举甚至向管教干部提出“取消哨兵，出入自由”的要求。听了管理所的报告后，西南公安部第一处处长、老红军段大明来到拘留所。

“谁是徐远举？”段大明明知故问。

“是我。”徐远举见进来一位穿斜纹布衣的解放军，站起来一个立正。

段大明的目光在徐身上扫视了几秒钟，然后坐在徐对面。短暂的对视和沉默，气氛显得有点紧张。看着面前这只凶恶的狼，想到成百上千革命者的惨死，段大明不由得火起，他指着徐远举，厉声质问道："听说你吹胡子瞪眼睛的要什么自由。你徐远举在重庆的所作所为，你自己清楚，人民政府清楚，老百姓也清楚。在这里，人民政府给你们按中灶标准开伙，你过去对关在白公馆、渣滓洞的共产党人也是这样的吗？你给他们多少自由？你还要我们给你什么自由？"段大明停下来，顿了顿接着说，"我是泥巴脚杆出身的江西老表，同你们国民党打了20年仗，好多战友都牺牲了。要是依我的脾气，你这种人一天都不能留，抓住就该枪毙。历史已经证明：人民是胜利者，你们是失败者。失败的原因很清楚，你们是替帝国主义、封建主义、官僚资本主义卖命，遭到了人民的唾弃，你们还有什么不服输的？"段大明一席话，打击了徐远举等人的嚣张气焰，也让他们清醒地认识到自己的罪犯地位。

一天，一位20出头的预审员提审徐远举。

"我是少将处长，你是才参加工作的毛头小子，别说是要你们西南公安部部长，至少也该由你们处长来问我。"在审讯室里，徐远举不等预审员讯问，便操一口湖北腔扯开喉咙，拒绝回答审讯。

第二天，在这位主审的年轻预审员身旁，坐了一位30多岁戴眼镜的陪审。他是接替段大明职务没多久的于桑处长。善于察言观色的徐远举，与于桑处长对视片刻后，在于桑眼镜后射出的锐利目光下，顿感底气不足，往日的傲气也提不起来了。

"你这位军统少将，是已被打倒的反动政府官员，预审员虽说是普通一兵，排连级干部，但他代表人民政府。彼此所处的位置不同，但共同点却落在一个'清'字上。他的责任是帮助你交代清历史，你的任务是向政府坦白历史。你不服从他，就是抗拒人民政府！"于桑处长语调平和，柔中有刚，老奸巨猾的徐远举不得不低下头。

徐远举自以为长期与共产党打交道，对共产党的政策了解得很，但他根本不了解共产党对他们战犯的政策就是以改造为主，从一开始就制定了对战犯不应简单从肉体上消灭，而应通过改造成为新人的方针。人民政府对待战犯的诚意和人道精神，慢慢让这位杀人如麻的大特务的态度发生了转变。一是徐远举在监狱的日常管理中，亲身体会到了管教干部对犯人不打不骂，不刑讯逼供，而是思想上关心，生活上照顾，维护犯人正当的人格尊严，使犯人感受到极大的人道关怀。另一件事更触动了徐远举的灵魂。有一天，几千名自发来白公馆附近烈士死难现场搞纪念活动的群众，振臂高呼口号，那口号声越来越大，越来越近，就像是冲着白公馆而来的响雷。徐远举等战犯怀疑是政府有意组织这些群众来对他们实行“群众专政”，想到自己有可能死于群众的乱拳之下，于是徐远举等战犯一个个吓得面色惨白，缩成一团。然而，过了一会儿，口号声渐渐平息了，再没有啥动静。这是怎么回事？徐远举一边用袖子擦着汗，故作镇定，一边慢慢站起来向窗口张望。他看到监狱大门和侧门依然紧闭着，再从门前长长的石阶上往下边的公路上看去，除增加了很多解放军战士的岗哨外，什么也没有变化呀！原来愤怒的群众并没有向他徐远举和其他战犯冲来嘛！明白了真相后的徐远举，禁不住两眼溢满悔恨的泪水……他在内心第一次深深地感叹：共产党就是比国民党讲人性，讲义气！

还有一件事让徐远举很感动。那是被关进白公馆不久，徐远举患了肛门蜂窝组织炎。这个病由细菌感染引起，发病后可迅速蔓延到腹膜后组织、腹股沟、腹壁、会阴和股部，因病情急骤，发展迅速，容易引发败血症而危及生命。管理所及时组织救治，经上级批准，以“何炳洲”的化名，将徐远举送到沙坪坝中渡口第二工人医院住院治疗一个多月，管理所派了一名干部前往照管，公安警卫部队也派了六名战士日夜站岗守护，以防万一知道真相的愤怒群众伤害徐远举。后经手术治愈出院回所，徐对此感激涕零，一再表示共产党救了他的命，是他的再生父母，说今后一定要好好改造思想，报答共产党恩情，就算最后枪毙了也没有怨悔。

通过这一件件亲身经历的事，徐远举开始反思了：过去自己对待革命人士，是那么野蛮残暴，而今天人民对待自己如此宽宏大量；过去在这里听到的是一片愤怒的斥责与苦痛的呻吟，今天听到的，则是朗朗读报声和谈笑声……这些说明了什么？说明了共产党领导的人民政府，与蒋介石国民党大搞特务恐怖统治的反动政权，是两个性质完全不同的政权！人家共产党是讲人性、讲进步、讲文明的党，是真正负责任的政党，对待曾经是敌人的犯人也有情有义嘛！从此，徐远举就像彻底换了个人似的，严格遵守监规，配合公安审讯，认真学习时事政治，积极参加各种活动，并且主动交代当年犯下的各种罪行。他还对其他犯人说："以我们过去的所作所为而言，杀一个共产党是死罪，杀百个也是死罪，不如痛痛快快、一下子交代清楚更舒服些。"所以，他在交代罪行时，常常受到审讯人员的表扬。

但徐远举毕竟也是人，是人就会怕死。他一直认为自己欠共产党的血债太多，不杀难平民愤。特别是当他读到报纸刊出的公审中共叛徒并处以极刑的消息后，如坠冰窖，食不甘味，寝不安枕。他想，那些与他"合作"过的中共叛徒都见了阎王，他这个大特务还能活多久呢？

离第一个"11·27"大屠杀周年纪念日的日子越来越近，徐远举估计自己的死期快到了，于是他越来越惶恐不安，像一只惊弓之鸟。凑巧，1950年11月25日晚上，一个预审员把徐远举从监房里提出来对笔录。在搬动桌椅时，预审员不慎把一只茶杯打落在地，徐远举当场吓得面容改色："你，你要干什么？"后来笔录完成后，徐远举在签名和按指纹时，双手一直在发抖。晚上，徐远举仍心有余悸，睡着后几度惊醒坐起，他认为对笔录就是为了赶在"11·27"处死他。然而时过多日，他发现仍然没有人要杀他，感到不可思议，他甚至问审讯员："为什么不杀我？"监狱工作人员奇怪地反问他："你在这儿改造得蛮不错，为啥要杀你？"徐远举愣在原地，百思不解。后来他终于明白了：人民政府从一开始就没有想杀他嘛！是希望他接受改造，戴罪立功，重新做人。

徐远举真正开始思考如何重新做人的道理和行为了，在以后的教育改造中，他都能积极配合有关部门，交代历史问题，认识自己的罪行。然而，徐远举毕竟是特务出身，性情暴躁，情绪容易激动，思想上反复不定。

1956年初，人民政府组织战犯参观时，出于安全考虑，派了便衣警卫。在参观重庆人民大礼堂时，徐远举又发起牢骚来，说："既然要我们出来参观，何必派带枪的跟着，还是不相信我们，怕我们逃跑！"在旁的工作人员当即反驳道："当年先生抓到共产党员和进步人士，除了种种酷刑，能举出组织参观的先例吗？就是你们的住地，原军统乡下办事处，'11·27'大屠杀一次就杀了200多人。你们制造那么多孤儿寡母，如果群众出于义愤，活活把你们打死，该是你们自己负责还是我们工作失职呢？""失言！失言！"工作人员的一席话，说得徐远举羞愧难当，哑口无言。1956年初，有一天所长找他谈话，说为了更好地改造他，上级决定明天送他去北京，并找来理发员为他理发。他是个络腮胡，理了好半天，他始终笑眯眯的，喜形于色。回房后他高兴得像小孩子一样，对同组人说他明天要去北京改造了，当晚又没睡好觉。当时战犯们的心态是：能到北京改造是幸运，认为那是中央所在地，至少说明政府重视他。另外还认为北京改造条件一定比重庆好，管教干部政策水平更高，好像只要能到北京改造，就等于迈向新生的第一步。人人都盼着这一天。

在北京战犯管理所，徐远举的编号是12号。在这里，他更加积极进步，主动痛悔罪恶，改造思想。

1959年12月起，国家开始分批特赦国民党战犯。到1966年4月，已特赦了六批。国家特赦战犯，使徐远举更加坚信共产党的转变思想、给出路的改造政策，面对一批批送走的同狱战犯，他很清醒地意识到自己的罪孽太深，只有安心改造，切实悔改才能赢得人民的最终谅解。特赦战犯的政策，也使他对自己今后的新生道路充满了希望和期待。1964年，政府组织几个特赦人员到秦城监狱给尚在改造的战犯作报告：介绍到各地参观的情况和感受，鼓励在押犯争取早日特赦。报告会后，徐远举拉着第二批特赦出去的原军统局总务处少将处长、保密局云南站站长沈醉，向他了解外边知不知道沈醉就是《红岩》小说人物严醉的原型。沈醉告诉徐远举说，外边不但知道，而且不少剧团、电影厂还让自己去介绍有关的情节，没有一点歧视。徐远举听后竟然高兴得拍起手来，因为他心里在想：一旦自己从战犯管理所出去后，也可以毫不避讳地放心对人说他就是“徐鹏飞”。与沈醉分手时，徐远举十分激动地拉着对方的手说：“你等着为我接风吧，我相信我能争取特赦的。”这一年，他写成了彻底认识、反省自己罪恶的交代材料《我的罪行实录》，1997年，公安部档案馆将这份材料以《血手染红岩——徐远举罪行实录》编辑出版。他在文中说：

> 我血手染红岩的罪行，是震骇中外、令人发指的。
>
> 我沉痛地悔恨自己过去的罪恶。即使人民处以千刀万剐之刑，也难慰革命烈士及其死难家属的英灵于万一。
>
> 感谢共产党和毛主席改造人类、改造世界的宽大政策，将我这个危害人民、作恶多端、怙恶不悛的大刽子手，从深渊中拯救出来，给以改恶从善、重新做人的机会。
>
> 在政府的耐心教育之下，我逐渐恢复了人性……使我分清了是非善恶，认识到谁恩谁仇。痛恨蒋介石将我由人变成了魔鬼，感谢毛主席把我由鬼变成了人……我坚决跟着中国共产党和毛主席，走社会主义道路，虽然肝脑涂地，万死不辞，以报答共产党和毛主席的恩德于万一。

正当徐远举努力改造，争取重新做人的时候，史无前例的“文化大革命”开始了。一时间，即使在与世隔绝的监狱里，也感受到了风暴震撼。徐远举曾经一度很悲观，后来慢慢又恢复了信心。他坚持认真阅读毛主席语录，锻炼自己的记忆力。1971年9月，林彪外逃事件发生后，党的优良传统又开始回到监狱管理中，使战犯们重新看到了希望。徐远举也不例外，又显得乐观起来。他再三写报告，请求多派给自己劳动任务，并在报告中注明是体力劳动。军管人员问他为什么要争取额外劳动，他回答说："我是犯人中较年轻的一个，应该多争取一些体力劳动。我学习过《从猿到人》这本书，懂得劳动能创造一切，不劳动者不得食的道理……"经他再三请求，军管人员便分配他打开水和送饭。打开水要挑着大铁桶来回走两里路，送饭要过九道门坎，还要爬上三层楼。他不但干得乐呵呵，还夸口说："我从此可望练成劳动人民的本事，否则哪里能叫作脱胎换骨的改造呢？"他还在生产劳动中抢重活脏活干，有一次在砖瓦厂抢装砖瓦时，由于窑温太高，有三人休克，其中就有徐远举。这个时期，徐远举呈现出崭新的姿态，除加强政治学习外，他还拜师学理发、农艺、缝纫，学作古典诗词……总之，他门门都钻，样样都学，好像有用不完的精力。

徐远举跟人学作古典诗词，数年不懈。开始时，他连平仄韵律都不懂，写出来的东西全无古意，很不通顺，念起来味同嚼蜡。经过一段时间的琢磨和练习，加之他的天赋，慢慢地写得像那么一回事了。他共写了 100 多首诗，其中一首叫《盼赦》：

人间无永寿，
天地有常情。
盼赦如饥渴，
忧忧不欲生！

真可谓，当年杀人如麻，而今亦能柔情求做人！此时的徐远举，已经彻底地从昔日的恶魔，改造成了自食其力的狱中平民。

但，这位生性脾气急躁的人，并没有以平常心对待一些日常小事，竟然为一件不起眼的小事而命亡归天：

1973年1月19日，徐远举所在缝纫组交活，负责检验的人员认为徐远举做的成品没有达到质量标准，要求他返工。个性倔强、急躁难改的徐远举因此如热锅上的蚂蚁，躁动不安，埋三怨四，怀疑别人捣他的鬼，故意使他的面子过不去。当别人好意安抚他，并提出要帮他返工时，徐远举不但不领情，还暴跳如雷，大喊:“好汉做事好汉当，我没出息丢了脸，是活该，你们用不着为我发慈悲，莫要猫儿哭耗子……”说罢，如痴似呆，一言不发，好像万念俱灰一般。当晚，徐远举饭也没怎么吃，一直怒气冲冲，烦躁异常。当时是三九天，从来没有冷水洗身习惯的徐远举，竟然打了一大桶凉水在木盆里泡澡。结果，半夜里他开始在床上翻滚，浑身滚烫，呼吸急促，两眼突出，鼻孔出血，继而进入昏迷状态。同室发现后，立即报告，监狱领导迅速率领医护人员来抢救，初步诊断是高血压急性发作，但用药降低血压，未见效。21日上午送北京复兴医院抢救，诊断为脑溢血，于22日死亡，时年58岁零1个月。

徐远举病故后，由其侄子徐兴楚领回其骨灰，安葬于湖北汉阳县新农镇。1991年3月，徐远举在海外的女儿徐继蓉回大陆，请求有关方面开具证明，证实徐远举是在监狱关押期间病亡的，以便向台湾当局注销户口并申请抚恤金。她的请求得到了满足。

一代奸雄，两种人生。解放前后的同一个徐远举，其思想和灵魂上的变化，也折射着另一种人生的“忠诚与背叛”……

第五章

忠诚之忠诚

到今天为止，还有几十位在“11·27”大屠杀中牺牲的难友只知其名，却不知其身份，也不知其来自何方、确切的被害时间，更不知道他们的亲人是谁、他们为何被关在监狱、该不该像“江姐”式的英雄那样被刻在我党的光荣史册上。他们或有名，或无名，甚至有的连长得什么样都不为人知，他们的共同特点是：都没有被列入“革命烈士”的名单……这是为什么？

什么是真正的真相？真相中有没有假象的存在？假象中难道不会隐藏着真相？这些问题在当时的地下工作和异常错综复杂的对敌斗争中完全是有可能存在的。为什么凭一个简单的“证据”、旁人看法和敌特分子的一份“审讯”材料就轻率地认定谁是革命者、谁是革命的叛徒呢？而如果不是依据像罗广斌这样的脱险者在狱中的所见所闻和敌特机关当时留下来的现场“审讯”材料，你又能拿什么来证明你是革命者或他就是反革命呢？

关于“红岩”的故事，小说的情节仅仅是革命先烈们在狱中斗争的一段艺术再现，而围绕“红岩”那段革命历史的真实故事，其实远远比小说要复杂得多，它包括了“11・27”大屠杀之后的几十年来甚至今天还在继续的故事……

当笔者走进那段历史，与那些曾经在白公馆和渣滓洞坐过牢的脱险难友——虽然现在只有为数不多的几个人——以及那些烈士的亲属们接触，给笔者内心带来强烈的震撼：“红岩”真是一座血红血红的丰碑，在这块血红血红的丰碑上，凝结了许多我们无法想象甚至难以理解的撼天动地的故事。

由于历史的种种原因，在“11・27”大屠杀中英勇牺牲的相当数量的革命志士一直没有被政府和组织认定为“革命烈士”身份，他们和他们的亲人们长期忍辱负重，以另一种忠诚，演绎了对党的信任和期待。而且我知道，到今天为止，还有几十位在“11・27”大屠杀中牺牲的难友只知其名，却不知其身份，也不知其来自何方、确切的被害时间，更不知道他们的亲人是谁、他们为何被关在监狱、该不该像“江姐”式的英雄那样被刻在我党的光荣史册上。他们甚至有的连长得什么样都不为人知！他们的共同特点是：都没有被列入“革命烈士”的名单……

这是为什么？因为有关部门经过几十年的努力，至今仍然不知道他们当时的身份。许多共产党员，由于当时都是地下工作，又是单线联系，而且不少人用的是假名。被敌人逮捕后在敌人的监狱里他们有的继续编一个假名来蒙骗特务，因此直到牺牲后仍然没有人知道他们的真实身份。现存的“红岩”革命烈士的评定，经历了几个过程。最早的一批是根据罗广斌等脱险难友们出狱后提供的证明材料确定下来的，这些材料应该是最直接和最重要的，但谁能说从事地下工作的同志们都会在敌人的监狱里相互把真实的情况告诉另外的同志呢？因此这一部分人一旦被敌人残害后就再也无法有人来证明他们的真实身份和在狱中的真实表现了。另一个渠道是有关部门从缴获的敌特机关的档案中查悉的材料得出某种历史性的结论，比如有些人，在敌人的审讯记录中可以看到他们不屈不挠的英勇表现，但也有一些共产党员，在敌人的审讯材料中可以看到他们把自己担任的职务、做过什么事等等都如实地“交代”了，这部分人到底是不是“革命者”和“坚定的共产党员”，过去一直存疑。

《红岩》小说中“双枪老太婆”的原型之一邓惠中就是这样一个典型人物。

关于邓惠中的事迹，前文已经有过详细的介绍。对这样一位杰出的共产党员，除了小说里有一个传说般的故事外，很少有人知道她叫邓惠中，而且她是跟自己的儿子一起牺牲在监狱里的。但由于解放初期在评定烈士时，有关部门发现在敌特机关保存的审讯材料里有一段邓惠中的“交代”，她把自己在党内干的什么事、曾经与敌人打过的几次战斗经过都说了，这样她就一直没有被评上“革命烈士”。“文革”中，更是有人拿着敌特的审讯“证据”说邓惠中是“叛徒”，因为在过去，我们一般在认识历史时总把是否向敌人承认自己身份或“交代”什么事，作为判别是“革命的坚定者”还是“叛徒”的基本标准。所以，邓惠中这样坚强而又为华蓥山游击战争作出重要贡献的女英雄，在被敌人杀害后的30多年里，一直被误认为是“大叛徒”。

过去对“革命烈士”和“叛徒”及“不确定身份遇难人士”的认定，一直是相关部门的“核心机密”，外人常常一头雾水，有冤情也无法申诉，即使申诉了也不太容易获得纠正。除了极“左”时代的政治因素外，更多的是我们的相关部门宁可将问题模糊一些，也不愿让那些曾经给革命带来极大伤害的叛徒获得一点点“解放”的机会——这是可以理解的。然而，在这种思想意识的支配下，许多像邓惠中这样真正的革命烈士却蒙受了不白之冤。

“11 · 27”大屠杀过去60多年了，按照历史档案的保密规定，多数档案已经解密。这样，我们也有机会看到一些宝贵的历史材料。比如，当年“证明”邓惠中向敌人“交代”和“背叛”的审讯记录——第一份是民国三十七年9月13日即1948年9月13日，邓惠中在自己的家乡岳池县被捕，岳池县军法室审讯她的笔录材料，邓惠中回答了敌人的一些问题，诸如：

问：你任教员有几年了？
答：有三年了。
问：你丈夫何名？
答：邓福谦，他××年出外到84师（武汉）做秘书没有回来过。
问：现在在何地方？
答：听说被共匪抓去了也没有准。
……

下面是邓惠中的签名。另一份是同年9月21日的审讯材料：

问：你在七月廿后，开过几次会？
答：在万塔山毛慎修这两处开过会。
……

最后也是邓惠中本人的签名。材料中许多文字难以理解。

对这样两份敌特的档案材料如何看待，在解放初期和“文革”期间是可以想象的。邓惠中因此一直没有被认定为“革命烈士”。现今的重庆红岩革命历史博物馆中，当年每位在监狱里牺牲或死去的人都有相应的材料，其首页是统一用铅印的题为《被难烈士登记表》。当时由于条件有限，凡是确定为“烈士”的就被分为甲级、乙级或甲下、乙下，依次来认定谁是最革命者、谁是一般的牺牲烈士，但在一些明显是叛徒的表格上就会写上“叛徒”字样，而对那些未确定身份者则标上“不确定”的字样。在邓惠中的表上，我们现在可以明显地看到那份《被难烈士登记表》中的“烈士”二字被改成了“人士”，而且旁边还写有一个“叛”字。就这样，邓惠中便从“烈士”变为“人士”，变成了“叛徒”。这简简单单的几个不同的字，决定了邓惠中在死后的命运完全与江竹筠、许晓轩等人不同了。后者通过小说和戏剧成了家喻户晓的英雄人物，前者邓惠中则长期地被埋藏在革命的“可耻叛徒”之列。为这，她的亲人和家属蒙受了几十年的不白之冤。

“千秋功罪，谁人曾与评说？”“历史终究不能颠倒黑白。”这类话说起来很容易，但真正明辨是非，让真相获得应有的认可却非易事。再说，什么是真正的真相？真相中有没有假象的存在？假象中难道不会隐藏着真相？这些问题在当时的地下工作和异常错综复杂的对敌斗争中完全是有可能存在的。为什么凭一个简单的“证据”、旁人看法和敌特分子的一份“审讯”材料就轻率地认定谁是革命者、谁是革命的叛徒呢？而如果不是依据像罗广斌这样的脱险者在狱中的所见所闻和敌特机关当时留下来的现场“审讯”材料，你又能拿什么来证明你是革命者或他就是反革命呢？

呵，太复杂了！

革命者面临的考验何止是敌人的严刑拷打，还要经历各种各样的非常考验，包括被组织和自己队伍中革命同志所误解，有时这种误解将是永远的……谁能经受？真正的共产党员能经受！真正的忠诚于组织、有坚定信仰的人能经受！而且，真正的共产党员必须经受各种考验！这也是红岩精神能够万代相传的根本原因所在。

杨汉秀烈士的事迹，前面也曾介绍过，她是被自己的亲伯伯杨森杀害的，而且又是单独秘密杀害的。虽然她当年被定为“革命烈士”，可由于她的尸体一直没有找到，加上她狱中用的名字与真名又不一样，解放后其亲生女儿为了找到自己的母亲，费尽心血，受尽心灵折磨，最后直至烈士牺牲30多年后才知道了母亲的真实情况。笔者从红岩革命历史博物馆的档案里看到了杨汉秀女儿李继业写的一篇《亲爱的妈妈杨汉秀》的文章，很受感动。下面摘选部分段落给读者：

每个人都有妈妈。可是，我的妈妈是谁？她在哪里？为什么不要我了？这一切在我年幼的心中，一直是个解不开的谜。

那时，我还没有上学。有一天，与邻居小孩玩耍时发生了矛盾，突然，她们喊道："你是抱的娃。"我一下愣住了，我怎么会是抱养的孩子？那我的亲生母亲又是谁呢？我不知所措，仿佛掉进了冰窟里。我不相信这是真的，心想，一定是小伙伴为了要制服我，胡乱编造的谎言。但是，从那以后，她们总是用这样的话来攻击我，却从来没有用这样的话去对付过别人。我只好面对这个残酷的事实，因为我相信它确实是真的。

我家左邻右舍全是解放前的老邻居，他们都认识我的亲生父母，自然对我的情况很熟悉。平时大人们在议论我的时候，被身边的小孩听见了，就成了他们攻击我的材料。

从此，屈辱、自卑笼罩着我。因怕别人骂我是抱的娃，只好处处忍让，尽量不与别人发生争执。表面上，我给别人的感觉是既开朗又活泼，但我内心深处却埋藏着不易被人察觉的痛苦和忧伤。

我想问养母，究竟我是不是他们抱养的孩子？我的妈妈又是谁？可是，几次话到口边又咽了回去，因为我不愿捅穿这层包着的纸，怕从此打破家中的宁静与和睦。平时，我在养父母面前佯装着什么都没有发生一样，在外面如果受委屈，晚上就躲在被子里偷偷地哭泣。那时，我感到好可怜，因为我没有地方可以倾诉。有一天晚上养母听到了我的哭声问我时，我只能用刚刚做了一个噩梦的话来搪塞。

直到1961年我小学毕业前，老师拿出履历表让我们填，其中就有一栏“是否烈属”。我拿笔首先就把烈属这栏划掉了，老师说我是烈属，让我把烈属这栏填上。老师的话让我惊呆了，以前，只知道我不是这家的亲生女儿，可是，现在又说我是烈士的后代。我那时虽不太懂事，但烈属的概念还是明白，我心中就好像打翻了五味瓶，真是什么滋味都有，高兴与悲伤并存。高兴的是，我的身世之谜终于被揭开了；难受的是，我做梦都想有一天能见到妈妈，却永远见不到了。

就在那年暑假，老师、教导主任来到了我家，养父母终于将我的身世告诉了我。其实，我的情况邻居、学校、派出所都知道，以前，他们怕我年纪小不懂事，所以一直瞒着我。

我出生还不到两个月时，妈妈急着要回渠县去参加龙潭武装起义，不能带我同行，因此给我请了一个奶妈。由于奶妈只有十八岁，妈妈不放心，又请邻居（后来的养母）抽空帮忙照顾我。妈妈怕离我而去引起别人的怀疑，她对养母说：“我要回老家去收租，由于天太热，所以不能带小孩去，一个月左右就回来了。”那时大家都知道她很有钱，但究竟是干什么的却搞不清楚。所以，妈妈以回去收租为借口离开我，大家都不会疑心。

当时，妈妈和爸爸用的都是化名。妈妈叫杨稚华。妈妈离开我回到渠县后，即给养父母写了一封信，署上了她的真名杨汉秀，遗憾的是这封信没有保存下来，而事隔多年后，他们竟将我妈妈杨汉秀错记为杨益秀。

知道妈妈是烈士后，有一天，我偷偷跑到烈士墓去，希望能找到妈妈的名字。那时烈士的名单陈列在大墓左侧的房子里，我翻来覆去找了几遍，也没找到“杨汉秀”三个字，我仔细地看了所有陈列内容，也没有找到“杨益秀”这个名字。我怀着失望与忐忑不安的心情离开了烈士陵园，一路上我想得很多，由于没有找到妈妈的名字，我幻想着妈妈牺牲的消息只是误传，因为火烧渣滓洞后，家人曾去清尸，一直没有找到妈妈的遗体，我怕妈妈是叛徒，所以才榜上无名。难道……这一个个疑团，当时只有十三岁的我实在无法解释清楚，又不知该问谁。从那以后，我怕别人问我的身世，自己也从不提起。

鉴于地下斗争的特殊性，养父母知道我父母的事情很少。他们知道我妈妈是杨森的侄女这一重要线索，也因众所周知的原因，而不敢告诉我，怕我出去乱讲会受到株连。直到1972年我从山东回家探亲，养母才告诉我，并一再嘱咐我不能出去说。当我知道这条线索后，决心要把自己的身世搞清楚。1975年我调回重庆工作后，了解到一位职工的父亲解放前在渠县时曾见过我的妈妈两次，他还认识一个曾给我外婆家护院的人。当我得知这个消息时，激动得浑身发抖，话都说不出来了。他一见我便感到我像妈妈杨汉秀，可是我坚持说我的妈妈叫杨益秀不叫杨汉秀，我还请他回去替我打听杨森是否还有一个侄女叫杨汉秀。他说："据我所知，杨森只有一个侄女是从延安回来，在渣滓洞牺牲的。"他回到渠县了解到一些情况后，来信请我亲自到渠县去一趟。1976年春节后，征得养父母同意，我在厂党委开了一张介绍信，便踏上了寻亲之路。

我先后到渠县、成都等地，找到地下党的老同志熊扬、陈云龙等，还有妈妈生前的朋友及解放前给外婆家中护院的人，由于我模样、身材长得很像我的妈妈，所以，无论我走到哪里，都得到了他们的热情帮助，凡是认识我妈妈的人看见我时，全都说我长得像妈妈，甚至说我走路的姿势和说话的样子都像我的妈妈。在妈妈的一个朋友家中，我第一次看见了妈妈的照片，我带着这张照片回重庆，为了证实我与照片上的人是母女关系，我对养母谎称没有找到妈妈的消息，并装作很不在意地拿出妈妈的照片给她看，问她认不认识这个人。养母一见照片惊喜地对我说："这就是你妈哟！你还真有办法，把你妈的照片都找到了。"那时我都28岁了……

……由于是秘密杀害的，妈妈牺牲后，一直没有找到她牺牲的准确地点，都以为妈妈是火烧渣滓洞时牺牲的。

直到1977年，我们才知道了妈妈牺牲的准确地点和经过。1975夏天，据歌乐山农民反映，解放前夕，在金刚坡碉堡中掩埋过一具戴手铐的女尸，烈士陵园派人调查核实后，请专家进行骨骼鉴定。又根据特务的口供，确认牺牲的烈士就是我的妈妈杨汉秀。

有一天，通知我们亲属与烈士陵园、民政局的同志一道，到妈妈殉难地去挖掘清理遗骨。这一天我终生难忘。几十年来，我无时无刻不在思念我的妈妈，因为妈妈离开我时我还不到两个月，而妈妈牺牲时，我还不到一岁半。我是多么想念我的妈妈呀！当我得知要去清理妈妈的遗骨时，心中异常激动，几乎不能自已。

一路上，我在心里默默地念着：妈妈呀！你知道吗？你的女儿今天终于找到你就要见到你了，你再也不会一个人冷冷清清地躺在这荒郊野岭了。妈妈，你知道吗？你最最放心不下的小女儿，就要来到你的身边。

由于妈妈是被仓皇弃尸，当时只浅浅地埋了一下，几十年来任凭山水冲刷，妈妈的遗骨已经剩下不多了。我们只有按照当地老农指点的位置，用手在泥土里小心地扒着、找着。经过仔细辨认，才找到一些骨头。我轻轻地拿着妈妈的每一块骨头，小心地放在我手里拿着的纸口袋里。我把口袋放在我的胸前，感到妈妈和我贴得是那么近，仿佛就站在我的面前。多少次，希望妈妈牺牲的消息不是真的，期望妈妈有一天能突然出现在我的面前；多少次，希望能与妈妈在梦中相见；又有多少次，因为想您，女儿在梦中哭醒。这些，妈妈您都知道吗？女儿多么希望能得到妈妈的爱，多想喊您一声"妈妈"呀！

世界上哪个母亲不爱自己的儿女？又有哪个儿女不爱自己的妈妈？正是为了千千万万的儿女不再失去这种爱，我的妈妈英勇地献出了她年轻的生命。年幼的我，从此失去了人间最宝贵的母爱。但是，我感到更多的则是自豪，为有这样一个好妈妈而感到无比骄傲。

妈妈自从参加革命后，历经了许多磨难和严峻的考验，也受到许多不公正的待遇，但她从不气馁，对党的事业的追求永远是那样的执着；她对待同志、战友总是那么热情宽容，帮助别人十分慷慨；对待困难又是那样乐观，从不叫苦。

妈妈牺牲后，由于地下党是单线联系的，直接与妈妈联系接头的川东临委书记王璞同志也牺牲了，妈妈的真实情况很少有人知道，虽然妈妈在 1950 年第一批就被认定为革命烈士，但长期以来却寂寂无闻。

1977 年，哥哥从妈妈的遗物中，找到了一张“吴铭同志”见周副主席的介绍信，上面有王维舟同志的印章和周副主席的两处亲笔批字。至此，才推断出延安的“吴铭”，就是在渣滓洞监狱坐过牢、牺牲在歌乐山金刚坡碉堡的杨汉秀。这个谜终于解开了。

周副主席的秘书龙潜同志听到这个消息非常高兴，特写信将我妈妈的情况作了介绍和说明：“关于吴铭烈士，确系周副主席在延安介绍到交际处金城同志住处，利用美军观察组的飞机随他一起到重庆。那时想利用她同杨森系叔侄，派她去做地下工作。”而且还确认：“吴是共产党员，表现好，所以才派她去做地下工作，后来牺牲在重庆歌乐山。”

虽然妈妈曾经寂寂无闻几十年，不为人知，但是党没有忘记她，人民没有忘记她。她毅然背叛反动家庭投身革命的行为，特别是在人们不理解她、怀疑她，甚至受到不公正的对待时，都没有动摇跟党走的决心。她的精神得到人们的称颂，很多报刊、杂志上都登载了妈妈的事迹。1980 年 11 月 25 日，在歌乐山烈士陵园为我的妈妈举行了隆重的遗骨安葬仪式……

李继业的妈妈杨汉秀的遗骨，晚了31年放进红岩革命烈士纪念地。就是这样一位历史非常清晰的烈士，为了给予她应有的荣誉，烈士的亲属和战友们曾经到处寻求组织解决和帮助寻找遗骨，前后花了七八年时间。仅仅为调查烈士被害过程和寻找与挖掘烈士遗骨，就有数以百计的人员参与其中，其间历经的周折难用笔墨形容。最后如果不是周恩来总理的秘书等重要证人出面作证，也不知结果如何。然而，毕竟杨汉秀的名字最终还是被列入了“红岩”革命史册上，可相比杨汉秀，还有许多革命先烈死后的境遇就要差得多了。

“11·27”大屠杀后，留给中国共产党人的考验实在太多，而且涉及的人也越来越多，不仅仅是那些已经牺牲了的人们，还有他们的战友、亲人和组织……当然，那些革命烈士们自然一直是各个历史时期出现的风云变幻中的主角。这些主角，他们自己都不曾想到在他们牺牲后的很长时间里，关于他们的故事其实一直就没有完结过，而且有时则越来越复杂和曲折。为什么有这种情况呢？“文化大革命”的浩劫自然是最直接和根本的原因。曾经有一段时间，江青掌握了主宰中国文化命运的生杀大权，在她推行“样板戏”的同时，对所有其他的革命文化和革命艺术一概否定，《红岩》被推入了“反革命大毒草”之列，那些在《红岩》中出现的英雄人物自然跟着倒霉。除了江姐命运稍许好一些——主要原因是毛泽东对《红梅赞》很欣赏，所以胆大妄为的江青没敢全盘否定江姐，但江青知道有一个人特别欣赏《红梅赞》，这个人就是当年主持中共中央南方局工作的周恩来。[1] 江青为了实现她彻底否定《红岩》的目的，曾在一个重要场合放出这样的风：川东地下党和游击队没有一个好东

[1]《红岩上红梅开——歌剧〈江姐〉50年》，原载2011年6月1日《光明日报》。

西。那是一个颠倒黑白的年代，江青的一句话，几乎使所有与“红岩”故事相关的共产党人和革命志士，一夜之间全都成了“叛徒”，那一场浩劫对死去的革命先烈和他们的亲属与战友带来巨大的伤害。在重庆，在四川，曾经出现了许多无法想象的可怕情形：那些原本英名被刻在纪念碑上的烈士的名字被涂抹掉；解放初期由政府颁发的烈士证明书被“没收”并烧毁，烈士的子女成为“黑五类”。一年一度的“11·27”英烈纪念会，被诬蔑为“替叛徒招魂的反革命复辟会”。《红岩》作者之一的罗广斌之死便是例证。他的夫人至今都不相信曾经在敌人的白公馆屡受特务分子严刑拷打而不曾屈服过的丈夫，怎么可能会在造反派的一番恫吓和污辱下就“跳楼自杀”了？厉华坚信，他从20世纪80年代初第一次接触到那份由罗广斌当年出狱后向组织写的“报告”，不可能无缘由地少了两页纸的内容，“肯定罗广斌在‘报告’上面的内容具体地涉及了一些重要人物在狱中和平时工作中的不良形象，因此有人会想尽办法不让原本完整的报告出炉，然而重新找回来又几乎是不可能的事了”。

以为推翻了蒋家王朝，曾经统治了中国几十年的国民党反动派逃到了台湾，我们大陆成立了人民共和国就万事大吉、天下太平，那就太天真、大错特错了！如老一辈革命家所告诫：一切垂死挣扎的反动阶级及其代理人是不可能放弃他们的反动立场的，他们千方百计地寻找机会对真正的革命者和我们的事业进行各种各样的报复和破坏。林彪、“四人帮”一伙人为了他们的反革命目的，借“文革”的机会，制造“川东地下党没有好人”这样严重违背客观历史的政治结论，从而使得与“红岩”和“11·27”大屠杀中相关的所有牺牲了的共产党员和革命志士的政治命运发生了彻底的颠覆，由此也使他们的亲属、战友的命运发生了根本性的改变。

有一位与江竹筠、李青林、齐亮等一起被敌人作为“重犯”枪杀于1949年11月14日的烈士叫袁尊一，是位16岁就入党的“红小鬼”式人物，他生前曾担任过中共地下党川东临委及临委书记王璞的交通员，为了革命事业，他屡屡出生入死，完成组织交付的一个个艰巨而机密的任务，同时又独立担任相当量的组织工作，单线发展和培养了如涂兆兴、幸锡祥、谢以思、谭月英等一批同志入党。王璞牺牲后，袁尊一作为了解川东地下党组织的特殊人物，又与川东临委秘书长萧泽宽等并肩同敌人进行了一场场你死我活的殊死搏斗，接受了残酷斗争条件下的种种考验，具有卓著的组织能力和对敌斗争经验，在同志们心目中威信很高。袁尊一是1948年8月12日上午8时，在到重庆市临江路的地下党员何忠发那里时，因叛徒刘国定出卖了何忠发而被埋伏在那里的特务们抓捕的。由于袁尊一的身份特殊，因此被关押在重庆渣滓洞监狱，受尽酷刑。特务们曾让叛徒刘国定当面与袁尊一对质，袁尊一大义凛然，将刘国定骂得狗血喷头，无地自容。特务头子徐远举不相信年纪轻轻的袁尊一能这么"硬扛着"，便亲自审讯，结果一无所获。袁尊一的坚强表现在这位心狠手辣的特务头子心目中留下深刻印象。解放后，在监狱里接受改造的徐远举，曾在交代罪行材料中有过关于袁尊一的话："袁尊一，20余岁，四川人，地下党员，1948年夏，他去临江路占家巷解中旅馆与地下党员何忠发联系时被捕，以后牺牲于渣滓洞。被捕时特务们在他身上搜出一两金子。我同他见了一面，我问他家住什么地方，家中有什么人。他说：'家住在朝天门，只有一个老母亲……'他反复说：'我母亲虽然没有饭吃，不会要你们的钱的。'"可见，袁尊一是位不可能被毒刑吓倒和被物质诱惑的坚定的共产党员。1949年11月14日，敌人将袁尊一与江竹筠等人一起提前杀害，足以说明他在敌人眼里的分量。就是这样一位令敌人都感到心惊肉跳的不屈不挠的共产党员，却在"文革"中被诬陷是"叛徒"。关于袁尊一，他的战友们还记得他在生前做过几件特别令他们感动的事，那就是他还收养了烈士王璞和左绍英夫妇的女儿小凯渝（解放后改名为雷咏雪）。袁尊一一家为了让烈士的后代少受心灵伤害，百般呵护，关爱无比。可是袁尊一牺牲后，他自己的亲生女儿不到三岁就因病死了。不久，他的妻子，也是他直接发展的地下党员谢以思，承受不了失夫丧女的沉重打击，另嫁他人。袁尊一的老母亲为了让烈士的事业有人继承，便将袁尊一的胞兄袁昭仪之子袁继武过继为烈士之子，而且这一过继关系，得到了政府认可，从此没有了后人的袁尊一有了继承人。然而，令人无法接受的是，像这样一位实际上是“断后”的共产党人，江青及其爪牙们仍然没有放过对他的侮辱和迫害。袁尊一被诬蔑为“叛徒”后，原来在敬老院的他的贤良而有觉悟的老母亲也得不到照顾，于 1971 年被病魔拖死；曾经是他妻子的谢以思也没有被造反派们放过，长期被关在阴暗潮湿的牛棚里罚苦役，落得一身重病，死于 1978 年，时年不到 60 岁。连“父亲”是什么样都不知道的过继来的儿子袁继武也因为是“叛徒的儿子”，被剥夺了升学、当干部的种种权利，一直生活在最底层……

袁尊一烈士及其亲人们所受到的如此不公的对待，引起了他的战友和同志的激愤。有一位女地下工作者谭月英（后改名叫谭群生），实在无法接受作为自己的战友和上级的袁尊一烈士在牺牲后受到如此残酷的诬陷和他全家遭受的政治迫害，从“文革”初期的 1966 年开始，便完全依靠自己的力量，一直在收集和整理袁尊一的革命事迹，历时整整 30 年，直到 1996 年才正式完成了《袁尊一烈士事迹》的文稿出版工作。这位在黑色的地下工作中，在与袁尊一的交往和共同战斗中，深深地爱上了自己的上级但始终没有表白过一句话的女共产党员，当她看到烈士失去自己的女儿、妻子改嫁、养女也被领走后，便默默地将自己的女儿改名为“杨袁锋”，送给烈士做义女。为了感谢这位后半生几乎是在为烈士而活着的、心怀诚挚爱情的女共产党员的崇高精神，让更多的人了解袁尊一的事迹，在此我们摘录谭月英女儿根据她母亲几十年收集整理的袁尊一事迹而作的一次讲演的内容：

我名杨袁锋，1962 年在重庆出生，为了纪念“11 · 27”烈士袁尊一伯伯，妈妈把我默默地送给袁尊一烈士为义女，以替代病死的袁尊一伯伯和谢以思嬢嬢的亲生女儿晓华姐姐。为继承袁尊一烈士的革命遗志，将我取名杨袁锋。袁尊一烈士是我妈妈的引路人、党的领导同志、亲密挚友、战友。袁尊一烈士的爱人谢以思嬢嬢是地下党员，她对我妈妈很好，也很爱我，曾给我讲过袁尊一烈士的斗争故事。袁尊一烈士的妈妈孙道清婆婆和袁尊一烈士的寄养儿子袁继武哥哥，在重庆市市中区（现为渝中区）八一路烈属敬老院居住，由人民政府供给生活费用。我出生后，每逢节假日妈妈都带我去烈属敬老院看望袁婆婆、继武哥哥和其他的烈属爷爷婆婆，他们非常的喜欢我。我几岁时，他们就给我讲烈士的故事，袁婆婆很慈祥，最爱我，常给我讲袁伯伯小时候的故事。“文化大革命”中烈属敬老院的生活条件没有原来好了，我妈妈还接袁婆婆和其他的烈属婆婆到我们家里做客。这样，她们更加爱我，因此我自小能听到烈士的故事。当然，关于袁尊一烈士的事迹，更多的是通过我妈妈所讲的。

……

在南岸中学读初中时，袁尊一就喜欢读有关岳飞、文天祥等民族英雄的书籍，并且异常崇拜这些人物。他又聪明机灵，很受老师器重。老师中的共产党员（地下党员）特别喜欢他，经常对他进行教育，使袁尊一的阶级觉悟提高很快。因此 1937 年袁尊一实际年龄只有 16 岁时，就被党组织吸收为中国共产党党员。

在铜梁正谊中学读书时，他与学生中的地下党员蒲世隆、张金城组成党支部，袁尊一任党支部书记。后袁尊一考入重庆社会大学政治系，开始成为党的职业工作者。他从 1943 年至 1948 年被捕前的几年间，曾先后以商号会计、报社编辑、小学教师、中学职员等社会职业为掩护做党的工作。

1948 年 4 月份党内出了叛徒后，很多地下党员被捕，这时袁尊一的工作担子更重了。他只得放弃社会职业，终日奔走于各地，秘密联络和组织共产党员。他常常起早摸黑，他对自己的爱人这样说过："你我要学着饿肚子，至少也要能饿上三天才能顶得住，不然完成革命任务是很困难的。"

其实，袁尊一的家庭生活一直很清贫。他入党后，为了干革命工作方便，与他哥哥各住一方。他和母亲单独住在重庆市区千厮门小河顺城街的贫民院，条件十分艰苦。我听妈妈讲：袁尊一伯伯和袁婆婆解放前的家，在又脏又臭的窄巷内贫民院楼上一间墙壁有缝、楼板有洞的小房间里，但整理得很清洁整齐，充满生气。从1946年起，我妈妈常到袁尊一伯伯家里去，她和袁尊一伯伯及袁婆婆相处得非常好。袁家很穷，经常吃了上顿无下顿，天天吃稀粥度日，但袁尊一伯伯身上确实常常藏有黄金，这些黄金是他为党筹集的党费，是专门缴到组织给游击区支援武装斗争用的。他们家里老小饿肚子，却从不动用分文的党费，而且自己还要千方百计想法多给党组织筹集经费。

袁尊一的爱人谢以思，原是何忠发烈士的弟弟何泽民的妻子，何泽民也是共产党员。但谢孃孃与何泽民结婚不久，丈夫何泽民就患伤寒暴病死了。何忠发为了解除弟媳的痛苦，把她从宜宾带到重庆，托袁尊一继续培养她入党和介绍工作。1947年2月，袁尊一正式介绍谢以思加入了地下党。为了便于掩护和抚养好王璞与左绍英烈士的女儿小凯渝，党组织要求他们结婚成家。这样在这年的4月，袁尊一与谢以思成婚。袁尊一新婚后仍住在贫民院，虽然他们的生活还是那样清贫，但为了抚养好烈士后代，夫妇俩尽责尽力，妻子谢以思还把前夫何泽民同志的一大笔存款交给了党组织，作为支援游击区武装斗争的经费。1948年8月12日那天，袁尊一就是到重庆临江路占家巷解中公寓去与华蓥山武装起义负责经济工作的何忠发同志（烈士）接头交党费而被叛徒出卖遭逮捕的。那天，他身上带了一两黄金的党费，不幸被特务搜走了。

1946 年初至 1948 年 8 月，在袁尊一被捕前的两年多时间里，他领导了江北县明月、统景等地下党组织，与国民党反动势力进行了不懈的斗争。当时的重庆是国民党的老巢，白色恐怖极端严重，特务遍布，军警林立，敌我之间的斗争形势十分复杂和激烈，也很残酷。由于袁尊一牢牢掌握党的“统战”法宝，原则性与灵活性相结合，党性强，地下斗争艺术高超，不断壮大了明月、统景等地区的党组织，狠狠打击了当地敌人的嚣张气焰。被捕后的袁尊一经受了敌人的严刑拷打，坚贞不屈地保护了党，保护了同志，使明月、统景地区的党组织、党员平安无事。尤其是袁尊一保护了一批中共川东临工委留下的经费和电台等设备，使得这些经费和通信设备在后来迎接解放军解放重庆起到了积极作用。

袁尊一烈士是一位党性观念强、政治素质高的党员。他在被捕前的两年多时间中直接发展的六名党员个个都是经得起考验的优秀和坚强的共产党员，其中有一个还打入到敌人“中统”特务机关做某地区负责人，该同志后来为重庆解放作出了重要贡献。

“党的利益高于一切”，这是袁尊一烈士平时常说的一句话，也是他用自己的行动和年轻的生命践行忠诚党的事业的真实写照……

袁尊一，让我们铭记这位烈士的英名及其革命事迹吧！让我们以同志的名义，同时也记住因他而早逝的三岁女儿袁晓华及蒙冤病逝的妻子谢以思的名字。

薛传道，一位 28 岁牺牲于“11 · 27”大屠杀的革命志士。因为他生前有个非常特殊的公开身份——国民党中央候补监察委员——所以关于他的“革命烈士”身份屡受质疑。

发生在薛传道身上的事，有不少“红白”巧合颠倒：1949 年 7 月 27 日，他在监狱里得知自己已被国民党中央监察委员会开除的消息。当时国民党的《中央日报》上还刊出了开除他的新闻报道，指出“中央候补监察委员薛传道在重庆组织‘活力社重庆分社’从事反文化活动，参加共党，鼓动学潮，经西南军政长官公署查明属实……决议薛传道永远开除党籍”。四个月后的1949年11月27日，薛传道与其他100多名渣滓洞难友被凶残的国民党特务们杀害于监狱之中。

薛传道时任中央工校土木工程教授，是一位具有政治信仰的典型的爱国知识分子。他的一位同事回忆说：“据后来他太太告诉我说，薛传道承认自己加入过共产党，并供出了几个到解放区去的朋友。由于他所供出的人都不在敌占区，所以没有什么人受牵连。他太太同时被捕后，因不承认知道丈夫的行为，并当时有孕临产，故获得取保外出。”薛传道生前到底是个什么样的人，革命阵营里的人对他知之甚少。

科学救国、教育救国，是旧中国进步知识分子的基本信仰，在这种进步思想的引领下，有人开始接近中国共产党，并且成立自己的进步团体来与国民党反动统治进行斗争。薛传道就是这样的一位知识分子。然而，在他为了追求革命真理和教育救国英勇牺牲后的几十年里，却受到了不白之冤，尤其是“文革”期间，他被戴上了“国民党大特务”的帽子，受尽了政治上的侮辱。薛传道的亲属们，几位在部队工作的侄女侄子，还有其他兄弟姐妹，皆因他受株连而或提前转业复员，或从干部岗位上被揪下台，饱受政治凌辱。与他一起参加地下工作的妻子商育辛，新中国成立后一直在杭州市的一所中学教书，年年月月，尽心尽职，可是因为丈夫的原因，几度被逼疯。

与薛传道同样命运的还有很多人，其中包括邓惠中，还有连同两个孩子皆被杀害的王振华、黎洁霜夫妇等100多位遇难人士被排除在“革命烈士”之外。这份纠结的情怀，深深地刺伤了烈士亲属和战友的心灵。为此，他们一直通过不同的方式向政府和组织反映，许多人甚至付出了生命的代价。“文革”结束后，随着拨乱反正的全面开展，重庆和全国各地与“红岩”革命烈士相关的干部群众不断向当时的四川省委和中央写信，强烈要求重新审核“11·27”大屠杀中那些遇难烈士的真实身份，并给予其公正的政治待遇。中央对尚未定性的“红岩”遇难人士问题也非常重视，责成四川省委加快复审工作。1982年，中共四川省委组织部专文给中央组织部，汇报了如何落实中央精神的情况。

中央要求复审“红岩”烈士的精神及四川省委的意见，加快了重新复审薛传道、邓惠中等人问题的进程，最终使得这些长期蒙受不白之冤的革命烈士获得了政治上的平反，他们的亲人和战友们也在政治命运上得以真正翻身。

读者也许还清晰地记得，在本书的前面曾经介绍过一位名叫盛超群的共产党员如何戏弄徐远举，给敌人交了一份所谓的“云阳县地下党的名单”，结果徐远举一伙特务抓来的竟然全是国民党云阳地区的恶霸分子。盛超群的事迹，在小说《红岩》里被作者用不少笔墨描述过。然而，就是这样一位令国民党特务恨之入骨的聪明机智的共产党员，却一直没有被定为“革命烈士”，原因是他有个“国民党县参议员”的头衔。其实，当时国民党特务机关早已认定盛超群是与江竹筠、李青林一样的“共党要犯”。然而国民党如此仇恨的“共党要犯”，却在新中国成立后被排斥在“革命烈士”之外，这是不可思议的事，但这又是实实在在的现实。盛超群的儿子盛荣德，由于一直坚持认为自己的父亲是一个坚定的共产党员，因此在他成人后不断向组织申诉父亲的事。“文革”中，有人已经把其父盛超群从历史的尘埃中翻出来，戴上“叛党分子”和“国民党反动参议员”的帽子了，盛荣德依然不断向有关方面反映，要求给他父亲平反。这样，造反派们就异常恼火，通过卑鄙的手段，网罗了一堆罪状，最后把烈士的儿子盛荣德定为反革命分子，并判刑十年。

在对盛荣德的“判决书”中所述的“罪名”，其实只有一个前提，那就是盛荣德的父亲是“叛党分子”。为了证明自己的父亲是共产党员和革命烈士，盛荣德却在共产党领导下的新中国，在人民自己的法院里被判十年徒刑，这是不可理喻的事。然而在那个颠倒是非的荒唐年代，有什么事不会发生呢？

盛荣德始终不服判决，即使蹲在监狱里，他仍然认为自己是无罪的，一个坚定不移的信仰在他心目中从来没有动摇过，那就是：父亲盛超群不是“叛党分子”，而是坚定和忠诚于党的优秀共产党员、革命烈士！在监狱的日子里，盛荣德的行动受到限制，他没有多少文化的母亲，即盛超群烈士的妻子开始为儿子到处申冤控诉，然而在“文革”期间，这样的申诉结果只能加重“罪行”。直到粉碎“四人帮”之后，盛荣德母子俩的申诉才受到有关部门重视，盛荣德的刑事判决于1979年4月10日正式撤销，他被“无罪释放”。在这之前的1977年初，盛荣德的母亲也为儿子的事要求有关法院重审过，结果某法院下发“1号文件”，作出了“维持原判”的决定。两年之后的1979年，在以邓小平为首的党中央领导下，开始全面拨乱反正，一些历史遗留问题和“文革”中的错案冤案获得了平反。“红岩”历史中的那些像盛超群这样的疑案、悬案，也被提到议事日程。盛荣德就是在这样的形势下获释的。

坐了近十年牢的盛荣德出狱后的第一件事，就是到处寻找能证明他父亲是共产党员和在狱中坚贞不屈的证据。那些了解盛超群革命斗争经历的地下党同志纷纷站出来为战友作证，政府和党组织也不惜付出大量人力物力，对盛超群的历史进行了全面认真的复审，最终得出结论：盛超群不仅是一位忠诚的共产主义战士，而且是位有过重大贡献的地下党领导人，他在遭受敌人的严刑拷打和监狱的折磨时，没有出卖过任何同志，牺牲时他面对敌人的枪口，高呼“中国共产党万岁”，表现出一位信仰坚定的共产党人的风骨。

1981年6月，中共重庆市委组织部发出文件《关于盛超群同志补定为“革命烈士”的调查结论》，正式追认盛超群为“革命烈士”。他的儿子盛荣德也在三个月后，被所在单位正式落实了作为革命烈士后代的相关政策。

这一年的11月14日，盛荣德挽着老母亲，来到当年父亲牺牲的地方，伏地痛哭了三个多小时，这是他在父亲死后的32年中第一次哭得那么伤心，又那么畅快……然后，他擦干眼泪，对天大喊道：“爸，你现在可以在九泉之下合眼啦！我和母亲永远想你——！爸，你放心，我们永远听党话，跟党走——！”

这就是我们的人民。这就是共产党领导下的中国人民。他们对党的忠诚和感情，是永远不会消失和动摇的。

据我所知，在中央和四川省委及相关省、市党委的直接关怀和重视下，到1982年10月，有40多名过去一直未定性的遇难者，正式被确定为“革命烈士”，其中包括薛传道、邓惠中、王振华和黎洁霜夫妇等。据说，那一年的11月27日，重庆歌乐山悼念革命烈士的活动异常隆重，成千上万的群众，自发从各地会集到当年烈士被害的地方，他们或焚纸祭祀，或扬洒久积的泪雨，把整个歌乐山淹没在一片凄婉而悲壮的气氛之中……

为了写作本书，当笔者来到歌乐山时得知：到目前为止，虽然当年在“11·27”大屠杀中遇难的331人中，绝大多数已经先后被确定为“革命烈士”，如邓惠中等杰出的共产党员还被载入了中共党史，然而至今仍有30多位遇难者却因种种原因没有被确定身份，他们或许永远成为“无名英雄”而长眠于九泉之下。这看起来似乎对他们很不公平。然而，对真正的共产党人来说，这又算得了什么呢？他们当年为了中国的解放事业参加了中国共产党或投奔到了革命队伍中，后来他们被敌人抓去，坐穿了牢底仍然没有获得自由，也没有看到新中国的诞生，更不可能看到如日中天的现代化的今日中国，但笔者相信他们不会因此后悔，因为今天中国这个样子，正是他们当年为之英勇奋斗和献身的理想……

我噙泪低吟民族的史册，
一朝朝，一代代，
但见忧国伤时之士，

贲志含愤赴刑场。
血口獠牙的豺狼，
总是跋扈嚣张。

哦！民族，苦难的亲娘！
为你那五千年的高龄，
已屈死了无数的英烈。
为你那亿万年的伟业，
还捐弃了多少忠良！
铜墙，困死了报国的斗志，
黑暗，吞噬着有为的躯体，
镣链，锁折了自由的双翅，
这森严的铁门，囚禁着多少国士！
豆萁相煎，便宜了民族仇敌。
无穷的罪恶，终要叫种恶果者自食，
难闻的血腥，用噬血者的血去洗。

囚徒，新的囚徒，坚定信念，贞守立场！
砍头枪毙，告老还乡；
严刑拷打，便饭家常。
囚徒，新的囚徒，坚定信念，贞守立场！
掷我们的头颅，奠筑自由的金字塔，
洒我们的鲜血，染成红旗，万载飘扬！

这是“红岩”故事之外的另一位被敌人杀害的中国共产党人在牺牲前所高吟的《囚徒歌》。为新中国解放事业光荣献身的共产党人和革命志士，有千千万万。正是无数这样忠诚于党的革命先烈的抛头颅、洒鲜血，才换来了新中国的诞生并玉成了今天如此伟大而强盛的中华民族！他们的名字，将永远铭刻在历史的丰碑上。他们对党、对民族、对国家的忠诚精神，世代永存。

让我们以党和革命的名义，向这些革命先烈致敬！

尾声

以革命的名义，让真实的“红岩”永存

重庆“11·27”大屠杀那一幕，已经离今60余年，“红岩”故事中共产党人和革命志士用生命构筑起的那座崇高的精神大厦，不仅没有丝毫的锈蚀与摇坠，相反一直以独特的构架和独有的光芒，在广大共产党员和亿万人民的心目中高高地屹立着。这其中有许多意味值得我们深思，并应当认认真真地问个“为什么”。

“为什么”，显然包含了很多很多因素，但有一点似乎可以肯定，那就是“红岩”革命烈士们用鲜血和生命凝聚的那种对党忠诚的革命意志、对共产主义信仰的精神世界，将是我们执政的中国共产党创建以来所一向教导它的党员所要坚持和永远保持的一份基本的高贵的品质，也正是基于这样一份基本的和高贵的品质，我们的党才有了从胜利走向更大胜利的辉煌历史。然而，作为一个政党，作为一个政党的成员，以及跟随于这个政党的亿万人民群众，是否真正彻底地解决了自己的信仰问题，是否真正能够无私地忠诚于自己的组织，无怨无悔地跟着他们所爱戴的党永远沿着正确的道路前进，把一个国家建设得更加繁荣富强，将一个古老的民族引向更加光辉的高峰——而且这个高峰应犹如一轮永远不落的太阳——显然值得拷问。因此，从这个意义上讲，“红岩”革命烈士留给当代共产党人和革命者的精神遗产，将永远成为我们不可或缺的一份特殊的宝贵财富和一面永不可丢失的镜子。

当人类社会出现先进的无产阶级之后，革命的使命变得越加清晰与残酷、崇高与神圣、多彩与纷杂。共产党人和革命者在每一个进步的历

史阶段所承担的责任也极不相同，但无论在何时何种条件下，他们代表着人类进步力量的那份积极而向上、忠诚而坚守的信仰，就如一个赴向战场的勇士身上必备的利器一样，需要时刻磨砺，永不丢失。今天，中国共产党已经走过了90多年的不平凡历程，它所领导的人民共和国也历经了60多年的风雨，当我们行进在现代化的历史进程中，我们需要时刻保持冷静而清醒的头脑。这是因为世界风云的变幻常常超出我们的想象，严峻和严酷的现实随时可能出现在眼前，到了那个时候，我们的党，我们党的每一个成员，我们的每一个革命者和所有追求进步的人，能不能像那些为我们创造辉煌历史的先烈一样，为了正义和理想，勇于奋斗，不怕牺牲，前仆后继，这是一个巨大的问号。当这样的问号摆在面前时，我们便有了一种无法挥去的沉重责任。正是这种责任，才使我拿起笔杆，再次去追索和寻觅先烈们的生命行踪，写就一部全新内容的“红岩”。

为了让更多的人能够从历史和现实的拷问与思索中寻找各自所需的答案，我们自然期待所有的共产党人和广大群众能够阅读本书，并从中悟出一些基本的和深层次的道理，以此来拷问和检验自己的灵魂，规正和警示我们的行为，这就是我重写“红岩”、挖掘真实的“红岩”故事的全部目的。

希望这样的目的能够实现。相信这样的目的，多少是能够实现的。

附 录

小说《红岩》中的主要人物与原型对照表

1961 年，罗广斌和杨益言以亲眼所见的革命烈士们狱中斗争真实事迹为蓝本，满怀对遇难战友刻骨铭心的怀念，创作了长篇小说《红岩》。迄今为止，小说《红岩》发行量超过 1000 万册。

小说《红岩》中所描写的许云峰、江姐、成岗、刘思扬、“疯老头”华子良、“双枪老太婆”，是否真有其人？其实，书中的文学人物形象几乎可以和历史中的真实人物一一对应，每个人物都有真实的生活原型。现列表如下：

《红岩》中的人物	**真实人物原型**
许云峰	罗世文、车耀先、许建业、许晓轩等
游击队政委彭松涛	江竹筠的丈夫彭咏梧
“江姐”江雪琴	江竹筠、李青林
成岗	陈然
刘思扬	刘国鋕
“疯老头”华子良	韩子栋
“双枪老太婆”	邓惠中、陈联诗、刘隆华
孙明霞	曾紫霞、杨汉秀
老大哥	唐虚谷等
余新江	余祖胜
胡浩	宣灏

“小萝卜头”	宋绮云的儿子宋振中
“监狱之花”	左绍英的女儿卓娅
叛徒甫志高	刘国定、冉益智、蒲华辅、李文祥等
特务头子徐鹏飞	徐远举

声　明

由于年代久远，本书使用的少量照片，未能联系到作者。请确有版权的作者联系我们，以便支付稿酬。

联系方式:

电　话　010-67695622

邮　箱　329415108@qq.com